Mulherzinhas

Título original: *Little Women*

Edição Brasileira

Direção Editorial *Ethel Santaella*
Tradução *Débora Ginza*
Revisão *Rita del Monaco*
Textos de Capa *Dida Bessana*
Diagramação *Demetrios Cardozo*
Capa *Shutterstock / piixypeach*

Dados Internacionais de Catalogação na Publicação (CIP)
(Câmara Brasileira do Livro, SP, Brasil)

Alcott, Louisa May, 1832-1888
Mulherzinhas / Louisa May Alcott ; tradução Débora Ginza. -- São Paulo : Lafonte, 2020.

Título original: Little women
ISBN 978-65-86096-99-6

1. Ficção norte-americana I. Título.

20-42338 CDD-813

Índices para catálogo sistemático:

1. Ficção : Literatura norte-americana 813

Cibele Maria Dias - Bibliotecária - CRB-8/9427

Editora Lafonte
Av. Profª Ida Kolb, 551, Casa Verde, CEP 02518-000
São Paulo - SP, Brasil – Tel.: (+55) 11 3855-2100
Atendimento ao leitor (+55) 11 3855-2216 / 11 3855-2213 – atendimento@editoralafonte.com.br
Venda de livros avulsos (+55) 11 3855-2216 – vendas@editoralafonte.com.br
Venda de livros no atacado (+55) 11 3855-2275 – atacado@escala.com.br

Mulherzinhas

LOUISA
MAY
ALCOTT

tradução
DÉBORA GINZA

Lafonte
2020 - Brasil

parte 1

parte 2

prefácio

Meu livrinho querido, vá a todos mostrar
Que irá entreter e as boas-vindas dar.
O que tu guardas, em teu peito fechado,
Desejo que mostre que será abençoado.
Que possam sempre escolher
Ser melhores peregrinos do que eu ou você.
Conte-lhes sobre a bondade,
Que desde o início acompanha a peregrinação da irmandade.
Sim, deixe que as donzelas aprendam com ela a avaliar
O mundo que está por vir e a outros aconselhar;
Pois as pequenas meninas podem seguir a Deus
Pelos caminhos trilhados pelos santos seus.

adaptado de
John Bunyan

parte 1

Capítulo 1

Brincando de peregrinos

— Natal não é Natal sem presentes – resmungou Jo, deitada no tapete.

– É tão ruim ser pobre! – suspirou Meg, olhando o seu vestido velho.

– Não acho justo que algumas meninas tenham tantas coisas lindas, enquanto outras não têm nada – acrescentou a pequena Amy, com um suspiro profundo.

– Bem, de qualquer maneira, temos o papai e a mamãe e temos umas às outras também – disse Beth contente, do seu canto.

Os quatro rostos jovens iluminados pela luz do fogo se alegraram com as palavras divertidas, mas logo se apagaram quando Jo disse com tristeza:

– Não temos o papai e não o teremos por um bom tempo – Ela não disse "talvez nunca", mas cada uma delas acrescentou isso em silêncio, pensando no pai que estava longe, lutando na guerra.

Ninguém disse nada por um minuto e, então, Meg falou em tom diferente:

– Vocês sabem o motivo pelo qual a mamãe sugeriu que não ganhássemos nenhum presente neste Natal, foi porque será um inverno difícil para todos; e ela acha que não devemos gastar dinheiro por simples prazer, quando nossos homens estão sofrendo tanto no exército. Não podemos fazer muito, mas podemos fazer pequenos sacrifícios, e devemos fazê-los com prazer. Mas receio que não estou fazendo nenhum– e Meg balançou a cabeça, enquanto pensava com pesar em todas as coisas bonitas que ela queria.

– Mas não acho que o pouco que iremos gastar fará alguma diferença. Cada uma de nós tem um dólar e essa quantia não seria de grande ajuda para o exército. Concordo que não devo esperar nada da mamãe ou de você, mas quero comprar os livros *Undine and Sintram* para mim; eu já queria há tanto tempo... – disse Jo, que era uma devoradora de livros.

– Eu planejava gastar o meu em música nova – disse Beth, com um pequeno suspiro, que ninguém ouviu além da escova da lareira e do porta-chaleira.

– Vou comprar uma bela caixa de lápis Faber para desenhar; eu realmente preciso deles – afirmou Amy.

– Mamãe não disse nada sobre o nosso dinheiro e não é seu desejo que desistamos de tudo. Vamos cada uma comprar o que queremos e nos divertir um pouco; tenho certeza de que nos esforçamos o suficiente para ganhar – exclamou Jo, examinando carinhosamente os saltos de suas botas.

– Eu sei que me esforcei, ensinando aquelas crianças horríveis quase o dia todo, quando gostaria de estar me divertindo em casa – disse Meg em tom de reclamação novamente.

– Você não sofre tanto quanto eu – disse Jo. – Gostaria de ficar trancada por horas com uma velhinha nervosa e exigente, que não te deixa correr, nunca está satisfeita e te perturba até o ponto que você tem vontade de voar pela janela ou esmurrar-lhe os ouvidos?

– É inútil se preocupar, mas acho que lavar a louça e manter as coisas arrumadas é o pior trabalho do mundo. Isso me deixa irritada, e minhas mãos ficam tão maltratadas que não posso fazer mais nada – Naquele momento, Beth olhou para suas mãos ásperas com um suspiro que qualquer um podia ouvir naquele momento.

– Não acredito que nenhuma de vocês sofra como eu – disse Amy – porque vocês não precisam ir à escola com meninas impertinentes, que ficam atormentando quando você não sabe a lição, riem de seus vestidos e *encarecem* seu pai se ele não for rico, além de te insultar porque seu nariz não é perfeito.

– Você quis dizer *escarnecem* e não *encarecem* como se o papai fosse um pote de picles à venda – respondeu Jo, sorrindo.

– Eu sei o que quero dizer e você não precisa ser *satérica* comigo. É apropriado usar boas palavras e melhorar o seu *vocabilário* – retrucou Amy, com dignidade.

– Não briguem, meninas. Vocês não gostariam que tivéssemos o dinheiro que papai perdeu quando éramos pequenas, Jo? Meu Deus, como seria maravilhoso se não tivéssemos preocupações – disse Meg, que se lembrava de tempos melhores.

– Outro dia você disse que achava que éramos muito mais felizes do que os filhos do rei, porque eles brigavam e se preocupavam o tempo todo, apesar de terem muito dinheiro.

– Eu disse isso mesmo, Beth. Bem, acho que somos sim; pois, embora tenhamos que trabalhar, zombamos de nós mesmas e somos um grupo bastante alegre, como diria a Jo.

– Jo sempre usa esses termos de calão – observou Amy, com um olhar reprovador na figura esticada no tapete. Jo imediatamente se sentou, colocou as mãos nos bolsos do avental e começou a assobiar.

– Não use Jo; é coisa de menino.

– É por isso que eu uso.

– Detesto meninas indelicadas, que não se comportam como damas.

– Odeio moçoilas muito afetadas e refinadas.

– Pássaros em seus pequenos ninhos entram em acordo – cantou Beth, a apaziguadora, com uma feição tão engraçada que as vozes que estavam gritando terminaram o canto em risada, e a "discussão" encerrou-se naquele momento.

– Realmente, meninas, vocês duas são as culpadas – disse Meg, começando o sermão típico de irmã mais velha.

– Josephine, você já tem idade suficiente para deixar de lado as brincadeiras de menino e comportar-se melhor. Não importava muito quando você era garotinha; mas agora que você está mais alta e usa penteados, lembre-se de que é uma senhorita.– Não sou! E se usar um penteado me transforma em uma senhorita., vou usar duas tranças até os 20 anos – exclamou Jo, soltando os longos cabelos castanhos. Detesto pensar que tenho de crescer e virar a Srta. March, usar vestidos longos e parecer tão espalhafatosa quanto um crisântemo chinês. Já é ruim o suficiente ser uma garota quando gosto de jogos, trabalho e modos de menino. Não consigo superar minha decepção por não ser um menino, e está ficando pior do que nunca agora, porque estou morrendo de vontade de ir para a guerra com o papai, e só posso ficar em casa, tricotando como uma velhinha esquisita – e Jo sacudiu a meia azul do exército até que as agulhas bateram como castanholas, e sua bola de linha saltou pela sala.

– Pobre Jo; é muito ruim! Mas isso não tem remédio, então você deve tentar se contentar com seu apelido de menino e em brincar de ser nosso irmão – disse Beth, acariciando-lhe a cabeça em seu joelho com uma mão cuja delicadeza nunca seria removida pela lavagem da louça e pelo pó da casa.

– Quanto a você, Amy – continuou Meg – é muito afetada e esquisita. Sua aparência está engraçada agora, mas tome cuidado para não crescer como um pavão, cheia de si. Gosto de suas maneiras agradáveis e refinadas de falar quando você não tenta ser elegante; mas suas palavras absurdas são tão ruins quanto os termos de calão da Jo.

– Se Jo é um garoto e Amy parece um pavão, o que sou eu então? – perguntou Beth, pronta para fazer parte da conversa.

– Você é simplesmente um doce de pessoa – respondeu Meg calorosamente; e ninguém a contradisse, pois a "Ratinha" era a preferida da família.

Considerando que jovens leitores gostam de saber "como as pessoas se parecem", aproveitaremos esse momento para fazer uma breve descrição das quatro irmãs, que estavam sentadas tricotando no fim da tarde, enquanto a neve de dezembro caía em silêncio e a lareira crepitava alegremente do lado de dentro. Era uma sala confortável, embora o tapete estivesse desbotado e a mobília fosse muito simples, com um ou dois retratos bonitos pendurados nas paredes, livros que preenchiam os nichos, crisântemos e rosas vermelhas florescendo nas janelas. Uma atmosfera agradável de paz impregnava a casa.

Margaret, que era a mais velha das quatro, tinha 16 anos e era muito bonita. Rechonchuda e formosa, com olhos grandes, cabelos castanhos abundantes e macios, ela tinha uma boca delicada e se orgulhava muito de suas mãos branquinhas. Jo, de 15 anos, era muito alta, magra e morena, e lembrava uma girafinha, pois ela nunca parecia saber o que fazer com seus longos braços, que estavam sempre em seu caminho. Ela tinha uma boca bem definida, um nariz engraçado e olhos acinzentados penetrantes, que pareciam ver tudo e algumas vezes se tornavam agressivos, curiosos ou atentos. Sua beleza única estava em seus cabelos compridos e grossos, que geralmente ficavam presos para não incomodar. Ela tinha ombros arredondados, mãos e pés grandes, parecia desajeitada em suas roupas e mostrava o desconforto de uma garota que estava se transformando rapidamente em uma mulher, e não gostava disso. Elizabeth, ou Beth, como todos a chamavam, era uma garota de 13 anos, alegre, de cabelos lisos e olhos brilhantes, com um jeito acanhado, uma voz tímida e uma expressão pacífica, que raramente era perturbada. Seu pai a chamava de "Pequena Miss Sossego", e o nome lhe cabia muito bem, pois ela parecia viver em um mundo feliz, apenas se arriscando a conhecer as poucas pessoas em quem confiava e amava. Amy, mesmo sendo a mais nova, era a pessoa mais importante, pelo menos na opinião dela. Uma menina comum, com olhos azuis, cabelos loiros claros e encaracolados até os ombros. Pálida e esbelta, sempre se comportando como uma jovem dama atenta a seus modos. Estas são as quatro irmãs cujas personalidades iremos conhecer.

O relógio bateu 6 horas e, depois de varrer as cinzas da lareira, Beth colocou um par de chinelos para aquecer-se. De alguma forma, a visão dos sapatos velhos teve um bom efeito sobre as meninas, pois a mãe estava chegando e todas ficaram alegres em recebê-la. Meg parou com seus sermões e acendeu a lâmpada, Amy saiu da poltrona sem que pedissem e Jo esqueceu o quanto estava cansada enquanto se sentava para segurar os chinelos mais perto do fogo.

– Estão bastante desgastados; a mammie precisa de um novo par.

– Pensei em comprar um par novo com o meu dólar – disse Beth.

– Não, eu vou comprar! – exclamou Amy.

– Sou a mais velha – começou Meg, mas Jo a interrompeu decidida.

– Eu sou o homem da casa agora que papai está fora e devo comprar os chinelos, pois ele pediu que eu cuidasse muito bem de mamãe enquanto ele não estivesse aqui – disse Jo.

– Vou dizer o que vamos fazer – disse Beth; – cada uma de nós comprará algo para ela no Natal e não compraremos nada para nós mesmas.

– Perfeito, minha querida! O que vamos comprar? – perguntou Jo.

Todas pensaram atentamente por um minuto; então, Meg disse, como se a ideia tivesse sido sugerida pela visão de suas lindas mãos: – Darei a ela um belo par de luvas.

– Os sapatos que ela precisa, será o presente ideal – exclamou Jo.

– Alguns lenços, todos com bainha – disse Beth.

– Eu comprarei um pequeno frasco de colônia; ela gosta, não vai custar muito e ainda terei um pouco de dinheiro para comprar algo para mim – acrescentou Amy.

– Como daremos os presentes? – perguntou Meg.

– Colocamos os presentes sobre a mesa, trazemos a mamãe e a veremos abrir os pacotes. Você não se lembra como costumávamos fazer em nossos aniversários? – respondeu Jo.

– Eu costumava ter *tanto* medo quando era a minha vez de sentar na cadeira grande usando uma coroa e ver todas vocês se aproximando para dar os presentes, com um beijo. Eu gostava dos presentes e dos beijos, mas era terrível ver vocês sentadas olhando para mim enquanto eu abria os pacotes – disse Beth, com o rosto tostando ao calor do fogo, ao mesmo tempo em que ela tostava o pão para o chá.

– Deixe a mammie pensar que estamos comprando coisas para nós mesmas, e depois a surpreenderemos. Temos de ir às compras amanhã à tarde, Meg; há muito o que fazer para a peça na noite de Natal – disse Jo, andando para cima e para baixo com as mãos atrás das costas e o nariz empinado.

– Essa é a última vez que vou representar; estou ficando velha demais para essas coisas – observou Meg, que era uma verdadeira criança quando se tratava de "vestir-se" de brincadeira.

– Você não vai parar, eu sei, contanto que use um vestido branco com o cabelo solto e joias de papel dourado. Você é a melhor atriz que temos, e tudo estará acabado se você deixar o palco – disse Jo. – Temos de ensaiar hoje à noite; venha aqui, Amy, e faça a cena do desmaio, pois você está ficando dura com um pedaço de pau.

– Eu não consigo; nunca vi ninguém desmaiar, e não tenho a facilidade que você tem de se deixar cair e mudar de cor. Se eu puder cair com facilidade, vou cair; se não puder, deixo-me cair em uma cadeira graciosamente; pouco me importa se Hugo vier até mim com uma pistola – retrucou Amy, que não era dotada de poder dramatúrgico, mas havia sido escolhida porque era pequena o suficiente para ser carregada, aos gritos, pelo herói da peça.

– Faça deste modo: aperte as mãos assim e cambaleie pela sala, gritando freneticamente: "Roderigo! Salve-me! Salve-me!" – e lá se foi Jo, com um grito melodramático realmente alucinante.

Amy obedeceu, mas esticou os braços rígidos para frente e atirou-se como se fosse uma mola; seu "Oh!" parecia mais a dor de uma picada de alfinetes do que medo e angústia. Jo deu um suspiro desanimado e Meg deu uma gargalhada, enquanto Beth deixava o pão queimar ao observar aquela cena divertida.

– Não adianta! Faça o melhor que puder quando chegar a hora e, se o público vaiar, não coloque a culpa em mim. Vamos, Meg.

Depois, tudo correu bem, pois Dom Pedro desafiou o mundo em um discurso de duas páginas sem uma única interrupção; Hagar, a bruxa, entoou um encantamento terrível sobre sua chaleira cheia de sapos fervendo, com um efeito mágico; Roderigo quebrou suas correntes com força, e Hugo morreu em agonia de remorso e arsênico, com um grito selvagem "Ha! Ha!"

– É o melhor que já tivemos – disse Meg, quando o vilão morto se sentou e esfregou os cotovelos.

– Não sei como você pode escrever e encenar coisas tão lindas, Jo. Você é o próprio Shakespeare! – exclamou Beth, que acreditava firmemente que suas irmãs eram dotadas de uma espantosa genialidade em todas as coisas.

– Nem tanto – respondeu Jo, modestamente. – Eu acho que "A maldição da bruxa, uma Tragédia Lírica", é bem bonita; mas eu gostaria de encenar *Macbeth*, se tivéssemos um alçapão para Banquo. Eu sempre quis fazer o papel de assassino. – É um punhal que vejo diante de mim? – murmurou Jo, revirando os olhos e agarrando a arma no ar, como se já tivesse assistido a um ator de tragédia famoso fazendo a mesma coisa.

– Não, é o garfo de torrar, com o sapato da mamãe espetado em vez do pão. O cenário de Beth surpreende! – gritou Meg, e o ensaio terminou com uma gargalhada geral.

– Fico feliz em encontrá-las tão animadas, minhas meninas – disse uma voz animada na porta, e os atores e a plateia se viraram para dar as boas-vindas a uma senhora robusta e maternal, com uma aparência acolhedora, que era realmente agradável. Ela não era uma mulher particularmente elegante, mas as mães são sempre adoráveis para os filhos, e as meninas achavam que o capote cinza e o chapéu fora de moda protegiam a mulher mais incrível do mundo.

– Minhas queridas, como vocês estão hoje? Havia tanto o que fazer, preparando as caixas para amanhã, que não consegui voltar para casa para jantar.

Alguém telefonou, Beth? Como está seu resfriado, Meg? Jo, você parece extremamente cansada. Venha me dar um beijinho, querida.

Enquanto fazia essas perguntas maternas, a Sra. March tirou as roupas molhadas, calçou os chinelos quentes e sentando-se na poltrona, puxou Amy para o seu colo, preparando-se para aproveitar a hora mais feliz de seu dia agitado. As meninas se apressavam, tentando deixar as coisas confortáveis, cada uma à sua maneira. Meg arrumou a mesa de chá; Jo trouxe lenha e arrumou as poltronas, derrubando, virando e fazendo barulho em tudo que ela tocava; Beth corria de um lado para o outro entre a sala e a cozinha, calada e ocupada; enquanto Amy dava ordens a todas, sentada com os braços cruzados.

Enquanto se reuniam em volta da mesa, a Sra. March disse, com um rosto bem alegre: – Tenho uma surpresa para vocês depois do jantar.

Um sorriso rápido e brilhante correu entre todas como um raio de sol. Beth bateu palmas, esquecendo até do biscoito quente que segurava, e Jo jogou o guardanapo, gritando: – Uma carta! Uma carta! Três aplausos para o pai!

– Sim, uma carta linda e longa. Ele está bem e acha que deve passar pelo inverno melhor do que nós pensávamos. Ele está mandando os melhores votos de amor para o Natal e uma mensagem especial para vocês, meninas – disse a Sra. March, batendo no bolso como se nele escondesse um tesouro.

– Apresse-se e acabe logo com isso sem cerimônias, Amy – exclamou Jo, engasgando-se com o chá e deixando cair o pão com a manteiga voltada para baixo, no tapete, na pressa de ouvir as notícias.

Beth não comeu mais e afastou-se, sentando-se em seu canto sombrio e meditando sobre o prazer que viria, até que as outras estivessem prontas.

– Eu acho que foi esplêndido para o papai ir para a guerra como capelão quando ele estava velho demais para o exército e sem forças suficientes para lutar como um soldado – disse Meg carinhosamente.

– Como eu gostaria de poder ir como baterista, um *vivan*, como é o nome? ou uma enfermeira, para que eu pudesse estar perto dele e ajudá-lo – lamentou Jo.

– Deve ser muito desagradável dormir em uma barraca, comer todo tipo de comidas mal preparadas e beber em uma caneca de lata – suspirou Amy.

– Quando ele voltará para casa, mammie? – perguntou Beth, com um pequeno tremor na voz.

– Ainda vai demorar, querida, a menos que ele fique doente. Ele ficará lá e fará seu trabalho da melhor forma que puder, e não pediremos que ele volte nem um minuto antes que ele possa ser dispensado. Agora venha e ouça a carta.

Todas se aproximaram da lareira, a mãe sentada na poltrona, com Beth a seus pés; Meg e Amy acomodaram-se nos braços da cadeira, cada uma de um lado, e Jo ficou apoiada na parte de trás, onde ninguém veria nenhum sinal de emoção se a carta ficasse comovente.

Naqueles dias difíceis, eram poucas as cartas que não eram comoventes, especialmente aquelas que os pais enviavam para seus lares. Esta, em especial, falava pouco das dificuldades sofridas, dos perigos enfrentados ou da imensa saudade suportada; era uma carta alegre e esperançosa, cheia de descrições animadas da vida no campo, marchas e notícias militares; e somente no final o coração do escritor transbordava de amor paternal e saudade das meninas que estavam em casa.

Transmita a elas todo o meu amor e mande um beijo. Diga-lhes que penso nelas de dia, oro por elas à noite e encontro o meu melhor conforto no carinho delas o tempo todo. Um ano parece muito para que eu possa reencontrá-las, mas lembre-as de que, enquanto esperamos, todos podemos trabalhar, para que esses dias difíceis não sejam desperdiçados. Sei que elas se lembrarão de tudo o que eu lhes disse, que elas serão excelentes filhas para você, cumprirão fielmente seus deveres, lutarão bravamente contra seus inimigos íntimos e conquistarão sua beleza, porque, assim, quando eu voltar, as amarei muito mais e ficarei mais orgulhoso do que nunca das minhas mulherzinhas.

Todas soluçavam quando chegou a essa parte; Jo não tinha vergonha das grandes lágrimas que escorriam pela ponta de seu nariz, e Amy nem se importou com o emaranhado de cachos enquanto escondia o rosto no ombro da mãe e soluçava: "*Sou* uma idiota egoísta! Vou realmente tentar melhorar, para que ele não fique desapontado comigo."

– Todas nós vamos! – disse Meg. – Penso demais na minha aparência e odeio trabalhar, mas não vou fazer mais isso, se puder evitar.

– Vou tentar me esforçar para merecer o apelido que ele me dá de "mulherzinha", e não ser rude e selvagem; cumprir meu dever aqui, em vez de querer estar em outro lugar – disse Jo, pensando que controlar seu gênio em casa era uma tarefa muito mais difícil do que enfrentar um ou dois rebeldes na guerra.

Beth não disse nada, mas enxugou as lágrimas com a meia azul do exército e começou a tricotar com todas as suas forças, não perdendo tempo em cumprir o dever que estava mais próximo dela, enquanto resolvia bem no íntimo de sua alma ser tudo aquilo que o pai esperava dela durante o tempo em que aguardava seu feliz retorno para casa.

A Sra. March quebrou o silêncio que se seguiu às palavras de Jo, dizendo em sua voz alegre: – Vocês se lembram de como costumavam representar a *Viagem dos Peregrinos* quando eram pequenas? Nada era mais encantador para vocês do que quando eu amarrava meus sacos de retalhos em suas costas e lhes dava chapéus, cajados e rolos de papel, deixando-as viajar pela casa do porão, que era a Cidade da Destruição, subindo e subindo até o sótão, onde vocês tinham todas as coisas adoráveis que podiam coletar para fazer uma Cidade Celestial.

– Como era divertido, especialmente passar pelos leões, lutar contra Apollyon e atravessar o vale onde "os duendes" estavam – disse Jo.

– Eu gostava do lugar onde os pacotes caíam e rolavam escada abaixo – disse Meg.

– Minha parte favorita era quando saímos no telhado plano onde estavam nossas flores, arbustos e as nossas coisas lindas, e todas se levantavam e cantavam de alegria por estar lá em cima ao sol – disse Beth, sorrindo, como se tivesse voltado àquele momento agradável.

– Não me lembro de muita coisa, exceto que tinha medo do porão e da entrada escura, e sempre gostei do bolo e do leite que tínhamos lá em cima. Se eu não fosse velha demais para essas coisas, adoraria repetir tudo – disse Amy, que começou a falar em deixar de lado as coisas de criança aos 12 anos de idade.

– Nunca somos velhas demais para isso, minhas queridas, porque é uma peça que estamos representando o tempo todo, de uma maneira ou de outra. Nossos fardos estão aqui, nosso caminho está diante de nós, e o desejo de bondade e felicidade é o guia que nos leva, através de muitos problemas e erros, à paz, que é uma verdadeira Cidade Celestial. Agora, minhas pequenas peregrinas, vamos supor que vocês começarão de novo, não representando, mas na vida real, e vejam até onde vocês poderão chegar antes que o papai volte para casa.

– Verdade, mãe? Onde estão nossos pacotes? – perguntou Amy, que era uma jovenzinha que não entendia muito bem o sentido figurado das coisas

– Cada uma de vocês contou qual era o seu fardo agora, exceto Beth; acho que ela não tem nenhum – disse a mãe.

– Sim, eu tenho; o meu são os pratos e espanadores, e invejar as moças com bons pianos e ter medo das pessoas.

O fardo de Beth era tão engraçado que todo mundo queria rir; mas ninguém o fez, pois isso teria machucado muito seus sentimentos.

– Vamos começar de novo – disse Meg, pensativa. – É apenas outro nome para tentar ser boa, e a história pode nos ajudar; porque, apesar de querermos ser boas, é um trabalho árduo, e às vezes esquecemos e não fazemos o nosso melhor.

– Estávamos no Pântano do Desânimo hoje à noite, e a mamãe veio e nos tirou de lá, como Auxílio fez no livro. Devemos ter o nosso rolo com instruções, como o Cristão. O que devemos fazer sobre isso? – perguntou Jo, encantada com a fantasia que emprestava um pouco de romance à tarefa monótona de cumprir seu dever.

– Olhem embaixo dos travesseiros, na manhã de Natal, e vocês encontrarão o seu guia – respondeu a Sra. March.

Conversaram sobre o novo plano enquanto a velha Hannah limpava a mesa; depois apareceram quatro pequenas cestas de trabalho e as agulhas voavam enquanto as meninas faziam lençóis para tia March. Era costura desinteressante, mas naquela noite ninguém resmungou. Elas adotaram o plano de Jo de dividir as longas costuras em quatro partes, chamando as partes de Europa, Ásia, África e América, e assim se deram muito bem, especialmente quando conversaram sobre os diferentes países ao passarem com as costuras por eles.

Às 21h, elas pararam de trabalhar e cantaram, como sempre, antes de irem para a cama. Ninguém, exceto Beth, conseguia tocar alguma música do piano antigo; mas ela tinha um jeito de tocar suavemente as teclas amarelas e fazer um acompanhamento agradável às músicas simples que elas cantavam. Meg tinha uma voz de flauta, então ela e a mãe conduziam o pequeno coro. Amy estrilava como um grilo e Jo cantava de acordo com a própria vontade, sempre saindo no lugar errado ou desviando da melodia. Elas sempre faziam isso desde o momento em que podiam cantar

"Brilha, brilha, estrelinha...",

e isso se tornara um hábito na casa, pois a mãe era uma cantora nata. O primeiro som da manhã era sua voz, enquanto ela andava pela casa cantando como um pássaro; e o último som à noite era o mesmo som alegre, pois as meninas nunca ficariam velhas demais para aquela canção de ninar familiar.

Capítulo 2

Um natal feliz

Jo foi a primeira a acordar na manhã cinzenta de Natal. Não havia meias penduradas na lareira e, por um momento, ela se sentiu decepcionada como há muito tempo não sentia, quando sua meia caiu porque estava cheia de guloseimas. Então lembrou-se da promessa de sua mãe e, enfiando a mão debaixo do travesseiro, tirou um livrinho de capa avermelhada. Ela sabia muito bem, pois era aquela bela e antiga história da melhor vida de todos os tempos, e Jo sentiu que era um verdadeiro guia para qualquer peregrino que percorresse a longa jornada. Ela acordou Meg com um "Feliz Natal" e pediu que ela visse o que estava embaixo do travesseiro. Um livro de capa verde apareceu, com a mesma imagem do lado de dentro, e com algumas palavras escritas por sua mãe, o que tornava os presentes das meninas muito preciosos aos seus olhos. Naquele momento, Beth e Amy acordaram, para procurar e encontrar seus livrinhos também, um branco e outro azul; e todas ficaram olhando e conversando sobre eles, enquanto o sol nascia rosado ao Leste. Apesar de suas pequenas vaidades, Margaret tinha uma natureza doce e piedosa, que inconscientemente influenciava suas irmãs, sobretudo Jo, que a amava muito ternamente, e a obedecia porque seus conselhos eram tão gentilmente dados.

– Meninas – disse Meg, seriamente, olhando para a cabeça inclinada ao seu lado e também as duas cabecinhas com toucas de dormir no outro quarto – a mamãe quer que leiamos, amemos e prestemos atenção a esses livros, e devemos começar imediatamente. Nós sempre fomos fiéis, mas desde que o papai foi embora, e todo esse problema de guerra nos perturbou, negligenciamos muitas coisas. Vocês podem fazer o que quiserem, mas eu *irei manter* meu livro sobre a mesa aqui e ler um pouco todas as manhãs, assim que acordar, pois sei que isso me fará bem e me ajudará durante o dia.

Então ela abriu seu novo livro e começou a ler. Jo a abraçou e, encostando os rostos, leu também, com a expressão tranquila tão raramente vista em seu rosto inquieto.

– Como Meg é boazinha! Venha, Amy, vamos imitá-las. Vou ajudá-la com as palavras difíceis, e elas explicam as coisas se não entendermos – sussurrou Beth, impressionada com os livros bonitos e o exemplo de suas irmãs.

– Fico feliz que o meu seja azul – disse Amy; e então os quartos ficaram em silêncio completo, enquanto as páginas eram suavemente viradas, e o sol do inverno aparecia para tocar as cabeças brilhantes e os rostos sérios com uma saudação de Natal.

– Onde está a mamãe? – perguntou Meg, enquanto ela e Jo corriam para agradecer seus presentes, meia hora depois.

– Só Deus sabe. Alguma pobre criatura pedindo algo e sua mãe foi direto ver o que ela precisava. Nunca houve mulher igual para dar o que beber e comer, roupas e lenha a pessoas necessitadas – respondeu Hannah, que vivia com a família desde que Meg nascera, e era considerada por todos mais como amiga do que como serviçal.

– Ela voltará em breve, eu acho; então, faça seus bolos e deixe tudo pronto – disse Meg, olhando os presentes que haviam sido recolhidos em uma cesta e guardados embaixo do sofá, prontos para serem apresentados no momento apropriado. – Ora, onde está o frasco de Colônia da Amy? – acrescentou, pois o pequeno frasco não estava lá.

– Ela o pegou um minuto atrás e saiu com ele para colocar uma fita, ou algo assim –respondeu Jo, dançando pela sala para alargar os chinelos novos.

– Meus lenços são lindos, não são? – Hannah os lavou e passou a ferro para mim, e eu os marquei todos – disse Beth, olhando orgulhosa para as letras um tanto desiguais que lhe custaram tanto trabalho.

– Que menina tola, bordou "Mãe" nos lenços em vez de "M. Marcha"; que engraçado! – exclamou Jo, pegando um deles.

– Não está certo? Eu pensei que era melhor fazer assim, porque as iniciais de Meg são "M. M.", e não quero que ninguém os use além de mammie – disse Beth, parecendo incomodada.

– Está tudo bem, querida, é uma ideia muito bonita; também bastante sensata, pois ninguém pode errar agora. Vai alegrá-la muito, eu sei – disse Meg, franzindo a testa para Jo e sorrindo para Beth.

– Aí vem a mamãe, esconda a cesta, rápido! – exclamou Jo, ouvindo o bater da porta e passos no corredor.

Amy entrou correndo e pareceu um pouco envergonhada quando viu as irmãs esperando por ela.

– Onde você esteve e o que está escondendo atrás de você? – perguntou Meg, surpresa ao ver, por seu capuz e capa, que Amy, mesmo sendo preguiçosa, tinha saído tão cedo.

– Não ria de mim, Jo, eu não queria que ninguém soubesse até a hora certa. Eu só pretendia trocar o frasco pequeno por um grande e dei todo o meu dinheiro para comprá-lo. Estou realmente tentando não ser mais egoísta.

Enquanto falava, Amy mostrou o belo frasco que substituiu o anterior, mais modesto; e parecia tão sincera e humilde em seu pequeno esforço de esquecer a si mesma, que Meg lhe deu um grande abraçou na mesma hora e Jo declarou que ela tinha um "grande coração", enquanto Beth corria para a janela e pegava sua melhor rosa para enfeitar o frasco imponente.

– Vejam bem, senti vergonha do meu presente, depois do que lemos e falamos sobre ser generoso esta manhã, então corri até a esquina e troquei o frasco assim que levantei; e estou tão feliz, porque o meu é o mais bonito agora.

Outra batida na porta da rua fez com que a cesta fosse parar debaixo do sofá, e as meninas ao redor da mesa ansiosas pelo café da manhã.

– Feliz Natal, mammie! Por muitos anos! Obrigada por nossos livros; lemos um pouco e pretendemos ler todos os dias – gritaram em coro.

– Feliz Natal, minhas filhas! Fico feliz que vocês tenham finalmente começado e espero que continuem. Mas quero dizer uma palavra antes de nos sentarmos. Não muito longe daqui, encontra-se uma pobre mulher com um bebê recém-nascido. Seis crianças estão amontoadas em uma cama para não congelar, pois não têm fogo. Não há nada para comer por lá; e o garoto mais velho veio me dizer que estavam com fome e frio. Minhas meninas, vocês lhes dariam seu café da manhã como presente de Natal?

Estavam todas muito famintas porque haviam esperado quase uma hora e por um minuto ninguém falou; mas depois de um momento, Jo exclamou impetuosamente:

– Estou tão feliz que a senhora tenha chegado antes de começarmos!

– Posso ajudar e levar as coisas para as pobres criancinhas? – perguntou Beth, entusiasmada.

– Vou levar o creme e os pãezinhos – acrescentou Amy, heroicamente desistindo das coisas que mais gostava.

Meg já estava cobrindo o trigo sarraceno e empilhando o pão em um prato grande.

– Logo pensei que vocês aceitariam fazer isso – disse a Sra. March, sorrindo de satisfação. –Vocês todas irão me ajudar e, quando voltarmos, teremos pão e leite no café da manhã e compensamos na hora do jantar.

Aprontaram-se logo e saíram em uma procissão. Felizmente era cedo, e elas seguiram o caminho por ruas secundárias, poucas pessoas as viram e ninguém riu daquela festa engraçada.

Era um quarto pobre, vazio e miserável, com janelas quebradas, sem lareira, roupas de cama esfarrapadas, uma mãe doente, um bebê resmungando e um grupo de crianças pálidas e famintas aconchegadas sob uma colcha velha, tentando se aquecer. Tinham olhos grandes e os lábios azuis sorriram quando as meninas entraram!

– *Ach, mein Gott!* São bons anjos que vêm até nós! – Gritou a pobre mulher, chorando de alegria.

– Anjos engraçados de capuz e luvas – disse Jo, fazendo-os rir.

Em alguns minutos, realmente parecia que espíritos gentis estavam trabalhando lá. Hannah, que estava carregando a madeira, acendeu o fogo e tampou as vidraças quebradas com chapéus velhos e com o próprio xale. A Sra. March alimentou a mãe com mingau e um pouco de chá e a confortou com promessas de ajuda, enquanto vestia o bebê tão ternamente como se fosse seu. Enquanto isso, as meninas arrumaram a mesa, colocaram as crianças em volta da lareira e as alimentaram como se fossem pássaros famintos; rindo, conversando e tentando entender o divertido inglês com sotaque estrangeiro.

– Isso é muito bom! Elas são anjos! – choramingavam as coitadinhas, enquanto comiam, e esquentavam as mãos roxas diante do fogo confortável. As meninas nunca haviam sido chamadas de anjos antes e acharam muito agradável, especialmente Jo, que era considerada "um Sancho" desde que nasceu. Aquele foi um café da manhã muito feliz, apesar de não terem comido nada; e quando foram embora, deixando o conforto para trás, acho que não havia em toda a cidade quatro pessoas mais felizes do que as meninas famintas que doaram seu café da manhã e se contentaram com pão e leite na manhã de Natal.

– Isto significa amar nossos vizinhos mais do que a nós mesmos, e eu gosto disso – disse Meg, enquanto colocavam seus presentes e a mãe estava no andar de cima escolhendo roupas para os pobres Hummels.

Não era um espetáculo esplêndido, mas havia muito amor naqueles pequenos pacotes; e o vaso alto com rosas vermelhas, crisântemos brancos e folhas de videira, que ficava no meio, dava um ar bastante elegante à mesa.

– Ela está vindo! Fique quieta, Beth, abra a porta, Amy. Feliz Natal, mammie! – exclamou Jo, dando voltas ao redor da mesa, enquanto Meg conduzia a mãe ao lugar de honra.

Beth tocou sua marcha mais alegre ao piano, Amy abriu a porta e Meg fez as honras da casa com grande dignidade. A Sra. March ficou surpresa e emocionada; sorriu com os olhos arregalados enquanto examinava seus presentes e lia os cartõezinhos que os acompanhavam. Os chinelos foram calçados imediatamente, um lenço novo foi colocado no bolso, bem perfumado com a colônia de Amy, a rosa foi fixada no peito e ela considerou as belas luvas "um verdadeiro encanto".

Houve muita risada, muitos beijos e explicações, da maneira simples e amorosa que torna essas comemorações caseiras tão agradáveis no momento e tão doces de lembrar no futuro. E, então, todas voltaram ao trabalho.

Os atos de caridade e as cerimônias matutinas demoraram tanto tempo, que o resto do dia foi dedicado aos preparativos para as festividades da noite. Ainda jovens demais para ir ao teatro com frequência, e não ricas o suficiente para bancar grandes despesas com apresentações particulares, as meninas colocavam sua imaginação para funcionar e, como a necessidade é a mãe da invenção, conseguiam fazer tudo que precisavam. Algumas de suas produções eram muito inteligentes: guitarras de papelão, lanternas antigas feitas de velhas latas de manteiga, cobertas com papel prateado, lindos vestidos de algodão velho, cintilando com lantejoulas de uma fábrica de conservas e armaduras revestidas com os mesmos pedaços em forma de diamante, tirados das tampas cortadas dos potes de doce. Os móveis geralmente eram invertidos e colocados de pernas para o ar, e a sala grande servia de palco para muitos prazeres inocentes.

Cavalheiros não eram admitidos; então Jo interpretava as partes masculinas, para sua alegria, e tinha imensa satisfação em usar um par de botas de cor avermelhada dado a ela por uma amiga, que conhecia uma senhora que conhecia um ator. Essas botas, um antigo florete e um gibão rasgado usado por um ator em uma peça eram os principais tesouros de Jo e apareciam em todas as ocasiões. Isso acontecia devido ao pequeno porte da companhia na qual as duas atrizes principais representavam vários papéis ao mesmo tempo; e elas certamente mereciam algum crédito pelo trabalho árduo decorando três ou quatro papéis diferentes, vestindo e removendo vários trajes e dirigindo a peça além de tudo. Era um exercício excelente para suas memórias, um divertimento inofensivo que empregava muitas horas que poderiam, de outra forma, ter sido ociosas, solitárias ou gastas em companhias menos proveitosas.

Na noite de Natal, uma dúzia de meninas se amontoou na cama, que servia de plateia, todas sentadas diante das cortinas de chita azul e amarela, em um estado de ansiedade total. Havia muito sussurro e cochicho atrás da cortina, um pouco de fumaça de abajur e uma risada ocasional de Amy, que costumava ficar histérica com a excitação do momento. Em seguida, uma campainha tocou, as cortinas se abriram, e a tragédia lírica começou.

"Um bosque sombrio", de acordo com o cartaz explicativo, era representado por alguns arbustos em vasos, um feltro verde no chão e uma caverna ao longe. Essa caverna tinha um varal de roupas como telhado, gabinetes de escritório funcionando como paredes e nela havia um pequeno caldeirão a todo vapor, com uma panela preta e uma velha bruxa debruçada sobre ele. O palco estava escuro, e o brilho da fornalha tinha um bom efeito, principalmente porque vapor de verdade saía da panela quando a bruxa tirava a tampa. Houve um momento para acalmar a primeira emoção; então Hugo, o vilão, apareceu segurando uma espada ao seu lado, um chapéu caído, barba negra, capa misteriosa e vestindo botas. Depois de andar de um lado para o outro com muita agitação, ele bateu na testa com gestos impetuosos, cantando seu ódio por Roderigo, seu amor por Zara e sua resolução prazerosa de matar um e seduzir a outra. Os tons ásperos da voz de Hugo, com um grito ocasional quando seus sentimentos o superavam, eram muito impressionantes, e a plateia aplaudiu no momento em que ele parou para respirar. Curvando-se com ar de alguém que está acostumado a receber elogios do público, ele chegou à caverna e ordenou que Hagar aparecesse com um comando: "Olá, mulher! Preciso de ti!".

Meg saiu, com cabelos grisalhos na cabeça, uma túnica vermelha e preta, um cajado e uma capa de sinais cabalísticos. Hugo pediu uma poção para que Zara o adorasse e outra para destruir Roderigo. Hagar, em uma bela melodia dramática, prometeu ambos, e começou a chamar o espírito que lhe traria o filtro do amor:

Aqui, aqui, saindo de tua casa,
Espírito aéreo, peço-te que venha rápido como a brasa!
Nascido de rosas, alimentado por orvalho,
Feitiços e poções fazem parte do seu trabalho?
Traga-me aqui, com a velocidade de um sorriso,
O filtro perfumado que eu preciso;
Que seja doce, rápido e forte;
Espírito aéreo, responda minha invocação e me conforte!

Suaves sons de música foram ouvidos e, no fundo da caverna, apareceu uma pequena figura em meio à névoa, com asas brilhantes, cabelos dourados e uma guirlanda de rosas na cabeça. Agitando uma varinha, ela respondeu cantando:

"Aqui eu venho,
Saindo da morada que tenho,
Distante na lua de prata;
*O feitiço mágico você tem**
Oh, use-o bem!
Ou seu poder cairá como cascata!"

...e deixando cair uma pequena garrafa dourada aos pés da bruxa, o espírito desapareceu. Outro canto de Hagar produziu outra aparição, não mais de um ser adorável, mas de um espectro feio e preto, que depois de grunhir uma resposta, atirou um frasco escuro para Hugo e desapareceu com uma risada de escárnio. Depois de agradecer e colocar as poções nas botas, Hugo partiu e Hagar informou à plateia que, como ele havia matado alguns de seus amigos no passado, ela o amaldiçoou e pretendia anular seus planos e se vingar dele. Em seguida, a cortina caiu e a plateia descansou e comeu doces enquanto discutia os méritos da peça.

Muitas marteladas foram ouvidas antes que a cortina subisse novamente; porém, quando se tornou evidente um cenário que era obra-prima de carpintaria, ninguém reclamou da demora. Era realmente soberbo! Uma torre subia até o teto, no meio dela surgia uma janelinha com luz e, atrás da cortina branca, aparecia Zara em um lindo vestido azul e prateado, esperando Roderigo. Ele veio, em traje de gala, com um chapéu de plumas, capa vermelha, cabelos com cachos castanhos, um violão e as botas, é claro. Ajoelhado aos pés da torre, ele cantou uma serenata em tons comoventes. Zara respondeu e, depois de um diálogo musical, consentiu em fugir com ele. Então veio o grande efeito da peça. Roderigo trazia uma escada de corda com cinco degraus, atirou uma das pontas para a janela e convidou Zara a descer. Com certa timidez, ela passou pela treliça, colocou a mão no ombro de Roderigo e estava prestes a pular graciosamente quando: "Asas, asas para Zara!" ela se esqueceu da calda do vestido, que ficou presa na janela; a torre cambaleou, inclinou-se para a frente, caiu com um estrondo e enterrou os amantes infelizes nas ruínas!

Houve um grito geral quando as botas vermelhas surgiram freneticamente dos escombros, e uma cabeça dourada emergiu, exclamando: "Eu te disse! Eu te disse!" Com incrível presença de espírito, Dom Pedro, o cruel senhor, entrou correndo e arrastou sua filha para fora de modo apressado.

– Não riam, ajam como se estivesse tudo bem! – e ordenou que Roderigo se levantasse, expulsando-o do reino com ira e desprezo. Embora decididamente abalado pela queda da torre sobre ele, Roderigo desafiou o velho cavalheiro e recusou-se a sair. Este exemplo intrépido derrotou Zara; ela também desafiou seu pai, e ele ordenou que ambos fossem para as masmorras mais profundas do castelo. Um pequeno carcereiro entrou com correntes e os levou, mas parecia muito assustado e evidentemente esquecido das palavras que deveria ter dito.

O terceiro ato passa-se no átrio do castelo; surge Hagar, que veio libertar os amantes e matar Hugo. Ela o ouve chegando e se esconde; em seguida, ela o vê colocar as poções em duas xícaras de vinho e dizer ao criado tímido: "Leve isso para os cativos em suas celas e diga-lhes que irei logo". O criado chama Hugo à parte para lhe contar uma coisa, e Hagar troca os copos por outros dois que são inofensivos. Ferdinando, o "subalterno", os leva embora, e Hagar coloca de volta o copo que contém o veneno destinado a Roderigo. Hugo, com muita sede de tanto gritar, bebe tudo e perde os sentidos e, depois de cambalear muito, cai no chão e morre; enquanto Hagar conta em uma canção de poder e melodia requintados que foi ela que o matou.

Esta foi uma cena verdadeiramente emocionante; embora algumas pessoas possam ter pensado que a queda repentina da longa cabeleira tenha estragado bastante o efeito da morte do vilão. Este foi chamado ao palco e, com grande propriedade, apareceu conduzindo Hagar, cujo canto foi considerado mais maravilhoso do que todo o restante da apresentação.

O quarto ato mostrou o desespero de Roderigo a ponto de esfaquear-se, porque lhe disseram que Zara o abandonara. Quando está com a adaga encostada em seu peito, uma canção adorável é entoada embaixo de sua janela, avisando que Zara está dizendo a verdade, mas está em perigo, e ele pode salvá-la se quiser. Uma chave é atirada, com ela Roderigo destranca a porta e, em um impulso arrebatador, arranca suas correntes e sai correndo para encontrar e resgatar sua amada.

O quinto ato começou com uma cena tempestuosa entre Zara e Don Pedro. Ele quer que ela vá para um convento, mas ela não deseja ouvir; e, depois de um apelo comovente, ela está prestes a desmaiar quando Roderigo entra e pede sua mão. Don Pedro recusa, porque ele não é rico. Eles gritam e gesticulam espantosamente, mas não conseguem concordar, e Roderigo está prestes a levar Zara desmaiada, quando o criado tímido entra com uma carta e uma bolsa de Hagar, que havia desaparecido misteriosamente. A carta informava que Hagar havia deixado uma fortuna incalculável ao jovem casal, e uma terrível maldição a Don Pedro se ele não parasse de atrapalhar a felicidade deles. A bolsa é aberta e muitas moedas caem sobre o palco, o brilho delas é imenso.

Isso acalma completamente o "cruel senhor"; ele concorda sem murmurar, todos se juntam em um coro alegre, e a cortina cai sobre os amantes ajoelhados para receber a bênção de Don Pedro, em uma atmosfera romântica.

Aplausos tumultuados se seguiram, mas eles tiveram uma surpresa desagradável porque a cama onde a plateia estava desarmou-se de repente e acabou com o entus iasmo do público. Roderigo e Don Pedro voaram para o resgate, e todos foram levados sem ferimentos, embora muitos estivessem sem palavras de tanto rir. A algazarra só terminou quando Hannah apareceu dizendo "Com os comprimentos da Sra. March, as senhoras podem descer para o jantar".

Isso foi uma surpresa, até para os atores; e, quando viram a mesa, se entreolharam com grande espanto. A mammie costumava fazer jantares para elas, mas algo tão bom assim era inédito desde os tempos de abundância. Havia sorvete, na realidade dois deles, um rosa e outro branco, bolo, frutas e também deliciosos bombons franceses, e no meio da mesa quatro grandes buquês de flores de estufa.

Era de tirar o fôlego e elas olhavam ora para a mesa, ora para a mãe, que parecia imensamente feliz.

– Foram as fadas? – perguntou Amy.

– Foi o Papai Noel – disse Beth.

– Foi a mamãe quem fez isso – disse Meg, sorrindo graciosamente apesar de sua barbicha grisalha e sobrancelhas brancas.

– Foi tia March que teve a bela ideia de mandar a ceia – exclamou Jo, com uma inspiração repentina.

– Todas estão erradas. Foi o velho Sr. Laurence quem mandou tudo isso – respondeu a Sra. March.

– O avô do jovem Laurence! O que será que passou na cabeça dele para fazer isso? Nós nem o conhecemos – exclamou Meg.

– Hannah contou a um dos empregados dele sobre o que acontecera no café da manhã de vocês; ele é um cavalheiro um tanto estranho, mas gostou da história. Ele conheceu meu pai, antigamente, e me enviou um bilhete educado esta tarde, dizendo que esperava que eu permitisse que ele expressasse seu sentimento de amizade em relação às minhas filhas, enviando-lhes algumas gostosuras em homenagem ao dia. Eu não podia recusar, e vocês têm um pequeno banquete à noite para compensar o café da manhã com pão e leite – disse a Sra. March.

– Foi aquele rapaz que disse a ele para fazer isso, eu sei que foi ele! Ele é um excelente rapaz, e eu gostaria que pudéssemos nos conhecer. Ele parece que gostaria de nos conhecer também; mas ele é tímido, e Meg é tão educada que ela não me deixa falar com ele quando passamos – disse Jo, enquanto os pratos giravam e o sorvete começava a derreter, com ohs! e ahs! de satisfação.

– Você quer dizer os moradores da casa grande ao lado, não é? – perguntou uma das meninas. – Minha mãe conhece o velho Sr. Laurence, mas diz que ele é orgulhoso e não gosta de se misturar com os vizinhos. Ele mantém o neto trancado quando não está cavalgando ou andando com o professor, e o faz estudar muito. Nós o convidamos para a nossa festa, mas ele não veio. A mamãe diz que ele é muito gentil, embora ele nunca fale conosco.

– Nossa gata fugiu uma vez, ele a trouxe de volta e conversamos através da cerca, e estávamos conversando sobre tudo e até sobre críquete, quando ele viu Meg chegando e se afastou. Quero conhecê-lo um dia, pois ele precisa se divertir, com certeza precisa – disse Jo.

– Gosto de seus modos e ele parece um cavalheiro, então não faço nenhuma objeção em você conhecê-lo melhor se houver uma oportunidade adequada. Ele mesmo trouxe as flores, e eu deveria tê-lo convidado para entrar se eu soubesse com certeza o que estava acontecendo lá em cima. Ele parecia tão melancólico quando foi embora, ouvindo as brincadeiras, que ficou evidente que não tem nenhuma distração.

– Ainda bem que você não o convidou, mãe – riu Jo, olhando para suas botas. – Mas teremos outra apresentação qualquer dia e ele poderá assistir. Talvez ele possa ajudar na representação também, não seria agradável?

– Eu nunca tive um buquê antes; como é bonito – e Meg examinou suas flores com grande interesse.

– São adoráveis, mas as rosas de Beth são ainda mais encantadoras para mim– disse a Sra. March, cheirando o ramalhete já quase murcho que trazia em sua cintura.

Beth chegou bem pertinho dela e sussurrou baixinho: – Gostaria de poder enviar meu ramalhete para o pai. Receio que ele não esteja tendo um Natal feliz como o nosso.

Capítulo 3

O jovem Laurence

— Jo! Jo! Onde está você? – gritava Meg ao pé da escada do sótão.

– Aqui – respondeu uma voz rouca do alto; e subindo, Meg encontrou a irmã comendo maçãs e chorando com a leitura de "*O Herdeiro de Redcliffe*", embrulhada em um cobertor sobre um velho sofá de três pernas perto da janela por onde entrava o sol. Este era o refúgio favorito de Jo, e aqui ela adorava se recolher com meia dúzia de maças e um belo livro, apreciar a tranquilidade e a companhia de um ratinho de estimação que morava perto, e não se importava com a presença dela. Quando Meg apareceu, Scrabble correu para sua toca. Jo enxugou as lágrimas do rosto e ficou esperando as notícias.

– Veja que divertido! Um convite de verdade da Sra. Gardiner para amanhã à noite! – exclamou Meg, balançando o precioso papel e, depois, começou a ler com um deleite juvenil.

– "A senhora Gardiner ficaria feliz em ver a Srta. March e a Srta. Josephine em um pequeno baile a realizar-se na véspera de Ano Novo. A mammie disse que podemos ir; agora o que devemos vestir?

– De que adianta perguntar isso, se você sabe que usaremos nossos vestidos de popelina, porque não temos mais nada – respondeu Jo, com a boca cheia.

– Se eu tivesse apenas um de seda! – suspirou Meg; – a mamãe diz que posso ter um quando eu tiver 18 anos, talvez; mas dois anos é uma eternidade para esperar.

– Tenho certeza de que nossos vestidos de popelina parecem de seda, e são bons o suficiente para nós. O seu é bom e novo, mas eu esqueci que o meu está queimado e rasgado; o que devo fazer? A parte queimada é horrível e eu não tenho como escondê-la.

– Você deve ficar sentada o máximo que puder e manter as costas fora de vista; a frente está ótima. Vou ter uma nova fita para o meu cabelo, e mammie me emprestará seu pequeno broche de pérola. Meus sapatos novos são lindos e minhas luvas servem, embora não sejam tão bonitas quanto eu gostaria.

– As minhas têm manchas de limonada, e não posso comprar novas, então terei de ficar sem elas – disse Jo, que nunca se preocupava muito com o vestuário.

– Você tem que ter luvas, ou eu não irei – exclamou Meg decididamente. – Luvas são mais importantes do que qualquer outra coisa; você não pode dançar sem elas, e se não as tiver, eu ficarei *muito* atormentada.

– Então vou ficar sentada; não gosto muito de dançar; acho mais divertido correr e dar cambalhotas.

– Você não pode pedir luvas novas à mamãe, elas são muito caras e você é tão descuidada. Ela disse que quando você estragasse as suas, não daria outras neste inverno. Você não pode consertá-las? – perguntou Meg ansiosa.

– Posso segurá-las bem apertadas na minha mão, desse modo ninguém perceberá que estão manchadas; é tudo o que posso fazer. Ou então cada uma de nós usará uma luva boa e levará outra ruim, o que acha?

– Suas mãos são maiores que as minhas e assim você deixará minha luva terrivelmente larga – começou Meg, cujas luvas eram um ponto sensível para ela.

– Então eu vou sem elas. Não me importo com o que as pessoas dizem – exclamou Jo, pegando seu livro.

– Você pode ficar com ela, tudo bem! Apenas não a manche e se comporte bem; não coloque as mãos nas costas, nem olhe, nem diga "Cristóvão Colombo!" concorda?

– Não se preocupe comigo, ficarei tão imóvel quanto um prato, e não cometerei erro nenhum, se puder evitar. Agora vá e responda seu convite e deixe-me terminar esta linda história

Então Meg desceu para "aceitar o convite com agradecimentos", cuidar do vestido e cantou alegremente enquanto arrumava a renda; enquanto Jo terminava sua história, comia suas quatro maçãs e brincava um pouco com o ratinho Scrabble.

Na véspera de Ano Novo, a sala estava deserta, pois as duas meninas mais jovens assumiram a tarefa de camareiras, e as duas mais velhas estavam entretidas com o importante negócio de "se preparar para a festa". Embora fossem simples suas preparações, havia um grande reboliço de idas e vindas, risadas e conversas, e ao mesmo tempo um forte cheiro de cabelo queimado invadiu a casa. Meg queria alguns cachos no rosto e Jo se comprometeu a fazer as mechas de papel com o ferro de frisar aquecido.

– Faz sempre um cheiro como esse? – perguntou Beth, empoleirada na cama. – É a umidade que está secando – respondeu Jo.

– Que cheiro esquisito! Parece de penas queimadas – observou Amy, passando a mão em seus belos cachos com um ar de superioridade.

– Agora vou tirar os papelotes e vocês verão uma porção de lindos cachos – disse Jo, deixando o ferro de frisar de lado.

Ela tirou os papelotes, mas nenhum cacho apareceu, pois os cabelos vieram com os papelotes e a cabeleireira horrorizada colocou uma fileira de pequenos pacotes chamuscados na escrivaninha diante de sua vítima.

– Oh oh oh! O que é que você fez? Estragou meu cabelo! Não posso mais ir ao baile! Oh, meus cabelos, meus cabelos! – lamentou Meg, olhando com desespero o cabelo frisado irregular em sua testa.

– Não tenho sorte! Você não deveria ter me pedido para fazê-lo; eu sempre estrago tudo. Sinto muito, mas as pinças estavam muito quentes, e por isso fiz uma bagunça– lamentou a pobre Jo, olhando as pelotinhas pretas com lágrimas de arrependimento.

– Não estragou; frise o cabelo e amarre sua fita para que as pontas caiam um pouco na sua testa, e parecerá a última moda. Já vi muitas garotas fazendo isso – disse Amy, consolando-a.

– Bem feito para mim, tentando ficar mais bonita. Eu deveria deixar meu cabelo como é – exclamou Meg com certa arrogância.

– É assim que eu deixo, liso e bonito. Mas em breve voltará a crescer – disse Beth, indo beijar e confortar a ovelha tosquiada.

Depois de vários percalços menores, Meg finalmente terminou e, pelos esforços unidos da família, elas ajudaram a arrumar os cabelos e o vestido de Jo. Elas estavam muito bonitas em seus trajes simples, Meg de traje prateado, com uma fita de veludo azul, babados de renda e um broche de pérola; Jo de marrom, com um colarinho de linho engomado, bem distinto e um ou dois crisântemos brancos como único enfeite. Cada uma delas vestia uma bela luva limpa e carregava outra suja, e todas se achavam extremamente elegantes. Os sapatos de salto alto de Meg eram terrivelmente apertados, e a machucavam, embora ela não demonstrasse; e os dezenove grampos de cabelo de Jo pareciam espetados em sua cabeça, o que não era exatamente confortável; mas, para as mulheres, o lema é ser elegante ou morrer.

– Divirtam-se, queridas! – disse a Sra. March, enquanto as irmãs saiam delicadamente de casa. – Não comam muito na ceia e saiam às 23h, quando eu mandar Hannah buscar vocês. – Quando o portão bateu atrás delas, uma voz gritou de uma janela.

– Meninas, meninas! Vocês duas estão levando lenços bonitos?

– Sim, sim, lindíssimos, e Meg colocou água de colônia no dela– exclamou Jo, rindo, enquanto prosseguiam: – Acredito que a mammie perguntaria isso mesmo se estivéssemos fugindo de um terremoto.

– É um dos seus gostos aristocráticos, e bastante apropriado, pois uma verdadeira dama é sempre conhecida por seus sapatos, luvas e lenços limpos – respondeu Meg, que tinha alguns "gostos aristocráticos".

– Não se esqueça de esconder a parte estragada do vestido, Jo. Minha faixa está certa? E meu cabelo está muito ruim? – perguntou Meg, observando-se demoradamente no espelho do hall de entrada da Sra. Gardiner.

– Sei que vou me esquecer. Se você me vir fazendo algo errado, avise-me piscando o olho, sim? – pediu Jo, ajeitando a gola e retocando rapidamente o cabelo com a escova. – Não, piscar não é próprio de uma dama; levantarei as sobrancelhas se algo estiver errado e acenarei com a cabeça se você estiver bem. Agora, mantenha os ombros retos e dê passos curtos, e não aperte as mãos se você for apresentada a alguém, não se faz isso.

– Como você aprende todas essas peculiaridades apropriadas? Eu não consigo. Essa música não é alegre?

Desceram, sentindo-se um pouco tímidas, pois raramente iam a festas e, por mais informal que fosse esse pequeno encontro, era um evento para elas. A Sra. Gardiner, uma senhora idosa e imponente, cumprimentou-as gentilmente e as entregou à mais velha de suas seis filhas. Meg conhecia Sallie e logo ficou à vontade; mas Jo, que não se importava muito com coisas de menina, ficou com as costas cuidadosamente contra a parede e se sentiu tão deslocada quanto um peixe fora d'água. Meia dúzia de rapazes joviais conversavam sobre patinação em outra parte da sala, e ela desejava se juntar a eles, pois patinar era uma das alegrias de sua vida. Ela telegrafou seu desejo para Meg, mas as sobrancelhas subiram tão alarmantes que ela não se atreveu a se mexer. Ninguém veio falar com ela, e um por um o grupo perto dela diminuiu, até que Jo ficou sozinha. Ela não podia andar e se divertir, pois a parte queimada de seu vestido apareceria, então começou a observar as pessoas com olhar desolado até começarem a dançar. Meg foi tirada para dançar de imediato, e seus sapatos apertados deslizavam tão rapidamente que ninguém poderia imaginar a dor que ela suportava sorrindo. Jo viu um jovem ruivo se aproximando de seu cantinho e, temendo que ele fosse convidá-la para dançar, ela entrou em um intervalo entre as cortinas, com a intenção de espiar e se divertir em paz. Infelizmente, outra pessoa tímida escolheu o mesmo refúgio; pois, quando a cortina caiu atrás dela, encontrou-se frente a frente com o rapaz Laurence.

– Desculpe, eu não sabia que havia alguém aqui! – gaguejou Jo, preparando-se para recuar tão rapidamente quanto entrara ali.

Mas o rapaz sorriu e disse amavelmente, embora parecesse um pouco assustado:

– Não se importe comigo; fique, se quiser.

– Não vou incomodá-lo?

– Nem um pouco; fiquei aqui porque não conheço muitas pessoas e me senti um pouco acanhado a princípio, você entende.

– Eu também. Não vá embora, por favor, a menos que você queira. O rapaz sentou-se novamente e olhou para as próprias botas, até Jo dizer, tentando ser educada e delicada.

– Acho que tive o prazer de vê-lo antes; você mora perto da nossa casa, não é? – Ao lado – e ele olhou para cima e deu uma gargalhada porque achou engraçado os modos primitivos de Jo ao lembrar-se de como eles haviam conversado sobre críquete no dia em que ele levou a gata até a casa dela.

Isso deixou Jo à vontade; e ela riu também, ao dizer, de modo mais afável: – Gostamos imensamente de seu lindo presente de Natal. – Foi vovô quem o mandou.

– Mas foi você quem lhe deu a ideia, não foi?

– Como está sua gata, Srta. March? – perguntou o rapaz, tentando mostrar seriedade, enquanto seus olhos negros brilhavam de alegria.

– Bem, obrigado, Sr. Laurence; mas não sou Srta. March, sou apenas Jo – retrucou a jovem.

– Eu não sou o Sr. Laurence, sou apenas Laurie.

– Laurie Laurence; que nome singular.

– Meu primeiro nome é Theodore, mas eu não gosto, pois os companheiros me chamavam de Dora, então eu os obriguei a me chamar de Laurie.

– Eu detesto meu nome, é muito romântico! Eu gostaria que todos me chamassem de Jo, em vez de Josephine. Como você fez os meninos pararem de te chamar de Dora?

– Bati neles.

– Eu não posso bater na tia March, então tenho que suportar esse tratamento; – e Jo deu um suspiro resignado.

– Você não gosta de dançar, Srta. Jo? – perguntou Laurie, parecendo achar que o nome combinava com ela.

– Gosto bastante se houver espaço suficiente e todos estiverem animados. Em um lugar como esse, certamente incomodaria a todos, pisaria nos dedos dos outros ou faria algo terrível, então eu evito atrapalhar e deixo Meg fazer as honras. Você não dança?

– Às vezes; bem, estive no exterior por muitos anos e ainda não estou aqui o tempo suficiente para saber como vocês fazem as coisas.

– No exterior! – gritou Jo, –Oh, conte-me! Adoro ouvir as pessoas contarem sobre suas viagens.

Laurie não sabia por onde começar; mas as perguntas ansiosas de Jo logo o fizeram seguir em frente, e ele contou a ela que estivera no colégio em Vevey, onde os meninos nunca usavam chapéus e tinham uma frota de barcos no lago, e para se divertir nos dias de folga faziam passeios a pé para conhecer a Suíça com seus professores.

– Como eu gostaria de estar lá! – exclamou Jo. – Você foi a Paris?

– Passamos o último inverno lá.

– Você sabe falar francês?

– Não podíamos falar outro idioma em Vevey.

– Diga alguma coisa. Posso ler, mas não consigo pronunciar.

– *Quel nom a cette jeune demoiselle in the pantoufles jolis?* – perguntou Laurie bem-humorado.

– Você fala muito bem! Deixe-me ver, você disse "Quem é aquela moça com lindos sapatos?", não foi?

– *Oui, mademoiselle.*

– É minha irmã Margaret, e você sabia que era ela! Você acha que ela é bonita?

– Sim, ela me faz pensar nas jovens alemãs, ela parece tão alegre e calma, e dança como uma dama.

Jo ficou radiante com o elogio a sua irmã e decorou-o para repetir para Meg. Ambos espiaram, criticaram e conversaram, até parecerem velhos conhecidos. A vergonha de Laurie logo desapareceu, pois o comportamento gentil de Jo divertiu-o e deixou-o à vontade, e Jo voltou a se divertir, porque seu vestido foi esquecido e ninguém ficava erguendo as sobrancelhas para ela. Ela gostou muito do "jovem Laurence" e observou-o muito bem para poder descrevê-lo às meninas, pois não tinham irmãos, muito poucos primos, e os rapazes eram criaturas quase desconhecidas para elas.

– Cabelo preto encaracolado, pele morena, grandes olhos negros, nariz comprido, dentes bonitos, mãos e pés pequenos, altura igual a minha; muito educado para um jovem e bastante jovial. Gostaria de saber quantos anos ele tem.

A pergunta estava na ponta da língua de Jo; mas, conteve-se a tempo e, com um tato incomum, tentou descobrir de uma maneira indireta.

–Suponho que você vai para a faculdade em breve? Vejo você se atirando nos livros, não, quero dizer, estudando muito– e Jo corou com a terrível expressão "se atirando" que lhe escapara.

Laurie sorriu, mas não pareceu chocado, e respondeu encolhendo os ombros: – Daqui uns dois ou três anos; não irei antes de fazer 17, de qualquer modo.

– Você não tem mais de 15 anos? – perguntou Jo, olhando para o rapaz alto, a quem dava uns 17 anos.

– Farei 16 no próximo mês.

– Como eu gostaria de ir para a faculdade! Você parece não gostar da ideia.

– Eu detesto! Nada além de estudar ou remar; e também não gosto do modo como vivem neste país.

– O que você gostaria de fazer?

– Viver na Itália e me divertir do meu jeito.

Jo queria muito perguntar qual era o jeito dele; mas as sobrancelhas negras dele pareciam bastante ameaçadoras quando ele as juntou, então ela mudou de assunto dizendo, enquanto marcava o compasso com o pé: "Essa é uma polca deliciosa; por que você não experimenta dançar?"

– Se você também vier–, respondeu ele, com um pequeno e esquisito cumprimento francês.

– Eu não posso; porque eu disse a Meg que não dançaria porque... – aí Jo parou e parecia indecisa se deveria contar ou rir.

– Por que o quê? – perguntou Laurie curiosamente.

– Você não vai contar?

– De modo algum!

– Bem, eu tenho um mau costume de sentar perto do fogo, então eu queimo meus vestidos, e queimei este aqui; e, embora seja bem remendado, a marca do queimado aparece e Meg me disse para ficar quieta, para que ninguém pudesse ver. Pode rir se quiser; é engraçado, eu sei.

Mas Laurie não riu; ele olhou para baixo por apenas um minuto, e a expressão de seu rosto intrigou Jo, quando ele disse muito gentilmente:

– Não se preocupe; eu vou lhe dizer como podemos resolver isso: há um longo corredor lá fora, e podemos dançar livremente, ninguém irá nos ver. Por favor, venha.

Jo agradeceu e o acompanhou com alegria, desejando ter duas luvas limpas, quando viu as lindas luvas de cor pérola que seu parceiro vestia. O salão estava vazio, e eles dançaram uma polca. Laurie dançava bem e ensinou-lhe o passo alemão, o que encantou Jo, cheio de ritmo e "pulos". Quando a música parou, eles se sentaram nas escadas para respirar e Laurie estava no meio de um relato do festival de estudante em Heidelberg, quando Meg apareceu em busca de sua irmã. Ela acenou e Jo a seguiu com relutância até uma sala ao lado, onde a encontrou em um sofá segurando seu pé e com o rosto bem pálido.

– Eu torci meu tornozelo. Aquele maldito salto alto virou e meu pé torceu. Dói tanto que não consigo ficar em pé e não sei como vou chegar em casa – disse, balançando de um lado para o outro com dor.

– Eu sabia que você machucaria seus pés com esses sapatos de salto alto. Sinto muito, mas não vejo como você poderá voltar para casa a não ser de carruagem ou terá de ficar aqui a noite toda – respondeu Jo, esfregando suavemente o pobre tornozelo enquanto falava.

– Não posso ir de carruagem porque é muito caro; além disso, acho que a maioria que está aqui veio com a própria carruagem, a estrebaria fica longe e não há ninguém para enviar.

– Eu irei.

– Não, já são 22 horas e está escuro como breu. Não posso ficar aqui, pois a casa está cheia; Sallie recebeu várias amigas que irão passar a noite em sua companhia. Descansarei até Hannah chegar e então farei o melhor que puder.

– Vou pedir a Laurie; ele irá – disse Jo, parecendo aliviada quando a ideia lhe ocorreu.

– Misericórdia, não! Não peça e nem conte nada a ninguém. Pegue minhas galochas e coloque esses sapatos junto com nossas coisas. Não posso mais dançar; mas assim que o jantar terminar, aguarde a chegada de Hannah e avise-me no minuto em que ela vier.

– Eles estão indo jantar agora. Vou ficar com você; eu prefiro.

–Não, querida; corra e me traga um café. Estou tão cansada que não consigo me mexer.

Então Meg recostou-se no sofá, com as galochas bem escondidas, e Jo foi para a sala de jantar, que ela encontrou depois de entrar em um cômodo repleto de porcelanas e abrir a porta de uma sala onde o velho Sr. Gardiner estava descansando sozinho.

Chegando à mesa, ela pegou o café que imediatamente derramou sobre o vestido, deixando-o tão ruim na frente quanto estava nas costas.

– Oh meu Deus! Como sou desastrada! – disse Jo, inutilizando a luva de Meg esfregando-a no vestido.

– Posso ajudar? – disse uma voz amigável; e lá estava Laurie, com um copo cheio em uma mão e um prato com sorvete na outra.

– Eu vim buscar algo para Meg, que está muito cansada, e alguém me empurrou e aqui estou eu nesse estado –, respondeu Jo, alternando o olhar desanimado entre a saia manchada e a luva cor de café.

– Que pena! Eu estava procurando alguém para dar isso; posso levar para sua irmã?

– Oh, obrigada; eu vou te mostrar onde ela está. Não me ofereço para levar porque posso levar outro empurrão.

Jo seguiu na frente e, como se estivesse habituado a servir as damas, Laurie levou uma mesinha, trouxe uma segunda dose de café e sorvete para Jo e foi tão atencioso que até Meg em particular o considerou um "excelente rapaz". Eles se divertiram muito com os bombons e as conversas e estavam no meio de uma conversa muito animada com dois ou três outros jovens que se juntarem a eles quando Hannah apareceu. Meg esqueceu o pé e levantou-se tão rápido que foi forçada a segurar-se em Jo, com um gemido de dor.

– Fique quieta! Não diga nada – ela sussurrou para a irmã, acrescentando em voz alta:

– Não é nada; virei o pé um pouco, só isso – e subiu mancando as escadas para buscar suas coisas.

Hannah começou a repreendê-las, Meg caiu no choro e Jo já estava perdendo a paciência com ela até que decidiu resolver as coisas do seu jeito. Saiu correndo e, ao encontrar um criado, perguntou se ele poderia conseguir uma carruagem para ela. Por acaso era um criado contratado, que não conhecia a vizinhança; e Jo estava procurando por ajuda, quando Laurie, que ouviu o que ela disse, apareceu e ofereceu a carruagem de seu avô, que acabara de chegar para apanhá-lo como ele explicou.

– É muito cedo para você ir embora – comentou Jo, parecendo aliviada, mas hesitando em aceitar a oferta.

– Sempre vou cedo, é a pura verdade. Por favor, deixe-me levá-las para casa; você sabe que o caminho é o mesmo e disseram que está chovendo.

Resolveram o assunto e, contando a ele o acidente de Meg, Jo aceitou com gratidão e correu para buscar as outras. Hannah detestava chuva tanto quanto gatos, então não se opôs e elas entraram na luxuosa carruagem fechada, achando tudo muito divertido e elegante. Laurie subiu na boleia para que Meg pudesse manter o pé erguido e as meninas conversaram sobre o baile com liberdade.

– Eu me diverti muito, e você? – perguntou Jo, arrumando os cabelos e se sentindo confortável.

– Sim, até eu me machucar. Annie Moffat, uma das amigas de Sallie, gostou muito de mim e me convidou para passar uma semana com ela quando Sallie for. Ela irá na primavera, quando a temporada de ópera chegar, e será maravilhoso se nossa mãe me deixar ir – respondeu Meg, animada com a ideia.

– Vi você dançando com o homem de cabelos ruivos de quem fugi; ele era bonito?

– Oh, muito! Os cabelos dele são castanhos, não ruivos; e ele foi muito educado, e dancei com ele uma deliciosa redova!

– Ele parecia um gafanhoto em ataque, quando deu o novo passo. Laurie e eu não conseguimos deixar de rir; vocês não nos ouviram?

–Não, mas isso foi falta de educação. O que vocês estavam fazendo durante todo esse tempo, escondidos lá? –

Jo contou suas aventuras e, quando terminou, elas já estavam em casa. Com muitos agradecimentos, elas disseram "boa-noite" e entraram, esperando não incomodar ninguém; mas no instante em que a porta rangeu, duas pequenas toucas de dormir apareceram e duas vozes sonolentas, mas ansiosas, gritaram:

– Conte-nos sobre a festa! Conte-nos tudo! – Com uma atitude que Meg chamara de "grande falta de modos", Jo havia separado alguns docinhos para as meninas, e elas logo se acalmaram, depois de ouvir os eventos mais emocionantes da noite.

– Tenho a impressão de ser uma moça da alta sociedade, voltando para casa da minha festa, na minha carruagem e sentada no meu quarto de vestir com uma criada para me servir– disse Meg, enquanto Jo enfaixava o pé dela com arnica e escovava seus cabelos.

– Não acredito que jovens ricas se divirtam muito mais do que nós, apesar de nossos cabelos queimados, vestidos velhos, um par de luvas dividido em duas e sapatos apertados, que provocam uma torção em nossos tornozelos quando somos tolas o suficiente para usá-los. – E eu acho que Jo estava completamente certa.

Capítulo 4

Obrigações

— Ah, minha querida, como vai ser difícil recomeçar nossas tarefas agora– suspirou Meg, na manhã seguinte à festa; as férias haviam terminado e a semana de festividades não foi suficiente para continuar com as tarefas das quais ela nunca gostara.

– Gostaria que fosse Natal ou Ano-Novo o tempo todo; não seria divertido? – respondeu Jo, bocejando com desânimo.

– Não nos divertiríamos nem a metade do que nos divertimos dessa vez. Mas, seria muito bom sempre ter pequenos jantares e flores, ir a festas e voltar para casa em uma carruagem, ler e descansar. Exatamente como fazem as outras pessoas, e você sabe como invejo as moças que fazem essas coisas; gosto tanto de luxo – disse Meg, tentando decidir qual dos dois vestidos surrados era o menos surrado.

– Bem, não podemos ter esses luxos, então, paremos de reclamar e façamos nossas obrigações com alegria como faz mammie. Tenho certeza de que tia March é um fardo bem pesado para mim, mas acho que quando aprender a suportá-lo sem reclamar, ela cairá ou ficará tão leve que não me importarei em carregá-la.

Essa ideia agradou a imaginação de Jo e a deixou de bom humor; mas

Meg não se animava, pois seu fardo, composto de quatro crianças mimadas, parecia mais pesado do que nunca. Ela não tinha ânimo nem para enfeitar-se, como fazia de costume, colocando uma fita azul no pescoço e fazendo um penteado moderno.

– Que graça tem arrumar-se para ficar bonita quando ninguém me vê, a não ser aqueles pequenos travessos, e ninguém se importa se eu sou bonita ou não – ela murmurou, fechando a gaveta com um empurrão. – Vou ter de trabalhar e lamentar todos os meus dias, com apenas um pouquinho de diversão de vez em quando, e ficar velha, feia e rabugenta, porque sou pobre e não posso aproveitar minha vida como as outras meninas. Que tristeza! –

E, então, Meg desceu com um semblante carrancudo e ficou assim durante todo o café da manhã. Todas pareciam meio estranhas e aborrecidas. Beth estava com dor de cabeça e ficou deitada no sofá, tentando se confortar com a gata e seus três gatinhos; Amy estava preocupada porque não aprendera suas lições e não conseguia encontrar sua borracha; Jo tentava assobiar e fazia um grande barulho para se arrumar; a Sra. March estava muito ocupada tentando terminar uma carta, que devia ser enviada imediatamente; e Hannah estava de cara feia porque ficar acordada até tarde não combinava com ela.

– Nunca vi uma família tão ranzinza! – exclamou Jo, perdendo a paciência depois de entornar um tinteiro, arrebentar os dois cordões dos sapatos e sentar-se em cima de seu chapéu.

– Você é a mais ranzinza da família! – retrucou Amy, fazendo desaparecer de sua lousa, com as lágrimas que derramava, a soma de uma conta totalmente errada.

– Beth, se você não trancar esses gatos horríveis no porão, afogarei todos eles – exclamou Meg, irritada, enquanto tentava se livrar do gatinho, que ficava pulando em suas costas e não conseguia alcançá-la.

Jo ria, Meg gritava, Beth implorava e Amy chorava porque não conseguia se lembrar quantas vezes nove cabia em doze.

– Meninas! Meninas! Fiquem quietas um minuto. Preciso despachar isso no correio logo cedo e vocês me deixam distraída com suas preocupações – exclamou a Sra. March, riscando pela terceira vez a frase errada em sua carta.

Houve uma pausa momentânea, interrompida por Hannah, que colocou dois pastéis quentes sobre a mesa e saiu repentinamente. Esses pastéis eram um costume da casa; e as meninas os chamavam de "regalos", pois não tinham outros, e achavam as tortas quentes muito reconfortantes para as mãos nas manhãs frias. Hannah nunca se esquecia de fazê-las, por mais ocupada ou mal-humorada que estivesse, pois a caminhada era longa e penosa; as pobrezinhas não almoçavam e raramente chegavam em casa antes das três.

– Brinque com seus gatos e supere sua dor de cabeça, Beth. Até logo, mammie; hoje de manhã éramos um bando de peraltas, mas voltaremos para casa como verdadeiros anjos. Vamos, Meg – e Jo saiu andando, sentindo que as peregrinas não estavam partindo como deveriam.

Elas sempre olhavam para trás antes de dobrar a esquina, pois a mãe estava sempre na janela, acenando com a cabeça, sorrindo e balançando a mão para elas. De alguma forma, não conseguiriam passar o dia sem esses gestos, independente de seus estados de espírito, o último vislumbre daquele rosto materno certamente era como um raio de sol.

– Se a mammie nos castigasse em vez de nos mandar beijos seria perfeito, pois nunca se viu raparigas mais ingratas do que nós –, exclamou Jo, sentindo uma satisfação cheia de remorsos ao caminhar na estrada lamacenta entre rajadas de vento.

– Não use expressões tão horríveis – disse Meg, das profundezas de um manto em que se escondera como uma freira cansada do mundo.

– Gosto de palavras boas e fortes, que significam alguma coisa – respondeu Jo, segurando o chapéu que se preparava para sair voando de sua cabeça.

– Dê a si mesma o nome que quiser; mas eu não sou nem ingrata nem rapariga, e não gosto de ser chamada assim. – Hoje você está um ser derrotado e decididamente rabugento, porque não pode ficar sentada no colo da luxúria o tempo todo. Pobre menina! Espere até que eu faça minha fortuna, e você se deleitará com carruagens, sorvetes, sapatos de salto alto, flores e jovens ruivos para dançar. – Como você é ridícula, Jo! – mas Meg riu das bobagens e se sentiu melhor apesar de tudo.

– Para sua sorte eu sou; porque se eu ficar arrasada e rabugenta, como você, nossa situação seria maravilhosa. Graças a Deus, sempre posso encontrar algo engraçado para me manter animada. Não resmungue mais e volte para casa alegre, pois lá temos um anjo.

Jo deu um tapinha encorajador no ombro da irmã enquanto se separavam para o dia, cada uma seguindo um caminho diferente, cada uma apreciando seu pequeno pastel quente, e cada uma tentando ficar feliz, apesar do clima de inverno, do trabalho duro e dos desejos insatisfeitos da juventude amante do prazer.

Quando o Sr. March perdeu sua propriedade ao tentar ajudar um amigo infeliz, as duas meninas mais velhas pediram permissão para começar a trabalhar para ajudar em seu sustento, pelo menos. Acreditando que não era cedo demais para aprenderem a ter boa disposição, habilidade e independência, seus pais consentiram que elas começassem a trabalhar com boa vontade, que, apesar de todos os obstáculos, certamente é o caminho para o sucesso. Margaret encontrou um lugar como governanta de berçário e sentia-se rica com seu pequeno salário. Como ela dizia, "gostava de luxo" e seu principal problema era a pobreza. Ela achava mais difícil de suportar esse problema do que os outros, porque ela conseguia se lembrar de uma época em que a casa era linda, a vida cheia de tranquilidade e prazer e não lhes faltava nada. Ela tentava não sentir inveja ou descontentamento, mas era muito natural que a jovem desejasse coisas bonitas, amigos felizes, realizações e uma vida feliz. Na casa dos Kings, ela via diariamente tudo aquilo que desejava, porque quando as irmãs mais velhas saíam, Meg podia observar os glamourosos vestidos de baile e buquês, ouvia fofocas animadas sobre teatros, shows, passeios de trenó e festas de todos os tipos, e via o dinheiro gasto em ninharias que seriam tão preciosas para ela. A pobre Meg raramente se queixava, mas um sentimento de injustiça a fazia sentir-se amarga em relação aos outros às vezes, pois ainda não havia compreendido como era rica em bênçãos que por si só podem tornar a vida feliz.

Jo cuidava de tia March, que era manca e precisava de uma pessoa ativa para ajudá-la. A velhinha, sem filhos, tinha se oferecido para adotar uma das meninas quando os problemas surgiram e ficou muito ofendida porque sua oferta foi recusada. Alguns amigos disseram aos March que eles haviam perdido todas as chances de serem lembrados no testamento da rica velhinha; mas os March, que não eram apegados às coisas terrenas, apenas respondiam:

– Não daremos nossas filhas por nenhuma fortuna. Ricos ou pobres, ficaremos juntos e seremos felizes um na companhia do outro.

A velha senhora ficou sem falar com eles por um tempo, mas, ao encontrar Jo na casa de uma amiga, algo em seu rosto cômico e maneiras excêntricas impressionaram a senhora e ela propôs levá-la como dama de companhia. A princípio Jo não gostou da ideia; mas aceitou o lugar, já que nada melhor aparecia e, para surpresa de todos, se deu notavelmente bem com sua parenta irascível. Houve uma discórdia ocasional uma vez e assim que Jo entrou em casa ela declarou que não podia suportar mais o trabalho; mas como o nervosismo de tia March passava rapidamente, ela chamou Jo de volta com tanta urgência que esta não podia recusar, porque em seu coração ela gostava da velha apimentada.

Suspeito que a verdadeira atração era uma grande biblioteca com excelentes obras, que fora abandonada ao pó e às aranhas depois da morte do tio March. Jo lembrava-se do velho cavalheiro bondoso que costumava deixá-la construir ferrovias e pontes com seus grandes dicionários, que lhe contava histórias sobre as figuras estranhas em seus livros em latim e comprava biscoitos de gengibre sempre que a encontrava na rua. A sala escura e empoeirada, com os bustos colocados no alto das estantes, as cadeiras aconchegantes, os globos e, o melhor de tudo, a selva de livros, onde ela podia andar onde quisesse, transformavam a biblioteca em uma região de felicidade para ela. Enquanto tia March tirava uma soneca, ou estava ocupada com alguma visita, Jo corria para esse lugar tranquilo e, acomodando-se na poltrona, devorava livros de poesias, romances, histórias, viagens e fotos, como uma amante da leitura. Mas, como toda felicidade, não durava muito; exatamente quando chegava ao ponto crítico da história, ao verso mais delicado da poesia ou a aventura mais perigosa do viajante, uma voz estridente chamava: – Josephine! Josephine! – e ela tinha de deixar seu paraíso para enrolar fios de lã, dar banho no poodle ou ler os *Ensaios de Belsham*, por uma hora inteira.

A ambição de Jo era fazer algo muito esplêndido; o que era ela não tinha ideia, mas deixava o tempo lhe contar; e, enquanto isso, via-se na maior aflição pelo fato de não poder ler, correr e andar tanto quanto queria. Um temperamento irrequieto, língua afiada e um espírito vivo sempre a colocavam em risco, e sua vida era uma série de altos e baixos, de fatos cômicos e patéticos. Mas a educação que recebia na casa da tia March era exatamente o que ela precisava; e o pensamento de que ela estava fazendo algo para se sustentar a deixava feliz, apesar daquele eterno "Josefina!".

Beth era tímida demais para ir à escola; tentaram fazer a experiência, mas ela sofria tanto que desistiram da ideia, e ela fazia suas lições em casa, com o pai. Mesmo quando ele partiu, e sua mãe foi chamada para dedicar sua habilidade e energia à Sociedade de Ajuda aos Soldados, Beth continuou estudando fielmente sozinha e fez o melhor que pôde. Ela era uma pequena dona de casa, ajudava Hannah a manter a casa arrumada e confortável para as irmãs que trabalhavam, nunca esperando outra recompensa que não fosse o amor da família. Ela passava dias longos e tranquilos, não eram solitários nem ociosos, pois seu pequeno mundo estava povoado de amigos imaginários, e ela era por natureza uma abelhinha ocupada. Tinha seis bonecas para brincar e vestir todas as manhãs, pois Beth ainda era uma criança e amava seus brinquedos mais que tudo; nenhuma das bonecas estava inteira, nem era bonita; já estavam usadas quando Beth as pegava, porque quando suas irmãs deixavam as bonecas de lado, elas eram passadas para ela, porque Amy não gostava de nada velho nem feio. Por esse motivo, Beth cuidava delas com toda a ternura e tinha um verdadeiro hospital para bonecas doentes. Jamais colocava um alfinete em seus corpinhos de algodão, nem lhes dirigia palavras ásperas ou maus tratos; a mais repulsiva delas jamais sofreu alguma negligência; pelo contrário, todas eram alimentadas e vestidas, amamentadas e acariciados, com um carinho desmedido. Uma das bonecas, que estava em pedaços, pertencera a Jo; tivera uma vida tempestuosa, foi deixada toda destroçada no saco de pano, numa casa pobre e triste de onde foi resgatada por Beth e levada para seu refúgio. A boneca não tinha o topo da cabeça, Beth amarrou uma toquinha e, como os braços e as pernas se foram, escondeu essas deficiências envolvendo o corpo em um cobertor e dedicando sua melhor cama para essa eterna inválida. Se alguém soubesse dos cuidados prestados àquela boneca, ficaria enternecido apesar de dar boas risadas. Ela trazia-lhe flores, lia para ela e levava-a para fora para respirar ar fresco escondida sob seu casaco; ela cantava canções de ninar, e nunca ia para a cama sem beijar seu rostinho sujo e sussurrando ternamente: – Espero que você tenha uma boa noite, meu amorzinho.

Beth tinha seus confrontos, assim como as outras; e não sendo um anjo, mas uma garotinha muito humana, muitas vezes "chorava um pouco", como Jo dizia, porque não podia ter aulas de música e ter um bom piano. Ela amava a música com tanto carinho, esforçava-se tanto para aprender e praticava tão pacientemente o instrumento antigo, que parecia que alguém (para não sugerir tia March) deveria ajudá-la. Ninguém o fez, no entanto, e ninguém viu Beth enxugar as lágrimas que caíam nas teclas amarelas quando ela estava sozinha. Cantava como uma cotovia quando estava trabalhando, nunca se cansava demais para tocar para mammie e as meninas, e dia após dia dizia esperançosamente para si mesma: "Eu sei que um dia ainda vou ter meu piano, se eu for uma pessoa boa".

Existem muitas Beths no mundo, tímidas e quietas, sentadas nos cantos até que sejam necessárias, vivendo aparentemente alegres para os outros que não compreendem seus sacrifícios até que, como o pequeno grilo na lareira, pare de cantar e a doce e irradiante presença desapareça, deixando atrás de si silêncio e sombra.

Se alguém perguntasse a Amy qual era o maior desgosto de sua vida, ela teria respondido imediatamente: – Meu nariz. Quando bebê, Jo a deixou cair acidentalmente no balde de carvão, e Amy insistia que a queda deformara seu nariz para sempre. Não era grande, nem vermelho, como o da pobre Petrea; era apenas achatado e todos os beliscões do mundo não podiam lhe dar um ar aristocrático. Ninguém se importava, a não ser ela mesma, e estava fazendo o possível para crescer, mas Amy sentia profundamente a falta de um nariz grego, e para se consolar desenhava lindos narizes em folhas inteiras de papéis.

"A pequena Rafael", como lhe chamavam suas irmãs, tinha um talento nato para desenhar e só se sentia realmente feliz quando copiava flores, desenhava fadas ou ilustrava histórias com criações originais de arte. Seus professores reclamaram que, em vez de fazer suas contas de somar, ela cobria a lousa com animais; as páginas em branco de seu atlas eram usadas para copiar mapas e caricaturas com as descrições mais bizarras apareciam em todos os seus livros nos momentos mais impróprios. Ela fazia suas lições da melhor forma que podia e conseguia escapar das repreensões por sua conduta exemplar. Ela era a favorita entre as colegas, sempre bem-humorada e possuindo a arte de agradar sem esforço. Suas atitudes e graças eram muito admiradas, bem como suas habilidades; pois além de desenhar, ela podia cantar algumas canções, fazer crochê e ler francês pronunciando bem um terço das palavras. Tinha uma maneira tristonha de dizer: – "Quando o papai era rico, nós fazíamos ...", o que era muito comovente; e suas palavras eram consideradas "muito elegantes" pelas meninas.

Amy era mimada por todos e suas vaidades e egoísmos cresciam rápido. No entanto, uma coisa extinguia-lhe a vaidade; ela tinha que usar as roupas de sua prima. Bem, a mãe de Florence não tinha nenhum toque de bom gosto, e Amy sofria profundamente por ter que usar um chapéu vermelho em vez de azul, vestidos detestáveis e aventais espalhafatosos que não lhe caíam bem. Tudo era muito bom, bem feito e de pouco uso; mas os olhos artísticos de Amy ficavam muito aflitos, especialmente no último inverno, quando seu vestido da escola era de um roxo opaco, com bolinhas amarelas e sem enfeite algum. – Meu único conforto – dizia ela a Meg, com lágrimas nos olhos, é que a mãe não encurta meus vestidos sempre que faço qualquer travessura, como a mãe de Maria Parks. Minha querida, é realmente terrível; pois às vezes ela é tão ruim que seu vestido fica acima dos joelhos e ela não pode ir à escola. Quando penso nessa degeneração, sinto que posso suportar até o nariz chato e o vestido roxo com bolinhas amarelas.

Meg era a confidente e a conselheira de Amy e, devido à estranha atração de opostos, Jo era confidente de Beth. Somente para Jo, a menina tímida contava seus pensamentos; por sua vez, sobre a irmã intempestiva, Beth inconscientemente exercia mais influência do que qualquer outra pessoa da família. As duas meninas mais velhas eram muito uma da outra, mas ambas cuidavam de uma das mais jovens e as vigiavam à sua maneira, "brincando de mãe", como elas diziam. Tratavam suas irmãs como bonecas com o instinto maternal de "mulherzinhas".

– Alguém tem uma história para contar? Foi um dia tão sombrio que estou realmente morrendo de vontade de me divertir – disse Meg, enquanto elas estavam costurando juntas naquela noite.

– Eu me diverti muito com a tia hoje e tivemos um incidente que vou contar para vocês – começou Jo, que adorava contar histórias. – Eu estava lendo aquele eterno Belsham com a minha entonação monótona de costume, pois assim a tia logo cai no sono e eu então eu pego um bom livro e devoro com fúria, até que ela acorde. Na verdade, também fiquei com sono; e, antes que ela começasse a cochilar, dei um bocejo tão grande que ela me perguntou por que eu estava abrindo tamanha boca capaz de engolir o livro de uma só vez.

– Se pudesse, eu o faria – disse eu, em tom de brincadeira. – Então ela fez uma longa admoestação sobre meus defeitos e me disse para sentar e refletir sobre eles, enquanto ia repousar por alguns instantes. Ela nunca sabe o que ela quer; quando sua touca começou a mover-se, como uma dália pesada, tirei do bolso "*O Vigário de Wakefield*" e comecei a ler com um olho no livro e outro na tia. Ao chegar ao trecho onde todos caíram na água, me esqueci e dei uma gargalhada. A tia March acordou e, sentindo-se melhor depois da soneca, mandou-me ler um pouco e disse que eu preferia uma obra frívola ao digno e instrutivo Belsham. Eu fiz o meu melhor e ela gostou, apesar de apenas dizer:

– Não compreendo bem o enredo; comece de novo, menina.– Voltei e li da maneira mais agradável que pude. Mas, fui malvada o suficiente para parar em um trecho emocionante e dizer humildemente: – Receio que isso a esteja aborrecendo, senhora; devo parar agora?

– Ela pegou o tricô que tinha caído de suas mãos, me deu um olhar afiado através de seus óculos, e respondeu secamente: "–Termine o capítulo e não seja impertinente, Srta.".– Ela confessou que estava gostando? – perguntou Meg.

– Oh, com certeza, não! Mas ela deixou o velho Belsham em paz e, quando voltei para pegar minhas luvas hoje à tarde, ela estava tão entretida com *O Vigário*, que não me ouviu rir nem me viu dançar no corredor porque estava chegando a hora de ir embora. Que vida agradável ela poderia ter se quisesse. Apesar de seu dinheiro, não a invejo, pois, afinal, todas as pessoas ricas têm tantos aborrecimentos quanto as pobres, eu acho – acrescentou Jo.

– Isso me lembra – disse Meg –que eu tenho algo para contar. Não é engraçado, como a história de Jo, mas pensei bastante nisso no caminho de volta para casa. Hoje, no Kings, encontrei todo mundo agitado, e uma das crianças disse que seu irmão mais velho havia feito algo terrível e que o pai deles o expulsara de casa. Ouvi a Sra. King chorando e o Sr. King falando muito alto, e Grace e Ellen viraram o rosto quando passaram por mim, para que eu não visse quão vermelhos estavam seus olhos. Não fiz perguntas, é claro; mas senti pena deles e fiquei muito feliz por não ter irmãos selvagens para fazer coisas más e desonrar a família.

– Acho que ser castigada na escola é a coisa mais penosa do que qualquer outra para uma menina – disse Amy, balançando a cabeça, como se sua experiência de vida tivesse sido profunda. – Susie Perkins chegou à escola hoje com um lindo anel de cornalina vermelho. Adoraria ter aquele anel e desejei ser ela com todas as minhas forças. Bem, ela desenhou uma caricatura do Sr.

Davis, com um nariz monstruoso, uma corcunda e as palavras: "senhoritas, meus olhos estão em vocês!" escritas dentro de um balão que saía da boca dele. Estávamos todas rindo, quando, de repente, ele estava olhando para nós e ordenou que Susie trouxesse sua lousa. Ela ficou paralisada de medo, mas foi, e oh, o que vocês acham que ele fez? Ele a pegou pela orelha – a orelha, imaginem que horror! – e a levou para o palanque de recitação, e a fez ficar lá meia hora, segurando a lousa para que todas pudessem ver a caricatura. –

– E as meninas não riram com a caricatura? – perguntou Jo curiosa.

– Rir! Ninguém riu. Elas ficaram sentadas imóveis como ratos, e Susie chorou muito, sei que ela chorou. Não a invejava naquele momento, pois sentia que milhões de anéis de cornalina não teriam me feito feliz depois do que aconteceu. Nunca eu teria superado desgosto tão agonizante; – e Amy continuou seu trabalho, com a consciência orgulhosa da virtude e satisfeita de ter pronunciado duas palavras longas em uma respiração.

– Vi algo que gostei hoje de manhã e pretendia contar no jantar, mas esqueci – disse Beth, colocando a cesta de costura de Jo em ordem enquanto ela falava. – Quando fui buscar ostras para Hannah, o Sr. Laurence estava na peixaria, mas ele não me viu, porque fiquei atrás de um barril, e ele estava ocupado conversando com o Sr. Cutter, o peixeiro. Uma pobre mulher entrou com um balde e um esfregão e perguntou ao Sr. Cutter se ele a deixaria fazer a limpeza em troca de um pouco de peixe, porque ela não tinha nada para o jantar de seus filhos e perdera o dia de trabalho. O Sr. Cutter estava com pressa e disse – Não – um tanto grosseiramente; ela já estava indo embora, triste e faminta, quando o Sr. Laurence fisgou um peixe grande com a ponta torta da bengala estendendo-o a ela. Ela ficou tão feliz e surpresa que abraçou o peixe agradecendo várias vezes. Ele disse a ela que fosse cozinhá-lo e ela saiu apressada, mas muito feliz! Não foi bonito o que ele fez? Ah, ela parecia tão engraçada, abraçando o peixe grande e escorregadio, certa de que o Sr. Laurence já tinha um lugar guardado no céu.

Depois que riram da história de Beth, pediram que a mãe contasse uma também; e, depois de um momento de reflexão, ela disse com sobriedade:

– Enquanto eu estava sentada hoje, nas salas, cortando casacos de flanela azul, fiquei muito apreensiva com o papai e pensei em como ficaríamos sozinhas e desamparadas se algo acontecesse com ele. Não era uma coisa sábia a se fazer, mas continuei me preocupando, até que um velho entrou com uma requisição para algumas coisas. Sentou-se perto de mim e comecei a conversar com ele, pois parecia pobre, abatido e ansioso. – O senhor tem filhos no exército? – perguntei, porque a requisição não era para mim.

– Sim, senhora. Tinha quatro, mas dois foram mortos; um é prisioneiro e vou ver o outro, que está muito doente em um hospital de Washington – respondeu ele em voz baixa.

– O senhor fez muito pelo seu país – eu disse, sentindo respeito em vez de pena.

– Nada mais do que deveria, senhora. Iria eu próprio se tivesse alguma utilidade; como não tenho, dou meus meninos e os dou de boa vontade.

– Ele falou com tanta alegria, parecia tão sincero e parecia tão feliz em dar tudo de si, que fiquei com vergonha de mim mesma. Eu dera um homem e achava que era demais, enquanto ele dera quatro, sem murmurar. Eu tinha todas as minhas meninas para me confortar em casa, e seu último filho estava esperando, a quilômetros de distância, talvez para dizer "adeus" a ele. Senti-me tão rica, tão feliz, pensando em minhas bênçãos, que fiz para ele um bom pacote, dei-lhe algum dinheiro e agradeci com entusiasmo pela lição que ele havia me ensinado.

– Conte outra história, mãe; uma com fundo moral, como essa. Gosto de pensar nelas depois, se são reais e não muito maçantes– disse Jo, após um minuto de silêncio. A senhora March sorriu e começou imediatamente; pois ela havia contado histórias para esse pequeno público por muitos anos e sabia como agradá-las.

– Era uma vez quatro meninas, que tinham o suficiente para comer, beber e vestir; muitos confortos e deleites, amigos e pais bondosos, que as amavam muito e, no entanto, não estavam satisfeitas. (Aqui as ouvintes trocaram olhares dissimulados entre si e começaram a costurar diligentemente). Essas meninas desejavam com empenho ser boas e tomavam excelentes resoluções, mas às vezes não as mantinham e ficavam constantemente dizendo: – Se tivéssemos isso – ou – se pudéssemos fazer isso –, esquecendo-se completamente do que já possuíam e de quantas coisas agradáveis realmente podiam fazer; então, um certo dia, perguntaram a uma velha que feitiço poderiam usar para fazê-las felizes, e ela disse: "– Quando vocês se sentirem descontentes, pense em suas bênçãos e sejam gratas." (Aqui Jo olhou para cima rapidamente, como se estivesse prestes a falar, mas mudou de ideia, vendo que a história ainda não havia terminado).

– Sendo meninas sensatas, elas decidiram seguir o conselho dela e logo ficaram surpresas ao ver como estavam bem. Uma delas descobriu que o dinheiro não podia manter a vergonha e a tristeza do lado de fora das casas das pessoas ricas; a outra, embora fosse pobre, era muito mais feliz com a juventude, a saúde e o bom humor do que uma certa senhora impertinente e fraca, que não conseguia desfrutar de seus confortos; a terceira descobriu que, por mais desagradável que fosse ajudar a preparar o jantar, era mais difícil ainda ter que implorar para comer; e a quarta aprendeu que até anéis de cornalina não eram tão valiosos quanto o bom comportamento. Então elas concordaram em parar de reclamar, em desfrutar das bênçãos já possuídas e em tentar merecê-las, para que não fossem retiradas inteiramente, em vez de aumentadas. Acredito que nunca se decepcionaram nem se lamentaram sobre o fato de seguirem o conselho da velha.

– Mammie, a senhora é muito esperta de virar nossas próprias histórias contra nós mesmas e dar-nos um sermão em vez de um "conto" – disse Meg.

– Gosto desse tipo de sermão; é o tipo que o pai costumava nos contar– disse Beth, pensativa, colocando as agulhas diretamente na almofada de Jo.

– Não reclamo tanto quanto as outras, e terei mais cuidado do que nunca agora, depois que recebi um aviso da "derrota" de Susie – disse Amy, em tom moralista.

– Precisávamos dessa lição, e não a esqueceremos. Se o fizermos, a senhora apenas nos diz como Chloe fazia em *A Cabana do Pai Tomás*: "Pensem nas venturas que gozam, crianças, pensem nas venturas", acrescentou Jo, que não poderia deixar de fazer sua brincadeira com o pequeno sermão, embora ela o tenha levado a sério tanto quanto qualquer uma delas.

Capítulo 5

Sendo bons vizinhos

— O que vai fazer agora, Jo? – perguntou Meg, numa tarde de neve, quando a irmã chegou ao corredor, de botas de borracha, usando um vestido velho e touca, com uma vassoura em uma mão e uma pá na outra.

– Vou sair para fazer exercícios – respondeu Jo, com um brilho malicioso nos olhos.

– Acho que duas longas caminhadas seriam suficientes nesta manhã. Está frio e nublado, e aconselho você a ficar quente e seca, junto ao fogo, como eu – disse Meg, com um arrepio.

– Não gosto de conselhos; não posso ficar parada o dia inteiro, e como não sou uma gata, não gosto de cochilar perto do fogo. Gosto de aventuras e vou procurá-las.

Meg voltou a aquecer os pés e ler *Ivanhoé*, e Jo começou a escavar o caminho com muita energia. A neve estava leve e, com a vassoura, ela logo abriu um caminho até o jardim, para Beth andar quando o sol aparecesse e as bonecas inválidas fossem tomar ar. Agora o jardim separava a casa dos March da casa do Sr. Laurence; ambas estavam localizadas em um subúrbio da cidade, quase no campo, com bosques e gramados, grandes jardins e ruas tranquilas. Uma cerca baixa separava as duas propriedades. De um lado, uma velha casa marrom, parecendo um pouco vazia e surrada, revestida de videiras que no verão cobriam suas paredes e de flores que a cercavam. Do outro lado, havia uma mansão imponente de pedra, claramente ostentando todo tipo de conforto e luxo, desde a grande cocheira e os jardins bem cuidados até o jardim de inverno, e os vislumbres de ricos adornos entre as luxuosas cortinas. No entanto, parecia uma casa solitária e sem vida; porque nenhuma criança brincava no gramado, nenhum rosto maternal sorria nas janelas, e poucas pessoas entravam e saíam, exceto o velho cavalheiro e seu neto.

Para a animação fantasiosa de Jo, esta bela casa parecia uma espécie de palácio encantado, cheio de esplendores e delícias, das quais ninguém gostava. Há muito que ela queria contemplar essas belezas ocultas e conhecer o "jovem Laurence", que parecia desejar também, mas não sabia como o conseguir. Desde o baile, ela estava mais ansiosa do que nunca e planejara muitas maneiras de fazer amizade com ele; mas ele não tinha sido visto ultimamente, e Jo começou a pensar que ele tinha ido embora, quando um dia ela viu um rosto castanho na janela superior, olhando melancolicamente para o jardim, onde Beth e Amy estavam brincando de jogar bolas de neve uma na outra.

– Aquele rapaz está sentindo falta de diversão e amizades – disse ela consigo mesma. Seu avô não sabe o que é bom para ele e o mantém calado e sozinho.

– Ele precisa da companhia de alguns rapazes alegres ou de alguém jovem e animado. Tenho vontade de dizer isso ao velho senhor.

A ideia agradava Jo, que gostava de fazer coisas ousadas, e sempre escandalizava Meg por suas loucuras. O plano ousado não foi esquecido e, quando chegou a tarde de neve, Jo resolveu tentar colocar o plano em prática. Ela viu o Sr. Laurence sair e depois seguiu em direção a cerca, onde parou e olhou ao redor. Tudo calmo; cortinas abaixadas nas janelas do andar térreo; criados fora da vista, e nenhum ser humano visível, a não ser uma cabeça com cabelos pretos encaracolados apoiada em uma mão fina, na janela superior. – Lá está ele – pensou Jo; – pobre garoto! Sozinho e doente, este dia sombrio! É uma vergonha! Vou jogar uma bola de neve e fazê-lo olhar para fora, e depois digo uma palavra gentil para ele. Jo lançou uma mão cheia de neve macia, e a cabeça virou-se imediatamente, mostrando um rosto que perdeu seu olhar apático em um minuto, quando os grandes olhos brilharam e a boca se abriu em um sorriso. Jo acenou, sorriu e balançou sua vassoura enquanto gritava:

– Como vai? Você está doente?

Laurie abriu a janela e resmungou rouco como um corvo:

– Melhor, obrigado. Eu tive um resfriado horrível e fiquei trancado em casa uma semana.

– Sinto muito. Com o que você se diverte?

– Com nada. Isso aqui parece um túmulo.

– Você não costuma ler?

– Não muito; eles proibiram-me de ler.

– Alguém não pode ler para você?

– O vovô, às vezes; mas meus livros não lhe interessam e eu odeio pedir a Brooke o tempo todo.

– Chame alguém para visitá-lo, então.

– Não há ninguém que eu gostaria de ver. Os rapazes fazem muito barulho e minha cabeça está fraca.

– Não há nenhuma menina bonita que possa ler e distrair você? As meninas são quietinhas e gostam de brincar de enfermeira.

– Não conheço nenhuma.

– Você me conhece – disse Jo, depois riu e ficou parada.

– É verdade! Você viria, por favor? – exclamou Laurie.

– Não sou quieta nem bonita, mas irei, se minha mãe permitir. Vou perguntar a ela. Feche a janela, como um bom rapaz, e espere até eu chegar.

Com isso, Jo colocou a vassoura no ombro e marchou para dentro da casa, imaginando o que todos iriam dizer a ela. Laurie estava um pouco animado com a ideia de ter companhia e correu para se arrumar porque, como a Sra. March disse, ele era "um pequeno cavalheiro" e queria fazer as honras da casa à visita, penteando seu cabelo encaracolado, colocando um colarinho novo e tentando arrumar o quarto, que, apesar de meia dúzia de empregados, quase nunca estava arrumado. Nesse momento, soou uma campainha e uma voz cheia de energia chamou "Sr. Laurie", e um criado que parecia surpreso veio correndo para anunciar uma jovem.

– Tudo bem, deixa-a subir, é a Srta. Jo– disse Laurie, indo até a porta de seu pequeno gabinete para encontrar Jo, que apareceu, rosada e gentil, e à vontade, com um prato coberto em uma das mãos e os três gatinhos de Beth na outra.

– Aqui estou eu, com malas e bagagens – disse ela com vivacidade.

– Minha mãe manda-lhe lembranças e disse que ficará satisfeita se eu puder fazer alguma coisa por você. Meg pediu que eu trouxesse um pouco de seu manjar branco que ela faz muito bem e Beth achou que seus gatinhos ajudariam na sua recuperação. Eu sabia que você não gostaria muitos de vê-los, mas não pude recusar, ela estava tão ansiosa para fazer alguma coisa.

A lembrança de Beth foi exatamente a que mais lhe serviu porque ao brincar com os gatinhos, Laurie esqueceu sua vergonha e ficou mais sociável.

– Parece bonito demais para comer – disse ele, sorrindo com prazer, enquanto Jo descobria o prato e mostrava o manjar branco, cercado por uma guirlanda de folhas verdes e flores escarlates do gerânio de estimação de Amy.

– Não é nada demais, só que todas quiseram gentilmente demonstrar preocupação com você. Diga à criada para guardá-lo para a hora do seu chá. É tão leve e macio que você pode comer sem receio porque não irritará sua garganta inflamada. Como esse quarto é aconchegante.

– Poderia ser, se fosse bem tratado; mas as criadas são preguiçosas, e eu não sei como fazê-las se importar. Isso me aborrece muito.

–Vou arrumá-lo em dois minutos. Só é preciso varrer a lareira, assim, e colocar os objetos aqui na lareira, assim... e colocar os livros aqui, os frascos de remédios aqui e o seu sofá virado para a luz e levantar os travesseiros um pouco. Agora está tudo arrumado.

E realmente estava porque, enquanto ria e conversava, Jo havia colocado as coisas no lugar e dado um ar bastante diferente ao quarto. Laurie a observou em um silêncio respeitoso; e, quando ela o chamou para o sofá, ele se sentou com um suspiro de satisfação, dizendo, agradecido:

– Como você é gentil! Sim, era isso que queria. Agora, por favor, sente-se na cadeira grande e deixe-me fazer algo para distraí-la.

– Não; fui eu que vim divertir você. Posso ler em voz alta? – Jo olhou carinhosamente para alguns livros convidativos que estavam perto.

– Obrigado; eu já li todos eles, e se você não se importa, eu prefiro conversar – respondeu Laurie.

– Nem um pouco; falarei o dia todo se você deixar. Beth diz que nunca sei quando parar.

– Beth é aquela com o rosto rosado, que fica bastante em casa e às vezes sai com uma pequena cesta? – perguntou Laurie, interessado.

– Sim, essa é a Beth; ela fica sob meus cuidados e é muito boazinha.

– A bonita é Meg, e a de cabelos encaracolados é Amy, não é?

– Como descobriu isso?

Laurie corou, mas respondeu, francamente:

– Veja bem, muitas vezes eu ouço vocês chamando uma a outra, e quando estou sozinho aqui em cima, não posso deixar de olhar para sua casa, parece que vocês sempre passam horas agradáveis. Peço-lhes desculpa por ser tão indelicado, mas às vezes vocês esquecem de abaixar a cortina da janela onde estão as flores e, quando ascendem as luzes, é como contemplar um quadro ao ver a lareira e vocês em volta da mesa com sua mãe, o rosto dela fica bem em frente e parece tão doce atrás das flores que não posso deixar de vê-lo. Eu não tenho mãe, você sabe. – Laurie cutucou o fogo para esconder um pequeno tremor nos lábios que ele não conseguia controlar.

O olhar solitário e tristonho em seus olhos tocou diretamente o terno coração de Jo. Ela havia sido criada com tanta simplicidade que não havia bobagens em sua cabeça e, aos 15, era tão inocente e franca quanto qualquer criança. Laurie estava doente e sozinho; e, sentindo o quanto ela era rica em amor e felicidade no lar, tentou alegremente compartilhar isso com ele. Seu rosto moreno era encantador e sua voz aguda ficou extremamente suave ao dizer essas palavras:

– Nunca mais desceremos aquela cortina, e deixo você olhar quando você quiser. Eu só gostaria, na verdade, que em vez de espiar, você viesse nos visitar. Minha mãe é tão boa que lhe dará toda a atenção e, se eu pedir, Beth cantará para você e Amy dançará; Meg e eu o faremos rir bastante com nossas representações teatrais, e teremos momentos alegres. Seu avô não deixaria você ir?

– Acho que sim, se sua mãe lhe pedir. Ele é muito gentil, embora não pareça; e ele me deixa fazer o que eu gosto, praticamente, só que ele tem medo de que eu possa incomodar estranhos – respondeu Laurie, cada vez mais feliz.

– Não somos estranhos, somos vizinhos, e não pense que irá incomodar. Queremos conhecê-lo, e eu venho tentando fazer isso há tanto tempo. Não estamos aqui há um bom tempo, mas conhecemos todos os nossos vizinhos, menos você.

– Bem, o vovô vive entre os livros dele e não se importa muito com o que acontece lá fora. O Sr. Brooke, meu tutor, não fica aqui, você sabe, e eu não tenho ninguém para sair comigo, então fico aqui e vivo como posso.

– Isso é ruim. Você devia passear e visitar todos os lugares quando for convidado; então você terá muitos amigos e lugares agradáveis para conhecer. Não se importe por ser tímido, isso vai passar se você continuar saindo.

– Laurie ficou vermelho de novo, mas não ficou ofendido pela referência à sua timidez, pois havia tanta boa vontade em Jo, que era impossível não aceitar seus discursos bruscos da maneira mais gentil possível.

– Você gosta da sua escola? – perguntou o jovem, mudando de assunto, depois de uma pequena pausa, durante a qual ele olhou para a lareira e Jo ao seu redor bem alegre.

– Eu não vou à escola; eu sou um homem de negócios, quero dizer, uma jovem de negócios. Eu sou dama de companhia da minha tia, uma alma velha e querida, mas rabugenta também – respondeu Jo.

Laurie abriu a boca para fazer outra pergunta; mas lembrando-se bem a tempo de que não era bom fazer muitas perguntas sobre os assuntos alheios, ele fechou-a de novo parecendo desconfortável. Jo gostava de boa educação do jovem e não se importava de rir um pouco da tia March, então ela lhe deu uma descrição animada da velha inquieta, seu poodle gordo, o papagaio que falava espanhol e a biblioteca onde se divertia. Laurie ficou muito alegre e quando ela contou sobre o velho afetado que veio uma vez cortejar tia March e, no meio de uma bela declaração, o louro arrancou a peruca para grande desespero do homem, o jovem caiu na gargalhada até que lágrimas rolaram em seu rosto e uma criada apareceu para espreitar qual era o problema.

– Oh! isso me faz muito bem; continue a contar, por favor – disse ele, tirando o rosto vermelho e brilhante de alegria da almofada do sofá. Muito feliz com seu sucesso, Jo contou tudo sobre suas peças e planos, suas esperanças e temores pelo pai e os eventos mais interessantes do pequeno mundo em que as irmãs viviam, depois começaram a conversar sobre livros e, para deleite de Jo, ela descobriu que Laurie os amava na mesma proporção e lera ainda mais que ela.

– Se você gosta tanto de livros, venha conhecer os nossos. Vovô está fora, então você não precisa ter receio – disse Laurie, levantando-se.

– Não tenho receio de nada – retrucou Jo, balançando a cabeça.

– Acredito que não tenha mesmo! – exclamou o jovem, olhando-a com muita admiração, embora ele pensasse consigo que ela teria razão de ter um pouco de medo de seu avô, se o encontrasse de mau humor.

A atmosfera era de verão na casa toda, Laurie a conduziu de cômodo em cômodo, deixando que Jo parasse para examinar o que lhe chamava mais atenção; finalmente chegaram à biblioteca, onde ela bateu palmas e saltou, como sempre fazia quando sentia-se especialmente encantada. Era forrada de livros, havia quadros e estátuas, com pequenas estantes cheias de moedas e curiosidades, poltronas para descanso, mesas esquisitas e bronzes; e, o melhor de tudo, uma grande e espaçosa lareira, revestida com mosaicos pitorescos ao redor.

– Que riqueza! – suspirou Jo, afundando nas profundezas de uma cadeira de veludo e olhando para ela com um ar de intensa satisfação. – Theodore Laurence, você deve ser o rapaz mais feliz do mundo – acrescentou ela, impressionada.

– Uma pessoa não pode viver só de livros – disse Laurie, balançando a cabeça, enquanto se acomodava na mesa oposta. Antes que ele pudesse dizer mais, uma campainha tocou e Jo levantou-se apressada, tomando um grande susto: – Meus Deus! É seu avô!

– Bem, e se for? Você não tem medo de nada, como você mesma diz – retrucou o jovem, parecendo perverso.

– Acho que tenho um pouco de medo dele, mas não sei por que deveria ter. Mammie disse que eu poderia vir, e eu não acho que você esteja pior por isso – disse Jo, se recompondo, embora não tirasse os olhos na porta.

– Estou muito melhor e agradeço imensamente. Só tenho medo de que você esteja muito cansada de conversar comigo; estava tão agradável que eu nem pensava em parar – disse Laurie, agradecido.

– O médico está aí para vê-lo, senhor – a criada acenou enquanto falava.

– Você se importaria se eu a deixasse por um minuto? Creio que devo atendê-lo – disse Laurie.

– Não se importe comigo. Estou muito feliz aqui – respondeu Jo.

Laurie saiu e sua visita divertiu-se à sua maneira. Ela estava diante de um belo retrato do idoso cavalheiro, quando a porta se abriu novamente e, sem se virar, ela disse decididamente:

– Tenho certeza agora que não devo ter medo dele, pois tem uns olhos bondosos, embora sua boca seja sinistra e ele pareça ter uma tremenda força de vontade. Ele não é tão bonito quanto meu avô, mas eu gosto dele.

– Muito obrigado, Srta. – disse uma voz rouca atrás dela; e ali estava o velho senhor Laurence, para seu grande espanto. A pobre Jo corou até não poder mais, e seu coração começou a bater desconfortavelmente rápido ao pensar no que havia dito. Por um minuto, um desejo selvagem de fugir a possuiu; mas isso era covarde, e as meninas ririam dela; então ela resolveu ficar e sair do apuro como pudesse. Um segundo relance mostrou-lhe que aqueles olhos vivos, sob as espessas sobrancelhas cinza, eram ainda mais bondosos do que os pintados; e havia um brilho maroto neles, o que diminuía bastante o medo. A voz rouca ficou ainda mais rouca quando o velho senhor disse abruptamente, depois daquela terrível pausa:

– Então, você não tem medo de mim, hein?

– Não muito, senhor.

– E você não me acha tão bonito quanto o seu avô?

– Não exatamente, senhor.

– E tenho uma tremenda força de vontade, certo?

– Só disse o que eu achava.

– Mas você gosta de mim, apesar disso?

– Sim, eu gosto do senhor.

Essa resposta agradou ao velho senhor; ele deu uma risadinha, apertou a mão dela e, colocando o dedo sob seu queixo, levantou-lhe o rosto, examinando-o seriamente e depois o soltou, dizendo com um aceno de cabeça:

– Você tem o espírito do seu avô, apesar de não ser parecida com ele. Ele era um bom homem, minha querida; mas, o que é melhor, ele era corajoso e honesto, e eu tinha orgulho de ser amigo dele.

– Obrigado, senhor; – e Jo sentiu-se bastante confortável depois disso.

– O que você e meu neto estavam fazendo? – foi a próxima pergunta, colocada com clareza.

– Apenas tentando ser bons vizinhos, senhor; – e Jo contou como foi a visita dela.

– Você acha que ele precisa se animar um pouco, não é?

– Sim, senhor; ele parece um pouco solitário, e talvez a companhia de alguns jovens o faria bem. Somos apenas meninas, mas teríamos o maior prazer em ajudar se pudéssemos, pois não esquecemos o esplêndido presente de Natal que o senhor nos enviou. – disse Jo, com vivacidade.

– Nem fale nisso. Foi tudo arranjo do meu neto. Como está a pobre mulher?

– Está bem, senhor; – e Jo prosseguiu falando muito rápido, contando tudo sobre os Hummels, pelos quais sua mãe conseguira que se interessassem pessoas mais ricas do que elas.

– Ela é igual ao pai para fazer o bem. Irei visitar sua mãe qualquer dia. Diga a ela. A campainha está tocando para o chá; estamos tomando o chá agora por conta do meu neto. Venha e continue a ser boa vizinha.

– Se o senhor o permitir.

– Não lhe convidaria, se eu não quisesse; – e o Sr. Laurence ofereceu seu braço como se fazia à moda antiga.

– O que Meg diria sobre isso? – pensou Jo, enquanto caminhava e seus olhos dançavam com alegria já imaginando como contaria a história em casa.

– Ei! O que aconteceu ao rapaz? – disse o velho senhor, enquanto Laurie descia correndo as escadas e se surpreendeu ao ver Jo de braços dados com seu temível avô.

– Eu não sabia que viria, senhor – disse Laurie enquanto Jo lançava um olhar triunfante.

– Isso é evidente pela maneira como você desce as escadas. Venha tomar seu chá e comporte-se como um cavalheiro; – e depois de puxar o cabelo do rapaz como uma carícia, o Sr. Laurence continuou a andar, enquanto Laurie o seguia fazendo uma série de evoluções cômicas, o que quase provocou uma explosão de risadas em Jo.

O idoso senhor não falou muito enquanto bebia quatro xícaras de chá, mas observava os jovens, que conversavam como velhos amigos e também não lhe escapou a mudança no neto. Agora havia cor, luz e vida no rosto do rapaz, vivacidade nos seus modos e alegria genuína em sua risada.

– Ela está certa; o rapaz realmente está solitário. Vamos ver o que essas meninas podem fazer por ele – pensou Laurence, enquanto olhava e ouvia. – Ele gostou de Jo, pois seus modos originais e ingênuos lhe agradaram; e ela parece compreendê-lo quase tão bem quanto a si mesma.

Se os Laurences fossem o que Jo chamava de "extravagantes e tolos", ela não se sentiria bem ali, pois tais pessoas sempre a faziam se sentir tímida e excluída; porém ao achá-los expansivos e naturais, ela se sentiu à vontade e causou uma boa impressão. Quando eles se levantaram, ela propôs retirar-se, mas

Laurie disse que tinha mais alguma coisa para mostrar e levou-a até a estufa, que estava iluminada por sua causa. Jo sentiu como se estivesse em um conto de fadas, enquanto subia e descia os corredores, desfrutando das paredes floridas de ambos os lados, a luz suave, o ar úmido e doce e as maravilhosas videiras e árvores que pairavam sobre ela, enquanto seu novo amigo cortava as melhores flores até que suas mãos estivessem cheias; então ele as amarrou, dizendo, com o olhar feliz que Jo gostava de ver: –Por favor, entregue isso para sua mãe e diga a ela que eu gostei muito do remédio que ela me enviou.

Encontraram o Sr. Laurence em pé diante da lareira na grande sala de estar, mas a atenção de Jo foi inteiramente absorvida por um piano de cauda que estava aberto.

– Você toca? – ela perguntou, virando-se para Laurie com uma expressão respeitosa.

– Às vezes – ele respondeu modestamente.

– Por favor, toque agora; eu quero ouvir para que possa contar a Beth.

– Você não quer tocar primeiro?

– Não sei como; sou bronca demais para aprender, mas eu gosto muito de música. Então Laurie tocou, e Jo ouviu, com o nariz luxuosamente enterrado em heliotrópios e rosas de chá. O respeito e a admiração dela pelo "jovem Laurence" aumentaram muito, pois ele tocava notavelmente bem e não se gabava disso. Ela desejou que Beth pudesse ouvi-lo, mas ela não disse nada; só o elogiou até que ele ficasse bastante envergonhado, e seu avô veio em socorro.

– Já é o suficiente, basta menina; elogiar demais não é bom para ele. Ele não toca mal, mas espero que ele se aperfeiçoe em coisas mais importante também. Você já está indo? Bem, sou muito grato a você e espero que volte. Meus respeitos à sua mãe; boa noite, doutora Jo. Ele apertou-lhe as mãos gentilmente, mas parecia que algo o desagradara. Ao chegarem ao hall, Jo perguntou a Laurie se ela havia dito algo errado; ele balançou sua cabeça.

– Não, fui eu; ele não gosta de me ouvir tocar.

– Por que não?

– Vou lhe contar um dia. Brooke irá levá-la para casa pois eu não posso.

– Não é necessário; eu não sou uma menininha, e é só um pulo. Cuide-se, por favor?

– Sim, mas você voltará, espero?

– Se você prometer vir nos visitar depois que estiver bem.

– Prometo.

– Boa noite, Laurie.

– Boa noite, Jo, boa noite.

Depois da narração das aventuras da tarde, a família sentiu-se inclinada a ir visitá-los, pois cada uma encontrou algo muito atraente na casa grande do outro lado da pequena cerca. A Sra. March queria conversar sobre o pai com o velho que não o esquecera; Meg desejava passear na estufa; Beth suspirava pelo piano de cauda e Amy estava ansiosa para ver os belos quadros e estátuas.

– Mamãe, por que será que o Sr. Laurence não gosta que Laurie toque o piano? – perguntou Jo porque sentiu vontade de fazê-lo.

– Não tenho certeza, mas acho que foi porque o filho dele, o pai de Laurie, se casou com uma senhora italiana, musicista, o que desagradou o velho, que é muito orgulhoso.

– A moça era boa, amável e educada, mas ele não gostava dela e nunca viu seu filho depois do casamento. Os dois morreram quando Laurie era criança, e seu avô o levou para casa. Imagino que o garoto, nascido na Itália, não seja muito forte, e o velho tenha medo de perdê-lo, o que o torna tão cuidadoso. Laurie herdou naturalmente seu amor pela música, pois ele é como sua mãe, e ouso dizer que seu avô teme que ele queira ser músico; de qualquer forma, sua habilidade o lembra da mulher que ele não gostava e, por isso, ele "ficou carrancudo", como Jo disse.

– Meu Deus, que romântico! – exclamou Meg.

– Que tolice – disse Jo –deixe-o ser músico, se ele quiser, e não atormente sua vida enviando-o para a faculdade que ele tanto odeia.

– Suponho que seja por isso que ele tem olhos negros tão lindos e modos distintos; os italianos são sempre bonitos – disse Meg, que era um pouco sentimental.

– O que você sabe sobre os olhos e os modos dele? Você mal falou com ele – gritou Jo, que não era sentimental.

– Eu o vi no baile e você diz que ele sabe como se comportar. Esse foi um belo discurso sobre o remédio que a mamãe mandou para ele.

– Ele estava falando do manjar branco, suponho.

– Como você é boba, criança; ele se referiu a você, é claro. –

– Será? – e Jo arregalou os olhos como se isso nunca lhe tivesse ocorrido antes.

– Nunca vi uma menina assim! Você não reconhece um elogio quando recebe um – disse Meg, com o ar de uma jovem que sabia tudo sobre o assunto.

– Acho tudo isso uma grande bobagem e peço-lhe que não seja tola e nem estrague meu divertimento. Laurie é um bom rapaz, gosto dele e não de ideias sentimentais sobre elogios e coisas assim. Todas nós devemos ser boas com ele, porque ele não tem mãe; ele pode vir nos visitar, não é, mammie?

– Sim, Jo, seu amiguinho é muito bem-vindo, e espero que Meg lembre-se de que crianças devem ser crianças até quando puderem.

– Não me considero criança e ainda não estou na adolescência – observou Amy. – O que você acha, Beth?

– Eu estava pensando na nossa "Viagem do Peregrino" – respondeu Beth, que não ouvira uma palavra. – Como saímos do Lamaçal e através do Portão, resolvendo ser boas e subimos a penosa colina íngreme; e que talvez aquela casa ali, cheia de coisas esplêndidas, seja o nosso Palácio Maravilhoso.

– Teremos de passar pelos leões primeiro – disse Jo, como se ela gostasse do prospecto.

Capítulo 6

Beth conhece o palácio maravilhoso

A casa grande realmente era um palácio maravilhoso, embora demorasse algum tempo para que todos entrassem, e Beth achou muito difícil passar pelos leões. O velho Sr. Laurence era o maior de todos, mas, depois que ele começou a falar, disse algo engraçado ou gentil a cada uma das meninas e conversou sobre os velhos tempos com a mãe das meninas, ninguém mais sentiu muito medo dele, exceto a tímida Beth.

O outro leão era o fato de serem pobres e Laurie rico; pois isso as deixava acanhadas em aceitar favores que não podiam retribuir. Mas, depois de um tempo, elas descobriram que o avô as considerava como benfeitoras e não podia fazer o suficiente para mostrar o quão grato ele estava pela bondade maternal da Sra. March, pela companhia alegre delas e conforto que ele sentia naquele humilde lar; portanto, logo eles esqueceram seu orgulho e trocaram gentilezas sem parar para pensar qual era a maior.

Muitas coisas agradáveis aconteceram naquela época, pois a nova amizade floresceu como relva na primavera. Todas gostavam de Laurie, e ele informava em particular ao seu tutor que "as March eram meninas encantadoras". Com o delicioso entusiasmo da juventude, elas levaram o rapaz solitário para seu meio e o ajudaram muito, e ele encontrou algo muito charmoso na companhia inocente dessas meninas de coração simples. Não tendo conhecido mãe ou irmãs, ele rapidamente sentiu as influências que lhe causavam; e a vida diligente e atarefada que elas levavam o deixavam envergonhado da vida ociosa que ele tinha. Ele estava cansado de livros e achava as pessoas tão interessantes agora, que o Sr. Brooke era obrigado a fazer relatórios pouco satisfatórios uma vez que Laurie sempre brincava de "matar aula" para correr para a casa das March.

– Não se preocupe, deixe que ele tire umas férias e procure recuperar o tempo perdido depois– dizia o avô. A boa menina da casa ao lado diz que ele está estudando demais e precisa de companhia, diversão e exercícios. Creio que ela esteja certa e que eu tenho mimado o rapaz como se tivesse sido sua avó. Deixe-o fazer o que lhe aprouver, desde que esteja feliz; nada pode lhe acontecer de mal naquele pequeno convento, e a Sra. March está fazendo mais por ele do que nós.

Com certeza, eles tiveram dias felizes! As peças e os quadros, passeios de trenó e patinação, noites agradáveis na antiga sala de estar, e de vez em quando festinhas demasiadamente alegres na casa grande. Meg podia passear o quanto quisesse na estufa e se deliciar com as flores; Jo explorava a nova biblioteca vorazmente espantando o velho cavalheiro com suas críticas; Amy copiava os quadros e desfrutava da beleza de tudo para alegria de seu coração, e Laurie interpretava o senhor da mansão no estilo mais encantador.

Beth, porém, apesar de ansiedade de tocar o piano de cauda, não tinha coragem de ir à "mansão da felicidade", como Meg a chamava. Ela foi uma vez com Jo, mas o velho cavalheiro, por não estar ciente de sua paixão, a encarou com tanta força sob as sobrancelhas espessas dizendo "ei!" tão alto que a assustou "a ponto de seus pés lhe tremerem no assoalho" conforme disse ela à mãe; e ela fugiu, declarando que nunca mais voltaria lá, nem mesmo pelo querido piano. Nenhuma persuasão ou tentação poderia superar seu medo, até que o fato chegou ao ouvido do Sr. Laurence de alguma maneira misteriosa e ele procurou reparar o mal-entendido. Durante uma das breves visitas, ele conduziu a conversa para a música, falou sobre grandes cantores e excelentes instrumentos que ele já tinha ouvido e contou histórias tão encantadoras que Beth achou impossível ficar quieta no seu cantinho distante e foi-se aproximando, mais e mais, totalmente fascinada.

Ela parou atrás da cadeira onde ele estava sentado e ficou ouvindo com os olhos arregalados e as bochechas vermelhas com todo entusiasmo da situação. Não lhe dando mais atenção do que a uma mosca, o Sr. Laurence falou sobre as lições e professores de Laurie; e, imediatamente, como se a ideia tivesse acabado de lhe ocorrer, ele disse à Sra. March: – O rapaz anda esquecido de sua música agora, o que me deixa feliz, pois já estava gostando demais dela. Mas o piano sofre com essa falta de uso; nenhuma de suas meninas gostaria de ir até lá e praticar, de vez em quando, apenas para mantê-lo afinado?

Beth deu um passo à frente e apertou as mãos com força, para não bater palmas, pois era uma tentação irresistível; e o pensamento de estudar naquele magnífico piano a deixou sem fôlego. Antes que a Sra. March pudesse responder, o Sr. Laurence continuou com um aceno e sorriso misteriosos: – Elas não precisam ver ou falar com ninguém e podem entrar a qualquer momento, pois fico fechado em meu escritório do outro lado da casa. Laurie sai muito, e os criados nunca estão perto da sala depois das 9 horas. – Então, ele se levantou, como se estivesse indo embora e Beth decidiu falar, pois essa última proposta não deixava nada a desejar. – Por favor, diga às jovens o que estou lhe falando, e se elas não quiserem vir estudar, não faz mal; – foi aí que uma mãozinha deslizou na dele e Beth fitou-o com um rosto cheio de gratidão, dizendo da maneira mais séria e tímida:

– Oh, senhor! Elas se importam, muito, muitíssimo!

– Você é a pianista? – ele perguntou, sem qualquer "ei!" surpreendente, enquanto a olhava com muita gentileza.

– Sou Beth; adoro piano, e virei estudar se tiver certeza de que ninguém vai me ouvir e ficar incomodado – acrescentou, como receio de ser rude e tremendo de ousadia enquanto falava.

– Ninguém ficará, minha querida; a casa fica vazia metade do dia, então venha e toque o piano o quanto você quiser, e serei grato a você.– Como o senhor é bondoso.

Beth corou como uma rosa sob o olhar afetuoso que ele tinha e não ficou mais assustada, cumprimentando-o com um aperto naquela mão grande, porque ela não tinha palavras para agradecê-lo pelo presente precioso que ele havia lhe dado. O velho senhor gentilmente tirou-lhe os cabelos da testa e, curvando-se, ele a beijou, dizendo, num tom que poucas pessoas ouviram:

– Também tive uma filhinha com uns olhos como estes; Deus a abençoe, minha querida; bom dia, senhora – e ele foi embora, com muita pressa.

Beth ficou em êxtase com a mãe e depois apressou-se a dar as gloriosas notícias à sua família de inválidos, pois suas irmãs não estavam em casa. Quão alegremente ela cantou naquela noite, e como todas riram dela, porque ela acordou Amy à noite, tocando piano no rosto da irmã durante o sono. No dia seguinte, tendo visto o velho e o rapaz saírem de casa, Beth, depois de duas ou três tentativas, entrou suavemente pela porta lateral e seguiu seu caminho tão silenciosa quanto um rato até a sala de estar, onde estava seu ídolo. Por acaso, é claro, havia algumas partituras lindas e fáceis no piano; e, com os dedos trêmulos e paradas frequentes para ouvir e olhar ao redor, Beth finalmente tocou o grande instrumento, e logo se esqueceu de seu medo, dela mesma e de tudo mais, exceto o prazer indescritível que a música lhe proporciona, pois era como a voz de um amigo amado. Ela ficou até Hannah ir buscá-la para o jantar; mas ela não tinha apetite e só conseguia sentar e sorrir para todos em estado de absoluta beatitude. Depois disso, a pequena cabeleira castanha escapava pela cerca quase todos os dias, e a grande sala era visitada por um espírito afinado que entrava e saía despercebida. Ela nunca soube que o Sr. Laurence costumava abrir a porta do escritório para ouvir as árias antigas de que ele gostava; jamais soube que Laurie montava guarda no corredor, para avisar os criados; ela nunca suspeitou que os livros de exercícios e as novas músicas que ela encontrava na estante haviam sido colocadas lá para seu benefício; e quando ele conservava sobre música com ela, na casa dela, ela só pensava em como ele era bondoso dizendo coisas que a ajudavam tanto. Assim, ela se divertia com muito entusiasmo achando, o que nem sempre é o caso, que seu desejo concedido era tudo o que ela esperava. Talvez fosse porque ela estava tão agradecida por essa bênção que lhe foi dada uma maior; de qualquer forma, ela merecia as duas.

– Mamãe, vou fazer um par de chinelos para o Sr. Laurence. Ele é tão gentil comigo que preciso agradecê-lo e não tenho outro meio de fazê-lo. Posso? – perguntou Beth, algumas semanas depois da memorável visita.

– Sim, querida; isso o agradará muito e será uma boa maneira de agradecê-lo. As meninas a ajudarão e eu pagarei para colocar algum enfeite –, respondeu a Sra. March, que tinha especial prazer em conceder os pedidos de Beth, que raramente pedia alguma coisa para si mesma.

Após muitas discussões sérias com Meg e Jo, o padrão foi escolhido, os materiais comprados e os chinelos começaram a ser feitos. Elas acharam muito apropriado e bonito um ramo de amores-perfeitos com um tom sério, mas alegre, em um fundo roxo mais profundo, e Beth trabalhou dia e noite, com auxílio ocasional das irmãs nas partes mais difíceis. Ela era uma bordadeira ágil e terminou o trabalho antes que se cansasse dele. Depois, escreveu uma mensagem simples e curta e, com a ajuda de Laurie, colocou os chinelos sobre a mesa do escritório logo de manhã antes que o velho cavalheiro acordasse.

Quando a euforia acabou, Beth esperou para ver o que aconteceria. Passou aquele dia e parte do dia seguinte sem nenhuma notícia, e ela começou a temer que tivesse ofendido seu amigo "rabugento". Na tarde do segundo dia, ela saiu para levar um recado da mãe e aproveitar para fazer o exercício diário da pobre Joanna, sua boneca inválida. Quando estava subindo a rua de volta ela viu três... não, quatro cabeças entrando e saindo pelas janelas da sala; e no momento em que a viram várias mãos acenaram e diversas vozes alegres exclamaram:

– Aqui tem uma carta do velho senhor; venha depressa para lê-la!

– Oh, Beth! Ele mandou para você – começou Amy, gesticulando com energia exagerada; mas ela não foi mais longe, pois Jo a puxou ao fechar a janela.

Beth se apressou curiosa em direção à porta, suas irmãs a agarraram e a levaram à sala de estar em uma disputa triunfal, todas apontando e dizendo ao mesmo tempo: – Olhe isso! Olhe isso! – Beth olhou e empalideceu de alegria e surpresa, pois havia um piano pequeno, com uma carta sobre a tampa brilhante, endereçada à "Miss Elizabeth March".

– Para mim? – disse Beth ofegante, segurando-se em Jo e sentindo certa vertigem pois aquela era uma surpresa esmagadora.

– Sim; tudo por você, minha querida! Não é esplêndido da parte dele? Você não acha que ele é o velho mais querido do mundo? Aqui está a chave, na carta; nós não a abrimos, mas estamos morrendo de curiosidade para saber o que ele diz – exclamou Jo, abraçando a irmã e dando-lhe a carta.

– Você lê; não posso, me sinto tão esquisita. Ah, é adorável demais!", E Beth escondeu o rosto no avental de Jo, bastante aturdida com o presente. Jo abriu a carta e começou a rir, pois as primeiras palavras que viu foram:

Srta. MARCH:

Prezada Senhora,

– Como soa bem! Queria que alguém me escrevesse assim! – disse Amy, que achava o estilo à moda antiga muito elegante.

– Tive muitos pares de chinelos na minha vida, mas nunca tive nenhum que me servisse tão bem quanto o seu – continuou Jo. – O amor-perfeito é minha flor favorita, e esses que foram bordados aqui sempre me farão lembrar da gentil doadora. Gosto de pagar minhas dívidas, então sei que você permitirá que o" velho cavalheiro "envie algo que antes pertencia à netinha que ele perdeu.

Com meus sinceros agradecimentos e melhores votos, Seu grato amigo e humilde servo;

JAMES LAURENCE

– Beth! Tenho certeza que é uma honra; você deve sentir-se orgulhosa! Laurie me contou como o Sr. Laurence gostava da criança que morreu e o modo carinhoso como ele guardava todos os objetos dela. Pense: ele deu o piano dela para você! Isso porque você tem grandes olhos azuis e toca muito bem – disse Jo, tentando acalmar Beth, que tremia e parecia mais animada do que estava antes.

– Veja os lindos castiçais e a bela seda verde, franzida com uma rosa dourada no meio, e a maravilhosa estante e o banquinho, tudo completo – acrescentou Meg, abrindo o instrumento e exibindo suas belezas.

– Seu humilde servo, James Laurence; pense que foi ele que escreveu isso para você. Vou contar para as meninas; eles irão achar tudo maravilhoso – disse Amy, muito impressionada com a carta.

– Experimente, querida; vamos ouvir o som do pequeno piano – disse Hannah, que sempre participava das alegrias e tristezas da família.

Então, Beth sentou-se e tocou, e todos acharam que era o melhor piano que já tinham ouvido. Evidentemente fazia pouco tempo que havia sido reformado e afinado; embora estivesse perfeito, acho que o verdadeiro charme estava na felicidade de todos aqueles rostos que se inclinavam sobre ele, enquanto Beth tocava adoravelmente as belas teclas em preto e branco e pressionava os pedais brilhantes.

– Você terá de agradecer a ele – disse Jo, em tom de brincadeira, pois a ideia de que a menina iria realmente fazê-lo, nunca passara por sua cabeça.

– Sim, eu tenho que ir; acho que vou agora, antes de ficar com medo de pensar nisso; – e, para total espanto da família reunida, Beth caminhou deliberadamente pelo jardim, passou a cerca viva e entrou pela porta dos Laurences.

– Bem, posso morrer agora se não for a coisa mais estranha que eu já vi! O pequeno piano virou-lhe a cabeça; ela nunca teria ido em sã consciência – exclamou Hannah, olhando para ela, enquanto as meninas ficavam sem palavras pelo milagre.

Eles teriam ficado ainda mais espantadas se tivessem visto o que Beth fez depois. Pode acreditar em mim, ela bateu na porta do escritório, antes de ter tempo para refletir, e quando uma voz rouca gritou: –Entre! –, ela foi até o Sr. Laurence, que parecia bastante surpreso, e estendeu a mão, dizendo, com a voz um pouco trêmula: – Vim agradecer, senhor Laurence porque... – mas ela não terminou, pois ele parecia tão bondoso que ela esqueceu o discurso; e, apenas lembrando que ele havia perdido a netinha que amava, ela colocou os dois braços em volta de seu pescoço e o beijou. Se o teto da casa desabasse repentinamente, o velho senhor não ficaria mais surpreso; mas ele gostou, sim, ele gostou demais; e ficou tão emocionado e satisfeito com aquele beijinho confiante que toda a sua rispidez desapareceu; e ele apenas a colocou em seus joelhos encostando seu rosto enrugado na face rosada, sentindo como se tivesse sua neta de volta. Beth deixou de temê-lo a partir daquele momento e ficou sentada conversando com ele com a mesma tranquilidade, como se o conhecesse a vida inteira, pois o amor expulsa o medo e a gratidão domina o orgulho. Quando ela voltou para casa, ele a acompanhou até o portão da casa dela, apertou as mãos cordialmente e tirou o chapéu ao voltar, majestoso e ereto, como um cavalheiro garboso e velho como ele era. Quando as meninas viram o que estava acontecendo, Jo começou a dançar uma giga, para expressar sua satisfação; Amy quase caiu pela janela, surpresa, e Meg exclamou, com as mãos erguidas: – Meu Deus, acredito que o mundo está chegando ao fim!

Capítulo 7

Amy no vale da humilhação

— Aquele garoto é um ciclope perfeito, não é? – disse Amy, um dia, enquanto Laurie passava a cavalo, estalando seu chicote no ar.

– Como você se atreve a dizer isso, quando ele tem os dois olhos? E muito bonitos aliás; – replicou Jo, que se ressentia com qualquer comentário desprezível sobre seu amigo.

– Eu não disse nada sobre os olhos dele, e não sei por que você precisa ficar tão irritada quando eu estava elogiando o modo como ele cavalga.

– Oh, meu Deus! Essa bobinha queria dizer um centauro e o chamou de ciclope – exclamou Jo, caindo na gargalhada.

– Você não precisa ser tão rude, é apenas um "lapso de linguagem", como o Sr. Davis diz, – respondeu Amy, pondo fim aos comentários de Jo. – Eu só gostaria de ter um pouco do dinheiro que Laurie gasta com aquele cavalo – acrescentou, como se para si mesma, embora o dissesse de modo que suas irmãs ouvissem.

– Por quê? – perguntou Meg, gentilmente, pois Jo estava dando outra gargalhada com o segundo erro de Amy.

– Preciso muito de dinheiro; estou muito endividada, e este mês não será a minha vez de ficar com o dinheiro dos retalhos.

– Endividada, Amy; o que você quer dizer? – e Meg ficou séria.

– Devo pelo menos uma dúzia de limões em conserva e não posso pagá-los enquanto não tiver dinheiro meu, pois a mammie me proibiu de fazer conta na loja.

– Conte-me tudo sobre isso. Os limões estão na moda agora? O costume era picar pedaços de borracha para fazer bolas; – e Meg tentou conter o riso vendo a seriedade de Amy.

– Bem, as meninas estão sempre comprando-os e, a menos que você queira ser chamada de mesquinha, deve comprar também. Agora tudo gira em torno de limões, todos vivem a comê-los em suas carteiras na hora da aula, trocam-no por lápis, anéis de miçanga, bonecas de papel ou outras coisas, no recreio. Se uma menina gosta de outra, ela lhe dá um limão; se ela está brava com ela, ela come um limão bem em frente a outra menina e não oferece sequer um pedacinho. As trocas são recíprocas; já tive muitas, mas ainda não as devolvi, e devo fazê-lo, pois são dívidas de honra, você sabe.

– Quanto precisa pagar para restaurar seu crédito? – perguntou Meg, pegando sua bolsa.

– Um quarto de dólar seria mais do que suficiente, e sobraria alguns centavos para comprar um pedaço para você. Você não gosta de limão?

– Não muito; você pode ficar com a minha parte. Aqui está o dinheiro, faça-o durar o máximo que puder, pois não é muito, você sabe.

– Oh, obrigada! Deve ser tão bom ter dinheiro na bolsa. Vou fazer um grande banquete, porque não provei nenhum limão esta semana. Senti-me envergonhada de aceitar algum, embora estivesse ansiosa para comer, pois não poderia devolvê-lo.

No dia seguinte, Amy chegou um pouco atrasada na escola; mas não conseguiu resistir à tentação de exibir, com orgulho perdoável, um embrulho úmido de papel pardo, antes de colocá-lo no canto mais escondido de sua carteira. Durante os próximos minutos, circulou o boato de que Amy March havia trazido vinte e quatro limões deliciosos (ela comeu um no caminho) e iria distribuí-los, e as atenções das amigas foram impressionantes. Katy Brown a convidou para a próxima festa local; Mary Kingsley insistiu em emprestar seu relógio até o recreio, e Jenny Snow, uma jovem sarcástica que tinha caçoado de Amy pela sua pobreza de limões, imediatamente encerrou o assunto e ofereceu-se para ajudar com as somas mais difíceis. Porém, Amy não havia esquecido os comentários malvados da Srta. Snow sobre "algumas pessoas cujos narizes, apesar de chatos, ficam cheirando o limão de outras pessoas e pessoas convencidas, que não tinham vergonha de pedir"; então, ela instantaneamente esmagou "as esperanças da Srta. Snow" com um recado incisivo: – Não precisa ficar tão educada de repente, pois você não ganhará nenhum.

Aconteceu que um personagem distinto foi visitar a escola naquela manhã, e os belos mapas desenhados por Amy receberam elogios que irritaram a Srta. Snow e fizeram com que a Srta. March assumisse ares de uma jovem estudiosa exibida. Mas, infelizmente, o orgulho precede a queda, e a vingativa Srta. Snow virou o jogo com um sucesso desastroso. Assim que o visitante fez os elogios obsoletos de sempre e se retirou, Jenny, sob o pretexto de fazer uma pergunta importante, informou o professor Davis que Amy March tinha doce de limão em sua carteira.

Bem, o Sr. Davis havia declarado que o limão era artigo de contrabando e prometeu solenemente usar a palmatória publicamente na primeira pessoa que fosse encontrada infringindo a lei. Esse homem energético havia conseguido banir a goma de mascar da sala de aula depois de uma guerra longa e tempestuosa, fez uma fogueira com os romances e jornais confiscados, havia suprimido um correio secreto, proibira as caretas, os apelidos e caricaturas; fez tudo que um homem poderia fazer para manter em ordem meia centena de meninas rebeldes. Os meninos desafiam a paciência humana o suficiente, Deus sabe! Mas as meninas infinitamente mais, especialmente a paciência de cavalheiros nervosos com temperamentos tirânicos, e sem o maior talento para ensinar do que Sr. Davis. Ele sabia grego, latim, álgebra e todas as ciências terminada em "logia", por isso era considerado excelente professor; porém, não considerava de grande importância as maneiras, os costumes, os sentimentos e os exemplos.

Era o pior momento para entregar Amy, e Jenny sabia disso. O Sr. Davis evidentemente tomara seu café forte demais naquela manhã; batia um vento Leste, que sempre afetava sua nevralgia, e suas discípulas não lhe davam o crédito que ele julgava merecer; portanto, para usar a linguagem expressiva, embora deselegante, das alunas, "ele estava tão nervoso quanto uma bruxa e tão irritado quanto um urso". A palavra "limões" foi como usar pólvora para provocar incêndio; seu rosto amarelo corou, e ele bateu em sua mesa com uma energia que fez Jenny correr para seu assento com rapidez incomum. – Meninas, atenção, por favor!

Diante dessa ordem severa, o burburinho cessou e cinquenta pares de olhos azuis, pretos, acinzentados e castanhos fixaram-se submissos naquele rosto terrível.

– Srta. March, venha até minha mesa.

Amy levantou-se para obedecer, com compostura serena, mas um medo secreto a oprimia, pois os limões pesavam em sua consciência.

– Traga com você os limões que estão em sua carteira – foi o comando inesperado que a paralisou antes que ela deixasse seu assento.

– Não leve todos – sussurrou sua vizinha, uma jovem de grande presença de espírito.

Amy rapidamente separou meia dúzia e colocou o restante diante do Sr. Davis, sentindo que qualquer homem que possuísse um coração humano cederia quando aquele perfume delicioso chegasse ao seu nariz. Infelizmente, o Sr. Davis detestava particularmente o odor da fruta da moda, o que o deixou ainda mais irado.

– Isso é tudo?

– Não exatamente – gaguejou Amy.

– Traga o restante, imediatamente.

Com um olhar desesperado para os doces, ela obedeceu.

– Você tem certeza de que não há mais?

– Nunca minto, senhor.

– Entendo. Agora pegue essas coisas nojentas, duas a duas, e jogue-as pela janela.

Houve um suspiro simultâneo quando perderam a última esperança e as guloseimas foram arrebatadas de suas boquinhas gulosas. Corada de vergonha e raiva, Amy executou os doze gestos mortais; e a cada par condenado, tão grande e suculento, que caía de suas mãos relutantes, um grito da rua completava a angústia das meninas, pois dizia a elas que seu banquete estava sendo aproveitado por crianças irlandesas, que eram seus inimigos implacáveis. Isso era demais; todos lançaram olhares indignados ou atraentes para o inexorável Davis, e uma delas apaixonada por limão caiu em lágrimas. Quando Amy voltou de sua última viagem à janela, o Sr. Davis emitiu um majestoso "hum", e disse de maneira impressionante: – Meninas , lembrem-se do que eu lhes disse há uma semana. Lamento que isso tenha acontecido; mas nunca permito que minhas regras sejam violadas e nunca quebro minha palavra. Srta. March, estenda sua mão.

Amy estremeceu e colocou as duas mãos para trás, lançando para ele um olhar implorativo que significava muito mais do que as palavras que ela não podia pronunciar. Ela era uma das favoritas do "velho Davis", como, é claro, ele era chamado, e acredito particularmente que ele *teria* quebrado sua palavra se a indignação de uma jovem irrepreensível não fosse representada com um assobio acintoso. Aquele assobio, por mais fraco que fosse, irritou o cavalheiro irascível e selou o destino da culpada.

– Sua mão, Srta. March! – foi a única resposta que seu apelo mudo recebeu; e, orgulhosa demais para chorar ou suplicar, Amy cerrou os dentes, jogou a cabeça para trás desafiadoramente e suportou sem vacilar vários golpes de palmatória em sua mão. Eles nem foram muito fortes, mas isso não fazia diferença para ela. Pela primeira vez em sua vida, ela foi castigada; e a desgraça, aos olhos dela, era tão profunda como se ele lhe tivesse batido até fazê-la cair.

– Agora você ficará na plataforma até o recreio – disse o Sr. Davis, decidido a completar o que havia começado. Isso era terrível; já seria suficientemente ruim ir para o seu lugar e ver os rostos de pena de seus amigos ou os rostos satisfeitos de seus poucos inimigos; porém, ficar de frente para a classe inteira, após o vexame recente, parecia impossível, e por um segundo ela sentiu como se só pudesse deixar-se cair no chão chorando. Um sentimento amargo de culpa e o pensamento em Jenny Snow a ajudaram a suportar; e, assumindo um lugar deplorável, ela fixou os olhos na chaminé da lareira acima do que agora parecia um mar de rostos, e ficou ali tão imóvel e pálida que as meninas acharam muito difícil estudar, com aquela figura patética diante delas.

Durante os quinze minutos que se seguiram, a menininha orgulhosa e sensível sofreu um sentimento de vergonha e dor que jamais esqueceria. Para outros, pode parecer um assunto ridículo ou trivial, mas para ela foi uma experiência difícil; pois durante os doze anos de sua vida ela fora governada apenas pelo amor, e um golpe desse tipo nunca a havia tocado antes. A dor em sua mão e a dor em sua alma foram esquecidas com o pensamento pungente:

– Terei de contar em casa, e elas ficarão muito decepcionadas comigo!

Os quinze minutos pareciam uma hora; mas finalmente chegaram ao fim, e a palavra "recreio!" nunca lhe parecera tão agradável. – Você pode ir, Srta. March– disse o Sr. Davis, que parecia constrangido.

Por muito tempo ele não esqueceu o olhar reprovador que Amy lhe lançou, sem dizer uma palavra a ninguém, direto para a antessala onde pegou suas coisas e deixou o lugar "para sempre", como ela declarou firmemente para si mesma. Ela estava triste quando chegou em casa; e quando as meninas mais velhas chegaram, algum tempo depois, ficaram indignadas como a história da irmã. A Sra. March não falou muito, mas parecia contrariada e confortou sua filhinha aflita da maneira mais terna. Meg banhou a mão machucada com glicerina e lágrimas; Beth achou que nem mesmo seus amados gatinhos serviriam de consolo para dores como essa, e Jo propôs com toda sua ira que o Sr. Davis fosse preso imediatamente, enquanto Hannah acenava com o punho para o "vilão" enquanto batia as batatas para o jantar como se ele estivesse dentro do pilão.

Ninguém notou a fuga de Amy, exceto suas companheiras; mas as meninas espertas observaram que o Sr. Davis ficou mais complacente e menos nervoso à tarde. Pouco antes da escola fechar, Jo apareceu, com uma expressão terrível, enquanto ela seguia até a mesa para entregar uma carta de sua mãe; depois recolheu todos os objetos de Amy e saiu, raspando fortemente a lama de suas botas no capacho da porta, como se estivesse limpando toda poeira daquele lugar.

– Sim, você pode tirar férias da escola, mas eu quero que você estude um pouco todos os dias, com Beth – disse a Sra. March naquela noite. – Não aprovo castigos corporais, especialmente para meninas. Não gosto da maneira de ensinar do Sr. Davis, e não acho que as meninas com quem você convive estejam lhe fazendo bem, então pedirei o conselho de seu pai antes de mandá-la para qualquer outra escola.

– Isso é ótimo! Gostaria que todas as meninas saíssem e aquela escola velha ficasse arruinada. Ficou quase louca de pensar naqueles limões tão lindos – suspirou Amy, com ares de um mártir.

– Não lamento que você os tenha perdido, pois violou as regras e mereceu uma punição pela desobediência – foi a resposta severa que obteve, o que deixou a jovem bastante decepcionada, pois ela não esperava nada além de palavras de conforto.

– Você quer dizer que está feliz por eu ter sido humilhada perante toda a escola? – exclamou Amy.

– Eu não escolheria esse modo de consertar uma falta – respondeu a mãe – mas não tenho certeza de que isso não será melhor do que um método mais brando. Você está se tornando muito vaidosa e importante, minha querida, e já está na hora de corrigi-la. Você tem muitos pequenos dons e virtudes, mas não há necessidade de exibi-lo, porque a prepotência prejudica os melhores talentos. Não há grande perigo que o verdadeiro talento ou a verdadeira bondade sejam negligenciados por muito tempo; mesmo que isso aconteça, a consciência de possuí-los e usá-los bem deve satisfazer alguém, e o maior encanto de todo poder é a modéstia.

– Tem razão – exclamou Laurie, que estava jogando xadrez em um canto com Jo. – Conheci uma jovem, certa vez, que tinha um talento realmente notável para a música, e ela não sabia; nem imaginava como eram lindas as pequenas músicas que ela compunha quando estava sozinha, e nem mesmo teria acreditado se alguém tivesse lhe dito.

– Gostaria de ter conhecido essa bela jovem, talvez ela tivesse me ajudado, eu sou tão boba – disse Beth, que estava ao lado dele, ouvindo atentamente.

– Você a conhece e ela a auxilia melhor do que qualquer outra pessoa poderia fazer – respondeu Laurie, fitando-a com um olhar tão significativo em seus joviais olhos negros, que Beth de repente ficou corada e escondeu o rosto na almofada do sofá, bastante confusa pela inesperada descoberta.

Jo deixou Laurie vencer a partida como forma de pagamento pelos elogios a Beth, a qual não conseguiram persuadir a tocar para eles depois do elogio. Assim, Laurie fez o seu melhor e cantou deliciosamente, particularmente animado, pois ele raramente mostrava seu lado temperamental quando estava junto às March. Quando ele saiu, Amy, que ficara pensativa a noite toda, disse repentinamente, como se estivesse preocupada com alguma ideia nova: – Laurie é um jovem talentoso?

– Sim; ele teve uma excelente educação e tem muito talento; ele será um homem bom, se não for muito mimado – respondeu a mãe.

– E ele não é orgulhoso, é? – perguntou Amy.

– Nem um pouco; é por isso que ele é tão simpático e gostamos muito dele.

– Entendo; é muito bom ser elegante e ter talento, mas sem demonstrar ou exibir-se – comentou Amy, pensativa.

– Essas coisas são sempre percebidas e sentidas nas maneiras e conversas de uma pessoa, se usadas com modéstia; mas não é necessário exibi-las – observou a Sra. March.

– Seria o mesmo que usar todos os seus chapéus, vestidos e enfeites ao mesmo tempo, para que as pessoas soubessem que você os comprou – acrescentou Jo; e a conversa terminou em gargalhada.

Capítulo 8

Jo conhece Apollyon

— Meninas, aonde vocês vão? – perguntou Amy, ao entrar no quarto delas no sábado à tarde e encontrá-las se preparando para sair, com um ar de segredo, que excitou sua curiosidade.

– Não importa; crianças não devem fazer perguntas – retrucou Jo asperamente.

Bem, se há algo terrível para nossos sentimentos, quando somos jovens, é ouvir alguém nos dizer isso; e receber a ordem: "saia daqui, menina" é ainda mais difícil. Amy se conteve com esse desaforo e decidiu descobrir o segredo, provocando uma das irmãs. Voltando-se para Meg, que jamais lhe recusava alguma coisa por muito tempo, ela disse persuasivamente:

– Conte-me! Acho que você pode deixar que eu vá também; Beth está mexendo nas bonecas, não tenho nada para fazer e estou tão sozinha.

– Não posso, querida, porque você não foi convidada – começou Meg; mas Jo interrompeu com impaciência:

– Ora, Meg, fique quieta ou você estragará tudo. Você não pode ir, Amy; portanto, não fique choramingando como um bebê.

– Vocês vão a algum lugar com Laurie, eu sei que vocês vão; estavam sussurrando e rindo juntos, no sofá, ontem à noite, e pararam quando entrei. Vocês não irão sair com ele? –

– Sim, iremos; agora fique quieta e pare de nos incomodar.

Amy segurou a língua, mas usou os olhos e viu Meg colocar um leque no bolso.

– Já sei! Já sei! Vocês irão ao teatro para assistir a *Os Sete Castelos*! ela exclamou, acrescentando resolutamente – irei também, mamãe disse que eu podia ir; e eu tenho meu dinheirinho; vocês foram malvadas de não me contar a tempo.

– Apenas me escute um instante e seja uma boa menina – disse Meg, suavemente. – A mamãe não quer que você vá esta semana, porque seus olhos ainda não estão bons o suficiente para suportar a luz dessa peça fantástica. Na próxima semana, você pode ir com Beth e Hannah, e se divertirá muitíssimo.

– Não gostei da última parte, deixe-me ir com você e Laurie. Por favor, deixe-me ir; estou com esse resfriado há tanto tempo, trancada dentro de casa, que estou morrendo de vontade de me divertir. Deixe, Meg! Vou me comportar muito bem – implorou Amy, parecendo a mais patética possível.

– E se nós a levarmos? Não acredito que a mãe se importaria se a agasalhássemos bem – comentou Meg.

– Se ela for, eu não irei; e se eu não for, Laurie não vai gostar; ele ficará aborrecido se levarmos Amy porque convidou apenas nós duas. Sabia que ela iria nos aborrecer, metendo-se onde não é chamada – disse Jo, zangada, porque não gostava de supervisionar uma criança travessa quando queria se divertir.

– Seu tom e modos irritaram Amy, que começou a calçar as botas, dizendo, da maneira mais irritante: – Eu irei; Meg diz que posso; e desde que pague minha entrada, Laurie não tem nada a ver com isso.

– Você não pode sentar conosco porque nossos assentos são reservados e não pode sentar-se sozinha; então Laurie lhe dará o lugar dele, e isso estragará nossa diversão; ou ele comprará outro assento para você, e isso não será apropriado porque você não foi convidada. Você não deve ir; então, pode simplesmente ficar onde está – repreendeu Jo, mais irritada do que nunca, depois de espetar o dedo na pressa.

Sentada no chão, só com um dos pés calçado, Amy começou a chorar, e Meg tentava explicar-lhe a situação, quando Laurie chamou lá de baixo, e as duas meninas desceram a escada correndo, deixando sua irmã chorando, porque de vez em quando ela se esquecia que já era adulta e agia como uma criança mimada. Quando os três já estavam saindo, Amy foi até o corrimão e disse num tom ameaçador: –Você vai se arrepender disso, Jo March! Vai sim, com certeza.

– Tolice! – respondeu Jo, batendo a porta.

Eles se divertiram muito porque *Os Sete Castelos do Lago dos Diamantes* era uma peça maravilhosa que eles queriam muito assistir. Mas, apesar dos diabinhos vermelhos engraçados, dos elfos cintilantes e dos príncipes e princesas lindos, o prazer de Jo tinha uma gota de amargura; os cachos amarelos da rainha das fadas a lembravam de Amy; e durante os intervalos ela se divertia pensando no que sua irmã faria para fazê-la "se arrepender disso". Ela e Amy já haviam tido vários confrontos no decorrer de suas vidas, porque ambas tinham temperamentos difíceis e eram propensas à violência quando provocadas. Amy atormentava Jo, Jo irritava Amy e, portanto, eventualmente ocorriam explosões das quais ambas ficariam muito envergonhadas posteriormente.

Embora fosse a mais velha, Jo tinha menos autocontrole e passava por momentos difíceis tentando conter o gênio tempestuoso que a colocava continuamente em apuros; sua raiva nunca durava muito e, tendo humildemente confessado sua culpa, ela se arrependeu sinceramente e tentou fazer melhor. Suas irmãs costumavam dizer que elas gostavam de deixar Jo furiosa, porque ela era um anjo depois. A pobre Jo tentava desesperadamente ser boa, mas seu inimigo interior estava sempre pronto a provocar e derrotá-la; levou anos de esforço paciente para subjugá-lo.

Ao chegarem em casa, encontraram Amy lendo na sala. Ela exibia um ar de ressentimento quando elas entraram; não tirou os olhos do livro nem fez uma única pergunta. Talvez a curiosidade sobrepujasse o ressentimento, se Beth não estivesse ali para perguntar e ouvir uma descrição brilhante da peça. Ao subir para guardar seu melhor chapéu, o primeiro olhar de Jo foi para a cômoda, pois, na última briga, Amy havia acalmado seus sentimentos virando a gaveta de Jo de cabeça para baixo no chão e depois de uma rápida olhada em bolsas e caixas, Jo chegou à conclusão que Amy havia perdoado e esquecido seus erros.

No entanto, Jo estava muito enganada; no dia seguinte, fez uma descoberta que provocou uma tempestade. Meg, Beth e Amy estavam sentadas juntas, no final da tarde, quando Jo entrou na sala perguntando, muito exaltada e quase sem fôlego: – Alguém pegou minha história? Meg e Beth disseram "Não" ao mesmo tempo e pareciam surpresas; Amy cutucou o fogo e não disse nada. Jo percebeu a vermelhidão do rosto de Amy e aproximou-se dela no mesmo instante. – Amy, você pegou!

– Não, eu não.

– Você sabe onde está, então!

– Não, não sei.

– É mentira! – exclamou Jo, pegando-a pelos ombros e parecendo feroz o suficiente para assustar uma criança muito mais corajosa que Amy.

– Não é. Eu não peguei, não sei onde está e não me importo. –

– Você sabe alguma coisa sobre isso, e é melhor contar de uma vez, ou eu faço você falar – e Jo deu-lhe um leve empurrão.

– Grite o quanto quiser, você nunca mais terá seu velho livro de histórias bobas– exclamou Amy, animada por sua vez.

– Por que não?

– Eu o queimei.

– O quê?! Meu livrinho que eu gostava tanto, que estava escrevendo com tanto trabalho e pretendia terminar antes que o pai voltasse para casa? Você realmente o queimou? – disse Jo, empalidecendo, enquanto seus olhos ardiam de raiva e suas mãos seguravam Amy nervosamente.

– Sim, queimei-o! Eu disse que faria você pagar pela grosseria de ontem, e então...

Amy nem conseguiu continuar a falar porque o temperamento impulsivo de Jo a dominava, e rangendo os dentes ela sacudiu a irmã, gritando de tristeza e raiva...

– Você é malvada, menina malvada! Nunca mais poderei escrevê-lo de novo, e nunca vou perdoá-la enquanto viver.

Meg correu em socorro de Amy e Beth tentou acalmar Jo, mas Jo estava completamente fora de si; e, com um soco de despedida na orelha da irmã, saiu correndo da sala em direção ao velho sofá no sótão para esperar que seu acesso de raiva chegasse ao fim. A tempestade diminuiu em seguida porque a Sra. March chegou em casa e, depois de ouvir a história, logo levou Amy a sentir o mal que havia causado à irmã. O livro de Jo era o orgulho de seu coração e era considerado por sua família como um embrião literário de grande promessa. Era apenas meia dúzia de pequenos contos de fadas, mas Jo havia trabalhado neles pacientemente, colocando todo o coração em seu trabalho, na esperança de fazer algo bom o suficiente para ser impresso. Ela acabara de copiá-los com muito cuidado e destruíra o manuscrito antigo, de modo que o fogo de Amy destruíra seu trabalho de vários anos feito com muito carinho. Parecia uma pequena perda para os outros, mas para Jo era uma calamidade terrível, e ela sentiu que tal perda nunca poderia ser compensada. Beth chorou como se fosse um de seus gatinhos tivesse morrido, e Meg se recusou a defender seu animal de estimação. A Sra. March parecia consternada e triste, e Amy compreendeu que nenhuma delas a amaria novamente até que ela pedisse perdão pelo ato do qual agora se arrependia mais do que qualquer outro.

Quando o sino do chá tocou, Jo apareceu, com um aspecto tão sombrio e inacessível, que foi preciso toda a coragem de Amy para dizer com mansidão:

– Por favor, me perdoe, Jo; sinto muito, muito.

– Jamais irei perdoar-lhe – foi a resposta sisuda de Jo; e, a partir daquele momento, ela ignorou Amy completamente.

Ninguém tocou mais naquele assunto, nem mesmo a Sra. March, pois todas sabiam, por experiência, que quando Jo estava naquele estado, todas as palavras seriam inúteis; e o caminho mais sábio era esperar até que algum acontecimento ou a própria natureza generosa da jovem abrandasse seu ressentimento, cicatrizando a ferida. Não foi uma noite feliz; pois, embora costurassem como sempre, enquanto a mãe lia Bremer, Scott ou Edgeworth em voz alta, algo estava faltando, e a doce paz do lar havia sido perturbada. Elas sentiram ainda mais quando chegou a hora de cantar, porque Beth só tocava, Jo ficou emburrada como uma pedra e Amy se retirou, então Meg e a mãe cantaram sozinhas. Mas, apesar de seus esforços para ficarem alegres, as vozes que soavam com flautas pareciam desafinadas sem harmonia. Enquanto Jo recebia seu beijo de boa noite, a Sra. March sussurrou gentilmente:

– Minha querida, não deixe o sol se pôr sobre sua raiva; perdoem-se, ajudem-se e comecem novamente amanhã.

Jo queria deitar a cabeça naquele colo maternal e chorar toda a sua dor e raiva; mas as lágrimas não eram uma fraqueza masculina, e ela se sentiu tão profundamente ferida que ainda não conseguia perdoar. Então ela piscou os olhos bastante nervosa, balançando a cabeça e disse, asperamente, porque Amy estava ouvindo:

– Foi algo abominável, e ela não merece ser perdoada.

Depois disso, ela foi para sua cama e não houve fofocas alegres ou confidenciais naquela noite.

Amy ficou muito ofendida porque suas tentativas de reconciliação foram rejeitadas e começou a arrepender-se de ter se humilhado, sentindo-se mais ferida do que nunca e assumindo um ar de superioridade particularmente irritante. Jo ainda parecia uma nuvem carregada de eletricidade e nada correu bem o dia todo. Fez muito frio de manhã; ela deixou sua merenda cair na sarjeta, tia March teve um ataque de rabugice, Meg ficou pensativa, Beth parecia triste e melancólica quando voltou para casa e Amy continuou a fazer observações sobre as pessoas que estavam sempre falando em tornarem-se boas e, no entanto, não esforçavam para tal quando outras pessoas lhes davam um exemplo virtuoso.

– Todas estão tão aborrecidas que vou convidar Laurie para irmos patinar. Ele é sempre gentil e alegre, e a sua companhia me fará bem, eu sei – disse Jo para si mesma e saiu.

Amy ouviu o barulho dos patins e olhou para fora com uma exclamação impaciente:

– Pois é! Ela prometeu que eu iria da próxima vez e esta é a última oportunidade de patinar que teremos. Mas não adianta pedir a uma criatura tão mal-humorada para me levar.

– Não fale assim; você foi muito má, e é difícil para Jo perdoar a perda de seu precioso livrinho; mas acho que ela vai te perdoar se você falar com ela no momento certo – disse Meg. – Vá atrás deles; não diga nada até que Jo esteja conversando de bom humor com Laurie, depois aguarde um minuto e apenas beije-a ou faça alguma coisa gentil, e tenho certeza de que serão amigas novamente, com todo o coração.

– Vou tentar – disse Amy, aceitando o conselho que lhe convinha; e, depois de se arrumar às pressas, ela correu atrás deles pois já estavam desaparecendo além da colina. Não era muito longe o caminho até o rio, mas ambos estavam prontos antes de Amy alcançá-los. Jo a viu chegando e virou as costas; Laurie não viu porque ele estava patinando cuidadosamente ao longo da margem para sondar o gelo e ver se estava resistente o suficiente.

– Vou até a primeira curva para ver se está tudo bem, antes de começarmos a patinar –, Amy ouviu-o dizer, enquanto ele se afastava, parecendo um jovem russo, com seu casaco e boné de pele.

Jo ouviu Amy ofegando depois de correr, batendo os pés e soprando os dedos enquanto tentava calçar os patins; mas Jo não se virou e continuou ziguezagueando devagar pelo rio, sentindo uma espécie de satisfação amarga com o desapontamento da irmã. Ela alimentava o ódio até que ele se fortalecesse e tomasse conta dela, como sempre acontece com maus pensamentos e sentimentos, a menos que sejam expulsos imediatamente. Quando Laurie dobrou a curva, ele gritou: – Mantenha-se perto da margem; o meio não está seguro.

Jo ouviu, mas Amy estava apenas se levantando e não entendeu uma palavra. Jo olhou por cima do ombro, e o pequeno demônio dentro dela disse em seu ouvido: – Não importa se ela ouviu ou não, deixe-a cuidar de si mesma.

Laurie desapareceu na curva; Jo estava na curva e Amy, bem atrás, avançando em direção ao gelo mais suave no meio do rio. Por um minuto Jo ficou parada, com um sentimento estranho no coração; então ela decidiu continuar, mas algo a segurou fazendo-a virar bem a tempo de ver Amy levantar as mãos e cair, com o súbito estrondo do gelo quebrado, os respingos de água e um grito que fez o coração de Jo se retrair ainda com medo. Tentou chamar Laurie, mas a voz não saía de sua garganta; tentou sair correndo para socorrer a irmã, mas seus pés não tinham força; e, por um segundo, ela ficou imóvel, olhando aterrorizada para o pequeno capuz azul em cima da água escura. Alguém passou apressadamente por ela, e a voz de Laurie gritou: – Traga um pedaço de pau; rápido, rápido!

Ela nunca soube como fez aquilo, mas pelos minutos seguintes trabalhou como se estivesse fora de si, obedecendo cegamente a Laurie, que se deitou para segurar Amy pelo braço, até que Jo levasse um pau da cerca para ele e juntos tiraram a criança, mais assustada do que machucada.

– Agora, precisamos levá-la para casa o mais rápido possível; coloque nossos casacos sobre ela, enquanto eu tiro esses patins– exclamou Laurie, envolvendo Amy no casaco e tirando os patins que nunca pareciam ter sido tão complicados de desamarrar.

Tremendo, chorando e com as roupas pingando, eles levaram Amy para casa; e, depois de um momento emocionante como esse, ela adormeceu, enrolada em cobertores, em frente à lareira quentinha. Durante a agitação, Jo mal falara; correndo de um lado para o outro, pálida e transtornada, com as coisas pela metade, o vestido rasgado e as mãos cortadas e machucadas pelo gelo, os paus da cerca e as fivelas dos patins. Quando Amy dormiu confortavelmente, a casa silenciosa e a Sra. March sentada ao lado da cama, ela chamou Jo e começou a cuidar de suas mãos feridas.

– A senhora tem certeza que ela está bem? – sussurrou Jo, olhando com remorso para a cabecinha dourada, que poderia ter desaparecido de sua vista para sempre, sob o gelo traiçoeiro.

– Completamente bem, querida; ela não está machucada e nem sequer pegará um resfriado, creio, vocês fizeram muito bem em cobri-la e trazê-la para casa rapidamente – respondeu a mãe, amorosamente.

– Laurie fez tudo sozinho; eu apenas a soltei. Mãe, se ela morresse, seria minha culpa; – e Jo caiu em prantos ao lado da cama, contando tudo o que havia acontecido, recriminando-se pela dureza de seu coração e chorando de gratidão por ter sido poupada do pesado castigo que poderia ter acontecido com ela. – É meu gênio maldito! Tento modificá-lo, mas quando acho que consegui, então volta pior do que nunca. Oh, mãe! O que devo fazer? – gritou chorando a pobre Jo, em desespero.

– Vigie e ore, querida; nunca se canse de tentar e nunca pense que é impossível reparar sua falha – disse a Sra. March, puxando a cabeça de Jo para seus ombros e beijando-lhe o rosto úmido com tanta ternura que ela chorou mais ainda.

– A senhora não sabe como é! Não pode adivinhar como é ruim! Parece que sou capaz de fazer loucuras quando estou assim; fico tão nervosa que poderia machucar alguém e me alegrar com isso. Tenho medo de fazer algo terrível algum dia, estragar minha vida e fazer todos me odiarem. Oh mamãe! Ajude-me por favor, ajude-me!

– Sim minha querida, eu vou ajudá-la. Não chore desse jeito, mas lembre-se deste dia e resolva, do fundo do seu coração, que você nunca terá outro igual. Jo, querida, todos nós temos nossas tentações, algumas muito maiores do que as suas, e muitas vezes levamos a vida toda para dominá-las. Você acha que seu gênio é o pior do mundo; mas o meu era exatamente igual ao seu.

– O seu, mãe? Mas você nunca fica nervosa! – e, por um momento, Jo ficou surpresa e esqueceu o remorso.

– Tento mudar meu gênio há quarenta anos e só consegui controlá-lo. Fico nervosa quase todos os dias da minha vida, Jo; mas aprendi a não demonstrar; e ainda espero aprender a não sentir esses impulsos, embora possa levar mais quarenta anos para fazê-lo.

A paciência e a humildade daquele rosto que Jo tanto amava eram uma lição muito melhor para Jo do qualquer outro sermão mais sábio ou repreensão mais severa. Sentia-se confortada pela simpatia e confiança que a mãe lhe dera; o conhecimento de que sua mãe tinha um gênio como o dela e tentava controlá-lo facilitou o seu trabalho e fortaleceu a resolução de regenerar-se, embora, para uma menina de 15 anos, quarenta anos parecessem bastante tempo para vigiar e orar.

– Mãe, você está nervosa quando aperta os lábios e sai da sala às vezes, quando tia March está rabugenta, ou alguém a aborrece? – perguntou Jo, sentindo-se mais próxima e mais querida de sua mãe do que nunca.

– Sim, aprendi a conter as palavras impensadas prontas a saírem dos lábios; e com receio que elas sejam proferidas contra minha vontade, saio por um minuto e recrimino a mim mesma por ser tão fraca e má – respondeu a Sra. March, com um suspiro e um sorriso, enquanto alisava e ajeitava os cabelos bagunçados de Jo.

– Como a senhora aprendeu a ficar calma? Isso é o que me incomoda, porque as palavras afiadas saem da minha boca antes que eu saiba do que se trata; e quanto mais digo, pior fico, até que se torne um prazer ferir os sentimentos das pessoas, e dizer coisas terríveis. Diga-me como aprendeu a dominar-se, mammie querida.

– Minha boa mãe me ajudava.

– Como você faz – interrompeu Jo, com um beijo de gratidão.

– Mas eu a perdi quando eu era um pouco mais velha do que você e, durante anos, tive de lutar sozinha, porque era orgulhosa demais para confessar minha fraqueza a outra pessoa. Foi muito difícil, Jo, e derramei muitas lágrimas amargas pelos meus defeitos, porque, apesar dos meus esforços, parecia que eu jamais os venceria. Então, seu pai apareceu e eu fiquei tão feliz que achei fácil ser boa. Mas aos poucos, quando eu tinha quatro filhas pequenas em volta de mim e éramos pobres, o velho problema recomeçou, porque eu não sou paciente por natureza, e era um sofrimento para mim ver minhas filhas passando necessidades.

– Pobre mãezinha! Quem lhe ajudou, então?

– Seu pai, Jo. Ele nunca perdeu a paciência, nunca duvidou nem reclamou, mas sempre mantinha a esperança com tanta alegria que alguém se envergonharia de fazer o contrário diante dele. Ele me ajudava, confortava e mostrava que eu devia tentar praticar todas as virtudes que eu gostaria que minhas filhas tivessem porque eu era o exemplo delas. Foi mais fácil tentar por vocês do que por mim; um olhar espantado ou atemorizado de uma de vocês, quando eu falava com aspereza era para mim uma repreensão muito mais forte do que qualquer palavra que eu pudesse ouvir; o amor, o respeito e a confiança das minhas filhas era a mais doce recompensa que poderia receber por meus esforços em ser a mulher que eu gostaria que elas fossem.

– Oh, mamãe! Se eu tiver metade da sua bondade, ficarei satisfeita – exclamou Jo, muito emocionada.

– Espero que você seja muito melhor, querida; mas você deve vigiar seu "inimigo interior", como o papai diz, para que ele não entristeça nem estrague sua vida. Você recebeu um aviso; lembre-se disso e tente de corpo e alma dominar esse gênio impulsivo, antes que lhe traga maior tristeza e arrependimento do que você teve hoje.

– Vou tentar, mamãe; realmente tentarei. Mas preciso que me ajude, me faça lembrar, impeça de sair do rumo. Às vezes eu via o papai colocar o dedo nos lábios e olhar para você carinhosamente, embora com o semblante sério; e você sempre dobrava os lábios com força ou se afastava; ele estava lembrando você? – perguntou Jo delicadamente.

– Estava; eu pedia a ele para me ajudar e ele nunca se esquecia, evitando que eu dissesse muitas palavras ríspidas com aquele gesto simples e sua expressão amável.

Jo viu que os olhos de sua mãe se encheram de lágrimas e seus lábios tremeram enquanto ela falava; e, com receio de ter perguntado mais do que devia, ela sussurrou ansiosamente:

– Fiz mal em tocar nesse assunto? Eu não quis ser rude, mas é tão confortável dizer tudo o que penso para a senhora e me sentir tão confiante e feliz ao seu lado.

– Minha Jo, você pode dizer qualquer coisa para sua mãe, porque é minha maior felicidade e orgulho sentir que minhas meninas confiam em mim e sabem o quanto as amo.

– Achei que eu havia entristecido a senhora.

– Não, querida; mas ao falar sobre seu pai me lembrei de quanta falta ele me faz, do quanto devo a ele e com que fidelidade devo zelar e trabalhar para manter suas filhinhas seguras e a salvo até que ele volte.

– No entanto, a senhora disse para ele ir para a guerra, mamãe, e não chorou quando ele partiu, e nunca se queixou até agora nem parece precisar de consolo – disse Jo, admirada.

– Dei o meu melhor para o país que amo e guardei minhas lágrimas até que ele se fosse. Para que reclamar, se nós dois estamos apenas cumprindo nosso dever, e certamente seremos mais felizes por isso no final? Se pareço não precisar de ajuda, é porque tenho um amigo melhor do que o papai, para me confortar e me sustentar. Minha filha, os problemas e as tentações da sua vida estão começando e podem ser muitos, mas você pode superá-los e sobreviver a tudo, se aprender a sentir a força e a ternura do Pai Celestial, assim como o do seu pai terreno. Quanto mais você O ama e confia nEle, mais próximo você se sentirá dEle e menos dependerá do poder humano. O amor e o cuidado do Pai Celestial nunca acabam ou mudam, jamais serão tirados de você, mas podem se tornar fonte de paz, felicidade e força ao longo da vida. Acredite de todo coração e entregue a Deus todos os seus pequenos cuidados, esperanças, pecados e tristezas, tão livremente e com tanta confiança como se estivesse dirigindo-se à sua mãe.

A única resposta de Jo foi abraçar a mãe e, no silêncio que se seguiu, a oração mais sincera que ela já fez deixou seu coração, sem palavras; pois naquela hora triste e feliz, ela aprendera não apenas a amargura do remorso e do desespero, mas também a doçura da abnegação e do autocontrole; e, conduzida pela mão da mãe, aproximara-se do Amigo, que acolhe todas as crianças com um amor mais forte que o de qualquer pai, mais terno que o de qualquer mãe.

Amy se mexeu e suspirou enquanto dormia; e, como se estivesse ansiosa para começar imediatamente a consertar sua culpa, Jo ergueu os olhos com uma expressão que nunca se vira em seu rosto.

– Deixei o sol se pôr sobre a minha ira; eu não a perdoaria, e hoje, se não fosse por Laurie, poderia ter sido tarde demais! Como eu pude ser tão má? – disse Jo, em tom meio alto, enquanto se inclinava sobre a irmã, acariciando suavemente os cabelos molhados espalhados no travesseiro.

Como se tivesse ouvido, Amy abriu os olhos e estendeu os braços, com um sorriso que foi direto ao coração de Jo. Não disseram uma palavra, mas elas se abraçaram, apesar dos cobertores, e tudo foi perdoado e esquecido com um beijo caloroso.

Capítulo 9

Meg vai à feira das vaidades

— Acho que foi a coisa mais afortunada do mundo que essas crianças tivessem sarampo agora – disse Meg, em um dia de abril, enquanto ela arrumava sua mala de viagem em seu quarto, cercada por suas irmãs.

– E foi tão gentil da parte de Annie Moffat não ter esquecido sua promessa. Uma quinzena inteira de diversão será verdadeiramente delicioso – respondeu Jo, parecendo um moinho de vento, enquanto dobrava as saias com os braços longos.

– E que clima adorável; estou tão feliz – acrescentou Beth, arrumando ordenadamente as fitas em sua melhor caixa, emprestada para a grande ocasião.

– Gostaria que algum dia pudesse me divertir e usar todas essas coisas lindas – disse Amy, com a boca cheia de alfinetes, enquanto ia artisticamente espetando na almofada da irmã.

– Gostaria que todas fossem; mas, como não é possível, vou contar minhas aventuras quando voltar. É o mínimo que posso fazer para agradecer a bondade de todas vocês por me emprestarem seus objetos e me ajudarem a arrumar tudo – disse Meg, olhando ao redor do quarto com um vestido muito simples, que parecia quase perfeito aos olhos delas.

– O que a mamãe lhe deu de sua caixa de preciosidades? – perguntou

Amy, que não estava presente na abertura de uma certa arca de cedro, na qual a Sra. March guardava algumas relíquias do esplendor do passado, como presentes para as meninas quando chegasse a hora certa.

– Um par de meias de seda, aquele lindo leque com relevo e um belo cinto azul. Eu preferia o vestido de seda violeta; mas não há tempo para consertá-lo, então devo contentar-me com o meu velho de tarlatana.

– Ficaria bem em você a minha nova saia de musselina e o cinto azul a deixaria linda. Pena que eu tenha quebrado meu bracelete de coral, senão você poderia levá-lo – disse Jo, que adorava dar e emprestar, mas seus objetos geralmente estavam muito desgastados devido ao uso.

– Há um lindo conjunto de pérola antigo na caixa, mas a mamãe disse que flores verdadeiras eram o ornamento mais bonito para uma jovem, e Laurie prometeu me enviar todas que eu quiser – respondeu Meg.

– Agora, deixe-me ver; aqui está meu novo vestido cinza de passeio, enrole mais a pena do meu chapéu, Beth... O de popeline é para o domingo e festas menores, parece pesado para a primavera, não é? O de seda violeta ficaria tão lindo. Ah, meu Deus!

– Não importa; você tem o de tarlatana para a grande festa e sempre parece um anjo de branco – disse Amy, pensando na pequena coleção de objetos elegantes que lhe deliciavam a alma. – Não é decotado e nem bastante comprido, mas servirá. Meu vestido azul ficou tão lindo depois de virado pelo avesso e enfeitado de novo, que sinto como se tivesse um vestido novo. Meu manto de seda não está muito na moda e meu chapéu não se parece com o de Sallie; não gostaria de dizer nada, mas fiquei terrivelmente desapontada com a minha sombrinha. Pedi à mamãe uma sombrinha preta com uma alça branca, mas ela esqueceu-se e comprou uma verde com alça amarela e feia. Ela é forte e elegante, portanto, não devo reclamar, mas sei que sentirei vergonha ao compará-la com a de Annie, que é de seda com uma ponteira dourada – suspirou Meg, olhando para a pequena sombrinha com desdém.

– Troque – aconselhou Jo.

– Não vou ser tão boba a esse ponto nem magoar os sentimentos de mammie, quando ela se esforçou tanto para me dar as coisas. É uma ideia absurda minha e vou esquecer isso. Minhas meias de seda e dois pares de lindas luvas são o meu conforto. Você foi muito gentil ao me emprestar o seu,

Jo; sinto-me tão rica e elegante, com dois novos pares e as velhas limpas para o uso; – e Meg lançou um olhar satisfeito à caixa de luvas.

– Annie Moffat tem laços azuis e rosa em suas toucas de dormir; você colocaria um pouco nas minhas? – perguntou ela a Beth, que trazia uma pilha de toucas de musselina, brancas como a neve, recém-saídas das mãos de Hannah.

– Não, eu não colocaria; as toucas enfeitadas não combinam com trajes lisos e simples. As pessoas pobres não devem enfeitar-se demais – disse Jo com convicção.

– Será que algum dia terei a felicidade de ter renda de verdade nas minhas roupas e laços nas minhas toucas? – disse Meg, impaciente.

– Você disse outro dia que seria perfeitamente feliz se pudesse ir à casa de Annie Moffat – observou Beth, em seu tom calmo.

– Disse. Estou feliz e não vou me preocupar, mas parece que quanto mais alguém tem, mais desejar ter, não é? Bem, está tudo pronto, tudo guardado, com exceção do meu vestido de baile, que deixarei para a mãe – disse Meg, com entusiasmo, olhando para a mala quase cheia e para o vestido branco de tartalana, várias vezes passado e consertado, que ela chamava de "vestido de baile" com um ar de importância.

O dia seguinte estava lindo, e Meg partiu, em grande estilo, para quinze dias de novidades e diversão. A Sra. March consentira com o passeio, com certa relutância, temendo que Margaret voltasse menos contente do que foi. Porém, Meg implorara tanto e Sallie prometera cuidar bem dela, e um pouco de prazer seria tão maravilhoso depois de um inverno de trabalho duro que a mãe cedeu, e a filha foi ter sua primeira impressão da vida moderna.

Os Moffats eram muito sofisticados e a ingênua Meg ficou um pouco intimidada, a princípio, com o esplendor da casa e a elegância de seus ocupantes. Mas eram pessoas gentis, apesar da vida frívola que levavam, e logo deixaram sua convidada à vontade. Talvez Meg sentisse, sem entender o porquê, que não eram pessoas particularmente cultas ou inteligentes, e que toda a sua douradura não conseguiria ocultar completamente o material comum de que eram feitas. Sem dúvida era agradável sair suntuosamente, passear em uma boa carruagem, vestir o seu melhor vestido todos os dias e não fazer nada além de se divertir.

Essa vida era exatamente a que lhe convinha; e logo ela começou a imitar as maneiras e conversas daqueles a seu redor; a ter certas atitudes e cortesias, usar frases em francês, frisar os cabelos, vestir-se bem e falar sobre a moda, da melhor forma que podia. Quanto mais via as belas coisas de Annie Moffat, mais a invejava e almejava também ser rica. Sua casa agora, quando pensava nela, parecia pobre e triste, e o trabalho ficava cada vez mais penoso. Ela sentia que era uma jovem muito pobre e desfavorecida, apesar das novas luvas e meias de seda. Entretanto, não tinha tempo para desgostos, pois as três jovens estavam ocupadas em "divertir-se". Elas faziam compras, faziam passeios a pé ou a cavalo e faziam visitas o dia inteiro; frequentavam teatros e óperas ou distraíam-se em casa à noite, porque Annie tinha muitos amigos e sabia como entretê-los. Suas irmãs mais velhas eram muito jovens, e uma estava noiva, o que era extremamente interessante e romântico, na opinião de Meg. O Sr. Moffat era um cavalheiro gordo e alegre, que conhecia o pai dela, e a Sra. Moffat, uma senhora gorda e alegre, que gostava de Meg como se fosse sua filha. Todos a mimavam, e "Daisy", como a chamavam, estava prestes a virar a cabeça.

Quando chegou a noite da "pequena festa", ela descobriu que o vestido de popeline não serviria, pois as outras meninas usavam vestidos finos e estavam muito elegantes; por isso, teve de recorrer ao de tartalana, mais velho, mais desajeitado e mais feio que nunca, ao lado do vestido novinho de Sallie. Meg via as meninas olharem para ela, e depois uma para a outra, e suas bochechas começaram a ruborizar, porque, apesar de toda a sua gentileza, ela era muito orgulhosa. Ninguém disse uma palavra sobre isso, mas Sallie se ofereceu para pentear seus cabelos, Annie para amarrar o cinto, e Belle, a irmã noiva, elogiou a brancura de seus braços; mas, através da gentileza das meninas, Meg percebia apenas pena pela pobreza dela, e isso deixou seu coração bem apertado, enquanto as outras riam e conversavam, brincavam e andavam pela sala como borboletas celestiais. Aquele sentimento de amargura estava ficando terrível quando a criada trouxe uma caixa de flores. Antes que ela dissesse qualquer coisa, Annie abriu a capa e todas admiraram com surpresa as lindas rosas, urzes e samambaias.

– É para Belle, é claro; George sempre envia flores para ela, mas estas são absolutamente arrebatadoras – exclamou Annie, aspirando-as.

– Elas são para a Srta. March – disse o homem. – E aqui está um cartão – disse a criada, segurando-o para Meg.

– Que divertido! De quem são elas? Não sabíamos que você tinha um namorado – gritaram as jovens, rodeando Meg com muita curiosidade e surpresa.

– O cartão é de mamãe e as flores são de Laurie – disse Meg, simplesmente, mas muito satisfeita por ele não a ter esquecido.

– Oh, deveras! – disse Annie, com um olhar estranho, enquanto Meg colocava o cartão no bolso, como uma espécie de talismã contra inveja, vaidade e falso orgulho; pois as poucas palavras amorosas do cartão lhe fizeram bem, e a beleza das flores a animaram.

Sentindo-se quase feliz novamente, ela colocou alguns ramos de samambaias e algumas rosas em si mesma e rapidamente separou o restante em delicados buquês para o busto, cabelos ou cintura de suas amigas, oferecendo-os com tanta beleza, que Clara, a irmã mais velha, declarou que era "a coisa mais delicada que já vira"; e elas pareciam bastante encantadas com essa pequena atenção. De alguma forma, o ato de gentileza acabou com seu desapontamento; e, quando todas as outras foram se mostrar à Sra. Moffat, ela viu um rosto feliz e brilhante no espelho, enquanto colocava as samambaias nos cabelos ondulados e prendia as rosas no vestido, que não lhe parecia mais tão surrado agora.

Ela se divertiu muito naquela noite porque dançou à vontade; todos foram muito gentis e ela recebeu três elogios: Annie a fez cantar e alguém disse que tinha uma voz extraordinariamente bela; o major Lincoln perguntou quem era "a jovenzinha com lindos olhos"; e o Sr. Moffat insistiu em dançar com ela, dizendo jovialmente que ela "não perdia tempo e parecia incansável". Então, no geral, ela se divertira muito, até ouvir um pedaço de uma conversa que a perturbou extremamente. Ela estava sentada dentro da estufa, esperando seu parceiro lhe trazer um sorvete, quando ouviu uma voz perguntar, do outro lado da parede florida.

– Quantos anos ele tem?

– Dezesseis ou dezessete, creio eu – respondeu a outra voz.

– Seria ótimo para uma daquelas jovens, não é? Sallie diz que eles estão muito íntimos agora, e o velho gosta muito delas.

– A Sra. M. tem seus planos, creio eu, e jogará bem suas cartas, assim que for possível. É evidente que a menina ainda não pensa nisso – disse a Sra. Moffat.

– Ela contou aquela mentira sobre o cartão de sua mãe, como se soubesse, e corou quando as flores chegaram. Pobrezinha! Ela seria tão bonita se apenas estivesse bem vestida. Você acha que ela ficará ofendida se oferecermos um vestido para quinta-feira? – perguntou a outra voz.

– Ela é orgulhosa, mas acredito que ela aceitará, pois esse vestido de tartalana sem graça é tudo o que ela tem. Ela pode rasgá-lo hoje à noite, e isso será uma boa desculpa para oferecer um vestido decente.

– Veremos; convidarei o jovem Laurence como um agrado a ela e depois nos divertiremos com isso.

Nesse momento, o parceiro de Meg apareceu, encontrando-a muito corada e bastante agitada. Ela era orgulhosa e seu orgulho lhe foi útil naquele instante, pois a ajudou a esconder sua mortificação, ira e desgosto pelo que acabara de ouvir; por mais inocente e ingênua que fosse, não pôde deixar de entender as fofocas de suas amigas. Ela tentou esquecer o que ouviu, mas não conseguia, e continuou repetindo para si mesma: "a Sra. M. tem seus planos", "essa mentira sobre o cartão de sua mãe" e "tartalana sem graça", até que sentiu vontade de chorar, voltar para casa e contar tudo o que ouvira e pedir conselhos. Como isso era impossível, ela fez o possível para parecer alegre; e, embora estivesse nervosa, ela conseguiu disfarçar tão bem que ninguém sequer notou o esforço que ela estava fazendo. Ela ficou muito feliz quando a festa acabou e ela se viu tranquila em sua cama, onde podia pensar, refletir e indignar-se até que sua cabeça começasse a doer, e seu rosto quente fosse resfriado por algumas lágrimas naturais. Aquelas palavras tolas, porém bem-intencionadas, haviam revelado um novo mundo para Meg e perturbado muito a serenidade da antiga Meg, que, até agora, vivia tão feliz quanto uma criança. Sua amizade inocente com Laurie fora maculada pelas tolices que ouvira; sua fé na mãe ficara um pouco abalada devido à suspeita de planos mundanos atribuídos a ela pela Sra. Moffat, que julgava os outros por si; e a resolução sensata de se contentar com o vestido simples, que combinava com a filha de um pobre homem, foi enfraquecida pela pena desnecessária das meninas, que consideravam um vestido gasto uma das maiores calamidades que poderia existir debaixo do céu.

A pobre Meg teve uma noite inquieta e levantou-se com os olhos pesados, triste, meio ressentida com as amigas e com vergonha de si mesma por não falar francamente e acertar as coisas. Nada fizeram naquela manhã, e já era meio-dia quando as meninas encontraram energia suficiente para fazer algo. Havia alguma coisa nos modos de suas amigas que chamou a atenção de Meg imediatamente; elas a tratavam com mais respeito, interessando-se bastante pelo que ela dizia e olhavam para ela com olhos que claramente mostravam a curiosidade. Tudo isso a surpreendeu e lisonjeava, embora ela não entendesse, até que Miss Belle, levantando os olhos do que estava escrevendo, disse com um ar sentimental:

– Daisy, querida, enviei um convite para seu amigo, Sr. Laurence, para quinta-feira. Gostaríamos de conhecê-lo, e fizemos isso em atenção a você.

Meg enrubesceu, mas veio-lhe a ideia de brincar com as meninas e ela respondeu, timidamente:

– É muita bondade sua, mas creio que ele não virá.

– Por que não, querida? – perguntou Miss Belle.

– Ele é velho demais.

– Menina, o que quer dizer com isso? Qual é a idade dele, eu gostaria de saber! – exclamou a Srta. Clara.

– Quase 70, eu creio – respondeu Meg, contando os pontos do vestido para esconder a alegria em seus olhos.

– Mocinha esperta! É claro que nós queremos dizer o jovem – exclamou a Srta. Belle, sorrindo.

– Não há jovem nenhum; Laurie é apenas um menino – e Meg riu também ao ver o olhar esquisito que as irmãs trocaram, enquanto descrevia seu suposto namorado.

– Mais ou menos da sua idade – disse Nan.

– Quase da idade da minha irmã Jo; eu faço 17 anos em agosto – respondeu Meg, erguendo a cabeça.

– É muito gentil da parte dele enviar flores para você, não é? – disse Annie, querendo especular.

– Sim, ele costuma fazer isso para todas nós; pois a casa deles há muitas flores e nós gostamos muito delas. Minha mãe e o senhor Laurence são conhecidos, por isso é bem natural que nós, crianças, brinquemos juntos; – e Meg esperava que não dissessem mais nada.

– É evidente que Daisy ainda não entendeu nada – disse a Srta. Clara a Belle, fazendo um aceno com a cabeça.

– Um verdadeiro estado bucólico de inocência o tempo todo – respondeu a Srta. Belle, encolhendo os ombros.

– Vou sair para resolver alguns probleminhas; posso fazer alguma coisa por vocês, minhas jovens? – perguntou a Sra. Moffat, chegando com um andar lento igual ao de um elefante, coberta de seda e renda.

– Não, senhora, obrigada – respondeu Sallie; – Já tenho meu vestido novo de seda rosa para quinta-feira e não preciso de mais nada.

– Nem eu – começou Meg, mas parou, porque lhe ocorrera que ela queria várias coisas e não podia tê-las.

– O que você vai vestir? – perguntou Sallie.

– Meu velho vestido branco de novo, se eu conseguir consertá-lo; ficou bastante rasgado ontem à noite – disse Meg, tentando falar com bastante naturalidade, mas sentindo-se muito desconfortável.

– Por que você não manda buscar outro em casa? – disse Sallie, que não era muito observadora.

– Não tenho outro. – Custou-lhe muito dizer isso, mas Sallie não percebeu e exclamou em tom de surpresa:

– Só tem um? Que engraçado... – Ela não terminou de falar porque Belle balançou a cabeça e a interrompeu, dizendo, gentilmente:

– Absolutamente; qual seria a utilidade de ter vários se ela não sai muito? Não há necessidade de mandar buscar em casa, Daisy, mesmo que você tivesse uma dúzia, pois tenho um de seda azul delicado que não me serve mais. Ficarei imensamente feliz se você usá-lo, não vai recusar meu pedido, vai querida?

– Você é muito gentil, mas eu não me importo com o meu vestido velho, se você não se incomodar; serve muito bem para uma moça da minha idade – disse Meg.

– Dê-me o prazer de vestir você em grande estilo. Eu adoro fazer isso, e você ficará uma formosura, com uns retoques aqui e ali. Não vou deixar ninguém te ver até que você termine e depois entraremos como Cinderela e sua madrinha, indo ao baile – disse Belle, em seu tom persuasivo.

Meg não podia recusar a oferta tão gentilmente feita, pois o desejo de ver se ela realmente ficaria uma "formosura" levou-a a aceitar e esquecer todos os ressentimentos com os Moffats.

No fim da tarde de quinta-feira, Belle trancou-se com ela e uma criada; e as duas transformaram Meg em uma bela dama. Elas frisaram e enrolaram os cabelos dela

– Por alguns minutos, ela ficou admirando-se como a gralha na fábula, apreciando suas plumas emprestadas. – ,retocaram o pescoço e os braços com um pouco de pó perfumado, passaram-lhe nos lábios uma pomada cor de coral para deixá-los mais vermelhos, e Hortense teria colocado "um toque de rouge", se Meg não protestasse. Elas a amarraram em um vestido azul-celeste, tão apertado que ela mal conseguia respirar, e tão decotado que Meg ficou corada ao olhar-se no espelho. Puseram-lhe alguns adereços de prata, como pulseira, colar, broche e até brincos, que Hortense amarrou com um fio de seda rosa que não aparecia. Um ramalhete de botões de rosa no peito e um broche fizeram Meg aceitar a exibição de seus belos ombros brancos, e um par de sapatos de seda azul de salto alto atendeu ao maior desejo de seu coração. Por fim, um lenço bordado, um leque de plumas e um buquê em um suporte de prata completaram o traje; a Srta. Belle a contemplou com a satisfação de uma criança ao ver sua boneca com vestido novo.

– A dama está belíssima, não está? – exclamou Hortense, batendo palmas, entusiasmada.

– Venha para que a vejam – disse a Srta. Belle, conduzindo-a até o quarto onde as outras estavam aguardando. Quando Meg começou a andar com a saia longa se arrastando, os brincos tilintando, os cachos balançando e o coração batendo, ela sentia como se sua diversão "tivesse realmente começado afinal", pois o espelho lhe dissera claramente que ela estava "uma formosura". Suas amigas repetiram a frase com entusiasmo e, por vários minutos, ela ficou parada, como a gralha na fábula, apreciando suas plumas emprestadas, enquanto as outras tagarelavam como um bando de pegas.

– Enquanto me visto, ensine-lhe a segurar a saia, Nan, e a andar com os sapatos de salto alto, senão ela pode tropeçar. Coloque sua borboleta de prata no meio do broche branco, e levante aquele cacho comprido do lado esquerdo da cabeça, Clara, e nenhuma de vocês pode desmanchar o trabalho encantador das minhas mãos – disse Belle, enquanto se afastava, parecendo satisfeita com seu sucesso.

– Tenho medo de cair, estou sentindo-me tão estranha, rígida e vestida pela metade – disse Meg a Sallie, ao ouvirem a campainha e recado da Sra. Moffat pedindo que as jovens descessem logo.

– Você não se parece nem um pouco com você mesma, mas está muito bonita. Não estou tão bem vestida quanto você, pois Belle tem muito gosto e você está uma perfeita francesa, posso lhe garantir. Deixe suas flores caídas; não preste muita atenção a elas e cuidado para não tropeçar – respondeu Sallie, tentando não se importar com o fato de que Meg estivesse mais bonita que ela. Mantendo esse aviso em mente, Margaret desceu as escadas com segurança e entrou na sala de estar onde os Moffats e alguns convidados iniciais estavam reunidos. Ela logo descobriu que há um encanto sobre roupas finas que atrai uma certa classe de pessoas e garante seu respeito. Várias moças, que não a haviam notado antes, ficaram muito íntimas de repente; diversos jovens cavalheiros, que apenas a olharam na outra festa, agora, além de a fitarem, pediam para serem apresentados e diziam todo tipo de coisas tolas, mas agradáveis de ouvir; e várias velhas, que estavam sentadas em sofás e criticavam o restante da festa, perguntavam quem ela era, com um ar de interesse. Ela ouviu a Sra. Moffat responder a uma delas, – Daisy March, o pai é um coronel do exército, uma de nossas famílias mais distintas, mas que perdeu a fortuna, amigos íntimos dos Laurences; doce criatura, eu lhe asseguro; meu Ned está louco por ela.

– Verdade! – disse a velha senhora, erguendo os óculos para observar de novo a jovem que tentava fingir não ter ouvido nada embora estivesse escandalizada com a Sra. Moffat.

A "sensação estranha" não passou, mas ela se imaginou interpretando o papel de bela dama, e assim se deu muito bem, embora o vestido apertado lhe causasse uma dor lateral, a cauda continuasse a entrar embaixo de seus pés, além de ficar apreensiva com medo de que seus brincos caíssem e se perdessem ou se quebrassem. Ela estava agitando o leque e rindo das piadas fracas de um jovem cavalheiro que tentava ser espirituoso, quando de repente parou de rir e ficou confusa porque, do outro lado, viu Laurie. Ele estava olhando para ela sem disfarçar a surpresa e também a desaprovação, ela pensou; pois, embora ele se curvasse e sorrisse, algo em seus olhos honestos a fez corar, e nesse momento ela desejou que estivesse com seu vestido velho. Para completar sua confusão, viu Belle acenar para Annie e as duas trocavam olhares para ela e para Laurie, que, por sua vez, parecia extraordinariamente infantil e tímido.

– São umas tolas em tentar incutir-me esses pensamentos na cabeça! Não vou incomodar-me com disso, nem deixar que isso mude meu jeito de ser – pensou Meg, e atravessou a sala para apertar a mão do amigo.

– Estou feliz por você ter vindo, pois tinha medo de que não viesse – disse ela, com seu ar mais adulto.

– Jo queria que eu viesse para contar a ela como você estava – respondeu Laurie, sem a fitar, embora ele sorrisse ao ouvir o tom maternal dela.

– O que você deve dizer a ela? – perguntou Meg, cheia de curiosidade por saber sua opinião sobre ela, mas se sentindo pouco à vontade com ele, pela primeira vez.

– Direi que não te reconheci, pois você parece tão crescida e diferente, estou até com medo de você – disse ele, tateando o botão da luva.

– Que absurdo da sua parte! As meninas me vestiram por diversão, e eu gostei bastante. Acha que Jo ficaria espantada se me visse? – perguntou Meg, empenhada em fazê-lo dizer se a achava mais bonita ou não.

– Sim, acho que sim – respondeu Laurie, sério.

– Não gosta de me ver assim? – perguntou Meg.

– Não, não gosto – foi a resposta incisiva.

– Por que não? – perguntou a jovem em um tom ansioso.

Ele olhou seus cabelos frisados, os ombros nus e o vestido extraordinariamente enfeitado, com uma expressão que a envergonhou mais do que sua resposta, na qual não havia nem um toque de sua delicadeza habitual.

– Não gosto de penas e roupas espalhafatosas.

Isso era demais para um rapaz mais jovem que ela; e Meg saiu, dizendo, com petulância:

– Você é o menino mais rude que eu já vi.

Sentindo-se muito irritada, dirigiu-se a uma janela retirada para refrescar-se porque o vestido apertado lhe dava uma cor desconfortavelmente brilhante. Enquanto estava lá, o major Lincoln passou e, um minuto depois, ela o ouviu dizendo à mãe:

– Estão fazendo aquela menina de boba, queria que a senhora a visse, eles a transformaram completamente; esta noite ela não passa de uma boneca.

– Ah, meu Deus! – suspirou Meg; – Gostaria de ter sido sensata e usado minhas próprias roupas; não teria desagradado as outras pessoas nem me sentido tão desconfortável e envergonhada.

Apoiou a testa no vidro gelado e ficou meio escondida nas cortinas, sem se importar com o fato de sua valsa favorita ter começado, até que alguém a tocou; e, virando-se, ela viu Laurie parecendo arrependido, como ele disse, inclinando-se e estendendo a mão:

– Por favor, perdoe minha grosseria e venha dançar comigo.

– Receio que isso lhe desagrade – disse Meg, tentando parecer ofendida, porém sem sucesso.

– Nem um pouco; estou morrendo de vontade de fazer isso. Venha, será maravilhoso; não gosto do seu vestido, mas acho que você está simplesmente esplêndida; – e ele acenou com as mãos para expressar sua admiração.

Meg sorriu, ficou mais calma e sussurrou quando eles iam começar a dançar:

– Cuidado para não tropeçar na minha cauda; é um tormento para mim, fui uma verdadeira tola em colocar um vestido assim.

– Prenda-a no pescoço e ela lhe será útil – disse Laurie, olhando para os pequenos sapatos azuis, que ele evidentemente aprovou.

Eles saíram dançando, ágeis e graciosos, pois, tendo praticado em casa, eles eram um lindo casal, muito harmônico e alegre, agradável de ver, enquanto giravam alegremente em círculos, sentindo-se mais íntimos do que nunca depois de uma discussão passageira.

– Laurie, eu quero que você me faça um favor, pode ser? – disse Meg, enquanto ele a abanava, pois ela havia ficado sem fôlego, o que acontecera muito rápido e ela não entendia o motivo.

– Com certeza! – Laurie disse, com entusiasmo.

– Por favor, não conte a elas lá casa sobre meu traje desta noite. Elas não entenderão a brincadeira e isso preocupará mamãe.

– Então por que você fez isso? – disseram os olhos de Laurie, com tanta clareza, que Meg acrescentou logo em seguida:

– Contarei tudo a elas e confessarei à mamãe as minhas tolices. Mas prefiro fazer isso sozinha, portanto, você não contará nada, combinado?

– Dou-lhe minha palavra, não contarei; mas, o que devo dizer quando me perguntarem?

– Apenas diga que eu estava bonita e me diverti muito.

– Quanto à primeira parte, posso afirmar de todo o meu coração, mas o que devo fazer quanto à outra? Você não parece estar se divertindo; está? – e

Laurie olhou para ela com uma expressão que a fez responder, num sussurro:

– Não, agora não. Não pense que estou odiando; só queria me divertir um pouco, mas acho que esse tipo de diversão não compensa e estou ficando cansada disso tudo.

– Aí vem Ned Moffat; o que ele quer? – disse Laurie, franzindo as sobrancelhas negras, como se não considerasse o jovem anfitrião uma companhia desejável naquela festa.

– Ele colocou seu nome no papel para três danças, e suponho que ele esteja vindo para a primeira delas; que chato! – disse Meg, assumindo um ar lânguido, que divertiu Laurie imensamente.

Ele não falou com ela novamente até a hora do jantar, quando a viu bebendo champanhe com Ned e seu amigo Fisher, que estavam se comportando "como um par de tolos", como Laurie disse a si mesmo, pois ele achava que tinha uma espécie de autoridade fraternal para vigiar as Marchs e defendê-las quando necessário.

– Você terá uma dor de cabeça devastadora amanhã, se beber muito. Eu não beberia tanto assim, Meg, sua mãe não vai gostar de saber – ele sussurrou, inclinando-se sobre a cadeira dela, quando Ned se virou para encher-lhe o copo novamente e Fisher se inclinou para pegar o leque.

– Esta noite, não sou Meg, sou uma boneca que faz toda espécie de loucura. Amanhã guardarei as penas e os trajes espalhafatosos e voltarei a ser boa novamente – ela respondeu, com uma risada afetada.

– Gostaria de estar aqui amanhã – murmurou Laurie, indo embora, descontente com a mudança que notara nela.

Meg dançou, flertou, tagarelou e riu, como faziam todas as outras jovens; depois do jantar, ela tentou aprender alguns passos de dança alemã, mas atrapalhava-se e quase fez cair seu parceiro com sua cauda longa, brincando de uma maneira que deixou Laurie escandalizado e ele ficou pensando sobre um sermão sério. Porém, não teve chance de fazê-lo, pois Meg manteve-se longe dele até a hora em que ele veio se despedir.

– Lembre-se do que me prometeu! – ela disse, tentando sorrir, pois a dor de cabeça devastadora já havia começado.

– Silêncio à *la mort* – respondeu Laurie, com um floreio melodramático, enquanto se retirava.

Esse diálogo à parte excitou a curiosidade de Annie; mas Meg estava cansada demais para fofocar e foi para a cama, sentindo como se estivesse em um baile de máscaras onde não tinha se divertido tanto quanto esperava.

Ela ficou enjoada o dia inteiro e no sábado voltou para casa, bastante fatigada com a diversão de quinze dias, e sentindo que já havia aproveitado a vida luxuosa por tempo suficiente.

– É bem agradável ficar sossegada sem se preocupar com boas maneiras o tempo todo. Nossa casa é um lugar agradável, embora não seja esplêndido – disse Meg, com uma expressão tranquila, enquanto se sentava com a mãe e Jo no fim da tarde de domingo.

– Fico feliz em ouvi-la dizer isso, querida, pois estava com medo de que o lar lhe parecesse monótono e pobre, depois de ficar dias em bons aposentos – respondeu a mãe, que a observara com ansiedade naquele dia; pois os olhos maternais são rápidos para notar qualquer mudança no rosto dos filhos.

Meg contou suas aventuras com alegria e repetiu várias vezes que passara dias encantadores; mas algo ainda parecia perturbar seu ânimo e, quando as meninas mais novas foram dormir, ela ficou olhando pensativa para o fogo, falando pouco e parecendo aborrecida. Quando o relógio bateu 9 horas e Jo propôs irem para a cama, Meg de repente saiu da cadeira e, tomando o banquinho de Beth, apoiou os cotovelos no joelho da mãe, dizendo, corajosamente:

– Mammie, quero confessar algo.

– Eu já sabia, o que é querida?

– Devo retirar-me? – perguntou Jo, discretamente.

– Claro que não, não costumo contar-lhe tudo?

– Fiquei com vergonha de contar na frente das crianças, mas quero que a senhora saiba todas as coisas terríveis que fiz na casa dos Moffats.

– Estamos preparadas – disse a Sra. March, sorrindo, mas parecendo um pouco ansiosa.

– Eu disse que elas me vestiram, mas não contei que elas passaram pó em mim, colocaram um vestido bem apertado, frisaram meu cabelo, e me fizeram parecer uma pintura da moda. Laurie achou que meus trajes eram inconvenientes; eu sei que sim, embora ele não tenha dito isso; um homem me chamou de "boneca". Sei que foi tudo bobagem, mas elas me elogiavam dizendo que eu estava uma "formosura" e outras tolices, e assim consenti que me fizessem de boba.

– Isso é tudo? – perguntou Jo, enquanto a Sra. March olhava silenciosamente para o rosto abatido de sua linda filha, e não conseguia achar em que censurar suas pequenas loucuras.

– Não; eu bebi champanhe, brinquei e tentei flertar, e foi tudo abominável– disse Meg, reprovando a si mesma.

– Acho que há algo mais – a Sra. March disse acariciando a bochecha macia, que de repente ficou rosada, quando Meg respondeu devagar:

– Sim, é tolice, mas eu quero contar porque odeio que as pessoas falem e pensem certas coisas sobre nós e Laurie.

Depois contou diversas partes das fofocas que ouvira nos Moffats; e, enquanto ela falava, Jo viu a mãe apertar os lábios com força, um contra o outro, como se não estivesse aborrecida que tais ideias tivessem sido colocadas na mente inocente de Meg.

– Bem, isso tudo é a maior idiotice que eu já ouvi – exclamou Jo, indignada. – Por que você não protestou na hora? – Não consegui, foi muito embaraçoso para mim. Não pude deixar de ouvir, a princípio, e então fiquei com tanta raiva e envergonhada, que nem lembrei que deveria sair dali.

– Espere até eu encontrar com Annie Moffat, e lhe mostrarei como resolvo essas tolices. A ideia de ter "planos" e sermos atenciosas com Laurie por ele ser rico e para se casar com uma de nós! Como ele vai rir quando eu contar a ele as tolices que disseram sobre nós, crianças pobres? – E Jo riu, como se, depois da primeira impressão, achasse a situação engraçada.

– Se você contar a Laurie, nunca vou te perdoar! Ela não deve contar, deve, mamãe? – disse Meg, parecendo angustiada.

– Não, jamais repitam essa fofoca tola e esqueçam-na o mais rápido possível – disse a Sra. March com seriedade. Fui muito imprudente em deixar você passar esses dias com pessoas que conheço tão pouco; podem ser bondosas, mas são mundanas, mal-educadas e cheias de ideias vulgares sobre os jovens. Lamento mais do que posso expressar, pensando no mal que essa visita pode ter causado a você, Meg.

– Não se desculpe, não vou deixar que isso me magoe; esquecerei tudo de ruim e lembrarei apenas dos bons momentos, pois me diverti muito e agradeço por ter me deixado ir. Não ficarei ressentida nem descontente, mamãe; sei que sou uma menina tola e ficarei com você até que esteja em condições de cuidar de mim mesma, mas é bom ser elogiada e admirada. Não posso deixar de dizer que gostei – disse Meg, parecendo meio envergonhada da confissão.

– Isso é perfeitamente natural e bastante inofensivo, se o gosto não se torna uma paixão e leva alguém a fazer coisas tolas ou sobrenaturais. Aprenda a conhecer e valorizar os elogios que valem a pena e a excitar a admiração de pessoas excelentes, por ser modesta e bonita, Meg.

Margaret sentou-se e ficou pensando por um momento, enquanto Jo permaneceu atrás dela com as mãos na cadeira, parecendo interessada e um tanto perplexa; pois era uma coisa nova ver Meg corar e falar sobre admiração, namorados e coisas desse tipo, e Jo sentiu como se durante aquela quinzena sua irmã tivesse crescido surpreendentemente e estivesse se afastando dela para um mundo onde pudesse não acompanhá-la.

– Mãe, você tem planos como a senhora Moffat disse? – perguntou Meg, timidamente.

– Sim, minha querida, tenho muitos; todas as mães têm, mas os meus diferem um pouco do da Sra. Moffat, suspeito. Vou lhe contar alguns deles, pois chegou a hora de fazer com que essa cabecinha romântica se preocupe com algo mais sério. Você é jovem, Meg, mas não tão jovem para me compreender, e os lábios das mães são os mais aptos a falar dessas coisas para meninas como você. Jo, a sua vez também virá, então ouçam meus planos e me ajudem a pô-los em prática, se forem bons.

Jo foi se sentar em um braço da cadeira, com ar de quem está prestes a participar de uma reunião muito importante. Segurando uma mão de cada uma e observando carinhosamente os dois rostos jovens, disse a Sra. March, de uma maneira séria e alegre:

– Quero que minhas filhas sejam belas, educadas e boas; que sejam admiradas, amadas e respeitadas, tenham uma juventude feliz, façam um bom casamento e tenham vidas úteis e agradáveis, tendo apenas os cuidados e as tristezas que Deus dispensar-lhes. Ser amada e escolhida por um homem bom é a melhor e mais doce coisa que pode acontecer a uma mulher; e espero sinceramente que minhas meninas conheçam essa bela experiência. É natural pensar no casamento, Meg; está certo aguardar por ele e é sábio se preparar para isso; para que, quando chegar a hora feliz, você se sinta pronta para os deveres e digna da alegria. Minhas queridas meninas, eu tenho ambições, mas não para que vocês corram para o mundo, casem-se com homens ricos apenas porque são ricos ou tenham casas esplêndidas, que não são lares, porque falta o amor. O dinheiro é uma coisa necessária e preciosa e, quando bem utilizado, é algo nobre, mas jamais quero que vocês pensem que é o primeiro ou único bem pelo qual devam lutar. Prefiro vê-las esposas de homens pobres, mas felizes, amadas, satisfeitas, do que rainhas nos tronos, sem respeito próprio e tranquilidade.

– Belle disse que as meninas pobres não têm nenhuma chance se não se esforçarem para achar um casamento – suspirou Meg.

– Então ficaremos todas solteironas – disse Jo, impetuosamente.

– Certo, Jo; melhor ser solteirona feliz do que esposa infeliz ou mulher solteira que fica à caça de marido – disse a Sra. March, decididamente. – Não se preocupe, Meg; a pobreza raramente assusta um homem sincero. Algumas das melhores e mais honradas mulheres que conheço eram meninas pobres, mas tão dignas de serem amadas que não ficaram solteironas. Deixem as coisas acontecerem no tempo certo; façam este lar feliz para que aprendam a criar a felicidade em seu próprio lar, se o conseguirem ter, ou contentem-se com este, se não conseguirem outro. Lembrem-se de uma coisa, minhas filhas, a mãe está sempre pronta para ser a confidente, e o pai para ser amigo dos filhos; nós dois confiamos e esperamos que nossas filhas, quer casadas ou solteiras, sejam o orgulho e o conforto de nossas vidas.

– Nós seremos, mammie, nós seremos! – ambas disseram com todo o coração, enquanto a mãe lhes dava boa-noite.

Capítulo 10

O C.P. e a A.P.

Com o início da primavera, novas diversões foram adotadas e os dias prolongados proporcionavam longas tardes para todo tipo de trabalho e diversão. O jardim precisava ser arrumado, e cada irmã tinha uma pequena parcela dele para fazer o que gostava. Hannah costumava dizer: "Eu saberia a quem pertence cada pedaço mesmo que os visse da China" e seria realmente desta forma, pois os gostos das meninas diferiam tanto quanto suas personalidades. Meg tinha rosas, heliotrópios, murtas e uma pequena laranjeira no centro. O canteiro de Jo nunca ficava igual por duas estações, pois ela estava sempre tentando fazer experiências; naquele ano, seria uma plantação de girassóis, plantas alegres cujas sementes serviriam para alimentar a galinha e sua família de filhotes. Beth tinha flores perfumadas e antigas em seu jardim, ervilhas de cheiro, resedás, larkspur, rosas, amores-perfeitos e abrótanos, com morrião para os pássaros e nepentas para os gatos. Amy tinha um caramanchão no seu canteiro, um tanto pequeno, mas muito bonito de se ver, com madressilvas e ipomeias em grinaldas graciosas por todo o lado; lírios brancos altos, samambaias delicadas e uma infinidade de plantas vistosas e pitorescas, tantas quantas conseguiam florescer ali. Jardinagem, caminhadas, excursões ao rio e caçadas de flores silvestres enchiam os dias de sol; e para os chuvosos, elas tinham as diversões dentro de casa, algumas antigas, outras novas, todas mais ou menos originais. Uma delas era o "C.P."; pois, como as sociedades secretas eram a moda, considerava-se apropriado ter uma; e, como todas as meninas admiravam Dickens, elas a chamavam de Clube Pickwick. Com algumas interrupções, elas mantiveram isso por um ano, e se reuniam todos os sábados à noite no grande sótão, nas quais as cerimônias eram as seguintes: três cadeiras foram dispostas em fila diante de uma mesa, na qual havia uma lâmpada, também quatro emblemas brancos, com um grande "CP" em cores diferentes em cada um, e no jornal semanal, chamado "Gazeta do Clube Pickwick", para o qual cada uma contribuía com algo; Jo, que se deleitava com as penas e a tinta, era a redatora. Às 7 horas, as quatro sócias subiam até a sala do clube, amarraram os emblemas na cabeça e sentavam-se com grande solenidade. Meg, sendo a mais velha, era Samuel Pickwick; Jo, com inclinações literárias, era Augustus Snodgrass; Beth, porque era redonda e rosada, era Tracy Tupman; e Amy, que estava sempre tentando fazer o que não podia, era Nathaniel Winkle. Pickwick, o Presidente, lia o jornal, repleto de histórias originais, poesia, notícias locais, anúncios engraçados e dicas, nas quais elas lembravam jovialmente umas às outras de seus defeitos e deficiências. Em uma ocasião, o Sr. Pickwick colocou um par de óculos sem vidro, bateu na mesa e, depois de olhar severamente para o Sr. Snodgrass, que estava recostado na cadeira, preparou-se adequadamente e começou a ler:

GAZETA DO CLUBE PICKWICK

20 DE MAIO DE 18...

CANTINHO DO POETA

ODE DE ANIVERSÁRIO

Mais uma vez nos encontramos para comemorar
Com um ritual distintivo e solene,
Nosso quinquagésimo segundo aniversário
No Pickwick Hall, esta noite.
    Estamos todas aqui em perfeita saúde,
    Ninguém se retirou de nosso pequeno grupo;
    Mais uma vez, vemos todos os rostos conhecidos,
    E apertamos as mãos cordialmente.

Nosso Presidente Pickwick, sempre em seu posto,
Com reverência, o saudamos,
Com os óculos no nariz, ele lê
Nosso bem preparado jornalzinho semanal.
    Embora ele sofra de um resfriado,
    Estamos alegres em ouvi-lo falar,
    Pois palavras de sabedoria dele saem,
    Apesar de coaxar ou chiar.
O velho Snodgrass de um metro e oitenta fica nas alturas
Gracioso como um elefante,
Alegra-nos com sua companhia,
E seu rosto pardo e jovial.
    Fogo poético ilumina seus olhos,
    Ele luta contra o seu destino;
    Eis a ambição em sua testa,
    E no nariz uma mancha.
Em seguida, chega nosso pacífico Tupman,
Tão rosado, rechonchudo e doce,
Que faz muita graça com os trocadilhos,
E cai da cadeira de tanto rir.
    Também aqui se encontra o pequenino e afetado Winkle,
    Com seu cabelo todo ajeitado,
    Um modelo de asseio,
    Embora nunca tenha o rosto lavado.
O ano se foi, e continuamos unidos
Para rir, ler e brincar,
Trilhar o caminho da literatura
E a liderança glorificar.
    Que nosso jornal prospere por muito tempo;
    Que nosso clube continue de pé,
    E que os próximos anos derramem suas bênçãos,
    No alegre e útil "C. P."A.

SNODGRASS

O CASAMENTO MASCARADO

Um conto de Veneza

Gôndola após gôndola chegava aos degraus de mármore, entregando sua adorável carga para aumentar a multidão brilhante que enchia os majestosos salões do conde de Adelon. Cavaleiros e damas, elfos e pajens, monges e moças com flores, todos se juntavam alegremente na dança. Doces vozes e melodia rica enchiam o ar; e assim com alegria e música o baile de máscaras começou.

– Sua Alteza viu a Lady Viola esta noite? – perguntou um galante trovador da rainha das fadas que flutuava pelo corredor apoiada em seu braço.

– Sim; ela é tão adorável, embora melancólica! Seu vestido é muito lindo, pois em uma semana se casará com o conde Antonio, a quem ela odeia intensamente.

– Por minha fé que o invejo. Ali vem ele, parecendo um noivo, exceto pela máscara negra. Quando a máscara tirar, veremos como ele envolverá a bela dama cujo coração não consegue conquistar, embora o pai severo conceda a mão da mesma – replicou o trovador.

– Sussurram por aí que ela ama o jovem artista inglês que costuma lhe seguir os passos e é desprezado pelo velho conde – disse a dama ao começarem a dançar.

O deleite estava no auge quando um sacerdote apareceu e, retirando o jovem para uma alcova decorada em veludo purpúreo, fez um gesto para que se ajoelhassem. Pairou um silêncio instantâneo sobre a alegre multidão; nenhum som se ouvia a não ser o marulhar das fontes ou o sussurro das laranjeiras adormecidas ao luar, quando o conde de Adelon assim falou:

– Meus senhores e senhoras; perdoem o ardil pelo qual eu os reuni aqui para testemunhar o casamento de minha filha. Padre, aguardamos vossos serviços.

Todos os olhos se voltaram para os noivos, e um murmúrio de espanto correu a multidão, pois nem a noiva nem o noivo retiraram suas máscaras. A curiosidade e a maravilha possuíam todos os corações, mas o respeito conteve todas as línguas até o ritual sagrado terminar. Então os espectadores ansiosos se reuniram em volta do conde, exigindo uma explicação.

– De bom grado eu daria se pudesse; mas só sei que era o capricho da minha tímida Viola, e que consenti. Agora, meus filhos, terminemos a peça. Tirem as máscaras e recebam minha bênção.

Mas nenhum deles dobrou o joelho, pois o jovem noivo respondeu, em tom que assustou a todos os ouvintes, ao tirar a máscara, revelando o rosto nobre de Ferdinand Devereux, o artista amante e, apoiando-se no peito onde agora brilhava a estrela de um conde inglês, estava a adorável viola, radiante de alegria e beleza.

– O Senhor me proibiu com desdém que pedisse a mão de vossa filha enquanto eu não pudesse me gabar de ter um nome tão honrado e uma grande fortuna como a do conde Antonio. Posso fazer melhor, pois mesmo sua alma ambiciosa não poderá recusar o conde de Devereux e De Vere, visto que ele concede seu nome antigo e riqueza ilimitada em troca da mão querida dessa bela dama, agora minha esposa.

O conde ficou como que petrificado; e, voltando-se para a multidão confusa, Ferdinand acrescentou, com um sorriso de triunfo:

– E para vós, meus nobres amigos, só posso desejar que sua corte prospere como a minha; e que todos vocês possam ganhar como uma noiva tão bela como a que consegui neste casamento com máscaras.

S. PICKWICK

Por que o C. P. é como a Torre de Babel?

Porque os sócios não se entendem uns aos outros

HISTÓRIA DE UMA ABÓBORA

Era uma vez um fazendeiro que plantou uma pequena semente em seu jardim, e depois de um tempo ela brotou, se tornou uma aboboreira e deu muitas abóboras. Um dia em outubro, quando estavam maduras, ele escolheu uma e a levou ao mercado. Um merceeiro comprou e colocou em sua venda. Naquela mesma manhã, uma menina de chapéu marrom e vestido azul, rosto redondo e nariz achatado, comprou-a para sua mãe. Ela levou para casa, cortou e cozinhou em uma panela grande; amassou um pouco, com sal e manteiga, para o jantar; e ao restante da abóbora ela adicionou uma caneca de leite, dois ovos, quatro colheres de açúcar, noz-moscada e alguns biscoitos; colocou em um prato fundo e cozinhou até ficar escuro e lindo; e no dia seguinte foi comido por uma família chamada March.

T. Tupman

Senhor Pickwick,

Dirijo-me ao senhor para falar sobre um pecado, quero dizer, um pecador, um homem chamado Winkle, que perturba o clube às vezes com suas risadas, mas não escreve nenhum artigo para este jornal. Espero que o senhor perdoe sua maldade e permita que ele envie uma fábula francesa porque ele não consegue escrever da cabeça, pois tem tantas lições para fazer, mas o cérebro é vazio. No futuro, tentarei dedicar algum tempo e preparar algum trabalho *commy La fo,* que significa completo eu estou com pressa porque já é quase hora da escola.

Atenciosamente,

N. WINKLE

[O trecho acima é uma confissão sincera e respeitável de mau procedimento anterior. Se nosso jovem amigo estudasse pontuação, estaria tudo bem.]

UM TRISTE ACIDENTE

Na sexta-feira passada, fomos surpreendidos por um choque violento em nosso porão, seguido por gritos de angústia. Ao descermos até o porão, descobrimos, nosso amado Presidente estava prostrado no chão; ela havia tropeçado e caído enquanto pegava lenha para fins domésticos. Diante de nossos olhos estava uma cena perfeita de ruína, pois, durante sua queda, Sr. Pickwick caiu com a cabeça e os ombros dentro de uma tina de água, derrubando um barril de sabão caseiro sobre seu corpo masculino e rasgando totalmente seus trajes. Ao ser removido dessa situação perigosa, descobriu-se que ele não sofrera ferimentos, mas várias contusões; e estamos felizes em acrescentar que ele agora está passando bem.

ED.

PERDA PÚBLICA

É nosso dever registrar a dolorosa perda repentina e misterioso de nossa querida amiga, Bola de Neve. Essa gata adorável e amada era o animal de estimação de um grande círculo de amigos calorosos e admiradores, pois sua beleza atraía todos os olhos, suas graças e virtudes cativavam o coração de todos e sua perda é profundamente sentida por toda a comunidade.

Quando foi vista pela última vez, ela estava sentada perto do portão, observando a carroça do açougueiro; e teme-se que algum vilão, tentado por seus encantos, basicamente a roubou. Semanas se passaram, mas nenhum vestígio dela foi descoberto; e abandonamos toda a esperança, amarramos uma fita preta em sua cesta, deixamos de lado o prato e choramos por ela como perdida para sempre.

Um amigo simpatizante envia a seguinte preciosidade literária:

LAMENTO PELA PERDA
DA BOLA DE NEVE

Lamentamos a perda de nosso pequeno bichinho de estimação e suspiramos por seu destino infeliz, nunca mais ela sentará perto da lareira nem brincará perto do velho portão verde.

A pequenina cova onde jaz seu filho fica embaixo do castanheiro, mas em seu túmulo não podemos chorar, pois não sabemos onde pode estar.

Sua cama vazia, sua bola ociosa, nunca mais a verão; na porta da sala nunca mais se ouvirá um toque suave ou ronronar amoroso.

Outra gata vem atrás de seus camundongos, uma gata com a cara suja; mas ela não caça como nossa querida gatinha, nem brinca com a mesma graça.

Suas patas furtivas andam pelo mesmo corredor onde Bola de Neve costumava brincar, mas ela apenas "cospe" nos cachorros, nossos animais de estimação, que galantemente vão embora.

Ela é útil e gentil, e faz o seu melhor, mas não é bonita e não podemos dar-lhe o seu lugar, querida gatinha, nem adorá-la como sempre adoramos você.

A.S.

NOTÍCIAS

MISS ORANTHY BLUGGAGE, a talentosa conferencista fará sua famosa palestra sobre "A MULHER E SUA POSIÇÃO" no salão do Clube Pickwick, no próximo sábado à noite, após as apresentações habituais.

Uma REUNIÃO SEMANAL será realizada na Praça da Cozinha, para ensinar jovens senhoras a cozinhar. A Presidente será Hannah Brown e todos estão convidados a participar.

A SOCIEDADE PÁ DO LIXO se reunirá na próxima quarta-feira e desfilará no andar superior da Casa do Clube. Todos os membros devem comparecer uniformizados e com suas vassouras às nove em ponto.

A SRA. BETH BOUNCER apresentará seu novo sortimento na Casa de Bonecas na próxima semana. As últimas novidades da moda parisiense chegaram e ela aguarda respeitosamente as solicitações de pedidos.

Uma NOVA PEÇA será exibida no Teatro Barnville, dentro de algumas semanas, a qual superará tudo o que já foi visto no cenário americano. "O ESCRAVO GREGO, ou Constantino, o Vingador", é o nome desse emocionante drama!!!

DICAS

Se S.P. não usasse tanto sabão nas mãos, ele não chegaria sempre atrasado no café da manhã.

A. S. não deve assobiar na rua. Por favor T. T., não esqueça o guardanapo de Amy.

N. W. não deve se preocupar porque seu vestido não tem nove babados

---

RELATÓRIO SEMANAL

Meg - Bom.
Jo - Ruim.
Beth - Ótimo.
Amy - Regular.

Quando o presidente terminou de ler o jornal (para o qual peço permissão para assegurar aos meus leitores que é uma cópia de boa-fé escrita por meninas também de boa-fé), seguiu-se uma salva de palmas e, em seguida, o Sr. Snodgrass levantou-se para fazer uma proposta.

– Sr. Presidente e cavalheiros – ele começou, assumindo atitude e tom parlamentares, – desejo propor a admissão de um novo membro; é uma pessoa que merece essa honra, ficaria profundamente grata por isso e será de grande utilizada para esse clube, aumentará o valor literário desse jornal e ficaremos imensamente contentes. Proponho que o Sr. Theodore Laurence seja aceito como membro honorário do C. P. Votem para sua admissão. A súbita mudança de tom de Jo fez as meninas rirem; mas todas pareciam bastante ansiosas e ninguém disse uma palavra, quando Snodgrass se sentou.

– Vamos votar – disse o presidente. – Todos aqueles a favor desta moção, por favor, manifestem-na dizendo "Sim".Ouviu-se uma resposta em voz alta de Snodgrass seguida, para surpresa de todos, por outra, com a voz tímida de Beth.

– Os que forem contrários, digam "Não".

Meg e Amy eram contrárias; e o Sr. Winkle levantou-se para dizer, com grande elegância:

– Não queremos rapazes; eles só servem para caçoar e fazer bagunça. Este é um clube para moças e queremos que seja privado e adequado.

– Receio que ele ria do nosso jornal e depois zombe de nós – observou Pickwick, puxando o pequeno cacho na testa, como sempre fazia quando duvidava de algo.

Snodgrass levantou-se impetuosamente, muito exaltado:

– Senhor, dou-lhe minha palavra de cavalheiro de que Laurie não fará nada disso. Ele gosta de escrever e dará um realce às nossas contribuições e também evitará que sejamos sentimentais, não acham? Podemos fazer muito pouco por ele, e ele faz muito por nós, acho que o mínimo que podemos fazer é oferecer-lhe um lugar aqui e fazê-lo ser bem-vindo, se ele vier.

– Essa alusão artística aos benefícios conferidos levou Tupman a se levantar, como se já houvesse decidido.

– Sim; devemos fazê-lo, mesmo que estejamos receosos. Digo que ele pode vir e seu avô também, se assim o desejar.

Essa explosão animada de Beth eletrificou o clube, e Jo deixou seu assento para apertar as mãos com aprovação.

– Agora, votem novamente. Todo mundo deve lembrar-se de que se trata do nosso Laurie, e digam "Sim!", exclamou Snodgrass, animado.

– Sim! Sim! Sim! – responderam três vozes ao mesmo tempo.

– Muito bem! Deus nos abençoe! Agora, para não perder mais tempo como Winkle caracteristicamente sempre observa, permitam-me apresentar o novo membro; – e, para consternação do resto do clube, Jo abriu a porta do armário e exibiu Laurie sentado em um saco de panos, corado e piscando com o riso suprimido.

– Você é trapaceira, sua traidora! Jo, como pôde fazer isso? – gritaram as três garotas, enquanto Snodgrass trazia seu amigo triunfantemente; e, pegando uma cadeira e um emblema, instalou-o num instante.

– A frieza de vocês dois, malandros, é inacreditável – começou o Sr. Pickwick, tentando levantar uma carranca terrível e apenas conseguindo produzir um sorriso amável. Mas, o novo membro sabia o que estava acontecendo e, levantando-se com uma saudação agradecida ao Presidente, disse da maneira mais envolvente:

– Sr. Presidente e senhoras, perdão, senhores, permitam-me apresentar-me como Sam Weller, o humilde criado do clube.

– Muito bem! –gritou Jo, batendo na mesa com o cabo de uma panela velha na qual ela se apoiava.

– Meu fiel amigo e nobre patrono – continuou Laurie, com um aceno de mão, – que tão lisonjeiramente me apresentou, não deve ser responsabilizado pelo estratagema desta noite. Fui eu quem o planejou e ela só cedeu depois de muitas provocações.

– Ora, não coloque toda a culpa em você; você sabe que a ideia do armário foi minha – interrompeu Snodgrass, que estava gostando muito do jogo.

– Não se importem com o que ela diz. Fui eu o culpado de tudo, senhor – disse o novo membro, com um aceno à moda Weller para o Sr. Pickwick. – Mas, por minha honra, nunca mais o farei e, a partir de agora, dedicar-me-ei aos interesses deste clube imortal.

– Bravo, bravo! – exclamou Jo, batendo na tampa da panela como se fosse um címbalo.

– Continue, continue! – disseram Winkle e Tupman, enquanto o presidente acenava com a cabeça, concordando.

– Apenas gostaria de dizer que, como um pequeno sinal da minha gratidão pela honra que me concederam e como um meio de promover relações amistosas entre nações vizinhas, montei uma agência postal no anteparo do canto inferior do jardim; um belo e espaçoso prédio, com cadeados nas portas e todas as acomodações para as correspondências, também para as fêmeas, se me permitem a expressão. É a antiga casa de andorinhas; mas, aumentei a porta e abri mais o telhado, para que possamos manter todos os tipos de coisas e economizemos nosso valioso tempo. Cartas, manuscritos, livros e pacotes podem ser passados pela abertura; e, como cada nação terá uma chave, imagino que será bem agradável. Permita-me entregar a chave da agência e, com meu muito obrigado por seu favor, irei sentar-me.

Houve grande aplauso quando o Sr. Weller colocou uma pequena chave na mesa e em seguida, acalmaram-se todos; a tampa da panela fazia um barulho descontrolado, e levou algum tempo até que a ordem pudesse ser restaurada. Seguiu-se uma longa discussão e todos ficaram surpresos, pois todos fizeram o seu melhor; portanto, foi uma reunião extraordinariamente animada que se prolongou até bem tarde, terminando com três vivas entusiasmados ao novo membro.

Ninguém jamais se arrependeu da admissão de Sam Weller, porque ele era o membro mais dedicado, bem-comportado e jovial que o clube poderia ter. Ele certamente adicionou "ânimo" às reuniões e "um toque especial" ao jornal, pois seus discursos provocavam seus ouvintes, e suas contribuições eram excelentes, patrióticas, clássicas, cômicas ou dramáticas, mas nunca sentimentais. Jo as considerava tão valorosas quanto as de Bacon, Milton ou Shakespeare; e remodelava seus trabalhos com bom efeito, ela achava. A A.P. era uma pequena instituição importante que se desenvolveu maravilhosamente, pois aconteceram tantas coisas inesperadas como se fosse um escritório de verdade. Tragédias e gravatas, poesia e conservas, sementes de jardins e longas cartas, música e pão de gengibre, borrachas, convites, repreensões e cachorrinhos. O velho Sr. Laurence gostava da brincadeira e divertia-se enviando pacotes estranhos, mensagens misteriosas e telegramas engraçados; e seu jardineiro, que estava apaixonado pelos encantos de Hannah, na verdade enviou uma carta de amor aos cuidados de Jo. Como eles riram quando o segredo foi revelado, nunca sonhando quantas cartas de amor aquela pequena agência postal conteria nos próximos anos!

Capítulo 11

Experiências

— Primeiro de junho; os Kings vão para a praia amanhã, e eu fico livre! Férias de três meses! Como vou me divertir! – exclamou Meg, voltando para casa em um dia quente e encontrando Jo estirada no sofá em um estado incomum de exaustão, enquanto Beth tirava as botas empoeiradas e Amy fazia limonada para refrescar todas.

– Tia March foi hoje, por isso estou alegre! – disse Jo. – Estava morrendo de medo que ela me pedisse para acompanhá-la; se o fizesse, eu teria de atender; mas, vocês sabem que Plumfield é tão festivo quanto um cemitério e eu prefiro ficar aqui. Estávamos ansiosas para que a velhinha partisse, e eu estava receosa que ela me convidasse; estava com tanta pressa que ela saísse que fiquei extremamente prestativa e doce, e fiquei com medo que ela achasse impossível separar-se de mim. Temi até que ela estivesse bem na carruagem e ainda tive um susto final, pois, enquanto partia, ela levantou a cabeça, dizendo: "Josephine, você não quer...?". Não ouvi mais nada, pois basicamente me virei e fugi; na verdade, corri e virei na esquina, onde me sentia segura.

– Pobre Jo! Ela entrou parecendo que estava fugindo de ursos – disse Beth, abraçando os pés da irmã com um ar maternal.

– Tia March é um verdadeiro lampiro, não é? – disse Amy, provando sua bebida.

– Não é lampiro, e sim, vampiro; mas isso não importa porque está quente demais para se preocupar com problemas de fala – murmurou Jo.

– O que você fará durante suas férias? – perguntou Amy, mudando de assunto, com tato.

– Vou me deitar tarde e não farei nada – respondeu Meg, das profundezas da cadeira de balanço. – Levantei cedo o inverno inteiro e tive que passar meus dias trabalhando para outras pessoas; então agora vou descansar e me divertir o quanto puder. – Hum! – disse Jo; esse jeito sonolento não combina comigo. Separei uma pilha de livros e vou passar minhas horas brilhantes lendo empoleirada na velha macieira, quando não estiver ouvindo coto...

– Não diga "cotovias" – disse Amy, como vingança pela correção de "lampiro".

– Direi então "rouxinóis", como Laurie; é mais bonito e apropriado, já que essa é a espécie correta de pássaros.

– Vamos parar com as lições, Beth, por um tempo, aproveitando esses dias para brincar e descansar como as meninas irão fazer – propôs Amy.

– Sim, se a mamãe não se importar. Quero aprender algumas músicas novas e minhas filhinhas precisam se preparar para o verão; estão terrivelmente desarrumadas e precisando muito de roupas.

– Podemos, mamãe? – perguntou Meg, virando-se para a Sra. March, que estava sentada costurando, no que chamavam de "cantinho da mammie".

– Podem fazer a experiência por uma semana e ver se gostam. Acho que no sábado à noite vocês descobrirão que brincar sem trabalhar é tão ruim quanto trabalhar sem brincar.

– Oh, mamãe querida, não pode ser! Será delicioso, tenho certeza – disse Meg, satisfeita.

– Agora, proponho um brinde, como diz minha amiga e parceira, Sairy Gamp. Diversão para sempre, e nada de canseira – gritou Jo, levantando-se com o copo na mão, passando a limonada para as outras.

Todas elas beberam alegremente e começaram a experiência descansando pelo resto do dia. Na manhã seguinte, Meg só apareceu às 10 horas; o café da manhã solitário não estava bom e a sala parecia deserta e desarrumada, pois Jo não havia posto água nas vasilhas, Beth não havia espanado o pó e os livros de Amy estavam espalhados. Nada estava limpo nem arrumado, a não ser o "cantinho da mammie", que parecia como sempre; e ali se sentou Meg para "descansar e ler", o que significava bocejar e imaginar os lindos vestidos de verão que ela poderia comprar com seu salário. Jo passou a manhã no rio, com Laurie, e a tarde lendo e recitando *The Wide, Wide World* (O imenso, imenso mundo), na macieira. Beth começou arrumando o grande guarda-roupa onde residiam suas filhinhas; mas, cansada antes da metade, ela deixou o local de pernas para o ar e foi tocar piano, regozijando-se por não ter louça para lavar. Amy arrumou seu caramanchão, vestiu seu melhor vestido branco, alisou os cachos e sentou-se para desenhar sob as madressilvas, na esperança de que alguém a visse e perguntasse quem era a jovem artista. Como ninguém apareceu, a não ser uma aranha curiosa, que examinou seu trabalho com interesse, ela foi caminhar, tomou chuva e voltou para casa encharcada.

Na hora do chá, elas fizeram comparações e todas concordaram que tinha sido um dia delicioso, embora extraordinariamente longo. Meg, que foi às compras à tarde e comprou uma linda musselina azul, descobriu, depois de cortar o pano, que não era lavável, o que a deixou um pouco contrariada. Jo tinha queimado a pele do nariz e estava com dor de cabeça por ter lido demais. Beth estava preocupada com a confusão de seu armário e com a dificuldade de aprender três ou quatro músicas ao mesmo tempo. Amy lamentou profundamente o estrago causado no vestido, pois a festa de Katy Brown seria no dia seguinte; e agora, como Flora McFlimsy, ela não tinha "nada para vestir". Porém, eram coisinhas insignificantes e elas garantiram à mãe que a experiência estava funcionando bem. Ela sorriu, não disse nada e, com a ajuda de Hannah, fez os serviços esquecidos, mantendo a casa agradável e fazendo o mecanismo doméstico funcionar sem problemas. Era espantoso como o processo de "descansar e divertir-se" produzia um estado peculiar e desconfortável das coisas. Os dias foram ficando cada vez mais longos; o tempo era extraordinariamente variável, e também o temperamento; todas estavam irrequietas e Satanás encontrou muitas travessuras para as mãos ociosas. No auge do luxo, Meg pegou algumas de suas costuras e, com tanto tempo ocioso, começou a cortar os tecidos, estragando-os quase todos na tentativa de fazer novos vestidos à la Moffat. Jo lia até cansar a vista e estava enjoada de livros; ficou tão rabugenta que até Laurie, que estava sempre de bom humor, brigou com ela, e ficou tão nervosa que lamentava não ter ido com tia March. Beth continuava muito bem, pois constantemente esquecia que a experiência era "brincar muito, trabalhar nada" e voltava aos velhos hábitos, de vez em quando; mas algo no ar a afetou e, mais de uma vez, sua tranquilidade foi muito perturbada; tanto que, um dia, ela apertou a pobre Joanna e disse que ela era terrível. Amy era a pior de todas, pois seus recursos eram poucos e, quando suas irmãs a deixaram se divertir e cuidar de si mesma, ela logo descobriu que tudo aqui era um grande fardo. Ela não gostava de bonecas, achava que os contos de fadas eram infantis, e não podia desenhar o tempo todo. As festas e os piqueniques não eram muitos, a menos que fossem muito bem conduzidos.

– Se pudéssemos ter uma casa bonita, cheia de moças amáveis ou viajar, o verão seria agradável; mas ficar em casa com três irmãs egoístas e um menino crescido é o suficiente para testar a paciência do bom senhor Boaz – reclamou a Srta. Malaprop, depois de vários dias dedicados ao prazer, à agitação e ao tédio.

Nenhuma delas confessava que estava cansada da experiência; mas, na sexta-feira à noite, cada uma reconheceu para si própria que estava feliz porque a semana estava quase no fim. Na esperança de ensinar a lição mais profundamente, a Sra. March, que tinha bastante senso de humor, resolveu terminar a experiência de maneira apropriada. Então, ela deu um dia de folga a Hannah e deixou que as meninas apreciassem o efeito completo do sistema de recreação.

Quando elas se levantaram no sábado de manhã, não havia fogo na cozinha, nenhum café da manhã na sala de jantar e a mãe não estava em lugar nenhum.

– Misericórdia! O que aconteceu? – exclamou Jo, olhando assustada para a irmã. Meg correu escada acima e logo voltou novamente, parecendo aliviada, mas um pouco confusa e envergonhada.

– Mamãe não está doente, apenas muito cansada, e ela diz que vai ficar quieta em seu quarto o dia todo e devemos fazer o melhor que pudermos. Essa atitude dela é muito estranha, mas ela diz que foi uma semana trabalhosa para ela e, portanto, não devemos reclamar, mas cuidar de nós mesmas. – Isso é fácil e gosto da ideia. Estou ansiosa para fazer algo assim, alguma diversão nova, vocês sabem – acrescentou Jo, rapidamente.

Na verdade, foi um imenso alívio para todas elas terem um pouco de trabalho e elas se dedicaram com vontade, mas logo perceberam a verdade do ditado de Hannah: "Cuidar da casa não é brincadeira". Havia muita comida na despensa e, enquanto Beth e Amy colocavam a mesa, Meg e Jo preparavam o café da manhã imaginando por que as criadas achavam o trabalho tão penoso.

– Vou levar um pouco para a mamãe, embora ela tenha dito que não nos preocupássemos com ela, pois cuidaria de si mesma – disse Meg, à cabeceira da mesa, com ar de matrona, atrás do bule de chá.

E assim, antes que começassem a tomar o café da manhã, uma bandeja foi montada com os cumprimentos da cozinheira. O chá estava muito amargo, a omelete queimada e os biscoitos com excesso de bicarbonato; mas a Sra. March recebeu sua refeição com agradecimentos e riu-se muito depois que Jo saiu.

– Pobrezinhas, terão um dia difícil, eu receio; mas não sofrerão com isso e será uma ótima lição – disse ela, servindo-se de iguarias mais apetitosas que preparara para si mesma e se desfazendo do café da manhã ruim, para não ferir os sentimentos das meninas; um pequeno engano maternal, engano esse que lhes daria prazer.

Muitas eram as reclamações lá embaixo e grande o desgosto da cozinheira chefe por suas falhas. – Não importa, eu vou servir o jantar e ser a criada; você será a dona de casa, mantenha as mãos limpas, chame auxiliares e dê ordens – disse Jo, que sabia ainda menos do que Meg sobre assuntos culinários.

Essa oferta amável foi aceita com prazer; e Margaret retirou-se para a sala de estar, que colocou em ordem rapidamente, jogando os detritos debaixo do sofá e fechando as cortinas, para poupar o trabalho de tirar o pó. Jo, com perfeita confiança em seus próprios poderes e um desejo amigável de terminar com a briga, imediatamente colocou um convite no escritório para Laurie vir jantar com elas.

– É melhor você ver o que tem a oferecer antes de pensar em convidar – disse Meg ao tomar conhecimento do seu ato hospitaleiro, mas precipitado.

– Bem, temos carne em conserva e bastante batata, vou pegar alguns aspargos e uma lagosta "para um deleite" como costuma dizer Hannah. Para a salada, temos alface, não sei fazer, mas o livro ensina. Servirei manjar branco com morangos para a sobremesa; e café também, para ficar elegante.

– Não tente fazer muitos pratos, Jo, pois você não pode fazer nada além de pão de mel e melaço para a refeição. Lavo minhas mãos quanto ao jantar e, como foi você quem convidou Laurie, assuma sua responsabilidade de cuidar dele.

– Não quero que você faça nada, basta tratá-lo com atenção e me ajudar com o pudim. Você me ajudará se eu não souber fazê-lo, não é mesmo? – perguntou Jo, um tanto magoada.

– Com certeza, mas eu não sei muita coisa, exceto sobre pão e algumas coisinhas triviais. Teria sido melhor você pedir a permissão de mamãe, antes de fazer qualquer coisa– respondeu Meg, prudentemente.

– É claro que sim; não sou tola. – e Jo saiu furiosa porque suas aptidões foram postas em dúvidas.

– Faça o que você quiser e não me perturbe; vou jantar fora e não posso me preocupar com as coisas em casa – disse a Sra. March, quando Jo falou com ela. – Nunca gostei de tarefas domésticas e hoje vou tirar o dia de folga para ler, escrever, fazer visitas e me divertir.

O espetáculo incomum de sua mãe ocupada balançando confortavelmente na cadeira de balanço e lendo logo de manhã cedo, fez Jo sentir como se tivesse ocorrido algum fenômeno extraordinário; um eclipse, um terremoto ou uma erupção vulcânica não teriam sido tão estranhos.

– De alguma forma, tudo está errado – disse ela para si mesma, descendo as escadas. – Beth está chorando e isso é um sinal claro de que algo está errado com essa família. Se Amy estiver incomodando, eu lhe dou um tapa.

Sentindo-se perdida, Jo correu para a sala e encontrou Beth chorando sobre Pip, o canário, que estava morto na gaiola, com suas pequenas garras pateticamente estendidas, como se implorasse por comida, cuja falta lhe causara a morte.

– É tudo minha culpa, eu esqueci dele... não há uma semente nem uma gota de água. Oh, Pip! Oh, Pip! Como pude ser tão cruel com você? – exclamou Beth, pegando o pobre coitado em suas mãos e tentando reanimá-lo.

Jo espiou seus olhinhos entreabertos, sentiu o coraçãozinho e percebendo que estava rígido e frio, balançou a cabeça e ofereceu sua caixa de dominó como esquife.

– Coloque-o dentro do forno, talvez ele se aqueça e reviva – disse Amy, esperançosa.

– Ele morreu de fome e não quero que o assem depois de morto. Vou fazer uma mortalha para ele e será enterrado em uma cova; nunca mais terei outro pássaro, nunca, meu Pip! Fui muito má – murmurou Beth, sentada no chão com o passarinho de estimação em suas mãos.

– O funeral será hoje à tarde e vamos todas. Agora, não chore, Bethzinha; é uma pena, mas nada está indo bem esta semana e Pip foi a pior parte da experiência. Faça a mortalha e coloque-o na minha caixinha; depois do jantar, faremos um lindo funeral – disse Jo, começando a sentir como se tivesse feito um bom negócio.

Deixando as outras a consolar Beth, ela foi para a cozinha, que estava em um estado de confusão muito desanimador. Vestindo um avental grande, ela começou a trabalhar e empilhar os pratos para lavagem, quando descobriu que o fogo estava apagado.

– Muito bonito! – murmurou Jo, batendo a portinha do fogão e cutucando as cinzas vigorosamente.

Depois de reacendê-lo, ela resolveu ir ao mercado enquanto a água esquentava. A caminhada acalmou-lhe os ânimos e, lisonjeando-se por ter feito boas pechinchas, voltou para casa, depois de comprar uma lagosta fresca, alguns aspargos um tanto velhos e duas caixas de morangos azedos. Chegou em casa na hora do jantar e o fogão já estava aquecido. Hannah havia deixado o pão crescendo em uma panela e Meg cuidara da panela e a deixou perto da lareira para crescer mais, esquecendo-a lá. Ela estava entretendo Sallie Gardiner, na sala, quando a porta se abriu e apareceu uma figura corada, descabelada, suja de farinha e fuligem a perguntar, gaguejando:

– A massa já está bem crescida quando começa a cair para os lados em cima das outras?

Sallie começou a rir; Meg, porém, acenou confirmando e ergueu as sobrancelhas o mais alto possível, o que causou o desaparecimento daquela aparição que foi colocar o pão no forno sem demora. A Sra. March saiu, depois de espiar aqui e ali, para ver como as coisas iam, também dizendo uma palavra de conforto a Beth, que estava sentada fazendo uma mortalha, enquanto o querido passarinho morto jazia na caixinha de dominó. Uma estranha sensação de desamparo caiu sobre as meninas quando o chapéu cinza desapareceu na esquina; e o desespero as dominou quando, alguns minutos depois, a Srta. Crocker apareceu e disse que tinha vindo jantar. Essa senhora era uma solteirona magra e pálida, com nariz pontiagudo e olhos curiosos, que via tudo e fofocava sobre tudo o que via. As meninas não gostavam dela, mas haviam sido ensinadas a respeitá-la, simplesmente porque ela era velha e pobre e tinha poucos amigos. Então Meg deu-lhe a poltrona e tentou entretê-la, enquanto ela fazia perguntas, criticava tudo e contava histórias das pessoas que ela conhecia. As palavras não podem descrever as ansiedades, experiências e esforços que Jo sofreu naquela manhã e o jantar que ela serviu se tornou motivo de risada constante. Com medo de pedir mais conselhos, ela fez sozinha o melhor que pôde e descobriu que algo mais que energia e boa vontade é necessário para ser uma cozinheira. Ela cozinhou os aspargos por uma hora e ficou triste ao descobrir que as pontas ficaram muito moles e os caules mais duros do que nunca. O pão queimou e ficou preto porque ela se preocupou tanto com o molho da salada que deixou todo o resto para trás, até se convencer de que não seria possível comê-la. A lagosta era um mistério para ela, mas tanto martelou e cutucou, até deixá-la sem a casca e seus pequenos pedaços ficaram escondidos em um bosque de folhas de alface. As batatas tinham de ser preparadas com pressa, para não deixar os espargos esperando, e no final não houve tempo para elas. O manjar branco ficou encaroçado e os morangos que não estavam tão maduros quanto pareciam, foram habilmente "cobertos com açúcar".

– Ora, podem comer carne, pão e manteiga, se estiverem com fome; é lastimável, entretanto, passar a manhã inteira por nada – pensou Jo, enquanto tocava o sino meia hora mais tarde do que o habitual, com o rosto pegando fogo, cansada e desanimada, observando Laurie, acostumado a todo tipo de elegância, e a Srta. Crocker, cujos olhos curiosos marcariam todos os fracassos e cuja língua trêmula os denunciaria por todos os cantos.

A pobre Jo teria se escondido de bom grado debaixo da mesa, um prato após o outro foi provado e deixado de lado; enquanto Amy ria sem parar, Meg parecia angustiada, a Srta. Crocker franzia os lábios e Laurie conversava e ria com todas as suas forças, para dar um tom alegre à cena festiva. As frutas eram o ponto forte de Jo, pois ela as adoçara bem e ela preparou um jarro de excelente creme para acompanhá-las. Suas bochechas quentes esfriaram um pouco, e ela respirou fundo, enquanto os lindos pratinhos de vidro giravam ao redor da mesa, e todos olhavam graciosamente para as pequenas ilhas rosadas flutuando em um mar de creme. A Srta. Crocker provou primeiro, fez uma careta e bebeu um pouco de água às pressas. Jo, que não tinha aceitado por achar que o doce talvez não fosse o suficiente, olhou para Laurie, mas ele estava comendo heroicamente, embora houvesse um ligeiro enrugamento em sua boca, e ele mantinha os olhos fixos no prato dele. Amy, que gostava de comida delicada, pegou uma colher cheia, mas engasgou, escondeu o rosto no guardanapo e deixou a mesa em seguida.

– Oh, o que é isso? – exclamou Jo, tremendo.

– Você colocou sal em vez de açúcar, e o creme está azedo – respondeu Meg, com um gesto trágico.

Jo soltou um gemido e recostou-se na cadeira, lembrando que havia pulverizado às pressas os morangos com um pó de uma das duas caixas na mesa da cozinha e que se esquecera de colocar o leite na geladeira. Ela ficou vermelha e estava prestes a chorar quando encontrou os olhos de Laurie, que pareceriam alegres apesar de todos os seus esforços para não rir; ela compreendeu então o lado cômico da cena e riu até as lágrimas escorrerem por suas bochechas. O mesmo aconteceu com todos, até com a própria Crocker, como as meninas chamavam a velha senhora; e o jantar infeliz terminou alegremente, com pão e manteiga, azeitonas e diversão.

– Não tenho força na alma o suficiente para limpar tudo isso agora, então vamos ficar sóbrios para o funeral – disse Jo, enquanto se levantavam. A Srta. Crocker se aprontou para sair, ansiosa para contar a nova história na mesa de jantar de outro amigo.

Eles ficaram sóbrios, por causa de Beth; Laurie cavou um túmulo sob as samambaias no bosque, onde o pequeno Pip foi colocado, com muitas lágrimas, por sua inconsolável dona e coberto de musgo. Sobre a cova colocaram uma coroa de violetas e morriões; na pedra estava o epitáfio escrito por Jo, enquanto ela preparava o jantar:

Aqui jaz o amado Pip March, falecido em 7 de junho; Perda dolorida e lamentada, tão cedo não será esquecido.

Ao fim das cerimônias, Beth se retirou para o quarto, vencida pela emoção e pela lagosta; mas não era possível descansar, pois as camas não estavam arrumadas, e ela aliviou sua dor batendo nos travesseiros e arrumando as coisas. Meg ajudou Jo a retirar da mesa os restos do banquete, o que durou metade da tarde, e isso as deixou tão cansadas que concordaram em se contentar com chá e torradas no jantar. Laurie levou Amy para passear na carruagem, o que era uma ação de caridade, pois o creme azedo parecia ter azedado seu gênio. A Sra. March chegou em casa e encontrou as três meninas mais velhas trabalhando duro no meio da tarde; e uma leve olhada na sala lhe deu uma ideia do que acontecera naquela parte da experiência. Antes que as donas de casa pudessem descansar, receberam algumas visitas e tiveram algumas preparações para fazer; o chá tinha de ser preparado, outros afazeres domésticos e um pouco de costura eram necessários, mas foram negligenciados até o último minuto. Quando caiu a tarde, úmida e silenciosa, uma a uma elas se reuniram na varanda, onde as rosas de junho estavam brotando lindamente, e cada uma suspirando ou lamentando ao sentar-se, devido ao cansaço e ao aborrecimento.

– Que dia terrível foi esse! – começou Jo, geralmente a primeira a falar.

– Pareceu mais curto do que o habitual, mas tão desconfortável – disse Meg.

– Não parecia nossa casa – acrescentou Amy.

– Não pode parecer sem nossa mammie e o pequena Pip – suspirou Beth, fitando a gaiola vazia acima de sua cabeça.

– Aqui está mamãe, querida, e você terá outro pássaro amanhã mesmo, se quiser.

Enquanto falava, a Sra. March veio e tomou seu lugar entre elas, como se seu dia não tivesse sido muito mais agradável que o delas.

– Estão satisfeitas com sua experiência, meninas, ou querem mais uma semana? – ela perguntou, quando Beth aninhou-se em seu colo e as outras se viraram para ela com rostos brilhantes, como flores voltadas para o sol.

– Eu não! – exclamou Jo, decididamente.

– Nem eu – responderam em coro as outras.

– Vocês acham, então, que é melhor ter alguns deveres a fazer e viver um pouco para os outros, não é? – Relaxar e vadiar não compensam – disse Jo, balançando a cabeça. – Estou cansada disso e pretendo fazer algo útil nesse momento.

– Creio que você aprendeu a cozinhar muito bem; é algo muito útil, que toda mulher deveria aprender – disse a Sra. March, dando uma boa gargalhada ao lembrar do jantar de Jo, pois ela encontrou a Srta. Crocker, que lhe contara o ocorrido.

– Mãe! Você saiu e deixou tudo acontecer, só para ver como nos comportaríamos? – exclamou Meg, que suspeitara o dia inteiro.

– Sim, eu queria que vocês percebessem que o conforto de todos depende de cada um realizar fielmente sua parte. Enquanto Hannah e eu fazíamos todo o trabalho, vocês estavam muito bem, embora eu não achasse que vocês estavam muito felizes; então pensei que uma pequena lição poderia mostrar-lhes o que acontece quando cada uma pensa apenas em si mesma. Não acham que é mais agradável ajudarem-se mutuamente, ter deveres diários que tornam o lazer agradável, suportar com prazer as tarefas e assim deixar o lar mais confortável e alegre para todas nós?

– Sim, mamãe, a senhora tem razão! – exclamaram as meninas.

– Então, deixe-me aconselhá-las a assumir seus pequenos encargos novamente; pois, embora pareçam pesados às vezes, são bons para nós e ficam mais leves à medida que aprendemos a carregá-los. O trabalho é saudável e há bastante para todas; evita o tédio e as travessuras; é bom para a saúde e para o espírito e nos dá uma sensação de poder e independência melhor do que o dinheiro ou o luxo.

– Trabalharemos como abelhas e com dedicação! – disse Jo. – Vou aprender a cozinhar como minha tarefa de férias e o próximo jantar que eu preparar será um sucesso.

– Quero fazer as camisas para o papai, em vez de deixá-la fazer, mammie. Posso e vou, embora não goste de costurar; isso será melhor do que mexer nas minhas próprias coisas, que estão ótimas do jeito como estão – disse Meg.

– Farei minhas aulas todos os dias e não vou passar muito tempo com minhas músicas e bonecas. Sou uma tola e deveria estudar mais e não brincar o tempo todo – foi a resolução de Beth; enquanto Amy seguiu o exemplo, declarando heroicamente:

– Vou aprender a fazer casas de botões e prestar mais atenção no meu modo de falar.

– Muito bom! Então estou bastante satisfeita com a experiência, e imagino que não teremos de repeti-la; apenas recomendo que não façam o oposto e mergulhem no trabalho como escravas. Tenha horários regulares para trabalhar e se divertir, todos os dias são úteis e agradáveis e provem que entendem o valor do tempo, empregando-o bem. Assim, a juventude será encantadora, a velhice trará poucos arrependimentos e a vida se tornará bela e suave, apesar da pobreza.

– Lembraremos sempre disso, mamãe! – e elas realmente o fizeram.

Capítulo 12

Acampamento Laurence

Beth era a agente do correio porque como ficava mais em casa, ela podia atendê-lo regularmente e gostava muito da tarefa diária de abrir a portinha e distribuir a correspondência. Em um dia de julho, ela entrou com as mãos cheias e saiu pela casa deixando cartas e encomendas, como um verdadeiro carteiro.

– Aqui está seu ramalhete, mãe! Laurie nunca se esquece dele – disse ela, colocando as flores no vaso que ficava no "Cantinho da mammie" e era mantido pelo atencioso rapaz.

– Srta. Meg March, uma carta e uma luva – continuou Beth, entregando os artigos para a irmã, que estava sentada perto da mãe, costurando o punho de uma camisa.

– Deixei um par lá, e aqui está apenas uma – disse Meg, olhando para a luva de algodão cinza. – Você não deixou a outra luva cair no jardim?

– Não, tenho certeza que não; porque havia apenas uma no correio.

– Detesto ter luva sem par! Não importa, a outra será encontrada. Minha carta é apenas uma tradução da música alemã que eu queria. Creio que foi o Sr. Brooke quem fez, pois essa não é a letra de Laurie.

A Sra. March olhou para Meg, que estava muito bonita em seu roupão matinal, com os pequenos cachos caindo na testa, de maneira bem feminina, enquanto estava sentada costurando em sua pequena mesa de trabalho, cheia de rolos brancos e arrumados; então, sem saber dos pensamentos que passavam na mente de sua mãe, ela costurava e cantava enquanto seus dedos voavam, e sua mente estava ocupada com fantasias juvenis tão inocentes e puras quanto as margaridas em seu cinto, que a senhora March sorriu satisfeita.

– Duas cartas para a doutora Jo, um livro e um chapéu antigo e engraçado, que cobria toda a casinha da agência postal e estava do lado de fora – disse Beth, sorrindo, enquanto entrava no gabinete, onde Jo estava escrevendo.

– Como Laurie é maroto! Eu disse a ele que gostaria que os chapéus maiores estivessem na moda, porque meu rosto fica queimado em todos os dias quentes. Ele disse: – Por que se preocupar com a moda? Use um chapéu grande e fique à vontade!

– Eu disse que usaria se eu tivesse um, e ele me enviou isso, para experimentar. Vou usá-lo por diversão e mostrar a ele que não ligo para a moda. – e, pendurando seu chapéu antigo em um busto de Platão, Jo leu suas cartas.

Uma delas era de sua mãe e fez seu rosto ficar corado e seus olhos se encherem de lágrimas, pois lhe dizia o seguinte:

> "MINHA QUERIDA
>
> Escrevo estas poucas palavras para dizer a imensa satisfação que sinto ao observar seus esforços para controlar seu gênio. Você não diz nada sobre suas provações, fracassos ou sucessos, e pensa, talvez, que ninguém os vê, a não ser o amigo a quem você diariamente pede auxílio, se posso confiar na capa bem gasta do seu livrinho guia. Eu também tenho visto todos os seus esforços e acredito na sinceridade da sua resolução, pois ela começa a dar frutos. Continue, querida filha, paciente e corajosa, e sempre acredite que ninguém se compadece mais ternamente de você do que o seu amor...
>
> MAMÃE."

– Como isso me faz bem! Vale muito mais que dinheiro e milhares de elogios. Oh, mammie, eu realmente estou tentando! Vou continuar a tentar e não me cansarei, já que tenho a senhora para me ajudar.

Colocando a cabeça nos braços, Jo molhou seu pequeno romance com algumas lágrimas de felicidade, pois pensara que ninguém via nem apreciava seus esforços para ser boa, e essa garantia era duplamente preciosa, duplamente encorajadora, porque era inesperada e vinha da pessoa cujo elogio ela mais valorizava. Sentindo-se mais forte do que nunca para encontrar e vencer seu "Destruidor", ela prendeu a carta em seu vestido com um alfinete, como um escudo e um lembrete, para que não esquecer do seu dever, e começou a abrir sua outra carta, pronta para receber boas ou más notícias. Com letras grandes e elegantes, Laurie escreveu:

> "CARA JO,
>
> Saudações! Algumas meninas e meninos ingleses virão visitar-me amanhã e quero me divertir. Se o tempo estiver bom, montarei a barraca em Longmeadow e iremos almoçar e jogar críquete; haverá uma fogueira, brincadeiras à moda cigana e todos os tipos de diversão. Eles são pessoas maravilhosas e gostam dessas coisas. Brooke irá para cuidar dos rapazes e Kate Vaughn tomará conta das meninas. Eu quero que todas vocês venham; faço questão que Beth venha e ninguém a aborrecerá. Não se preocupe com os detalhes, vou cuidar de tudo, só quero que vocês venham, eles são ótimas companhias!
>
> Um recado apressado do
> Sempre seu, Laurie."

– Que maravilha! – gritou Jo, correndo para contar a novidade para Meg. – É claro que podemos ir, mãe! Será uma grande ajuda para Laurie, pois eu posso remar, Meg cuidará do almoço, e as crianças serão úteis de alguma maneira.

– Espero que os Vaughn não sejam muito refinados e nem adultos. Você sabe alguma coisa sobre eles, Jo? – perguntou Meg.

– Só sei que são quatro. Kate é mais velha que você, Fred e Frank (gêmeos) da minha idade, e uma menininha (Grace), de 9 ou 10 anos. Laurie os conheceu no exterior e gostou muito dos meninos; parece-me que ele não admira muito a Kate pela forma como fala dela.

– Estou tão feliz que meu vestido de algodão esteja limpo, é exatamente o mais adequado! – Meg observou satisfeita. – Você tem alguma coisa decente, Jo?

– Tenho o vermelho e cinza, estilo marinheiro, está ótimo para mim. Vou brincar e passear por isso não é preciso engomá-lo. Você vem, Betty?

– Se não deixarem nenhum menino falar comigo.

– Nenhum. Nós prometemos!

– Gosto de agradar ao Laurie e não tenho medo do Sr. Brooke, ele é muito gentil. Mas, não quero tocar, cantar nem dizer nada. Vou trabalhar bastante e não incomodar ninguém, e Jo cuidará de mim, então irei.

– Essa é minha boa menina; você tenta lutar contra sua timidez, e eu te amo por isso; combater falhas não é fácil, como eu sei; e às vezes uma palavra alentadora dá um grande auxílio.

– Obrigada, mãe – e Jo deu um beijo agradecido no rosto fino, mais precioso para a Sra. March do que se lhe tivessem devolvido o viço rosado de sua juventude.

– Eu recebi uma caixa de gotas de chocolate e o desenho que eu queria copiar – disse Amy, mostrando sua correspondência.

– E eu recebi um bilhete do Sr. Laurence, pedindo que fosse até lá e tocasse com ele esta tarde, antes que as lâmpadas se acendam, e eu irei – acrescentou Beth, cuja amizade com o velho cavalheiro crescia dia a dia.

– Agora vamos ao trabalho e trabalharemos dobrado hoje, para que possamos brincar amanhã com mentes despreocupadas – disse Jo, preparando-se para substituir a pena por uma vassoura. Quando o sol apareceu no quarto das meninas no início da manhã seguinte, prometendo um lindo dia, surgiu uma cena cômica. Cada uma havia feito a preparação para a festa que parecia necessária e adequada. Meg tinha uma fileira extra de papelotes nos cachos da testa, Jo copiosamente cobrira seu rosto ansioso com creme, Beth levara Joanna para a cama com ela para compensar a separação que se aproximava, e Amy chegara ao cúmulo de prender o nariz com um prendedor de roupa, para deixá-lo em perfeita forma. Era um desses prendedores que os desenhistas usam para prender o papel nas pranchetas; portanto, bastante apropriado e eficaz para a finalidade para a qual estava sendo utilizado agora. Esse espetáculo engraçado pareceu divertir o senhor Sol, pois ele explodiu com tanto esplendor que Jo acordou e despertou todas as irmãs com uma gargalhada calorosa do ornamento no enfeite de Amy.

Sol e risadas eram bons presságios para uma festa com muita alegria, e logo uma agitação animada começou em ambas as casas. Beth, que ficou pronta primeiro, continuava relatando o que acontecia ao lado e apressava a arrumação das irmãs com telegramas frequentes enviados da janela.

– Aí vem o homem com a barraca! Vejo a Sra. Barker arrumando os alimentos em um cesto bem grande. Agora o Sr. Laurence está olhando para o céu e a cata-vento; gostaria que ele também fosse. Laurie está parecendo um marinheiro, que lindo! Oh, meu Deus, lá vem uma carruagem cheia de gente, uma dama alta, uma menina e dois meninos terríveis. Um é coxo, coitado, ele usa muleta! Laurie não nos contou sobre isso. Andem depressa, meninas! Está ficando tarde. Olhem, aquele é Ned Moffat, tenho certeza. Olha, Meg! Não é aquele rapaz que te cumprimentou outro dia quando estávamos fazendo compras?

– É ele mesmo, que estranho ele estar aqui! Eu pensei que ele estava nas montanhas. Ali está Sallie; estou feliz que ela tenha voltado a tempo. Estou bem, Jo? – perguntou Meg, agitada.

– Parece uma margarida, erga mais seu vestido e arrume o chapéu; fica parecendo bastante sentimental e o chapéu voará na primeira baforada. Agora, vamos lá!

– Oh, Jo! Você não vai usar esse chapéu horrível? É um exagero! Você não deve ficar parecida com um menino – protestou Meg, enquanto Jo amarrava, com uma fita vermelha, a aba larga do antiquado Leghorn que Laurie havia mandado por brincadeira.

– Mas eu vou! Com certeza, faz uma boa sombra, leve e grande. Podem me zoar que eu não me importo se estiver me sentindo confortável. Dizendo isso, Jo encaminhou-se para a porta e as outras a seguiram; um pequeno e gracioso bando de irmãs, todas com o melhor visual, em trajes de verão, com rostos felizes, sob as abas dos chapéus. Laurie correu para encontrar e apresentá-las aos amigos, da maneira mais cordial. O gramado era a sala de recepção e por vários minutos uma cena animada desenrolou-se ali. Meg ficou grata ao ver que a Srta. Kate, apesar de ter 20 anos, estava vestida com uma simplicidade que as meninas americanas fariam bem em imitar; e ficou muito lisonjeada com as garantias do Sr. Ned de que ele veio especialmente para vê-la. Jo entendeu por que Laurie parecia não admirar muito a Kate quando fala nela porque aquela jovem tinha um ar de "não me toque", que contrastava fortemente com o comportamento jovial e franco das outras meninas. Beth observou os novos meninos e decidiu que o coxo não era "terrível", mas gentil e fraco, e ela seria gentil com ele, por esse motivo. Amy achou Grace uma pessoa educada e alegre e, depois de olharem uma para a outra por alguns minutos, de repente se tornaram ótimas amigas.

Como as barracas, alimentos e equipamento de críquete haviam sido enviados com antecedência, o bando embarcou em seguida e os dois barcos partiram juntos, deixando o Sr. Laurence agitando o chapéu na praia. Laurie e Jo remaram um barco; Brooke e Ned, o outro; enquanto Fred Vaughn, o gêmeo agitado, fazia o possível para perturbar os dois, remando de um lado para o outro, como um inseto perturbado. O chapéu engraçado de Jo merecia um voto de agradecimento, pois era de utilidade geral; quebrou o gelo no começo, produzindo uma gargalhada geral, ele criava uma brisa refrescante, agitando-se de um lado para o outro, enquanto ela remava, e seria um excelente guarda-chuva para todos, caso houve muitos respingos, ela disse. Kate parecia bastante surpresa com os modos de Jo, especialmente quando ela exclamou "Cristóvão Colombo!" ao perder o remo e Laurie disse: – Minha cara amiga, eu te machuquei? – quando ele tropeçou nos pés dela para substituí-la no remo. Mas, depois de colocar os óculos para examinar a menina estranha várias vezes, Miss Kate decidiu que ela era "estranha, mas bastante inteligente" e sorriu para ela de longe. Meg, no outro barco, estava deliciosamente situada, frente a frente com os remadores, que admiravam a perspectiva e embalavam seus remos com incomum "habilidade e destreza". O Sr. Brooke era um jovem sério e silencioso, com belos olhos castanhos e uma voz agradável. Meg gostava de suas maneiras calmas e o considerava uma enciclopédia ambulante de conhecimento útil. Ele nunca falou muito com ela; mas ele a olhou bastante, e ela teve certeza de que ele não a via com aversão. Como Ned ingressara na faculdade, é claro, tomava todas as atitudes que os calouros acham que devem tomar. Ele não era muito sábio, mas muito bem-humorado e alegre e, no geral, uma excelente pessoa para fazer um piquenique. Sallie Gardiner estava absorta em manter limpo seu vestido branco e tagarelar com o onipresente Fred, que mantinha Beth em constante terror por suas brincadeiras. Não era longe até Longmeadow e chegando lá a barraca já estava armada e os paus de críquete colocados no chão. Um agradável campo verde, com três carvalhos espalhados pelo meio e uma faixa de grama bem uniforme para o jogo de críquete.

– Bem-vindos ao Acampamento Laurence! – disse o jovem anfitrião ao desembarcar com muita alegria. – Brooke é comandante chefe, eu sou o comissário geral, os outros companheiros são oficiais, e vocês, moças, são as hóspedes. A barraca é para uso exclusivo das moças e esse carvalho é sua sala de estar, ali é o refeitório e a terceira árvore é a cozinha do acampamento. Agora vamos brincar antes que esquente e depois veremos o almoço. –

Frank, Beth, Amy e Grace sentaram-se para assistir ao jogo dos outros oito. Brooke escolheu Meg, Kate e Fred; Laurie escolheu Sallie, Jo e Ned. Os ingleses jogaram bem, mas os americanos jogaram melhor e contestaram cada centímetro do chão com tanta força como se o espírito de guerra de 1876 os inspirasse. Jo e Fred tiveram várias escaramuças e uma vez quase deixaram escapar palavras ásperas. Jo passou pelo último arco e perdeu o golpe, o que a deixou irritada. Fred estava logo atrás dela e a sua rebatida chegou antes dela; ele deu um golpe, sua bola bateu no arco e parou uma polegada antes. Como ninguém estava muito perto, ele correu para examinar, deu-lhe uma cutucada maliciosa com o dedo do pé, o que a colocou apenas uma polegada adiante.

– Atravessei! Agora, Srta. Jo, é a minha vez – gritou o jovem cavalheiro, balançando o martelo para outro golpe.

– Você empurrou, eu vi você; é a minha vez agora – disse Jo, bruscamente.

– Dou-lhe a minha palavra, eu não a movi! Talvez ela tenha rolado um pouco, mas isso é permitido; então, por favor, afaste-se e deixe-me ver a estaca.

–Não trapaceamos na América; mas você pode fazer isso, se quiser – disse Jo irritada.

– Os ianques são muito mais trapaceiros, todo mundo sabe. Pode jogar agora – retrucou Fred, atirando a bola para longe. Jo abriu a boca para dar uma resposta grosseira, mas conteve-se a tempo, corou até a testa e ficou um minuto martelando um arco com toda sua força, enquanto Fred atingia a estaca e declarava o feito com muita alegria. Ela foi pegar a bola e demorou muito tempo a encontrá-la entre os arbustos, mas ela voltou, parecendo calma e quieta, e esperou sua vez pacientemente. Foram necessárias várias tacadas para recuperar o lugar que ela havia perdido e, quando ela chegou lá, o outro lado quase vencera, porque a bola de Kate chegou bem perto da estaca.

– Por São Jorge, agora é por nossa conta! Adeus, Kate; a Srta. Jo me deve uma, então vocês estão liquidados – exclamou Fred, exaltado, enquanto todos se aproximavam para ver o final.

– Os ianques costumam ser generosos com seus inimigos – disse Jo, com um olhar que deixou o rapaz avermelhado –especialmente quando os derrotaram – acrescentou ela, e sem tocar na bola de Kate venceu o jogo de maneira inteligente. Laurie jogou o chapéu para o alto e, então, lembrou-se que não seria bom ficar tão feliz pela derrota de seus convidados, e parou no meio da comemoração para sussurrar no ouvido de sua amiga:

– Bom para você, Jo! ele trapaceou, eu o vi; não podemos dizer isso a ele, mas ele não fará isso de novo, dou-lhe minha palavra.

Meg a chamou de lado, sob o pretexto de prender uma trança solta e disse, em tom de aprovação:

– Foi terrivelmente provocador; mas você manteve a calma e estou muito feliz, Jo.

– Não me elogie, Meg, pois até este momento eu poderia dar-lhe uns murros nos ouvidos. Teria certamente perdido a paciência se não tivesse me afastado até controlar minha raiva o suficiente para segurar minha língua. Mas, ainda estou fervendo de raiva, então espero que ele fique fora do meu caminho – respondeu Jo, mordendo os lábios, enquanto olhava furiosa para Fred por baixo do chapéu grande.

– Hora do almoço – disse Brooke, olhando para o relógio. – Comissário-geral, acenda o fogo e pegue água, enquanto Miss March, Miss Sallie e eu colocamos a mesa. Quem pode fazer um bom café?

– Jo pode – disse Meg, contente em recomendar sua irmã. Então Jo, sentindo que suas últimas aulas de culinária lhe haviam dado fama, encarregou-se de preparar o café, enquanto as crianças pegavam gravetos, os meninos acendiam o fogo e iam pegar água em uma fonte próxima.

Miss Kate desenhava e Frank conversava com Beth, que estava fazendo pequenas esteiras de juncos trançados, para servir como pratos.

O comandante chefe e seus ajudantes logo encheram a toalha da mesa com uma convidativa variedade de comestíveis e bebidas, lindamente decorados com folhas verdes. Jo anunciou que o café estava pronto e todos se prepararam para uma refeição saudável; os jovens raramente são dispépticos e o exercício abre o apetite. Foi um almoço muito alegre, pois tudo parecia fresco e engraçado, e frequentes gargalhadas assustavam um cavalo venerável que pastava ali perto. Havia uma desigualdade agradável na mesa que produzia muitos contratempos nos copos e pratos; caíam bolotas no leite, formiguinhas pretas tomavam as bebidas sem serem convidadas, e lagartas felpudas desciam da árvore para participar da festa. Três cabecinhas loiras de crianças espiavam por cima da cerca e um cachorro indesejado latiu para elas do outro lado do rio, com toda sua força.

– Se preferir, temos sal aqui – disse Laurie, enquanto entregava um pires de morangos a Jo.

– Obrigada, prefiro aranhas – respondeu ela, pescando duas arranhas pequenas que haviam entrado no creme para morrer.

– Como você se atreve a me lembrar daquele jantar horrível, quando o seu é tão bom em todos os sentidos? – acrescentou Jo, enquanto os dois riam e comiam no mesmo prato já que a louça não era suficiente para todos.

– Aquele dia foi muito bom na minha opinião, e ainda não tive outro melhor. O dia de hoje não é meu crédito, você sabe. Eu não fiz nada, foram vocês, Meg e Brooke que fizeram tudo isso e não sei como agradecer. O que faremos quando acabarmos de almoçar? – perguntou Laurie, sentindo que seu trunfo já havia sido jogado quando o almoço acabou.

– Vamos fazer algumas brincadeiras até ficar mais fresco. Eu trouxe alguns "autores" e também acho que a Srta. Kate sabe algo novo e agradável. Vá e pergunte a ela, é sua convidada e você deveria dar-lhe mais atenção.

– Você também não é convidada? Achei que Kate gostava de Brooke, mas ele continua conversando com Meg, e Kate apenas olha para eles através daqueles óculos ridículos dela. Eu vou, mas você não precisa falar de conveniências porque você não as segue, Jo.

Miss Kate conhecia várias brincadeiras novas e como as meninas não queriam, e os meninos não podiam mais comer, todos foram para a sala de estar, para brincar de "Continue a história!".

– Uma pessoa começa a contar uma história, qualquer bobagem que lhe venha à cabeça, apenas tomando o cuidado de parar em algum momento emocionante, quando a próxima assume e faz o mesmo. É muito engraçado, quando bem feito, e há uma mistura perfeita de coisas cômicas e trágicas que fazem rir. Por favor, comece, Sr. Brooke – disse Kate, com um gesto de comando que surpreendeu Meg, a qual o tratava com tanto respeito quanto qualquer outro cavalheiro. Deitado na grama, aos pés das duas jovens, o Sr. Brooke obediente começou a história, com os belos olhos castanhos fixos firmemente no rio ensolarado.

– Era uma vez um cavaleiro que saiu pelo mundo em busca de fortuna, pois ele não tinha nada além de sua espada e seu escudo. Viajou por um longo período, quase oito anos, e passou por muitas dificuldades até chegar ao palácio de um bom e velho rei, que havia oferecido uma recompensa a quem domasse e treinasse um lindo potro, do qual ele gostava muito. O cavaleiro concordou em tentar e seguiu lentamente, mas conseguiu montar, pois o potro era galante e logo aprendeu a amar seu novo mestre, embora fosse fogoso e selvagem. Todos os dias, quando dava suas lições a esse animal de estimação do rei, o cavaleiro cavalgava pela cidade e, enquanto andava, procurava em todo lugar um certo rosto bonito, que ele já vira muitas vezes em seus sonhos, mas nunca o encontrara. Um dia, enquanto descia por uma rua tranquila, viu pela janela de um castelo em ruínas um rosto encantador. Ele ficou deslumbrado, perguntou quem morava nesse velho castelo e foi informado de que várias princesas eram mantidas ali em cativeiro por um feitiço, e fiavam o dia todo para arrecadar dinheiro e comprar sua liberdade. O cavaleiro desejou intensamente que pudesse libertá-las; mas ele era pobre e só podia passar diariamente, observando o rosto doce e desejando vê-lo ao sol. Por fim, ele decidiu entrar no castelo e perguntar como ele poderia ajudá-las. Ele foi e bateu; a grande porta se abriu e ele viu:

– Uma senhora adorável que exclamou com um grito de euforia: “Finalmente! Finalmente!”, continuou Kate, que lera romances franceses e admirava o estilo. – É ela! – exclamou o conde Gustavo e caiu a seus pés em êxtase. “Oh, levante-se!” disse ela, estendendo sua mão alva e gelada. “Nunca!, até você me dizer como posso resgatá-la” disse o cavaleiro, ainda ajoelhado. “Infelizmente, meu destino cruel me condena a permanecer aqui até que meu tirano seja destruído”. “Onde está o vilão?”. “No salão lilás; vá, coração valente, e me salve do desespero!”. “Obedeço e volto vitorioso ou morto!”. Com essas palavras emocionantes, ele se apressou e, abrindo a porta do salão lilás, estava prestes a entrar quando recebeu...

– Uma pancada atordoante com um grande dicionário grego, que um velho de vestido preto desferiu contra ele – disse Ned. "Imediatamente, o Senhor Seja Lá Qual For O Nome Dele, recuperou-se, atirou o tirano pela janela e virou-se para juntar-se à dama, vitorioso, mas com um galo na testa; como encontrou a porta trancada, rasgou as cortinas, fez uma escada de corda, desceu até a metade quando a escada se rompeu e ele caiu de cabeça no fosso, a 20 metros abaixo. Mas, nadando como um pato, chegou ao castelo e entrou em uma portinha vigiada por dois guardas robustos. Bateu a cabeça de um contra o outro até quebrarem como um par de nozes; depois, com um esforço insignificante de sua prodigiosa força, ele derrubou a porta, subiu alguns degraus de pedra cobertos de muita poeira, sapos do tamanho de seu punho e aranhas que fariam a Srta. March ter um ataque de nervos. No topo desses degraus, ele se deparou com uma visão que lhe deixou sem fôlego e gelou seu sangue..."

– Uma figura alta, toda de branco, com um véu sobre o rosto e uma lâmpada na mão esquelética – continuou Meg. – Acenava, deslizando silenciosamente diante dele por um corredor tão escuro e frio quanto uma tumba. Vultos sombrios de armadura estavam de ambos os lados, num silêncio mortal, a lâmpada projetava chamas azuladas e a figura fantasmagórica sempre virava o rosto para ele, mostrando o brilho de olhos terríveis através do véu branco. Chegaram a uma porta com cortinas, atrás da qual era possível escutar uma música adorável; ele saltou para frente para entrar, mas o espectro o puxou de volta e acenou, ameaçadoramente, diante de si...

– Uma "caixa de tabaco" – disse Jo, em tom sepulcral, que abalou a plateia. "Muitíssimo obrigado", disse o cavaleiro, educadamente, enquanto ele dava um pitada, espirrando sete vezes com tanta força que sua cabeça caiu do corpo. "Ah! Ah!", riu o fantasma; e, depois de espiar pelo buraco da fechadura as princesas que fiavam para readquirir a preciosa vida, o espírito maligno pegou sua vítima e a colocou em uma grande caixa de lata, onde havia onze outros cavaleiros reunidos sem cabeça, empilhados como sardinha, os quais se levantaram e começaram a...

– Dançar ao som de uma gaita de foles – interrompeu Fred, quando Jo parava para respirar; – e, enquanto dançavam, o velho castelo sujo se transformou em um navio de guerra a velejar a toda vela. "Içar a bujarrona, recifes na cabeceira, leme a toda força, manejar as armas", gritou o capitão, uma vez que um navio pirata português estava à vista com uma bandeira negra como tinta voando do mastro. "Entrem e vençam, meus bravos companheiros!", disse o capitão e iniciou-se uma tremenda batalha naval. É claro que o navio britânico sempre vence e, depois de prender o capitão pirata, o navio seguiu viagem com o convés repleto de cadáveres e inundado de sangue, pois a ordem tinha sido "Cutelos na mão e matem com força". "Imediato Bosen, pegue um pedaço da corda da bujarrona e amarre esse vilão nela se ele não confessar seus crimes rapidamente", disse o capitão inglês. O português segurou a língua como um tijolo e caminhou pela prancha, enquanto os marinheiros alegres aplaudiam como loucos. Mas o cão astuto deu um mergulho, passou por baixo do navio, fez vários rombos no casco e ele começou a afundar com todos os marinheiros lá dentro até o fundo do mar, mar, mar, onde...

– Oh, bonito! O que devo dizer? – exclamou Sallie, enquanto Fred terminava sua parte, na qual havia misturado frases e termos náuticos de um de seus livros favoritos. – Bem, uma bela sereia os acolheu, mas ficou muito triste ao encontrar a caixa de cavaleiros sem as cabeças e gentilmente os conservou em salmoura, na esperança de descobrir o mistério sobre eles; por ser mulher, ela estava curiosa. Depois de um certo tempo, apareceu um mergulhador e a sereia disse: 'Vou lhe dar esta caixa de pérolas, se puderes levá-la lá para cima", pois ela queria restaurar-lhes a vida e não podia levantar a carga pesada. Então o mergulhador levou-a e ficou muito decepcionado ao abri-la e não encontrar pérolas. Ele a deixou em um grande campo solitário, onde foi encontrada por uma...

– Pequena pastora que cuidava de uma centena de gansos gordos no campo – disse Amy, quando Sallie terminou sua parte. – A pequena menina sentiu pena deles e perguntou a uma velha o que deveria fazer para ajudá-los. "Seus gansos lhe dirão, eles sabem tudo", disse a velha. Então ela perguntou aos gansos o que deveria usar para substituir as cabeças, já que as velhas estavam perdidas, e todos os gansos abriram suas bocas e gritaram...

– "Cabeças de repolho!" – continuou Laurie, prontamente. "Excelente ideia", disse a menina, e correu até sua horta para pegar doze lindas cabeças de repolho. Ela as vestiu, os cavaleiros reviveram imediatamente, agradeceram e seguiram seu caminho, regozijando-se, sem conhecer a diferença que havia, pois há no mundo tanta gente com cabeça de repolho, sem se dar conta disso. O nosso cavaleiro voltou a procurar o lindo rosto e descobriu que as princesas haviam se libertado, tinham se casado, exceto uma. Ele estava em excelente estado de espírito e, montando no cavalo que ficara ao seu lado durante todas essas aventuras, correu para o castelo para ver o que havia acontecido. Espiando por cima da cerca, ele viu a rainha de seus sonhos colhendo flores em seu jardim. "Você quer me dar uma rosa?", disse ele. "Venha buscá-la, porque eu não posso ir até você; não é apropriado", disse ela com toda sua meiguice. Ele tentou escalar a cerca viva, mas esta parecia crescer mais e mais; depois tentou atravessá-la, mas ela ficava mais e mais espessa, e embora ele estivesse desesperado, pacientemente quebrou galho após galho, até fazer um pequeno buraco, através do qual ele espiou, implorando: "Deixe-me entrar! Deixe-me entrar!". Mas a linda princesa parecia não entender, pois ela apanhava suas rosas em silêncio deixando-o esforçar-se para entrar. Se ele conseguiu ou não, Frank dirá nos dirá.

– Não posso porque não estou jogando, eu nunca jogo – disse Frank, consternado com a situação sentimental da qual ele devia resgatar aquele casal ridículo. Beth havia desaparecido atrás de Jo e Grace estava dormindo.

– Então o pobre cavaleiro deve ficar preso na sebe, não é? – perguntou Brooke, ainda observando o rio e brincando com a rosa selvagem em seu buraco de botão.

– Acho que a princesa deu a ele um ramalhete e abriu o portão logo em seguida – disse Laurie, sorrindo para si mesmo, enquanto atirava bolotas no tutor.

– Que absurdo fizemos! Com a prática, podemos fazer algo bastante inteligente. Vocês conhecem "Verdade"? – perguntou Sallie, depois de terem rido da história.

– Acho que sim – disse Meg, sobriamente.

– Refiro-me ao jogo.

– Como é? – perguntou Fred.

– Bem, cada um recebe um número e fazemos um sorteio, a pessoa escolhida tem que responder verdadeiramente a todas as perguntas feitas pelas outras. É muito divertido. – Vamos tentar – disse Jo, que gostava de novas experiências. Kate, o Sr. Brooke, Meg e Ned, recusaram; mas Fred, Sallie, Jo e Laurie concordaram em jogar, fizeram o sorteio e o número que saiu foi o de Laurie.

– Quem são seus heróis? – perguntou Jo.

– Vovô e Napoleão.

– Qual moça você acha mais bonita? – disse Sallie.

– Margaret.

– Qual você gosta mais? – perguntou Fred.

– Jo, é claro.

– Que perguntas tolas você faz! – e Jo encolheu os ombros com desdém enquanto o resto ria do tom sério da fala de Laurie.

– Vamos jogar novamente; "Verdade" não é um jogo ruim – disse Fred.

– É muito bom para você – replicou Jo, em voz baixa. Era sua vez agora.

– Qual é a sua maior culpa? – perguntou Fred, testando nela a virtude que lhe faltava.

– Um temperamento exaltado.

– O que você mais deseja? – perguntou Laurie.

– Um par de botas – respondeu Jo, adivinhando e derrotando a intenção dele.

– Não é uma resposta verdadeira; você deve dizer o que realmente mais deseja.

– Talento, você não gostaria de me dar um pouco, Laurie? – e ela sorriu maliciosamente com certa decepção.

– Quais virtudes você mais admira em um homem? – perguntou Sallie.

– Coragem e honestidade.

– Agora é minha vez – disse Fred, quando seu número foi escolhido.

– É agora – sussurrou Laurie para Jo, que concordou e perguntou imediatamente:

– Você trapaceou no críquete?

– Bem, sim, um pouco.

– Bom! E a história que contou está em "O Leão do Mares", não é? – perguntou Laurie.

– Alguma coisa.

– Não acha que a nação inglesa é perfeita em todos os aspectos? – perguntou Sallie.

– Deveria ter vergonha de mim mesmo se não o fizesse.

– Ele é um verdadeiro John Bull. Agora, Srta. Sallie, você terá uma chance mesmo sem tirar o número. Vou mexer primeiro nos seus sentimentos perguntando se você não está namorando alguém – disse Laurie, enquanto Jo acenava para Fred, como um sinal de que não estava mais zangada.

– Que rapaz indiscreto! É claro que não estou – exclamou Sallie, com um ar que provava o contrário.

– O que você mais odeia? – perguntou Fred.

– Aranhas e pudim de arroz.

– O que você mais gosta? – perguntou Jo.

– Dança e luvas francesas.

– Bem, acho que Verdade é um jogo muito bobo; vamos fazer um jogo sensato sobre Autores, para refrescar nossas mentes– propôs Jo.

Ned, Frank e as menininhas resolveram jogar e, enquanto jogavam, os três mais velhos sentaram-se separados, conversando. A Srta. Kate retomou seu desenho e Margaret observava-o, enquanto o Sr. Brooke estava deitado na grama, tendo na mão um livro que ele não lia.

– Como você faz isso lindamente; eu gostaria de saber desenhar – disse Meg, com uma mistura de admiração e arrependimento em sua voz.

– Por que você não aprende? Eu acho que você tem bom gosto e talento para isso – respondeu Miss Kate, graciosamente.

– Não tenho tempo.

– Sua mãe prefere outras realizações, imagino. O mesmo aconteceu com a minha; mas provei a ela que tinha talento, fazendo algumas aulas particulares e ela gostou tanto que me incentivou a prosseguir. Você não pode fazer o mesmo com sua governanta?

– Não tenho governanta.

– Havia me esquecido! As moças da América vão à escola. Também são ótimas escolas, diz papai. Você estuda em uma escola particular, suponho?

– Eu não vou, sou a minha própria governanta.

– Verdade! – disse Miss Kate, mas ela poderia muito bem ter dito: "Querida, que horror!", porque esse era o significado do tom de sua voz, e algo em seu rosto fez Meg corar e arrepender-se de ter sido tão franca.

O Sr. Brooke ergueu os olhos e disse rapidamente: – As jovens da América amam a independência tanto quanto seus ancestrais, e são admiradas e respeitadas por se sustentarem.

– Ah, sim; é claro! É muito bom e apropriado fazê-lo. Temos muitas jovens respeitáveis e dignas, que fazem o mesmo e são empregadas pela nobreza, porque, sendo filhas dos fidalgos, elas são bem-educadas e talentosas, você sabe – disse Miss Kate, em tom complacente que feriu o orgulho de Meg e fez com que seu trabalho parecesse não apenas mais desagradável, mas degradante.

– Gostou da canção alemã, Srta. March? – perguntou o Sr. Brooke, interrompendo um silêncio embaraçoso.

– Oh, sim! Foi muito gentil, e sou muito grata a quem traduziu para mim. – respondeu ela enquanto seu rosto com expressão de abatido se iluminava.

– Você não lê alemão? – perguntou a Srta. Kate, com um olhar de surpresa.

– Não muito bem. Meu pai, que me ensinava, está fora, e eu não consigo progredir muito sozinha, pois não há ninguém para corrigir minha pronúncia.

– Tente um pouco agora. Aqui está “Mary Stuart”, de Schiller, e um professor que adora ensinar – e Brooke colocou o livro no colo dela, com um sorriso convidativo.

– É tão difícil que tenho medo de tentar – disse Meg, agradecida, mas tímida na presença da jovem talentosa ao seu lado.

– Vou ler um pouco, para encorajá-la – e a Srta. Kate leu uma das passagens mais bonitas, de uma maneira perfeitamente correta, mas sem expressão. Brooke não fez nenhum comentário ao devolver o livro a Meg, que disse inocentemente:

– Pensei que fosse poesia.

– Alguns trechos são; tente esta passagem aqui.

Havia um sorriso esquisito na boca do Sr. Brooke, quando ele abriu o livro na passagem da lamentação da pobre Mary. Meg, obedientemente seguindo a longa folha de relva usada pelo seu novo tutor para apontar o texto, leu lenta e timidamente, transformando as palavras duras em poesia, pela entonação suave de sua voz musical. A folha de relva foi descendo a página e Meg, esquecendo-se de sua ouvinte, na beleza da cena triste, lia como se estivesse sozinha, dando um pequeno toque de tragédia às palavras da infeliz rainha. Se ela tivesse visto os olhos castanhos de Kate, teria parado; mas ela nunca olhou para cima e assim a leitura não perdeu o encanto para ela.

– Muito bem, de fato! – disse Brooke, enquanto ela fazia uma pausa, ignorando os vários erros que ela havia cometido e parecendo como se ele realmente “adorasse ensinar”.

A Srta. Kate colocou os óculos e, tendo examinado o pequeno quadro à sua frente, fechou o caderno de desenho, dizendo de modo condescendente:

– Você tem um sotaque lindo e, com o tempo, será uma excelente leitora inteligente. Aconselho você a estudar, pois o alemão é uma conquista valiosa para os mestres. Preciso cuidar de Grace, ela está brincando – e a Srta. Kate se afastou, murmurando para si ao encolher os ombros: – Não vim para acompanhar uma governanta, embora ela seja jovem e bonita. Que pessoas esquisitas são esses ianques! Receio que Laurie ficará contaminado convivendo com eles.

– Esqueci que os ingleses preferem torcer o nariz para as governantas, e não as tratam como nós – disse Meg, cuidando da figura em retirada com uma expressão de aborrecimento.

– Os preceptores também têm dificuldades com isso lá, o que sei por triste experiência. Não há lugar como a América, para nós trabalhadores, Srta. Margaret – e o Sr. Brooke parecia tão satisfeito e alegre ao dizer isso que Meg teve vergonha de lamentar sua situação difícil.

– Fico feliz por morar nele, então. Não gosto do meu trabalho, mas afinal tenho um e devo ficar muita satisfeita com isso, então não vou reclamar. Gostaria apenas de apreciar a profissão de professor como o senhor.

– Principalmente se você tivesse alunos como Laurie. Lamentarei perdê-lo no próximo ano – disse Brooke, perfurando buracos no gramado.

– Indo para a faculdade, suponho?

– Os lábios de Meg fizeram essa pergunta, mas seus olhos acrescentaram: – E o que acontece com o senhor?

– Sim. Já está em tempo de ir, pois ele está quase pronto, e assim que ele partir, irei alistar-me como soldado.

– Fico feliz ao ouvir isso! – exclamou Meg. – Acho que todos os homens deveriam fazer o mesmo; embora seja difícil para as mães e irmãs, que ficam em casa – acrescentou, com tristeza.

– Não tenho mãe nem irmã e pouquíssimos amigos se importam se estou vivo ou morto – disse Brooke com amargura enquanto colocava a rosa murcha no buraco que ele havia feito e a cobria com terra como uma pequena cova.

– Laurie e seu avô se importariam muito e todos lamentaríamos se qualquer coisa de ruim lhe acontecesse – disse Meg, com sinceridade.

– Obrigado, isso é muito gentil da sua parte – disse o Sr. Brooke, parecendo alegre novamente; mas, antes que ele pudesse terminar seu discurso, Ned, montado no cavalo velho, aproximou-se vagarosamente para exibir suas habilidades de cavaleiro diante das jovens, e não houve mais silêncio naquele dia.

– Você não gosta de cavalgar? – perguntou Grace a Amy, enquanto elas descansavam, depois de cavalgar pelo campo com as outras guiadas por Ned.

– Eu adoro; minha irmã Meg costumava andar quando o papai era rico, mas agora não temos cavalos, exceto Ellen Tree – acrescentou Amy, sorrindo.

– Fale sobre Ellen Tree, é um jumento? – perguntou Grace, curiosa.

– Bem, Jo é louca por cavalos e eu também, mas só temos uma sela lateral antiga e nenhum cavalo. No nosso jardim, há uma macieira, com um belo galho baixo, então eu coloquei a sela nele, prendi algumas rédeas na parte que aparece, e cavalgamos em Ellen Tree sempre que temos vontade.

– Que engraçado! – riu Grace. – Eu tenho um pônei em casa e ando quase todos os dias no parque, com Fred e Kate; é muito bom, porque meus amigos também vão, e o Row está cheio de damas e cavalheiros.

– Querida, que encanto! Espero ir para o exterior algum dia, mas prefiro ir à Roma do que a Row – disse Amy, que não tinha a menor ideia do que era o Row e não perguntaria por nada nesse mundo.

Frank, sentado logo atrás das meninas, ouviu o que elas estavam dizendo e empurrou a muleta para longe dele com um gesto impaciente, enquanto observava os rapazes ativos fazendo todo tipo de ginástica cômica. Beth, que estava coletando os Cartões de Autor espalhados, ergueu os olhos e disse, de maneira tímida, mas amigável:

– Receio que esteja cansado; posso fazer algo por você?

– Converse comigo, por favor, é muito monótono ficar aqui sentado sozinho– respondeu Frank, que evidentemente era muito mimado em casa. Se ele a pedisse para fazer uma oração em latim, não pareceria uma tarefa mais impossível para a envergonhada Beth; mas não havia lugar para onde fugir, e ela não tinha Jo para se esconder atrás. O pobre menino a olhava tão melancolicamente que ela, corajosa, resolveu tentar.

– Você gostaria de falar sobre o que? – ela perguntou, juntando as cartas e deixando cair metade delas enquanto tentava amarrá-las.

– Bem, gosto de ouvir falar sobre críquete, canoagem e caça – disse Frank, que ainda não havia aprendido a se divertir com suas próprias possibilidades físicas.

– Meu Deus! O que vou fazer! Não sei nada sobre eles – pensou Beth; e, esquecendo o infortúnio do garoto em sua agitação, ela disse, esperando fazê-lo falar:

– Nunca assisti a nenhuma caçada, mas acho que você sabe tudo sobre isso, não?

– Fui caçar uma vez, mas nunca poderei caçar novamente, porque me machuquei quando cai do cavalo ao tentar fazê-lo pular uma cerca e desde então não há mais cavalos nem cães para mim – disse Frank, com um suspiro que fez Beth se odiar por ser inocente erro.

– Os veados do seu país são muito mais bonitos do que nossos búfalos feios – disse ela, recorrendo à vida nas pradarias e sentindo-se feliz por ter lido um dos livros dos meninos nos quais Jo se deleitava.

Os búfalos agradaram e provaram ser satisfatórios e, com vontade de alegrar o menino, Beth se esqueceu dela mesma, nem prestando atenção na surpresa e satisfação da irmã diante do espetáculo incomum de ver Beth conversando com um dos meninos "terríveis" contra os quais ela havia pedido proteção.

– Abençoado coração! Ela tem pena dele, então o trata com carinho – disse Jo, olhando-a com um sorriso do campo de críquete.

– Eu sempre disse que ela era uma santinha – acrescentou Meg, como se não houvesse mais dúvidas.

– Nunca ouvi Frank rir tanto por tanto tempo – disse Grace a Amy, enquanto elas conversavam sobre bonecas e faziam aparelhos de chá com as bolotas caídas.

– Minha irmã Beth é uma garota muito fastidiosa, quando o quer ser – disse Amy, muito satisfeita com o sucesso de Beth. Ela queria dizer "prodigiosa", mas, como Grace não sabia o significado exato de nenhuma das duas palavras, "fastidiosa" soava bem e causou uma boa impressão.

Um circo improvisado, raposas e gansos, e um jogo amigável de críquete, encerraram a tarde. Ao pôr do sol, a barraca foi desmontada, arrumaram as cestas, os pertences do jogo, carregaram os barcos e a festa continuou descendo rio abaixo com todos cantando o mais alto que podiam. Ned, dominado por seu lado sentimental, cantou uma serenata com o refrão pensativo:

"Sozinho, sozinho, pobre de mim! Sempre sozinho"

e os versos

"Somos jovens, temos um coração. Oh, por que devemos nos separar então?"

ele olhou para Meg com uma expressão tão apática, que ela deu uma gargalhada e estragou sua canção amorosa.

– Como você pode ser tão cruel comigo? – ele sussurrou, acompanhado de um coro animado – Você ficou perto daquele inglês engomado o dia todo e agora me despreza.

– Não tive a intenção, mas você estava tão engraçado que eu realmente não consegui evitar – respondeu Meg, ignorando a primeira parte de sua censura. Então era verdade que ela o deslumbrava, lembrando-se do que ouvira após a festa na casa dos Moffat.

Ned ficou ofendido e virou-se para Sallie para buscar algum consolo, dizendo-lhe, de maneira bastante petulante:

– Parece que aquela moça não gosta de um flerte, não é?

– Não gosta não, mas ela é uma querida – retrucou Sallie, defendendo sua amiga embora reconhecendo esse defeito.

– De qualquer forma, ela não é um cervo ferido – disse Ned, tentando ser espirituoso e bem-sucedido, como os cavalheiros muito jovens.

No gramado onde haviam se reunido, a pequeno grupo se separou com cordial boa noite e adeus, pois os Vaughn estavam de partida para o Canadá. Enquanto as quatro irmãs voltavam para casa pelo jardim, Miss Kate olhou para elas, dizendo, sem seu costumeiro tom de superioridade: – Apesar de suas maneiras expansivas, as meninas americanas são muito gentis quando as conhecemos melhor.

– Concordo plenamente com você – disse Brooke.

Capítulo 13

Castelos no ar

Laurie embalava-se lentamente em sua rede de um lado para o outro em uma tarde quente de setembro, imaginando o que estariam fazendo suas vizinhas, mas com preguiça de descobrir. Não estava de bom humor, pois o dia fora inútil e insatisfatório, e ele desejava poder vivê-lo novamente. O clima quente o deixou indolente e ele se esquivou de seus estudos, tentou ao máximo a paciência do Sr. Brooke, desagradou seu avô exercitando-se metade da tarde, assustou as criadas com um pouco de inteligência, insinuando maliciosamente que um de seus cães estava enlouquecendo e, depois de dirigir palavras ásperas ao criado da estrebaria sob o pretexto de não ter tratado bem seu cavalo, ele se jogou em sua rede, para pensar sobre a estupidez do mundo em geral, até que a paz do dia adorável o acalmou apesar de si mesmo. Olhando para cima, na penumbra esverdeada das castanheiras acima dele, ele sonhava todos os tipos de sonhos e estava imaginando-se no oceano, em uma viagem ao redor do mundo, quando o som de vozes o trouxe para a praia num piscar de olhos. Espiando pelas malhas da rede, ele viu as March saindo, como se estivessem em alguma excursão. – Para onde irão essas meninas agora? – pensou Laurie, abrindo os olhos sonolentos para dar uma boa olhada, pois havia algo bastante peculiar na aparência de suas vizinhas. Cada uma usava um chapéu grande e com abas, uma bolsa de linho marrom pendurada no ombro e carregava um bastão comprido; Meg tinha uma almofada, Jo um livro, Beth uma cestinha e Amy uma pasta. Todas caminharam silenciosamente pelo jardim, saíram pelo pequeno portão dos fundos e começaram a subir a colina que ficava entre a casa e o rio.

– Muito bonito, heim! – disse Laurie para si mesmo, fazer um piquenique sem me convidar. Elas não podem ir no barco, porque não têm a chave. Talvez elas tenham esquecido, vou levar para elas e ver o que está acontecendo.

Embora possuísse meia dúzia de chapéus, levou algum tempo para encontrar um; depois, houve uma caçada pela chave, que finalmente foi descoberta em seu bolso, de modo que as meninas estavam completamente fora de vista quando ele pulou a cerca e correu atrás delas. Tomando o caminho mais curto até a casa do barco, ele esperou que elas aparecessem; mas ninguém veio e ele subiu a colina para observar. Um bosque de pinheiros cobria uma parte e, do centro dessa mancha verde, ouvia-se um som mais claro do que o sussurro suave das folhas dos pinheiros ou o trilar monótono dos grilos.

– Aqui está uma bela paisagem! – pensou Laurie, espiando através dos arbustos, já parecendo bem acordado e bem-humorado. Era uma imagem bastante bonita, pois as irmãs estavam sentadas juntas no recanto sombreado, com o sol e a sombra tremulando sobre elas, o vento aromático erguendo os cabelos e esfriando as bochechas quentes, e todos os pequenos habitantes da floresta continuavam ali como se elas não fossem estranhas, mas sim velhas amigas. Meg estava sentada em sua almofada, costurando delicadamente com as mãos brancas e parecendo tão fresca e doce como uma rosa, em seu vestido rosa no meio da paisagem verde. Beth estava ajuntando os cones que estavam perto de um pé de cicuta, pois ela fazia coisas bonitas com eles. Amy estava desenhando algumas samambaias e Jo tricotava enquanto lia em voz alta.

O rosto do menino entristeceu-se enquanto ele as observava, sentindo que ele deveria ir para casa, porque não havia sido convidado; todavia, ele hesitava porque sua casa parecia muito solitária e essa festa tranquila na floresta era mais atraente para seu espírito inquieto. Ele ficou tão quieto que um esquilo, ocupado com sua colheita, correu por um pinheiro perto dele, viu-o de repente e recuou, rosnando tão forte que Beth olhou para cima, avistou o rosto melancólico atrás das bétulas e acenou com um sorriso tranquilizador.

– Posso ir até aí? Ou vou importuná-las? – ele perguntou, avançando lentamente.

Meg ergueu as sobrancelhas, mas Jo olhou sério para ela com um olhar desafiador e disse imediatamente:

– Claro que pode. Deveríamos ter perguntado antes, mas pensamos que você não gostaria de participar dessas atividades de moças.

– Gosto sempre de suas diversões, mas se Meg não quiser eu vou embora.

– Não tenho objeções, desde que você faça algo; é contra o regulamento ficar ocioso aqui – respondeu Meg, séria porém graciosamente.

– Muito agradecido. Farei qualquer coisa se vocês me deixarem ficar um pouco, pois lá em casa está tudo tão monótono quanto o deserto do Saara. Devo costurar, ler, apanhar cones, desenhar ou fazer tudo de uma só vez? Estou pronto – e Laurie sentou-se com uma expressão submissa deliciosa de se ver.

– Termine esta história enquanto eu me ajeito – disse Jo, entregando-lhe o livro.

– Sim, senhora – foi a resposta mansa, quando ele começou, fazendo o possível para provar sua gratidão pelo favor de uma admissão na "Sociedade das Abelhas Ocupadas".

A história não era longa e, quando terminou, ele aventurou-se a fazer algumas perguntas como recompensa por mérito.

– Por favor, senhoras, eu poderia perguntar se essa instituição altamente instrutiva e encantadora é nova?

– Posso contar a ele? – perguntou Meg às irmãs.

– Ele vai rir – disse Amy, advertindo.

– Quem se importa? – disse Jo.

– Acho que ele vai gostar – acrescentou Beth.

– Claro que sim! Dou-lhe minha palavra, não vou rir. Diga, Jo, e não tenha receio.

– Receio de você! Bem, você sabe que costumávamos imitar a Viagem do Peregrino e continuamos com isso de verdade, durante todo o inverno e o verão.

– Sim, eu sei – disse Laurie, concordando sabiamente.

– Quem lhe contou? – perguntou Jo.

– Os espíritos.

– Não, fui eu. Queria diverti-lo uma noite, quando vocês haviam saído e ele estava bastante triste. Ele gostou, então não me repreenda, Jo – disse Beth, humildemente.

– Você não pode guardar segredo. Deixa pra lá. Economizamos surpresas agora.

– Continue, por favor – disse Laurie, quando percebeu que Jo a absorveu em seu trabalho, parecendo um pouco insatisfeita.

– Ah, ela não contou sobre esse nosso novo plano? Bem, tentamos não desperdiçar nossas férias, então cada uma teve uma tarefa e trabalhou com vontade. As férias estão quase no fim, as tarefas estão prontas e estamos felizes por isso.

– Sim, acho que deve ser assim – e Laurie pensou com pesar em seus próprios dias ociosos.

– A mamãe gosta de nos deixar ao ar livre o máximo possível; por isso, trazemos nosso trabalho para cá e passamos bons momentos. Por diversão, trazemos nossas coisas dentro dessas sacolas, usamos chapéus velhos, cajados para subir a colina e interpretar os peregrinos, como costumávamos fazer anos atrás. Chamamos essa colina de "Montanha Deliciosa", pois podemos olhar para longe e ver a região onde esperamos viver por algum tempo.

Jo apontava a paisagem e Laurie sentou-se para observar, pois através de uma abertura na floresta, era possível olhar além do rio largo e azul, os prados do outro lado, muito além dos arredores da grande cidade, até as colinas verdes que se erguiam para encontrar o céu. O sol estava baixo e o céu brilhava com o esplendor de um pôr do sol de outono. Nuvens douradas e roxas jaziam no topo das colinas; e erguendo-se alto sob a luz avermelhada havia picos brancos prateados, que brilhavam como os pináculos arejados de alguma cidade celestial.

– Que lindo! – disse Laurie, baixinho, pois era rápido em ver e sentir qualquer tipo de beleza.

– É assim, muitas vezes, e gostamos de assistir, pois nunca é o mesmo, mas sempre esplêndido – respondeu Amy, que gostaria de poder pintar aquela paisagem.

– Jo fala sobre a região onde esperamos viver algum tempo; o lugar real, ela quer dizer, com porcos e galinhas e o preparo do feno. Seria bom, mas eu gostaria que a bela região ali em cima fosse real e que pudéssemos ir embora – disse Beth, pensativa.

– Ainda existe uma região mais encantadora, para onde iremos, aos poucos, quando formos boas o suficiente – respondeu Meg, com sua voz doce.

– Parece tanto tempo para esperar, tão difícil de conseguir. Gostaria de voar imediatamente, como essas andorinhas e passar por naquele portão esplêndido.

– Você chegará lá, Beth, mais cedo ou mais tarde; não tenha medo disso – disse Jo; – Sou eu quem terá de lutar e trabalhar, esforçar-me e esperar, e talvez nunca entrar lá.

– Você me terá como companheiro, se isso lhe servir de algum conforto. Terei que viajar bastante antes de avistar a sua Cidade Celestial. Se eu chegar atrasado, você intercederá por mim, não é, Beth?

Algo no rosto do menino incomodava sua amiguinha; mas ela disse alegremente, com os olhos quietos nas nuvens que se moviam: – Se as pessoas realmente querem ir e tentarem com todo o ardor durante suas vidas, acho que conseguirão chegar lá, pois não acredito que haja fechaduras naquela porta, ou qualquer guarda no portão. Imagino sempre que seja como naquele quadro onde seres resplandecentes estendem as mãos para dar as boas-vindas ao pobre cristão quando ele atravessa o rio.

– Não seria divertido se todos os castelos no ar que construímos pudessem se tornar realidade e pudéssemos morar neles? – perguntou Jo, depois de uma pequena pausa.

– Já fiz tantos que seria difícil escolher para qual eu iria – disse Laurie, deitado e jogando cones no esquilo que denunciara sua presença.

– Você teria de escolher o seu favorito. Qual seria ele? – perguntou Meg.

– Se eu contar o meu, você me contará o seu?

– Sim, se as meninas também o fizerem.

– Sim, nós contaremos. Comece, Laurie!

– Depois de percorrer o mundo, gostaria de me estabelecer na Alemanha e dedicar-me totalmente à música. Gostaria de ser um músico famoso e todos sairiam correndo para apreciar minha música. Nunca me incomodaria com dinheiro ou negócios, apenas estaria preocupado em me divertir e viver como gosto. Esse é o meu castelo favorito. Qual é o seu, Meg?

Parecia que Margaret achava um pouco difícil contar o dela e movimentava uma folhagem na frente de seu rosto, como se dispersasse mosquitos imaginários. Por fim, começou a falar pausadamente: – Gostaria de ter uma casa adorável, cheia de todo tipo de coisas luxuosas: boa comida, roupas lindas, móveis bonitos, pessoas agradáveis e muito dinheiro. Seria a dona de tudo e administraria como quisesse, com muitos criados para que nunca precisasse trabalhar um pouco. Como seria bom, mas não ficaria ociosa e faria o bem para que todos me amassem com ternura.

– Você não teria um mestre para o seu castelo no ar? – perguntou Laurie, sorrateiramente.

– Eu disse "pessoas agradáveis" – e Meg começou a amarrar os sapatos com cuidado enquanto falava, para que ninguém visse seu rosto.

– Por que você não diz que preferiria um marido maravilhoso, esplêndido e sensato e alguns filhinhos angelicais? Você sabe que seu castelo não seria perfeito sem eles – disse Jo incisiva, que ainda não tinha fantasias delicadas e desprezava os romances, exceto em livros.

– Você não teria nada além de cavalos, tinteiros e livros de romances no seu– respondeu Meg, petulante.

– Como não! Eu teria um estábulo cheio de corcéis árabes, salas cheias de livros e escreveria em um tinteiro mágico, para que meus trabalhos fossem tão famosos quanto a música de Laurie. Gostaria de fazer algo esplêndido antes de entrar no meu castelo, algo heroico ou maravilhoso, que não será esquecido mesmo depois da minha morte. Não sei o que seria, mas estou procurando e pretendo surpreender a todos vocês, algum dia. Acho que vou escrever livros e ficar rica e famosa, isso me agradaria, é o meu sonho favorito.

– O meu é ficar em casa a salvo com papai e mamãe e ajudar a cuidar da família– disse Beth, contente.

– Você não deseja mais nada? – perguntou Laurie.

– Desde que ganhei meu pequeno piano, estou perfeitamente feliz. Apenas desejo que todos possamos nos manter bem e estar juntos, nada mais.

– Tenho muitos desejos, mas o principal é ser artista e ir a Roma, fazer belas fotos e ser a melhor artista do mundo – esse foi o modesto desejo de Amy.

– Somos um bando de ambiciosos, não somos? Todos nós, menos Beth, queremos ser ricos, famosos e deslumbrantes em todos os aspectos. Gostaria de saber se algum de nós conseguirá realizar seus desejos – disse Laurie, mascando relva como um bezerro meditativo.

– Tenho a chave do meu castelo no ar, mas resta saber se eu posso abrir a porta– observou Jo, misteriosamente.

– Eu também tenho a chave do meu, mas não tenho permissão para experimentá-la. Maldita faculdade! – murmurou Laurie, impaciente.

– Aqui está o meu! – e Amy acenou com o lápis.

– Eu não tenho nenhum– disse Meg, desolada.

– Sim, você tem – disse Laurie, ao mesmo tempo.

– Onde?

– No seu rosto.

– Bobagem, isso não serve para nada.

– Espere e verá como ele lhe trará algo que vale a pena ter – respondeu o rapaz, rindo da ideia de um pequeno segredo encantador que ele imaginava conhecer.

Meg corou, atrás do ramo que tinha nas mãos, mas não fez perguntas, e olhou para o outro lado do rio com a mesma expressão de ansiedade que o Sr. Brooke usou ao contar a história do cavaleiro.

– Se estivermos todos vivos daqui a dez anos, vamos nos encontrar e ver quantos de nós alcançamos nossos desejos ou até que ponto estamos mais próximos deles do que agora – disse Jo, sempre pronta com um plano.

– Meu Deus! Como estarei velha, vinte e sete! – exclamou Meg, que já se sentia crescida, tendo acabado de chegar aos dezessete.

– Você e eu teremos vinte e seis, Laurie; Beth, vinte e quatro, e Amy vinte e dois; que grupo respeitável! disse Jo.

– Espero que eu tenha feito algo para me orgulhar a essa altura; mas eu sou um ser tão preguiçoso, que tenho receio de só "vadiar", disse Jo.

– Mamãe diz que você precisa de um estímulo, e quando você o tiver, ela tem certeza de que você fará maravilhas.

– Ela diz isso? Por Júpiter, eu consigo, se eu tiver a chance! – exclamou Laurie, sentando-se com repentina exaltação. – Eu deveria ficar satisfeito em agradar ao vovô, e eu tento, mas trabalhar sem gostar do que se faz é difícil. Ele quer que eu seja um comerciante na Índia, como ele foi, e eu prefiro ser fuzilado; odeio chá, seda, especiarias e todo tipo de bugigangas que seus velhos navios transportam, e pouco me importaria se eles afundassem quando me pertencessem. Minha ida para a faculdade deveria satisfazê-lo, pois se eu lhe desse quatro anos, ele poderia me deixar de fora dos negócios; mas ele está decidido, e eu tenho de fazer exatamente como ele, a menos que eu faça como meu pai, partindo daqui e fazendo o que eu quiser. Se houvesse alguém para ficar com o velho, eu faria isso amanhã.

Laurie falava exaltadamente e parecia pronto para executar sua ameaça sob a menor provocação, pois estava crescendo muito rápido e, apesar de seus modos indolentes, odiava a sujeição como homem feito e sentia o desejo juvenil de experimentar o mundo por si mesmo.

– Aconselho você a navegar em um de seus navios e nunca mais voltar para casa até que experimente o próprio caminho – disse Jo, cuja imaginação foi disparada pelo pensamento de tão ousada aventura, e cuja simpatia estava estimulada pelo que ela chamava de as "Desventuras de Laurie".

– Isso não está certo, Jo; você não deve falar dessa maneira, e Laurie não deve seguir seus maus conselhos. Você deve fazer exatamente o que seu avô deseja, meu querido – disse Meg, em seu tom mais maternal. – Faça o seu melhor na faculdade e, quando ele perceber que você está tentando agradá-lo, tenho certeza de que ele não será duro nem injusto com você. Como você diz, não há mais ninguém para amá-lo e cuidar dele, e você nunca se perdoaria se o deixasse sem a permissão dele. Não fique triste ou preocupado, mas cumpra seu dever e receberá sua recompensa, como o bom Sr. Brooke, tornando-se respeitado e amado.

– O que você sabe sobre ele? – perguntou Laurie, grato pelo bom conselho, mas satisfeito por mudar o rumo da conversa após sua exaltação incomum.

– Somente o que seu avô contou à mamãe sobre ele; como ele cuidou bem da própria mãe até que ela morresse, e não viajou para o exterior como tutor de pessoas abastadas, para não a deixar só; e como ele cuida agora da velha senhora que cuidou de sua mãe e nunca conta nada a ninguém; e que ele é justo, generoso, paciente e bom.

– Então ele é o querido mestre! – disse Laurie, cordialmente, quando Meg fez uma pausa, parecendo corada e sincera, com sua história. – Esse é mesmo o jeito do vovô, descobrir tudo sobre ele, sem que ele saiba, e contar toda a sua bondade aos outros, para que gostem dele. Brooke não conseguia entender por que sua mãe era tão gentil com ele, convidando-o sempre para ir junto comigo à casa de vocês e tratando-o da maneira bonita e amigável. Ele sempre achou que ela era perfeita, e falava sobre isso dia após dia, e continuou falando sobre todas vocês, com muito entusiasmo. Se eu conseguir realizar meu desejo, vocês verão o que farei por Brooke.

– Comece a fazer algo agora, não atormentando sua vida – disse Meg, bruscamente.

– Como você sabe que o atormento, senhorita?

– Sempre posso dizer pelo rosto dele, quando ele sai das aulas. Se você foi bom aluno, ele parece satisfeito e caminha rapidamente; se você o atormentou, ele fica sóbrio e caminha devagar, como se quisesse voltar e fazer o trabalho dele melhor.

– Bem, eu gosto disso! Então você sabe quando tenho notas boas ou notas ruins de acordo com a expressão de Brooke, não é? Eu o vejo curvar-se e sorrir quando ele passa pela sua janela, mas eu não sabia que lhe telegrafava esses segredos.

– Não conversávamos sobre nada; não fique com raiva e, por favor, não diga a ele que eu lhe contei alguma coisa! Foi apenas para mostrar que eu me importo com o seu desempenho, e o que é dito aqui é dito em confiança, entendeu?! – exclamou Meg, muito alarmada ao pensar no que poderia resultar o seu discurso descuidado.

– Não gosto de fofocas – respondeu Laurie, com seu ar "imponente", como Jo chamava uma certa expressão que ele ocasionalmente fazia. – Se Brooke for um termômetro para minhas atitudes, preciso tomar cuidado e adotar um bom comportamento para ele relatar.

– Por favor, não se ofenda, eu não quis fazer fofoca ou fazê-lo de bobo. Apenas pensei que Jo estivesse encorajando você a ter um sentimento do qual você se arrependeria mais tarde. Você é muito gentil conosco, sentimos como se você fosse nosso irmão, e dizemos exatamente o que pensamos; perdoe-me, eu quis dizer isso gentilmente! – e Meg ofereceu a mão com um gesto afetuoso e tímido.

Com vergonha de seu repente de raiva, Laurie apertou a amável mãozinha e disse, com sinceridade:

– Sou eu quem deve ser perdoado, sou grosseiro e andei irritado durante o dia todo. Gosto que você aponte minhas falhas e seja fraternal; então, não se importe se eu estiver mal-humorado às vezes; agradeço da mesma forma.

Empenhado em mostrar que não estava ofendido, fez-se o mais agradável possível; enrolou algodão para Meg, recitou poesia para agradar a Jo, sacudiu cones para Beth e ajudou Amy com suas samambaias, provando ser uma pessoa digna de pertencer à "Sociedade das Abelhas Ocupadas". No meio de uma animada discussão sobre os hábitos domésticos das tartarugas (uma dessas criaturas amáveis havia saído do rio), o som fraco de um sino os avisou que Hannah havia colocado o chá na chaleira e que elas simplesmente teriam tempo para chegar em casa e jantar.

– Posso voltar aqui? – perguntou Laurie.

– Sim, se você for bom e amar seus livros, como dizem que são os rapazes nos contos – disse Meg, sorrindo.

– Vou tentar.

– Então você pode vir, e vou ensiná-lo a tricotar como as escocesas; temos uma encomenda de meias agora – acrescentou Jo, acenando com a dela, como uma grande faixa azul, quando se separaram no portão.

Naquela tarde, ao crepúsculo, quando Beth tocava para o Sr. Laurence, Laurie, de pé atrás da cortina, ouvia a pequena "David", cuja música simples sempre aquietava seu espírito melancólico, e observava o velho, sentado e com a cabeça cinza apoiada em uma das mãos, pensando ternamente na criança morta que ele tanto amara. Lembrando-se da conversa da tarde, o rapaz dizia a si mesmo, com a determinação de fazer alegremente o sacrifício de seus planos: – Renunciarei ao meu castelo e ficarei com o querido velho enquanto ele precisar de mim, pois sou tudo o que ele tem.

Capítulo 14

Segredos

Jo estava muito ocupada no sótão, pois os dias de outubro começam a esfriar e as tardes ficam curtas. Por duas ou três horas, o sol iluminava calorosamente entrando pela janela alta, mostrando Jo sentada no velho sofá escrevendo, ocupada, com os papéis estendidos em um baú diante dela, enquanto Scrabble, o rato de estimação, passeava pelas vigas no alto, acompanhado por seu filho mais velho, um belo jovem, que evidentemente estava muito orgulhoso de seus bigodes. Bastante absorvida em seu trabalho, Jo rabiscou até a última página ser preenchida, quando ela assinou o nome com um floreio e jogou a caneta no chão, exclamando:

– Pronto, fiz o meu melhor! Se isso não for o suficiente terei de esperar até que possa fazer melhor.

Deitada no sofá, ela leu cuidadosamente o manuscrito, fazendo traços aqui e ali, e colocando muitos pontos de exclamação, que pareciam pequenos balões; por fim, ela amarrou os papéis com uma fita vermelha e ficou um minuto olhando para eles com uma expressão sóbria e melancólica, que mostrava claramente o quão sério o seu trabalho tinha sido. A mesa de Jo aqui em cima era uma velha lata da cozinha pendurada na parede. Nela, ela mantinha seus papéis e alguns livros, afastados com segurança de Scrabble, que, sendo igualmente literário, gostava de fazer uma biblioteca circulante dos livros deixados em seu caminho, comendo as folhas. Deste armário de lata, Jo produziu outro manuscrito e, colocando os dois no bolso, desceu as escadas silenciosamente, deixando os amigos ratinhos mordiscando as canetas e experimentando a tinta. Vestiu o chapéu e o casaco o mais silenciosamente possível e, indo até a janela de entrada dos fundos, saltou para o telhado de uma varanda baixa, desceu até a margem do gramado e tomou um caminho indireto para a estrada. Uma vez lá, ela se recompôs, chamou um ônibus que passava e partiu para a cidade, parecendo muito alegre e misteriosa. Se alguém a estivesse observando, teria achado seus movimentos decididamente peculiares porque descendo do ônibus, ela saiu apressada até chegar a um certo número em uma certa rua movimentada; ao encontrar o local com alguma dificuldade, ela passou pela porta, olhou para as escadas sujas e, depois de ficar parada por um minuto, de repente saiu para a rua e se afastou tão rapidamente quanto chegou. Repetiu essa manobra várias vezes, para grande diversão de um jovem cavalheiro de olhos pretos que a observava de uma janela de um prédio em frente. Ao retornar pela terceira vez, Jo sacudiu a cabeça, puxou o chapéu sobre os olhos e subiu as escadas, como se estivesse decidida a arrancar os dentes. Realmente, havia uma placa de dentista, entre outras que adornavam a entrada e, depois de olhar por um momento o par de bocas artificiais que lentamente se abriam e fechavam para chamar a atenção para fileiras de lindos dentes, o jovem cavalheiro vestiu o casaco, o chapéu dele e saiu parando na porta oposta, dizendo para si mesmo com um sorriso: – Curioso ela vir sozinha, mas se passar por maus momentos, precisará de alguém para ajudá-la a ir para casa.

Em dez minutos, Jo desceu correndo as escadas com o rosto muito vermelho e a aparência de uma pessoa que acabara de passar por uma situação difícil. Quando viu o jovem cavalheiro, parecia tudo menos satisfeita e passou por ele com um aceno de cabeça; mas ele a seguiu, perguntando atenciosamente: – A Srta. teve algum problema?

– Não.

– Voltou rápido.

– Sim, graças a Deus!

– Por que foi sozinha?

– Não queria que ninguém soubesse.

– Você é a criatura mais excêntrica que eu já vi. Quantos extraiu?

Jo olhou para o amigo como se ela não o compreendesse; então começou a rir, como se achasse muita graça em algo.

– Preciso tirar dois, mas tenho de esperar uma semana.

– Do que você está rindo? Você está tramando algo, Jo – disse Laurie, parecendo confuso.

– Você está. O que estava fazendo, senhor, naquele salão de bilhar?

– Desculpe-me, senhora, não era um salão de bilhar, mas um ginásio, e eu estava tendo aula de esgrima.

– Fico feliz com isso!

– Por quê?

– Você pode me ensinar. Depois, quando interpretarmos Hamlet, você poderá ser Laertes e faremos uma boa cena de esgrima.

– Laurie soltou uma gargalhada calorosa, o que fez vários transeuntes sorrirem involuntariamente.

–Vou te ensinar, sim, quer representemos Hamlet ou não; é muito divertido e irá lhe fazer muito bem. Mas eu não acredito que esse tenha sido o seu único motivo para dizer "Fico feliz", dessa maneira decidida, foi?

– Não, fiquei feliz por você não estar jogando bilhar, porque espero que você não tenha o costume de frequentar esses lugares. Tem?

– Não frequentemente.

– Gostaria que você nunca frequentasse.

– Não há nenhum mal nisso, Jo, eu tenho bilhar em casa, mas não é divertido porque não tenho parceiros; então, como eu gosto, venho às vezes e jogo com Ned Moffat ou com outros amigos.

–Oh, meu querido, isso me deixa muito triste porque você gostará cada vez mais e perderá tempo e dinheiro, tornando-se como aqueles seus terríveis companheiros. Eu gostaria que você fosse um rapaz respeitável e orgulho de seus amigos – disse Jo, balançando a cabeça.

– Um sujeito não pode se divertir um pouco inocentemente de vez em quando sem perder sua respeitabilidade? – perguntou Laurie, parecendo incomodado.

– Isso depende de como e onde ele se diverte. Não gosto de Ned e nem de seu grupo, e gostaria que você ficasse longe deles. Mamãe não nos deixa recebê-lo em nossa casa, embora ele queira vir, e se você ficar junto com ele, ela não deixará que continuemos a nos divertir juntos, como fazemos agora.

– Verdade? – perguntou Laurie, ansioso.

– Sim, ela não suporta esses jovens e preferiria trancar-nos em casa a ver-nos na companhia deles.

– Bem, ela não precisa prender vocês desde já; não faço e nem quero fazer parte desse grupo. Mas posso divertir-me um pouco de vez em quando, você não gosta de se divertir?

– Sim, não há mal algum em divertir-se, mas sem se viciar, ok? Ou nossos bons tempos chegarão ao fim.

– Serei um santo.

– Não gosto de santos, seja apenas um rapaz simples, honesto e respeitável, e nunca iremos te abandonar. Não sei o que faria se você fosse como o filho do Sr. King. Ele tinha muito dinheiro, mas não sabia como gastá-lo, embriagava-se, jogava, fugia, manchava o nome de seu pai, enfim, e tornou-se totalmente intolerável.

– Você acha que é provável que eu faça o mesmo? Muito obrigado.

– Não, querido Laurie, não acho! Mas ouço pessoas falando sobre o dinheiro ser uma tentação, e às vezes gostaria que você fosse pobre; assim, não precisaria me preocupar.

– Você se preocupa comigo, Jo?

– Um pouco, quando você fica mal-humorado ou descontente, como acontece às vezes, porque você tem um gênio tão forte que se enveredasse pelo mau caminho, temo que seria difícil impedi-lo.

Laurie caminhou em silêncio por alguns minutos, e Jo o observava, desejando ter segurado a língua, pois os olhos dele pareciam zangados, embora os lábios dele ainda sorrissem aos conselhos dela.

– Você irá pregar sermões o caminho todo até chegarmos em casa? – ele perguntou.

– Claro que não, por quê?

– Porque se você for, vou pegar um ônibus; se você não for, eu gostaria de andar com você e lhe contar uma coisa muito interessante.

– Não irei mais pregar sermões e gostaria imensamente de ouvir as notícias.

– Muito bem, então; vamos lá. É um segredo, e se eu te contar, você terá de me contar o seu.

– Não tenho nenhum – começou Jo, mas parou de repente, lembrando que tinha.

– Você sabe que tem; você não pode esconder nada, se não nada contarei também – exclamou Laurie.

– Seu segredo é interessante?

– Como não há de ser! É tudo sobre pessoas que você conhece, é tão divertido! Você precisa saber e eu estou ansioso para contar isso há muito tempo. Vamos! Você começa.

– Você não dirá nada sobre isso em casa, não é?

– Nenhuma palavra.

– E você não vai me provocar em particular?

– Eu nunca provoco.

– Sim, você provoca. Consegue tudo o que deseja das pessoas. Não sei como você faz isso, mas você é muito hábil.

– Obrigado. Agora fale!

– Bem, eu deixei dois contos com um redator de jornal e ele dará sua resposta na próxima semana – sussurrou Jo, no ouvido de seu confidente.

– Viva a Srta. March, a célebre autora americana! – gritou Laurie, arremessando o chapéu para cima e pegando-o novamente, para grande satisfação de dois patos, quatro gatos, cinco galinhas e meia dúzia de crianças irlandesas, pois agora já estavam fora da cidade.

– Calma! Não dará em nada, com certeza; mas não descansei até tentar e não disse nada sobre isso porque não queria que ninguém mais se decepcionasse.

– Isso não vai acontecer! Jo, suas histórias são obras de Shakespeare, comparadas à metade do lixo que é publicado todos os dias. Como será divertido vê-los impressos e como ficaremos orgulhosos com a nossa autora.

Os olhos de Jo brilharam, pois é sempre agradável ter esperanças e o elogio de um amigo é sempre mais doce de uma dúzia de notícias bombásticas em jornais.

– E quanto ao seu segredo? Jogue limpo, Laurie, ou nunca mais vou acreditar em você – disse ela, tentando extinguir as esperanças brilhantes que surgiram com aquela palavra de encorajamento.

– Posso entrar em uma briga por contar; mas como prometi, assim o farei, pois nunca me sinto à vontade até contar as notícias agradáveis que recebo. Sei onde está a luva de Meg.

– Isso é tudo? – disse Jo, parecendo desapontada, enquanto Laurie acenava afirmativamente com um ar de mistério. – E não será preciso mais nada; você concordará quando eu lhe contar onde está.

– Diga, então.

Laurie inclinou-se e sussurrou três palavras no ouvido de Jo, o que produziu uma mudança cômica. Ela ficou de pé e olhou para ele por um minuto, parecendo surpresa e descontente, depois continuou andando, dizendo bruscamente: – Como você sabe?

– Eu vi.

– Onde?

– No bolso.

– Todo esse tempo?

– Sim; isso não é romântico?

– Não, é horrível.

– Você não gosta?

– É claro que não, é ridículo; não deveria ser permitido. Meu Deus! O que Meg irá dizer?

– Lembre-se que você não deve contar a ninguém.

– Eu não prometi.

– Ficou subentendido e eu confiei em você.

– Bem, não contarei nada no momento, de qualquer maneira; mas estou contrariada e gostaria que você não tivesse me contado.

– Pensei que ficaria satisfeita.

– Com a ideia de alguém levar Meg embora? Não, obrigada.

– Você se sentirá melhor quando alguém vier para levá-la embora.

– Gostaria de ver quem se atreveria a fazer isso – exclamou Jo, ferozmente.

– Eu faria! – e Laurie riu da ideia.

– Não acho que segredos combinam comigo; estou me sentindo confusa desde que você me contou aquilo – disse Jo, contrariada.

– Corra morro abaixo comigo, e você ficará bem –sugeriu Laurie.

Ninguém estava à vista, a estrada suave inclinava-se convidativamente diante dela e, achando a tentação irresistível, Jo disparou a correr, logo deixando o chapéu e o pente para trás e espalhando alfinetes de cabelo enquanto corria. Laurie chegou ao ponto marcado primeiro e ficou bastante satisfeito com o sucesso de sua ideia, pois sua companheira chegou ofegante com cabelos volumosos, olhos brilhantes, bochechas avermelhadas e sem sinais de aborrecimento no rosto.

– Gostaria de ser um cavalo, então poderia correr por quilômetros neste ar esplêndido, e não perder o fôlego. Seria maravilhoso. Mas veja em que estado fiquei. Vá, pegue minhas coisas, já que você diz que é um anjo – disse Jo, atirando-se embaixo de uma árvore que estava cobrindo a margem com folhas vermelhas. Laurie partiu para recuperar a propriedade perdida e Jo juntou as tranças, esperando que ninguém passasse até que ela estivesse arrumada novamente. Mas alguém passou, e quem poderia ser se não Meg, parecendo uma dama em seu vestido novo, pois tinha ido fazer visitas.

– O que você está fazendo aqui? – perguntou ela, olhando com surpresa para a irmã desalinhada.

– Apanhando folhas – respondeu docilmente Jo, exibindo um punhado de folhas rosadas que ela acabara de pegar.

– E grampos de cabelo – acrescentou Laurie, jogando meia dúzia no colo de Jo.

– Eles crescem nessa estrada, Meg; assim como pentes e chapéus de palha marrons.

– Você estava correndo, Jo. Como você pode fazer isso? Quando você vai parar com esses modos de criança? – disse Meg, reprovadora, enquanto ajeitava os punhos e arrumava os cabelos que o vento tinha desmanchado.

– Nunca até ficar velha, perder a forma e precisar usar uma muleta. Não tente me fazer crescer antes do tempo, Meg; já é difícil o suficiente mudar de repente; deixe-me ser uma garotinha o máximo que puder.

– Enquanto falava, Jo se inclinou sobre o trabalho para esconder o tremor dos lábios; ultimamente, ela sentira que Margaret estava rapidamente se tornando uma mulher e o segredo revelado por Laurie a fez temer a separação que certamente chegaria em algum tempo, e agora parecia muito próxima. Laurie viu o problema no rosto dela e chamou a atenção de Meg, perguntando rapidamente: – A quem foi visitar, tão bem arrumada assim?

– Os Gardiners. Sallie me contou tudo sobre o casamento de Belle Moffat. Foi uma cerimônia esplêndida, e eles foram passar o inverno em Paris; pense como isso deve ser delicioso!

– Você a inveja, Meg? – perguntou Laurie.

– Receio que sim.

–Estou feliz por isso! – murmurou Jo, amarrando o chapéu com um puxão.

– Por quê? – perguntou Meg, parecendo surpresa.

– Porque, se você se importa tanto com a riqueza, nunca deve casar-se com um homem pobre – disse Jo, franzindo a testa para Laurie, que lhe pedia silenciosamente com o olhar que não revelasse o segredo.

– Jamais me casarei com alguém – observou Meg, caminhando com grande dignidade, enquanto os outros dois a seguiam, sorrindo, sussurrando, pulando pedras e "se comportando como crianças", como Meg disse a si mesma, embora pudesse estar tentada a se juntar a eles, se ela não estivesse de vestido.

Por uma ou duas semanas, Jo se comportou de maneira tão estranha que suas irmãs ficaram bastante confusas. Corria para a porta quando o carteiro chegava, era rude com o Sr. Brooke sempre que se encontravam, sentava-se olhando para Meg com um rosto desolado, ocasionalmente pulava na frente de Meg e depois a beijava, de maneira muito misteriosa; Laurie e ela estavam sempre fazendo sinais um para o outro e conversando sobre "Águias a alçarem voo", até as meninas declararem que ambos haviam perdido o juízo. No segundo sábado depois que Jo saiu pela janela, Meg, sentada à janela costurando, ficou escandalizada ao ver Laurie perseguindo Jo por todo o jardim e finalmente capturando-a no caramanchão de Amy. Meg não conseguiu ver o que aconteceu lá, mas gritos de risada foram ouvidos, seguidos pelo murmúrio de vozes e uma grande agitação de jornais.

– O que faremos com essa menina? Ela nunca se comportará como uma jovem senhora –suspirou Meg, enquanto a observava correndo para casa com um rosto de desaprovação.

– Espero que não se comporte como tal, ela é tão engraçada e querida como ela é – disse Beth, que não havia deixado transparecer que estava um pouco magoada por Jo ter segredos com alguém além dela.

– Deveríamos tentar, mas jamais conseguiremos fazê-la *comme la fo* – acrescentou Amy, que estava sentada arrumando os cachos em seu cabelo para que parecesse mais elegante e a fizessem sentir uma moça mais velha. Em alguns minutos, Jo entrou, deitou-se no sofá e começou a ler o jornal.

– Há alguma coisa interessante nesse jornal? – perguntou Meg, com condescendência.

– Nada além de uma história; acho que não é muita coisa – retrucou Jo, mantendo cuidadosamente o nome do jornal fora de vista.

– É melhor você ler em voz alta, isso irá nos divertir e mantê-la longe de travessuras – disse Amy, em seu tom mais adulto.

– Qual é o título? – perguntou Beth, imaginando o motivo pelo qual Jo mantinha o rosto atrás do jornal.

– Os Pintores Rivais.

– O título soa bem; leia – disse Meg.

Ajeitando a garganta e dando um longo suspiro, Jo começou a ler muito rápido. As meninas ouviram com interesse, pois a história era romântica e um tanto patética, pois a maioria dos personagens morria no final.

– Gostei da parte sobre o quadro esplêndido – foi o comentário de aprovação de Amy, quando Jo parou.

– Prefiro a parte romântica. Viola e Angelo são dois de nossos nomes prediletos; não é estranho? –disse Meg, enxugando os olhos, pois a "parte dos amantes" era trágica.

– Quem escreveu isso? – perguntou Beth, que observava o rosto de Jo. De repente, a leitora sentou-se, jogou longe o jornal, exibindo um semblante rosado com uma mistura engraçada de solenidade e entusiasmo e respondeu em voz alta: – Sua irmã!

– Você? – exclamou Meg, largando o trabalho.

– Está muito bom – disse Amy, criteriosamente.

– Eu sabia! Eu sabia! Oh, minha Jo, estou tão orgulhosa! – e Beth correu para abraçar a irmã exultando com esse sucesso esplêndido.

Todas ficaram encantadas. Meg não acreditou até ver as palavras "Srta. Josephine March" impressas no jornal. Amy comentou amavelmente as partes artísticas da história e ofereceu dicas para uma sequência, que infelizmente não poderia acontecer, pois o herói e a heroína estavam mortos. Beth ficou animada, pulou e cantou de alegria; Hannah ficou espantada com a proeza de Jo. A Sra. March sentiu-se muito orgulhosa quando soube do acontecido e Jo riu, com lágrimas nos olhos, ao ouvir a mãe declarar que ela poderia ficar vaidosa como um pavão; poderia se dizer que a "Águia a alçar voo" já batia as asas triunfais sobre a casa dos March, enquanto o jornal passava de mão em mão.

– Conte-nos tudo. Quando foi isso? Quanto ganhou pelo conto? O que papai vai dizer? Laurie não vai rir?, gritava a família, todas de uma só vez, enquanto se aglomeravam em torno de Jo; pois essas pessoas afetuosas e simples transformavam qualquer pequena alegria da casa em festa.

– Parem de tagarelar, meninas, vou lhes contar tudo – disse Jo, imaginando se a Srta. Burney se sentiria mais grandiosa por sua "Evelina" que ela com seus "Pintores Rivais". Depois de contar como ela entregou o conto, Jo acrescentou: – E quando fui buscar a resposta, o homem disse que gostara dos dois, mas não pagava a iniciantes, apenas os deixava imprimir em seu jornal e publicava notícias sobre os contos. Ele disse que essa era a prática; e, quando os iniciantes melhoravam, recebiam o pagamento. Então, entreguei os dois contos, e hoje isso foi enviado para mim. Laurie me viu com o jornal e insistiu em vê-lo, então eu deixei e ele disse que estava bom. Continuarei a escrever e ele irá buscar o pagamento. *Sinto-me* tão feliz, pois com o tempo posso ser capaz de me sustentar e ajudar as meninas.

Foi então que a respiração de Jo acalmou-se e, envolvendo a cabeça no jornal, enfeitou sua pequena história com algumas lágrimas naturais; pois os desejos mais profundos do seu coração eram ser independente e ganhar elogios daqueles que ela amava, e este parecia ser o primeiro passo para esse final feliz.

Capítulo 15

O telegrama

– Novembro é o mês mais desagradável do ano todo – disse Margaret, parada na janela uma tarde entediada, olhando para o jardim coberto de neve.

– Essa é a razão pela qual nasci nele – observou Jo, pensativa, completamente sem saber que tinha uma mancha de tinta no nariz.

– Se algo muito agradável nos acontecesse agora, acharíamos um mês agradável – disse Beth, que tinha uma visão otimista de tudo, até de novembro.

– Talvez, mas nada de agradável acontece nesta família – disse Meg, que estava de mau humor. – Trabalhamos dia após dia, sem nenhuma mudança e muito pouca diversão. Tudo sempre igual.

– Santa paciência, como estamos entediadas! – exclamou Jo. – Não é de admirar, pobrezinha, pois você vê outras meninas se divertindo tanto, enquanto fica nessa monotonia ano após ano. Oh, como eu gostaria de consertar as coisas para você, assim como faço para minhas heroínas! Você já é boa e bonita o suficiente, então eu faria um parente rico lhe deixar uma fortuna inesperadamente. Você seria uma herdeira, desprezando qualquer um que a tratasse com desdém, iria para o exterior e voltaria para casa como Lady Alguma Coisa, cheia de esplendor e elegância.

– As pessoas não deixam fortunas nesse estilo hoje em dia; os homens têm de trabalhar e as mulheres devem se casar por dinheiro. É um mundo terrivelmente injusto – disse Meg, amargamente.

– Jo e eu vamos fazer fortuna para todas vocês; espere dez anos e verão o que faremos – disse Amy, que estava sentada em um canto fazendo "tortas de barro", como Hannah chamava seus pequenos trabalhos de argila de pássaros, frutas e rostos.

– Não posso esperar e receio que não tenho muita fé na tinta e na argila de vocês, embora seja muito grata por suas boas intenções.

Meg suspirou e virou-se para o jardim coberto de neve novamente; Jo gemeu e apoiou os cotovelos na mesa em uma atitude desanimada, mas Amy trabalhava com sua argila energicamente; e Beth, que estava sentada na outra janela, disse, sorrindo:

– Duas coisas boas vão acontecer imediatamente, mammie está descendo a rua e Laurie está andando pelo jardim como se tivesse algo bom para contar.

Entraram ambos, a Sra. March fez sua pergunta habitual: – Alguma carta do papai, meninas? – e Laurie perguntou usando sua maneira persuasiva: – Alguma de vocês quer dar um passeio? Estava estudando matemática até minha cabeça pegar fogo e preciso refrescar minha mente logo. Está um dia chato, mas a temperatura não está ruim, e vou buscar Brooke para que haja alegria dentro de casa, caso não haja fora dela. Venham, Jo, Meg e as outras, vocês não querem ir?

– É claro que queremos.

– Muito obrigada, mas estou ocupada – e Meg pegou sua cesta de costura, pois concordara com a mãe que era melhor, pelo menos para ela, não sair frequentemente de carruagem com o jovem cavalheiro.

– Nós três estaremos prontas em um minuto– exclamou Amy, correndo para lavar as mãos.

– Posso ser-lhe útil em alguma coisa, madame mamãe? – perguntou Laurie, inclinando-se sobre a cadeira da Sra. March, com o olhar afetuoso e o tom que ele sempre dirigia a ela.

– Não, obrigada, exceto passar pelo correio, se quiser fazer-me esse favor, querido. É o nosso dia de receber a carta e o carteiro não passou. O pai de vocês é tão regular como o sol, mas talvez haja algum atraso no caminho.

Uma campainha aguda a interrompeu, e um minuto depois Hannah entrou com uma carta na mão.

– É uma daquelas coisas horríveis do telégrafo, senhora – disse ela, entregando-a como se tivesse medo de que explodisse e causasse algum dano. Na palavra "telégrafo", a Sra. March agarrou-o e leu as duas linhas que continha e caiu na cadeira branca como se aquele papel tivesse lhe disparado uma bala no coração. Laurie desceu as escadas correndo para buscar água enquanto Meg e Hannah a apoiavam, e Jo lia em voz alta, com um tom assustado,

"SRA. MARCH:
Seu marido está muito doente. Venha imediatamente.
S. HALE, Hospital Blank, Washington."

A sala ficou muda ao ouvirem aquilo! O dia virou noite lá fora! O mundo todo subitamente se transformou quando as meninas se reuniram ao redor da mãe, sentindo como se toda a felicidade e o apoio de suas vidas estivessem prestes a ser tirados delas. A Sra. March voltou a si rapidamente, leu a mensagem novamente e esticou os braços para as filhas, dizendo, num tom que nunca esqueceram: – Irei imediatamente, mas pode ser tarde demais! Oh, minhas filhas! Minhas filhas, ajudem-me a suportar essa dor!

Por vários minutos, não houve nada além do som de soluços na sala, misturados com palavras quebradas de conforto, garantias de ajuda e sussurros esperançosos, que desapareceram em lágrimas. A pobre Hannah foi a primeira a se recuperar e, com sabedoria inconsciente, deu um bom exemplo a todas as outras, pois, com ela, o trabalho era a panaceia para a maioria dos sofrimentos.

– O Senhor Deus protegerá o querido padrão! Não vou perder tempo chorando e sim preparando suas coisas imediatamente, senhora – disse ela, com entusiasmo, enquanto limpava o rosto no avental e aquecia a mão da senhora com a sua mão tão calejada do serviço duro. Em seguida, saiu para trabalhar como três mulheres em uma.

– Ela está certa, não há tempo para lágrimas agora. Fiquem calmas meninas e deixem-me pensar.

Elas tentaram ficar calmas, coitadas, enquanto a mãe sentava-se, pálida, mas resoluta, esquecendo-se da recente dor, para pensar e planejar o que faria.

– Onde está Laurie? – ela perguntou logo, depois de colocar seus pensamentos no lugar e decidir sobre os primeiros deveres a serem cumpridos.

– Aqui, senhora. Deixe-me fazer alguma coisa! – exclamou o rapaz, saindo correndo da sala ao lado, para onde havia se retirado, sentindo que a primeira tristeza das meninas era sagrada demais para que até seus olhos de amigo pudessem ver.

– Envie um telegrama dizendo que eu irei imediatamente. O próximo trem sai de manhã cedo; partirei nele.

– O que mais? Os cavalos estão prontos. Posso ir a qualquer lugar, fazer qualquer coisa – disse ele, parecendo pronto para voar até os confins da terra.

– Leve uma carta para tia March. Jo, me dê caneta e papel.

Arrancando o lado em branco de uma de suas páginas recém-copiadas, Jo puxou a mesa para junto de sua mãe, sabendo que o dinheiro para a longa e triste jornada deveria ser emprestado e sentindo como se ela pudesse contribuir com alguma quantia para seu pai.

– Agora vá, meu caro Laurie, mas não se mate cavalgando em um ritmo desesperado porque não há necessidade disso.

– O aviso da Sra. March foi evidentemente jogado fora porque cinco minutos depois, Laurie passava sob a janela, no seu cavalo de corridas, cavalgando como se fosse salvar sua própria vida.

– Jo, vá falar com a Sra. King e diga-lhe que eu não posso ir. No caminho, compre essas coisas. Vou ter de pagar, serão necessárias e devo ir preparada para ficar como enfermeira. Os sortimentos dos hospitais nem sempre são bons. Beth, vá pedir ao Sr. Laurence duas garrafas de vinho velho; não me envergonho de pedir para o seu pai. Ele terá o melhor de tudo. Amy, diga a Hannah que traga a mala preta e, Meg, venha me ajudar a arrumar minhas coisas, pois estou meio desorientada.

Escrevendo, pensando e controlando, tudo de uma só vez, é natural que a pobre senhora ficasse desorientada, e Meg implorou que ela se sentasse em silêncio em seu quarto por um tempo e as deixasse trabalhar.

Todas se espalharam como folhas diante de uma rajada de vento e a casa tranquila e feliz foi dividida tão repentinamente como se o telegrama tivesse sido um feitiço maligno. O Sr. Laurence voltou correndo com Beth, trazendo todo o conforto que o velho senhor poderia pensar em promessas inválidas e amigáveis de proteção para as meninas, durante a ausência da mãe, o que a confortou muito. Não havia nada que ele não oferecesse, desde seu próprio roupão até ele mesmo como acompanhante. Mas esse último foi impossível. A Sra. March não podia permitir que o idoso amigo empreendesse jornada tão longa. Contudo, uma expressão de alívio era visível no rosto dela quando ele falou sobre isso porque ela não ficaria tão ansiosa com a companhia de alguém. Ele viu o olhar, franziu as sobrancelhas pesadas, esfregou as mãos e saiu abruptamente, dizendo que voltaria logo. Ninguém teve tempo de pensar nele novamente até que, enquanto Meg corria pela entrada, com um par de galochas na mão e uma xícara de chá na outra, ela de repente encontrou o Sr. Brooke.

– Sinto muito pela situação, Srta. March – disse ele, num tom gentil e silencioso que soou muito agradável ao espírito perturbado dela.

– Vim me oferecer como acompanhante para sua mãe. O Sr. Laurence encarregou-me de alguns negócios em Washington e assim terei grande satisfação em ser-lhe útil lá.

– As galochas caíram no chão e o chá quase teve o mesmo destino quando Meg lhe estendeu a mão, com o rosto tão cheio de gratidão, que o Sr. Brooke sentiu-se recompensado por um sacrifício muito maior do que o insignificante tempo e conforto que ele estava oferecendo.

– Como todos vocês são bondosos! Mamãe aceitará, tenho certeza. E será um alívio saber que ela tem alguém para velar por ela. Muito obrigada!

– Meg falou com sinceridade e esqueceu-se completamente até que algo nos olhos castanhos que a olhavam a fez lembrar do chá que esfriava e caminhou para a sala, dizendo que iria chamar sua mãe.

Tudo estava arranjado quando Laurie retornou com uma carta de tia March, anexada à quantia desejada, e algumas linhas repetindo o que ela costumava sempre dizer, que achava uma loucura um March ir para o exército, que sempre previu que algo de ruim aconteceria e que ela esperava que seus conselhos fossem ouvidos da próxima vez. A Sra. March jogou a carta no fogo, colocou o dinheiro na bolsa e prosseguiu com os preparativos, com os lábios bem cerrados, de uma maneira que Jo teria entendido se ela estivesse lá. A tarde passou voando; todas as outras tarefas foram feitas. Meg e a mãe estavam ocupadas em algumas tarefas necessárias, enquanto Beth e Amy tomavam chá, e Hannah terminou de passar a roupa rapidamente, mas ainda assim Jo não chegava. Eles começaram a ficar ansiosos e Laurie saiu para procurá-la, pois ninguém sabia o que se passava na mente de Jo. Ele não a encontrou, no entanto, mas ela chegou depois de algum tempo com uma expressão enigmática, pois havia uma mistura de diversão e medo, satisfação e arrependimento, que intrigou a família tanto quanto o maço de notas que ela colocou diante de sua mãe, dizendo, com a voz um pouco engasgada: – Essa é minha contribuição para deixar o pai confortável e trazê-lo para casa.

– Minha querida, onde você arranjou isso? Vinte e cinco dólares! Jo, espero que você não tenha feito nada precipitado?

– Não, ganhei honestamente; não implorei, não pedi emprestado, nem roubei. Ganhei e não acho que a senhora irá culpar-me, pois só vendi o que era meu.

Enquanto falava, Jo tirou o chapéu e houve um grito geral, pois a sua abundante cabeleira havia sido cortada.

– O seu cabelo! Seus lindos cabelos! Oh, Jo, como você pôde? Sua beleza única. Minha querida filha, não havia necessidade disso. Você não se parece mais com a minha Jo, mas eu a amo ainda mais por isso!

Enquanto todos faziam suas exclamações, e Beth abraçava a cabeça cortada com ternura, Jo assumia um ar indiferente que não enganava ninguém e disse, passando a mão nos cabelos castanhos e rentes, tentando parecer que havia gostado do que fizera: – Isso não afetará o destino da nação, então não lamente, Beth. Será bom para a minha vaidade, eu estava ficando muito orgulhosa da minha peruca. Será bom para o meu cérebro, que terá ideias mais límpidas, minha cabeça parece deliciosamente leve e fria, e o barbeiro disse que em breve eu terei cabelos curtos encaracolados como os de um menino, que será fácil de manter em ordem. Estou satisfeita; por isso, guarde esse dinheiro e vamos jantar.

– Conte-me tudo, Jo; não estou muito satisfeita, mas não posso culpar-lhe, pois sei como voluntariamente você sacrificou sua vaidade, como a chama, ao seu amor de filha. Mas, minha querida, não era necessário, e temo que você se arrependa um dia desses – disse a Sra. March.

– Não, não vou me arrepender! – retrucou Jo, com firmeza, sentindo-se muito aliviada por sua loucura não ter sido totalmente condenada.

– O que fez você fazer isso? – perguntou Amy, que logo pensaria em cortar a cabeça no lugar dos lindos cachos.

– Bem, eu estava desesperada para fazer algo pelo papai – respondeu Jo, enquanto se reuniam em volta da mesa, pois jovens saudáveis podem comer mesmo em meio a problemas – odeio pedir dinheiro emprestado tanto quanto a mamãe, e eu sabia que tia March iria reclamar; ela sempre o faz, se você pedir um centavo. Meg deu todo o seu salário trimestral para o aluguel, e eu só paguei algumas roupas com o meu, então me senti malvada, e precisava arranjar algum dinheiro, nem que vendesse meu próprio nariz.

– Você não precisa se sentir mal, minha filha, você não tinha roupas de inverno e comprou as mais simples com o próprio dinheiro – disse a Sra. March, com um olhar que confortou o coração de Jo.

– No começo, eu não tinha a menor ideia de vender meu cabelo, porém, à medida que fui caminhando, fiquei pensando no que poderia fazer e sentindo vontade de entrar nas lojas caras e pegar algumas coisas. Na vitrine do barbeiro, vi cabeleiras à venda com os preços marcados, e uma cabeleira preta, mais longa, mas não tão grossa quanto a minha, custava quarenta dólares. De repente me ocorreu que eu tinha uma coisa para ganhar dinheiro e, sem parar para pensar, entrei, perguntei se eles compravam cabelo e quanto dariam pelo meu.

– Não consigo entender como você teve essa coragem – disse Beth, em tom de admiração.

– Oh, ele era um homenzinho que parecia viver apenas para passar óleo nos próprios cabelos. Ele olhou para o meu cabelo, a princípio, como se não estivesse acostumado a ter meninas entrando na barbearia e colocando os cabelos à venda. Ele disse que não se importava com meu cabelo, não era a cor da moda, que ele nunca pagaria muito por ele, em primeiro lugar, e que daria muito trabalho para deixa-lo perfeito e assim por diante. Estava ficando tarde, e eu comecei a ficar com medo que não daria tempo e você sabe que quando começo a fazer algo, odeio desistir; então implorei para que ele aceitasse e disse a ele o motivo pelo qual estava com tanta pressa. Foi uma tolice, devo dizer, mas fez ele mudar de ideia, pois fiquei bastante empolgada e contei a história do meu jeito maluco de ser e a esposa dele ouviu e disse com tanta gentileza:

– Compre, Thomas, e ajude a moça. Eu faria o mesmo pelo nosso Jimmy se tivesse um cabelo lindo que valesse a pena vender.

– Quem era Jimmy? – perguntou Amy, que gostava de saber os detalhes de tudo o que acontecia.

– O filho dela que está no exército, conforme ela me disse. Como os estranhos se tornam amigos por causa de coisas como essa, não é? Ela conversou comigo o tempo todo que o homem levou para cortar meu cabelo, distraindo minha mente.

– Você não ficou com medo quando ele deu o primeiro corte? – perguntou Meg, estremecendo.

– Dei uma última olhada no meu cabelo enquanto o homem pegava suas coisas, e isso foi tudo. Nunca choramingo por coisas sem importância, mas confesso que me senti estranha quando vi o querido cabelo velho colocado sobre a mesa e senti apenas as pontas curtas e ásperas na minha cabeça. Quase parecia que haviam cortado um de meus braços ou uma de minhas pernas. A mulher me viu olhando e pegou uma mecha comprida para eu guardar. Mammie, vou lhe dar apenas para lembrar as glórias do passado porque estou me sentindo tão confortável com o cabelo assim que acho que nunca mais vou ter uma juba.

A Sra. March dobrou a mecha ondulada e castanha e colocou-a junto com outra cinza em sua escrivaninha. Ela apenas disse "obrigada, querida", mas algo em seu rosto fez as meninas mudarem de assunto e começarem uma conversa animada sobre a bondade do Sr. Brooke, a perspectiva do dia seguinte ser bom e os momentos felizes que teriam quando o pai chegasse em casa para recuperar-se. Ninguém queria ir para a cama quando, às 10 horas, a Sra. March terminou todas as suas tarefas e disse: – Venham, meninas –. Beth foi ao piano e tocou o hino favorito do pai; começaram todas a cantar, mas uma a uma foram parando até Beth ficar sozinha, cantando com todo o coração, pois a música para ela sempre era um doce consolo.

– Vão deitar-se e não conversem, pois precisamos levantar cedo e precisamos dormir bem. Boa noite, minhas queridas – disse a Sra. March, quando o hino terminou, pois ninguém queria cantar outro.

Elas beijaram a mãe serenamente e foram dormir em silêncio, como se o querido pai estivesse no quarto ao lado. Beth e Amy logo adormeceram, apesar da grande preocupação, mas Meg ficou acordada, com os pensamentos mais sérios que já conhecera em sua curta vida. Jo estava imóvel e sua irmã imaginou que estivesse dormindo, até que um soluço abafado a fez exclamar, ao tocar uma bochecha molhada:

– Jo, querida, o que é isso? Você está chorando por causa do papai?

– Não, agora não.

– O que é então?

– Meu, meu cabelo – explodiu a pobre Jo, tentando em vão sufocar sua emoção no travesseiro.

A situação não pareceu nada cômica para Meg, que foi logo beijando e acariciando a heroína do modo mais suave que podia.

– Eu não estou arrependida – protestou Jo, com outro soluço. – Faria tudo de novo amanhã, se pudesse. É apenas minha parte vaidosa e egoísta que chora dessa maneira boba. Não conte a ninguém, está tudo acabado agora. Pensei que estivesse dormindo, não queria que escutasse meus soluços. Por que ainda está acordada?

– Não consigo dormir, estou tão ansiosa – disse Meg.

– Pense em algo agradável, e você logo dormirá.

– Já tentei, mas estou mais acordada do que nunca.

– Em que você estava pensando?

– Rostos bonitos; olhos particularmente – respondeu Meg sorrindo para si mesma, no escuro.

– De que cor você mais gosta?

– Castanho, quer dizer, às vezes, olhos azuis também são adoráveis.

Jo sorriu e Meg ordenou-lhe que não falasse, então, amigavelmente prometeu encrespar-lhe o cabelo curto e adormeceu para sonhar que morava em um castelo no ar.

Os relógios bateram à meia-noite e os quartos estavam em absoluto silêncio, enquanto uma figura deslizava silenciosamente de cama em cama, arrumando um cobertor aqui, ajeitando um travesseiro ali e parando para olhar com ternura cada rosto inconsciente, beijar cada uma com lábios que lhes abençoavam e rezar as fervorosas orações que somente as mães fazem. Quando ela levantou a cortina para olhar a noite sombria, a lua surgiu repentinamente por trás das nuvens e brilhou sobre ela como um rosto brilhante e benigno, que parecia sussurrar no silêncio: – Sinta-se confortada, querida! Sempre há luz atrás das nuvens.

Capítulo 16

Cartas

— Na madrugada fria e cinzenta, as irmãs acenderam as luzes e leram o capítulo do dia com uma seriedade nunca sentida antes, pois havia agora a sombra de um problema real, mostrando-lhes como suas vidas haviam sido ricas como a luz do sol. Os livrinhos estavam cheios de ajuda e conforto e, enquanto se vestiam, concordaram em dizer adeus de modo jovial e esperançoso para que sua mãe fizesse essa triste viagem sem se deixar levar pelas lágrimas ou lamentos. Tudo parecia muito estranho quando desceram as escadas, tão escuro e parado lá fora, tão cheio de luz e agitação por dentro. O café da manhã naquela hora parecia esquisito, e até o rosto familiar de Hannah parecia estranho enquanto ela corria pela cozinha com a touca de dormir. A grande mala estava pronta no corredor, no sofá estavam a capa e o chapéu da mãe, que estava tentando comer, mas parecia tão pálida e abatida com insônia e ansiedade, que as meninas acharam muito difícil manter a resolução tomada. Os olhos de Meg continuavam inchados, apesar de querer ficar acordada; Jo foi obrigada a esconder o rosto várias vezes, e os rostos jovens das meninas exibiam uma expressão triste e perturbada, como se a tristeza fosse uma experiência nova para elas. Ninguém falava muito, mas, enquanto sentaram-se para esperar a carruagem, a Sra. March disse às meninas, que estavam ocupadas com ela, uma dobrando o xale, outra ajeitando as fitas do chapéu, uma outra calçando as galochas e a última apertando as correias da mala de viagem.

– Meninas, deixo-as sob os cuidados de Hannah e a proteção do Sr. Laurence. Hannah é a lealdade em pessoa, e nosso bom vizinho as protegerá como se fossem filhas dele. Não tenho medo por vocês, contudo estou ansiosa para que vocês enfrentem esse problema devidamente. Não sofram e nem se preocupem quando eu partir, também não pensem que podem encontrar consolo na ociosidade e no esquecimento. Continuem com seus trabalhos como de costume, pois o trabalho é um consolo abençoado. Tenham esperança e mantenham-se ocupadas. Aconteça o que acontecer, lembrem-se de que vocês nunca serão órfãs.

– Sim, mamãe.

– Meg querida, seja prudente, cuide de suas irmãs, consulte Hannah e, diante de qualquer confusão, vá conversar com o Sr. Laurence. Seja paciente, Jo, não fique desanimada nem tome atitudes precipitadas; escreva-me frequentemente e seja minha menina corajosa, pronta para ajudar e animar todas. Beth, conforte-se com sua música e seja fiel às pequenas tarefas domésticas; e você, Amy, ajude em tudo que puder, seja obediente e mantenha-se feliz em segurança em casa.

– Sim, mãe! Faremos isso!

O barulho de uma carruagem se aproximando as fez despertar e ouvir. Esse foi um momento difícil, mas as meninas suportaram bem, ninguém chorou, ninguém fugiu, nem proferiu um lamento, embora seus corações estivessem muito tristes ao enviarem mensagens amorosas ao pai, lembrando, enquanto falavam, que talvez fosse tarde demais para entregá-las. Elas beijaram sua mãe em silêncio, abraçaram-na com ternura e tentaram acenar com as mãos alegremente, quando ela partiu.

Laurie e seu avô vieram vê-la, e o Sr. Brooke parecia tão forte, sensível e gentil que as meninas o batizaram de “Sr. Coração Magnânimo” ali mesmo.

– Adeus, minhas queridas! Deus abençoe e guarde todas – sussurrava a Sra. March, enquanto beijava um rostinho após o outro e, em seguida, saiu para a carruagem. Quando ela se afastou, o sol saiu e, olhando para trás, ela o viu brilhando no grupo no portão, como um bom presságio. Elas também viram, sorriram e acenaram com as mãos e a última coisa que ela viu, quando virou a esquina, foram os quatro rostos brilhantes, e atrás deles, como um guarda-costas, o velho Sr. Laurence, a fiel Hannah e o dedicado Laurie.

– Como todos são bondosos conosco – disse ela, virando-se para encontrar prova evidente dessa bondade na simpatia respeitosa do rosto do jovem professor.

– Não vejo como não poderiam ser – respondeu Brooke, rindo tão contagiosamente que a Sra. March não pôde deixar de sorrir; e assim a longa jornada começou com bons presságios de sol, sorrisos e palavras alegres.

– Tenho a impressão de que houve um terremoto – disse Jo, enquanto os vizinhos voltavam para o café da manhã, deixando-as descansar e se refrescar.

– Parece que metade da casa se foi – acrescentou Meg, desolada.

Beth abriu os lábios para dizer algo, mas só conseguiu apontar para a pilha de meias cuidadosamente remendadas que estavam sobre a mesa da mãe, mostrando que, mesmo em seus últimos momentos apressados, ela pensara e trabalhava para elas. Foi um detalhe, mas foi direto ao coração delas; e, apesar de suas bravas resoluções, todas desmoronaram e choraram copiosamente. Hannah achou sensato permitir que elas aliviassem seus sentimentos e, quando a choradeira mostrou sinais de melhora, ela foi ao resgate, armada com um bule cheio de café.

– Agora, minhas queridas jovens, lembrem-se do que vossa mãe lhes disse e não se preocupem. Venham tomar uma xícara de café e depois vamos trabalhar para a honra da família.

O café estava uma delícia, e Hannah mostrou grande habilidade ao fazê-lo naquela manhã. Ninguém resistiu a seus acenos persuasivos ou ao convite perfumado que vinha do bico do bule. Elas se aproximaram da mesa, trocaram seus lenços por guardanapos e, em dez minutos, estavam bem novamente.

– "Esperança e trabalho", esse é o lema que mamãe nos deixou, portanto, vamos ver quem se lembrará melhor. Irei à tia March, como sempre; oh, com certeza ela virá com um sermão! disse Jo, enquanto bebia, com espírito normalizado.

– Irei para os meus King, apesar de preferir ficar em casa e cuidar de tudo aqui – disse Meg, desejando que seus olhos não tivessem ficado tão vermelhos.

– Não há necessidade disso; Beth e eu podemos muito bem tomar conta da casa – disse Amy, com um ar importante.

– Hannah nos dirá o que fazer e estará tudo certo quando vocês voltarem para casa – acrescentou Beth, pegando o esfregão e o tonel imediatamente.

– Acho que a ansiedade é muito interessante – observou Amy, comendo açúcar, pensativa. As meninas não conseguiram deixar de rir e se sentiram melhor por isso, embora Meg sacudisse a cabeça para a jovem que conseguia encontrar consolo em um açucareiro.

A visão das mudanças fez Jo ficar sóbria novamente e, quando as duas saíram para suas tarefas diárias, olharam tristemente para a janela onde estavam acostumadas a ver o rosto de sua mãe. Não a avistaram, mas Beth lembrou-se da pequena cerimônia doméstica e foi até a janela, acenando para elas como um mandarim de rosto rosado.

– Essa é a minha Beth! – disse Jo, agitando o chapéu, com um rosto agradecido.

– Adeus, Meggy; espero que os King não treinem hoje. Não se preocupe com o pai, querida – acrescentou ela, quando se separaram.

– E eu espero que a tia March não esteja rabugenta. Seu cabelo está tomando forma e ficando bem bonito e parecido com o de um rapaz – disse Meg, tentando não sorrir diante da cabeça encaracolada que parecia cômica nos ombros da irmã alta.

– Esse é o meu único conforto – e, colocando seu chapéu "à la Laurie", Jo seguiu seu caminho, sentindo-se uma ovelha tosquiada em um dia de inverno. As notícias do pai foram de grande conforto para as meninas, pois, embora perigosamente doente, a presença da melhor e mais terna das enfermeiras fizera-lhe muito bem. O Sr. Brooke enviava um boletim todos os dias e, como chefe da família, Meg insistia em ler os telegramas, que ficavam cada vez mais animados com o passar da semana.

A princípio, todas estavam ansiosas para escrever, e envelopes rechonchudos eram cuidadosamente depositados na caixa de correio, por uma ou outra das irmãs, que se sentiam bastante importantes com a correspondência para Washington. Como cada um desses pacotes continha mensagens características de cada um, roubaremos uma carta imaginária e a leremos:

"Minha querida mãe,

É impossível dizer como ficamos felizes com a sua última carta, pois as notícias foram tão boas que não pudemos deixar de rir e chorar de felicidade. Como o Sr. Brooke é bondoso e que alegria saber que os negócios do Sr. Laurence o mantém por perto lhe fazendo companhia, já que ele é tão útil para a senhora e para o papai. As meninas são joias preciosas. Jo me ajuda na costura e insiste em fazer todo tipo de trabalho pesado. Eu deveria ter medo que ela se cansasse, se não soubesse que seu 'ajuste moral' não duraria muito. Beth é tão regular em suas tarefas quanto um relógio e nunca esquece o que a senhora lhe recomendou. Ela sofre com a doença de papai e fica séria, exceto quando está no seu pequeno piano. Amy cuida de mim com carinho e eu cuido muito bem dela também. Ela está cuidando do próprio cabelo e estou lhe ensinando a pregar botões e consertar meias. Ela se esforça muito e sei que a senhora ficará satisfeita com o progresso dela quando voltar. O Sr. Laurence cuida de nós como uma galinha cuida de seus pintinhos, como diz Jo; e Laurie é muito gentil e amigo. Ele e Jo nos mantêm alegres, pois às vezes ficamos muito tristes e nos sentimos órfãs, com a senhora tão longe. Hannah é uma santa, ela não nos repreende por nada e sempre me chama de 'Srta. Margaret', o que é bastante apropriado, a senhora sabe, e me trata com respeito. Estamos todas bem e ocupadas; mas o desejo dos nossos corações, dia e noite, é tê-la de volta. Mande abraços bem apertados para o papai e creia que sou sempre sua...

MEG."

Essa carta, lindamente escrita em papel perfumado, contrastava muito com a seguinte, que estava rabiscada em uma grande folha de papel fino e feio, ornamentada com borrões e todo tipo de floreios ortográficos:

"MINHA PRECIOSA MAMMIE,

Três vivas para o querido papai! Brooke foi um trunfo em telegrafar-nos imediatamente e avisar-nos que ele estava melhor. Eu corri para o sótão quando a carta chegou e tentei agradecer a Deus por ser tão bom conosco, mas só conseguia chorar e dizer: 'Estou feliz! Estou feliz!' Isso não foi tão bom quanto uma oração normal? Senti uma forte emoção em meu coração. Temos tidos momentos muito engraçados e agora eu posso apreciá-los, pois todas estamos tão bem que é como viver em um ninho de pombas. A senhora iria rir muito ao ver Meg encabeçar a mesa e tentar ser a mãe de todas. Ela fica mais bonita a cada dia e eu, às vezes, fico apaixonada por ela. As meninas são uns anjos e eu, bem, eu sou a Jo, e nunca serei outra coisa mais. Oh, devo lhe dizer que quase tive uma briga com Laurie. Tomei a liberdade de falar-lhe sobre uma coisa tola e ele ficou ofendido. Eu estava certa, mas não falei como deveria, e ele foi embora, dizendo que não voltaria até que eu pedisse perdão. Declarei que não o faria, e fiquei muito brava. Assim, passou-se o dia inteiro. Eu me senti muito mal e queria muito que a senhora estivesse aqui. Laurie e eu somos tão orgulhosos que é difícil pedir perdão; mas eu pensei que ele viria, pois eu estava certa. Ele não veio e apenas à noite me lembrei do que você disse quando Amy caiu no rio. Li meu livrinho, me senti melhor, resolvi não deixar o sol se pôr sobre a minha ira e corri para dizer a Laurie que sentia muito. Eu o encontrei no portão, vindo para cá pelo mesmo motivo. Nós dois rimos, pedimos perdão um ao outro e nos sentimos bem e confortáveis novamente. Fiz um 'poeminha' ontem, quando eu estava ajudando Hannah a lavar a roupa; e, como o pai gosta das minhas tolices poéticas, mando este para diverti-lo. Dê-lhe o abraço mais amoroso que já existiu e uma dúzia de beijos para a senhora.

De sua JO MALUQUINHA."

"CANÇÃO DAS BOLHAS DE SABÃO.

Rainha da minha tina, canto com alegria,
enquanto a espuma branca surge; e lavo com vontade, esfrego e torço,
e prendo as roupas para secar;
então, no ar fresco e livre, sob o céu ensolarado, elas ficam a balançar.
Gostaria de poder lavar as manchas da alma e do coração,
e deixar a mágica da água e do ar nos purificar;
então na terra realmente haveria um glorioso dia da purificação!
Pelo caminho de uma vida útil,
só pode florescer a doce paz;
a mente ocupada não tem tempo para pensar em tristeza, cuidado ou depressão;
e pensamentos maus podem ser eliminados quando se tem uma vassoura na mão.

Estou feliz que me foi dada uma tarefa, trabalhar dia após dia;
isso me traz saúde, força e esperança, e eu aprendo alegremente a dizer:
cabeça para pensar, coração para sentir e mãos para sempre trabalhar!"

"QUERIDA MÃE:

Só há espaço para eu lhe enviar meu amor e alguns amores-perfeitos que tirei do quintal e guardei em casa, para o pai ver. Leio todas as manhãs, tento ser boa o dia todo e canto para dormir com a canção do pai. Não consigo mais cantar 'A Terra dos Fiéis', ela me faz chorar. Todos são muito bondosos e somos felizes na medida em que podemos sem a senhora. Amy quer o resto da página, então eu tenho que parar aqui. Não me esqueço de dar corda no relógio e de arejar o quarto todos os dias. Beije o papai na bochecha que ele diz que é minha. Volte depressa para sua querida...

BETHZINHA."

"*MA CHERE MAMA*:

Estamos todas bem, faço minhas aulas sempre e nunca contradigo as meninas. Meg diz que eu quero dizer o 'contrário', então eu coloco as duas palavras e a senhora pode escolher a melhor. Meg é muita boazinha para mim e me deixa comer geleia todas as noites na hora do chá e Jo diz que é bom para mim porque me mantém de bom humor. Laurie não é tão respeitoso como deveria ser agora, estou quase na adolescência, ele me chama de pintinho e ofende meus sentimentos conversando em francês comigo muito rápido quando digo *Merci* ou *Bon jour* como Hattie King. As mangas do meu vestido azul estavam todas gastas e Meg colocou umas novas, mas a frente inteira deu errado e elas estão mais azuis que o vestido. Eu me senti mal, mas não me incomodei, estou suportando bem os meus problemas, mas gostaria que Hannah colocasse mais goma em meus aventais e preparasse sopa de trigo todos os dias. Ela não pode? Não fiz o ponto de *interrigação* certo? Meg diz que minha pontuação e ortografia são vergonhosas e isso me aborrece, mas tenho tantas coisas para fazer que não consigo parar. *Adieu*, mande um monte de lembranças para o papai.

Sua filha afetuosa,

AMY CURTIS MARCH."

"Querida Sra. MARCH:

Eu escrevo essas *linha* simples *pra* dizer que *estamo* bem. As *menina* são esperta e tão bem direitinho. Meg vai se uma boa governanta; ela gosta do que faz, e pega as coisas rápido. Jo tenta *passa* na frente, mas ela não calcula direito e nunca sabe o que vai dá. Ela *lavo* uma tina de roupa na segunda-feira, mas *engomo antes de torce,* e *coloco* tanto anil num vestido de chita rosa que ele fico azulado e eu morri de ri. Beth é a *melho* de todas e me ajuda, eu posso *confia no trabaio* dela. Ela tenta *aprende* tudo e vai ao mercado; também *faiz as conta,* com a minha ajuda, com bastante cuidado. *Nois somo* muito econômica. Não deixo as *menina toma* café mais de uma vez por semana, *conformi* seu desejo! Mantenho elas *saudável.* Amy se consola vestindo sua *meiores roupa* e comendo doce. O *senho* Laurie é muito educado e vem sempre aqui, ele vira a casa de cabeça *pra* baixo, mas ele anima as *menina,* e então eu deixo assim *memo.* O velho manda um monte de coisa, e parece bastante cansado, mas isso não é da minha conta. Meu pão *tá* crescendo e não posso *escreve* mais. Minhas *recomendação* ao Sr. March, e espero que ele fique bom logo.

Com todo respeito,

HANNAH MULLET."

"BOLETIM DO QUARTEL GENERAL:

Tudo calmo em 'Rappahannock', tropas em bom estado, departamento do comissário bem conduzido, a Guarda Nacional sob comando do coronel Laurie sempre em serviço, o comandante chefe General Laurence revista o exército diariamente, o contramestre Mullett mantém a ordem no acampamento, e o major Leão faz seu plantão à noite. Uma saudação de vinte e quatro armas foi disparada ao receber boas notícias de Washington, e um desfile de uniformes aconteceu no quartel general. O comandante em chefe envia votos de felicidades, aos quais se junta cordialmente.

CORONEL LAURIE"

"PREZADA SENHORA:

As meninas estão todas bem; Beth e meu rapaz escrevem diariamente; Hannah é uma criada modelo, cuidando de Meg como um dragão. Fico feliz que o tempo continue bom; peço que solicite ao Brooke o que precisar e que ele recorra a mim caso a senhora precise de mais fundos se as despesas excederem sua estimativa. Não deixe seu marido passar necessidade de nada. Damos graças a Deus por ele estar melhorando.

Seu sincero amigo e criado,

James Laurence."

Capítulo17

A pequena fiel

Durante uma semana, a quantidade de bondade na velha casa teria suprido toda a vizinhança. Foi realmente incrível, pois as meninas pareciam estar em um estado de espírito celestial, e a abnegação era a única preocupação de todas. Aliviadas de sua primeira apreensão em relação ao pai, as meninas relaxaram insensivelmente seus louváveis esforços e começaram a voltar aos velhos hábitos. Elas não esqueceram seu lema, mas esperar e trabalhar pareciam estar mais fáceis; e, após grande empenho, elas acharam que o esforço merecia uma folga e decidiram proporcionar uma.

Jo pegara um resfriado por haver se esquecido de proteger a cabeça tosquiada e recebeu ordens de ficar em casa até que ela estivesse melhor, pois tia March não gostava de ouvir pessoas com resfriado lendo para ela. Jo gostou disso, e depois de uma arrumação ativa do sótão até a adega, se acalmou no sofá para cuidar de seu resfriado com arsênico e livros. Amy descobriu que o trabalho doméstico e a arte não combinavam muito bem e voltou para suas tortas de barro. Meg ia diariamente ao reino dos King e, em casa, costurava ou pensava que o fazia, mas passava muito tempo escrevendo longas cartas para a mãe ou lendo os telegramas de Washington várias e repetidas vezes. Beth continuava com apenas algumas recaídas na ociosidade ou no luto. Todos os seus pequenos deveres eram cumpridos por ela fielmente todos os dias, e também muitos dos deveres de suas irmãs, pois eram esquecidas, e a casa parecia um relógio, cuja pêndulo saiu para fazer uma visita. Quando seu coração ficava agoniado com saudades da mãe ou temor pela vida do pai, ela ia até um dos cômodos, escondia o rosto nas dobras de um certo vestido velho e querido, soluçava baixinho e fazia sua pequena prece sozinha. Ninguém sabia o que podia animá-la em seus acessos de tristeza, mas todos sentiam o quão bondosa e prestativa Beth era, e procuravam uma maneira de confortá-la ou aconselhá-la em seus pequenos desgostos.

Ninguém tinha consciência de que essa experiência era uma prova de caráter; e, quando o primeiro embate terminou, sentiram que haviam se saído bem e mereciam elogios. Então eles assim fizeram; mas o erro deles foi deixar de continuar a agir da mesma forma, e só aprenderam esta lição depois de muita aflição e arrependimento.

– Meg, eu gostaria que você fosse visitar os Hummels; você sabe que a mãe nos disse para não esquecê-los – disse Beth, dez dias após a partida da Sra. March.

– Estou cansada demais para ir hoje à tarde – respondeu Meg, balançando confortavelmente na cadeira, enquanto costurava.

– Você não pode, Jo? – perguntou Beth.

– Conturbado demais para mim, com meu resfriado.

– Pensei que estava melhor.

– É boa o suficiente para sair com Laurie, mas não para ir até os Hummels – disse Jo, sorrindo, mas parecendo um pouco envergonhada por sua inconsistência.

– Por que você não vai? – perguntou Meg.

– Fui todos os dias, mas o bebê está doente e não sei o que fazer. A Sra. Hummel vai trabalhar, e Lottchen cuida dele, mas ele fica cada vez mais doente e por isso eu acho que você ou Hannah deveriam ir.

Beth falou com seriedade e Meg prometeu que iria no dia seguinte.

– Peça a Hannah para preparar alguma coisa gostosa e leve-a, Beth, o ar lhe fará bem – disse Jo, acrescentando desculpas, – Eu iria, mas quero terminar meu conto.

– Minha cabeça está doendo e estou cansada, então pensei que talvez alguma de vocês pudesse ir – disse Beth.

– Amy chegará logo e poderá ir em nosso lugar – sugeriu Meg.

– Bem, vou descansar um pouco e esperar por ela.

Então Beth se deitou no sofá, as outras voltaram ao trabalho e os Hummels foram esquecidos. Uma hora se passou, Amy não chegou. Meg foi ao quarto para experimentar um vestido novo; Jo estava absorvida em sua história, e Hannah estava profundamente adormecida perto da lareira na cozinha, quando Beth silenciosamente colocou o capuz, encheu sua cesta com coisas para dar às crianças pobres e saiu no frio com a cabeça pesada, e um olhar triste em seus olhos pacientes. Já era tarde quando ela voltou, e ninguém a viu subir as escadas e nem se trancar no quarto de sua mãe. Meia hora depois, Jo foi ao "armário da mãe" para pegar alguma coisa, e lá encontrou Beth sentada ao lado da caixa de remédios, parecendo muito séria, com olhos vermelhos e um frasco de cânfora na mão.

– Cristóvão Colombo! Qual é o problema? – exclamou Jo, quando Beth estendeu a mão como se quisesse mantê-la afastada, e perguntou rapidamente:

– Você teve escarlatina, não teve?

– Anos atrás, quando Meg teve. Por quê?

– Então eu vou te dizer – oh, Jo, o bebê morreu!

– Que bebê?

– Da Sra. Hummel; morreu no meu colo antes que ela chegasse em casa – exclamou Beth, soluçando.

– Minha pobre querida, que horrível foi para você! Eu deveria ter ido – disse Jo, pegando a irmã no colo enquanto se sentava na cadeira grande da mãe, com um rosto arrependido.

– Não foi horrível, Jo, só muito triste! Vi em um minuto que estava mais doente, mas Lottchen disse que sua mãe tinha procurado um médico, então peguei o bebê e deixei Lottchen descansar. Parecia adormecido, mas, de repente, deu um pequeno choro, tremeu e ficou muito quieto. Tentei esquentar os pés e Lottchen deu um pouco de leite, mas ele não se mexia e eu reconheci que ele estava morto.

– Não chore, querida! O que você fez?

– Apenas sentei e segurei-o suavemente até a Sra. Hummel chegar com o médico. Ele disse que estava morto e examinou Heinrich e Minna, que estão com dor de garganta.

– Febre escarlate, senhora; deveria ter me chamado antes – disse ele, irritado. A Sra. Hummel disse que ela era muito pobre e tentou curar a criança com remédios caseiros, mas agora era tarde demais e ela só podia pedir para ele ajudar os outros por caridade. Ele sorriu então, e foi mais gentil, mas foi tudo muito triste, e eu chorei com eles até que ele se virou de repente, e me disse para ir para casa e tomar beladona imediatamente, ou eu teria febre também.

– Não, você não vai! – exclamou Jo, abraçando-a com um olhar assustado. – Oh, Beth, se você estiver doente, eu nunca poderia me perdoar! O que faremos?

– Não tenha medo, acho que a terei mais branda; procurei no livro da mamãe e vi que ela começa com dor de cabeça, dor de garganta e mal-estar como o que estou sentindo, então tomei um pouco de beladona e sinto-me melhor – disse Beth, colocando as mãos frias na testa quente e tentando parecer bem.

– Se a mãe estivesse em casa! – exclamou Jo, pegando o livro e sentindo que Washington era muito distante de casa. Ela leu uma página, olhou para Beth, pôs a mão na cabeça dela, deu uma olhada na garganta e disse com seriedade: – Você esteve com o bebê todos os dias há mais de uma semana e entre os outros que também adoeceram, então tenho receio que você também tenha contraído a febre, Beth. Vou chamar Hannah, ela sabe tudo sobre doenças.

– Não deixe Amy vir até aqui, ela nunca teve e não quero passar para ela. Você e Meg não podem pegar de novo? – perguntou Beth, ansiosa.

– Creio que não, não se incomode por minha causa. Servirá de lição porque fui egoísta e deixei você ir sozinha para ficar escrevendo tolices! – murmurou Jo, ao sair para consultar Hannah.

A boa alma acordou em um minuto e assumiu a liderança imediatamente, garantindo a Jo que não havia necessidade de se preocupar; todos têm escarlatina e, se bem tratados, ninguém morre. Desta forma, Jo sentiu-se aliviada e as duas foram chamar Meg.

– Agora vamos ver o que faremos– disse Hannah, quando examinou e interrogou Beth; – temos o Dr. Bangs, apenas para dar uma olhada em você, querida, e nos aconselhar; mandaremos Amy para a tia March, por precaução, para mantê-la fora de perigo, e uma de vocês pode ficar em casa e distrair Beth por um dia ou dois.

– Ficarei eu, é claro, sou a mais velha – começou Meg, parecendo aflita e reprovadora.

– Sou eu quem deve ficar, porque a culpa é minha por ela estar doente; disse à mãe que iria à casa dos Hummel e não fui – disse Jo, decididamente.

– Quem você quer que fique, Beth? Não há necessidade de serem as duas – disse Hannah.

– Jo, por favor – e Beth encostou a cabeça na irmã, com um olhar de agradecimento, que definitivamente resolveu a questão.

– Vou contar para Amy – disse Meg, sentindo-se um pouco magoada, mas bastante aliviada, no geral, pois ela não gostava muito de cuidar das mais novas, e Jo gostava.

Amy se rebelou e declarou categoricamente que preferia ter a febre a ir para a casa de tia March. Meg argumentou, implorou e ordenou, tudo em vão. Amy teimou que não iria e Meg, deixando-a desesperada, foi perguntar a Hannah o que deveria ser feito. Antes que voltasse, Laurie entrou na sala e encontrou Amy soluçando, com a cabeça enfiada nas almofadas do sofá. Ela contou sua história, esperando ser consolada, mas Laurie apenas enfiou as mãos nos bolsos e caminhou pela sala, assobiando baixinho, enquanto franzia as sobrancelhas, pensando seriamente. Depois, ele sentou-se ao lado dela e disse, em seu tom mais afável:

– Agora seja uma mulherzinha sensata e faça o que elas dizem. Não chore e ouça que belo plano eu tenho. Você vai para a casa de tia March, e eu a buscarei diariamente com a carruagem ou a pé e nos divertiremos muito. Isso não seria melhor do que ficar deprimida aqui?

– Não quero ser expulsa como se estivesse atrapalhando aqui – começou Amy, com voz de choro.

– Meu Deus, menina! É para proteger você. Você não quer ficar doente, não é?

– Não, com certeza não; mas acredito que vou adoecer, pois estive com Beth esse tempo todo.

– É por essa razão que você deve ir embora imediatamente, para ver se escapa de contrair a febre. A mudança de ares e de cuidados vai mantê-la bem; ou, se não for totalmente, você terá a febre mais branda. Aconselho você a sair o mais rápido possível, pois a escarlatina não é brincadeira, senhorita.

– Mas é chato na casa da tia March, e ela é tão rabugenta – Amy disse, parecendo um pouco assustada.

– Não vai ser chato comigo aparecendo todos os dias para dizer como Beth está e levá-la para passear. A velha senhora gosta de mim, e eu serei o mais inteligente possível com ela, para que ela não implique conosco, independente do que iremos fazer.

– Você vai me levar na carruagem puxada por Puck?

– Dou-lhe minha palavra de cavalheiro.

– E irá todos os dias?

– Com certeza eu irei.

– E me trará de volta no minuto em que Beth sarar?

– No mesmo instante.

– E iremos ao teatro?

– Uma dúzia de teatros, se houver tempo.

– Bem, acho que irei, então – disse Amy, lentamente.

– Boa menina! Chame Meg e diga-lhe que você submete-se à vontade dela – disse Laurie, com um tapinha nas costas, o que irritou mais Amy que a palavra "submete-se".

Meg e Jo vieram correndo para contemplar o milagre que havia sido realizado; e Amy, sentindo-se muito preciosa e abnegada, prometeu ir, se o médico dissesse que Beth estava doente.

– Como está a doce pequena? – perguntou Laurie, pois ele estimava Beth muitíssimo e sentia-se mais ansioso por ela do que gostava de mostrar.

– Ela está deitada na cama da mãe e se sente melhor. A morte do bebê a impressionou, mas eu creio que ela só está com frio. Hannah disse que também acha isso, mas parece preocupada; porém acho que Beth está muito abatida e isso me deixa inquieta – respondeu Meg.

– Que mundo penoso é esse! – disse Jo, arrepiando os cabelos de maneira inquieta. – Assim que saímos de um problema, aparece o outro. Parece que tudo sai do lugar quando a mamãe não está aqui.

– Bem, não precisa se transformar em um porco-espinho. Arrume seu cabelo, Jo, e me diga se devo passar um telegrama para sua mãe ou fazer alguma coisa? – perguntou Laurie, que ainda não se conformara com a perda do lindo cabelo de sua amiga.

– É isso que me incomoda – disse Meg. – Acho que devemos contar a ela se Beth realmente estiver com escarlatina, mas Hannah acha que não, pois a mãe não pode deixar o pai sozinho, e isso só os deixará ansiosos. Beth não ficará doente por muito tempo e Hannah sabe exatamente o que fazer. A mamãe disse que deveríamos cuidar dela, então acho que devemos fazê-lo, mas isso não parece certo para mim.

– Bem, eu nada posso dizer, perguntem ao vovô depois que o médico a examinar.

– Vamos fazer isso. Jo, vá buscar o Dr. Bangs agora – ordenou Meg; – não podemos decidir nada enquanto ele não vier.

– Fique onde está, Jo; eu sou o moço de recados nesta casa – disse Laurie, pegando o boné.

– Talvez você esteja ocupado – começou Meg.

– Não, já fiz minhas lições para o dia.

– Você estuda nas férias? – perguntou Jo.

– Sigo o bom exemplo que meus vizinhos me deram – foi a resposta de Laurie ao sair da sala.

– Tenho grandes esperanças para o meu menino – disse Jo, observando-o pular a cerca com um sorriso de aprovação.

– Ele é um bom menino – foi a resposta com certo descaso de Meg, pois o assunto não lhe interessava.

O Dr. Bangs veio, disse que Beth tinha sintomas da febre, mas achou que ela a teria levemente, embora ele tenha ficado incomodado com a história dos Hummel. Mandaram Amy partir imediatamente para afastá-la do perigo. Beth partiu em ótimo estado, com Jo e Laurie como acompanhantes. Tia March os recebeu com sua hospitalidade habitual.

– O que vocês querem agora? – ela perguntou, olhando bruscamente por cima dos óculos, enquanto o papagaio, sentado no encosto da cadeira, gritava: "Vá embora; aqui não entram rapazes".

Laurie se retirou em direção à janela e Jo contou o que estava acontecendo.

– Era o que eu esperava, desde que vocês andam metidos com essa gente pobre. Amy pode ficar e ser útil se ela não estiver doente, o que eu duvido que ela não esteja, olhe sua aparência! Não chore menina, não gosto de ouvir pessoas chorando.

– Amy estava a ponto de chorar, mas Laurie astutamente puxou o rabo do papagaio, o que fez Polly resmungar espantado e gritar: "*Largue minhas botas!*" de um modo tão engraçado que ela caiu na risada.

– O que sabe de sua mãe? – perguntou a velha, rispidamente.

– Meu pai está bem melhor – respondeu Jo, tentando manter-se séria.

– Oh, ele está? Bem, isso não vai durar muito, eu acho; March nunca teve muita resistência – foi a "alegre" resposta.

– *Ah, ah! Nunca diga morrer, dê uma pitada de rapé, adeus, adeus!* – gritou Polly, dançando em seu poleiro e agarrando a touca da velha enquanto Laurie o puxava pelo rabo.

– Segure a língua, sua ave desrespeitosa! E, Jo, é melhor você ir de uma vez; não é apropriado ficar tão tarde andando na rua com um rapaz sem juízo como ... "*Segure sua língua, sua ave desrespeitosa!*" - exclamou Polly, saltando da cadeira para o chão e correndo para bicar o rapaz "sem juízo", que estava torcendo-se de rir da última fala do papagaio.

– Acho que não vou aguentar, mas vou tentar – pensou Amy, quando foi deixada sozinha com tia March.

– *Vá embora, você me assusta!* – gritava Polly, e ouvindo a ave Amy não pôde conter o riso.

Capítulo 18

Dias difíceis

Beth teve escarlatina e ficou muito mais doente do que todos esperavam, exceto Hannah e o médico. As meninas não sabiam nada sobre a doença e o Sr. Laurence não tinha permissão para vê-la, então Hannah era responsável por tudo. O dedicado Dr. Bangs deu o melhor de si, mas deixou quase tudo para a excelente enfermeira. Meg ficou em casa, para não infectar os Kings, e assumiu a direção do lar, sentindo-se muito ansiosa e um pouco culpada, quando escrevia cartas nas quais nenhuma menção era feita à doença de Beth. Ela não conseguia achar certo enganar sua mãe, mas a própria havia lhe dito para obedecer Hannah, e Hannah não podia nem ouvir falar em contar "a Sra. March o acontecido para que se incomodasse por tão pouco". Jo se dedicava a Beth dia e noite. Não era uma tarefa difícil, pois Beth era muito paciente e enfrentava suas dores sem queixas, desde que pudesse se controlar. Porém, chegou um momento em que, durante os ataques de febre, ela começou a falar com uma voz rouca e intercalada, a bater no cobertor como se estivesse tocando em seu amado piano, e a tentar cantar com a garganta tão inchada que não havia som; não conhecia os rostos familiares que a rodeavam, mas se dirigia a eles por nomes errados e implorava por sua mãe. Então Jo ficou assustada, Meg pediu permissão para escrever a verdade, e até Hannah disse que "pensaria nisso, embora ainda não houvesse perigo". Uma carta de Washington aumentou o problema, pois o sr. March teve uma recaída e não poderia voltar para casa por um longo tempo. Como os dias pareciam difíceis agora, como a casa estava triste e solitária, e como estavam contristados os corações das irmãs enquanto trabalhavam e esperavam, enquanto a sombra da morte pairava sobre o lar outrora feliz! Foi então que Margaret, sentada sozinha com lágrimas caindo sobre seu trabalho, sentiu o quão rica tinha sido em coisas mais preciosas do que qualquer luxo que o dinheiro pudesse comprar: amor, proteção, paz e saúde, as verdadeiras bênçãos da vida. Foi então que Jo, encerrada no quarto escuro, com aquela irmãzinha sempre sofrendo diante de seus olhos, e com aquela voz patética em seus ouvidos, aprendeu a ver a beleza e a doçura da natureza de Beth, a sentir o quão profundo e terno era o lugar que ela ocupava no coração de todas, e reconheceu o valor da ambição altruísta de Beth, viver para os outros e tornar o lar feliz pelo exercício daquelas simples virtudes que todos podem possuir, e que todos devem amar e valorizar mais do que talento, riqueza ou beleza. E Amy, em seu exílio, ansiava por estar em casa, para poder trabalhar para Beth, sentindo agora que nenhum serviço seria difícil ou cansativo, e lembrando, com pesar, de quantas tarefas negligenciadas aquelas mãos dispostas haviam feito por ela. Laurie vagueava pela casa como um fantasma inquieto, e o Sr. Laurence trancou o piano de cauda, porque ele não suportava lembrar da jovem vizinha que costumava alegrar seus fins de tarde. Todos sentiam falta de Beth. O leiteiro, o padeiro, o merceeiro e o açougueiro perguntavam como ela estava; a pobre Sra. Hummel veio pedir perdão por sua imprudência e pegar um cobertor para Minna; os vizinhos enviaram todo tipo de conforto e votos de restabelecimento, e mesmo aqueles que a conheciam melhor, ficaram surpresos ao descobrir quantos amigos a pequena e tímida Beth havia feito.

Enquanto isso, ela estava deitada na cama com sua velha boneca Joanna ao seu lado, pois, mesmo no seu delírio, não se esquecia da sua infeliz protegida. Sentia saudades dos gatinhos, mas não queria que os trouxessem, para que não ficassem doentes; e, nas horas tranquilas, ela ficava muito ansiosa para ver Jo. Enviava mensagens de amor para Amy, pedia que dissessem à mãe que ela escreveria em breve; e muitas vezes pedia lápis e papel para tentar dizer uma palavra, para que o pai não pensasse que ela o havia esquecido. Mas logo esses intervalos de consciência terminavam, e ela ficava deitada hora após hora, lançando-se para lá e para cá com palavras incoerentes nos lábios ou imersa em um sono pesado que em nada lhe ajudava. O Dr. Bangs vinha duas vezes por dia, Hannah sentava-se à noite, Meg mantinha um telegrama em sua mesa pronto para enviar a qualquer momento, e Jo nunca se mexia do lado de Beth. O primeiro de dezembro foi um dia de inverno terrível para elas, pois um vento forte soprava, a neve caía rapidamente e o ano parecia estar se preparando para a morte. Quando o Dr. Bangs chegou naquela manhã, ele olhou demoradamente para Beth, segurou a mão quente nas suas por um minuto e pousou-a suavemente, dizendo, em tom baixo, para Hannah: – Se a Sra. March puder deixar o marido, é melhor que venha.

Hannah assentiu sem falar, pois seus lábios tremiam de nervoso; Meg caiu em uma cadeira quando seu corpo ficou sem forças ao ouvir aquelas palavras, e Jo, depois de ficar com um rosto pálido por um minuto, correu para a sala, pegou o telegrama, vestiu-se rapidamente e saiu na tempestade. Ela voltou logo e, enquanto tirava a capa silenciosamente, Laurie entrou com uma carta dizendo que o Sr. March estava melhorando novamente. Jo leu com gratidão, mas o fardo pesado não parecia ter saído de seu coração, e seu rosto estava tão cheio de amargura que Laurie perguntou rapidamente:

– O que foi? Beth piorou?

– Mandei uma telegrama chamando a mamãe – disse Jo, com uma expressão desesperada, tentando tirar as galochas.

– Melhor assim, Jo! Você fez isso por sua própria responsabilidade? – perguntou Laurie, quando ele sentou-a na cadeira do corredor e tirou-lhe as galochas, vendo como as mãos dela tremiam.

– Não, foi o médico que mandou.

– Oh, Jo, diga-me que não é tão ruim assim? – gritou Laurie, com um rosto assustado.

– Sim, é. Ela não nos conhece, nem fala sobre os bandos de pombas verdes, como chama as folhas de videira na parede; não se parece mais com a minha Beth, e não há ninguém para ajudar-nos e confortar-nos nessa situação; mamãe e papai estão longe e Deus parece tão longe que não consigo encontrá-lo.

Enquanto as lágrimas escorriam pelas bochechas da pobre Jo, ela estendeu a mão de uma maneira indefesa, como se estivesse tateando no escuro, e Laurie tomando-as nas suas, disse com um nó na garganta: – Estou aqui, apoie-se em mim, Jo, querida!

Ela não conseguia falar, mas realmente "apoiou-se nele", e o aperto caloroso da mão amiga confortou seu coração dolorido, e pareceu levá-la para mais perto do braço Divino, que por si só poderia sustentá-la diante de seus problemas. Laurie ansiava por dizer algo terno e confortável, mas nenhuma palavra apropriada veio a ele, então ele ficou em silêncio, acariciando sua cabeça inclinada como a mãe dela costumava fazer. Foi a melhor coisa que ele poderia ter feito; muito mais reconfortante do que as palavras eloquentes, pois Jo sentiu a simpatia irradiante e, no silêncio, aprendeu o doce consolo que a afeição administra à tristeza. Logo ela enxugou as lágrimas que a haviam aliviado e olhou para cima com um rosto agradecido.

– Obrigada, Laurie, estou melhor agora; não me sinto tão desamparada, e tentarei conformar-me com o que vier.

– Continue esperando o melhor, isso irá ajudá-la muito, Jo. Logo sua mãe estará aqui, e então tudo voltará ao normal.

– Estou tão feliz que o papai está melhor; agora ela não vai se sentir tão mal por deixá-lo. Oh, meu Deus! Parece que todos os problemas se juntaram e eu fiquei com a parte mais pesada nos meus ombros – suspirou Jo, abrindo o lenço úmido sobre os joelhos, para secar.

– Meg não faz a parte dela? – perguntou Laurie, parecendo indignado.

– Faz sim; ela tenta, mas não ama Beth como eu; e ela não sentirá falta dela como eu. Beth é minha consciência e não posso desistir dela. Não posso! Não posso! – Desceu o rosto no lenço úmido e chorou desesperadamente, pois ela se mantinha brava até agora e nunca derramara uma lágrima.

Laurie passou-lhe a mão sobre os olhos, mas não conseguia falar até que ele dominou a sensação de nó na garganta e firmou os lábios. Mesmo que fosse inadequado para um homem, mas ele não pôde evitar, e estou feliz que tenha sido assim. Agora, enquanto os soluços de Jo se acalmavam, ele disse esperançoso:

– Não pense que ela vai morrer, ela é tão boa e todos nós a amamos tanto, que eu não acredito que Deus a leve embora ainda.

– As pessoas boas e queridas sempre morrem – soluçou Jo, mas parou de chorar alto, pois as palavras de seu amigo a animavam, apesar de suas próprias dúvidas e medos.

– Pobre menina! Você está muito aflita. Não esqueça que você não está abandonada. Pare um pouco. Vou te animar em um instante. Laurie desceu as escadas de dois em dois degraus e Jo deitou a cabeça sobre a touca marrom de Beth, que ninguém pensara em tirar da mesa onde ela havia deixado. Possuía certamente algo miraculoso, pois o espírito submisso de sua gentil dona parecia ter-se apossado de Jo; e, quando Laurie desceu correndo com uma taça de vinho, ela a pegou com um sorriso e disse animada:

– Bebo à saúde da minha Beth! Você é um bom médico, Laurie, e um amigo acolhedor; como poderei lhe pagar? – ela acrescentou, enquanto o vinho refrescava seu corpo, como as palavras gentis fortaleciam seu espírito perturbado.

– Enviarei minha conta aos poucos; e hoje à noite darei a você algo que aquecerá o seu coração muito mais do que litros de vinho – disse Laurie, sorrindo para ela com uma expressão de satisfação por algum motivo oculto.

– O que é? – exclamou Jo, esquecendo-se de seus problemas por um minuto, maravilhada.

– Telegrafei para sua mãe ontem e Brooke respondeu que ela viria imediatamente e estará aqui hoje à noite. Tudo ficará bem. Não ficou feliz por eu ter feito isso? – Laurie falou muito rápido, ficou vermelho e empolgado em um minuto, pois ele mantinha sua trama em segredo, por medo de decepcionar as meninas ou prejudicar Beth. Jo ficou branca, voou da cadeira e, no momento em que ele se calou, ela lançou-lhe os braços em volta do pescoço e disse com um grito de alegria: – Oh, Laurie! Oh, mãe! Estou tão feliz! – Ela não chorou de novo, mas riu histericamente, tremeu e se agarrou ao amigo como se estivesse um pouco confusa com as notícias repentinas. Laurie, embora muito espantado, comportou-se com grande presença de espírito; ele deu um tapinha nas costas dela com suavidade e, percebendo que ela estava se recuperando, deu-lhe um ou dois beijos tímidos, o que trouxe Jo de volta à realidade. Segurando os corrimões, ela o afastou gentilmente, dizendo, sem fôlego: – Oh, não! Não faça isso! Foi um ímpeto absurdo da minha parte, mas você foi tão bondoso por telegrafar apesar das ordens contrárias de Hannah, que eu não pude deixar de o abraçar. Conte-me tudo e não me dê vinho de novo, ele me faz agir assim.

– Eu não me importo! – riu Laurie, enquanto arrumava a gravata. – Veja bem, eu estava inquieto e o vovô também. Achamos que Hannah estava exagerando em sua autoridade e que sua mãe deveria saber. Ela nunca nos perdoaria se Beth, bem, se alguma coisa acontecesse, você sabe. Por isso, pedi ao vovô que dissesse que era hora de fazermos alguma coisa e saí correndo para o telégrafo ontem, pois o médico parecia apreensivo, e Hannah quase tirou minha cabeça quando propus um telegrama. Jamais tolerei que me tratassem desse modo e então decidi passar o telegrama e assim o fiz. Sua mãe virá, eu sei, no último trem, às 2h da madrugada. Irei buscá-la e você só precisa engarrafar seu entusiasmo e manter Beth quietinha, até que a senhora abençoada chegue aqui.

– Laurie, você é um anjo! Como posso agradecer-lhe?

– Abrace-me de novo, gostei bastante – disse Laurie, parecendo malandro, algo que ele não fazia há quinze dias.

– Não obrigada, farei por procuração, quando seu avô chegar. Não me perturbe e vá para casa descansar, pois terá de levantar de madrugada. Deus te abençoe, Laurie!

Jo havia se retirado até um canto e, ao terminar seu discurso, correu para a cozinha, onde sentou-se no aparador e disse aos gatos lá reunidos que estava "feliz, muito feliz!" enquanto Laurie se retirava satisfeito, sentindo que havia feito a coisa certa.

– Esse é o rapaz mais intrometido que eu já vi; mas eu o perdoo e espero que a Sra. March chegue logo, disse Hannah, com um ar de alívio, quando Jo contou-lhe as boas notícias. Meg teve um êxtase silencioso e depois ficou meditando sobre a carta, enquanto Jo arrumava o quarto da doente e Hannah "preparava duas tortas em caso de companhia inesperada". Uma lufada de ar fresco parecia soprar pela casa, e algo melhor que a luz do sol iluminava os quartos silenciosos; tudo parecia sentir a mudança esperançosa. O pássaro de Beth começou a cantar novamente, e uma rosa semiaberta foi descoberta no arbusto de Amy perto da janela; o fogo parecia queimar com uma alegria incomum, e toda vez que as meninas se encontravam seus rostos pálidos sorriam enquanto se abraçavam, sussurrando, encorajando: "Mamãe vai chegar, querida! A mamãe vai chegar!". Todas se alegraram, menos Beth; estava deitada naquele pesado torpor, inconsciente da esperança e da alegria, da dúvida e do perigo. Era uma visão piedosa, o rosto outrora rosado, agora tão mudado e vago, as mãos outrora ocupadas, agora tão fracas e emagrecidas, os lábios sempre sorridentes, agora quase que totalmente mudos, e os cabelos, outrora bonitos e bem cuidados, agora dispersos e espalhados pelo travesseiro. Durante todo o dia ela ficou deitada, apenas despertando de vez em quando para murmurar "Água!" com os lábios tão ressecados que dificilmente conseguiam moldar a palavra; o dia todo, Jo e Meg pairavam sobre ela, observando, esperando e confiando em Deus e na mãe; e durante todo o dia a neve caiu, o vento forte se enfureceu e as horas se arrastaram lentamente. Mas, a noite finalmente chegou e, toda vez que o relógio batia, as irmãs, ainda sentadas de cada lado da cama, se entreolharam com olhos brilhantes, pois a cada hora a ajuda se aproximava. O médico tinha dito que alguma mudança para melhor ou pior provavelmente aconteceria por volta da meia-noite, quando ele retornaria. Hannah, exausta, deitou-se no sofá aos pés da cama e adormeceu rapidamente; o Sr. Laurence marchava de um lado para o outro na sala, sentindo que preferia enfrentar uma bateria rebelde do que o rosto ansioso da Sra. March ao entrar; Laurie estava deitado no tapete, fingindo descansar, mas encarando o fogo com o olhar pensativo, que tornava seus olhos negros maravilhosamente suaves e claros. As meninas jamais se esqueceram daquela noite, pois não sentiam nenhum sono enquanto vigiavam, com aquela terrível sensação de impotência que sentimos em horas como essas.

– Se Deus salvar Beth, nunca mais reclamarei de nada – sussurrou Meg, sinceramente.

– Se Deus salvar Beth, irei amá-lo e servi-lo por toda a minha vida – respondeu Jo, com igual fervor.

– Gostaria de não ter coração, isso dói muito – suspirou Meg, depois de uma pausa.

– Se a vida costuma ser tão difícil assim, não vejo como conseguiremos superar isso – acrescentou a irmã, desanimada.

O relógio bateu 12 horas e ambas esqueceram-se de si próprias para observar Beth, pois parecia que havia uma mudança em seu rosto pálido. A casa ainda estava silenciosa como um túmulo e nada além do lamento do vento quebrava o silêncio profundo. Hannah, cansada, dormiu, e ninguém, a não ser as irmãs, viu a sombra pálida que parecia cair sobre a pequena cama. Uma hora se passou e nada aconteceu, exceto a partida tranquila de Laurie para a estação. Mais uma hora e ainda ninguém veio. Temores ansiosos de atraso na tempestade ou acidentes no caminho ou, o pior de tudo, uma grande tristeza em Washington, apavoravam as pobres meninas.

Já passava das 2h, quando Jo, que estava na janela pensando em como o mundo parecia sombrio em seu manto de neve, ouviu um movimento ao lado da cama e, girando rapidamente, viu Meg ajoelhada diante da poltrona da mãe, com o rosto dela escondido. Um medo terrível tomou conta de Jo, enquanto ela pensava: – Beth está morta, e Meg tem medo de me dizer.

Ela voltou ao posto em um instante e, para seus olhos excitados, uma grande mudança parecia ter ocorrido. O rubor da febre e a expressão de dor haviam desaparecido e o rostinho amado parecia tão pálido e tranquilo em seu repouso absoluto que Jo não pensou mais em chorar ou lamentar. Debruçando-se sobre sua irmã preferida, ela beijou-lhe a testa úmida com o coração nos lábios e sussurrou suavemente: – Adeus, minha Beth, adeus!

Como se acordada pela agitação, Hannah despertou, correu para a cama, olhou para Beth, apalpou suas mãos e lábios e, jogando o avental sobre a cabeça, sentou-se para balançar de um lado para o outro, exclamando, baixinho: – A febre passou; ela está dormindo naturalmente; a pele está úmida e ela respira com facilidade. Louvado seja Deus! Oh, meu Deus! – Antes que as meninas pudessem acreditar na feliz verdade, o médico chegou para confirmar. Ele era um homem singelo, mas elas acharam seu rosto bastante celestial quando ele sorriu e disse, com um olhar paternal para elas: – Sim, minhas queridas; acho que a menininha está livre do perigo desta vez. Mantenham a casa quieta e deixem-na dormir; quando acordar, deem a ela...

Nenhuma das duas ouviu o que deviam dar, pois ambas entraram no corredor escuro e, sentadas nas escadas, abraçaram-se, com os corações tão alegres que mal conseguiam falar. Quando voltaram foram beijadas e abraçadas pela fiel Hannah e encontraram Beth deitada como de costume, com a bochecha apoiada na mão, a terrível palidez desaparecera e ela respirava calmamente, como se tivesse acabado de adormecer.

– Se a mãe chegasse agora! – disse Jo, quando a noite de inverno começava a chegar ao fim.

– Veja – disse Meg, chegando com uma rosa branca semiaberta: – Achei que essa flor não estaria aberta nem amanhã para colocar na mão de Beth, caso ela nos deixasse. Mas floresceu durante a noite e agora pretendo colocá-la no meu vaso aqui, para que, quando nossa querida acordar, as primeiras coisas que veja, sejam a pequena rosa e o rosto de mamãe.

Nunca o sol havia nascido tão lindamente, nem o mundo parecera tão adorável, aos pesados olhos de Meg e Jo, quanto a aurora daquele dia, depois de sua longa e triste vigília da noite.

– Parece um mundo de fadas – disse Meg, sorrindo para si mesma, enquanto estava atrás da cortina, observando a vista deslumbrante.

– Ouça! – exclamou Jo, começando a se levantar.

Sim, havia um som de campainha na porta lá abaixo, um grito de Hannah e a voz de Laurie dizendo, num sussurro alegre:

– Meninas! Ela chegou! Ela chegou!

Capítulo 19

O testamento de Amy

Enquanto essas coisas aconteciam em casa, Amy passava por momentos difíceis na casa da tia March. Ela sentiu seu exílio profundamente e, pela primeira vez em sua vida, percebeu o quanto era amada e mimada em sua casa. Tia March nunca mimava ninguém, ela não gostava disso; mas procurava ser gentil, pois a menininha bem-comportada a agradou muito, e tia March reservava um cantinho suave em seu velho coração para os filhos do sobrinho, embora não achasse apropriado confessá-lo. Ela realmente fez o seu melhor para deixar Amy feliz, mas, meu Deus, quantos erros cometeu! Alguns idosos mantêm a juventude no coração, apesar das rugas e dos cabelos grisalhos, podem simpatizar com os pequenos sentimentos e alegrias das crianças, fazer com que se sintam em casa e podem ensinar lições sábias com brincadeiras agradáveis, dando e recebendo amizade da maneira mais doce possível. Mas tia March não tinha esse dom e aborrecia Amy até a morte com suas regras e ordens, suas exigências excessivas e longos e enfadonhos sermões. Achando a criança mais dócil e amável do que a irmã, a velhinha sentiu o dever de combater, na medida do possível, os maus efeitos de liberdade e tolerância com que fora criada. Então, ela pegava Amy pela mão e lhe ensinava como ela mesma havia sido ensinada sessenta anos atrás; um processo que deixava Amy constrangida e a fazia se sentir como uma mosca na teia de uma aranha implacável.

Ela tinha de lavar as xícaras todas as manhãs e polir as colheres antigas, o bule de prata e os copos, até brilharem. Depois ela tinha de tirar o pó da sala, e que trabalho difícil! Nem um pontinho escapava aos olhos de tia March, e todos os móveis tinham pernas com garras e muitos entalhes, onde era quase impossível retirar completamente o pó. Depois, alimentar o papagaio, Polly, pentear o cãozinho, subir e descer as escadas uma dúzia de vezes para buscar coisas ou dar ordens, pois a velha senhora era manca e raramente saía de sua cadeira grande. Após esses trabalhos cansativos, ela precisava fazer suas lições, o que colocava em prova diária todas as virtudes que possuía. Após todas essas tarefas, ela tinha uma hora para se exercitar ou brincar, que ela aproveitava com prazer indescritível! Laurie vinha todos os dias e agradava a tia March até esta deixar Amy sair com ele, quando andavam, cavalgavam e se divertiam. Depois do jantar, ela tinha de ler em voz alta e ficar quieta enquanto a velha senhora dormia, o que costumava fazer por uma hora, quando ela caia no sono logo na primeira página. Apareciam então colchas de retalhos ou toalhas, e Amy costurava com aparente mansidão e revolta interna até o anoitecer, quando lhe era permitido divertir-se como quisesse, até a hora do chá.

As noites eram as piores, pois tia March começava a contar longas histórias sobre sua juventude, tão indescritivelmente monótona, que Amy preferia ir mais cedo para a cama, com a intenção de chorar sua triste sina, mas geralmente costumava dormir antes de derramar uma ou duas lágrimas. Se não fosse por Laurie e a velha Esther, a criada, nunca conseguiria ter enfrentado esse momento terrível. Só o papagaio a distraía um pouco, mas logo sentiu que ela não o admirava e se vingava sendo o mais travesso possível. Ele puxava os cabelos dela sempre que ela se aproximava dele, derrubava o pão e o leite para atormentá-la quando ela limpava a gaiola, fazia Mop latir bicando-o enquanto a Madame cochilava; a chamava com nomes feios na frente de outras pessoas e se comportava em todos os aspectos como um velho pássaro malcriado. Ela também não podia suportar o cachorro, um animal gordo e estúpido, que rosnava e gritava para ela quando ela o estava limpando, e que deitava de costas com as pernas para o ar e uma expressão idiota quando ele queria algo para comer, o que acontecia uma dúzia de vezes por dia. A cozinheira vivia de mau humor, o velho cocheiro era surdo e Esther era a única que notava a jovem. Esther era uma francesa, que servia a "Madame", como ela chamava tia March, há muitos anos, e que tiranizou a velha senhora, que não podia viver sem ela. O nome verdadeiro dela era Estelle, mas tia March ordenou que ela o mudasse, e ela obedeceu com a condição de que nunca lhe pedissem para mudar de religião. Ela tinha grande afeição por Mademoiselle e a divertia muito, com histórias estranhas de sua vida na França, quando Amy sentava a seu lado enquanto ela cuidava das rendas de Madame. Ela também permitiu que Amy vagasse pela casa grande e examinasse as coisas curiosas e bonitas guardadas nos grandes armários e baús antigos, porque tia March acumulava coisas como uma pega. O principal deleite de Amy era um armário indiano cheio de gavetas esquisitas, pequenos buracos e lugares secretos onde eram guardados todos os tipos de ornamentos, alguns preciosos, outros meramente curiosos, todos mais ou menos antigos. Examinar e organizar essas coisas deu a Amy uma grande satisfação, especialmente as caixas de joias, nas quais, em almofadas de veludo, repousava os ornamentos que adornavam uma bela senhora de quarenta anos atrás. Havia o conjunto de granadas que tia March usava quando saía, as pérolas que seu pai lhe deu no dia do casamento, os diamantes de seu marido, os anéis e alfinetes de luto, os medalhões estranhos, com retratos de amigos mortos e salgueiros-chorão feitos com cabelo, as pulseiras de bebê que sua única filha usara; o grande relógio do tio March, com o selo vermelho com o qual tantas mãozinhas infantis brincavam, e em uma caixa, sozinha, estava a aliança de casamento da tia March, agora pequena demais para a mão gorda, mas guardada com cuidado, como a joia mais preciosa de todas elas.

– Qual *Mademoiselle* escolheria se pudesse? – perguntou Esther, que sempre se sentava perto para vigiar e trancar os objetos de valor.

– Gosto mais dos diamantes, mas não há colar entre eles, e gosto de colares, eles são tão atraentes. – Escolheria esse se pudesse – respondeu Amy, olhando com grande admiração um cordão de ouro com contas de ébano, do qual pendia uma cruz pesada do mesmo metal.

– Eu também escolheria ele, mas não como um colar; ah não! para mim é um rosário e, como tal, devo usá-lo como boa católica – disse Esther, olhando para a joia melancolicamente.

– Ele deve ser usado como você usa aquelas contas de madeira penduradas no seu espelho? – perguntou Amy.

– Verdadeiramente, sim, são usadas para rezar. Seria agradável para os santos que alguém usasse um rosário tão lindo quanto esse para rezar, em vez de usá-lo como uma joia vã.

– Parece que suas orações lhe trazem muito conforto, Esther, porque sempre está calma e satisfeita. Desejaria ser assim.

– Se Mademoiselle fosse católica, encontraria verdadeiro conforto; mas, como não é assim, seria bom que separasse parte de seu dia para meditar e orar, assim como a boa senhora a quem servi antes de Madame. Ela tinha uma pequena capela, e nela encontrava solução para muitos problemas.

– Seria certo eu fazer isso também? – perguntou Amy, que, em sua solidão, sentia necessidade de ajuda de algum tipo e achava que iria esquecer seu livrinho, agora que Beth não estava lá para lembrá-la.

– Seria excelente e encantador. Eu, de bom grado, prepararei o vestiário para você, se quiser. Não diga nada a Madame, mas quando ela dormir, vá e sente-se sozinha um pouco para ter bons pensamentos e pedir ao Deus querido que salve sua irmã.

Esther era verdadeiramente piedosa e sincera em seus conselhos, pois ela tinha um coração afetuoso e lastimava muito o sofrimento daquelas irmãs. Amy gostou da ideia e deixou que ela arrumasse o vestiário ao lado de seu quarto, esperando que isso lhe fizesse bem.

– Gostaria de saber para onde irão todas essas coisas bonitas quando tia March morrer – disse ela, enquanto lentamente recolocava o rosário brilhante e fechava as caixas de joias uma a uma.

– Para você e suas irmãs. Eu sei, madame confia seus segredos a mim e fui testemunha de seu testamento, e assim deve ser – sussurrou Esther, sorrindo.

– Que bom! Mas eu gostaria que ela nos deixasse tê-los agora. A procrastinação não é agradável – observou Amy, dando uma última olhada nos diamantes.

– Ainda é muito cedo para as jovens usarem essas coisas. A primeira noiva terá as pérolas conforme Madame disse; e imagino que o pequeno anel turquesa será dado a você quando ela se for, pois Madame aprova seu bom comportamento e maneiras encantadoras.

– Acha isso? Oh, eu serei um cordeiro, se eu puder apenas ter esse anel adorável! É muito mais bonito que o de Kitty Bryant. Eu gosto da tia March, afinal – e Amy experimentou o anel azul com um rosto encantado e uma firme determinação em conquistá-lo. A partir daquele dia, ela era um modelo de obediência, e a velhinha admirava complacentemente o sucesso de seu treinamento. Esther arrumou o vestiário com uma mesinha, colocou um banquinho diante dela e, em cima, uma imagem tirada de um dos aposentos fechados. Ela achou que não tinha grande valor, mas, sendo apropriado, pegou emprestado, sabendo que Madame nunca o faria agora, nem se importaria se o fizesse. Era, no entanto, uma cópia muito valiosa de uma das imagens famosas do mundo, e os olhos de Amy, amantes da beleza, nunca se cansavam de olhar para o rosto doce da Mãe Divina, enquanto seu coração se enchia de pensamentos ternos. Sobre a mesa, ela colocou sua pequena Bíblia e o hinário, mantinha um vaso sempre cheio das melhores flores que Laurie levava para ela e vinha todos os dias para "sentar-se sozinha, pensando bem e rezando ao querido Deus para salvar sua irmã". Esther havia lhe dado um rosário de contas pretas, com uma cruz de prata, porém Amy deixava-o pendurado e não o usava, pois tinha dúvidas quanto à sua conveniência para as orações protestantes.

A menininha fazia tudo com muita sinceridade, pois, sendo deixada sozinha do lado de fora do ninho seguro, sentiu a necessidade de uma mão amável para segurar com tanta força que instintivamente se voltou para o Amigo forte e terno, cujo amor paternal envolvia Seus filhos pequenos. Sentia falta da ajuda de sua mãe para entender e controlar a si mesma, mas, tendo sido ensinada para quem recorrer, fez o possível para encontrar o caminho e segui-lo confiante. Amy era uma jovem peregrina e agora seu fardo parecia muito pesado. Ela tentou esquecer a si mesma, manter-se alegre e satisfeita em fazer o certo, embora ninguém a visse ou a elogiasse por isso. Em seu primeiro esforço em ser muito, muito boa, ela decidiu fazer seu testamento, como tia March havia feito, para que, se caísse doente e morresse, seus bens pudessem ser justa e generosamente divididos. Era muito sacrifício para ela pensar em desistir dos pequenos tesouros que aos seus olhos eram tão preciosos quanto as joias da velha senhora. Durante uma de suas horas de descanso, ela escreveu o importante documento o melhor que pôde, com alguma ajuda de Esther em certos termos legais; e, quando a simpática francesa assinou seu nome, Amy sentiu-se aliviada e separou-o para mostrar a Laurie, a quem queria como segunda testemunha. Como estava um dia chuvoso, ela subiu as escadas para se divertir em um dos grandes quartos e levou Polly com ela para lhe fazer companhia. Nesse quarto, havia um guarda-roupa cheio de roupas antigas, com as quais Esther permitia que ela brincasse, e sua diversão favorita era vestir os brocados desbotados e desfilar de um lado para o outro diante do espelho comprido, fazendo cortesias majestosas, arrastando a cauda com um sussurro que encantava seus ouvidos. Ela estava tão ocupada naquele dia que não ouviu o toque da campainha de Laurie, nem viu o rosto dele observando-a, enquanto ela passeava solenemente de um lado para o outro, flertando com o leque e meneando a cabeça, com um turbante rosa grande, contrastando estranhamente com o vestido azul de brocado e a anágua acolchoada amarela. Ela era obrigada a andar com cuidado, pois usava sapatos de salto alto e, como Laurie disse a Jo depois, foi uma cena cômica vê-la andar com aquelas roupas, com Polly, o papagaio, se aproximando e parando atrás dela, imitando-a da melhor forma que podia e, ocasionalmente, parando para rir ou exclamar: "Não estamos bem? Saia espantalho! Cale a boa! Beije-me, querida; ha! ha!".

Reprimindo a todo custo uma explosão de risos, para que não ofendesse sua majestade, Laurie bateu palmas e foi graciosamente recebido.

– Sente-se e descanse enquanto eu guardo essas coisas; depois, quero consultá-lo sobre um assunto muito sério – disse Amy, depois de exibir seus trajes e deixar Polly em um canto. – Essa ave é uma provação na minha vida – continuou ela, retirando a montanha rosa da cabeça, enquanto Laurie se sentava bem à vontade em uma cadeira. – Ontem, enquanto a titia dormia, eu estava tentando ficar tão quieta quanto um rato, Polly começou a gritar e bater em sua gaiola; então fui até lá para deixá-lo sair e encontrei uma aranha grande. Eu cutuquei e ela correu para debaixo da estante de livros; Polly correu atrás dela, curvou-se e espiou por baixo da estante de livros, dizendo, de um jeito engraçado, com um piscar de olhos: "Saia e vamos dar uma volta, minha querida". Não pude deixar de rir, o que fez Polly xingar e a titia acordar e nos repreendeu a ambos.

– A aranha aceitou o convite? – perguntou Laurie, bocejando.

– Sim, ele saiu correndo muito assustado e subiu na cadeira da titia, gritando: "*Pegue ela*! *pegue ela*! *pegue ela*!" enquanto eu tentava matá-la.

– Isso é mentira! Oh, senhor! – exclamou o papagaio, bicando os dedos dos pés de Laurie.

– Eu torceria seu pescoço se você fosse meu, seu velho importuno – exclamou Laurie, fechando o punho para a ave, que virou a cabeça para um lado e repetiu: "Aleluia! Deus te abençoe!"

– Agora estou pronta – disse Amy, fechando o guarda-roupa e tirando um papel do bolso. – Quero que você leia isso, por favor, e me diga se é legal e correto. Senti que deveria fazê-lo, pois a vida é incerta e não quero nenhum pesar sobre minha tumba.

Laurie mordeu os lábios e, mudando um pouco seu costume de orador pensativo, leu o seguinte documento, com gravidade digna de louvor, levando em conta a ortografia:

MINHA ÚLTIMA VONTADE E TESTAMENTO.

Eu, Amy Curtis March, estando em plena lucidez de espírito, disponho de todos os bens que possuo, no caso de minha morte, a saber:

Para meu pai, deixo meus melhores quadros, esboços, mapas e obras de arte, incluindo molduras. Também meus 100 dólares, para fazer o que lhe aprouver. Para minha mãe, todas as minhas roupas, exceto o avental azul com bolsos, também meu retrato e meu medalhão, com muito amor.

Para minha querida irmã Margaret, dou meu anel turquesa (se o conseguir), também minha caixa verde com as pombas, meu cordão para que use em seu pescoço e meu esboço dela como recordação de sua irmãzinha.

Para Jo, deixo meu broche, que foi consertado com lacre, também meu tinteiro de bronze, cuja tampa ela perdeu, e meu mais precioso coelho de gesso, porque sinto muito mas queimei a história dela.

Para Beth (se ela morrer depois de mim), dou minhas bonecas e a pequena escrivaninha, meu leque, minhas golas de linho e meus chinelos novos, se ela puder usá-los, apesar de sua magreza, quando sarar. Nesse documento também deixo meu arrependimento por caçoar da velha Joanna.

Ao meu amigo e vizinho Theodore Laurence deixo minha pasta de papéis, meu modelo de barro de um cavalo, embora ele tenha dito que não tinha pescoço. Também em troca de sua grande bondade na hora da aflição, qualquer uma das minhas obras artísticas que ele gostar, *Noter Dame* é a melhor.

Ao nosso venerável benfeitor, Sr. Laurence, deixo minha caixa roxa com um espelho na tampa, que será bom para as canetas e o lembrará da menina falecida a qual agradece seus favores à família dela, especialmente a Beth.

Desejo que minha companheira favorita Kitty Bryant fique com o avental de seda azul e meu anel de contas douradas com um beijo.

Para Hannah, dou a caixa de fitas que ela queria e todos os trabalhos de arte que vou deixar esperando que ela se lembre de mim, quando os vir.

Tendo assim disposto dos meus bens mais valiosos, espero que todos fiquem satisfeitos e não censurem a finada. Perdoo todos e confio em que todos possamos nos encontrar quando a trombeta soar. Amém.

Neste testamento, aponho minha assinatura e meu selo aos vinte dias de novembro de 1861.

AMY CURTIS MARCH

Testemunhas:
ESTELLE VALNOR,
THEODORE LAURENCE

O sobrenome estava escrito a lápis, e Amy explicou que ele deveria reescrevê-lo com tinta e selá-lo adequadamente para ela.

– Quem colocou isso na sua cabeça? Alguém te contou que Beth doara os objetos dela? – perguntou Laurie, sobriamente, enquanto Amy colocava um pedaço de fita vermelha, cera de vedação, um lacre e uma mesinha diante dele.

Ela explicou e então perguntou, ansiosamente: – E quanto a Beth?

– Não devia ter falado nada, sinto muito; mas, como já falei, agora vou lhe contar tudo. Ela se sentiu tão doente um dia que disse a Jo que queria dar seu piano para Meg, seu pássaro para você e a pobre boneca velha para Jo, que adoraria por amor a ela. Lamentava ter tão pouco para dar e deixara os cachos de seu cabelo para o restante de nós, e seu melhor amor para o vovô. Ela nunca pensou em fazer um testamento.

Laurie estava assinando e selando enquanto falava, e não olhou para cima até uma grande lágrima cair no papel. O rosto de Amy estava transtornado, mas ela apenas disse: – As pessoas não costumam colocara *post scriptum* em seus testamentos?

– Sim, são os chamados codicilos.

– Coloque um no meu, então, que desejo que todos os meus cachos sejam cortados e entregues aos meus amigos. Esqueci-me disso, mas quero que seja feito, embora eu fique feia.

Laurie acrescentou o pedido e sorriu mediante o último e maior sacrifício de Amy. Então ele a divertiu por uma hora e ficou muito interessado em todas as suas provações. Mas, quando ele ia embora, Amy o segurou para sussurrar com os lábios trêmulos: – Existe realmente algum risco para Beth?

– Receio que exista, mas devemos esperar o melhor, então não chore, querida – e Laurie colocou o braço sobre ela com um gesto fraterno, que foi muito reconfortante.

Quando ele partiu, ela foi para sua pequena capela e, sentada lá, ao crepúsculo, orou por Beth, chorando copiosamente e com um coração aflito, sentindo que um milhão de anéis turquesa não a consolariam pela perda de sua irmãzinha.

Capítulo 20

Confidências

Não tenho palavras para descrever o encontro da mãe com as filhas. Esses momentos são belíssimos de se viver, mas muito difíceis de descrever; portanto, deixarei isso para a imaginação dos meus leitores, apenas dizendo que a casa ficou cheia de genuína felicidade e que a terna esperança de Meg foi realizada, pois quando Beth acordou daquele sono longo e curativo, as primeiras coisas que viram foram a pequena rosa e o rosto da mãe. Fraca demais para pensar em alguma coisa, ela apenas sorriu e se aninhou nos braços amorosos ao seu redor, sentindo que seu desejo ardente estava finalmente satisfeito. Então ela dormiu, e as meninas esperaram pela mãe, pois ela não queria abrir a mãozinha fina que se agarrava à dela, mesmo dormindo. Hannah havia preparado um café da manhã surpreendente para a viajante, achando impossível exteriorizar seu contentamento de qualquer outra maneira; Meg e Jo não se afastavam da mãe como duas cegonhas jovens e obedientes, enquanto ouviam seu relato sobre o estado do pai, sobre a promessa do Sr. Brooke de ficar e cuidar dele, sobre os atrasos que a tempestade ocasionara na jornada de volta para casa, e o conforto indescritível que o rosto esperançoso de Laurie lhe dera quando ela chegou, exausta e cheia de ansiedade e frio. Que dia inusitado, porém muito agradável! Foi brilhante e alegre, pois o mundo todo parecia dar boas-vindas à primeira neve; tão quieto e repousante do lado de dentro, pois todos dormiam e uma quietude reinava na casa naquele sábado, enquanto Hannah balançava a cabeça montando guarda na porta. Com uma sensação de alegria de se verem livres da carga, Meg e Jo fecharam os olhos cansados e descansaram como barcos castigados pela tempestade, ancorados em um porto tranquilo. A Sra. March não saía do lado de Beth, mas descansava na poltrona, acordando com frequência para olhar, tocar e agasalhar sua filha, como um avarento que houvesse recuperado seu tesouro.

Enquanto isso, Laurie saiu apressado para tranquilizar Amy e contou sua história tão bem que tia March realmente se conteve e não disse uma única vez: "Eu bem que falei". Amy sentiu-se tão forte nessa ocasião que acho que os bons pensamentos na pequena capela realmente começaram a dar frutos. Secou as lágrimas rapidamente, conteve a impaciência de ver a mãe e nem pensou no anel turquesa, quando a velha senhora concordou com entusiasmo na opinião de Laurie, de que se comportava "como uma verdadeira mulherzinha". Até Polly parecia impressionado, pois ele a chamava de "boa menina", repetia "Deus te abençoe" e dizia "vamos dar uma volta, querida", em seu tom mais afável. Ela teria muito prazer em sair para desfrutar do brilhante dia de inverno, porém, descobrindo que Laurie estava caindo no sono, apesar dos esforços sobre-humanos para esconder o fato, ela o convenceu a descansar no sofá, enquanto escrevia um bilhete para a mãe. Ela demorou muito tempo nisso e, quando voltou, Laurie estava estendido com os dois braços embaixo da cabeça, profundamente adormecido, enquanto tia March abaixava as cortinas e ficava sem fazer nada em um ataque incomum de benignidade. Depois de um tempo, começaram a pensar que ele não iria acordar até a noite, e não tenho certeza se o faria, se não tivesse sido efetivamente despertado pelo grito de alegria de Amy ao ver sua mãe. Provavelmente, havia muitas menininhas felizes na cidade e nos arredores naquele dia, mas é minha opinião pessoal que Amy era a mais feliz de todas, quando se sentou no colo da mãe e contou suas provações, recebendo consolo e compensação na forma de aprovar sorrisos e carícias carinhosas. Estavam sozinhas juntas na capela, à qual sua mãe não se opôs quando lhe foi explicado seu propósito. – Pelo contrário, gosto muito, querida – disse ela, olhando do rosário empoeirado para o livrinho bem gasto e a bela imagem com sua guirlanda de sempre-verde. – É um excelente plano ter um lugar onde possamos ficar quietos, quando as coisas nos incomodam ou nos entristecem. Existem muitos momentos difíceis nesta nossa vida, mas sempre podemos suportá-los se pedirmos ajuda da maneira certa. Eu acho que minha menininha está aprendendo isso?

– Sim, mãe, e quando eu voltar para casa, quero ter um cantinho no gabinete grande para colocar meus livros e a cópia da foto que eu tentei fazer. O rosto da mulher não está bom, é bonito demais para eu desenhar, mas o bebê está melhor e gosto muito dele. Gosto de pensar que Ele já foi uma criança, pois assim não me sinto tão longe, e isso me ajuda.

Quando Amy apontou para o menino Jesus sorridente no joelho de sua mãe, a Sra. March viu algo na mão levantada que a fez sorrir. Ela não disse nada, mas Amy entendeu o olhar e, após uma pausa de um minuto, acrescentou, em tom sério: – Queria falar com a senhora sobre isso, mas esqueci. Tia March me deu o anel hoje, ela chamou-me e beijou-me, colocou o anel no meu dedo e disse que eu era um orgulho para ela, e que gostaria de criar-me. Ela me deu aquele estojo engraçado para guardar a turquesa, porque é muito grande. Posso usá-lo, mãe?

– Ele é muito bonito, mas acho que você é jovem demais para usar uma joia assim, Amy – disse a Sra. March, olhando para a mãozinha gorducha, com a faixa de pedra azul-celeste no indicador e o estojo pitoresco formado por duas mãos minúsculas e douradas entrelaçadas.

– Vou tentar não ser vaidosa – disse Amy. – Não quero usá-lo só porque é bonito, mas pela mesma razão que a menina da história usava sua pulseira, para me lembrar de algo.

– Você quer dizer tia March? – perguntou a mãe, rindo.

– Não, para me lembrar de não ser egoísta. – disse Amy tão séria e sincera, que sua mãe parou de rir e ouviu respeitosamente o pequeno plano.

– Ultimamente, tenho pensado bastante sobre a minha coleção de defeitos, e ser egoísta é o pior; então vou tentar me corrigir, se eu puder. Beth não é egoísta, e é por isso que todos a amam e sentem-se tão mal ao pensar em perdê-la. As pessoas não se sentiriam tão mal comigo se eu estivesse doente, e eles têm razão; mas gostaria de ser amada e querida por muitos amigos, então vou tentar ser como Beth em tudo o que puder. Sou capaz de esquecer minhas resoluções, mas se eu sempre tivesse algo comigo para me lembrar, acho que me sairia melhor. Posso tentar?

– Sim; mas tenho mais fé no cantinho no gabinete. Use o anel, querida, e faça o seu melhor; acho que você prosperará, pois o desejo sincero de ser boa é metade da vitória. Agora, preciso voltar para junto de Beth. Tenha um pouco de paciência, filhinha, e em breve você estará em casa novamente.

Naquela noite, enquanto Meg escrevia para o pai, para relatar a chegada da mãe, Jo subiu as escadas até o quarto de Beth e, encontrando a mãe no lugar habitual, ficou um minuto torcendo os cabelos com os dedos, com um ar de contrariedade e indecisão.

– O que foi, querida? – perguntou a Sra. March, estendendo a mão com um rosto que inspirava confiança.

– Quero lhe contar uma coisa, mãe.

– Sobre Meg?

– Nossa! Como a senhora adivinhou rápido! Sim, se é sobre ela, embora seja uma coisinha sem importância, está me incomodando.

– Beth está dormindo, fale baixo e conte-me tudo. Espero que aquele Moffat não tenha estado aqui? perguntou a Sra. March, um tanto abruptamente.

– Não; eu teria fechado a porta na cara dele, se ele viesse – disse Jo, sentando-se no chão aos pés da mãe. – No verão passado, Meg deixou um par de luvas na casa dos Laurences, e apenas uma foi devolvida. Esquecemos tudo até que Laurie me disse que o Sr. Brooke estava com ela. Ele a guardava no bolso do colete e uma certa vez ela caiu e Laurie brincou com ele. O Sr. Brooke confessou que gostava de Meg, mas não se atrevia a dizer isso a ela porque era tão jovem e ele tão pobre. Não acha que isso é medonho?

– Você acha que Meg gosta dele? – perguntou a Sra. March, com um olhar ansioso.

– Meu Deus! Não sei nada sobre amor e essas tolices! – exclamou Jo, com uma mistura engraçada de interesse e desprezo. – Nos romances, as meninas demonstram o amor com sobressaltos, rubores, desmaios, emagrecimento e atitudes tolas. Agora Meg não faz nada disso. Ela come, bebe e dorme, como uma criatura sensata; olha diretamente nos meus olhos quando falo sobre esse homem, e só cora um pouco quando Laurie faz brincadeiras sobre namorados. Eu o proíbo de fazê-lo, mas ele não obedece como deveria.

– Então você acha que Meg não está interessada em John?

– Em quem? – Jo perguntou com espanto.

– O Sr. Brooke, eu o chamo de "John" agora; acostumamos a chamá-lo assim no hospital, e ele gosta.

– Oh, meu Deus! Eu sei que a senhora irá defendê-lo; ele foi bom com o papai e você não vai mandá-lo embora, mas deixará Meg se casar com ele, se ela quiser. Que terror! Ir cuidar do papai e fazer companhia para a senhora apenas para convencê-los a gostar dele. – e Jo começou a torcer os cabelos novamente com raiva.

– Minha querida, não fique com raiva. Vou lhe dizer como aconteceu. John foi comigo a pedido do Sr. Laurence, e era tão devotado a seu pobre pai, que não pudemos deixar de gostar dele. Ele foi muito sincero e honrado a respeito de Meg, pois nos disse que a amava; mas precisava adquirir um lar confortável antes de pedi-la em casamento. Só queria nossa permissão para amá-la e também de fazê-la amá-lo, se pudesse. Ele é um rapaz excelente, e não poderíamos nos recusar a ouvi-lo; mas não vou consentir que Meg se case tão jovem.

– Claro que não, seria tolice! Eu sabia que havia alguma coisa, mas agora vejo que é pior do que eu imaginava. Só gostaria de poder casar-me com Meg e mantê-la segura na família.

Essa estranha declaração fez a Sra. March sorrir, mas ela disse seriamente:

– Jo, eu confio em você e não quero que diga nada a Meg. Quando John voltar e eu os vir juntos, poderei julgar melhor os sentimentos dela em relação a ele.

– Ela olhará para aqueles olhos lindos de que fala, e então estará tudo perdido. Ela tem um coração tão sensível que derreterá como manteiga ao sol se alguém a olhar sentimentalmente. Ela lia os breves relatos que ele enviava mais do que lia suas cartas, mãe, e me beliscava quando eu falava sobre isso. Ela gosta de olhos castanhos e não acha John um nome feio; ela irá apaixonar-se e será o fim de nossa paz, diversão e tempos aconchegantes juntas. Posso ver tudo! Eles começarão a namorar pela casa e teremos de nos esquivar. Meg ficará distraída e não será mais bondosa comigo; Brooke irá procurar fortuna em algum lugar e a levará consigo, deixando um vazio em nossa família, ficarei com meu coração partido e tudo será extremamente triste. Oh, meu Deus! por que não nascemos todas meninos? Assim não haveria aborrecimento algum!

Jo apoiou o queixo nos joelhos, em atitude de desconsolo e sacudiu o punho em ameaça ao censurável John. A Sra. March suspirou e Jo olhou com um ar de alívio.

– Você não acha, mãe? Fico feliz por isso. Iremos nos livrar dele e não contaremos uma palavra a Meg, assim ficaremos todas felizes e juntas novamente, como sempre estivemos.

– Errei em almejar isso, Jo. É natural e correto que todas vocês tenham seus lares a seu tempo, mas quero manter minhas filhas por perto o maior tempo possível. Meg tem apenas 17 anos e levará alguns anos até que John possa dar-lhe um lar. Seu pai e eu concordamos que ela não assumirá nenhum compromisso nem se casará antes dos 20 anos. Se ela e John se amarem, poderão esperar, pondo em prova seu amor ao fazer isso. Ela é ajuizada e não tem medo que ela o trate indelicadamente. Minha linda menina de bom coração! Espero que tudo corra bem com ela.

– A senhora não prefere que ela se case com um homem rico? – perguntou Jo, percebendo que a voz de sua mãe vacilava um pouco nas últimas palavras.

– O dinheiro é uma coisa boa e útil, Jo. Espero que minhas meninas nunca passem necessidades excessivas pela falta dele e nem sejam tentadas em demasia pela abundância do mesmo. Gostaria de saber que John está bem estabelecido ou que tem boa renda ou renda suficiente para manter-se livre das dívidas e deixar Meg confortável. Não sou ambiciosa por uma fortuna esplêndida, uma posição elegante ou um grande nome para minhas meninas. Se posição e dinheiro vierem com amor e virtude, também vou aceitá-los com gratidão e alegrar-me com sua boa sorte; mas sei, por experiência própria, que a felicidade genuína pode ser comprada em uma casinha simples, onde se ganha o pão diário e algumas privações dão doçura aos poucos prazeres. Fico contente em ver Meg começar humildemente, pois, se não me engano, ela se sentirá rica na posse do coração de um homem bom, e isso é melhor do que uma fortuna.

– Compreendo, mamãe, e concordo também; mas estou desapontada com Meg, pois planejei que ela casasse com Laurie no futuro e pudesse viver no luxo todos os dias. Não seria maravilhoso? – perguntou Jo, olhando para cima com um rosto mais brilhante.

– Ele é mais jovem do que ela, você sabe – comentou a Sra. March; mas Jo interrompeu:

– Oh, isso não importa. Ele é bem desenvolvido para a idade e pode ser bastante adulto, se quiser. Ele também é rico, generoso e bom, e ama todas nós; é uma pena que meu plano termine assim.

– Receio que Laurie não esteja crescido o suficiente para Meg, e agora é demais para alguém em quem confiar. Não faça planos, Jo; deixe que o tempo e o coração deles resolvam o que fazer. Não devemos nos intrometer nesses assuntos e será melhor deixarmos de lado essas "tolices românticas", como você diz, para que não estragar nossa amizade.

– Bem, eu não vou deixar isso acontecer, mas odeio ver as coisas se atrapalhando, quando um empurrãozinho aqui e um corte ali, poderiam endireitar tudo. Eu gostaria que houvesse um jeito de não crescermos. Mas, os botões serão rosas e os gatinhos serão gatos grandes, que pena!

– O que é isso sobre botões e gatos? – perguntou Meg, enquanto entrava no quarto com a carta finalizada na mão.

– Apenas um dos meus discursos tolos. Vou deitar-me. Vamos, Meg – disse Jo, desdobrando-se como um boneco de mola.

– Muito bem, e lindamente escrita. Por favor, acrescente que eu mando lembranças a John – disse a Sra. March, enquanto olhava a carta e a devolvia.

– Você o chama de "John"? – perguntou Meg, sorrindo, com os olhos inocentes olhando para os da mãe.

– Sim, ele tem sido como um filho para nós e gostamos muito dele – respondeu a Sra. March, lançando à filha um olhar entusiasmado.

– Fico feliz com isso, ele é tão sozinho. Boa noite, mãe querida. É tão confortante tê-la aqui novamente – respondeu Meg com calma.

O beijo que sua mãe lhe deu foi muito terno e, quando ela saiu, a Sra. March disse, com uma mistura de satisfação e pesar: – Ela ainda não ama John, mas em breve aprenderá.

Capítulo 21

Laurie arruma um problema e Jo tem de resolver

O rosto de Jo era um mistério no dia seguinte, pois o segredo pesava sobre ela, e ela achava difícil não parecer enigmática e importante. Meg notou que havia acontecido algo, mas não se incomodou em fazer perguntas, pois havia aprendido que a melhor maneira de lidar com Jo era pela lei dos contrários, por isso teve certeza que saberia de tudo, se não perguntasse. Ela ficou bastante surpresa, contudo, quando o silêncio permaneceu ininterrupto, e Jo assumiu um ar protetor, que decididamente provocava Meg, que por sua vez assumiu ares de reserva e dignidade e se dedicou exclusivamente à mãe. Isso fez com que Jo só pudesse contar consigo mesma, pois a Sra. March havia assumido seu lugar de enfermeira, ordenou que ela descansasse, se exercitasse e se divertisse depois de tão longo confinamento. Quando Amy se foi, Laurie era seu único refúgio e, por mais que gostasse do convívio com ele, ela o temia naquele momento, pois ele era uma provocação incorrigível, e temia que ele lhe arrancasse o segredo.

Ela estava certa. O rapaz que adorava travessuras não demorou a suspeitar de algum mistério e se propôs a descobri-lo, atormentando Jo para tal. Ele lamentou, subornou, ridicularizou, ameaçou e repreendeu, mostrou indiferença para que ele pudesse surpreender a verdade, declarou que sabia, então que não se importava e, finalmente, por causa de sua perseverança, ele descobriu que tudo estava relacionado a Meg e ao Sr. Brooke. Sentindo-se indignado por não ter sido o confidente de seu tutor, ele se esforçou para criar uma retaliação adequada porque achou-se menosprezado. Enquanto isso, Meg aparentemente esquecera o assunto e estava absorta nos preparativos para a volta do pai; mas, de repente, houve uma mudança em seu comportamento e, por um dia ou dois, ela estava bastante diferente do que costumava ser. Sobressaltava-se quando falavam com ela, corava se olhavam para ela, ficava muito quieta e sentava-se para costurar com um olhar tímido e perturbado no rosto. Para as perguntas de sua mãe, ela respondia que estava muito bem, e para Jo, ela silenciava implorando que a deixasse em paz.

– Ela está sentindo amor e está indo muito rápido. Ela tem a maioria dos sintomas, fica alegre e aborrecida, não come, fica acordada e fica irritada nos cantos. Outro dia a surpreendi cantando aquela música "Riacho prateado", e uma vez ela disse "John"', como você faz, e depois ficou vermelha como uma papoula. O que devemos fazer? – disse Jo, parecendo pronta para qualquer medida, por mais violenta que fosse.

– Nada além de esperar. Deixe-a em paz, seja gentil e paciente, e a vinda do papai resolverá tudo – respondeu a mãe.

– Aqui está uma carta selada para você, Meg. Que estranho! Laurie nunca sela a minha – disse Jo, no dia seguinte, enquanto distribuía o conteúdo da pequena agência postal. A Sra. March e Jo estavam conversando sobre outros assuntos, quando uma exclamação de Meg as fez olhar para cima e vê-la com uma expressão transtornada, olhando para sua carta.

– O que foi, minha filha? – exclamou sua mãe, correndo para ela, enquanto Jo tentava pegar o papel que causou aquele transtorno.

– Foi tudo um erro, ele não a enviou, oh, Jo, como você pôde fazer isso? – e Meg escondeu o rosto nas mãos chorando como se seu coração estivesse completamente dilacerado.

– Eu! Eu não fiz nada! Do que ela está falando? – exclamou Jo, perplexa. Os olhos suaves de Meg se acenderam de raiva quando ela puxou uma carta amassada do bolso e a jogou para Jo, dizendo, em tom de censura:

– Você a escreveu e aquele perverso ajudou você. Como você pode ser tão rude e tão cruel com nós dois?

– Jo mal a ouvia, pois ela e a mãe estavam lendo a carta, escrita com uma letra conhecida.

> *"Minha querida Margareth*
>
> Não posso mais conter minha paixão e preciso conhecer meu destino antes de voltar. Não me atrevo a contar aos seus pais ainda, mas acho que eles concordariam se soubessem que nos amamos. O Sr. Laurence me arranjará uma boa colocação e, então, minha doce menina, você me fará feliz. Eu imploro que você não diga nada à sua família ainda, mas envie uma palavra de esperança através de Laurie para
>
> Seu dedicado JOHN."

– Oh, malvado! É assim que ele procede sabendo que dei minha palavra para a mãe. Vou dar-lhe uma bronca calorosa e o trarei aqui para pedir perdão – exclamou Jo, impaciente para fazer justiça imediata. Mas sua mãe a segurou e disse, tendo no olhar uma expressão que raramente viam.

– Pare, Jo, você deve justificar-se primeiro. Você fez tantas tolices, que receio que sua mão esteja nisso.

– Dou-lhe minha palavra que não, mamãe. Eu nunca vi essa carta antes, e não sei nada sobre isso, pela luz que me ilumina! – disse Jo, tão sinceramente, que elas acreditaram nela. – Se tivesse participado dessa brincadeira, teria feito melhor que isso e escreveria uma carta mais sentimental. Você deveria saber que o Sr. Brooke não escreveria coisas assim – acrescentou ela, jogando a carta ao chão indignada.

– A letra é igual a dele – gaguejou Meg, comparando-a com a carta na mão dela.

– E você respondeu Meg? – exclamou a Sra. March, inquieta.

– Sim, respondi! – e Meg escondeu o rosto novamente, tomada de vergonha.

– Que traste! Deixe-me trazer aquele rapaz endiabrado para explicar-se e ouvir um sermão. Não descansarei enquanto não o encontrar – e Jo abriu a porta novamente.

– Fique quieta aqui! Deixe-me cuidar da situação, pois é pior do que eu pensava. Margaret, conte-me a história toda – ordenou a Sra. March, sentando-se ao lado de Meg, mas ainda segurando Jo, para que ela não saísse correndo.

– Recebi a primeira carta de Laurie, que parecia não saber de nada. – começou Meg, sem olhar para cima. – A princípio, fiquei preocupada e pretendia lhe contar; então lembrei-me de como você gostava do Sr. Brooke e pensei que não se importaria se eu mantivesse meu pequeno segredo por alguns dias. Sou tão tola que achei que ninguém sabia e enquanto eu estava decidindo o que fazer, senti-me como as moças nos romances que procedem dessa forma. Perdoe-me, mamãe, recebi o pagamento pela minha tolice agora. Nunca mais conseguirei olhar para ele novamente.

– O que você disse a ele na carta? – perguntou a Sra. March.

– Só disse que era jovem demais para decidir alguma coisa ainda; que não queria esconder nada de você, e que ele deveria falar com o papai. Agradeci por ele ser tão gentil e disse que continuaria a ser sua amiga, nada mais, por enquanto.

A Sra. March sorriu, como se estivesse satisfeita, e Jo bateu palmas, exclamando e sorrindo:

– Você é quase igual a Caroline Percy, que era um padrão de prudência! Diga, Meg. O que ele disse sobre isso?

– Ele respondeu de uma maneira totalmente diferente, dizendo que nunca enviou nenhuma carta de amor e lamenta muito que minha irmã Jo, marota, tenha tanta liberdade com nossos nomes. Foi muito gentil e respeitoso, mas imaginem como foi terrível para mim! – Meg encostou-se em sua mãe, parecendo desesperada enquanto Jo caminhava pela sala, maldizendo Laurie. De repente, ela parou, pegou as duas cartas e, depois de olhá-las de perto, disse decididamente:

– Não acredito que Brooke tenha visto nenhuma dessas cartas. Laurie escreveu as duas e guardou a sua para pregar uma peça em mim, porque eu não quis contar-lhe meu segredo.

– Não guarde nenhum segredo, Jo; conte tudo para a mamãe e fique longe de problemas, como eu deveria ter feito – disse Meg, avisando-a.

– Valha-me Deus, menina! Foi mamãe que me contou.

– Basta, Jo. Vou confortar Meg enquanto você irá buscar Laurie. Vou apurar o que aconteceu a fundo e acabar com essas brincadeiras de mal gosto de uma só vez.

Jo saiu correndo e a Sra. March gentilmente contou a Meg os verdadeiros sentimentos do Sr. Brooke.

– E agora, querida, quais são as suas intenções? Você o ama o suficiente para esperar até que ele possa preparar um lar para você, ou você vai manter-se livre de compromissos por enquanto?

– Estou tão assustada e aborrecida que não quero ter namorados por muito tempo, talvez nunca mais – respondeu Meg, impaciente. – Se John não souber nada sobre esse absurdo, não conte a ele, e peça que Jo e Laurie segurem a língua. Não serei enganada, atormentada e ridicularizada... oh, é uma vergonha! Vendo que o temperamento geralmente ameno de Meg fora abalado e seu orgulho ferido por essa brincadeira de mal gosto, a Sra. March acalmou-a com promessas de total silêncio e completa discrição. No instante em que ouviram os passos de Laurie no corredor, Meg correu para o escritório e a Sra. March recebeu o culpado sozinha. Jo não tinha dito a ele o motivo do chamado, temendo que ele não viesse, mas ele soube no minuto em que viu o rosto da Sra. March e ficou torcendo o chapéu com um ar culpado, o que o condenou imediatamente. Jo foi dispensada, mas decidiu ficar no corredor andando de um lado para outro como uma sentinela, com medo de que o prisioneiro pudesse fugir. O som das vozes na sala elevou-se e diminui várias vezes por meia hora, mas as meninas nunca souberam o que realmente aconteceu durante aquela entrevista.

Quando elas foram chamadas, Laurie estava de pé junto à mãe com um rosto tão penitente, que Jo o perdoou na hora, mas não achou prudente revelar o fato. Meg recebeu seu humilde pedido de desculpas e ficou muito consolada com a certeza de que Brooke não sabia nada sobre a brincadeira.

– Jamais contarei a ele até o dia da minha morte, nem cavalos selvagens irão arrancar este segredo de mim; me perdoe, Meg, farei qualquer coisa para mostrar o quanto sinto muito – ele acrescentou, parecendo muito envergonhado de si mesmo.

– Vou tentar, mas foi muito indelicado da sua parte. Não achei que você pudesse ser tão astuto e malicioso, Laurie – respondeu Meg, tentando disfarçar sua confusão inocente sob um ar severamente reprovador.

– Foi abominável o que eu fiz e não mereço falar com você por um mês, mas você me perdoa, não? – E Laurie cruzou as mãos, com um gesto tão implorador, e abriu os olhos mostrando tanto arrependimento, enquanto falava em seu tom irresistivelmente persuasivo, que era impossível não o perdoar, apesar de seu comportamento maldoso. Meg o perdoou, e o rosto sério da Sra. March ficou mais relaxado, apesar de seus esforços para se manter séria, quando o ouviu declarar que ele iria reparar sua falta com todo tipo de penitências "humilhando-se como um verme diante da donzela ferida".

Enquanto isso, Jo ficou indiferente, tentando endurecer seu coração e conseguindo apenas colocar no rosto uma expressão de total desaprovação. Laurie olhou para ela uma ou duas vezes, mas, como ela não mostrava sinais de ceder, ele se sentiu magoado e virou-lhe as costas até que as outras terminassem de falar com ele, depois fez um sinal de reverência e afastou-se sem dizer uma palavra.

Assim que ele partiu, ela se arrependeu de não o ter perdoado e, quando Meg e sua mãe subiram, ela sentiu-se só e com saudades de Laurie. Depois de resistir por algum tempo, cedeu ao impulso e, pegando um livro que precisava devolver, foi até a casa grande.

– O Sr. Laurence está aqui? – perguntou Jo a uma criada que estava descendo as escadas.

– Sim senhorita, mas não acredito que ele lhe atenderá agora.

– Por que não? Ele está doente?

– De jeito nenhum, senhorita! Mas ele teve uma discussão com o Sr. Laurie, que está de mau humor por causa de alguma coisa, o que incomoda o velho cavalheiro, por isso não me atrevo nem a chegar perto dele.

– Onde está Laurie?

– Fechado no quarto dele, sem responder, embora eu já tenha batido. Não sei o que fazer com o jantar, pois está pronto e não há ninguém para comer.

– Vou ver qual é o problema. Não tenho medo de nenhum dos dois.

Jo subiu e bateu na porta do pequeno escritório de Laurie.

– Pare com isso, senão abro a porta e você verá! – gritou o jovem cavalheiro, num tom ameaçador.

Jo imediatamente bateu de novo, a porta se abriu e ela entrou antes que Laurie pudesse se recuperar de sua surpresa. Vendo que ele realmente estava mal-humorado, Jo, que sabia como controlá-lo, assumiu uma expressão pesarosa e, ajoelhando-se artisticamente, disse com humildade:

– Por favor, me perdoe por ter ficado tão irritada, e não sairei daqui se não me perdoar.– Está tudo bem, levante-se e não seja tola, Jo – foi a resposta cavalheiresca ao seu pedido.

– Muito obrigada. Eu poderia perguntar qual é o problema? Parece que você está furioso.

– Levei um safanão e não me conformo com isso! – gritou Laurie, indignado.

– Quem fez isso? perguntou Jo.

– O vovô. Se tivesse sido qualquer outra pessoa eu teria.... – e o jovem injuriado terminou sua sentença com um gesto expressivo do braço direito.

– Isso não é nada, costumo te dar safanões e você não se importa – disse Jo, suavemente.

– Ora! Você é uma moça e é até divertido, mas eu não vou permitir que nenhum homem faça isso.

– Acho que ninguém teria coragem de fazê-lo se o visse como ar terrível que está agora. Por que foi tratado assim?

– Só porque eu não quis dizer o motivo pelo qual sua mãe mandou me chamar. Prometi não contar, e é claro que não iria quebrar minha palavra.

– Você não poderia satisfazer seu avô de outra maneira?

– Não, ele queria a verdade, toda a verdade e nada além da verdade. Eu teria contado a minha parte da travessura, se eu pudesse, sem envolver Meg. Como não podia, fiquei calado e aguentei a bronca até que o velho cavalheiro me agarrou pela gola. Então fiquei furioso e vim me trancar aqui por medo de me esquecer do respeito que lhe devo.

– Não foi bonito, mas tenho certeza que ele sente muito; então desça e vamos resolver isso. Vou te ajudar.

– Prefiro ser enforcado! Não vou ser corrigido e espancado por todos, apenas por uma brincadeira tola. Eu senti muito por Meg e pedia perdão como um homem, mas não farei isso de novo, quando eu não estiver errado.

– Ele não sabia o que estava acontecendo.

– Ele deveria confiar em mim, e não agir como se eu fosse um bebê. Não adianta, Jo; ele tem que aprender que sou capaz de cuidar de mim mesmo, e que não preciso ficar segurando na mão de ninguém.

– Como você está azedo! – Jo suspirou. – Como vai querer resolver esse caso?

– Bem, ele precisa me pedir perdão e acreditar em mim quando digo que não posso contar a ele do que se trata.

– Você está doido?! Ele não fará isso.

– Não vou descer enquanto ele não fizer.

– Vamos lá, Laurie, seja sensato; esqueça isso e eu explicarei o que posso. Você não pode ficar aqui, então, de que adianta ser melodramático?

– De qualquer maneira, não pretendo ficar aqui por muito tempo. Vou sair e viajar para algum lugar, e quando o vovô sentir minha falta, ele virá logo falar comigo.

– É melhor você não ir, para não o preocupar.

– Não me venha com sermões. Vou a Washington visitar Brooke; lá é divertido, e preciso me distrair depois de tantos problemas.

– Como deve ser bom! Gostaria de poder ir também! – disse Jo, esquecendo sua parte de mentor em visões animadas da vida de guerra na capital.

– Vamos, então! Por que não? Você fará uma surpresa a seu pai e eu ao meu velho amigo Brooke. Seria um belo passeio, vamos fazê-lo, Jo! Deixamos uma carta dizendo que estamos bem e partimos imediatamente. Eu tenho dinheiro suficiente, será muito agradável e não haverá nenhum inconveniente porque você irá ver seu pai.

Por um momento, Jo pareceu concordar porque esse plano arrojado simplesmente combinava com ela. Estava cansada de cuidar dos outros e viver confinada, estava ansiosa por mudanças e os pensamentos de ver seu pai se misturavam tentadoramente com os novos encantos de acampamentos e hospitais, liberdade e diversão. Os olhos dela brilharam quando se viraram em direção à janela e ficaram melancólicos ao verem a velha casa do lado oposto, e ela balançou a cabeça com tristeza, resolvendo não ir.

– Se eu fosse um rapaz, fugiríamos juntos e nos divertiríamos muito, mas como sou uma menina infeliz, devo ser ajuizada e ficar em casa. Não me tente, Laurie, seu plano é uma loucura.

– Aí está a diversão! – disse Laurie, que persistia na ideia e queria pô-la em prática a todo custo.

– Cale a boca! – gritou Jo, tapando os ouvidos. Meu destino é ser uma moça fina e educada e não deve fugir disso. Vim aqui para moralizar, não para ouvir coisas que me façam esquecer meus deveres.

– Sei que Meg não aceitaria essa proposta, mas achei que você tivesse mais atitude – insinuou Laurie.

– Cale-se, você é perverso. Sente-se e medite sobre suas culpas; não me faça aumentar as minhas. Se eu pedir ao seu avô que lhe peça desculpas pelo safanão, você desistirá de fugir? –perguntou Jo, seriamente.

– Sim, mas você não conseguirá – respondeu Laurie, que queria "fazer as pazes", mas achava que sua dignidade ultrajada deveria primeiro receber uma satisfação.

– Se eu posso lidar com o rapaz, posso também lidar com o velho – murmurava Jo ao descer, deixando Laurie curvado sobre um mapa da estrada de ferro, com a cabeça apoiada nas duas mãos.

– Entre! – respondeu a voz rouca do Sr. Laurence, que parecia mais rouca do que de costume, quando Jo bateu à sua porta.

– Sou apenas eu, senhor, que vim devolver um livro – disse ela, brandamente, ao entrar.

– Precisa de algo mais? – perguntou o velho, sombrio e irritado, mas tentando não demonstrar.

– Sim, por favor, eu gosto muito do velho Sam, acho que vou tentar o segundo volume, respondeu Jo, que na esperança de conquistá-lo aceitava uma segunda dose de *A vida de Johnson*, de Boswell, já que ele recomendara aquela obra intensamente. As sobrancelhas cerradas se soltaram um pouco, enquanto ele colocava a escada em direção à prateleira onde estava a literatura johnsoniana. Jo pulou e, sentada no degrau mais alto, simulava estar procurando um livro, mas estava realmente pensando na melhor forma de falar sobre o assunto verdadeiro de sua visita. O Sr. Laurence parecia suspeitar de que ela estava tramando algo em sua mente, porque, depois de várias passadas pela sala, ele a encarou, falando tão abruptamente, que Jo quase caiu de bruços no chão.

– O que esse menino aprontou? Não tente protegê-lo, agora! Sei que ele fez alguma travessura pela maneira como agiu quando voltou para casa. Não consigo tirar uma palavra dele e, quando ameacei tirar a verdade dele à força, ele correu e trancou-se em seu quarto.

– Ele fez algo errado, mas nós o perdoamos e prometemos não dizer uma palavra a ninguém – começou Jo, relutante.

– Isso não serve de nada. Ele não pode se esconder atrás de uma promessa feita a meninas bondosas. Se ele fez alguma coisa errada, ele confessará, pedirá perdão e será punido. Diga, Jo! Não posso ficar sem saber.

O Sr. Laurence parecia tão exaltado e falou tão ríspido que Jo teria fugido de boa vontade, se pudesse, mas ela estava em cima da escada e ele embaixo como um leão no caminho, então ela teve de ficar e enfrentar a situação.

– Na realidade, senhor, não posso contar, a mamãe me proibiu. Laurie confessou, pediu perdão e recebeu punição suficiente. Não estamos guardando silêncio para protegê-lo, mas sim a outra pessoa, e haverá mais problemas se o senhor interferir. Por favor, não faça isso. Foi minha culpa em parte, mas está tudo bem agora, então vamos esquecer e falar sobre "*Rambler*" ou algo assim agradável.

– Mande "Rambler" para a forca, desça e me dê sua palavra de que esse meu menino inconsequente não fez nada de errado ou impertinente. Caso contrário, apesar de toda a bondade que vocês demonstram por ele, eu lhe darei uma surra com minhas próprias mãos.

A ameaça soou terrível, mas não assustou Jo, pois ela sabia que o velho irascível nunca levantaria um dedo contra seu neto, apesar de sua promessa. Ela desceu obedientemente e contou a brincadeira de tal modo que não traiu Meg nem disse a verdade.

– Hum! Bem, se o rapaz se calou porque deu sua palavra, e não por obstinação, eu o perdoarei. Ele é muito teimoso e difícil de controlar – disse o Sr. Laurence, esfregando os cabelos até parecera que ele havia saído de um vendaval, e desfazendo as rugas da testa com um ar aliviado.

– Também sou assim, mas uma palavra amável é capaz de me controlar com mais facilidade do que todos os cavalos ou cavalheiros do rei – disse Jo, tentando atenuar a situação de seu amigo, que parecia sair de um safanão apenas para cair em outro.

– Você acha que eu não sou gentil com ele, hein? – foi a resposta afiada.

– Oh, não, senhor. O senhor é extremamente gentil às vezes e um pouco intempestivo quando ele testa sua paciência. O senhor não concorda?

Jo estava determinada a encerrar o assunto agora e tentou parecer bastante calma, embora ela tremesse um pouco depois de sua última fala. Para seu grande alívio e surpresa, o velho cavalheiro apenas jogou seus óculos sobre a mesa fazendo muito barulho e disse francamente:

– Você tem razão, menina! Eu amo o rapaz, mas ele esgota minha paciência, e não sei como isso vai acabar, se continuarmos assim.

– Vou lhe dizer, ele irá fugir. Jo arrependeu-se de ter respondido no mesmo minuto; ela pretendia avisá-lo de que Laurie não suportaria muita restrição e esperava que ele fosse mais tolerante com o rapaz. O rosto corado do Sr.

Laurence mudou de repente, e ele se sentou com um olhar perturbado para a foto de um homem bonito, que ficava acima da mesa. Era o pai de Laurie, que fugira em sua juventude e se casara contra a vontade do velho autoritário. Jo compreendeu que ele se lembrava e se arrependia do passado, e lamentou ter feito aquela revelação.

– Ele não fará isso, a menos que seja muito maltratado e apenas ameaçado às vezes, quando ele se cansa de estudar. Às vezes também penso em ir embora para longe, principalmente depois que cortei meu cabelo; portanto, se você sentir falta de nós, peça notícia de dois rapazes e procure entre os navios com destino à Índia.

Ela ria enquanto falava, e o Sr. Laurence parecia aliviado, evidentemente encarando tudo como uma brincadeira.

– Você é atrevida, como ousa falar comigo dessa maneira? Onde está o seu respeito por mim e sua educação adequada? Como estão os meninos e as meninas de hoje! Que atormentados; no entanto, não podemos viver sem eles – disse ele, beliscando-lhe as bochechas. – Vá lá em cima e traga esse rapaz para o jantar, diga-lhe que está tudo resolvido e aconselhe-o a não tomar atitudes trágicas para com seu avô; não posso suportar isso.

– Ele não virá, senhor. Ele sente-se ofendido porque o senhor não acreditou nele quando lhe disse que não podia contar nada. Acho que o safanão feriu demais seus sentimentos. – Jo tentou parecer patética, mas seu plano falhou, pois o Sr. Laurence começou a rir, e ela sabia que tinha vencido a disputa.

– Sinto muito por isso, e devo agradecê-lo por não me dar um safanão, suponho. O que espera então o rapaz? – e o velho cavalheiro parecia um pouco envergonhado de sua própria reação.

– Se eu fosse o senhor, escreveria um pedido de desculpas. Laurie diz que não descerá até que o senhor lhe peça desculpas e fala em ir para Washington e coisas absurdas como essa. Um pedido formal de desculpas o fará ver como ele é tolo e o deixará bastante amável. Experimente, ele gosta de fazer graça, e é melhor fazer assim do que falar. Eu levarei o bilhete e aconselharei Laurie.

O Sr. Laurence lançou-lhe um olhar penetrante e pôs os óculos, dizendo lentamente: – Vocês são astutas! Mas não me importo de ser comandado por você e Beth. Bem, dê-me um pedaço de papel e vamos acabar com esse absurdo.

O bilhete foi escrito nos termos que um cavalheiro usaria para outro a quem tivesse feito um insulto gravíssimo. Jo deu um beijo no topo da cabeça careca do Sr. Laurence e correu para entregar o pedido de desculpas sob a porta de Laurie, aconselhando-o, pelo buraco da fechadura, a ser submisso, decoroso e algumas outras impossibilidades agradáveis. Como a porta continuava trancada, ela deixou o bilhete produzir o esperado efeito e estava indo embora silenciosamente, quando o jovem cavalheiro deslizou pelos corrimões e esperou por ela lá embaixo, dizendo, com sua expressão mais virtuosa de semblante: – Você é uma companheira excelente, Jo! Foi muito difícil? – acrescentou, rindo.

– Não, ele foi muito esperto no geral.

– Ah! Entendi tudo! Até você me expulsou de lá, e eu me senti pronto para ser jogado no inferno – ele começou, tentando se defender.

– Não fale assim, vire para uma folha nova e comece de novo, Laurie, meu filho.

– Continuo virando folhas novas e estragando-as, como costumava estragar meus cadernos; e faço tantos começos que nunca haverá um fim – disse ele com tristeza.

– Vá comer o seu jantar; você se sentirá melhor depois. Os homens costumam resmungar quando estão com fome – e Jo dirigiu-se à porta da frente depois disso.

– Esse é mais um "ditado" para a minha "coleção" – respondeu Laurie, citando Amy, enquanto ele sentava-se para jantar humildemente com seu avô, que foi bastante atencioso e tratou o neto com muito respeito durante todo o resto do dia.

Todos achavam que o assunto terminara e a pequena nuvem havia sido dissipada, mas a brincadeira já tinha sido feita e, embora outros a esquecessem, Meg ainda lembrava. Ela nunca mencionava uma certa pessoa, mas pensava nele boa parte do tempo, sonhava sonhos mais do que nunca. Uma vez, Jo, vasculhando a escrivaninha da irmã em busca de selos, encontrou um pedaço de papel rabiscado com as palavras "Sra. John Brooke", resmungando coisas terríveis, ela atirou o papel no fogo, sentindo que a brincadeira de Laurie precipitara o acontecimento que ela receava.

Capítulo 22

Dias melhores

Assim como o sol relaxante após a tempestade, foram as semanas seguintes. Os doentes melhoraram rapidamente e o Sr. March começou a falar em voltar no início do ano novo. Beth já podia ficar deitada no sofá do escritório o dia todo, a princípio se divertindo com os amados gatos e, com o tempo, com a costura dos vestidos das bonecas, que haviam ficado no esquecimento. Suas pernas outrora ativas estavam tão fracas que Jo a levava para tomar um ar puro diariamente andando pela casa, segurando-a em seus braços fortes. Meg alegremente sujava e queimava as mãos branquinhas, cozinhando delicados petiscos para "a querida Beth"; enquanto Amy, uma escrava leal do anel turquesa, comemorava seu retorno, dando o máximo de tesouros possíveis para as irmãs. À medida que o Natal se aproximava, os mistérios habituais começaram a aparecer na casa, e Jo frequentemente animava a família, propondo cerimônias absolutamente impossíveis ou magnificamente absurdas, em homenagem a esse Natal excepcionalmente feliz. Laurie era igualmente indomável. Se ele pudesse escolher haveria fogueiras, foguetes e arcos triunfais. Depois de muitas discussões, o ambicioso par foi considerado efetivamente derrotado e ambos ficaram consternados; porém, quando estavam a sós eram acometidos por explosões de riso. Vários dias de clima sereno deram início a um esplêndido Natal. Hannah "teve um pressentimento que seria um dia particularmente agradável" e provou ser uma verdadeira profetisa, pois todos e tudo pareciam inclinados a torná-lo um grande sucesso. Para começar: o Sr. March escreveu que logo deveria estar com elas; então Beth se sentiu maravilhosamente bem naquela manhã e, vestindo o presente de sua mãe, uma capa de lã de merino na cor carmesim suave, foi levada em triunfo à janela, para contemplar a contribuição de Jo e Laurie. Os insaciáveis fizeram o possível para merecer o nome, pois, como fadas, haviam trabalhado à noite e prometiam uma surpresa cômica. No jardim, havia uma imponente donzela de neve, coroada de azevinho, com uma cesta de frutas e flores em uma mão, um grande rolo de músicas novas na outra, um tapete afegão como um arco-íris perfeito em volta de seus ombros frios e saindo de seus lábios, em uma serpentina de papel rosa, havia uma canção de Natal que dizia:

UMA DONZELA DE NATAL PARA BETH.

Deus a abençoe, querida rainha!
Que nada lhe aconteça de mal;
Só saúde, paz e alegria,
Neste dia de Natal.

Frutas para nossa abelhinha alimentar,
E flores para o fim o ano;
Tapete afegão para seus pés,
E música para seu piano.

Um retrato de Joanna,
Por um novo Rafael,
Que trabalhou com grande habilidade,
Para deixar o retrato justo e fiel.

Aceite esta fita vermelha,
Para a cauda da gatinha;
E o creme Monte Blanc,

Preparado por Meg sozinha.

O amor mais querido
De dentro do meu peito eu te dou,
Aceite ele e a moça alpina,
De Laurie e de Jo.

Como Beth riu ao ouvir a canção! Como Laurie subia e descia para trazer os presentes e que discurso engraçado Jo fez ao apresentá-los!

– Estou tão feliz que, se o pai estivesse aqui, minha felicidade estaria completa – disse Beth, suspirando satisfeita quando Jo a levou para o escritório para descansar depois dos momentos de emoção e deliciar-se com as deliciosas uvas que a "Donzela da neve" lhe enviara.

– A minha também – acrescentou Jo, batendo no bolso onde guardava seu livrinho dos amados Undine e Sintram.

– A minha também, com certeza – respondeu Amy, contemplando a reprodução da gravura de Nossa Senhora e o Menino Jesus, que sua mãe lhe dera, em uma bela moldura.

– Também a minha – exclamou Meg, alisando as dobras prateadas de seu primeiro vestido de seda; pois o sr. Laurence insistiu em dar.

– Como posso ser diferente? – disse a Sra. March, agradecida, enquanto os olhos dela alternavam entre a carta do marido e o rosto sorridente de Beth e a mão dela acariciava o broche feito de cabelos grisalhos, loiros e castanhos escuros, que as meninas tinham acabado de prender em seu peito.

De vez em quando, em nosso dia a dia neste mundo, as coisas acontecem como se fossem em um livro de histórias e esse é um grande conforto. Meia hora depois que todas disseram que estavam tão felizes e que só faltava uma coisa para completar a felicidade, o que faltava chegou. Laurie abriu a porta da sala e enfiou a cabeça em silêncio. Ele poderia muito bem ter dado uma cambalhota e proferido um grito de guerra indiano porque seu rosto mostrava uma excitação reprimida e sua voz tão vibrante e alegre que todos pularam, embora ele apenas tenha dito com uma voz estranha e esbaforida:

– Aqui está outro presente de Natal para a família March.

Antes que terminasse de falar, ele teve de se afastar para o lado e, em seu lugar, viram um homem alto, agasalhado até os olhos, apoiado no braço de outro homem alto, que tentava dizer algo e não conseguia. Claro que houve um grande tumulto e por vários minutos todo mundo pareceu perder a cabeça, pois as coisas mais estranhas foram feitas e ninguém disse uma palavra. O Sr. March tornou-se invisível no abraço de quatro pares de braços amorosos; Jo quase sofreu um desmaio ridículo e teve de ser medicada por Laurie na cozinha; o Sr. Brooke beijou Meg totalmente por engano, como ele explicara depois, de modo incoerente; Amy, a honrada, tropeçou em um banquinho e, sem parar para se levantar, abraçou as botas do pai e chorou de modo muito comovente. A Sra. March foi a primeira a se recuperar e levantou a mão com um aviso: – Silêncio! Lembrem-se de Beth!

Mas era tarde demais; a porta do escritório se abriu, a pequena capa carmesim apareceu na soleira, a alegria fortaleceu suas pernas fracas e Beth correu direto para os braços do pai. Não importa o que aconteceu logo depois, pois os corações transbordaram de alegria, lavando a amargura do passado e deixando apenas a doçura do presente.

Nem todas as coisas foram românticas, pois houve uma gargalhada calorosa ao descobrirem Hannah atrás da porta, soluçando sobre o peru gordo, que ela havia esquecido de largar quando saiu correndo da cozinha. Assim que as risadas acalmaram, a Sra. March começou a agradecer ao Sr. Brooke por seu cuidado fiel com o marido e então o Sr. Brooke lembrou subitamente que o Sr. March precisava descansar e, agarrando Laurie pelo braço, se retiraram rapidamente. Em seguida, os dois doentes receberam ordem de repousar, o que fizeram, sentando-se juntos em uma grande cadeira e conversando animadamente.

O Sr. March contou como desejara surpreendê-los e, quando o tempo melhorou, ele recebeu permissão do médico para aproveitar a ocasião; falou também como o Sr. Brooke era dedicado e como ele era um jovem muito estimado e honesto. Deixo por conta da imaginação de vocês o motivo pelo qual o Sr. March parou um minuto logo ali e, depois de olhar para Meg, que cutucava violentamente o fogo, olhou para a esposa com um movimento da sobrancelha e também podem imaginar o motivo pelo qual a Sra. March, com um leve aceno da cabeça, perguntou abruptamente se ele não queria algo para comer. Jo viu e entendeu o olhar. Ela se afastou tristemente, para buscar vinho e caldo de carne, murmurando para si mesma, enquanto batia a porta: – Eu odeio jovens estimados e honestos com olhos castanhos! Nunca houve um jantar de Natal como aquele. O peru gordo era um espetáculo, quando Hannah o trouxe para a mesa, recheado, dourado e decorado. O mesmo aconteceu com o pudim de ameixa, que derretia na boca, e as geleias, nas quais Amy se divertia como uma mosca em um pote de mel. Tudo correu bem. Foi um milagre segundo Hannah que disse:

– Minha cabeça estava tão perturbada, Sra. March, que não sei como não assei o pudim e recheei o peru com passas e o enrolei em um pano.

O Sr. Laurence e seu neto jantaram com eles, além do Sr. Brooke, para quem Jo olhava carrancuda, para a diversão infinita de Laurie. Duas poltronas estavam lado a lado à cabeceira da mesa, na qual sentavam Beth e o pai, banqueteando-se modestamente com frango e um pouco de fruta. Fizeram brindes, contaram histórias, cantaram canções "para relembrar o passado", como dizem os velhos, e se divertiram bastante. Um passeio de trenó havia sido planejado, mas as meninas não quiseram deixar o pai; então os convidados partiram cedo e, quando o crepúsculo caiu, a família feliz sentou-se junto à lareira.

– Há apenas um ano, estávamos nos lastimando do Natal que íamos ter. Lembram-se? –perguntou Jo, interrompendo uma breve pausa, que se seguiu a uma longa conversa sobre vários assuntos.

– Em geral, um ano agradável! –disse Meg, sorrindo para o fogo e parabenizando-se por ter tratado o Sr. Brooke com dignidade.

– Acho que foi bem difícil – respondeu Amy, observando a luz brilhar em seu anel, com olhos pensativos.

– Estou feliz por ter terminado, porque temos o senhor de volta – sussurrou Beth, que estava sentada no joelho do pai.

– Foi uma estrada difícil para vocês viajarem, minhas pequenas peregrinas, principalmente a parte final. Mas vocês foram corajosas e acho que os fardos serão aliviados muito em breve – disse o Sr. March, olhando, com satisfação paterna, para os quatro rostos jovens reunidos em volta dele.

– Como sabe? A mãe lhe contou algo? – perguntou Jo.

– Não muito. As palhas mostram para que lado o vento sopra e eu fiz várias descobertas hoje.

– Ah, diga-nos quais são! – exclamou Meg, que estava sentada ao lado dele.

– Aqui está uma! – e, pegando a mão que repousava no braço de sua cadeira, ele apontou o indicador ferido, uma queimadura no dorso da mão e dois ou três calos na palma. – Lembro-me de uma época em que esta mãozinha era branca e lisa, e sua primeira preocupação era mantê-la assim. Era muito linda na época, mas para mim é muito mais linda agora, pois nessas manchas aparentes eu li um pouco de história. Uma queimadura tomou o lugar da vaidade, esta palma endurecida ganhou algo melhor do que bolhas, e tenho certeza de que a costura feita por esses dedos espetados irá durar muito tempo, pois os pontos foram feitos com muita boa vontade. Meg, minha querida, valorizo a habilidade feminina que mantém o lar feliz, mais do que mãos brancas ou acompanhar a moda. Tenho orgulho de apertar esta mãozinha boa e trabalhadora, e espero que não tenha que concedê-la a alguém tão cedo.

Se Meg queria uma recompensa por horas de trabalho paciente, ela a recebia na calorosa pressão da mão de seu pai e no sorriso de aprovação que ele lhe dava.

– E Jo? Por favor, diga algo de bom sobre ela também, pois se esforçou muito e foi muito, muito boa comigo – disse Beth, no ouvido do pai. Ele sorriu e olhou para a menina alta que estava sentada à sua frente, com uma expressão meiga no rosto.

– Apesar dos cabelos cortados, não vejo o "filho Jo" que deixei há um ano – disse o Sr. March. – Vejo uma jovem que sabe prender a gola com alfinetes, amarra as botas com cuidado, não assobia, não fala gírias, nem se deita no tapete, como costumava fazer. Seu rosto está mais magro e pálido agora, devido às vigílias e a ansiedade; mas eu gosto de olhar para ela, porque ficou mais meiga e sua voz é mais baixa; ela não pisa mais com força, mas se move em silêncio e cuida de uma certa pessoa pequena de maneira maternal, o que me encanta. Sinto falta da minha menina selvagem, mas se eu tiver uma mulher forte, prestativa e de bom coração em seu lugar, me sentirei bastante satisfeito. Não sei se a tosquia amansou nossa ovelha rebelde, mas sei que em toda Washington não consegui encontrar nada bonito o suficiente para ser comprado com os cinco e vinte dólares que minha boa menina me enviou.

Os olhos perspicazes de Jo ficaram um pouco sombrios por um minuto, e seu rosto magro ficou rosado à luz do fogo, ao receber os elogios de seu pai, sentindo que ela merecia uma parte deles.

– Agora é a vez de Beth – disse Amy, desejando sua vez, mas pronta para esperar.

– Há tão pouco a dizer dela e mesmo assim tenho receio de dizer muito e ela fugir, embora não seja mais tão tímida como costumava ser – começou o pai com alegria; mas, lembrando-se de que quase a perdera, ele a abraçou, dizendo com ternura ao encostar seu rosto no dela: – Você está salva, Beth, e hei de tê-la sempre assim, se Deus permitir.

Após um minuto de silêncio, ele olhou para Amy, que estava sentada no banquinho a seus pés e disse, acariciando-lhes os cabelos brilhantes: – Observei que Amy comportou-se bem durante o jantar, fez compras para a mamãe a tarde toda, cedeu seu lugar à Meg esta noite e esperou todos com paciência e bom humor. Também notei que ela não fica tão irritada nem se olha o espelho o tempo todo, e nem sequer mencionou um anel muito bonito que ela usa; então concluo que ela aprendeu a pensar mais nas outras pessoas e menos em si mesma, e decidiu tentar moldar sua personagem com o mesmo cuidado que molda suas pequenas figuras de barro. Fico feliz por isso, pois embora eu deva estar muito orgulhoso de uma estátua graciosa feita por ela, estarei infinitamente mais orgulhoso de uma filha adorável, com um talento para tornar a vida bonita para si e para os outros.

– O que você está pensando, Beth? – perguntou Jo, quando Amy agradeceu ao pai e contou sobre o anel.

– Li no meu livrinho "Viagem do Peregrino" hoje que, depois de muitos problemas, o Cristão e o Esperançoso chegaram a um agradável prado verde, onde os lírios floresciam o ano todo, e lá descansaram alegremente, como fazemos agora, antes de seguirem para o final de sua jornada – respondeu Beth; e saindo dos braços do pai ela foi lentamente até o piano e disse:

– Agora é hora de cantar, e preciso estar no meu posto. Vou tentar cantar a música do pastor que os Peregrinos ouviram. Ofereço a música ao pai, porque ele gosta dos versos.

Então, sentada em frente ao querido piano, Beth tocou suavemente as teclas e com a doce voz, que todos achavam que não ouviriam novamente, cantou, acompanhando a si mesma, o lindo hino, que era uma música singularmente apropriada para ela:

Não tema o pobre a sua queda,
Nem a soberba ferina,
Pois o humilde sempre há de ter
Como guia a mão divina.

Contento-me com o que tenho.
Pouco ou muito, seja o que for.
Oh Senhor! satisfação é o que anseio,
E a benção do Teu amor.

Para os que em peregrinação estão,
O fardo é a abastança.
Mas o pouco aqui, será na vida futura.
Fartura e bem-aventurança.

Capítulo 23

Tia March resolve a questão

Como abelhas voando atrás de sua rainha, mãe e filhas pairavam sobre o sr. March no dia seguinte, deixando tudo de lado para apenas olhar, esperar e ouvir o novo doente, que estava a ponto de ser sufocado de tanta bondade. Quando ele se sentou apoiado na poltrona ao lado do sofá de Beth, com as outras três por perto, e Hannah aparecendo de vez em quando, "para espiar o querido homem", nada parecia faltar para completar sua felicidade. Mas algo era necessário, e a filha mais velha sentia, embora não confessasse. O Sr. e a Sra. March se entreolhavam com uma expressão de ansiedade, enquanto seus olhos seguiam Meg. Jo teve ataques repentinos de sobriedade e fora vista fazendo um gesto ameaçador para o guarda-chuva do Sr. Brooke, que havia sido deixado no corredor; Meg estava distraída, tímida e quieta, estremecendo ao soar da campainha e corando quando o nome de John foi mencionado; Amy dizia que "todos pareciam esperar alguma coisa e não podiam se acalmar, o que era estranho, já que o pai estava são e salvo em casa", e Beth se perguntava inocentemente o motivo pelo qual seus vizinhos não haviam aparecido como de costume.

Laurie passou à tarde e, vendo Meg à janela, parecia subitamente possuído por um ataque melodramático, pois caiu de joelhos na neve, batia no peito, arrancava os cabelos e apertava as mãos como se implorando algum benefício; e quando Meg lhe disse para se comportar e ir embora, ele enxugou lágrimas imaginárias com o lenço e cambaleou na esquina como se estivesse em total desespero.

– O que aquele pateta quer dizer? – disse Meg, rindo e tentando parecer desentendida.

– Ele está mostrando a você como seu John ficará no futuro. Comovente, não é? – respondeu Jo, com desdém.

– Não diga "seu John", não é apropriado nem verdadeiro; – mas a voz de Meg demorou-se nas palavras como se soassem agradáveis para ela. – Por favor, não me atormente, Jo; já lhe disse que não me importo com ele, e não há nada a dizer, mas todos devemos continuar amigos como antes.

– Não podemos, pois algo foi dito, e a brincadeira de Laurie diminuiu a consideração que eu tinha por você. Eu observo e mamãe também; você não é mais a menina que costumava ser e parece sempre tão longe de mim. Não pretendo aborrecê-la e suportarei tudo como um homem, mas desejo que tudo seja resolvido. Não gosto de esperar; então, se você pretende fazer isso, apresse-se e resolva as coisas rapidamente – disse Jo, com impertinência.

– Não posso dizer ou fazer nada até que ele fale, e ele não o fará, porque o pai disse que eu sou jovem demais – começou Meg, curvando-se sobre seu trabalho com um sorriso esquisito, o que sugeria que ela não estava de acordo com a opinião do pai sobre aquele ponto.

– Se ele falasse, você não saberia o que dizer, iria chorar ou ficar corada, ou deixaria que ele fizesse as coisas do jeito dele, em vez de dar um bom e decidido "não".

– Não sou tão boba e fraca como você pensa. Sei exatamente o que devo dizer, pois já planejei tudo para que eu não seja pega de surpresa; não há como saber o que pode acontecer, e eu quero estar preparada.

Jo não pôde deixar de sorrir para o ar imponente que Meg assumira inconscientemente e que lhe assentava tão bem quanto as lindas variações de cor que aconteciam em seu rosto.

– Você se importaria de me dizer o que diria a ele? – perguntou Jo, respeitosamente.

– Nem um pouco; você tem 16 anos agora, tem idade suficiente para ser minha confidente, e minha experiência será útil para você aos poucos, talvez, em seus próprios assuntos desse tipo.

– Não quero ter experiências desse tipo; é divertido observar outras pessoas namorando, mas eu me sentiria uma tola se fosse comigo – disse Jo, parecendo alarmada com o pensamento.

– Acho que não, se você gostasse muito de alguém e ele gostasse de você. – Meg parecia falar consigo própria, olhando para a alameda onde ela costumava ver namorados caminhando juntos no crepúsculo do verão.

– Pensei que você fosse me contar o que falaria para aquele homem – disse Jo, abruptamente cortando o devaneio de sua irmã.

– Bem, diria com muita calma e decididamente: muito obrigada, Sr. Brooke, o senhor é muito gentil, mas concordo com o papai que sou jovem demais para tratar compromisso de casamento no momento; então, por favor, não diga mais nada, e sejamos amigos como sempre fomos.

– Hum! Isso é bastante seco. Não acredito que você dirá isso, e eu sei que ele não ficará satisfeito se você o fizer. Se ele agir como os namorados rejeitados nos romances, você cederá, ao invés de ferir seus sentimentos.

– Não, não vou! Vou dizer a ele que me decidi e sairei da sala com dignidade. – Meg se levantou enquanto falava e ia ensaiar a saída triunfal, quando passos no corredor a fizeram voar para seu assento, e começou a costurar como se sua vida dependesse de terminar aquela costura em particular em um determinado momento. Jo segurou uma gargalhada da mudança repentina e, quando bateram na porta levemente, abriu-a com um aspecto sombrio, que era tudo menos hospitaleiro.

– Boa tarde, vim buscar meu guarda-chuva, isto é, vim saber como seu pai está passando hoje – disse o Sr. Brooke, meio confuso, enquanto seus olhos se dirigiam de um rosto revelador para outro.

– Está muito bem, está no porta-chapéus, vou buscá-lo, e digo que o senhor está aqui – e tendo confundido o pai e o guarda-chuva juntos na resposta, Jo saiu da sala para dar uma chance a Meg de fazer seu discurso e elevar sua dignidade. Mas no instante em que ela desapareceu, Meg começou a se aproximar da porta, murmurando:

– Mamãe gostará de vê-lo, sente-se, vou chamá-la.

– Não vá; você tem medo de mim, Margaret? – o Sr. Brooke parecia tão sentido que Meg julgou ter feito algo muito rude. Ela corou até a raiz dos cabelos, pois ele nunca a chamara de Margaret antes, e ficou surpresa ao descobrir o quão natural e doce parecia ouvi-lo dizer isso. Ansiosa por parecer amigável e à vontade, ela estendeu a mão em gesto de confiança e disse, agradecida:

– Como posso ter medo quando o senhor tem sido tão bondoso com o papai? Só queria poder agradecer por isso.

– Devo dizer-lhe como? – perguntou o Sr. Brooke, segurando a pequena mão entre as suas e olhando para Meg com tanto amor nos olhos castanhos, que o coração dela começou a bater forte e ela sentiu desejo de fugir e também de ficar para ouvi-lo.

– Oh não, por favor, prefiro que não diga nada – disse ela, tentando retirar a mão e parecendo assustada, apesar de sua negação.

– Não irei incomodá-la, só quero saber se você se importa um pouco comigo, Meg, eu te amo muito, querida – acrescentou o Sr. Brooke, com ternura.

Este era o momento para o discurso calmo e apropriado, mas Meg não conseguiu, ela esqueceu todas as palavras, abaixou a cabeça e respondeu: "Não sei" tão suavemente que John teve de curvar-se para entender a curta resposta. Ele parecia achar natural o que aconteceu porque sorriu para si mesmo como se estivesse bastante satisfeito, pressionando a mão que tinha entre as suas e dizendo em seu tom mais persuasivo:

– Você tentará descobrir? Preciso tanto saber, pois não posso trabalhar com ânimo até descobrir se receberei minha recompensa no fim ou não.

– Sou muito jovem – gaguejou Meg, imaginando por que ela estava tão agitada e apreciando a situação ao mesmo tempo.

– Vou esperar; e, enquanto isso, você pode aprender a gostar de mim. Seria uma lição muito difícil, querida Meg?

– Não se eu escolher aprender, mas...

– Por favor, escolha aprender, Meg. Eu amo ensinar, e isso é mais fácil que estudar alemão – interrompeu John, pegando a outra mão, de modo que ela não tinha como esconder o rosto, enquanto ele se inclinava para observá-la. Seu tom era suplicante; mas, olhando-o rapidamente, Meg viu que seus olhos eram alegres e ternos, e que ele exibia o sorriso satisfeito de alguém que não tinha dúvidas de seu sucesso, e isso a irritava um pouco; as tolas lições de coquetismo de Annie Moffat lhe vieram à mente, e o amor pelo poder que dorme no íntimo das melhores mulheres acordou de repente e se apossou dela. Ela se sentiu excitada e estranha e, sem saber o que mais fazer, seguiu um impulso caprichoso e, retirando as mãos que ele segurava, disse, petulantemente:

– Eu não quero aprender; faça o favor de retirar-se e deixe-me em paz!

Para o pobre Sr. Brooke parecia que seu adorável castelo no ar estava sendo derrotado, pois ele nunca tinha visto Meg com tal disposição de espírito antes, e isso o deixou perplexo.

– Você realmente quis dizer isso? – ele perguntou ansiosamente, seguindo-a enquanto ela se afastava.

– Sim; não quero me preocupar com essas coisas. Papai diz que não preciso pensar em casamento porque é muito cedo e talvez eu prefira não casar.

– Posso ter esperança de que você mude de ideia aos poucos? Vou esperar e ficarei em silêncio para que você tenha mais tempo para resolver. Não brinque comigo, Meg. Nunca pensei que me trataria desse modo.

– Não pense mais em mim. Prefiro que você não pense – disse Meg, sentindo uma satisfação impertinente ao provar a paciência de seu namorado e seu próprio poder. Ele estava sério e pálido agora, e parecia decididamente mais como os novos heróis dos romances que ela admirava; mas ele não levara a mão à fronte e nem andava pela sala, como faziam aqueles; ele apenas ficou olhando para ela com tanta melancolia e ternura, que ela sentiu seu coração tão comovido, a despeito de sua atitude. Não sei dizer o que teria acontecido a seguir se tia March não tivesse entrado mancando naquele momento crítico.

A velha senhora não resistiu ao desejo de ver o sobrinho, pois enquanto dava um passeio ao ar livre encontrou Laurie, que lhe falou da chegada do Sr. March, e ela seguiu direto para vê-lo. A família estava toda ocupada na parte de trás da casa, e ela entrou silenciosamente, esperando surpreendê-los. Mas, só conseguiu surpreendeu duas pessoas e com tal êxito que Meg teve um sobressalto como se tivesse visto um fantasma, e o Sr. Brooke desapareceu saindo para o escritório.

– Valha-me Deus! O que é tudo isso? – gritou a velha senhora, batendo com a bengala no chão, enquanto olhava para o jovem cavalheiro pálido e o rosto escarlate da jovem.

– É um amigo do papai. Estou tão surpresa em vê-la! – Meg gaguejou, sentindo que ouviria um sermão.

– Isso é evidente – respondeu tia March, sentando-se. – Mas o que o amigo do seu pai está lhe dizendo para você parecer uma peônia? O que está acontecendo aqui? Eu insisto em saber o que é! – batendo outra vez com a bengala.

– Estávamos apenas conversando. O Sr. Brooke veio buscar seu guarda-chuva – explicou Meg, desejando que o Sr. Brooke e o guarda-chuva estivessem a salvo longe dali.

– Brooke? O professor do menino? Ah! Entendo agora. Sei de tudo. Jo, sem querer, mostrou uma mensagem errada em uma das cartas de seu pai, e eu a fiz contar-me tudo. Você não foi dizer-lhe sim não é menina? – perguntou tia March, parecendo escandalizada.

– Fale baixo! Ele vai ouvir! Quer que eu chame a mamãe? – disse Meg, muito perturbada.

– Ainda não. Tenho algo a lhe dizer e quero falar tudo de uma vez. Diga-me, você quer casar-se com esse manipulador? Se o fizer, não verá nenhum centavo do meu dinheiro. Lembre-se disso e seja uma menina sensata – disse a velha senhora, imponentemente.

Tia March possuía, com perfeição, a arte de despertar o espírito de contradição da maneira mais gentil nas pessoas, e gostava de fazê-lo. As melhores pessoas têm um espírito de perversidade inato, especialmente quando são jovens e amam. Se tia March tivesse implorado para Meg aceitar John Brooke, ela provavelmente teria declarado que não conseguia pensar nisso; mas como ela era ordenada peremptoriamente para não gostar dele, Meg imediatamente decidiu o contrário. A inclinação e a perversidade facilitaram a decisão e, estando já muito irritada, Meg se opôs à velha com espírito incomum.

– Casarei com quem eu quiser, tia March, e a senhora pode deixar seu dinheiro para quem quiser também – ela disse, acenando a cabeça com firmeza...

– Que petulante! É assim que você segue meu conselho, senhorita? Você vai se arrepender, aos poucos, quando experimentar o amor em uma cabana e descobrir que é um fracasso.

– Não pode ser pior do que o amor em grandes palácios – replicou Meg.

Tia March colocou os óculos e deu uma olhada na menina, pois ela nunca a tinha visto com esse novo humor. Meg mal reconhecia a si mesma, sentia-se tão corajosa e independente, tão feliz por defender John e afirmar seu direito de amá-lo, se quisesse. Tia March viu que tinha começado errado e, depois de uma pequena pausa, recomeçou, dizendo do modo mais brando possível: – Minha querida Meg, seja razoável e siga meu conselho. Quero apenas o seu bem e não quero que você estrague toda a sua vida cometendo um erro no começo. Você deve casar-se bem para ajudar sua família; faça um casamento rico que impressione a você também.

– Papai e mamãe não pensam assim; eles gostam de John, embora ele seja pobre.

– Seu pai e sua mãe, minha querida, não têm mais juízo do que duas crianças.

– Estou feliz com isso – exclamou Meg, com firmeza.

Tia March nem prestou atenção e continuou seu sermão. – Esse tal Crook é pobre e não tem parentes ricos, não é?

– Não; mas ele tem muitos bons amigos.

– Você não pode contar com amigos para viver; experimente e verá o que acontece. Ele não tem nenhum negócio, não é?

– Ainda não; o Sr. Laurence irá ajudá-lo.

– Isso não vai durar muito. James Laurence é um velho caprichoso e ninguém deve contar com ele. Então você pretende se casar com um homem sem dinheiro, sem posição social nem colocação profissional e continuar trabalhando mais do que agora, quando você poderia viver confortavelmente todos os seus dias lembrando-se dos meus conselhos e seguindo-os? Pensei que você tivesse mais juízo, Meg.

– Eu não poderia encontrar melhor pessoa se esperasse metade da minha vida! John é bondoso e sábio; ele tem muito talento e está sempre disposto a trabalhar, e com certeza continuará assim, ativo e corajoso. Todos gostam dele e o respeitam, e tenho orgulho de pensar que ele se importa comigo, embora eu seja tão pobre, jovem e tola – disse Meg, parecendo mais bonita do que nunca em sua seriedade.

– Ele sabe que você tem parentes ricos, criança; suspeito que seja esse o segredo do seu amor.

– Tia March, como se atreve a dizer uma coisa dessas? John está acima de tanta maldade, e eu não vou ouvi-la nem mais um minuto se a senhora continuar a falar assim – exclamou Meg, indignada, esquecendo tudo, menos a injustiça das suspeitas da velha senhora. – Meu John não se casaria por dinheiro, assim como eu. Estamos dispostos a trabalhar e pretendemos esperar. Não tenho medo de ser pobre, pois fui feliz até agora e continuarei a ser com ele, porque ele me ama, e eu....

Meg parou ali, lembrando, de repente, que ela não havia se decidido; que havia mandado "seu John" embora, e que ele poderia estar ouvindo seus comentários inconsistentes. Tia March estava muito zangada, pois estava decidida a arrumar um belo casamento para sua linda sobrinha e algo no rosto jovem e feliz da menina fazia a velha solitária se sentir triste e irritada.

– Bem, lavo minhas mãos totalmente! Você é uma criança teimosa e perderá mais do que imagina com essa loucura. Não, não ficarei aqui. Estou decepcionada com você e agora não me sinto preparada para ver seu pai. Não espere nada de mim quando estiver casada; os amigos do seu Sr. Trook devem cuidar de você. Não quero mais saber de você.

E, batendo a porta na cara de Meg, tia March partiu apressadamente. Parecia que toda coragem da moça tinha saído com ela também, pois, quando deixada sozinha, Meg não sabia se deveria rir ou chorar. Antes que ela pudesse se decidir, foi surpreendida pelo Sr. Brooke, que lhe disse, comovido: – Não pude deixar de ouvir, Meg. Obrigado por me defender e agradeço a tia March por provar que você se importa um pouco comigo.

– E eu não sabia o quanto, até que ela começou a injuriá-lo – respondeu Meg.

– E não preciso ir embora agora, mas posso ficar e esperar minha felicidade, não é, querida?

Aí estava outra boa oportunidade de fazer o discurso esmagador e a saída triunfal, mas Meg nunca pensou em fazer isso e desmereceu-se para sempre aos olhos de Jo, dizendo suavemente "Sim, John" e escondendo o rosto no colete do Sr. Brooke. Quinze minutos após a partida de tia March, Jo desceu suavemente as escadas, parou um instante na porta da sala e, como não ouviu nenhum som de lá, assentiu e sorriu, com uma expressão satisfeita, dizendo para si mesma: – Ela o mandou embora conforme planejamos, e esse caso está resolvido. Vou ouvir o que aconteceu e dar boas gargalhadas.

Mas a pobre Jo nunca riu, pois ficou paralisada na soleira com o espetáculo que presenciou com a boca tão aberta quanto os olhos. Na expectativa de exultar pela derrota do inimigo e elogiar a irmã corajosa por ter banido um namorado indesejável, certamente foi um choque contemplar o supracitado inimigo serenamente sentado no sofá, com a irmã corajosa sentada juntinho a ele com uma expressão da mais desprezível submissão. Jo suspirou, como se um banho frio de repente tivesse caído sobre ela, porque uma reviravolta inesperada realmente a deixou sem fôlego. Ao som estranho, os namorados se viraram e a viram. Meg deu um pulo, parecendo orgulhosa e tímida; mas "aquele homem", como Jo o chamava, riu e disse, friamente, enquanto beijava a recém-chegada atônita: – Irmã Jo, parabenize-nos!

Isso era a união do insulto à ofensa! Foi demais! Fazendo um gesto de ameaça, Jo desapareceu sem dizer uma palavra. Subindo as escadas, ela assustou os doentes ao exclamar, tragicamente, enquanto entrava no quarto: – Oh, alguém desça rápido! John Brooke está agindo terrivelmente, e Meg está muito contente com isso!

O Sr. e a Sra. March deixaram o quarto rapidamente e, lançando-se sobre a cama, Jo chorava e gritava tempestuosamente enquanto contava as terríveis notícias a Beth e Amy. As meninas, no entanto, consideraram o evento agradável e interessante, e Jo recebeu pouco conforto delas; então ela foi até seu refúgio no sótão e confidenciou seus problemas aos ratinhos. Ninguém nunca soube o que aconteceu na sala naquela tarde; mas houve muita conversa, e o Sr. Brooke, calmo, surpreendeu seus amigos pela eloquência e espírito com os quais ele advogava sua causa, expondo-lhes seus planos e convencendo-os que organizaria tudo da maneira que quisessem. A campainha do chá tocou antes que ele terminasse de descrever o paraíso que ele pretendia criar para Meg, e orgulhosamente levou Meg para a sala de jantar, ambos parecendo tão felizes, que Jo não teve coragem de ficar com ciúme ou demonstrar tristeza. Amy ficou muito impressionada com a devoção de John e a dignidade de Meg. Beth sorriu para eles a distância, enquanto o Sr. e a Sra. March observavam o jovem casal com tanta satisfação, que era perfeitamente evidente que tia March estava certa em chamá-los de "um par perfeito de crianças". Ninguém comeu muito, mas todos pareciam muito felizes, e a velha sala parecia resplandecer com aquele início do primeiro romance da família.

– Agora você não pode dizer que "nada de agradável nos acontece, não é, Meg?" – disse Amy, tentando decidir como colocaria os namorados juntos no desenho que ela planejava fazer.

– Não, tenho certeza que não posso. Quanta coisa aconteceu desde que eu disse isso! Parece que foi há um ano – respondeu Meg, que estava em um sonho feliz, muito acima de coisas comuns como pão e manteiga.

– Desta vez, as alegrias se aproximam das tristezas, e acho que as mudanças começaram – disse a Sra. March. – Na maioria das famílias chega, de vez em quando, um ano cheio de eventos; esse foi um caso, mas está terminando bem, afinal.

– Espero que o próximo termine melhor – murmurou Jo, que achou muito difícil ver Meg absorvida a contemplar um estranho, pois Jo amava muito algumas pessoas e temia perder ou diminuir sua afeição.

– Espero que o terceiro ano termine ainda melhor. Quero dizer que será, se eu viver para elaborar meus planos – disse o Sr. Brooke, sorrindo para Meg, como se tudo tivesse se tornado possível para ele agora.

– E não acham muito tempo para esperar? – perguntou Amy, que estava apressada para o casamento.

– Eu tenho muito que aprender antes de estar pronta, parece-me pouco tempo – respondeu Meg, com uma doce seriedade no rosto, nunca vista antes.

– Você só tem que esperar. Sou eu quem deve fazer o trabalho – disse John, começando seu trabalho pegando o guardanapo de Meg, com uma expressão que fez Jo sacudir a cabeça e dizer a si mesma, com um ar de alívio, assim que ouviu a porta da frente bateu: – Aí vem Laurie; agora teremos uma pequena conversa sensata.

Mas Jo estava enganada; pois Laurie entrou garboso, cheio de satisfação, trazendo um grande buquê de noivas para a "Sra. John Brooke", e evidentemente julgando que fora ele quem encaminhara os acontecimentos com suas excelentes habilidades.

– Sabia que Brooke faria tudo do jeito dele, ele sempre o faz; pois quando ele tem algo em mente, há de realizá-lo nem que o céu desabe – disse Laurie, ao apresentar seu mimo e os parabéns.

– Muito obrigado por esse elogio. Eu o considero um bom presságio para o futuro e convido você para o meu casamento – respondeu Brooke, que se sentiu em paz com toda a humanidade, até mesmo com seu aluno travesso.

– Virei nem que estiver nos confins da terra; apenas a visão do rosto de Jo, em tal ocasião, valeria uma longa jornada. Você não parece alegre, senhorinha; qual é o problema? –perguntou Laurie, acompanhando-a até um canto da sala, onde se reuniram todos para cumprimentar o Sr. Laurence.

– Não aprovo o casamento, mas decidi tolerar e não direi uma palavra contra – disse Jo, solenemente. – Você não sabe como é difícil deixar de lado minha irmã Meg – continuou ela, com um pequeno tremor na voz.

– Você não precisa deixá-la de lado. Você só irá compartilhar – disse Laurie, consolando-a.

– Nunca mais será a mesma coisa. Perdi minha amiga mais querida – suspirou Jo.

– Mas em compensação, você ganhou a mim. Não valho muito, eu sei; mas vou ficar com você, Jo, todos os dias da minha vida, dou-lhe a minha palavra! – e Laurie falou com sinceridade.

– Sei que você vai e sou muito grata; você sempre será um grande conforto para mim, Laurie – respondeu Jo, apertando-lhe as mãos com gratidão.

– Bem, agora, não fique aborrecida, ele é um bom amigo. Está tudo bem. Meg está feliz; Brooke irá trabalhar e conseguirá estabelecer-se em breve; vovô irá ajudá-lo e será muito divertido ver Meg em sua casinha. Teremos tempo para nos divertir depois que ela se for, pois terei terminado a faculdade e poderemos viajar para o exterior ou coisa semelhante. Isso não o consola?

– Acho que sim; mas não há como saber o que pode acontecer em três anos – disse Jo, pensativa.

– Isso é verdade! Você não gostaria de poder olhar para o futuro e ver onde todos estaremos então? Eu gostaria com certeza – respondeu Laurie.

– Acho que não, pois posso ver algo triste; e todo mundo parece tão feliz agora, não acredito que eles possam melhorar muito – e os olhos de Jo foram lentamente ao redor da sala, brilhando como pareciam, pois a perspectiva era agradável. Pai e mãe sentaram-se juntos, tranquilamente, revivendo o primeiro capítulo do romance, que, para eles, começara há 20 anos. Amy estava desenhando os namorados, que estavam sentados separados em um belo mundo próprio, cujo resplendor tocava seus rostos com uma graça que a pequena artista não podia copiar. Beth estava deitada no sofá conversando alegremente com sua velha amiga, que segurava sua mãozinha como se sentisse que possuía o poder de levá-la pelos caminhos pacíficos por onde andava. Jo estava sentada em seu assento baixinho favorito, com o olhar sério e tranquilo que melhor realçava seu rosto; e Laurie, encostado na parte de trás da cadeira de Jo, o queixo no nível da cabeça de cabelos crespos, sorria amigavelmente e acenava para ela no espelho comprido que refletia ambos.

Depois de agrupar Meg, Jo, Beth e Amy, a cortina cai e poderá voltar a subir dependendo da recepção dada ao primeiro ato do drama doméstico, chamado *Mulherzinhas*.

parte 2

Capítulo 24

Boatos

Para que possamos começar de novo e ir ao casamento de Meg com mentes abertas, será bom começar com alguns boatos sobre os March. E aqui deixem-me supor que, se alguns idosos acham que há muito "amor" na história, com receio do que possa acontecer (não tenho receio que os jovens façam essa objeção), só posso dizer a mesma coisa que a Sra. March: "O que posso esperar quando tenho quatro meninas alegres e um jovem vizinho atrevido convivendo com elas?"

Os três anos que se passaram trouxeram poucas mudanças para a família tranquila. A guerra tinha acabado e o Sr. March estava seguro em casa, ocupado com seus livros e com a pequena paróquia que encontrara nele um ministro por natureza e por graça, um homem calmo e estudioso, rico em sabedoria, que é melhor do que o conhecimento, com uma caridade que chamava a todos de "irmão" e a piedade que florescia no caráter, tornando-o sublime e amável. Esses atributos, apesar da pobreza e da estrita integridade que o afastavam dos sucessos mundanos, atraíam para ele muitas pessoas admiráveis, assim como as plantas doces atraem abelhas e, naturalmente, ele lhes dera o mel no qual cinquenta anos de dura experiência não haviam destilado nenhuma gota amarga. Os jovens sérios achavam o estudioso de cabelos grisalhos tão jovem de coração quanto eles; mulheres problemáticas ou conturbadas instintivamente traziam suas dúvidas com a certeza de que encontrariam a solidariedade mais gentil e o conselho mais sábio. Os pecadores confessavam seus pecados ao velho de coração puro e eram repreendidos e perdoados ao mesmo tempo. Homens talentosos encontravam nele um companheiro. Homens ambiciosos vislumbravam ambições mais nobres do que as suas próprias, e até os mundanos confessavam que suas crenças eram bonitas e verdadeiras, embora "não pagassem".

Para as pessoas de fora, as cinco mulheres enérgicas pareciam governar a casa, e o faziam em muitas coisas, mas o erudito quieto, sentado entre seus livros, ainda era o chefe e a consciência da família, a âncora e o consolador, pois as mulheres ocupadas e ansiosas sempre se voltavam para ele em tempos conturbados, encontrando, no verdadeiro sentido das palavras sagradas, o marido e o pai.

As meninas entregaram seus corações aos cuidados de sua mãe, suas almas aos cuidados de seu pai e, a ambos os pais, que viviam e trabalhavam tão fielmente por elas, entregaram um amor que crescia junto com elas e os unia ternamente pelo laço mais doce que abençoa a vida e sobrevive à morte.

A Sra. March está tão animada e alegre, embora um pouco mais triste, do que quando a vimos pela última vez, e agora tão absorvida nos assuntos de Meg, que os hospitais e as casas ainda cheios de "meninos" feridos e viúvas de "soldados" claramente sentem falta das visitas da missionária maternal.

John Brooke cumpriu seu dever heroicamente por um ano, foi ferido, enviado para casa e não teve permissão para retornar. Ele não recebeu estrelas ou condecorações, embora as merecesse, pois arriscara tudo o que tinha com alegria; e a vida e o amor são muito preciosos quando ambos estão em pleno florescimento. Perfeitamente resignado com sua dispensa, dedicou-se a melhorar, se preparar para os negócios e criar um lar para Meg. Com o bom senso e a forte independência que o caracterizavam, ele recusou as ofertas mais generosas do Sr. Laurence e aceitou a função de contador, sentindo-se mais satisfeito em começar com um salário merecido honestamente do que em correr riscos com dinheiro emprestado.

Meg tinha passado o tempo trabalhando, esperando, construindo um caráter feminino, adquirindo sabedoria nas habilidades domésticas e mais bonita do que nunca, pois o amor é um excelente embelezador. Ela tinha suas ambições e esperanças de menina e estava um tanto desapontada com o modo humilde pelo qual a nova vida deveria começar. Ned Moffat acabara de se casar com Sallie Gardiner, e Meg não pôde deixar de contrastar a bela casa, a carruagem, os vários presentes que receberam e as roupas esplêndidas com as suas, secretamente desejando que ela pudesse ter o mesmo. Mas de alguma forma a inveja e o descontentamento logo desapareceram quando ela pensou em todo o paciente amor e trabalho que John colocara na pequena casa que a esperava, e quando eles se sentavam juntos no crepúsculo, conversando sobre seus pequenos planos, o futuro sempre ficava tão bonito e brilhante que ela esqueceu o esplendor de Sallie e se sentiu a menina mais rica e feliz da cristandade. Jo nunca mais voltou para a tia March, pois a velha gostava tanto de Amy que a subornou com a oferta de aulas de desenho de um dos melhores professores que frequentavam, e por esse benefício Amy teria servido até uma senhora muito mais difícil. Então ela dedicava as manhãs ao dever, as tardes ao prazer e prosperava divinamente. Enquanto isso, Jo se dedicava à literatura e a Beth, que permanecia delicada mesmo depois de muito tempo quando a febre já era coisa do passado. Não ficou exatamente inválida, mas nunca mais foi a criatura saudável e rosada que tinha sido, porém sempre esperançosa, feliz, serena e ocupada com os deveres silenciosos que amava, amiga de todos e um anjo em casa, muito antes que aqueles que mais a amavam soubessem disso.

Enquanto o jornal *The Spread Eagle* pagava a ela um dólar por coluna por suas "tolices", como ela chamava o que escrevia, Jo se sentia uma mulher de recursos e controlava diligentemente seus pequenos romances. Mas, grandes planos fermentavam em seu cérebro ocupado e sua mente ambiciosa, e a velha cozinha de estanho no sótão continha uma pilha crescente de manuscritos rabiscados, que estava a um passo de colocar o sobrenome March no rolo da fama.

Laurie, que havia ingressado na faculdade para agradar a seu avô, estava passando por isso da maneira mais fácil possível para agradar a si mesmo. Um favorito universal, graças ao dinheiro, modos, muito talento e o coração extremamente gentil, que colocava seu dono em dificuldades ao tentar tirar outras pessoas delas, ele correu grande perigo de ser mimado, e provavelmente teria sido, como muitos outros meninos promissores, se ele não tivesse um talismã contra o mal na memória do velho amável que estava envolvido em seu sucesso, a amiga maternal que o vigiava como se ele fosse filho dela, e por último, mas não menos importante, a sabedoria de quatro meninas inocentes que o amavam, admiravam e acreditavam nele com todo o coração. Sendo apenas "um excelente menino", é claro que ele brincava e paquerava, sentia-se orgulhoso, sentimental ou atlético, conforme as modas da faculdade ordenavam, falava gírias e mais de uma vez chegara perigosamente perto de uma suspensão e expulsão. Mas como o alto astral e o amor à diversão eram as causas dessas brincadeiras, ele sempre conseguia se salvar por uma confissão franca, expiação honrosa ou o irresistível poder de persuasão que ele possuía com perfeição. De fato, ele se orgulhava de suas fugas atrevidas e gostava de emocionar as meninas com relatos gráficos de seus triunfos sobre tutores irados, professores dignos e inimigos derrotados. Os "homens da minha classe" eram heróis aos olhos das meninas, que nunca se cansavam das façanhas de "nossos companheiros" e frequentemente deliciavam-se em sorrisos dessas grandes criaturas, quando Laurie as trazia para casa com ele.

Amy desfrutava especialmente dessa grande honra, e tornara-se uma espécie de "bela" entre eles, pois com sua dignidade, ela logo sentiu e aprendeu a usar o dom do fascínio com o qual era dotada. Meg estava absorvida demais com seu John para cuidar de quaisquer outros senhores da criação, e Beth, tímida demais para fazer mais do que espiá-los e se perguntar como Amy ousava dar ordens, mas Jo se sentia bem em seu próprio elemento, e achava muito difícil abster-se de imitar as atitudes, frases e feitos dos cavalheiros, que lhe pareciam mais naturais do que os decoros prescritos para as jovens. Todos gostavam imensamente de Jo, mas nunca se apaixonaram por ela, embora alguns tenham deixado de prestar a homenagem de um suspiro sentimental ou dois no santuário de Amy. E, por falar em sentimentos, isso nos leva naturalmente ao "Ninho dos Pombinhos". Esse era o nome da casinha marrom que o Sr. Brooke havia preparado para a primeira casa de Meg. Laurie o batizara, dizendo que era altamente apropriado para o amável casal que "continuava junto como um par de pombinhos, beijando-se e abraçando-se o tempo todo". Era uma casa minúscula, com um pequeno jardim na parte de trás e um gramado do tamanho de um lenço de bolso na parte da frente.

Aqui Meg pretendia ter uma fonte, arbustos e uma profusão de lindas flores, embora, no momento, a fonte fosse representada por um vaso castigado pelo tempo, muito parecido com uma tigela em ruínas, o arbusto era formado por vários larícios jovens, indecisos quanto a viver ou morrer, e a profusão de flores estava meramente indicada por conjuntos de gravetos para mostrar onde as sementes haviam sido plantadas. Mas, por dentro, era totalmente charmoso, e a noiva feliz não via defeitos do sótão ao porão. Certamente, o hall de entrada era tão estreito que era uma sorte que eles não tivessem piano, pois um piano inteiro não caberia ali, a sala de jantar era tão pequena que ficaria apertada para seis pessoas, e as escadas da cozinha pareciam construídas com o propósito expresso de precipitar tanto os criados quanto a porcelana na lata de carvão. Mas, uma vez que eles se acostumassem a essas pequenas imperfeições, nada poderia ser mais completo, pois o bom senso e o bom gosto estavam demonstrados na mobília, e o resultado foi altamente satisfatório. Não havia mesas com tampo de mármore, espelhos compridos ou cortinas de renda na pequena sala de estar, mas móveis simples, muitos livros, um ou dois belos quadros, um estande de flores na janela da sacada e, espalhados por toda parte, lindos presentes que vinham de mãos amigas e eram mais solidários pelas mensagens de amor que traziam.

Não acho que a psichê de porcelana que Laurie deu tenha perdido sua beleza porque John colocou-a sobre um suporte que ele fez, que qualquer estofador poderia ter costurado as cortinas de musselina mais graciosamente do que a mão artística de Amy, ou que qualquer loja teria fornecido produtos melhores do que os bons desejos, palavras alegres e esperanças do que aquela em que Jo e sua mãe guardaram nas poucas caixas, barris e pacotes de Meg, e estou moralmente certa de que a cozinha nova e espaçosa nunca poderia parecer tão aconchegante e arrumada se Hannah não tivesse arrumado todas as panelas e frigideiras uma dúzia de vezes e deixado o fogo pronto para acender no minuto em que a "Senhorinha Brooke chegasse em casa". Também duvido que alguma jovem mãe de família tenha começado a vida com um suprimento tão rico de espanadores, suportes e sacolas, porque Beth fez o suficiente para durar até as bodas de prata do casal, e inventou três tipos diferentes de panos de prato para o serviço expresso da porcelana nupcial. As pessoas que contratam todas essas coisas feitas para elas nunca sabem o que perdem, pois as tarefas mais caseiras são embelezadas se mãos amorosas as fazem, e Meg encontrou tantas provas disso que tudo em seu pequeno ninho, do rolo da cozinha ao vaso de prata na mesa de sua sala, era eloquente de amor no lar e terna premeditação. Que momentos felizes eles planejaram juntos, que excursões solenes às compras, que erros engraçados cometeram e que risos surgiram sobre as pechinchas ridículas de Laurie. Em sua paixão por brincadeiras, esse jovem cavalheiro, quase graduado na faculdade, não passava do menino de sempre. Seu último capricho foi trazer com ele nas visitas semanais algum artigo novo, útil e engenhoso para a jovem dona de casa. Primeiro, uma sacola de prendedores de roupa notáveis, a seguir, um maravilhoso ralador de noz-moscada que se desfez em pedaços no primeiro teste, um limpador de faca que estragou todas as facas, ou uma vassoura que tirou a felpa do tapete e deixou a sujeira, sabão que economizava trabalho tirando a pele das mãos de quem o utilizasse, argamassas infalíveis que grudavam firmemente a nada além dos dedos do comprador iludido, e todo tipo de alumínio, desde um cofrinho para os centavos que sobravam até uma caldeira maravilhosa que prometia lavar as roupas em seu próprio vapor, com todas as perspectivas de explosão durante o processo. Em vão, Meg implorava que ele parasse. John ria e Jo o chamava de "Sr. Toodles". Ele estava obcecado por uma mania de apadrinhar a genialidade dos ianques e por ver a casa de seus amigos adequadamente mobiliada. Então, a cada semana, ele trazia um novo objeto absurdo.

Finalmente, tudo estava pronto, inclusive os sabões de cores diferentes que Amy distribuiu para combinar com as diferentes cores dos cômodos, e a mesa que Beth deixou arrumada para a primeira refeição.

– Você está satisfeita? Parece um lar, e você sente que pode ser feliz aqui? – perguntou a Sra. March, enquanto ela e a filha passavam pelo novo reino de braços dados, pois naquele momento elas pareciam estar unidas com mais ternura do que nunca.

– Sim, mãe, perfeitamente satisfeita, obrigada a todos, e tão feliz que não consigo expressar – com um olhar que falava melhor do que palavras.

– Se ela tivesse apenas uma ou duas criadas, seria melhor – disse Amy, saindo da sala, onde tentava decidir se a estátua de Mercúrio feita de bronze ficaria melhor na estante ou no aparador da lareira.

– Mamãe e eu conversamos sobre isso, e resolvi tentar do jeito dela primeiro. Lotty me ajudará levando os recados e auxiliando aqui e ali, mesmo assim terei trabalho suficiente para não sentir preguiça nem saudades de casa – respondeu Meg calmamente.

– Sallie Moffat tem quatro – começou Amy.

– Se Meg tivesse quatro, eles não caberiam na casa e teriam de acampar no jardim – interrompeu Jo, que, envolta em um grande avental azul, estava dando o último polimento nas maçanetas das portas.

– Sallie não é a esposa de um homem pobre, e muitas empregadas estão de acordo com sua moradia refinada. Meg e John estão começando humildemente, mas tenho a sensação de que haverá tanta felicidade na casa pequena quanto no casarão. É um grande erro permitir que jovens como Meg não tenham nada a fazer a não ser vestir-se, dar ordens e fofocar. Quando me casei, esperava ansiosamente que minhas roupas ficassem velhas e rasgassem, para que eu tivesse o prazer de consertá-las, pois fiquei muito cansada de bordar e cuidar de meus lenços de bolso.

– Por que a senhora não foi para a cozinha brincar de cozinhar, como Sallie diz que faz para se divertir, embora ela nunca se saia bem e as empregadas sempre riem dela – disse Meg.

– Foi o que fiz depois de um tempo, não para "bagunçar", mas para que Hannah me ensinasse como as coisas devem ser feitas, para que minhas empregadas não rissem de mim. No começo era brincadeira, mas chegou um momento em que eu estava verdadeiramente agradecida não só por ter vontade de aprender, mas também a oportunidade de cozinhar alimentos saudáveis para minhas filhas e poder assumir o trabalho quando não podia mais contratar ajudantes. Você começa do outro lado, Meg, querida, mas as lições que você aprende agora serão úteis quando John for um homem mais rico, pois uma dona de casa, por mais esplêndida que seja, deve saber como fazer o trabalho se ela deseja ser bem atendida e com honestidade.

– Sim, mãe, eu tenho certeza disso – disse Meg, ouvindo respeitosamente a pequena explicação, pois as melhores mulheres defendem o assunto sedutor da manutenção da casa.

– A senhora sabe que eu gosto mais deste quarto na minha casa de bonecas – acrescentou Meg, um minuto depois, quando subiram as escadas e ela olhou para seu armário de roupa de cama e banho bem suprido. Beth estava lá, colocando as pilhas de roupa branca suavemente nas prateleiras e deliciando-se com a excelente variedade. Todas as três riram enquanto Meg falava, pois aquele armário de roupas de cama e banho era uma piada. Bem, tia March disse certa vez que se a Meg se casasse com o tal "Sr. Brooke", ela não teria um centavo de seu dinheiro, mas o tempo aplacou sua ira e a fez se arrepender de sua promessa. Ela nunca quebrou sua palavra, mas exercitou muito sua mente para resolver como contornar a situação e, finalmente, elaborou um plano que a deixaria satisfeita. Mandou a Sra. Carrol, mãe de Florence, comprar, costurar e bordar uma quantidade generosa de roupa de casa e mesa e enviá-la como seu presente, tudo feito fielmente, mas o segredo vazou e foi muito apreciado pela família, pois tia March tentava parecer totalmente desentendida e insistia que ela não poderia dar nada além das pérolas antigas que haviam sido prometidas para a primeira noiva.

– É um gosto para as donas de casa que me agrada bastante. Eu tinha uma jovem amiga que organizava as tarefas domésticas com apenas seis lençóis e tigelas para que as visitas lavassem os dedos e isso era o suficiente para ela – disse a Sra. March, passando a mão nas toalhas de mesa de damasco apreciando com um deslumbre feminino a sua finura.

– Não tenho uma única tigela para os dedos, mas Hannah disse que esse conjunto irá durar até o fim dos meus dias – E Meg parecia bastante contente, como era de se esperar.

Um rapaz alto e de ombros largos, cabelos curtos, um chapéu de feltro e um casaco esvoaçante, desceu a estrada a passos largos, pulou a cerca baixa sem parar para abrir o portão e seguiu em direção à senhora March, com as duas mãos estendidas e disse carinhosamente:

– Aqui estou eu, mamãe! Sim, está tudo bem.

As últimas palavras foram uma resposta ao olhar que a senhora March deu a ele, um olhar gentilmente questionador que os belos olhos receberam com tanta franqueza que a pequena cerimônia foi encerrada, como sempre, com um beijo maternal.

– Para a senhora John Brooke, com os parabéns e elogios do fabricante. Deus te abençoe, Beth! Jo, você é um espetáculo reconfortante. Amy, você está ficando bonita demais para uma senhorita solteira.

Enquanto Laurie falava, ele entregou um pacote de papel marrom a Meg, puxou a fita de cabelo de Beth, encarou o grande avental de Jo e simulou uma atitude de êxtase diante de Amy, apertou as mãos de cada uma e todos começaram a conversar.

– Onde está o John? – perguntou Meg ansiosa.

– Foi buscar a licença para amanhã, senhorita.

– Quem venceu a última partida, Laurie? – perguntou Jo, que, apesar de ter 19 anos, continuava interessada por esportes masculinos.

– Nosso, é claro. Gostaria que você estivesse lá para ver.

– Como está a adorável Srta. Randal? – perguntou Amy com um sorriso significativo.

– Mais cruel do que nunca. Você não vê como estou sofrendo? – e Laurie deu um tapa no peito largo e soltou um suspiro melodramático.

– Qual é a última novidade? Abra o pacote e veja, Meg – disse Beth, olhando com curiosidade o embrulho.

– É uma coisa útil para se ter em casa em caso de incêndio ou ladrão – observou Laurie, quando ouviram um barulho de sirene, em meio às gargalhadas das meninas.

– Quando John estiver fora de casa e você ficar assustada, Sra. Meg, basta ir até a janela da frente e girá-la para despertar o bairro rapidamente. Muito bom, não é? – e Laurie deu a elas uma demonstração dos poderes da sirene o que as fez tapar os ouvidos.

– Obrigado por sua gratidão! E por falar em gratidão, acho que vocês devem agradecer a Hannah por salvar o seu bolo de casamento da destruição. Eu o vi chegando em sua casa quando passei vindo para cá e, se ela não o tivesse defendido de modo viril, eu teria roubado um pedaço, porque parecia notavelmente delicioso.

– Eu me pergunto se você algum dia irá crescer, Laurie – disse Meg em tom matronal.

– Estou fazendo o meu melhor, senhorita, mas receio que não posso ficar muito mais alto, pois um metro e oitenta é o máximo que os homens atingem nesses dias degenerados – respondeu o jovem cavalheiro, cuja cabeça quase batia no pequeno lustre.

– Suponho que seria profanação comer qualquer coisa nesta casa tão limpa, então, como estou imensamente faminto, proponho mudarmos de local – acrescentou.

– Mamãe e eu vamos esperar por John. Ainda temos algumas coisas para resolver – disse Meg, se afastando.

– Beth e eu vamos à casa de Kitty Bryant para apanhar mais flores para amanhã – acrescentou Amy, amarrando um chapéu pitoresco sobre seus cachos pitorescos e divertindo-se com o efeito tanto quanto os outros.

– Venha, Jo, não abandone um amigo. Estou tão exausto que não conseguiria chegar em casa sem ajuda. Faça o que fizer, não tire o avental, ele é particularmente atrativo – disse Laurie, enquanto Jo observava a aversão especial dele ao amplo bolso do avental e oferecia seu braço para apoiar os frágeis passos dele.

– Bem, Laurie, quero falar seriamente com você sobre a festa de amanhã – começou Jo, enquanto caminhavam juntos. – Prometa que irá comportar-se bem e não fará brincadeiras para estragar nossos planos.

– Não farei nenhuma brincadeira.

– E não diga coisas engraçadas quando precisamos ficar sérios.

– Eu nunca faço isso. Você é melhor do que eu nesse ponto.

– E eu imploro que você não me olhe durante a cerimônia. Certamente vou rir se você o fizer.

– Você não vai nem me ver, vai chorar tanto que a névoa espessa ao seu redor vai impedir que isso aconteça.

– Eu nunca choro, a não ser que sinta alguma grande aflição.

– Como colegas indo para a faculdade, hein? – interrompeu Laurie, com uma risada sugestiva.

– Não seja presunçoso. Apenas lamentei um pouco para fazer companhia às meninas.

– Eu notei. Diga-me uma coisa, Jo, como está o vovô esta semana? Bastante amável?

– Muito. Por que? Você se meteu em uma briga e quer saber se ele vai receber a notícia? – perguntou Jo, bruscamente.

– Ora, Jo, você acha que eu conseguiria olhar para sua mãe e dizer está tudo bem, se não estivesse? – e Laurie parou de andar, parecendo magoado.

– Não, eu não acho.

– Então pare de desconfiar. Apenas quero algum dinheiro – disse Laurie, caminhando novamente, acalentado pelo seu tom caloroso de Jo.

– Você gasta muito, Laurie.

– Meu Deus, eu não gasto, o dinheiro de alguma forma gasta-se sozinho e desaparece antes que eu perceba!

– Você é tão generoso e bondoso que deixa as pessoas pedirem emprestado e não consegue dizer "não" a ninguém. Ouvimos falar de Henshaw e tudo o que você fez por ele. Se você sempre gastasse dinheiro dessa maneira, ninguém o reprovaria – disse Jo calorosamente.

– Oh, ele fez uma tempestade em um copo d'água. Você não gostaria que eu deixasse aquele belo sujeito trabalhar até a morte por não ter uma pequena ajuda, quando ele vale uma dúzia de nós, que somos preguiçosos, não é?

– Claro que não, mas não entendo porque você precisa de dezessete coletes, inúmeras gravatas e um chapéu novo toda vez que você chega em casa. Pensei que você havia superado seu estilo dândi, mas de vez em quando ele aparece de novo. Agora está na moda ficar horrível, deixar os cabelos parecendo uma escova, vestir casacos justos, luvas cor de laranja e botas apertadas de bico quadrado. Se fosse uma feiura barata, eu não diria nada, mas é uma moda que custa tanto quanto a outra, e não vejo graça nisso.

Laurie jogou a cabeça para trás e riu com tanto entusiasmo desse ataque, que o chapéu de feltro caiu e Jo pisou nele, insulto que só lhe proporcionou uma oportunidade de discorrer sobre as vantagens de um traje pouco refinado, enquanto ele dobrava o chapéu maltratado e o enfiava no bolso.

– Seja uma boa alma e não me dê mais sermões! Já ouço o suficiente durante toda a semana e gosto de me divertir quando chego em casa. Amanhã vou me vestir muito bem independentemente do gasto, para satisfação de meus amigos.

– Deixarei você em paz se apenas deixar seu cabelo crescer. Não sou aristocrática, mas me oponho a ser vista com uma pessoa que parece um jovem pugilista – observou Jo com severidade.

– Esse estilo despretensioso facilita os estudos, é por isso que o adotamos – respondeu Laurie, que certamente não poderia ser acusada de vaidade, sacrificando voluntariamente um belo corte da cabeleira encaracolada à demanda por uma barba de meio centímetro de comprimento.

– A propósito, Jo, acho que o pequeno Parker está realmente ficando desesperado por Amy. Ele fala dela constantemente, escreve poesia e tem devaneios de modo bastante suspeito. Seria melhor ele cortar sua pequena paixão pela raiz, não seria? – acrescentou Laurie, de forma confidencial, tom fraternal de irmão mais velho, depois de um minuto de silêncio.

– É claro que sim. Não queremos outro casamento nesta família nos próximos anos. Deus tenha misericórdia, no que as crianças estão pensando? – e Jo parecia tão escandalizada como se Amy e o pequeno Parker ainda não estivessem na adolescência.

– Vivemos em uma era muito rápida e não sei aonde vamos chegar, senhorita. Você é apenas um bebê, mas será a próxima, Jo, e ficaremos lamentando – disse Laurie, balançando sua cabeça e refletindo sobre a degeneração dos tempos.

– Não se preocupe. Não sou do tipo agradável. Ninguém vai me querer, e isso é uma bênção, pois toda família sempre deve ter uma velha solteirona.

– Você não vai dar uma chance a ninguém – disse Laurie, com um olhar de soslaio e com o rosto, queimado do sol, um pouco mais corado do que antes. Você não mostrará o lado suave do seu caráter, e se alguém consegue notá-lo sem querer e começa a demonstrar que gosta do que vê, você o trata como a Sra. Gummidge fazia com o namorado, joga água fria sobre ele e fica tão espinhosa que ninguém ousa tocar ou olhar para você.

– Eu não gosto desse tipo de coisa. Estou muito ocupada para me preocupar com bobagens, e acho horrível separar as famílias. Agora, não fale mais sobre isso. O casamento de Meg nos fez perder a cabeça e agora não falamos de nada além de amor e absurdos semelhantes. Como não quero ficar irritada, vamos mudar de assunto; – e Jo parecia bastante pronta a jogar água fria diante da menor provocação.

Quaisquer que fossem os sentimentos de Laurie, ele encontrou uma saída para eles em um longo e silencioso suspiro e com uma previsão medonha eles se separaram no portão: – Lembre-se do que eu disse, Jo, você será a próxima.

Capítulo 25

O primeiro casamento

As rosas de junho acordaram radiantes e bem cedo naquela manhã e estavam na varanda, regozijando-se com todo o coração sob o sol sem nuvens, como amigáveis vizinhas que eram. Coradas de bastante emoção, enquanto balançavam ao vento, sussurravam umas para as outras o que tinham visto, pois algumas espiavam nas janelas da sala de jantar onde o banquete estava sendo distribuído, outras subiam para acenar e sorrir para as irmãs enquanto vestiam a noiva, outras davam as boas-vindas àqueles que iam e vinham para transmitir vários recados no jardim, na varanda e no salão, e todas, desde a flor mais rosada até o mais pálido botão, oferecia seu tributo de beleza e fragrância para a bela senhora que as amava e cuidava delas por tanto tempo.

A própria Meg parecia uma rosa, pois tudo que era melhor e mais doce de coração e alma parecia florescer em seu rosto naquele dia, tornando-o belo e delicado, com um charme mais belo que a beleza. Ela não quis nem seda, nem renda, nem flores de laranjeira. – Não quero um casamento na moda, quero apenas estar com aqueles a quem amo, e para eles desejo parecer a mesma pessoa que conhecem.

Então ela mesma fez seu vestido de casamento, costurando nele as ternas esperanças e romances inocentes de um coração de menina. Suas irmãs trançaram seus belos cabelos, e os únicos ornamentos que ela usava eram os lírios do vale, que eram as flores preferidas de "seu John".

– Você se parece com a nossa querida Meg, apenas tão doce e adorável que eu te daria um abraço se não fosse amassar o seu vestido – exclamou Amy, observando-a com prazer quando tudo estava pronto.

– Então estou feliz. Mas, por favor, me abracem e me beijem, todas vocês, e não se importem com o meu vestido. Quero um monte de vincos desse tipo no dia de hoje – e Meg abriu seus braços para suas irmãs, que, por um instante, se agarraram a ela felizes, sentindo que o novo amor não havia mudado o antigo.

– Agora vou fazer o nó da gravata de John para ele, e depois ficarei alguns minutos com o papai em silêncio no escritório – e Meg desceu para realizar essas pequenas cerimônias e depois seguiu sua mãe aonde quer que fosse, consciente de que apesar dos sorrisos no rosto materno, havia uma tristeza secreta escondida no coração maternal porque ela era a primeira passarinha a voar do ninho.

Enquanto as meninas mais novas estão juntas, dando os últimos retoques em sua maquiagem simples, pode ser um bom momento para contar algumas mudanças que os três últimos anos causaram na aparência delas, pois todas estão muito melhor agora. Os ângulos de Jo estão bem mais suaves, ela aprendeu a conduzir-se com mais leveza, se não com graça. Seus cabelos encaracolados cresceram e se tornaram cachos espessos, mais atraentes para uma cabeça pequena em um corpo esguio. Suas bochechas bronzeadas estão mais coradas, há um brilho suave em seus olhos, e agora apenas palavras gentis saem de sua língua anteriormente afiada.

Beth ficou mais esbelta, porém mais pálida e retraída do que nunca. Os olhos bonitos e gentis estão maiores, e neles existe uma expressão entristecida, embora não seja triste em si. É a sombra da dor que toca o rosto jovem com tanta paciência patética, mas Beth raramente reclama e sempre fala com esperança de "estar melhor em breve".

Amy é, na verdade, considerada "a flor da família", pois aos 17 anos ela tem o ar e a aparência de uma mulher adulta, não é bonita, mas possui aquele charme indescritível que chamamos de graça. Sua delicadeza podia ser vista nas linhas de sua silhueta, no desenho e no movimento de suas mãos, no balanço de seu vestido e no deslize de seus cabelos, inconsciente, mas harmonioso, e tão atraente para muitos quanto a própria beleza. Amy ainda se afligia com seu nariz, que nunca seria do tipo grego, e também com sua boca, que ela achava muito larga em um queixo um tanto pronunciado. Esses traços ofensivos davam caráter a todo o rosto, mas ela nunca conseguia vê-lo, e se consolava com sua tez maravilhosamente bela, seus olhos azuis aguçados e seus cachos mais dourados e abundantes do que nunca. As três usavam trajes de cor prateada (seus melhores vestidos para o verão), com rosas vermelhas no cabelo e na lapela, e as três pareciam exatamente o que eram: meninas de aparência jovem e coração feliz, parando um momento em suas vidas ocupadas para ler, com olhos reflexivos, o capítulo mais doce do romance da vida feminina.

Não haveria apresentações cerimoniais, tudo seria o mais natural e acolhedor possível; portanto, quando tia March chegou, ela ficou escandalizada ao ver a noiva vir correndo para recebê-la e levá-la ao encontro do noivo, que estava prendendo uma guirlanda que caiu e ao vislumbrar o ministro paterno marchando no andar de cima com um semblante sério e uma garrafa de vinho embaixo de cada braço.

– Meu Deus, o que está acontecendo aqui?! – gritou a velha senhora, tomando o lugar de honra preparado para ela e acomodando as dobras de seu tafetá arroxeado com um grande farfalhar. – Você não deve ser vista até o último minuto, criança.

– Não sou um espetáculo, tia, e ninguém veio aqui para ficar me olhando, criticar meu vestido ou calcular o preço do meu almoço. Estou muito feliz para me importar com o que alguém diz ou pensa e vou ter meu modesto casamento do modo que me agrada. John, querido, aqui está o seu martelo. – E Meg saiu para ajudar "*aquele homem*" em sua tarefa *altamente inapropriada*.

O Sr. Brooke nem disse "Obrigado", mas, ao se inclinar para pegar a ferramenta pouco romântica, beijou sua pequena noiva atrás do biombo, com um olhar que fez tia March retirar o lenço de bolso para secar um súbito orvalho que caiu de seus velhos olhos perspicazes.

Um estrondo, um grito e uma risada de Laurie, acompanhados pela exclamação indecorosa: "Por Júpiter! Jo derrubou o bolo de novo!" causou uma agitação momentânea, que mal terminava quando um bando de primos chegou e "a festa começou", como Beth costumava dizer quando criança.

– Não deixe que aquele jovem gigante se aproxime de mim, ele me perturba mais do que os mosquitos – sussurrou a velha para Amy, enquanto os cômodos se enchiam e a cabeça negra de Laurie se destacava entre os convidados.

– Ele prometeu ser muito bom hoje, e pode ser perfeitamente elegante quando quer – respondeu Amy, e se afastou para avisar Hércules a tomar cuidado com o dragão, o que o fez assombrar a velha com uma devoção que quase chegou a distraí-la.

Não houve procissão nupcial, mas um silêncio repentino caiu sobre a sala quando o Sr. March e o jovem casal tomaram seus lugares sob o arco de folhas verdes. A mãe e as irmãs se aproximaram bastante, como se relutassem em deixar Meg partir. A voz do pai oscilou mais de uma vez, o que parecia apenas tornar a cerimônia mais bonita e solene. A mão do noivo tremia visivelmente, e ninguém ouviu suas respostas. Entretanto, Meg olhou firmemente nos olhos do marido e disse: "Aceito!" com tanta confiança no rosto e na voz que o coração da mãe se alegrou e tia March choramingou de modo que todos ouviram.

Jo não chorou, apesar de já estar muito perto disso, e só foi salva dessa demonstração de consciência porque lembrou que Laurie estava olhando fixamente para ela, com uma mistura cômica de alegria e emoção em seus perversos olhos negros. Beth manteve o rosto escondido no ombro da mãe, mas Amy permaneceu como uma estátua graciosa, com um raio de sol que tocava sua testa branca e a flor nos cabelos.

Receio que não tenha sido apropriado, mas no minuto em que Meg se casou, ela gritou: "O primeiro beijo para Mammie!" e girando, beijou-a com o coração nos lábios. Durante os quinze minutos seguintes, ela parecia mais com uma rosa do que nunca, pois todos se beneficiaram de seu privilégio de beijar a noiva ao máximo, do Sr. Laurence à velha Hannah, que, adornada com uma touca maravilhosa feita à mão, despencou sobre ela na sala, chorando entre soluços e risadas: – Deus te abençoe, querida, cem vezes! O bolo ainda *tá* muito bom, e tudo *tá* adorável.

Todos se sentiram melhor depois disso e disseram algo brilhante, ou tentaram, o que também aconteceu, pois o riso flui com facilidade quando os corações estão leves. Não havia presentes, pois eles já estavam na pequena casa, não foi um café da manhã elaborado, mas um almoço recheado com bolos e frutas e flores. O Sr. Laurence e tia March encolherem os ombros e sorriram um para o outro quando descobriram que água, limonada e café eram os únicos tipos de néctar que as três irmãs serviam aos convidados. Ninguém disse nada, até que Laurie, que insistia em servir a noiva, apareceu diante dela, com uma bandeja cheia na mão e uma expressão confusa no rosto.

– Será que Jo quebrou todas as garrafas por acidente? – ele sussurrou, – ou é apenas a minha imaginação dizendo que via algumas garrafas soltas por aí esta manhã?

– Não, seu avô gentilmente nos ofereceu o seu melhor, e a tia March mandou algumas, mas o pai reservou um pouco para Beth e despachou o restante para o Lar do Soldado. Você sabe que ele acha que o vinho só deve ser usado em caso de doenças, e a mamãe diz que nem ela nem as filhas oferecerão vinho a qualquer jovem sob seu teto – Meg falou seriamente e esperava ver Laurie franzir a testa ou rir, mas ele não o fez, e depois de lançar um rápido olhar em sua direção, ele disse, impetuoso:

– Eu gosto disso! Porque já vi danos suficientes e desejaria que outras mulheres pensassem como vocês.

– Você não adquiriu sabedoria pela experiência, espero? – e havia um tom de ansiedade na voz de Meg.

– Não. Dou-lhe a minha palavra. Não pense que sou tão comportado assim também, esta não é uma das minhas tentações. Como fui criado em um ambiente onde o vinho é tão comum quanto a água e quase tão inofensivo, não me importo muito. Mas quando uma linda jovem oferece a bebida, ninguém gosta de recusar, entende?

– Mas você vai, pelo bem dos outros, se não por si mesmo. Vamos Laurie, prometa e me dê mais uma razão para chamar esse o dia mais feliz da minha vida.

Um pedido tão súbito e tão sério que fez o jovem hesitar um momento, pois o ridículo muitas vezes é mais difícil de suportar do que a abnegação. Meg sabia que, se ele fizesse a promessa, a manteria a todo custo e, sentindo seu próprio poder, ela o usou como uma mulher para o bem do amigo. Ela não falou nada, mas olhou para ele com um rosto que era a expressão da felicidade e um sorriso que dizia: "Ninguém pode recusar nada para mim hoje".

Laurie certamente não pôde, e com um sorriso de resposta, ele lhe deu a mão, dizendo com entusiasmo: – Prometo, senhora Brooke!

– Eu agradeço muito, muito mesmo.

– E eu faço um brinde a uma "vida longa para sua resolução", Laurie – exclamou Jo, batizando-o com um pouco de limonada, enquanto ela balançava o copo e sorria com aprovação.

Em seguida, eles beberam a limonada e a promessa feita foi mantida fielmente, apesar de muitas tentações, pois com sabedoria instintiva, as meninas aproveitaram um momento feliz para prestar um serviço ao amigo, pelo qual ele agradeceu pelo resto de sua vida.

Depois do almoço, as pessoas passeavam pela casa e pelo jardim, em dois ou a três, aproveitando o sol de dentro e de fora. Meg e John estavam juntos no meio da grama, quando Laurie foi tomado por uma inspiração que deu o toque final a esse casamento fora do comum.

– Gostaria de pedir que todas as pessoas casadas dessem as mãos e dançassem em volta dos recém-casados, como fazem os alemães, enquanto nós, solteiros e solteiras, dançaremos em pares do lado de fora! – exclamou Laurie, passeando pelo caminho com Amy, com um espírito e habilidade tão contagiantes que todos seguiram seu exemplo sem murmurar. O Sr. e a Sra. March, o tio e a tia Carrol começaram a formar a roda, os outros se juntaram rapidamente, até Sallie Moffat, depois de um momento de hesitação, jogou a cauda de seu vestido sobre o braço e arrastou Ned para a roda. Mas a coroação do dia foi o Sr. Laurence e a tia March, pois quando o velho imponente se dirigiu solenemente àquela senhora, ela simplesmente enfiou a bengala debaixo do braço e saltou rapidamente para juntar as mãos aos demais e dançar ao redor do casal nupcial, enquanto os jovens invadiam o jardim como borboletas em um dia de verão.

A falta de fôlego foi a causa do fim do baile improvisado e as pessoas começaram a ir embora.

– Desejo-lhe o melhor, minha querida, sinceramente desejo-lhe o melhor, mas acho que você irá se arrepender – disse tia March a Meg, acrescentando ao noivo, que a conduziu até a carruagem: – Você tem um tesouro, rapaz, faça tudo para merecê-lo.

– Há muito tempo que não vou a um casamento como este, Ned, e não sei por que, pois não teve um pingo de elegância – observou a Sra. Moffat para o marido, enquanto se retiravam da festa.

– Laurie, meu rapaz, se você quiser entrar nesse tipo de coisa, peça a uma dessas meninas para ajudá-lo, e ficarei perfeitamente satisfeito – disse o Sr. Laurence, acomodando-se na poltrona para descansar depois das emoções da manhã.

– Farei o meu melhor para gratificá-lo, senhor – foi a resposta excepcionalmente atenciosa de Laurie, enquanto ele soltava cuidadosamente a flor que Jo colocara em sua lapela.

A pequena casa não ficava longe e a única viagem de lua de mel que Meg teve foi a caminhada tranquila com John, da antiga casa para a nova. Quando ela desceu, parecendo uma linda duquesa em seu traje cor de creme e chapéu de palha com uma fita branca, todos se reuniram a seu redor para dizer "adeus" com tanta ternura como se ela estivesse indo fazer a grande viagem.

– Não pense que estou separada de você, querida Mammie, ou que te amo menos por amar tanto o John – disse ela, agarrando-se à mãe, com os olhos cheios de lágrimas por um momento. – Virei todos os dias, papai, e espero manter meu antigo lugar em todos os seus corações, apesar de estar casada. Beth vai passar muito tempo comigo, e as outras meninas aparecem de vez em quando para rir de minhas dificuldades nas tarefas domésticas. Obrigado a todos pelo meu lindo dia de casamento. Até mais, tchau!

Eles ficaram olhando para ela com os rostos cheios de amor, esperança e orgulho enquanto ela se afastava, apoiando-se no braço do marido, com as mãos cheias de flores e o sol de junho iluminando seu rosto feliz. E, assim, Meg iniciou sua vida de casada.

Capítulo 26

Tentativas artísticas

As pessoas levam muito tempo para aprender a diferença entre talento e genialidade, especialmente os jovens ambiciosos. Amy estava aprendendo essa diferença com um pouco de sofrimento; por confundir entusiasmo com inspiração, ela experimentava todos os ramos da arte com a audácia da juventude. Por um longo tempo, ela parou com as modelagens de barro e se dedicou ao desenho à pena, para o qual demonstrou tanto gosto e habilidade que seus graciosos trabalhos manuais se mostraram agradáveis e proveitosos. Mas as vistas cansadas fizeram com que a pena fosse deixada de lado para uma ousada experiência de pirogravura. Durante esse *ataque*, a família vivia com medo constante de um incêndio, pois o cheiro de madeira queimada permeava a casa o tempo todo, a fumaça saía pelo sótão e pelo galpão com frequência alarmante, as canetas em brasa ficavam espalhadas pela casa e Hannah nunca fora para a cama sem um balde de água e a campainha do jantar que ficava à sua porta para o caso de incêndio. O rosto de Rafael foi encontrado corajosamente executado na parte inferior da bancada de moldagem e Baco em cima da tampa de um barril de cerveja. Um querubim cantando adornava a tampa do balde de açúcar e tentativas de retratar Romeu e Julieta forneceram lenha por algum tempo.

Do fogo para o óleo foi uma transição natural para os dedos queimados de Amy, e ela passou a pintar com a mesma empolgação. Um amigo artista lhe deu paletas, pincéis e tintas que ele não usaria mais, e ela começou a pintar imagens pastorais e marinhas nunca vistas antes em terra ou no mar. Suas monstruosidades em forma de gado teriam recebido prêmios em uma feira agrícola, e a inclinação arriscada de seus navios teria provocado enjoo no melhor dos navegantes, se a total desconsideração de todas as regras conhecidas da construção de navios e cordame não tivesse lhe causado uma convulsão de tanto rir na primeira olhada. Meninos bronzeados e Virgens Maria de olhos escuros, olhando para você de um dos cantos do estúdio, sugeriam as pinturas de Murillo[1]; sombras marrons oleosas de rostos com um traço sombrio no lugar errado, faziam lembrar Rembrandt[2]; damas atraentes e bebês hidrópicos, lembrando obras de Rubens[3]; e Turner[4] aparecia nas tempestades de trovões azuis, raios alaranjados, chuva marrom e nuvens roxas, com um respingo cor de tomate no meio, que poderia ser o sol ou uma boia, a camisa de um marinheiro ou um manto real, conforme desejasse o espectador.

Em seguida, vieram os retratos a carvão mostrando toda a família em imagens selvagens e cheias de fuligens como se tivessem acabado de sair de uma lata de carvão. Suavizados com esboços de giz de cera, eles pareciam melhor, pois as semelhanças eram boas, e os cabelos de Amy, o nariz de Jo, a boca de Meg e os olhos de Laurie foram retratados "maravilhosamente bem". Depois disso, aconteceu o retorno ao barro e ao gesso. Moldes fantasmagóricos de seus conhecidos assombraram os cantos da casa ou caíam das prateleiras do armário na cabeça das pessoas. As crianças eram atraídas como modelos, até que seus relatos incoerentes das ações misteriosas de Amy fizeram com que

---

(1) Murillo: Bartolomé Esteban Murillo, considerado o melhor pintor do barraco espanhol (1617-1682).

(2) Rembrandt: pintor, gravador e desenhista holandês (1606-1669).

(3) Rubens: Peter Paul Rubens foi um pintor brabantino do estilo barroco com estilo extravagante que enfatizava o movimento, a cor e a sensualidade (1577-1640).

(4) Turner: Joseph Mallord William Turner, pintor, músico, gravurista e aquarelista romântico, um precursor do modernismo na pintura. Conhecido por suas colorações expressivas, paisagens imaginativas e pinturas marinhas turbulentas, muitas vezes violentas (1775-1851).

a senhorita fosse considerada uma jovem ogra. Seus esforços nessa linha, no entanto, foram encerrados abruptamente devido a um acidente indesejável, que fez com que ela perdesse o encanto pelos moldes. Algumas modelos não compareciam quando ela as chamava, então ela decidiu fazer o molde de seu lindo pé e um dia a família foi alarmada por gritos e pancadas sobrenaturais e saiu correu para o resgate, encontrando a jovem entusiasta pulando loucamente pelo galpão com o pé preso no molde de gesso, que endurecera com rapidez inesperada. Com muita dificuldade e algum perigo, ela foi retirada do molde, pois Jo dava tantas gargalhadas enquanto escavava o gesso que sua faca foi longe demais, cortou o pé da pobre Amy e deixou pelo menos uma lembrança eterna de uma tentativa artística.

Depois disso, Amy se acalmou, até que surgiu uma mania de desenhar a natureza que a levou a visitar rios, campos e florestas, para estudos pitorescos e suspiros por ruínas a serem copiadas. Ela pegou resfriados intermináveis sentada na grama úmida para retratar "um pedaço delicioso", composto de uma pedra, um toco, um cogumelo e um caule quebrado de verbasco, ou "uma massa celestial de nuvens", que parecia uma cama de penas quando o desenho ficava pronto. Ela sacrificou sua pele flutuando no rio ao sol de verão para estudar a luz e a sombra, e ficou com uma ruga no nariz testando "pontos de vista", provocando um desalinhamento de seus eixos visuais, conhecido como estrabismo.

Se "o gênio é paciência eterna", como afirma Michelangelo, Amy podia reivindicar um pouco do atributo divino, pois perseverou apesar de todos os obstáculos, fracassos e desânimos, acreditando firmemente que com o tempo deveria fazer algo digno de ser chamado de "grande arte".

Enquanto isso, ela aprendia, fazia e desfrutava de outras coisas, pois havia resolvido ser uma mulher bela e realizada, mesmo que nunca se tornasse uma grande artista. Nesse ponto ela teve maior sucesso, pois era uma daquelas criaturas felizes que agradam sem esforço, fazem amigos em todos os lugares e levam a vida tão graciosa e facilmente que as almas menos afortunadas são tentadas a acreditar que elas nascem sob uma estrela da sorte. Todo mundo gostava dela, pois entre seus excelentes dons estava o tato. Ela tinha uma noção instintiva do que era agradável e apropriado, sempre dizia a coisa certa para a pessoa certa, fazia exatamente o que era apropriado para a hora e o local, e era tão independente que suas irmãs costumavam dizer: "Se Amy fosse ao tribunal sem nenhum ensaio prévio, ela saberia exatamente o que fazer".

Uma de suas fraquezas era o desejo de fazer parte da "nossa melhor sociedade", sem ter certeza do que realmente era o melhor. Dinheiro, posição, moda sofisticada e modos elegantes eram as coisas mais desejáveis a seus olhos, e ela gostava de se relacionar com aqueles que os possuíam, muitas vezes confundindo o falso com o verdadeiro e admirando o que não era admirável. Jamais esquecendo que era uma dama por nascimento, ela cultivava seus gostos e sentimentos aristocráticos, para que, quando chegasse a oportunidade, ela estivesse pronta para tomar o lugar de onde a pobreza a excluía agora.

"*Milady*", como seus amigos a chamavam, desejava sinceramente ser uma verdadeira dama, e assim o era, no íntimo, mas ainda tinha de aprender que o dinheiro não pode comprar refinamento da natureza, que a posição social nem sempre confere nobreza e que a verdadeira criação se faz sentir, apesar das desvantagens externas.

– Quero lhe pedir um favor, mamãe – disse Amy um dia, entrando com um ar imponente.

– Diga, filhinha, o que é? – respondeu sua mãe, a cujos olhos a imponente jovem ainda era "o bebê".

– Nossas aulas de desenho terminarão na próxima semana e, antes que as meninas se separem para o verão, quero convidá-las para passar um dia aqui. Elas são loucas para ver o rio, desenhar a ponte quebrada e copiar algumas das coisas que admiram em meu livro. Elas têm sido muito gentis comigo de várias maneiras, e sou grata, pois todas são ricas e sei que sou pobre, mas nunca me trataram com diferença.

– Por que deveriam? – e a Sra. March fez a pergunta com o que as meninas chamavam de "ar de Maria Teresa"[5].

– Mamãe, a senhora sabe tão bem quanto eu que isso faz diferença para quase todo mundo, então não se irrite como uma galinha amorosa, quando seus pintinhos são bicados por pássaros mais inteligentes. O patinho feio vi-

(5) Maria Teresa: (1717-1780) Maria Teresa da Áustria. Imperatriz da Alemanha entre 1740 e 1780, rainha da Holanda e Boêmia. Sucedeu seu ao pai ao trono com base na sanção de 1713, que previa descendência feminina na ausência de herdeiro masculino. Ela teve 16 filhos (13 sobreviveram a infância).

rou um cisne, como a senhora sabe – e Amy sorriu sem amargura, pois possuía um temperamento feliz e um espírito esperançoso.

A Sra. March sorriu e acalmou seu orgulho materno ao perguntar:

– Bem, meu cisne, qual é o seu plano?

– Gostaria de convidar as meninas para almoçar na próxima semana, levá-las de carruagem até os lugares que desejam ver, talvez remar no rio, fazer uma festinha artística para elas.

– Isso parece viável. O que você quer para o almoço? Acredito que servir bolo, sanduíches, frutas e café será o suficiente, não?

– Oh, meu Deus, não! Devemos servir língua e frango, chocolate francês e sorvete. As meninas estão acostumadas a essas coisas, e eu quero que meu almoço seja adequado e elegante, embora eu trabalhe para viver.

– Quantas moças serão? – perguntou a mãe, começando a ficar preocupada.

– Doze ou catorze na classe, mas creio que nem todas virão.

– Meu Deus do céu, criança, você terá de fretar um ônibus para trazê-las.

– Ora, mãe, como a senhora pode pensar em uma coisa dessas? Provavelmente serão seis ou oito, então contratarei uma carroça de praia e pegarei emprestado a carruagem do Sr. Laurence.

– Tudo isso ficará muito caro, Amy.

– Não muito. Calculei o custo e pagarei com meu dinheiro.

– Querida, você não acha que como essas meninas estão acostumadas a essas coisas, o melhor que fizermos não será novidade para elas e talvez um plano mais simples seria mais agradável, algo diferente que elas não conhecem, e muito melhor para nós do que comprar ou tomar emprestado o que não precisamos e ostentar um estilo que não condiz com as nossas circunstâncias?

– Se não posso fazer como quero, prefiro não fazer nada.

Sei que posso executá-lo perfeitamente bem, se a senhora e as meninas ajudarem um pouco, e não entendo por que não posso se estou disposta a pagar por isso – disse Amy, com a decisão tomada de modo que qualquer oposição se transformaria em obstinação.

A Sra. March sabia que a experiência era uma excelente professora e, quando era possível, ela deixava suas filhas aprenderem sozinhas as lições que ela com prazer teria facilitado, se não tivessem se recusado a receber conselhos tanto quanto recusavam os sais e as ervas.

– Muito bem, Amy, se você está decidida e conseguir lidar com a situação sem gastar muito dinheiro, tempo e energia, não direi mais nada. Converse com as meninas, e de qualquer maneira você decide, farei o meu melhor para ajudá-la.

– Obrigada, mãe, você é sempre tão gentil – e lá foi Amy apresentar seu plano a suas irmãs. Meg concordou imediatamente e prometeu ajudar, oferecendo de bom grado qualquer coisa que ela possuísse, desde sua própria casinha até suas melhores colheres de chá.

Porém, Jo desaprovou todo o projeto e disse que não ajudaria em nada.

– Por que você irá gastar seu dinheiro, preocupar sua família e virar a casa de cabeça para baixo por um bando de meninas que não se importam com você? Pensei que você fosse muito mais orgulhosa e sensata a ponto de não se curvar perante qualquer mulher mortal só porque ela usa botas francesas e anda em uma elegante carruagem – disse Jo, que, tendo sido interrompida no clímax trágico de seu romance, não estava de bom humor para as iniciativas sociais da irmã.

– Eu não me dobro e odeio ser tratada com indulgência tanto quanto você! – Amy respondeu indignada, pois as duas ainda discutiam quando essas questões surgiam. – As meninas se importam comigo e eu com elas, e há muita bondade, senso e talento entre elas, apesar do que você chama de absurdo da moda. Você não se importa em fazer com que pessoas gostem de você, em fazer parte da boa sociedade e nem em cultivar boas maneiras e gostos. Eu sim, e pretendo aproveitar ao máximo todas as chances que surgirem. Você pode percorrer o mundo com os cotovelos abertos, o nariz empinado e chamar isso de independência, se quiser. Eu não sou assim.

Quando Amy afiava a língua e dizia o que pensava, geralmente se dava bem, pois raras vezes deixava de ter o bom senso ao seu lado, enquanto Jo levava seu amor à liberdade e o ódio às convencionalidades em uma extensão tão ilimitada que naturalmente saía derrotada da discussão. A definição de Amy da ideia de independência de Jo fez tanto sucesso que as duas começaram a rir e a discussão tomou um rumo mais agradável. Muito contra sua vontade, Jo finalmente concordou em sacrificar um dia à Sra. Grundy e ajudar sua irmã no que considerava "um negócio sem sentido".

Os convites foram enviados, quase todos aceitos, e a segunda-feira seguinte foi reservada para o grandioso evento. Hannah estava de mal humor porque o trabalho semanal foi perturbado e ela profetizou que "se a roupa não *fô* lavada e passada *du jeitu que tem que sê*, nada vai *dá* certo".

Esse problema no mecanismo principal da maquinaria doméstica teve um efeito ruim sobre todo o evento, mas o lema de Amy era "*Nil desperandum*" (sem desespero) e, tendo decidido o que fazer, ela seguiu em frente apesar de todos os obstáculos. Para começar, a comida de Hannah não ficou muito boa. O frango estava duro, a língua muito salgada e o chocolate não fez espumou direito. Depois, o custo do bolo e do sorvete foi maior do que Amy esperava, e da carruagem também, assim como várias outras despesas, que pareciam insignificantes no início, totalizaram um valor alarmante depois. Beth pegou um resfriado e ficou na cama. Meg teve um número incomum de visitas para mantê-la em casa, e Jo estava em um estado de espírito tão conflitante que a quantidade de coisas quebradas, acidentes e erros foi incrivelmente numerosa, séria e desgastante.

Se o tempo não estivesse bom na segunda-feira, as jovens viriam na terça-feira, um acordo que irritou Jo e Hannah imensamente. Na segunda-feira de manhã, o tempo estava naquele estado indeciso, mais exasperante do que uma chuva constante. Chuviscou um pouco, o tempo abriu um pouco, ventou um pouco e não se decidiu até que fosse tarde demais para alguém tomar uma decisão. Amy acordou cedo, apressando todos para que saíssem de suas camas e tomassem o café da manhã, para que a casa fosse colocada em ordem. A sala parecia-lhe estranhamente velha, mas sem parar para suspirar pelo que não tinha, ela habilmente aproveitou o que tinha, organizando cadeiras sobre os lugares desgastados do tapete, cobrindo manchas nas paredes com estátuas caseiras, que davam um ar artístico à sala, assim como os adoráveis vasos de flores que Jo espalhava.

O almoço parecia encantador e, ao examiná-lo, esperava sinceramente que estivesse gostoso e que os copos, a porcelana e a prata emprestados voltassem para casa em segurança. As carruagens foram prometidas, Meg e mamãe estavam prontas para fazer as honras, Beth foi capaz de ajudar Hannah nos bastidores, Jo havia se comprometido a ser tão animada e amável quanto uma mente ausente, uma dor de cabeça e uma firme desaprovação de tudo se todos lhe permitissem; enquanto se vestia, cansada, Amy se animava com antecipações do momento feliz em que, depois do almoço sem problemas, ela deveria ir partir com as amigas para uma tarde de delícias artísticas, pois a "carruagem" e a ponte quebrada eram seus pontos fortes.

Depois vieram as horas de suspense, durante as quais ela se agitou da sala para a varanda, enquanto a opinião pública variava como um cata-vento. Uma chuva criteriosa às onze evidentemente extinguiu o entusiasmo das jovens que chegariam às doze, pois ninguém veio, e às duas a família exausta sentou-se em um raio de sol para consumir a bebida e as porções perecíveis da festa, para que nada fosse perdido.

– Não há dúvida sobre o tempo hoje, elas certamente virão, então devemos nos apressar e ficar prontos para recebê-las – disse Amy, quando o sol a acordou na manhã seguinte. Ela falou rapidamente, mas em sua alma secreta desejou não ter dito nada sobre a terça-feira, pois seu interesse, assim como seu bolo, estava ficando um pouco obsoleto.

– Não posso comprar lagostas, então você terá de ficar sem salada hoje – disse o Sr. March, chegando meia hora depois, com uma expressão de plácido desespero.

– Use o frango então, a dureza não importa em uma salada – aconselhou sua esposa.

Hannah deixou o frango na mesa da cozinha por um minuto e os gatinhos o comeram lá.

– Sinto muito, Amy – acrescentou Beth, que ainda era uma defensora dos gatos.

– Então eu preciso ter lagosta, pois a língua sozinha não será suficiente – disse Amy decididamente.

– Devo correr até a cidade e comprar uma? – perguntou Jo, com a magnanimidade de um mártir.

– Você a traria para casa debaixo do braço, sem nenhum papel, apenas para me provocar. Eu mesma irei – respondeu Amy, cujo temperamento estava começando a mudar.

Envolta em um xale grosso e carregando uma linda cesta, ela partiu, sentindo que uma caminhada tranquila acalmaria seu espírito confuso e a deixaria pronta para os trabalhos do dia. Pouco tempo depois, ela adquiriu o objeto de seu desejo e também comprou o molho para a salada para evitar mais perdas de tempo em casa, e para lá rumou de volta, satisfeita com suas providências.

Como o ônibus tinha apenas uma outra passageira, uma velhinha sonolenta, Amy guardou o xale na bolsa e ludibriou o tédio do caminho tentando descobrir para onde tinha ido todo seu dinheiro. Estava tão ocupada com o papel cheio de números que não observou o recém-chegado que entrou sem parar o veículo, até que uma voz masculina disse: "Bom dia, Srta. March" e, olhando para cima, viu um dos amigos mais elegantes da faculdade de Laurie. Esperando fervorosamente que ele descesse antes dela, Amy ignorou completamente a cesta aos seus pés e, parabenizando-se por usar seu novo vestido de passeio, retribuiu a saudação do jovem com sua habitual delicadeza e ânimo. Eles se deram muito bem, pois a preocupação principal de Amy logo foi amenizada ao saber que o cavalheiro desceria primeiro, e ela estava conversando em um tom peculiarmente nobre quando a velha saiu. Ao tropeçar na porta, a senhora sacudiu a cesta e – oh, que horror! – a lagosta, em toda a sua extensão e seu brilho vulgar foi revelada aos olhos nobres de um Tudor[6]!

– Por Júpiter, ela esqueceu o jantar! – gritou o jovem, que não sabia de nada, devolvendo o monstro escarlate para seu lugar com sua bengala e preparando-se para devolver a cesta para a velha senhora.

– Por favor, não faça isso, é... é minha – murmurou Amy, com um rosto quase tão vermelho quanto o crustáceo.

– Oh, verdade! Peço desculpas! É uma lagosta extraordinariamente boa, não é? – disse o jovem Tudor, com grande presença de espírito, e um ar de interesse sóbrio que fazia jus à sua criação.

Amy recuperou o fôlego, apoiou a cesta com ousadia no assento e disse, sorrindo:

– Você não gostaria de comer um pouco da salada na qual ela vai se transformar e conhecer as encantadoras jovens que irão comê-la?

Isso sim era tato, pois ela havia tocado em duas das principais fraquezas da mente masculina. A lagosta foi instantaneamente envolvida por uma auréola de recordações agradáveis, e a curiosidade sobre "as encantadoras jovens" desviou a mente do rapaz do cômico acidente.

– Acho que ele irá rir e fazer piadas disso com Laurie, mas já é um consolo

(6) Tudor: a Dinastia Tudor foi formada por 5 monarcas da mesma família que reinou na Inglaterra por mais de 100 anos, entre 1485 e 1603

que eu não os verei fazendo isso – pensou Amy, enquanto o jovem inclinava-se para se despedir.

Ela não mencionou esse encontro em casa (embora tenha descoberto que, graças ao ocorrido, seu vestido novo estava muito danificado pelos veios de molho que corriam pela saia), mas prosseguiu com os preparativos que agora pareciam mais irritantes do que antes, e ao meio-dia tudo estava pronto de novo. Sentindo que os vizinhos estavam interessados em seus movimentos, ela desejou apagar a memória do fracasso de ontem com um grande sucesso hoje, então pediu que trouxessem a "carruagem" e saiu com muita cerimônia para encontrar e escoltar suas convidadas para o banquete.

– Ouço o barulho, elas estão chegando! Ficarei na varanda para encontrá-las. Parece hospitaleiro e quero que a pobre criança se divirta depois de todos os problemas – disse a Sra. March, combinando a ação com as palavras. Mas depois de observar o que estava acontecendo, ela se retirou com uma expressão indescritível, pois parecendo bastante constrangida na grande carruagem, vinham Amy e apenas uma jovem.

– Corra, Beth, e ajude Hannah a tirar metade das coisas da mesa. Será um absurdo colocar um almoço para doze diante de uma única menina – exclamou Jo, correndo para dentro de casa, agitada demais para conseguir rir.

Amy entrou, bastante calma e agradavelmente cordial com a única hóspede que cumprira sua promessa. O resto da família, com uma interpretação teatral, desempenhou seu papel igualmente bem, e a Srta. Eliott achou todos eles muito engraçados, pois era impossível controlar inteiramente a alegria que os possuía. Depois de terminarem alegremente o almoço remodelado, elas visitaram o estúdio e o jardim, e a arte foi discutida com entusiasmo. Amy pediu uma pequena carroça (ao invés da elegante carruagem) e levou sua amiga em silêncio para conhecer a vizinhança até o pôr do sol, quando a festa terminou.

Quando ela entrou em casa, parecendo muito cansada, mas sempre mantendo a compostura, observou que todos os vestígios da festa infeliz haviam desaparecido, exceto um enrugamento suspeito nos cantos da boca de Jo.

– Você teve uma tarde agradável de passeio, não foi querida? – disse a mãe, com tanto respeito como se todas as doze tivessem comparecido.

– A Srta. Eliott é uma menina muito gentil e parecia estar se divertindo – observou Beth, com uma afeição incomum.

– Você poderia me dar um pouco do seu bolo? Eu realmente preciso de um pouco, tenho muitas visitas e não posso fazer coisas deliciosas como essas – perguntou Meg, sobriamente.

– Leve tudo. Eu sou a única aqui que gosta de doces, e ele vai estragar antes que eu possa comê-lo todo – respondeu Amy, depois de dar um suspiro ao pensar na generosidade com que havia preparado tudo para ter um fim como este.

– É uma pena que Laurie não esteja aqui para nos ajudar – começou Jo, sentando-se para comer sorvete e salada pela segunda vez em dois dias.

Um olhar de advertência de sua mãe fez com que cessassem quaisquer outras observações, e toda a família comeu mantendo um silêncio épico, até que o Sr. March observou calmamente:

– Salada era um dos pratos favoritos dos antigos, e Evelyn... –

Nesse momento, uma explosão geral de risadas interrompeu a "história das saladas", para grande surpresa do cavalheiro erudito.

– Coloquem tudo em uma cesta e enviem para os Hummels. Os alemães gostam de comida pronta. Estou cansada de ver isso, e não há razão para que todos vocês comam até morrer porque fui uma tola – exclamou Amy, enxugando os olhos.

– Quase morri de tanto rir quando vi as duas meninas conversando na "carruagem", como dois pequenos grãos em casca de noz gigante, e mamãe esperando com cerimônia para receber o bando – suspirou Jo, exausta de tanto rir.

– Sinto muito que você tenha ficado desapontada, querida, mas todas nós fizemos o possível para satisfazê-la – disse a Sra. March, num tom cheio de lamento maternal.

– Estou feliz. Fiz o que me propus a fazer, e não foi minha culpa o que aconteceu. Isso me consola – disse Amy com um tremor na voz. – Agradeço a todos por me ajudarem, e ficarei ainda mais agradecida se não tocarem nesse assunto por um mês, pelo menos.

Ninguém o fez por vários meses, mas a palavra "festa" sempre provocava um riso geral, e o presente de aniversário de Laurie para Amy foi uma pequena lagosta feita de coral para a corrente de seu relógio de bolso.

Capítulo 27

Lições literárias

De repente, a fortuna sorriu para Jo e jogou uma moeda de boa sorte em seu caminho. Não era exatamente uma moeda de ouro, mas duvido que meio milhão daria mais felicidade real do que a pequena quantia que lhe chegou às mãos.

A cada poucas semanas ela se trancava em seu quarto, vestia seu traje de escritora e "caía em um vórtice", como ela expressava, escrevendo seu romance com todo seu coração e alma, pois não encontraria paz enquanto não terminasse. Seu "traje de escritora" consistia em um avental de lã preto no qual ela podia limpar a caneta à vontade e uma touca do mesmo material, adornada com um alegre laço vermelho, no qual prendia os cabelos quando quisesse. Essa touca era um sinal para os olhos curiosos de sua família, que durante esses períodos mantinham distância, apenas aparecendo ocasionalmente para perguntar, com interesse: "A cabeça está pegando fogo, Jo?" Nem sempre eles se aventuraram a fazer essa pergunta, apenas observavam a touca e reagiam com respeito. Quando essa peça do vestuário estava mais baixa na testa, era um sinal de que o trabalho estava árduo; em momentos emocionantes, ela ficava meio torta na cabeça e, quando o desespero tomava conta da autora, ela era arrancada totalmente e jogada ao chão. Nessas ocasiões, o intruso se retirava silenciosamente, e até que o laço vermelho pudesse ser visto alegremente na testa daquela mente talentosa, ninguém se atrevia a dirigir-se a Jo.

Jo não se considerava um gênio de maneira alguma, mas quando a inspiração chegava, ela se entregava totalmente e levava uma vida feliz, sem importar-se com suas necessidades, cuidados ou tempo ruim, enquanto estivesse sentada em sua cadeira sentindo-se segura e feliz em um mundo imaginário, cheio de amigos quase tão reais e queridos para ela quanto qualquer amigo de carne e osso. O sono abandonava seus olhos, as refeições perdiam seu sabor, dia e noite eram curtos demais para gozar a felicidade que a abençoava apenas nesses momentos e fazia com que essas horas valessem a pena ser vividas, mesmo que não dessem outros frutos. A inspiração divina geralmente durava uma ou duas semanas e, em seguida, ela emergia de seu "vórtice", faminta, sonolenta, zangada ou desanimada.

Ela estava se recuperando de um desses *ataques* quando foi obrigada a escoltar a Srta. Crocker em uma palestra e, em troca de sua virtude, foi recompensada com uma nova ideia. Era um curso para um público comum, uma palestra sobre as Pirâmides, e Jo se perguntava sobre a escolha de um assunto para esse público, mas tinha como certo que algum grande mal social seria solucionado ou que um grande desejo seria suprido ao se falar das glórias dos faraós para uma audiência cujos pensamentos estavam ocupados com o preço do carvão e da farinha e cujas vidas foram gastas na tentativa de resolver enigmas mais difíceis do que os da Esfinge.

Eles chegaram cedo e, enquanto a Srta. Crocker calçava as meias, Jo se divertia examinando os rostos das pessoas que ocupavam o assento junto a elas. À esquerda, havia duas mulheres, com testas enormes e gorros adequados, discutindo os direitos das mulheres enquanto tricotavam. Do outro lado, havia um casal de humildes namorados com as mãos entrelaçadas, uma moça solteira comendo balas de pimenta que estavam dentro de um saco de papel e um velho cavalheiro tirando uma soneca preparatória escondido atrás de um lenço amarelo. À sua direita, seu único vizinho era um rapaz de aparência erudita, absorvido na leitura de um jornal.

Era um jornal com figuras, e Jo examinava a ilustração artística mais próxima dela, imaginando que circunstâncias fortuitas levariam alguém a fazer uma ilustração melodramática de um índio em traje de guerra completo, caindo sobre um precipício com um lobo na garganta, enquanto dois jovens senhores enfurecidos, com pés anormalmente pequenos e olhos grandes, esfaqueavam-se perto de uma mulher desgrenhada que fugia para longe no fundo com a boca aberta. Pausando para virar uma página, o rapaz a viu olhando e, com uma natureza de menino, ofereceu metade de seu jornal, dizendo sem rodeios:

– Quer ler? É uma história muito boa.

Jo aceitou com um sorriso, pois nunca havia superado sua preferência pela companhia de rapazes, e logo se viu envolvida no labirinto habitual de amor, mistério e assassinato, pois a história pertencia àquela classe de literatura leve na qual as paixões têm um significado de festa, e quando falta criatividade ao autor, uma grande catástrofe elimina metade dos personagens, deixando a outra metade exultante pela queda dos outros.

– Muito boa, não é? – perguntou o rapaz, enquanto Jo chegava no último parágrafo de sua parte.

– Acho que poderíamos fazer o mesmo se tentássemos – respondeu Jo, divertida com a admiração do rapaz por aquela bobagem.

– Eu me sentiria um cara de muita sorte, se pudesse escrever como ela. Dizem que ela ganha muito bem com essas histórias – e ele apontou para o nome da senhora S.L.A.N.G. Northbury, sob o título da história.

– Você conhece ela? – perguntou Jo, com repentino interesse.

– Não, mas eu li todos os seus contos e conheço um colega que trabalha no escritório onde este jornal é impresso.

– Você diz que ela ganha um bom dinheiro com histórias como essa? – e Jo observou com mais respeito o conjunto de personagens agitados e os pontos de exclamação que se espalhavam pela página.

– Acho que sim! Ela sabe exatamente do que as pessoas gostam e é bem paga para escrever os textos.

Nesse momento a palestra começou, mas Jo ouviu muito pouco dela, pois enquanto o professor Sands discursava sobre Belzoni, Queóps, escaravelhos e hieróglifos, ela secretamente anotava o endereço do jornal, decidindo de modo corajoso concorrer ao prêmio de cem dólares oferecido em suas colunas por uma história sensacional. Quando a palestra terminou e o público despertou, ela havia elaborado uma fortuna esplêndida para si mesma (e não seria a primeira feita de papel), e já estava imersa na trama de sua história, incapaz de decidir se o duelo deveria ocorrer antes da fuga ou depois do assassinato.

Ela não disse nada sobre seu plano em casa, mas começou a trabalhar no dia seguinte, para grande inquietação de sua mãe, que sempre parecia um pouco ansiosa quando "o gênio começava a ficar iluminado". Jo nunca havia experimentado esse estilo antes, contentando-se com romances muito brandos para o jornal *The Spread Eagle*. Suas experiências em diversas leituras eram úteis agora, pois lhe davam uma ideia de efeito dramático e forneciam enredo, linguagem e figurinos. A história dela era tão cheia de desespero e aflição quanto lhe permitia sua familiaridade limitada com essas emoções desconfortáveis e, tendo situado seu enredo em Lisboa, ela finalizou-o com um terremoto, um desfecho impressionante e apropriado. O manuscrito foi despachado em segredo, acompanhado por uma nota, dizendo modestamente que, se a história não recebesse o prêmio, que a escritora mal ousava esperar, ela ficaria muito feliz em receber qualquer quantia que o jornal considerasse apropriada.

Seis semanas é muito tempo para esperar e ainda mais tempo para uma menina manter segredo, mas Jo fez as duas coisas e estava começando a desistir de toda a esperança de ver seu manuscrito novamente, quando chegou uma carta que quase a deixou sem fôlego, pois ao abri-la, um cheque de cem dólares caiu em seu colo. Por um minuto, ela olhou para a carta como se fosse uma cobra; depois leu a carta e começou a chorar. Se o amável cavalheiro que havia escrito aquela mensagem cordial pudesse saber que intensa felicidade estava dando a uma outra criatura, acho que dedicaria suas horas de lazer, se tivesse alguma, a esse divertimento, pois Jo valorizara mais a carta do que o dinheiro, porque era encorajadora e, após anos de esforço, foi tão agradável descobrir que ela havia aprendido a fazer alguma coisa, embora fosse apenas para escrever uma história de sentidos.

Era raro ver uma jovem mais orgulhosa do que ela. Depois de se recompor, ela atiçou a família, aparecendo diante deles com a carta em uma mão, o cheque na outra, anunciando que havia ganhado o prêmio. É claro que houve uma grande comemoração, e quando a história foi publicada, todos leram e elogiaram; no entanto, depois que o pai lhe disse que a linguagem era boa, o romance jovial e caloroso e a tragédia bastante emocionante, ele balançou a cabeça e disse em tom incomum.– Você pode fazer melhor que isso, Jo. Mire cada vez mais alto e não se importe com o dinheiro.

– Acho que o dinheiro é a melhor parte. O que você fará com essa fortuna? – perguntou Amy, sobre o pedaço mágico de papel com um olhar reverente.

– Mandar Beth e mamãe para a praia por um mês ou dois – respondeu Jo prontamente.

Depois de muita discussão, lá foram elas para o litoral e, embora Beth não tivesse voltado para casa mais robusta e rosada, ela estava muito melhor, enquanto a Sra. March declarou que se sentia dez anos mais nova. Jo ficou satisfeita com o investimento em seu prêmio em dinheiro e começou a trabalhar com um espírito alegre, empenhado em ganhar mais desses cheques deliciosos. Ela ganhou vários naquele ano e começou a sentir-se uma potência para a casa, pois pela magia de uma caneta, suas "bobagens" se transformaram em conforto para todos eles. A Filha do Duque pagou a conta do açougueiro, A Mão Fantasma trouxe um tapete novo, e a Maldição dos Coventrys abençoou a família March na forma de mantimentos e vestidos.

A riqueza é certamente a coisa mais desejável, mas a pobreza tem seu lado positivo, e um dos belos usos da adversidade é a satisfação genuína que resulta do trabalho saudável intelectual ou manual; e, para a inspiração que nasce da necessidade, devemos metade das sábias bênçãos, lindas e úteis para o mundo. Jo sentiu um gostinho dessa satisfação e deixou de invejar meninas mais ricas, sentindo grande conforto ao saber que ela poderia suprir seus próprios desejos e não precisava pedir um centavo a ninguém.

Apesar de suas histórias chamarem pouca atenção, elas tinham um público e, incentivada por esse fato, Jo resolveu tomar uma atitude ousada por fama e fortuna. Depois de copiar seu romance pela quarta vez, lê-lo para todos os seus amigos particulares e submetê-lo com certo receio a três editoras, ela finalmente conseguiu uma proposta de publicação, com a condição de reduzir um terço e omitir todas as passagens que ela particularmente admirava.

– Agora, devo devolvê-lo à minha cozinha de lata para moldá-lo, pagar pessoalmente pela impressão ou cortar algumas partes para atender aos compradores e conseguir o que puder por isso. Fama é algo muito bom para se ter em casa, mas o dinheiro é mais conveniente, por isso gostaria de saber o que vocês pensam sobre esse importante assunto – disse Jo, que convocara uma reunião de conselho de família.

– Não estrague seu livro, minha menina, pois há mais nele do que você imagina, e a ideia está bem elaborada. Espere e amadureça – era o conselho de seu pai, e ele praticava o que pregava, tendo esperado pacientemente trinta anos que seus frutos amadurecessem, e não tinha pressa de colhê-los mesmo quando estavam doces e suaves.

– Parece-me que Jo vai lucrar mais ao passar pelo julgamento

do que esperar – disse a Sra. March. – A crítica é o melhor teste para esse trabalho, pois mostra seus méritos e falhas inesperados e a ajuda a fazer melhor da próxima vez. Somos parciais demais, mas o elogio e a censura de estranhos serão úteis, mesmo que ela receba pouco dinheiro.

– Sim – disse Jo, franzindo as sobrancelhas – é exatamente isso. Mexi nele por tanto tempo que realmente não sei se é bom, ruim ou nem um, nem outro. Será uma grande ajuda se pessoas distantes e imparciais derem uma olhada e me disserem o que pensam dele.

– Eu não deixaria uma palavra de fora. Você vai estragar tudo, se você fizer, pois o interesse da história está mais nas mentes do que nas ações dos personagens, e tudo ficará confuso se você não explicar à medida que a história continua – disse Meg, que acreditava firmemente que este romance de Jo era o mais notável que ela já havia escrito.

– Mas o Sr. Allen diz "Deixe de fora as explicações, seja breve e dramática e deixe as personagens contarem a história" – interrompeu Jo, voltando-se para o bilhete do editor.

– Faça o que ele diz. Ele sabe o que vai vender, e nós não.

Faça um livro bom e popular e obtenha o máximo de dinheiro possível. Aos poucos, quando você tiver um nome, pode se dar ao luxo de discordar e ter pessoas filosóficas e metafísicas em seus romances – disse Amy, que adotou uma visão estritamente prática do assunto.

– Bem – disse Jo, sorrindo, se minhas personagens são "filosóficas e metafísicas", não é minha culpa, pois não sei nada sobre essas coisas, exceto o que ouço o papai dizer, às vezes. Se eu misturo algumas das ideias sábias dele com o meu romance, tanto melhor para mim. Agora, Beth, o que você diz?

– Gostaria de vê-lo impresso em breve – foi tudo o que Beth disse e sorriu ao dizer isso.

Mas havia uma ênfase inconsciente na última palavra e um olhar melancólico nos olhos que nunca perdiam a sinceridade infantil, o que gelou o coração de Jo por um minuto com um mau pressentimento e, então, ela decidiu que iria se aventurar "em breve". Assim, com firmeza espartana, a jovem autora deitou seu primogênito sobre a mesa e cortou-o com a impiedade de um ogro. Na esperança de agradar a todos, ela seguiu o conselho de todos e, como o velho e seu burro na fábula[7], não agradou a ninguém.

Seu pai gostava do toque de metafísica que inconscientemente havia nele, de modo que ela o manteve, embora tivesse dúvidas sobre isso. Sua mãe achava que havia um excesso de descrição. Portanto, como muitas descrições foram removidas, levaram com elas os elos necessários na história. Meg admirava a tragédia, então Jo carregou na agonia para agradá-la, enquanto Amy se opôs à diversão e, com as melhores intenções da vida, Jo extinguiu as cenas alegres que aliviam o caráter sombrio da história. Então, para complicar a ruína, ela cortou um terço e enviou secretamente o pobre romance, como um passarinho despenado, para o grande e agitado mundo para tentar seu destino.

Bem, o romance foi impresso, e ela recebeu trezentos dólares por ele, assim como muitos elogios e críticas, ambos maiores do que ela esperava, o que a colocou em um estado de perplexidade, do qual levou algum tempo para se recuperar.

– Você disse, mãe, que as críticas me ajudariam. Mas como pode, quando é tudo tão contraditório que não sei se escrevi um livro promissor ou quebrei todos os dez mandamentos? – gritou a pobre Jo, virando uma pilha de comen-

---

(7) Fábula do velho e do burro: um velho resolveu vender seu burro na feira da cidade. Como iria retornar andando, chamou seu neto para acompanhá-lo. Montaram os dois no animal e seguiram viagem. Passando por umas barracas de escoteiros, escutaram os comentários críticos: "Como é que pode, duas pessoas em cima deste pobre animal! Resolveram então que o menino desceria e o velho permaneceria montado. Prosseguiram! Mais na frente tinha uma lagoa e algumas velhas estavam lavando roupa. Quando viram a cena, puseram-se a reclamar: "Que absurdo! Explorando a pobre criança, podendo deixá-la em cima do animal". Constrangidos com o ocorrido, trocaram as posições, ou seja, o menino montou e o velho desceu. Tinham caminhado poucos metros, quando algumas jovens sentadas na calçada externaram seu espanto com o que presenciaram: "Que menino preguiçoso! Enquanto esse velho senhor caminha, ele fica todo prazeroso em cima do animal. Tenha vergonha!" Diante disso, o menino desceu e desta vez o velho não subiu. Ambos resolveram caminhar, puxando o burro. Já acreditavam ter encontrado a fórmula quando passaram em frente a um bar. Alguns homens que ali estavam começaram a gargalhar, fazendo chacota da cena: "São mesmo uns idiotas! Ficam andando a pé, enquanto puxam um animal tão jovem e forte!". O avô e o neto olharam um para o outro, como que tentando encontrar a maneira correta de agir. Então ambos pegaram o burro e o carregaram nas costas!!! Esta fábula mostra que não podemos dedicar atenção irracional para as críticas, pois estas acontecerão sempre, independente da maneira que procuramos agir.

tários, cuja leitura a enchia de orgulho e alegria em um minuto, e ira e consternação no minuto seguinte. – Este homem diz: "Um livro requintado, cheio de verdade, beleza e sinceridade. Tudo é doce, puro e saudável"– continuou a autora perplexa. – O próximo, "A teoria do livro é ruim, cheia de fantasias mórbidas, ideias espiritualistas e personagens não naturais". Agora, como eu não tinha teoria de nenhum tipo, não acredito em espiritismo e copiei meus personagens da vida, não vejo como esse crítico pode estar certo. Outro diz: "É um dos melhores romances americanos que apareceu nos últimos anos". (Sei que é melhor que isso), e o próximo afirma que "Embora seja original e escrito com grande força e sentimento, é um livro perigoso". Não é! Alguns zombam, outros elogiam, e quase todos insistem que eu tinha uma teoria profunda para expor, quando o escrevi apenas por prazer e dinheiro. Eu deveria tê-lo publicado na íntegra ou não tê-lo esquecido de vez, pois odeio ser tão mal interpretada.

Sua família e amigos a confortavam e elogiavam generosamente. No entanto, era um momento difícil para Jo, sensível e espirituosa, que só desejava fazer o bem e, aparentemente, havia se saído tão mal. Mas foi muito bom para ela, pois aqueles cuja opinião tinha valor real fizeram uma crítica que podia ser interpretada como grande aprendizado para ela como autora e, quando passou a primeira dor, ela podia rir de seu pobre livrinho, ainda acreditar nele e sentir-se mais sábia e mais forte depois dos golpes que recebera.

– Não vindo de um gênio como Keats[8], não irão me matar – disse ela com firmeza – e, além do mais, tenho o bom-humor a meu favor, porque as partes que foram tiradas da vida real são tidas como impossíveis e absurdas, e as cenas que eu criei com minha própria imaginação são consideradas "encantadoramente naturais, delicadas e verdadeiras". Então, vou me consolar com isso, e quando estiver pronta, farei uma nova tentativa.

---

(8) Keats: John Keats foi um poeta inglês (1795-1821). Foi o último dos poetas românticos do país e, aos 25 anos, o mais jovem a morrer.

Capítulo 28

Experiências domésticas

Como a maioria das jovens mulheres, Meg começou sua vida de casada com a determinação de ser uma dona de casa exemplar. John deveria encontrar um paraíso em casa, deveria sempre ver um rosto sorridente, deveria comer suntuosamente todos os dias e nunca ter conhecimento da perda de um botão. Ela colocou tanto amor, energia e alegria no trabalho que não poderia deixar de ser bem-sucedida, apesar de alguns obstáculos. O paraíso dela não era tranquilo, pois a pequena mulher agitava-se, estava ansiosa demais para agradar e se movimentava como uma verdadeira governanta, sobrecarregada de muitos cuidados. Ela estava cansada demais, às vezes, até para sorrir; John sentiu uma sensação de desconforto digestivo depois de uma série de pratos elegantes e, ingrato, exigiu comida simples. Quanto aos botões, ela logo aprendeu a se perguntar sobre seu paradeiro, a se abismar com o descuido dos homens, a ameaçar fazê-lo costurá-los, e a ver se a costura dele suportaria melhor os dedos impacientes e desajeitados.

Eram muito felizes, mesmo depois de descobrirem que não podiam viver apenas de amor. John não achava Meg menos bela, embora ela brilhasse para ele atrás do bule de café. Meg também não sentia falta do romance na despedida diária, quando o marido seguia seu beijo com a delicada pergunta:

"Devo pedir para entregar vitela ou carne de carneiro para o jantar, querida?" A casinha deixou de ser uma cabaninha adorada para se tornar um lar, e o jovem casal logo sentiu que era uma mudança para melhor. A princípio, brincavam de casinha como se fossem crianças. Então John começou a negociar com firmeza, sentindo os cuidados do chefe de uma família sobre seus ombros, e Meg deixou de lado os xales de cambraia, vestiu um avental grande e começou a trabalhar, como antes, com mais energia do que discrição.

Enquanto a mania de cozinhar durou, ela estudou o livro de receitas da Sra. Cornelius[9] como se fosse um exercício matemático, resolvendo os problemas com paciência e cuidado. Várias vezes, sua família era convidada para ajudar a comer banquetes muito generosos e bem preparados, ou Lotty era despachada em segredo com um lote de fracassos, que deveriam ser escondidos dos olhos de todos, nos estômagos dos pequenos Hummels. Uma noite com John debruçado sobre os livros de contabilidade geralmente era suficiente para uma pausa temporária no entusiasmo culinário, e um ataque frugal ocorreria, durante o qual o pobre homem era submetido a um cardápio de pudim de pão, ensopado de carne com batatas e café fervido, uma tentação para a alma, embora ele suportasse com força louvável. Antes de chegar a um bom meio-termo, no entanto, Meg acrescentou às suas posses domésticas uma coisa sem a qual os jovens casais raramente passam muito tempo, frascos para conserva.

Arrebatada por um desejo da dona de casa de ver sua dispensa abastecida com conservas caseiras, ela se comprometeu a fazer sua própria geleia de groselha. Ela pediu a John que encomendasse para casa uma dúzia de potes e uma quantidade extra de açúcar, pois suas groselhas estavam maduras e deviam ser usadas imediatamente. Como John acreditava firmemente que a esposa podia fazer qualquer coisa e se orgulhava de suas habilidades, ele decidiu que ela deveria ficar feliz, e que era apenas uma colheita de frutas que seria conservada da forma mais agradável para o inverno. Foram enviados para casa quatro dúzias de lindos potinhos, meio barril de açúcar e um menininho para escolher as groselhas para ela. Com o cabelo bonito enfiado em uma pequena

(9) Livro de receitas da Sra. Cornelius: manual da vida doméstica escrito por uma senhora chamada Cornelius, livro para recém-casadas, que ensinava de receitas a procedimentos de limpeza.

touca, os braços descobertos até a altura do cotovelo e um avental xadrez que tinha uma aparência atraente, apesar do babador, a jovem dona de casa começou a trabalhar, sem duvidar de seu sucesso, pois ela não tinha visto Hannah fazer isso centenas de vezes? O conjunto de potes a surpreendeu a princípio, mas John gostava tanto de geleia, e os pequenos potinhos ficariam tão bem na prateleira de cima, que Meg resolveu encher todos eles e passou um longo dia colhendo, fervendo, empenhando-se e mexendo sua geleia. Ela fez o seu melhor, consultou o livro da Sra. Cornelius, colocou o cérebro para se lembrar do que Hannah fazia do que ela deixou de fazer, recomeçou, recolocou e espremeu, mas aquela coisa terrível não queria "virar geleia".

Ela quis correr para casa, de avental e tudo, e pedir à mãe que lhe desse uma ajuda, mas John e ela haviam concordado que nunca iriam incomodar ninguém com suas preocupações, experiências ou brigas particulares. Eles riram da última palavra como se a ideia sugerida fosse mais absurda, mas mantiveram sua determinação e, sempre que podiam continuar sem ajuda, faziam isso, e ninguém interferia, pois a Sra. March havia recomendado o plano. Assim, Meg lutou sozinha com a geleia durante todo o dia quente de verão e, às cinco horas, sentou-se em sua cozinha, que estava de pernas para o ar, apertou as mãos lambuzadas, levantou a voz e chorou.

Ora, no início de sua nova vida, ela costumava dizer: "Meu marido sempre se sentirá à vontade para levar um amigo para casa sempre que quiser. Sempre estarei preparada. Não haverá agitação, broncas nem desconforto, mas uma casa arrumada, uma esposa alegre e um bom jantar. John, querido, não precisa pedir minha licença, convide a quem você quiser e ele será bem-recebido".

Como isso era encantador, com certeza! John brilhava de orgulho ao ouvi-la dizer isso e sentia-se abençoado por ter uma esposa tão elevada. Mas, embora eles tivessem visitas de tempos em tempos, nunca foram inesperadas, e Meg nunca tivera a oportunidade de se destacar até então. Sempre acontece assim, neste vale de lágrimas, há algo inusitado em tais coisas, que nos permite apenas imaginar, lamentar e suportar da melhor maneira possível.

Se John não tivesse esquecido completamente a geleia, seria realmente imperdoável ele ter escolhido aquele dia, de todos os dias do ano, para levar um amigo para jantar em casa inesperadamente. Felicitando-se pela bela refeição que havia encomendado naquela manhã, com a certeza de que estaria pronta no momento certo e entregando-se a expectativas agradáveis do efeito encantador que seria produzido por sua linda esposa ao sair correndo para encontrá-lo, ele conduziu o amigo até sua mansão, com a satisfação irreprimível de um jovem anfitrião e marido.

E, assim que chegou ao *Ninho dos Pombinhos*, o que John descobriu foi um mundo de decepções. A porta da frente geralmente ficava aberta de modo hospitaleiro. Agora não estava apenas fechada, mas trancada, e a lama de ontem ainda adornava os degraus. As janelas da sala estavam fechadas e acortinadas, nenhuma imagem da linda esposa costurando na varanda, de branco, com um pequeno laço nos cabelos, ou uma anfitriã de olhos brilhantes, sorrindo timidamente, enquanto cumprimentava seu convidado. Nada disso, pois não apareceu uma alma, exceto um menino de aparência selvagem dormindo sob os arbustos de groselha.

– Receio que algo tenha acontecido. Espere no jardim, Scott, enquanto procuro a Sra. Brooke – disse John, alarmado com o silêncio e a solidão.

Guiado por um cheiro forte de açúcar queimado, ele deu a volta ao redor da casa, e o Sr. Scott caminhou atrás dele, com um olhar estranho no rosto. Fez uma pausa discreta à distância quando o Sr. Brooke desapareceu, mas ele podia vê-lo e ouvi-lo e, sendo solteiro, apreciou bastante o prospecto.

Na cozinha reinava confusão e desespero. Uma edição da geleia estava escorrendo de panela em panela, outra estava no chão, e uma terceira estava queimando alegremente no fogão. Lotty, com uma apatia teutônica, estava comendo calmamente pão e vinho de groselha, pois a geleia ainda estava em um estado irremediavelmente líquido, enquanto a Sra. Brooke, com seu avental sobre a cabeça, estava sentada soluçando tristemente.

– Minha querida menina, qual é o problema? – exclamou John e entrou correndo, com visões terríveis de mãos escaldadas, notícias repentinas da aflição e consternação secreta ao pensar no hóspede que estava no jardim.

– Oh, John, estou tão cansada, com calor, irritada e preocupada! Fiquei nisso até me esgotar. Venha me ajudar ou vou morrer! – e a dona de casa exausta se lançou sobre o peito dele, dando-lhe uma doce recepção em todos os sentidos da palavra, pois o avental dela e o chão haviam sido batizados ao mesmo tempo.

– O que a preocupa, querida? Aconteceu alguma coisa terrível? – perguntou John, ansioso, beijando ternamente a parte de cima da toca, que estava toda torta.

– Sim – soluçou Meg, desesperada.

– Diga-me rápido, então. Não chore. Posso suportar qualquer coisa melhor do que isso. Fale meu amor.

– A... a geleia não quer virar geleia e eu não sei o que fazer!

Então, John Brooke riu, como nunca mais se atreveu a rir, e o irônico Scott sorriu involuntariamente ao ouvir a explosão vigorosa, que deu o golpe final na tristeza de Meg.

– Isso é tudo? Jogue-a pela janela e não se preocupe mais com isso. Compro barris de geleia se você quiser, mas pelo amor de Deus não fique histérica, porque eu trouxe Jack Scott para jantar aqui e ...

John não conseguiu dizer mais nada, pois Meg o empurrou e apertou as mãos dela com um gesto trágico quando ela se sentou em uma cadeira, exclamando em um tom de indignação, reprovação e consternação...

– Um homem para jantar, e toda essa bagunça! John Brooke, como você pôde fazer uma coisa dessas?

– Calma, ele está no jardim! Esqueci-me da maldita geleia, mas não tem mais jeito agora – disse John, examinando a perspectiva com um olhar ansioso.

– Você deveria ter mandado um recado ou me avisado esta manhã, e deveria ter lembrado o quanto eu estava ocupada – continuou Meg petulante, pois até as rolinhas se bicam quando irritadas.

– Eu não sabia disso hoje de manhã, e não havia tempo para enviar uma mensagem, pois o encontrei na saída. Nunca pensei em pedir licença, porque você sempre me disse para fazer o que quisesse. Nunca fiz isso antes, e ai de mim se eu fizer de novo! – acrescentou John, com um ar ofendido.

– Espero que não! Leve-o embora imediatamente. Não posso vê-lo e não tem jantar.

– Ora, que maravilha! Onde está a carne e os legumes que mandei entregar em casa e o pudim que você prometeu? – exclamou John, correndo para a despensa.

– Não tive tempo de cozinhar nada. Eu pretendia jantar com a mamãe. Sinto muito, mas estava tão ocupada – e as lágrimas de Meg voltaram a correr.

John era um homem gentil, mas era humano, e após um longo dia de trabalho voltando para casa cansado, faminto e esperançoso, e encontrar uma casa caótica, uma mesa vazia e uma esposa nervosa não era exatamente propício para o descanso do corpo e da mente. Ele se conteve, no entanto, e a pequena tempestade teria se dissipado, não fosse uma palavra infeliz.

– É um embaraço, reconheço, mas se você ajudar, vamos superar e ainda nos divertiremos. Não chore, querida; apenas se esforce um pouco e prepare algo para comer. Nós dois estamos com fome de caçador, então não nos importamos com o que seja. Sirva-nos uma carne fria, pão e queijo. Não pediremos geleia.

Ele queria que soasse como uma piada bem-humorada, mas aquela palavra selou seu destino. Meg achou que era cruel demais mencionar seu triste fracasso, e a última gota de paciência evaporou enquanto ele falava.

– Você deve se livrar desse embaraço como puder. Estou muito cansada para "me esforçar" para qualquer um. É coisa de homem oferecer pão e queijo para as visitas. Não vou fazer isso na minha casa. Leve esse Scott até a casa de mamãe e diga a ele que saí, que estou doente, morta, qualquer coisa. Não vou recebê-lo, e vocês dois podem rir de mim e da minha geleia o quanto quiserem. Vocês não terão mais nada aqui – e, tendo libertado sua rebeldia de uma vez, Meg tirou o avental e saiu precipitadamente do campo de batalha para lamentar-se em seu próprio quarto.

O que aquelas duas criaturas fizeram na ausência dela, ela nunca soube, mas o Sr. Scott não foi até a "casa da mamãe" e, quando Meg desceu, depois de terem saído juntos, ela encontrou vestígios de um banquete caótico que a encheu de horror. Lotty contou que eles haviam comido "muito e riram bastante, e o mestre ordenou que ela jogasse fora toda a geleia e escondesse os potes".

Meg desejava sair e ir até a casa de sua mãe para contar tudo, mas um sentimento de vergonha de suas próprias falhas, de lealdade a John, "que pode ser cruel, mas ninguém deve saber disso", a reprimiu e, depois de uma limpeza rápida, ela se vestiu lindamente e sentou-se para esperar John vir e ser perdoado.

Infelizmente, John não veio, uma vez que não via o assunto sob essa perspectiva. Ele interpretou a situação como uma boa piada com Scott, pediu desculpas por sua mulherzinha o melhor que pôde e recebeu o anfitrião com tanta hospitalidade que seu amigo desfrutou do jantar improvisado e prometeu voltar. Mas John estava com raiva, embora ele não gostasse de demonstrar, sentiu que Meg o abandonara em sua hora de necessidade.

"Não é justo dizer a um homem que ele tem perfeita liberdade para trazer pessoas a sua casa, a qualquer momento, e quando ele decide fazê-lo, inflamar-se, criticá-lo, culpá-lo e deixá-lo em apuros, para ser motivo de riso ou pena. Não é justo, não mesmo! E Meg precisa saber disso".

Ele estava enfurecido interiormente durante o banquete, mas quando a agitação terminou e ele voltou para casa depois de separar-se de Scott, um sentimento mais ameno tomou conta dele. – Coitadinha! Foi difícil para ela, mas estava tentando me agradar. Ela estava errada, é claro, mas ela é jovem. Preciso ser paciente e ensiná-la – Esperava que ela não tivesse ido até a casa da mãe, pois ele odiava fofocas e interferências. Por um minuto, ele ficou irritado novamente pelo simples fato de pensar na situação; e então o medo de que Meg chorasse de tristeza amoleceu seu coração e ele apertou o ritmo de seus passos, resolvendo ser calmo e gentil, mas firme, bastante firme para mostrar a ela onde havia falhado em seu dever para com o marido.

Meg também decidiu ser "calma e gentil, mas firme", e mostrar a ele seu dever. Ela queria correr para encontrá-lo, pedir perdão e ser beijada e confortada, como tinha certeza de estar, mas, é claro, ela não fez nada disso e, quando viu John chegando, começou a cantarolar naturalmente, enquanto ela balançava na cadeira e costurava, como uma dama livre de obrigações em sua melhor sala de estar.

John ficou um pouco desapontado por não encontrar uma Níobe[10] sensível, mas sentindo que sua dignidade exigia o primeiro pedido de desculpas, ele não o fez, apenas entrou vagarosamente e deitou-se no sofá com a observação de singular interesse:

– Vamos ter uma lua nova, minha querida.

– Não faço objeções – foi o comentário igualmente sereno de Meg.

---

(10) Níobe: na mitologia grega, ela era filha de Tântalo e Dione. Casou-se com Anfião, rei de Tebas, e com ele gerou 14 filhos. Devido a seu orgulho, insulta o culto a Leto, que dera luz a apenas dois rebentos. A insolência seria vingada por Leto, que envia os filhos para assassinar a descendência de Níobe. Com dó, Zeus transforma Níobe em uma rocha, mas ela nunca parou de chorar, e de suas lágrimas nasceu um rio.

Alguns outros tópicos de interesse geral foram introduzidos pelo Sr. Brooke e respondidos de modo curto pela Sra. Brooke, e a conversa cessou. John foi até uma das janelas, desdobrou o jornal e envolveu-se nele, figurativamente falando. Meg foi para a outra janela e costurou novas rosetas para seus chinelos como se fossem necessidades vitais. Nenhum dos dois falou. Ambos pareciam bastante "calmos e firmes", e ambos se sentiam desesperadamente desconfortáveis.

– Ai, meu Deus – pensou Meg – a vida de casada é muito difícil, e precisa de infinita paciência e amor, como diz mamãe – A palavra "mamãe" sugeria outros conselhos maternos dados há muito tempo e recebidos com incrédula oposição.

– John é um homem bom, mas ele tem suas falhas, e você deve aprender a vê-las e a lidar com elas, lembrando-se das suas. Ele é muito decidido, mas nunca será teimoso, se você conversar com delicadeza e não se opuser com impaciência. Ele é muito meticuloso e preciso em relação à verdade, uma boa característica, embora você o chame de "exigente". Nunca o engane pela aparência ou palavra, Meg, e ele lhe dará a confiança que você merece, o apoio que você precisa. Ele se irrita, mas não como nós, explodimos e depois acalmamos. A raiva dele é invisível e calada, raramente é despertada, mas uma vez acesa, é difícil de apagar. Tenha cuidado, tenha muito cuidado, para não despertar a raiva dele contra você mesma, pois a paz e a felicidade dependem de manter o respeito dele. Cuidado, seja a primeira a pedir perdão quando ambos cometerem algum erro e proteja-se das pequenas provocações, mal-entendidos e palavras impensadas, que muitas vezes pavimentam o caminho para a amargura e o ressentimento.

Essas palavras voltaram para Meg, enquanto ela estava sentada costurando ao pôr do sol, especialmente a última. Esse era o primeiro desentendimento sério, suas próprias palavras apressadas pareciam tolas e impensadas, enquanto ela se lembrava delas, sua própria raiva parecia infantil agora; e pensando no pobre John voltando para casa e encontrando tal cena derreteu bastante seu coração. Ela olhou para ele com lágrimas nos olhos, mas ele não as viu. Ela interrompeu a costura e levantou-se, pensando: "Serei a primeira a dizer: perdoe-me", mas ele não parecia ouvi-la. Ela atravessou a sala bem devagar, pois era difícil engolir o orgulho, e ficou ao lado dele, mas ele não virou a cabeça. Por um minuto, ela sentiu como se realmente não pudesse fazê-lo, depois veio o pensamento: "Este é o começo. Farei minha parte e não tenho nada com o que me censurar", e inclinando-se, ela beijou suavemente seu marido na testa. Claro que isso resolveu tudo. O beijo penitente era melhor do que um mundo de palavras, e John a colocou em seu colo em um minuto, dizendo ternamente:

– Foi muito ruim rir dos pobres potinhos de geleia. Perdoe-me, querida. Jamais farei isso novamente!

Mas ele fez, acreditem, centenas de vezes, e Meg também, ambos declarando que era a geleia mais doce que já haviam feito, pois a paz da família estava preservada naqueles pequenos potes de conserva. Depois disso, Meg fez um convite especial ao Sr. Scott para jantar e serviu-lhe um banquete agradável, sem uma esposa cansada de entrada, ocasião em que ela fora tão alegre e graciosa, e fez tudo sair de modo tão encantador que o Sr. Scott disse a John que ele era um sujeito de sorte e durante todo o caminho de volta para casa lastimou as dificuldades da vida de solteiro.

No outono, Meg enfrentou novas tentativas e experiências. Sallie Moffat renovara sua amizade, estava sempre correndo até a casinha para um mexerico, ou convidando "a pobrezinha" a entrar e passar o dia no casarão. Era agradável, pois nos dias de outono, Meg costumava se sentir sozinha. Todos estavam ocupados em casa, John ausente até a noite, e nada para fazer além de costurar, ler ou fazer alguma peça de cerâmica. Então, naturalmente, aconteceu que Meg começou a perambular e fofocar com a amiga. Ver as coisas bonitas de Sallie fez com que ela as desejasse e sentisse pena de si mesma, porque ela não as tinha. Sallie era muito gentil, e muitas vezes oferecia a ela as insignificantes ninharias, mas Meg as recusava, sabendo que John não iria gostar, e então essa tola mulherzinha fez o que John mais detestava.

Meg sabia quanto seu marido ganhava e adorava sentir que ele confiava a ela, não apenas a felicidade dele, mas o que alguns homens parecem valorizar mais: o dinheiro dele. Ela sabia onde ele o guardava e tinha liberdade para pegar o que lhe aprouvesse, e tudo o que ele pedia a ela era que mantivesse o controle de cada centavo, pagasse as contas uma vez por mês e lembrasse de que era esposa de um homem pobre. Até agora, ela se saíra bem, era prudente e exata, mantinha seus pequenos livros-caixa em ordem e mostrava-os mensalmente sem medo. Mas naquele outono a serpente entrou no paraíso de Meg e a tentou como acontece com muitas Evas modernas, não com maçãs, mas com roupas. Meg não gostava que sentissem pena dela e a fizessem se sentir pobre. Isso a irritava, mas tinha vergonha de confessá-lo, e de vez em quando tentava se consolar comprando algo bonito, para que Sallie não precisasse pensar que ela tinha de economizar. Ela sempre se sentia mal depois disso, pois as coisas bonitas raramente eram necessárias, mas então elas custavam tão pouco que não valia a pena se preocupar, então as ninharias aumentavam inconscientemente e, nas excursões de compras, ela não era mais uma observadora passiva.

Mas as ninharias custam mais do que se poderia imaginar, e quando ela lançou suas contas no final do mês, a soma total a assustou. John estava ocupado naquele mês e deixou as contas para ela, no mês seguinte ele estava ausente, mas no terceiro ele teve um grande pagamento trimestral que Meg jamais esqueceu. Alguns dias antes, ela havia feito uma coisa terrível, e isso pesava em sua consciência. Sallie estava comprando sedas, e Meg ansiava por um vestido novo, apenas um, bonito e leve para festas, seu vestido de seda preto era tão comum, e roupas simples para usar à noite eram apropriadas apenas para meninas. Tia March costumava dar às irmãs um presente de 25 dólares cada no Ano-Novo. Faltava apenas um mês para esperar, e aqui estava uma linda seda violeta a preço de banana, e ela tinha o dinheiro, desde que ousasse pegá-lo. John sempre dizia que o que era dele era dela, mas ele acharia correto gastar não somente os 25 dólares, mas outros 25 dólares das economias domésticas? Essa era a questão. Sallie insistiu que ela fizesse isso, se ofereceu para emprestar o dinheiro e, com as melhores intenções, tentou Meg além de suas forças. Em um momento maligno, o lojista ergueu as adoráveis dobras cintilantes e disse: "É uma pechincha, garanto, senhora". Ela respondeu: "Eu aceito", e o tecido foi cortado e pago, e Sallie exultou, e Meg riu como se isso não tivesse importância, e se afastou, sentindo como se tivesse roubado algo e a polícia estivesse atrás dela.

Quando chegou em casa, tentou amenizar as dores do remorso abrindo a adorável seda, mas agora parecia menos prateada, não a seduziu, no final das contas, e as palavras "50 dólares" pareciam estampadas como um padrão em cada dobra. Ela o guardou, mas o tecido assombrava seus pensamentos, não deliciosamente como um vestido novo deveria, mas terrivelmente como um fantasma de uma loucura que não desaparecia facilmente. Quando John procurou os livros-caixa naquela noite, o coração de Meg gelou e, pela primeira vez em sua vida de casada, ela teve medo do marido. Os gentis olhos castanhos poderiam se tornar severos e, embora ele fosse extraordinariamente alegre, ela imaginou que ele a havia descoberto, mas não queria que ela soubesse. As contas da casa foram todas pagas, os livros, todos em ordem. John a elogiou e já ia abrir a velha carteira que eles chamavam de "banco", quando Meg, sabendo que estava bastante vazia, interrompeu o movimento da mão dele, dizendo nervosamente...

– Você ainda não viu meu livro particular de despesas.

John nunca pedia para vê-lo, mas ela sempre insistia em fazê-lo, e costumava desfrutar de seu espanto masculino com as coisas estranhas que as mulheres queriam, e o fazia adivinhar o que era "rolotê", exigir ferozmente o significado de uma "pala", ou se perguntar como uma coisinha composta de três botões de rosa, um pouco de veludo e um par de cordões, poderia possivelmente ser uma touca e custar seis dólares. Naquela noite, ele parecia gostar da diversão de questionar suas contas e fingir estar horrorizado com a extravagância dela, como costumava fazer, com especial orgulho de sua esposa prudente.

O livrinho foi trazido lentamente e colocado diante dele. Meg ficou atrás da cadeira do marido com o pretexto de alisar as rugas da sua testa cansada e ficou ali, enquanto o pânico aumentava a cada palavra, ela disse:

– John, querido, tenho vergonha de lhe mostrar meu livro, pois tenho sido terrivelmente extravagante ultimamente. Passeio bastante e preciso ter coisas, você sabe, e Sallie aconselhou-me a comprar, então comprei, e o dinheiro que vou receber do Ano-Novo pagará parcialmente por isso, mas eu me arrependi depois de ter comprado, pois sabia que você me julgaria mal.

John riu e puxou-a para perto de si, dizendo com bom humor: – Não se esconda. Não vou bater em você só porque você comprou um par de botas. Estou bastante orgulhoso dos pés da minha esposa e não me importa se ela paga oito ou nove dólares por suas botas, se são boas.

Esse tinha sido uma de suas últimas "ninharias", e os olhos de John passaram para o livro-caixa enquanto falava.

– Ah, o que ele dirá quando chegar naqueles terríveis 50 dólares! – pensou Meg, sentindo um calafrio.

– É pior do que botas, é um vestido de seda – disse ela, com uma calma desesperadora, pois ela queria que o pior acabasse logo.

– Bem, querida, qual é "a maldita soma", como diria o Sr. Mantalini[11]?

Isso não soava como John, e ela sabia que ele estava olhando para ela com um olhar direto que, até então, ela sempre estivera pronta para retribuir com outro olhar igualmente franco. Virou a página e a cabeça ao mesmo tempo, apontando para a quantia que já teria sido ruim o suficiente sem os 50 e que a assustava mais ainda com o acréscimo daquele valor. Por um minuto a sala ficou muito quieta, então John começou a falar devagar, mas ela percebia que lhe custava um esforço para não demonstrar o desagrado:

– Bem, eu não sei que 50 é muito para um vestido, com todos os ornamento e aviamentos que você precisa para o acabamento.

– Não está cortado, e só o tecido – suspirou Meg, quase desmaiando, ao imaginar quanto teria de gastar ainda para terminá-lo.

– Vinte e três metros de seda parecem bastante para cobrir uma mulher pequena, mas não tenho dúvida de que minha esposa ficará tão linda quanto a de Ned Moffat quando o vestir – disse John secamente.

– Eu sei que você está bravo, John, mas não há mais nada que possa fazer. Não quero desperdiçar seu dinheiro, e não achava que aquelas pequenas compras fossem chegar nessa quantia. Não posso resistir a elas quando vejo Sallie comprando tudo o que quer e ainda tem pena de mim porque não posso fazer o mesmo. Tento me contentar, mas é difícil e estou cansada de ser pobre.

As últimas palavras foram ditas em um tom tão baixo que ela pensou que ele não as ouvira, mas ele ouviu, e elas o feriram profundamente, pois ele havia se negado muitos prazeres pelo bem de Meg. Ela poderia ter mordido a língua no minuto em que dissera, pois John empurrou os livros e se levantou, dizendo com a voz trêmula:

– Eu temia isso. Faço o meu melhor, Meg.

---

(11) Mantalini: personagem de **A Vida e as Aventuras de Nicholas Nickleby** escrito entre 1838 e 1839 por Charles Dickens, que tinha por marca de linguagem a palavra "maldito". Mantalini se caracterizava pelos modos dramáticos, pela exploração da mulher e pelo descuido com as finanças.

Se ele tivesse a repreendido, ou mesmo a sacudido, ele não teria partido seu coração como aquelas poucas palavras. Ela correu para ele e o abraçou, chorando, com lágrimas arrependidas:

– Oh, John, meu menino querido, gentil e trabalhador. Não quis dizer isso! Foi algo tão perverso, falso e ingrato, como eu pude dizer isso! Como eu pude dizer isso!

Ele foi muito gentil, perdoou-a prontamente e não proferiu mais nenhuma reprovação, mas Meg sabia que ela havia feito e dito algo que não seria esquecido em breve, mesmo que ele nunca mais a mencionasse. Ela prometera amá-lo para melhor ou para pior, e então ela, sua esposa, repreendeu-o por sua pobreza, depois de gastar seus ganhos de forma imprudente. Foi terrível, e o pior de tudo foi que John manteve-se calmo depois, como se nada tivesse acontecido, exceto pelo fato de que ele passou a ficar na cidade até mais tarde para trabalhar à noite enquanto ela chorava até dormir. Uma semana de remorso quase deixou Meg doente, e a descoberta de que John havia cancelado um pedido de um novo sobretudo para ele a reduziu a um estado de desespero patético de se ver. Em resposta às perguntas dela sobre o cancelamento da compra, ele simplesmente disse:

– Não posso pagar, minha querida.

Meg não disse mais nada, mas alguns minutos depois ele a encontrou no corredor com o rosto enterrado no velho sobretudo, chorando como se seu coração fosse se partir.

Tiveram uma longa conversa naquela noite, e Meg aprendeu a amar melhor o marido por sua pobreza, porque isso parecia tê-lo transformado em um homem, dando-lhe força e coragem para seguir seu próprio caminho, e ensinando-lhe uma paciência amorosa para suportar e confortar os anseios e falhas naturais daqueles a quem ele amava.

No dia seguinte, ela colocou seu orgulho no bolso, foi até a casa de Sallie, contou a verdade e pediu que ela comprasse a seda como um favor. A Sra. Moffat, bem-humorada, o fez de bom grado e teve a delicadeza de não a devolver como um presente imediatamente. Então, Meg comprou o sobretudo e, quando John chegou, ela o vestiu e perguntou se ele havia gostado do novo vestido de seda dela. Pode-se imaginar que resposta ele deu, como recebeu seu presente e o estado de felicidade que se seguiu. John começou a voltar mais cedo para casa, Meg parou de passear, e aquele casaco era vestido de manhã por um marido muito feliz e tirado à noite por uma esposa muito devotada. Assim, o ano passou e, no meio do verão, chegou a Meg uma nova experiência, a mais profunda e mais tenra da vida de uma mulher.

Laurie entrou sorrateiramente na cozinha do *Ninho dos Pombinhos* um sábado, com um rosto animado, e foi recebido com o rufar de címbalos, pois Hannah batia palmas com uma panela em uma mão e a tampa na outra.

– Como está a mamãezinha? Onde estão todos? Por que você não me contou antes de eu chegar em casa? – disse Laurie sussurrando e depois aumentando o tom de voz.

– Feliz como uma rainha, a querida! Eles *tão tudo* lá em cima, em adoração. *A gente não quiria* nenhum furacão por perto. Agora *ocê vai pra sala e eu vo chama eles* – depois dessa resposta, Hannah desapareceu, rindo em êxtase.

Naquele momento Jo apareceu, orgulhosamente carregando um manto de flanela sobre um travesseiro grande. O rosto de Jo estava muito sério, mas seus olhos brilhavam, e havia um som estranho em sua voz, como algum tipo de emoção reprimida.

– Feche os olhos e estenda os braços – ela disse de modo convidativo.

Laurie recuou precipitadamente para um canto e colocou as mãos para trás com um gesto suplicante.

– Não, obrigado. Prefiro não pegar. Vou largar ou esmagá-lo, tão certo quanto o destino.

– Então você não verá seu sobrinho – disse Jo decididamente, virando-se como se fosse embora.

– Eu o seguro, eu o seguro! Se você se responsabilizar pelos danos. E, obedecendo às ordens, Laurie heroicamente fechou os olhos enquanto algo era colocado em seus braços. Uma série de gargalhadas de Jo, Amy, da Sra. March, Hannah e de John fez com que ele abrisse os olhos no minuto seguinte e encontrasse dois bebês em vez de um.

Não era de se admirar que eles rissem, pois a expressão do rosto de Laurie era divertida o suficiente para perturbar a pessoa mais séria que estivesse ali, enquanto ele ficava ali em pé e olhava alucinado dois pequenos inocentes diante dos hilariantes espectadores com tanto espanto que Jo se sentou no chão, gritando de tanto rir.

– Gêmeos, minha nossa! – foi tudo o que ele disse por um minuto, então voltando-se para as mulheres com um olhar suplicante e cômico, ele disse:

– Depressa, alguém pegue essas crianças! Vou rir e deixá-las cair.

Jo retirou os bebês das mãos dele e caminhou de um lado para outro, com um em cada braço, como se já tivesse começado a aprender os mistérios de cuidar de recém-nascidos, enquanto Laurie ria até as lágrimas escorrerem pelo rosto.

– É a melhor piada da temporada, não é? Não quis que você soubesse, porque decidi surpreendê-lo, e estou feliz por ter conseguido – disse Jo, quando ela retomou o fôlego.

– Nunca fui tão surpreendido na minha vida. Não é divertido? São meninos? Quais serão os nomes deles? Vamos dar uma outra olhada. Segure-me, Jo, porque acho que é demais para mim – respondeu Laurie, olhando os bebês com o ar de um grande e benevolente cão labrador, olhando para um par de gatinhos.

– Menino e menina. Não são umas beldades? – disse o papai orgulhoso, sorrindo para os bebezinhos vermelhos, que se contorciam como se fossem anjos sem flechas.

– As crianças mais notáveis que já vi. Qual é qual? – e Laurie inclinou-se como um balde de poço para examinar os prodígios.

– Amy colocou uma fita azul no menino e uma rosa na menina, é a moda francesa, para que você possa sempre saber. Além disso, um tem olhos azuis e o outro, castanhos. Beije-os, tio Laurie – disse a travessa Jo.

– Receio que não gostem – respondeu Laurie, com timidez incomum em tais assuntos.

– Claro que sim, estão acostumados a isso agora. Faça isso agora, senhor! – ordenou Jo, temendo que ele pudesse propor um representante.

Laurie franziu a testa e obedeceu com um beijo cauteloso em cada bochecha, que provocou outra risada, e fez os bebês gritarem.

– Viu, sabia que não iam gostar! Esse é o menino, olha como ele chuta e bate com os punhos fechados. Agora, pequeno Brooke, bata em um homem do seu tamanho, não é? – exclamou Laurie, encantado com um soco no rosto que recebera de um punho minúsculo, batendo no ar.

– Ele vai se chamar John Laurence, e a menina Margaret, como a mãe e a avó. Vamos chamá-la de Daisy, para não ter duas Megs, e acho que o menininho terá o apelido de Jack, a não ser que encontremos um nome melhor – disse Amy, com interesse de tia.

– Deem o apelido de Demijohn[12] e chamem-no de Demi para encurtar – disse Laurie.

– Daisy e Demi, exatamente isso! Sabia que Laurie conseguiria – disse Jo batendo palmas.

Laurie certamente conseguiu, pois os bebês foram "Daisy" e "Demi" pelo resto da vida.

(12) Demijohn: demi em francês significa 'metade'.

Capítulo 29

Visitas

— Venha, Jo, está na hora.

– De quê? – Não me diga que esqueceu que havia prometido fazer meia dúzia de visitas comigo hoje?

– Já fiz muitas coisas precipitadas e tolas na minha vida, mas acho que nunca fiquei louca o suficiente para dizer que faria seis visitas em um dia, quando uma delas por uma semana já me incomoda.

– Sim, você fez, foi um acordo entre nós. Eu deveria terminar o esboço em giz de cera de Beth para você e, em retribuição, você iria comigo vestida adequadamente, visitar nossos vizinhos.

– Eu iria, se o tempo estivesse bom, esse foi o nosso acordo, Shylock[13]. Há uma pilha de nuvens carregadas ao Leste, o tempo não está bom, portanto, eu não vou.

– Ora, você está brincando. Está um dia adorável, sem perspectiva de chuva, e você se orgulha de cumprir promessas; portanto, mantenha sua honra, venha cumprir seu dever e fique em paz por mais seis meses.

---

(13) Shylock: personagem de uma das peças de Shakespeare. Na peça, ele é um agiota judeu, que empresta dinheiro a seu rival cristão.

Naquele instante, Jo estava particularmente absorvida em sua costura, pois era mantenedora geral da roupa da família e tinha um crédito especial por saber manejar uma agulha e também uma caneta. Ela ficou irritada por ser interrompida no ato da primeira prova e por ser obrigada a fazer visitas, vestida com seus melhores trajes, em um dia quente de julho. Ela odiava visitas formais e nunca havia feito uma até Amy a obrigar através de uma barganha, suborno ou promessa. No presente caso, não havia como escapar e, depois de bater a tesoura de maneira rebelde e protestar contra o cheiro de chuva, desistiu, deixou de lado o trabalho e pegou o chapéu e as luvas com ar de resignação, dizendo a Amy que a vítima estava pronta.

– Jo March, você é perversa o suficiente para provocar um santo! Espero que não faça as visitas nesse estado – exclamou Amy, observando-a espantada.

– Por que não? Estou limpa, fresca e confortável, bastante adequada para uma caminhada em meio à poeira de um dia quente. Se as pessoas se importam mais com minhas roupas do que comigo, não quero vê-las. Você pode se vestir bem por nós duas e ser tão elegante quanto deseja. Se compensa para você ficar bem vestida, para mim não vale nada e os babados me incomodam.

– Oh céus! – suspirou Amy, – agora ela está tendo um ataque de teimosia e vai me irritar antes que eu possa arrumá-la adequadamente. Tenha certeza de que não é um prazer para mim ir hoje, mas é uma dívida que temos com a sociedade, e não há ninguém para pagar a não ser você e eu. Farei qualquer coisa por você, Jo, se você apenas se vestir bem, vier comigo e for educada. Você pode falar tão bem, parecer tão aristocrática em seus melhores trajes e de comportar-se bem, quando quer, que tenho orgulho de você. Tenho medo de ir sozinha, venha e cuide de mim.

– Você é uma gatinha ardilosa para lisonjear e persuadir sua irmã mais velha dessa maneira. A ideia de eu ser aristocrática e bem-educada, e de você estar com medo de ir a algum lugar sozinha, não sei qual é a mais absurda. Bem, eu irei se for preciso e farei o meu melhor. Você será o comandante da expedição e a obedecerei cegamente. Está bem assim? – disse Jo, com uma mudança repentina de perversidade para submissão de um cordeiro.

– Você é um querubim perfeito! Agora coloque todos os seus melhores trajes, e eu lhe direi como se comportar em cada lugar, para que você cause uma boa impressão. Quero que as pessoas gostem de você, e elas gostariam se você apenas tentasse ser um pouco mais agradável. Penteie o cabelo bem bonito e coloque a rosa na sua touca. Fica encantador e você parece muito séria em seu traje simples. Pegue suas luvas leves e o lenço bordado. Vamos parar na casa de Meg e pedir emprestado a sombrinha branca e então você pode ficar com a minha cinza.

Enquanto Amy se vestia, ela dava as ordens e Jo obedecia, porém não sem protestar, pois suspirava enquanto colocava seu vestido de organdi, franzia a testa para si mesma enquanto amarrava os cordões da touca em um laço irrepreensível, lutava violentamente com os alfinetes enquanto prendia a gola, enrugava as feições de um modo geral ao ajeitar o lenço, cujo bordado era tão irritante para o nariz quanto a missão atual era para os seus sentimentos; e quando espremeu as mãos nas luvas apertadas com três botões e uma borla, como toque final de elegância, ela virou-se para Amy com uma expressão idiota no rosto, dizendo com humildade:

– Estou perfeitamente infeliz, mas se você me considera apresentável, eu morro feliz.

– Você está absolutamente satisfatória. Vire-se lentamente e deixe-me ter uma visão cuidadosa. – Jo girou, e Amy deu um toque aqui e ali, depois recuou, com a cabeça de um lado, observando graciosamente: – Sim, está bem assim. Sua cabeça está divina, pois essa touca branca com a flor é muito bonita. Coloque os ombros para trás e dê leveza às mãos, mesmo que suas luvas estejam apertadas. Uma coisa que você pode fazer bem, Jo, é usar um xale. Eu não posso, mas é muito bom ver você com um, e estou tão feliz que a tia March tenha lhe dado aquele lindo. É simples, mas bonito, e as dobras do braço têm um toque de arte. A ponta do meu manto está no meio, amarrei meu vestido do jeito certo? Gosto de mostrar minhas botas, pois meus pés são bonitos, embora meu nariz não seja.

– Você é bela e está sempre alegre – disse Jo, olhando através da mão dela com o ar de conhecedora, para a pena azul nos cabelos dourados. – Devo arrastar meu melhor vestido pela poeira ou o enrolo, por favor, senhora?

– Segure-o quando você andar, mas jogue-o quando entrar nas casas. O estilo arrebatador combina melhor com você, e você precisa aprender a arrastar suas saias graciosamente. Você não abotoou a metade de um punho, faça-o agora. Nunca parecerá arrumada de fato se não tomar cuidado com os detalhes, pois eles fazem o todo agradável.

Jo suspirou e começou desabotoar com força sua luva, abrindo o punho, e finalmente as duas estavam prontas e partiram, "lindas feito retrato", disse Hannah, ao sair à janela do andar superior para observá-las.

– Agora, Jo querida, os Chesters se consideram pessoas muito elegantes, então quero que você fique na sua melhor postura. Não faça nenhuma das suas observações abruptas nem faça algo estranho, certo? Apenas fique calma, fresca e tranquila, que é seguro e digno de uma dama, e você pode fazer isso facilmente por quinze minutos – disse Amy, ao se aproximarem da primeira parada para pegar emprestada a sombrinha branca e serem inspecionadas por Meg, com um bebê em cada braço.

– Deixe-me ver. Calma, fresca e tranquila, sim, acho que posso prometer isso. Interpretei o papel de uma jovem nobre no palco, e vou tentar repeti-lo. Sou bastante competente, você verá, então fique tranquila, minha querida.

Amy pareceu aliviada e a travessa Jo seguiu as orientações dela ao pé da letra, pois durante a primeira visita ela sentou-se com cada membro graciosamente disposto, o caimento perfeito de cada dobra, calma como um mar de verão, fresca como um banco de neve e tão silenciosa quanto uma esfinge. Em vão, a Sra. Chester fez alusão ao seu "romance encantador", e as senhoritas Chester falaram sobre festas, piqueniques, ópera e moda. Jo respondia a tudo com um sorriso, um meneio da cabeça e um recatado e indiferente "Sim" ou "Não". Em vão, Amy murmurou a palavra "conversa", tentou puxá-la para fora e administrou cutucadas secretas com o pé. Jo sentou-se como se estivesse totalmente alheia a tudo, com um comportamento friamente regular e esplendidamente nulo.

– Que criatura arrogante e desinteressante é a Srta. March mais velha! – foi o comentário infelizmente audível de uma das damas, quando a porta se fechou atrás das convidadas. Jo riu sem fazer barulho por todo o corredor, mas Amy pareceu desgostosa com o fracasso de suas instruções e, naturalmente, colocou a culpa em Jo.

– Como você pode entender tão mal o que eu lhe disse? Apenas pedi que você se comportasse com a devida dignidade e compostura, e você se transformou em uma pedra perfeita. Tente ser sociável na casa dos Lamb. Fofoque como as outras meninas, mostre interesse por roupas e acessórios, flertes e qualquer coisa sem sentido. Elas frequentam a melhor parte da sociedade, são pessoas valiosas para nós conhecermos, e eu não quero deixar de causar uma boa impressão por causa de uma bobagem.

– Serei agradável. Vou fofocar, dar risadas, ficar espantada e encantada com qualquer ninharia que você quiser. Gosto disso, e agora vou imitar o que é chamado de "uma moça encantadora". Posso fazer isso, pois tenho May Chester como modelo e vou aperfeiçoá-lo. Veja se os Lambs não dirão: "Que criatura agradável e animada é Jo March!"

Amy ficou bastante apreensiva, como deveria, pois quando Jo ficava estranha, não havia como saber onde ela iria parar. Não é possível descrever a expressão do rosto de Amy quando ela viu sua irmã deslizar para a sala de estar, beijar todas as moças com efusão, sorrir graciosamente para os jovens cavalheiros e se juntar à conversa com um espírito que surpreendeu quem a observava. Amy foi tomada pela Sra. Lamb, para quem ela era a favorita, e forçada a ouvir um longo relato do último ataque de Lucrécia, enquanto três jovens e agradáveis cavalheiros pairavam perto, esperando uma pausa para entrar e resgatá-la dali. Em tal situação, ela estava impotente para interromper Jo, que parecia possuída por um espírito de travessura e falava com a mesma volubilidade que a senhora da casa. Um grupo cerrado de cabeças se juntou a ela, e Amy esticou os ouvidos para ouvir o que estava acontecendo, pois frases quebradas a enchiam de curiosidade, e frequentes gargalhadas a deixavam louca para compartilhar a diversão. Pode-se imaginar o sofrimento dela ao ouvir fragmentos de conversas como:

– Ela cavalga esplendidamente. Quem a ensinou?

– Ninguém. Ela costumava montar, segurar as rédeas e sentar-se em uma sela velha em uma árvore. Agora ela monta qualquer coisa, pois não sabe o que é medo, e o cavalariço a deixa cavalgar por preços baixos porque ela treina muito bem os cavalos para transportarem damas. Ela é apaixonada por isso, muitas vezes digo a ela que, se tudo mais falhar, ela pode ser uma domadora de cavalos e ganhar a vida assim.

Diante desse terrível discurso, Amy conteve-se com dificuldade, pois a impressão era de que Jo era uma jovem despachada, algo ao qual ela tinha uma aversão especial. Mas o que ela poderia fazer? Pois a velha senhora estava no meio de sua história e, muito antes de terminar, Jo começou novamente, fazendo mais revelações divertidas e cometendo gafes ainda mais temerosas.

– Sim, Amy estava desesperada naquele dia, pois todos os bons animais haviam desaparecido, e dos três restantes, um era coxo, o outro cego e o terceiro tão empacado que era preciso colocar lama em sua boca para que ele começasse a andar. Belo animal para um passeio agradável em grupo, não é?

– Qual ela escolheu? – perguntou um dos cavalheiros risonhos, que gostou do assunto.

– Nenhum deles. Ela ouviu falar de um jovem cavalo na fazenda do outro lado do rio e, embora uma dama nunca o tivesse montado, resolveu tentar, porque ele era bonito e vigoroso. As lutas dela eram realmente patéticas. Não havia ninguém que levasse o cavalo à sela, então ela levou a sela ao cavalo. Minha cara criatura, ela remou com a sela rio acima, colocou-a na cabeça e marchou até o celeiro para o espanto total do velho!

– Ela montou no cavalo?

– Claro que sim, e foi ótimo. Eu achava que ela seria trazida para casa em pedaços, mas ela conseguiu perfeitamente, e foi a alegria do passeio.

– Bem, eu chamo isso de coragem! – e o jovem Sr. Lamb lançou um olhar de aprovação para Amy, imaginando o que sua mãe poderia estar dizendo para fazer a menina parecer tão vermelha e desconfortável. Ela ficou ainda mais vermelha e mais desconfortável um instante depois, quando uma mudança repentina na conversa introduziu o assunto de vestimentas. Uma das jovens perguntou a Jo onde ela conseguiu o lindo chapéu pardo que usara no piquenique, e a estúpida Jo, em vez de mencionar o local onde foi comprado há dois anos, precisou responder com franqueza desnecessária:

– Oh, Amy pintou. Você não pode comprar esses tons suaves, por isso pintamos os nossos de qualquer cor que quisermos. É um grande conforto ter uma irmã artística.

– Isso não é uma ideia original? – exclamou a Srta. Lamb, que achou Jo muito divertida.

– Isso não é nada comparado a algumas de suas brilhantes realizações. Não há nada que essa menina não possa fazer. Ela queria um par de botas azuis para a festa de Sallie, então ela apenas pintou suas brancas, que estavam gastas, com a mais linda tonalidade de azul que vocês já viram, e elas ficaram perfeitamente parecidas com cetim – acrescentou Jo, com um ar de orgulho pelas realizações de sua irmã que exasperaram Amy até que ela sentiu que seria um alívio poder jogar sua caixinha de cartões de visita nela.

– Lemos uma história sua outro dia e gostamos muito – observou a Srta. Lamb, mais velha, desejando felicitar a dama literária, que não parecia a personagem naquele momento, verdade seja dita. Qualquer menção a suas "obras" sempre teve um efeito ruim sobre Jo, que ficava rígida e parecia ofendida ou mudava de assunto bruscamente, como agora.

– Sinto muito por você não ter encontrado nada melhor para ler. Escrevo esse lixo porque vende, e as pessoas comuns gostam. Você vai a Nova York neste inverno?

Como a Srta. Lamb havia "apreciado" a história, esse discurso não foi exatamente grato ou elogioso. No minuto em que Jo percebeu o erro que cometera, mas com medo de piorar a situação, lembrou-se repentinamente de que era para ela dar o primeiro passo em direção à partida e o fez com uma brusquidão que deixou três pessoas com frases incompletas em suas bocas.

– Amy, precisamos ir. Adeus, querida, venha nos ver. Estamos ansiosas por uma visita. Não me atrevo a convidá-lo, senhor Lamb, mas caso venha, acho que não terei coragem de mandá-lo embora.

Jo disse isso com uma imitação tão ridícula do estilo jovial de May Chester que Amy saiu da sala o mais rápido possível, sentindo um forte desejo de rir e chorar ao mesmo tempo.

– Não fui bem? – perguntou Jo, com um ar satisfeito enquanto se afastavam.

– Nada poderia ter sido pior – foi a resposta esmagadora de Amy. – O que a levou a contar essas histórias sobre minha sela e os chapéus e botas e tudo mais?

– Ora, é engraçado e diverte as pessoas. Eles sabem que somos pobres, então não adianta fingir que temos cavalariços, compramos três ou quatro chapéus por temporada e temos coisas com tanta facilidade e tão boas quanto eles.

– Você não precisa contar a eles todos os nossos pequenos truques e expor nossa pobreza de maneira perfeitamente desnecessária. Você não tem um mínimo de orgulho próprio e nunca aprenderá quando segurar a língua e quando falar – disse Amy desesperadamente.

A pobre Jo parecia envergonhada e silenciosamente esfregou a ponta do nariz com o lenço rígido, como se estivesse fazendo uma penitência por seus delitos.

– Como devo me comportar aqui? – ela perguntou, quando se aproximaram da terceira mansão.

– Do jeito que quiser. Lavo minhas mãos em relação a você – foi a resposta curta de Amy.

– Então vou me divertir. Os rapazes estão em casa, e vamos nos divertir. Deus sabe que preciso de uma pequena mudança, pois a elegância tem um efeito ruim na minha constituição – respondeu Jo, irritada e perturbada por não conseguir adaptar-se. Uma recepção entusiasmada de três meninos mais velhos e várias crianças bonitas rapidamente acalmou seus sentimentos confusos, e deixando Amy entreter a anfitriã e o Sr. Tudor, que estava fazendo uma visita também, Jo se dedicou aos jovens e achou a mudança reanimadora. Ela ouviu histórias da faculdade com profundo interesse, acariciou os cães pointers e poodles sem reclamar, concordou sinceramente que "Tom Brown era espetacular", embora considerasse essa forma de elogio imprópria; e quando um menino propôs uma visita ao seu tanque de tartarugas, ela foi com um entusiasmo que fez a mãe dele sorrir para ela; foi então que aquela dama materna colocou no filho o chapéu que fora deixado em condições terríveis devido a abraços maternais, parecidos com os dos ursos, mas afetuosos e mais importantes para ela do que o penteado mais impecável feito pelas mãos de uma cabeleireira francesa inspirada.

Deixando a irmã à própria sorte, Amy começou a se divertir do modo que mais lhe agradava. O tio do Sr. Tudor casou-se com uma senhora inglesa que era prima em terceiro grau de um lorde vivo, e Amy considerava toda a família com grande respeito, pois, apesar de seu nascimento e criação nos Estados Unidos, ela possuía essa reverência por títulos que causariam espanto em qualquer um; uma lealdade não reconhecida à antiga fé nos reis, que pôs a nação mais democrática sob o sol em ebulição na chegada de um jovem rapaz loiro da realeza, há alguns anos, e que ainda tinha algo a ver com o amor que o jovem país sentia pelo antigo, como o amor de um grande filho por sua imperiosa mãezinha, que o segurou enquanto ela podia, e o deixou partir com uma repreensão na despedida por sua rebeldia. Mas, mesmo a satisfação de conversar com uma conexão distante da nobreza britânica não fez Amy esquecer o tempo, e quando o número adequado de minutos se passou, ela relutantemente se afastou dessa sociedade aristocrática e procurou Jo, fervorosamente esperando que sua irmã incorrigível não fosse encontrada em nenhuma situação que pudesse trazer desgraça ao nome March.

Embora Amy tenha achado ruim, poderia ter sido pior. Jo estava sentada na grama, com um grupo de meninos à sua volta, e um cachorro com patas sujas deitado na saia de seu vestido de festa, enquanto ela contava uma das brincadeiras de Laurie para seu público admirador. Uma criança pequena cutucava as tartarugas com a estimada sombrinha de Amy, uma segunda comia pão de gengibre sobre o melhor chapéu de Jo e uma terceira jogava bola com as luvas, mas todos estavam se divertindo, e quando Jo recolheu seus bens danificados, sua escolta a acompanhou, implorando para que ela os visitasse novamente: "Foi tão divertido ouvir sobre as travessuras de Laurie".

– Excelentes meninos, não são? Eu me sinto rejuvenescida e novamente viva depois disso – disse Jo, passeando com as mãos atrás dela, em parte por hábito, em parte para esconder a sombrinha suja.

– Por que você sempre evita o Sr. Tudor? – perguntou Amy, abstendo-se sabiamente de qualquer comentário sobre a aparência dilapidada de Jo.

– Não gosto dele, ele é muito cheio de si, despreza suas irmãs, causa preocupações a seu pai, e não fala respeitosamente de sua mãe. Laurie diz que ele é leviano, e eu não o considero uma companhia desejável, então eu o ignoro.

– Você pode tratá-lo com educação pelo menos. Você deu um aceno indiferente com a cabeça e agora se curvou e sorriu da maneira mais educada para Tommy Chamberlain, cujo pai é dono de uma mercearia. Você teria acertado se tivesse invertido o aceno – disse Amy reprovando-a.

– Não, não teria – respondeu Jo – não gosto, não respeito e nem admiro Tudor, embora a sobrinha do sobrinho do tio de seu avô fosse prima de terceiro grau de um lorde. Já Tommy é pobre, tímido, generoso e muito esperto. Eu o tenho em consideração e gosto de demonstrar isso, pois ele é um cavalheiro, apesar dos pacotes de papel pardo.

– Não adianta tentar discutir com você – começou Amy.

– Não mesmo, minha querida – interrompeu Jo. – Então, vamos nos manter amáveis e deixar um cartão aqui, porque a família King evidentemente não está em casa, pelo que sou profundamente grata.

Depois que o estojo de cartões de visita cumpriu sua missão, as meninas seguiram em frente e Jo agradeceu novamente quando chegaram à quinta casa e foram informadas que as jovens estavam ocupadas.

– Agora vamos para casa, e não se preocupe com a tia March hoje. Podemos visitá-la a qualquer momento, e é realmente uma pena arrastar na poeira os nossos melhores trajes e babados, quando estamos cansadas e mal-humoradas.

– Fale por si mesmo, por favor. Tia March fica lisonjeada quando lhe fazemos uma visita formal e em grande estilo. É algo simples que lhe dá prazer e não acredito que isso causará maiores danos às suas roupas do que deixar cães sujos e meninos agitados arruiná-las. Abaixe-se e deixe-me tirar as migalhas da sua boina.

– Ah! Amy, você é uma menina adorável – disse Jo, com um olhar de arrependimento que ia de sua própria roupa danificada para a de sua irmã, que estava limpa e impecável. – Gostaria que fosse tão fácil para mim fazer pequenas coisas para agradar às pessoas como é para você. Penso nelas, mas leva muito tempo para realizá-las, então espero uma chance de fazer um grande favor e deixo que todos os pequenos me escapem. Mas, no final, me parece que os pequenos contam mais.

Amy sorriu e se acalmou, dizendo com ar maternal: – As mulheres devem aprender a ser agradáveis, principalmente as pobres, pois não têm outra maneira de retribuir a gentileza que recebemos. Se você lembrasse e praticasse o que eu digo, seria muito melhor do que eu, porque você tem muito mais a oferecer.

– Sou uma "velhinha" chata e sempre serei, mas estou disposta a concordar com você. Acontece que para mim é mais fácil arriscar minha vida por uma pessoa do que ser agradável com alguém quando não tenho vontade. É uma grande infelicidade ter gostos e desgostos tão marcantes, não é?

– É muito pior não poder escondê-los. Não me importo de dizer que não aprovo o comportamento do senhor Tudor, assim como você, mas não sou obrigada a dizer isso a ele. Você também não, e não adianta se tornar desagradável só porque ele é.

– Acho que as meninas devem mostrar quando desaprovam os jovens, e como elas podem fazer isso, exceto através de seus modos? Sermões de nada adiantam e isso eu sei muito bem, para minha tristeza, pois tenho de lidar com Laurie. Mas existem muitas maneiras pelas quais eu posso influenciá-lo sem dizer uma palavra, e digo que devemos fazer o mesmo com os outros, se for possível.

– Laurie é um rapaz notável, e não pode ser tomado como exemplo de outros rapazes – disse Amy, num tom de convicção solene, que teria causado uma convulsão no "rapaz notável" se ele tivesse ouvido. – Se fôssemos beldades ou mulheres de riqueza e posição, talvez pudéssemos fazer alguma coisa, mas franzir a testa para um grupo de jovens porque não os aprovamos, e sorrir para outros porque os aprovamos não causam efeito algum, e só seremos consideradas estranhas e puritanas.

– Portanto, devemos aceitar coisas e pessoas que detestamos simplesmente porque não somos beldades e milionárias, é isso? Que belo tipo de moralidade!

– Não tenho como discutir sobre isso, só sei que é o mundo é assim, e as pessoas que se opõem a isso só conseguem ser ridicularizadas por seus sofrimentos. Não gosto de reformadores e espero que você nunca tente ser uma.

– Eu gosto deles e serei uma, se puder, pois, apesar de serem ridicularizados, o mundo nunca ficaria sem eles. Não concordamos porque você pertence ao grupo de ideias antigas e eu ao grupo das ideias novas. Você se dará bem na vida, mas eu terei uma vida mais animada. Acho que prefiro as pedradas e as vaias.

– Bem, componha-se agora, e não preocupe a tia com suas novas ideias.

– Vou tentar, mas quando estou diante dela, sinto-me sempre possuída por uma vontade de explodir com algum discurso particularmente franco ou sentimento revolucionário. É a minha sina e não consigo evitá-la.

Elas encontraram tia Carrol com a velha senhora, ambas absorvidas em algum assunto muito interessante, mas o interromperam assim que as meninas entraram, com uma expressão estranha no olhar que traiu o fato de estarem conversando sobre suas sobrinhas. Jo não estava de bom humor, e o ataque perverso retornou, mas Amy, que virtualmente cumpria seu dever, manteve a calma e agradou a todos; ela estava em seu estado de espírito mais angelical. Esse espírito amável foi sentido ao mesmo tempo, e as duas tias começaram a chamá-la de "minha querida" carinhosamente, reforçando o que elas mais tarde disseram enfaticamente: "Essa criança melhora a cada dia".

– Você vai ajudar na feira, querida? – perguntou a Sra. Carrol, quando Amy se sentou ao lado dela com o ar confidencial que os idosos tanto apreciam nos jovens.

– Sim, tia. A Sra. Chester pediu minha ajuda e eu me ofereci para cuidar de uma banca, pois não tenho nada além de meu tempo para dar.

– Eu não – disse Jo decididamente. – Odeio ser tratada com condescendência, e os Chesters acham que é um grande favor nos permitir ajudar em sua feira de atualidades. Não sei por que você aceitou, Amy, eles só querem que você trabalhe.

– Estou disposta a trabalhar. É para os libertos, bem como para os Chesters, e acho muito gentil da parte deles deixar-me compartilhar o trabalho e a diversão. A condescendência não me incomoda quando é bem-intencionada.

– Muito certo e adequado. Gosto do seu espírito de gratidão, minha querida. É um prazer ajudar as pessoas que apreciam nossos esforços. Algumas não apreciam, e isso é irritante – observou tia March, olhando por cima de seus óculos para Jo, que se sentava à parte, balançando-se, com uma expressão um tanto sombria.

Se Jo soubesse que uma grande felicidade estava sendo colocada na balança para uma delas, ela teria rapidamente se transformado em uma pombinha, mas, infelizmente, não temos janelas em nossos peitos e não podemos ver o que se passa nas mentes dos nossos amigos. Na maioria das vezes é melhor que não consigamos enxergar, mas de vez em quando seria um conforto, uma economia de tempo e de tranquilidade. O que Jo disse em seguida a privou de vários anos de prazer e ela recebeu uma lição oportuna na arte de manter a boca fechada.

– Não gosto de favores, eles oprimem e fazem com que eu me sinta uma escrava. Prefiro fazer tudo por mim mesmo e ser totalmente independente.

– Aham! – tia Carrol deu uma leve tossidinha, lançando um olhar para a tia March.

– Eu te disse – respondeu tia March, com um aceno firme para tia Carrol.

Misericordiosamente sem saber o que havia feito, Jo sentou-se com o nariz empinado e uma postura revolucionária que era tudo menos convidativa.

– Você fala francês, querida? – perguntou a Sra. Carrol, colocando a mão em Amy.

– Muito bem, graças a tia March, que deixa Esther falar comigo quantas vezes eu quiser – respondeu Amy, com um olhar agradecido, o que fez com que a velha sorrisse afetuosamente.

– Você fala outros idiomas? – perguntou a Sra. Carrol a Jo.

– Não sei uma palavra. Sou muito estúpida para estudar qualquer coisa, não consigo falar francês, acho uma linguagem tão escorregadia e boba – foi a resposta brusca.

Outro olhar foi trocado entre as damas e tia March disse a Amy: – Creio que você esteja bem forte e saudável agora, querida! Os olhos não a incomodam mais, não é?

– De maneira alguma, obrigada, senhora. Estou muito bem e pretendo fazer grandes coisas no próximo inverno, para que eu possa estar pronta para Roma, assim que chegar esse momento feliz.

– Boa menina! Você merece ir, e eu tenho certeza que vai um dia – disse tia March, com um tapinha de aprovação na cabeça de Amy que pegava o novelo de linha para ela.

– Ponto cruzado, tranque a porta, sente-se ao lado da lareira e costure – gritou Polly, curvando-se de seu poleiro nas costas da cadeira para espiar o rosto de Jo, com um ar tão cômico de indagação impertinente que era impossível não rir.

– Que pássaro mais observador – disse a velha senhora.

– Vamos dar uma volta, minha querida? – gritou Polly, pulando em direção ao armário de porcelana, com um olhar que sugeria um cubo de açúcar.

– Obrigada, eu vou. Venha Amy. – e Jo encerrou a visita, sentindo com mais força do que nunca que as visitas tinham um péssimo efeito sobre sua constituição. Apertou as mãos de maneira cavalheiresca, mas Amy beijou as tias e as meninas partiram, deixando para trás a impressão de sombra e luz do sol, o que fez com que tia March dissesse, enquanto elas desapareciam:

– É melhor você fazer isso, Mary. Vou fornecer o dinheiro. E a tia Carrol respondeu decididamente:

– Certamente farei, se o pai e a mãe dela consentirem.

Capítulo 30

Consequências

A feira da Sra. Chester era tão elegante e seleta que era considerada uma grande honra pelas jovens do bairro serem convidadas a cuidar de uma banca, e todas estavam muito interessadas no assunto. Amy foi convidada, mas Jo não, o que foi muito bom para todas as partes, pois nesse período de sua vida, Jo era uma criatura extremamente irritada e foram necessários muitos golpes fortes para ensiná-la a se dar bem. A "criatura arrogante e desinteressante" foi radicalmente deixada em paz, mas o talento e o gosto de Amy foram devidamente elogiados pela aparência da banca de arte, pois ela se esforçou para prepará-la e garantir-lhe contribuições apropriadas e valiosas.

Tudo transcorreu sem problemas até o dia anterior à abertura da feira. Ocorreu uma das pequenas escaramuças que é quase impossível evitar, quando cerca de vinte e cinco mulheres, velhas e jovens, com todos os seus ressentimentos e preconceitos particulares, tentam trabalhar juntas.

May Chester ficou com ciúme de Amy porque esta era mais favorita do que ela, e naquele momento várias circunstâncias insignificantes ocorreram para aumentar essa sensação. O trabalho delicado de pena e tinta de Amy ofuscou completamente os vasos pintados de May, esse foi o primeiro espinho. Outra questão era que o jovem galanteador Tudor dançara quatro vezes com Amy na última festa e apenas uma vez com May, esse foi o segundo espinho. Mas a principal queixa que amargurou sua alma, e foi a desculpa por sua conduta hostil, foi o boato que algumas fofoqueiras contaram a ela, de que as meninas March haviam zombado dela na casa da família Lamb. Toda a culpa disso deveria ter caído sobre Jo, pois sua imitação impertinente fora muito realista para não ser percebida, e os divertidos Lambs deixaram que a brincadeira escapasse. No entanto, nenhuma insinuação disso havia chegado aos ouvidos das culpadas, e pode-se imaginar a surpresa de Amy quando, na noite anterior à feira, ela estava dando os últimos retoques em sua linda banca e a Sra. Chester, que, é claro, ressentida com a suposta ridicularização de sua filha, disse, em um tom suave, mas com um olhar frio:

– Minha querida, eu acho que algumas jovens estão ressentidas por eu ter dado esta banca a outra pessoa e não para uma de minhas filhas. Como esta é a mais proeminente, e alguns dizem que é a banca mais atraente de todas, e minhas filhas são as principais responsáveis pela feira, é melhor que elas ocupem este lugar. Sinto muito, mas sei que você está sinceramente interessada na causa para se importar com uma pequena decepção pessoal; além disso, você terá outra banca, se assim o desejar.

A Sra. Chester imaginou de antemão que seria fácil fazer esse pequeno discurso, mas, quando chegou a hora, achou bastante difícil pronunciá-lo naturalmente, diante dos olhos ingênuos de Amy fitando-a cheios de surpresa e confusão. Amy sentiu que havia algo por trás disso, mas não conseguiu adivinhar o quê, e disse calmamente, sentindo-se magoada e mostrando que sim:

– Talvez a senhora prefira que eu não cuide de banca nenhuma?

– Não, minha querida, não fique magoada, eu imploro. É apenas uma questão de conveniência, veja você, é natural que minhas meninas assumam a liderança, e esta banca é o local em que elas devem ficar. Acho que ela é muito apropriada a você e agradeço muito seus esforços para torná-la tão bonita, mas é claro que devemos deixar de lado nossos desejos pessoais, e buscarei uma boa banca para você em outro lugar. Você não gostaria de ficar na banca de flores? As meninas menores se comprometeram, mas estão desanimadas. Você poderia fazer algo encantador e a banca de flores é sempre atraente, você sabe.

– Especialmente para cavalheiros – acrescentou May, com um olhar que esclareceu Amy quanto a uma das causas de sua súbita perda de favor. Ela ficou irritada, mas não deu mais atenção ao sarcasmo infantil e respondeu com uma amabilidade inesperada:

– Faça como quiser, Sra. Chester. Deixo meu lugar aqui imediatamente e vou cuidar das flores, se quiser.

– Você pode colocar suas coisas em sua banca, se preferir – começou May, sentindo-se um pouco abalada pela consciência, enquanto olhava para as prateleiras bonitas, as conchas pintadas e as iluminuras pitorescas que Amy fizera com tanto cuidado e arranjara com tanta graça. Ela não disse por mal, mas Amy não entendeu o significado e respondeu em seguida:

– Oh, certamente, se elas estiverem atrapalhando seu caminho – e juntando todas as peças em seu avental, desordenadamente, afastou-se, sentindo que ela e suas obras de arte haviam sido insultadas sem perdão.

– Agora ela está brava. Oh, mamãe, eu não devia ter pedido que a senhora falasse com ela – disse May, olhando desconsolada para os espaços vazios em sua banca.

– Brigas de meninas acabam logo – retrucou a mãe, sentindo um pouco de vergonha de sua participação nessa situação, como de fato deveria sentir.

As meninas saudaram Amy e seus tesouros com alegria; tal recepção cordial acalmou seu espírito perturbado, e ela começou a trabalhar, determinada a ter sucesso com as flores, já que o artístico havia sido interrompido. Mas tudo parecia contra ela. Já era tarde e ela estava cansada. Todos estavam ocupados demais com seus próprios assuntos para ajudá-la, e as meninas eram apenas obstáculos, pois se agitavam e conversavam como passarinhas, criando muita confusão em seus esforços artísticos para preservar a mais perfeita ordem. O arco de folhagem verde não se manteve firme depois que ela o levantou, ele se mexeu e ameaçou cair sobre a cabeça quando as cestas penduradas foram preenchidas. Seu melhor azulejo recebeu um pouco de água, o que deixou com uma lágrima sépia na bochecha do Cupido. Ela machucou as mãos com o martelo e se resfriou trabalhando em um esboço, cuja última aflição a encheu de apreensões pelo dia seguinte. Qualquer leitora menina que tenha sofrido aflições sentirá compaixão pela pobre Amy e lhe desejará tudo de bom em sua tarefa.

Houve uma grande indignação em casa quando ela contou sua história naquela noite. Sua mãe disse que era uma pena, mas disse que ela havia feito certo.

Beth declarou que não iria à feira, e Jo perguntou por que ela não pegou todas as suas coisas bonitas e deixou aquelas pessoas más continuarem sem ela.

– Porque elas são más, não há razão para que eu deva ser também. Odeio essas coisas, e embora eu ache que tenho o direito de me sentir magoada, não pretendo demonstrar isso. Eles sentirão isso mais do que discursos raivosos ou ações ofensivas, não é verdade, mammie?

– Esse é o espírito certo, minha querida. Um beijo por um golpe é sempre melhor, embora às vezes não seja fácil de fazer isso – disse sua mãe, com o ar de quem aprendera a diferença entre pregar e praticar.

Apesar de várias tentações muito naturais de se ressentir e de retaliar, Amy aderiu à sua resolução durante todo o dia seguinte, empenhada em conquistar seu inimigo pela bondade. Ela começou bem, graças a um lembrete silencioso que lhe ocorreu inesperadamente, mas muito oportuno. Enquanto arrumava a banca naquela manhã e as menininhas estavam na antessala enchendo as cestas, ela pegou sua produção favorita, um livrinho, cuja capa antiga seu pai havia encontrado entre seus tesouros e no qual, sobre folhas de velino, ela ilustrara divinamente textos diferentes. Ao virar as páginas ricas em delicados ornamentos, com orgulho perdoável, seus olhos se voltaram para um versículo que a fez parar e pensar. Emolduradas em um brilhante pergaminho escarlate, azul e dourado, com pequenos e bondosos espíritos ajudando uns aos outros entre os espinhos e as flores, estavam as palavras: "Amarás o teu próximo como a ti mesmo".

– Eu deveria, mas não amo – pensou Amy, enquanto seus olhos saiam da página brilhante e iam até o rosto descontente de May atrás dos grandes vasos, que não conseguiam preencher as vagas que o belo trabalho de Amy já havia preenchido. Amy ficou um minuto, virando as folhas na mão, lendo em cada uma delas doces reprimendas ao rancor e à falta de caridade do espírito. Muitos sermões sábios e verdadeiros são pregados todos os dias por ministros inconscientes nas ruas, escolas, escritórios ou lares. Mesmo uma banca de feira pode se tornar um púlpito, se puder oferecer palavras boas e úteis que nunca estão fora de época. Naquele momento, a consciência de Amy pregou-lhe um pequeno sermão a partir daquele texto, e ela fez o que muitos de nós nem sempre fazem, levou o sermão a sério e logo o colocou em prática.

Um grupo de meninas estava em pé próximo à banca de May, admirando o que havia de bonito e conversando sobre a mudança de vendedora. Elas abaixaram o tom de voz, mas Amy sabia que estavam falando dela, ouvindo um lado da história e julgando de acordo com ele. Não foi agradável, mas ela foi possuída por um sentimento melhor e, então, surgiu uma oportunidade para provar isso. Ela ouviu May dizer com tristeza:

– É muito ruim, pois não há tempo para fazer outras coisas, e eu não quero encher de miscelâneas. A banca estava completa antes... Agora está um horror.

– Creio que ela colocaria as peças de volta se você pedisse a ela – sugeriu alguém.

– Como eu poderia fazer isso depois de tanta confusão? – começou May, porém não terminou, pois a voz de Amy atravessou o corredor, dizendo de modo agradável:

– Você pode ficar com elas, caso queira, não há problema alguma, não precisa nem pedir. Estava agora mesmo pensando em me oferecer para colocá-las de volta, pois elas pertencem à sua banca e não à minha. Aqui estão elas, por favor, aceite-as e me perdoe se fui precipitada em levá-las embora ontem à noite.

Enquanto falava, Amy devolveu sua contribuição, com um aceno de cabeça e um sorriso, e se afastou novamente, sentindo que era mais fácil ser cordial do que ficar ali e ser agradecida por isso.

– Bem, muito amável da parte dela, não é? – exclamou uma das meninas.

Não foi possível ouvir a resposta de May, mas outra jovem, cujo humor estava evidentemente azedo pela limonada que fizera, acrescentou, com uma risada desagradável: – Muito amável, pois sabia que não os venderia em sua própria banca.

Isso sim foi difícil. Quando fazemos pequenos sacrifícios, gostamos ao menos que eles sejam apreciados, e por um minuto Amy lamentou ter tomado aquela atitude, sentindo que a virtude nem sempre vale como recompensa. Mas vale, como ela descobriu em seguida, pois seu ânimo começou a aumentar e sua banca a florescer sob suas mãos habilidosas, as meninas foram muito gentis e esse pequeno ato parecia ter purificado a atmosfera de modo surpreendente. Foi um dia muito longo e difícil para Amy, quando ela se sentou atrás de sua banca, muitas vezes completamente sozinha, pois as menininhas logo desertaram. Poucos se importavam em comprar flores no verão, e seus buquês começaram a murchar muito antes do anoitecer.

A banca de arte era a mais atraente da sala. Uma multidão juntou-se ao redor dela o dia todo, e os compradores passavam constantemente para lá e para cá com semblantes de urgência e caixas de dinheiro tilintando. Amy muitas vezes olhava melancolicamente para o outro lado, desejando estar lá, onde se sentia em casa e feliz, em vez de em um canto sem nada para fazer. Pode não parecer difícil para alguns de nós, mas para uma jovem bonita e alegre, não era apenas tedioso, mas muito irritante, e o pensamento de que Laurie e seus amigos a veriam ali tornava tudo um verdadeiro martírio.

Ela não voltou para casa até que já fosse bem tarde da noite e quando chegou parecia tão pálida e cansada que eles entenderam que o dia havia sido difícil, embora ela não fizesse nenhuma reclamação e nem sequer contou o que havia acontecido. Sua mãe lhe deu uma calorosa xícara de chá extra. Beth a ajudou a se vestir e fez uma guirlanda encantadora para o cabelo, enquanto Jo surpreendia sua família animando-a com cuidados incomuns e insinuando, de modo sombrio, que a sorte estava prestes a mudar.

– Não faça nada rude, eu lhe peço, Jo; eu não vou fazer barulho, então deixe tudo passar e se comporte – implorou Amy, enquanto ela partia mais cedo, na esperança de encontrar um reforço de flores para dar vida à sua pobre banca.

– Apenas pretendo me tornar encantadoramente agradável a todos que conheço, e mantê-los no seu canto o maior tempo possível. Laurie e seus amigos vão ajudar, e nós ainda iremos nos divertir – respondeu Jo, inclinando-se sobre o portão para esperar por Laurie. Logo, o malandro conhecido de todos foi ouvido no crepúsculo e ela correu para encontrá-lo.

– Esse é o meu menino?

– Tão certo quanto essa é a minha menina! – e Laurie enfiou a mão dela debaixo de seu braço com o ar de um homem cujos desejos foram satisfeitos.

– Oh, Laurie, você faz cada coisa! – e Jo contou as injustiças que aconteceram com Amy demonstrando zelo de irmã.

– Um bando de nossos companheiros vai passar na feira mais tarde e eu me mato se eles não comprarem todas as flores que ela tem e depois acamparem diante de sua banca – disse Laurie, defendendo a causa com ardor.

– As flores não estão bonitas, diz a Amy, e as frescas podem não chegar a tempo. Não quero ser injusta ou desconfiada, mas não me surpreenderia se elas não chegassem. Quando as pessoas fazem uma coisa ruim, é muito provável que elas façam outra – observou Jo em tom enojado.

– Hayes não lhe deu o melhor de nossos jardins? Eu pedi a ele.

– Eu não sabia disso, ele esqueceu, suponho, e, como seu avô estava mal, não queria preocupá-lo perguntando, embora quisesse algumas.

– Ora, Jo, como você pôde pensar que havia necessidade de perguntar? Elas são tão suas quanto minhas. Nós não dividimos sempre tudo? – começou Laurie, no tom que sempre fazia Jo ficar espinhosa.

– Meu Deus, espero que não! Metade de algumas de suas coisas não me agradaria em nada. Mas não devemos ficar aqui fazendo galanteios. Tenho de ajudar Amy, então você vai lá e seja esplêndido; e se você for gentil a ponto de pedir a Hayes para levar algumas flores bonitas para o salão, eu lhes serei grata para sempre.

– Você não poderia fazer isso agora? – perguntou Laurie, tão sugestivamente que Jo fechou o portão na cara dele com pressa nada hospitaleira e falou entre as grades:

– Vá embora, Laurie, estou ocupada.

Graças aos conspiradores, a sorte realmente virou naquela noite, pois Hayes enviou um bosque de flores, com uma cesta arrumada com todo capricho para ficar no centro da banca. Então, a família March compareceu em peso, e Jo se esforçou para atingir o objetivo, pois as pessoas não apenas vinham, mas ficavam rindo de suas bobagens, admirando o gosto de Amy e aparentemente se divertindo muito. Laurie e seus amigos galantemente cumpriram o prometido, compraram os buquês, acamparam-se diante da banca e fizeram desse canto o local mais animado da sala. Amy estava em seu elemento agora, e mesmo que só por gratidão, foi a mais alegre e graciosa possível, chegando à conclusão, naquele tempo, que a virtude valia era sua própria recompensa, afinal.

Jo comportou-se com propriedade exemplar, e quando Amy estava felizmente cercada por sua guarda de honra, Jo circulou pelo salão, ouvindo atentamente várias fofocas, o que a esclareceu sobre o assunto da mudança de base dos Chester. Ela repreendeu a si própria por sua parcela de culpa neste mal-entendido e decidiu livrar Amy do constrangimento o mais rápido possível. Ela também descobriu o que Amy havia feito com as peças de arte pela manhã e a considerou um modelo de magnanimidade. Ao passar pela banca de arte, ela procurou as peças feitas por sua irmã, mas não viu nenhum sinal delas.

– Creio que Amy as tenha escondido – pensou Jo, que podia perdoar seus próprios erros, mas se ressentia veementemente de qualquer insulto à sua família.

– Boa noite, Srta. Jo. Como está Amy? – perguntou May com ar conciliador, pois queria mostrar que também podia ser generosa.

– Ela vendeu tudo o que tinha que valia a pena vender, e agora está se divertindo. A banca de flores é sempre atraente, você sabe, "especialmente para cavalheiros" – Jo não resistiu em dar essa pequena alfinetada, mas May aceitou com tanta humildade que Jo se arrependeu um minuto depois e começou a elogiar os grandes vasos, que ainda não haviam sido vendidos.

– As iluminuras de Amy estão em algum lugar? Eu gostaria de comprar para o papai – disse Jo, muito ansiosa para saber o destino do trabalho da irmã.

– Todas as peças de Amy foram vendidas há muito tempo. Cuidei que as pessoas certas as vissem e ganhamos uma boa quantia em dinheiro para nós – respondeu May, que havia superado diversas tentações pequenas, assim como Amy, naquele dia.

Muito satisfeita, Jo correu de volta para contar as boas-novas, e

Amy pareceu ao mesmo tempo emocionada e surpresa com o relato das palavras e postura de May.

– Agora, senhores, quero que vocês cumpram seu dever nas outras bancas tão generosamente quanto na minha, especialmente na banca de arte – ela pediu ao "povo de Laurie", como as meninas chamavam os amigos da faculdade.

– Ao ataque, Chester, ao ataque! – é o lema para essa banca, mas cumpram seu dever como homens, e vocês ganharão arte em todo o sentido da palavra – disse a incontrolável Jo, enquanto a falange dedicada se preparava para entrar em campo.

– Ouvir é obedecer, mas as meninas March são mais justas do que as meninas May – disse o pequeno Parker, fazendo um esforço frenético para ser ao mesmo tempo espirituoso e terno, e sendo prontamente reprimido por Laurie, que disse:

– Muito bom, meu filho, para um menino pequeno! – e deu-lhe um tapinha paternal na cabeça.

– Compre os vasos – sussurrou Amy para Laurie, como um golpe final na cabeça de sua inimiga.

Para grande satisfação de May, o Sr. Laurence não apenas comprou os vasos, como também passeou pelo salão com um debaixo de cada braço. Os outros senhores especularam com igual seriedade em todos os tipos de ninharias frágeis e depois vagaram desamparados, sobrecarregados com flores de cera, leques pintados, carteiras de filigrana e outros itens úteis e apropriados.

Tia Carrol estava lá, ouviu a história, pareceu satisfeita e disse algo à Sra. March num canto, que a fez sorrir com satisfação e observar Amy com um rosto carregado de uma mistura de orgulho e ansiedade, embora ela não traísse a causa de seu prazer se não vários dias depois.

A feira foi declarada um sucesso e, quando May deu boa-noite a Amy, ela não se derreteu como sempre, mas deu-lhe um beijo afetuoso e um olhar que dizia "perdoe-me e esqueça". Isso deixou Amy satisfeita e, quando chegou em casa, encontrou os vasos desfilando na chaminé da sala com um lindo buquê em cada um. – A recompensa ao mérito de uma magnânima March – como Laurie anunciou com um floreio.

– Amy, você tem muito mais princípios, generosidade e nobreza de caráter do que eu julgava. Você se comportou docemente e eu te respeito de todo o meu coração – disse Jo calorosamente, enquanto escovavam os cabelos mais tarde naquela noite.

– Sim, todas nós gostamos, e a amamos por estar tão pronta para perdoar. Deve ter sido terrivelmente difícil, depois de trabalhar tanto tempo e doar-se tanto para vender suas lindas peças. Não acredito que eu poderia ter feito isso da mesma maneira gentil que você fez – acrescentou Beth do seu travesseiro.

– Ora, meninas, vocês não precisam me elogiar. Fiz apenas o que devia fazer. Vocês riem de mim quando digo que quero ser uma dama, mas quero dizer uma verdadeira dama em pensamento e boas maneiras, e tento fazê-lo até onde sei. Não sei explicar exatamente, mas quero estar acima das pequenas maldades, loucuras e falhas que estragam tantas mulheres. Agora estou longe disso, mas faço o meu melhor e espero um dia ser o que a mamãe é – Amy falou sinceramente, e Jo disse, com um abraço cordial:

– Entendo agora o que você quer dizer e nunca mais rirei de você. Você está progredindo mais rápido do que imagina, e aprenderei lições da verdadeira gentileza, pois acredito que você já sabe o segredo. Continue assim, minha querida, você receberá sua recompensa algum dia e ninguém ficará mais satisfeita do que eu.

Uma semana depois, Amy recebeu sua recompensa, e a pobre Jo achou difícil ficar satisfeita. Chegou uma carta da tia Carrol, e o rosto da Sra. March ficou tão iluminado quando ela leu que Jo e Beth, que estavam com ela, exigiram saber quais eram as boas-novas.

– Tia Carrol vai para o exterior no próximo mês e quer...

– Que eu vá com ela! – explodiu Jo, voando da cadeira em um êxtase incontrolável.

– Não, querida, você não. Amy.

– Oh, mãe! Ela é muito jovem, é a minha vez primeiro. Queria isso há tanto tempo. Isso me faria muito bem e seria tão esplêndido. Eu preciso ir!

– Acho que não será possível, Jo. Tia Carol diz Amy, decididamente, e não cabe a nós impor nossa vontade quando ela oferece esse favor.

– É sempre assim. Amy fica com toda a diversão e eu com todo o trabalho. Não é justo, ah, não é justo! – exclamou Jo, apaixonadamente.

– Receio que seja em parte sua culpa, querida. Quando a tia Carrol falou comigo outro dia, ela lamentou suas maneiras bruscas e seu espírito independente demais, e aqui ela escreve, como se estivesse citando algo que você disse: "Pensei primeiro em pedir a Jo, mas como "favores a sobrecarregam" e ela "odeia francês", acho que não me atrevo a convidá-la. Amy é mais dócil, será uma boa companhia para Flo e receberá com gratidão qualquer benefício que a viagem possa oferecer a ela.

– Oh, minha língua, minha abominável língua! Por que não consigo aprender a ficar quieta? – lamentou Jo, lembrando-se das palavras que tinham sido sua ruína.

Quando ouviu a explicação das frases citadas, a Sra. March disse tristemente:

– Gostaria que você fosse, mas não há esperança para isso agora, tente suportar com alegria e não acabe com o prazer de Amy com críticas ou lamúrias.

– Vou tentar – disse Jo, piscando os olhos com força enquanto se ajoelhava para pegar a cesta que alegremente arrumara. – Vou tentar aprender com o exemplo dela e também vou tentar não apenas parecer feliz, mas realmente ficar contente, e não recusar-lhe um minuto de felicidade. Mas não será fácil, pois é uma terrível decepção – e a pobre Jo enfeitou a pequena almofada de alfinetes que ela segurava com muitas lágrimas amargas.

– Jo, querida, sou muito egoísta, mas não pude poupar você, e

fico feliz que você ainda não esteja indo – sussurrou Beth, abraçando-a, com a cesta e tudo mais, com um toque tão apegado e um rosto amoroso que Jo se sentiu consolada apesar do forte arrependimento que poderia fazê-la fechar os ouvidos e humildemente implorar a tia Carrol que a levasse e observar com quanta gratidão ela aceitaria o favor. Quando Amy chegou, Jo conseguiu participar da comemoração da família, não tão calorosamente como de costume, talvez, mas sem lamúrias quanto à boa sorte de Amy. A jovem recebeu as notícias com grande alegria, andando de um lado para o outro com um tipo de êxtase solene e começando a escolher suas cores e empacotar seus lápis naquela noite, deixando coisas como roupas, dinheiro e passaportes para aqueles que eram menos absorvidos pelas artes do que ela.

– Não é uma mera viagem de prazer para mim, meninas – disse ela de forma impressionante, enquanto raspava sua melhor paleta. – Será decisiva para minha carreira, pois se eu tiver alguma genialidade, eu a descobrirei em Roma e farei algo para provar isso.

– Suponha que você não tenha? – disse Jo, costurando, com os olhos vermelhos, as novas golas que seriam entregues a Amy.

– Então voltarei para casa e darei aulas de desenho minha vida toda – respondeu a aspirante à fama, com compostura filosófica. Mas ela fez uma careta ao pensar em tal possibilidade e arranhou a paleta como se estivesse empenhada em medidas vigorosas antes de desistir de suas esperanças.

– Não, você não vai. Você odeia o trabalho duro e se casará com um homem rico e voltará para casa para sentar no colo do luxo todos os seus dias – disse Jo.

– Suas previsões acontecem às vezes, mas eu não acredito que seja assim. Tenho certeza de que gostaria, pois se eu não puder ser uma artista, gostaria de poder ajudar àqueles que são – disse Amy, sorrindo, como se lhe agradasse mais ser rica e generosa como Lady Bountiful do que ser uma pobre professora de desenho.

– Hum! – disse Jo, com um suspiro. – Se você quiser, você terá tudo, pois seus desejos são sempre atendidos, os meus nunca.

– Você gostaria de ir? – perguntou Amy, pensativamente batendo a faca no nariz.

– Com certeza!

– Bem, em um ano ou dois levarei você, e iremos conhecer cada pedacinho e realizar todos os planos que fizemos muitas vezes.

– Obrigada. Vou lembrá-la da sua promessa quando esse dia alegre chegar, se for o caso – retrucou Jo, aceitando a oferta incerta, mas magnífica, com a maior gratidão possível.

Não havia muito tempo para os preparativos, então a casa ficou muito agitada até a partida de Amy. Jo estava se controlando muito bem até que a fita azul desapareceu, quando ela se retirou para seu refúgio, o sótão, e chorou até não poder mais chorar. Amy também aguentou vigorosamente até a partida de seu navio. Então, quando o passadiço estava prestes a ser retirado, subitamente ocorreu-lhe que um oceano inteiro estaria entre ela e aqueles a quem ela mais amava, e ela se agarrou a Laurie, o retardatário, dizendo com um soluço:

– Oh, cuide deles para mim, e se alguma coisa acontecer...

– Pode ficar sossegada, querida, eu tomarei conta de todos, e se acontecer alguma coisa, eu irei confortá-la – sussurrou Laurie, sonhando que ele seria chamado para manter sua palavra.

Então, Amy partiu para encontrar o Velho Mundo, que é sempre novo e bonito aos olhos dos jovens, enquanto seu pai e seu amigo a observavam da costa, esperando fervorosamente que nada além de gentis fortunas caíssem sobre a menina de coração feliz, que acenava para eles até que não pudessem ver nada além do sol de verão deslumbrante no mar.

Capítulo 31

Nossa correspondente estrangeira

LONDRES

Meus Queridos,

Estou sentada à janela da frente do Bath Hotel, em Piccadilly. Não é um lugar da moda, mas o tio parou aqui anos atrás e não vai a lugar nenhum. No entanto, não queremos ficar muito tempo, então esse não é um grande problema. Como posso começar a dizer o quanto estou gostando de tudo! Não posso, então só escreverei trechos do meu caderno, pois não fiz nada além de esboçar e rabiscar desde que parti.

Enviei um telegrama da cidade de Halifax, quando me senti bastante triste, mas depois disso fiquei muito bem, raramente enjoada, no convés o dia todo, com muitas pessoas agradáveis para me distrair. Todos foram muito gentis comigo, especialmente os oficiais. Não ria, Jo, os cavalheiros são realmente necessários a bordo do navio, para as horas de dificuldade ou para atender-nos; e como eles não têm nada a fazer, é uma bênção torná-los úteis, caso contrário eles fumariam até morrer.

A tia e a Flo ficaram enjoadas a viagem toda e não gostavam de ser incomodadas; então, quando eu fazia o que podia fazer por elas, saia e me divertia. Caminhadas no convés, pôr do sol, ares e ondas esplêndidos! Foi quase tão emocionante quanto cavalgar com rapidez, enquanto seguíamos em frente com tanta grandeza. Gostaria que Beth tivesse vindo, isso faria muito bem a ela. Quanto a Jo, ela teria subido e sentado na ponta principal da bujarrona, ou seja lá qual for o nome daquele lugar alto, feito amizade com os engenheiros e ao ouvir o alto-falante do capitão, ela entraria em estado de êxtase.

Foi tudo divino, mas fiquei feliz em ver a costa irlandesa, e achei muito adorável, tão verde e ensolarado, com cabanas marrons aqui e ali, ruínas em algumas das colinas e mansões de cavalheiros nos vales, com veados se alimentando nos parques. Era bem cedo de manhã, mas não me arrependi de me levantar para vê-la, pois a baía estava cheia de barquinhos, a costa tão pitoresca e um céu rosado lá acima de nós. Eu nunca esquecerei isso.

Em Queenstown, um de meus novos conhecidos nos deixou, o Sr. Lennox, e quando eu disse algo sobre os lagos de Killarney, ele suspirou e cantou, olhando para mim:

"Oh, você já ouviu falar de Kate Kearney?
Ela mora nas margens de Killarney;
Do olhar dela,
Evite o perigo e voe,
Porque fatal é o olhar de Kate Kearney."

Isso não foi encantador?

Paramos apenas em Liverpool algumas horas. É um lugar sujo e barulhento, e fiquei feliz em deixá-lo. O tio saiu correndo e comprou um par de luvas de couro, sapatos feios e grossos e um guarda-chuva, e foi fazer a barba, deixando só as costeletas. Então, ele se gabou por parecer um verdadeiro britânico, mas na primeira vez em que precisou limpar a lama dos sapatos, o pequeno engraxate soube que um americano estava neles e disse, com um sorriso: – Pronto, senhor. Dei a eles um brilho ao estilo ianque. O tio divertiu-se muito. Ah, preciso lhes contar o que aquele maluco do Lennox fez! Ele pediu a seu amigo Ward, que viajou conosco, para comprar um buquê para mim, e a primeira coisa que vi no meu quarto foi um arranjo adorável, com os "cumprimentos de Robert Lennox" no cartão. Não é divertido, meninas? Adoro viajar.

Nunca chegarei a Londres se não me apressar. A viagem foi como percorrer uma longa galeria de pinturas, cheia de paisagens encantadoras. Meu deleite eram as casas da fazenda, com telhados de colmo, hera até os beirais, janelas com treliças e mulheres fortes com crianças rosadas nas portas. O próprio gado parecia mais tranquilo do que o nosso, pois estavam de trevo até os joelhos, e as galinhas tinham um cacarejo contente, como se nunca ficassem nervosas como os ianques. Uma cor tão perfeita que eu nunca vi, a grama tão verde, o céu tão azul, os grãos tão amarelos, e bosques tão escuros, que fiquei em êxtase o caminho todo. Flo também, e continuávamos pulando de um lado para o outro, tentando ver tudo enquanto estávamos andando a uma velocidade de cem quilômetros por hora. A tia estava cansada e foi dormir, mas o tio ficou lendo o guia dele e não se surpreendia com nada. Foi assim que seguimos:

Amy, levanta de repente:

– Oh, deve ser Kenilworth, aquele lugar cinza entre as árvores!

E a Flo corre para a minha janela.

– Que lindo! Temos de ir lá um dia, não é, papai?

O tio, admirando calmamente suas botas:

– Não, minha querida, a menos que você queira cerveja, isso é uma cervejaria.

Uma pausa, então Flo gritou:

– Meu Deus, há uma forca e um homem subindo.

– Onde, onde? – grita Amy, olhando para dois postes altos com uma trave e algumas correntes penduradas.

– Uma mina de carvão – observa o tio, com um brilho nos olhos. – Aqui está um adorável rebanho de cordeiros, todos deitados – diz Amy.

– Veja, papai, não são bonitos? – adicionou Flo sentimentalmente.

– Gansos, mocinhas, responde o tio, em um tom que nos mantém caladas até que Flo se senta para apreciar a leitura das "*Aventuras do Capitão Cavendish*", e a paisagem ficou só para mim.

É claro que choveu quando chegamos a Londres, e não havia nada a ser visto além de neblina e guarda-chuvas. Descansamos, desfizemos as malas e fizemos compras nos intervalos das pancadas de chuva. Tia Mary me deu algumas coisas novas, pois saí de casa com tanta pressa que não estava nem um pouco pronta. Um chapéu branco e penas azuis, um vestido de musselina para combinar e o xale mais lindo que vocês já viram. Fazer compras na *Regent Street* é algo esplêndido. As coisas parecem tão baratas, fitas agradáveis apenas seis centavos o metro. Fiz um estoque, mas devo comprar minhas luvas em Paris. Não parece fino e elegante? Flo e eu, por diversão, pedimos uma carruagem, enquanto a tia e o tio estavam fora, e saímos para dar uma volta, embora soubéssemos depois que não era comum as jovens andarem nelas sozinhas. Foi tão divertido! Pois quando o homem fechou a porta, ele dirigiu tão rápido que Flo ficou com medo e me disse para detê-lo, mas ele estava lá fora em algum lugar, e eu não consegui alcançá-lo. Ele não me ouviu chamar, nem me viu bater minha sombrinha na frente e lá estávamos nós, completamente desamparadas, sacudindo e derrapando nas curvas em um ritmo vertiginoso. Por fim, em meu desespero, vi uma portinha no teto e, ao abri-la, um olho vermelho apareceu e uma voz com bafo de cerveja disse:

– O que há, madame?

Dei a minha ordem do modo mais sóbrio que pude e, batendo a porta com um "sim, sim, madame", o homem fez o cavalo andar como se fosse a um funeral. Eu cutuquei novamente e disse: "Um pouco mais rápido", então ele foi embora, na velocidade de antes, e nos resignamos à nossa sorte.

Hoje o dia estava bonito e fomos ao Hyde Park, aqui perto, pois somos mais aristocráticas do que parecemos. O Duque de Devonshire mora perto. Costumo ver seus criados descansando no portão dos fundos, e a casa do duque de Wellington não fica longe. Que cenas, minhas queridas! Era tão bom quanto o que se vê na *Punch*[14], pois havia viúvas nobres e gordas em suas carruagens vermelhas e amarelas, com criados lindos em meias de seda e casacos de veludo atrás e cocheiros empoados na frente. Criadas inteligentes, com as crianças mais rosadas que já vi, meninas lindas, parecendo meio adormecidas, dândis em chapéus ingleses esquisitos e crianças vendedoras de lavanda relaxando pelas ruas; havia também soldados altos, com jaquetas vermelhas curtas e bonés de lado, parecendo tão engraçados que eu quis desenhá-los. *Rotten Row* significa "*Route de Roi*", ou o caminho do rei, mas agora é mais uma es-

(14) Punch: a revista de humor e sátira inglesa mais importante, fundada em 1841 e em circulação até 1992.

cola de equitação do que qualquer outra coisa. Os cavalos são esplêndidos, e os homens, especialmente os cavalariços, cavalgam bem, mas as mulheres são duras e saltam, o que não está de acordo com nossas regras. Fiquei ansiosa por mostrar a elas um galope americano furioso, pois elas trotavam solenemente para cima e para baixo, vestindo poucas roupas e chapéus altos, parecendo as mulheres em uma arca de Noé de brinquedo. Todo mundo anda a cavalo, homens velhos, senhoras robustas, crianças pequenas e os jovens flertam bastante aqui, eu vi um casal trocar botões de rosa, porque a moda aqui é colocar um no buraco do botão, e achei a ideia muito boa. À tarde fomos até Abadia de Westminster, mas não esperem que eu a descreva porque isso é impossível, então só direi que foi sublime! Hoje à noite, vamos ao teatro assistir *Fechter*, que será um fim apropriado para o dia mais feliz da minha vida.

É muito tarde, mas não posso enviar minha carta pela manhã sem contar o que aconteceu na noite passada. Quem vocês acham que chegou, enquanto estávamos tomando chá? Os amigos ingleses de Laurie, Fred e Frank Vaughn! Fiquei muito surpresa, pois não os teria reconhecidos se não fosse pelos cartões. Ambos são altos e usam bigodes, Fred bonito no estilo inglês e Frank está muito melhor, pois ele apenas manca um pouquinho e não usa muletas. Eles souberam por Laurie onde estávamos, e vieram nos convidar para ir à casa deles, mas o tio não quer, então responderemos ao convite e os veremos quando pudermos. Eles foram ao teatro conosco e nos divertimos muitíssimo, pois Frank se dedicou a Flo, e Fred e eu conversamos sobre diversões passadas, presentes e futuras, como se nos conhecêssemos há muito tempo. Digam a Beth que Frank perguntou por ela e lamentou saber de sua saúde debilitada. Fred riu quando falei de Jo e enviou seus "respeitosos elogios ao grande chapéu". Nenhum deles havia se esquecido do Acampamento Laurence, nem de quanto nos divertimos lá. Parece que faz mil anos, não é?

A tia está batendo na parede pela terceira vez, então devo parar. Eu realmente me sinto como uma bela dama londrina cansada, escrevendo aqui tão tarde, com meu quarto cheio de coisas bonitas, e minha cabeça uma confusão de parques, teatros, vestidos novos e criaturas galantes que dizem "Ah!" e torcem seus bigodes loiros com a verdadeira dignidade de um lorde inglês. Sinto saudades de todas vocês, e apesar da minha loucura, continuo sendo, como sempre, sua amorosa...

AMY

PARIS

Queridas meninas,

Na minha última vez, falei sobre nossa visita a Londres, como os Vaughns foram gentis, e sobre as festas agradáveis que eles fizeram para nós. Gostei das viagens a Hampton Court e ao Museu Kensington mais do que qualquer outra coisa, pois em Hampton vi os desenhos de Rafael e, no Museu, salas cheias de fotos de Turner, Lawrence, Reynolds, Hogarth e as outras grandes criaturas. O dia em Richmond Park foi encantador, pois fizemos um piquenique, comum para os ingleses, e o cenário tinha mais carvalhos esplêndidos e grupos de veados do que eu poderia copiar, também ouvi um rouxinol e vi cotovias voando. Nós "aproveitamos" Londres, para nossa felicidade, graças a Fred e Frank, e lamentamos ir embora, pois, embora os ingleses demorem a aceitar você, quando eles decidem fazê-lo, não podem ser superados em hospitalidade, creio eu. Os Vaughn esperam nos encontrar em Roma no próximo inverno, e ficarei terrivelmente desapontada se não o fizerem, pois Grace e eu somos grandes amigas, e os meninos são ótimos companheiros, especialmente Fred.

Bem, mal chegamos aqui, quando ele apareceu novamente, dizendo que tinha vindo de férias e estava indo para a Suíça. A tia parecia séria no começo, mas ele foi tão simpático que ela não conseguiu dizer uma palavra. E agora nos damos muito bem, e estamos muito felizes por ele ter vindo, pois ele fala francês como um nativo, e eu não sei o que faríamos sem ele. O tio não sabe dez palavras e insiste em falar inglês muito alto, como se isso fizesse as pessoas entendê-lo. A pronúncia da tia é antiquada, e eu e Flo, embora estivéssemos felizes por saber bastante, descobrimos que não sabemos quase nada e somos muito gratas por Fred nos ajudar.

Que tempos deliciosos! Passeios turísticos da manhã até a noite, parando para almoços agradáveis nos cafés e encontrando todo tipo de aventuras divertidas. Os dias chuvosos eu passo no Louvre, divertindo-me com as pinturas. Jo torceria o nariz com algumas das melhores, porque ela não tem alma para arte, mas eu tenho, e estou cultivando olhos e sabores o mais rápido possível. Ela gostaria mais das relíquias de pessoas famosas, pois já vi o chapéu e o casaco cinza de Napoleão que ela tem, o berço de seu bebê e sua velha escova de dentes, também o sapatinho de Maria Antonieta, o anel de Saint Denis, a espada de Carlos Magno e muitas outras coisas interessantes. Falarei sobre eles por horas quando eu retornar, mas agora não tenho tempo para escrever. O Palácio Real é um lugar paradisíaco, tão cheio de joias e coisas encantadoras que estou um tanto aborrecida porque não posso comprá-las. Fred queria comprar algo para mim, mas é claro que eu não permiti. Então, o Bois e os Campos Elíseos são "*très magnifique*" (maravilhosos). Já vi a família imperial várias vezes, o imperador é um homem feio e de aparência dura, a imperatriz é pálida e bonita, mas tem mau gosto para se vestir, na minha opinião, vestido roxo, chapéu verde e luvas amarelas.

Little Nap é um menino bonito, que fica conversando com seu tutor e beija a mão dele para as pessoas verem enquanto ele passa em sua carruagem de quatro cavalos, com mensageiros que vestem jaquetas de cetim vermelhas e um guarda montado na frente e outro atrás. Frequentemente caminhamos nos Jardins das Tulherias, pois são adoráveis, embora eu tenha achado os antigos Jardins de Luxemburgo melhores.

O cemitério *Pere la Chaise* é muito curioso, pois muitos dos túmulos são como salas pequenas, onde há uma mesa, com imagens ou gravuras dos mortos e cadeiras para os enlutados se sentarem enquanto lamentam. Isso é tão francês!

Nossos aposentos ficam na Rue de Rivoli e, sentadas na varanda, observamos a rua longa e brilhante. É tão agradável que passamos a noite conversando lá quando estamos cansadas demais com o trabalho do dia para sair. Fred é muito divertido e é o jovem mais agradável que eu já conheci – exceto Laurie, cujas maneiras são mais encantadoras. Eu queria que Fred fosse moreno, pois não gosto de homens claros, no entanto, os Vaughn são muito ricos e são de uma família excelente, então não encontrarei falhas em seus cabelos loiros, pois os meus são mais loiros ainda. Na próxima semana, iremos para a Alemanha e a Suíça e, como viajaremos rápido, só poderei lhe enviar cartas apressadas. Mantenho meu diário e tento "lembrar-me corretamente e descrever claramente tudo o que vejo e admiro", como o papai recomendou. É uma boa prática para mim e, com o meu caderno de esboços, vocês terão uma ideia melhor da minha turnê do que esses rabiscos.

Adeus, um abraço carinhoso em todas.

"*Votre Amie.*"

HEIDELBERG

Minha mamãe querida,

Se eu tiver uma hora tranquila antes de partirmos para Berna, tentarei contar o que aconteceu, pois algumas coisas são muito importantes, como você verá.

A viagem pelo Rio Reno foi perfeita, e eu apenas me sentei e desfrutei com todas as minhas forças. Pegue os guias de viagem antigos do papai e leia sobre isso. Não tenho palavras bonitas o suficiente para descrevê-la. Em Koblentz, passamos momentos agradáveis, pois alguns estudantes de Bonn, com quem Fred se familiarizou no barco, fizeram uma serenata para nós. Era uma noite de luar e, por volta de uma hora, Flo e eu fomos acordadas com a música mais deliciosa sob nossas janelas. Levantamos rapidamente e nos escondemos atrás das cortinas, mas umas espiadelas nos mostraram Fred e os alunos cantando lá embaixo. Foi a coisa mais romântica que eu já vi – o rio, a ponte de barcos, a grande fortaleza do outro lado, a luz da lua em todos os lugares e a música capaz de derreter um coração de pedra.

Quando terminaram, jogamos algumas flores e os vimos lutando por elas, beijando as mãos de damas invisíveis e indo embora rindo, fumando e bebendo cerveja, suponho. Na manhã seguinte, Fred me mostrou uma das flores amassadas no bolso do colete e parecia muito sentimental. Eu ri dele e disse que não havia sido eu, mas Flo, que as tinha jogado, o que pareceu desagradá-lo, pois ele a jogou pela janela e ficou sério novamente. Parece que vou ter problemas com aquele menino. Os banhos em Nassau foram muito alegres, assim como em Baden-Baden, onde Fred perdeu dinheiro e eu o repreendi. Ele precisa de alguém para cuidar dele quando Frank não estiver junto. Kate disse uma vez que esperava que ele se casasse logo, e eu concordo plenamente com ela que seria bom para ele. Frankfurt foi delicioso. Vi a casa de Goethe, a estátua de Schiller e a famosa *Ariadne,* de Dannecker. Foi realmente adorável, mas eu teria gostado muito mais se tivesse conhecido a história melhor. Não quis perguntar, como todo mundo sabia ou fingia que sabia. Gostaria que Jo me contasse tudo sobre isso. Eu deveria ter lido mais, pois acho que não sei de nada, e isso me mortifica.

Agora vem a parte séria, porque aconteceu aqui, e Fred acabou de sair.

Ele tem sido tão gentil e alegre que todos gostamos dele. Nunca pensei em nada além de uma amizade de viagem até a noite da serenata. Desde então, comecei a sentir que o luar caminha, as conversas na varanda e as aventuras diárias eram algo mais para ele do que divertido. Não flertei de verdade, mãe, juro, mas lembrei-me do que você me disse e fiz o meu melhor. Não posso impedir que as pessoas gostem de mim. Não tento fazê-las gostar, e me preocupa se não correspondo ao sentimento delas, embora Jo diga que eu não tenho coração. Agora eu sei que mamãe vai balançar a cabeça e as meninas vão dizer: "Ah, mercenariazinha miserável!", mas me decidi, e se Fred me pedir em casamento, vou aceitar, embora não esteja loucamente apaixonada. Gosto dele, e nos damos muito bem juntos. Ele é bonito, jovem, inteligente o bastante e muito rico – muito mais rico que os Laurence. Não acho que a família dele se oporia, e eu seria muito feliz, pois todos são pessoas gentis, educadas e generosas, e gostam de mim. Fred, como o gêmeo mais velho, ficará com a propriedade, suponho, e como ela é esplêndida! Uma casa urbana em uma rua da moda, não tão vistosa como nossos casarões, mas duas vezes mais confortável e cheia de luxo de verdade, como os ingleses acreditam. Gosto disso, pois é genuína. Vi a prataria, as joias da família, os criados antigos e as pinturas da região, com seu parque, a excelente casa, jardins encantadores e excelentes cavalos. Ah, seria tudo o que eu poderia querer! E prefiro tê-lo do que qualquer título, que as meninas agarram com tanta facilidade e não têm nenhum suporte além dele. Posso ser mercenária, mas odeio a pobreza e não pretendo suportá-la nem um minuto a mais se puder evitar. Uma de nós deve se casar bem. Meg não fez, Jo não quer, Beth ainda não pode, então eu o farei e deixarei tudo bem em toda parte. Não me casaria com um homem que odiasse ou desprezasse. Vocês podem ter certeza disso, e embora Fred não seja meu herói modelo, ele é uma pessoa muito boa, e com o tempo vou gostar dele o bastante, se ele gostar muito de mim, e me deixar fazer o que gosto. Então, estive pensando sobre o assunto na semana passada, porque era impossível deixar de perceber que Fred gostava de mim. Ele não disse nada, mas pequenas coisas demonstraram isso. Ele nunca sai com Flo, sempre fica ao meu lado na carruagem, à mesa ou na calçada, parece sentimental quando estamos sozinhos e franze a testa para outra pessoa que se atreva a falar comigo. Ontem, no jantar, quando um oficial austríaco nos olhou e disse algo a seu amigo, um barão de aparência elegante, "*ein wonderschones Blondchen*" (que loira linda!), Fred parecia tão feroz quanto um leão, e cortou sua carne de modo tão selvagem que ela quase voou do prato dele. Ele não é um inglês do tipo frio e duro, mas tem um gênio um pouco forte, pois ele tem sangue escocês, como se pode imaginar com seus lindos olhos azuis. Bem, ontem à noite fomos ao castelo no pôr do sol, todos nós, menos Fred, que nos encontraria lá depois de ir até os correios para buscar as correspondências. Tivemos um momento encantador revirando as ruínas, os jazigos onde está o tonel do monstro e os belos jardins feitos pelo eleitor há muito tempo para sua esposa inglesa. Gostei mais do grande terraço, pois a vista era divina, e enquanto os outros foram ver os cômodos lá dentro, fiquei sentada, tentando desenhar a cabeça do leão de pedra cinza na parede, com pedaços de madeira escarlate pendurados ao redor. Senti como se tivesse entrado em um romance, sentada ali, assistindo ao Rio Neckar rolando pelo vale, ouvindo a música da banda austríaca abaixo e esperando meu namorado, como uma verdadeira jovem dos livros de histórias. Tive a sensação de que algo iria acontecer e estava pronta para isso. Não me senti corada e agitada, mas bastante tranquila e só um pouco animada. Pouco a pouco ouvi a voz de Fred e ele veio correndo através do grande arco para me encontrar. Ele parecia tão perturbado que esqueci de mim mesma e perguntei qual era o problema. Ele disse que acabara de receber uma carta implorando para ele voltar para casa, pois Frank estava muito doente. Então ele partiria em seguida no trem noturno e só tinha tempo para se despedir. Senti muito por ele e fiquei decepcionada comigo mesma, mas apenas por um minuto porque ele disse, enquanto apertava minhas mãos, e disse de uma maneira que eu não poderia me enganar: – Em breve voltarei, você não vai me esquecer, Amy?

Não prometi, mas olhei para ele, e ele pareceu satisfeito, e não houve tempo para nada mais além de mensagens e despedidas, pois ele partiu depois de uma hora, e todos sentimos muito a falta dele. Sei que ele queria falar, mas acho que, de acordo com algo que ele sugeriu uma vez, havia prometido a seu pai que não faria nada desse tipo ainda por um bom tempo, pois ele era precipitado e seu pai tinha receio de ter uma nora estrangeira. Logo nos encontraremos em Roma e, se eu não mudar de ideia, direi "Sim, obrigada", quando ele disser "Você aceita?"

É claro que tudo isso é muito particular, mas eu queria que vocês soubessem o que estava acontecendo. Não fiquem preocupadas comigo, lembrem-se de que sou sua "Amy prudente" e tenham certeza de que não farei nada precipitadamente. Podem enviar-me o conselho que quiserem. Vou usá-lo se puder. Gostaria muito de poder vê-la e conversar com a senhora, Mammie. Continue me amando e confie em mim.

Sempre sua AMY

Capítulo 32

Doces preocupações

— Jo, estou preocupada com Beth.

– Ora, mãe, ela parece extraordinariamente bem desde que os bebês nasceram.

– Não é a saúde dela que me incomoda agora, é seu ânimo. Tenho certeza de que há algo em sua mente e quero que você descubra o que é.

– O que faz a senhora pensar assim, mãe?

– Ela fica sentada sozinha muito tempo e não conversa com o papai como costumava fazer. Eu a encontrei chorando por causa dos bebês outro dia. Quando ela canta, as músicas são sempre tristes, e de vez em quando vejo um olhar em seu rosto que não entendo. Essa não é a minha Beth, e isso me preocupa.

– Você conversou com ela sobre isso?

– Já tentei uma ou duas vezes, mas ela evitou minhas perguntas ou pareceu ficar tão angustiada que eu decidi parar de perguntar. Nunca forço a confiança de minhas filhas e raramente preciso esperar por muito tempo.

A Sra. March olhava para Jo enquanto falava, mas o rosto parecia bastante inconsciente de qualquer inquietação secreta que não fosse a de Beth, e depois de ficar pensativa por um minuto, Jo disse: – Acho que ela está crescendo e começa a ter sonhos, esperanças, medos e preocupações, sem saber por que ou ser capaz de explicá-los. Ora, mãe, Beth tem 18 anos, mas não percebemos isso e a tratamos como uma criança, esquecendo que ela já é uma mulher.

– Realmente ela já é uma mulher. Minha querida, como você cresceu rápido! – respondeu a mãe com um suspiro e um sorriso.

– Não dá para evitar, mammie. A senhora precisa renunciar todo tipo de preocupação, e deixar suas passarinhas voarem do ninho, uma a uma. Prometo nunca mudar para muito longe, se isso lhe servir de consolo.

– É um grande conforto, Jo. Sempre me sinto forte quando você está em casa, agora que Meg se foi. Beth é muito fraquinha e Amy muito jovem para depender dela, mas quando a situação fica difícil de resolver, você está sempre pronta.

– Sabe mãe, não me importo muito com trabalhos pesados, e toda família deve sempre ter um destaque. Amy é esplêndida em boas obras e eu não sou, mas entro em cena quando todos os tapetes devem ser removidos ou quando a metade da família fica doente de uma só vez. Amy está se destacando no exterior, mas se algo estiver errado aqui, tenho de ser o homem da casa.

– Deixo Beth em suas mãos, pois ela abrirá seu coração para a Jo dela mais cedo do que para qualquer outra pessoa. Seja muito gentil e não a deixe pensar que a estamos observando ou falando sobre ela. Meu maior desejo é que ela fique forte e animada novamente.

– Minha nossa! Eu tenho um monte de desejos.

– Minha querida, quais são eles?

– Vou resolver os problemas da Beth e depois lhe conto os meus. Eles não são muito desgastantes, então vão continuar. – E Jo saiu de fininho, com um aceno de cabeça sensato que deixou o coração de sua mãe sossegado em relação a ela, pelo menos por um tempo.

Enquanto aparentemente absorvida em seus próprios assuntos, Jo observava Beth, e depois de muitas conjecturas conflitantes, finalmente decidiu-se por uma que parecia explicar a mudança na irmã: um ligeiro incidente deu a Jo a pista do mistério, assim ela pensava, e um coração animado e amoroso fez o resto. Ela estava escrevendo suas histórias numa tarde de sábado, quando ela e Beth ficaram a sós. No entanto, enquanto escrevia, mantinha os olhos fixos na irmã, que parecia estranhamente quieta. Sentada à janela, o trabalho de Beth costumava cair em seu colo e ela inclinava a cabeça sobre sua mão, em uma atitude desanimada, enquanto seus olhos descansavam na paisagem monótona de outono. De repente, alguém passou lá em baixo, assobiando como um melro lírico, e uma voz disse: – Olá, pequena serena! Irei até aí hoje à noite.

Beth ficou mais animada, inclinou-se para a frente, sorriu e acenou com a cabeça, observou o transeunte até ele desaparecer no caminho, depois disse suavemente como se para si mesma: – Como esse menino é forte, bondoso e feliz.

– Hum! disse Jo, ainda atenta ao rosto de sua irmã, pois a cor brilhante desapareceu tão rapidamente quanto veio, o sorriso sumiu e, naquele momento, uma lágrima brilhante caiu no parapeito da janela. Beth enxugou-a rapidamente e, em seu rosto meio escondido, Jo percebeu uma terna tristeza que fez seus próprios olhos se encherem de água. Temendo trair a si própria, ela se afastou, murmurando algo sobre precisar de mais papel.

– Santo Deus, Beth ama Laurie! – ela disse, sentando em seu próprio quarto, pálida e chocada com a descoberta que ela acreditava ter acabado de fazer. – Nunca sonhei que isso pudesse acontecer. O que a mamãe vai dizer? Eu me pergunto se ela... – e Jo parou por um instante e ficou corada com um pensamento repentino. – E se ele não retribuir esse amor, será terrível. Ele precisa fazê-lo. Eu farei com que ele retribua! – e ela balançou a cabeça de modo ameaçador ao ver o retrato do menino travesso rindo para ela na parede.

– Nossa! Estamos crescendo muito rápido. Meg já está casada e é mãe, Amy florescendo em Paris e Beth apaixonada. Sou a única que tem senso suficiente para ficar longe de encrencas. – Jo pensou intensamente por um minuto, com os olhos fixos no retrato, então ela alisou a testa enrugada e disse, com um aceno decidido no rosto: – Não, obrigado senhor, você é muito charmoso, mas tem a estabilidade de um cata-vento. Portanto, você não precisa escrever bilhetes carinhosos e sorrir de maneira insinuante, pois isso não mudará nada e eu não o aceitarei. Então, ela suspirou e caiu em um devaneio do qual não acordou até que o início do crepúsculo a enviasse para fazer novas observações, o que apenas confirmou sua suspeita. Embora Laurie flertasse com Amy e brincasse com Jo, os modos dele com Beth sempre foram peculiarmente gentis e amáveis, assim como os de todos também. Portanto, ninguém poderia imaginar que ele se importasse mais com ela do que com as outras. De fato, prevaleceu na família uma impressão geral de que "nosso menino" estava ficando mais afeiçoado do que nunca a Jo, que, no entanto, não queria ouvir uma palavra sobre o assunto e repreendia violentamente se alguém ousasse sugerir isso. Se eles conhecessem as várias passagens delicadas que haviam sido interrompidas, teriam tido a imensa satisfação de dizer: "Eu te disse". Mas Jo não gostava de flertes, e não os permitia, sempre tendo uma piada ou um sorriso pronto ao menor sinal de perigo iminente. Quando Laurie foi para a faculdade, ele se apaixonava uma vez por mês, mas essas pequenas chamas eram tão breves quanto ardentes, não causavam danos e divertiam Jo, que se interessava muito pelas alternâncias de esperança, desespero e resignação que lhe eram confiadas em suas conversas semanais. Porém, chegou um momento em que Laurie deixou de adorar em muitos santuários, dando a ideia de estar totalmente absorvido em uma paixão e ocasionalmente se entregando a acessos de melancolia. Então, ele começou a evitar completamente o assunto delicado, escrevia recados filosóficos para Jo, resolveu estudar e disse que iria "dedicar-se", com a intenção de se formar com glória. Isso agradava mais a jovem do que confidências crepusculares, carinhosos apertos de mão e olhares eloquentes, pois para Jo o cérebro pesava mais que o coração, e ela preferia heróis imaginários a verdadeiros, porque quando cansados deles, os imaginários podiam ser trancados na cozinha de lata até serem requisitados, e os verdadeiros eram menos controláveis.

As coisas estavam nesse estado quando a grande descoberta foi feita, e Jo observou Laurie naquela noite como nunca havia feito antes. Se ela não tivesse tido essa nova ideia, não teria visto nada de incomum no fato de Beth estar muito quieta e Laurie muito gentil com ela. Mas, tendo dado o controle à sua fantasia animada, Beth galopou com ela em um grande ritmo, e o senso comum, sendo bastante enfraquecido por um longo curso de escrita de romance, não veio em socorro. Como sempre, Beth estava deitada no sofá e Laurie se sentava em uma cadeira baixa por perto, divertindo-a com todo tipo de fofoca, pois ela dependia de seu "giro" semanal, e ele nunca a desapontava. Mas naquela noite Jo imaginou que os olhos de Beth repousavam no rosto vivo e escuro ao lado dela com um prazer peculiar, e que ela escutou com intenso interesse o relato de alguma partida emocionante de críquete, embora as frases "pegaram um pedaço", "caíssem do chão" e "a perna atingida por três" fossem tão inteligíveis quanto sânscrito. Ela também imaginou, tendo determinado seu coração ao vê-lo, que via um certo aumento de gentileza nos modos de Laurie, que ele baixava a voz de vez em quando, ria menos do que o habitual, estava um pouco distraído e se acalmava aos pés de Beth com uma assiduidade quase realmente tenra.

– Quem sabe? Aconteceram coisas mais estranhas– pensou Jo, enquanto remexia na sala. – Ela o transformará em um anjo e ele deixará a vida dela deliciosamente fácil e agradável, se eles se amarem. Não vejo como ele pode evitar que isso aconteça, e realmente acredito que ele se aproximaria dela se o resto de nós estivesse fora do caminho.

Como todos estavam fora do caminho, menos ela própria, Jo começou a sentir que deveria resolver isso rapidamente. Mas para onde ela deveria ir? E, desesperada para entrar no santuário da devoção fraterna, sentou-se para resolver esse ponto. Agora, o velho sofá era um patriarca da família, comprido, largo, bem almofadado e baixo, um pouco gasto, como deveria ser, pois as meninas dormiam e se deitavam sobre ele quando bebês, brincavam nele, cavalgavam nos braços, tinham coleções de animais de estimação embaixo dele quando crianças, e também descansavam as cabeças, sonhavam e ouviam conversas delicadas quando jovens. Todos adoraram aquele sofá, pois era um refúgio familiar, e um dos cantos sempre fora o lugar de descanso favorito de Jo. Entre os muitos travesseiros que adornavam o venerável sofá, havia um, duro, redondo, coberto com crina de cavalo e enfeitado com um botão em cada extremidade. Esse travesseiro repulsivo era sua propriedade especial, sendo usado como arma de defesa, barricada ou preventivo severo de muito sono.

Laurie conhecia bem esse travesseiro e tinha motivos para considerá-lo com profunda aversão, tendo sido impiedosamente esmurrado com ele em outros tempos quando era permitido brincar, e agora frequentemente era impedido por ele do assento que mais cobiçava ao lado de Jo no canto do sofá. Se "a salsicha", como o chamavam, permanecesse em pé, era um sinal de que ele poderia se aproximar e repousar, mas se ela caísse sobre o sofá, ai de homem, mulher ou criança que ousasse perturbá-la! Aquela noite Jo esquecera de fazer a barricada no seu canto, e não estava sentada cinco minutos antes de uma forma maciça aparecer ao lado dela, e com os dois braços estendidos sobre o encosto do sofá, as duas pernas longas esticadas diante dele, Laurie exclamou, com um suspiro de satisfação:

– Nossa, esse enchimento é "supimpa"!

– Sem gíria – retrucou Jo, batendo no travesseiro. Mas era tarde demais, não havia espaço para isso e, caindo no chão, o travesseiro desapareceu da maneira mais misteriosa.

– Venha aqui, Jo, não seja chata. Depois de estudar como um louco a semana toda, um sujeito merece ter carinho.

– Beth irá dar o carinho que você deseja. Estou ocupada.

– Não, ela não precisa se incomodar comigo, mas você gosta desse tipo de coisa, a menos que de repente tenha perdido o gosto por isso. Perdeu? Você odeia seu menino e quer atirar travesseiros nele?

Algo mais desagradável do que aquele apelo tocante raramente era ouvido, mas Jo acalmou o "menino dela", fazendo-lhe uma pergunta séria: – Quantos buquês você enviou à Srta. Randal esta semana?

– Nenhum, dou minha palavra. Ela está noiva. Pronto.

– Fico feliz com isso, essa é uma de suas extravagâncias tolas, ficar enviando flores e presentinhos para meninas pelas quais você não se importa um milímetro – continuou Jo, reprovando a atitude dele.

– Meninas sensatas para as quais eu carrego quilos de alfinetes não permitem que eu envie "flores e presentinhos" para elas, então o que posso fazer? Meus sentimentos precisam de um "escape".

– Mamãe não aprova flertes nem por diversão, e você flerta desesperadamente, Laurie.

– Eu faria qualquer coisa se pudesse responder: "Você também". Como não posso, vou apenas dizer que não vejo nenhum dano nesse joguinho agradável, se ambas as partes entenderem que é apenas brincadeira.

– Bem, realmente parece agradável, mas não consigo aprender como é feito. Tentei, porque a pessoa se sente constrangida em não fazer o que todo mundo está fazendo, mas parece que não consigo – disse Jo, esquecendo de ser a mentora.

– Tome aulas com Amy, ela tem um talento fabuloso para isso.

– Sim, ela faz isso muito bem, e nunca parece ir longe demais. Suponho que seja natural para algumas pessoas agradarem sem dificuldade, e outras sempre dizem e fazem a coisa errada no lugar errado.

– Estou feliz que você não poder flertar. É realmente refrescante ver uma menina sensata e direta, que pode ser alegre e gentil sem se fazer de boba.

Entre nós, Jo, algumas das meninas que eu conheço realmente avançam com tamanha velocidade que eu tenho vergonha delas. Elas não querem causar nenhum mal, tenho certeza, mas se elas soubessem como nós conversamos sobre elas depois, mudariam seus comportamentos, eu acho.

– Elas fazem a mesma coisa que vocês, e como as línguas delas são as mais afiadas, vocês são os que mais sofrem, pois são tão tolos quanto elas. Se vocês se comportassem devidamente, elas também o fariam, mas, sabendo que vocês gostam das tolices delas, elas continuam e então vocês as culpam.

– Você sabe muito sobre isso, senhorita – disse Laurie em um tom superior. – Não gostamos de brincadeiras e flertes, embora possamos agir como se o fizéssemos algumas vezes. Nunca fazemos comentários sobre as meninas bonitas e modestas, exceto respeitosamente, entre cavalheiros. Deus abençoe sua alma inocente! Se você pudesse estar no meu lugar por um mês, você veria coisas que a deixariam espantada. Falando sério, quando eu vejo uma daquelas meninas levianas, eu sempre digo com o nosso amigo Cock Robin:

"Quero distância, sinto indignação, audaciosa demais!"

Era impossível deixar de rir do engraçado conflito entre a relutância cavalheiresca de Laurie em falar mal das mulheres e sua antipatia natural pela insensatez não feminina da qual a sociedade da moda mostrava a ele vários exemplos. Jo sabia que o "jovem Laurence" era considerado um dos melhores partidos pelas *mamas* mundanas, suas filhas sorriam muito quando o viam e ele era lisonjeado o suficiente por damas de todas as idades que queriam transformá-lo em um troféu, então ela o observava com inveja, temendo que ele fosse mimado demais, e ficou muitíssimo alegre, mais do que ela confessara, ao descobrir que ele ainda acreditava em meninas modestas. Voltando repentinamente ao seu tom de advertência, ela disse, baixando a voz:

– Se você precisa de um "escape", Laurie, dedique-se a uma das "meninas bonitas e modestas a quem você respeita, e não perca seu tempo com as tolas.

– Você está me aconselhando de verdade? – e Laurie olhou para ela com uma estranha mistura de ansiedade e alegria no rosto.

– Sim, estou, mas é melhor você esperar até terminar a faculdade, no geral, e preparar-se para assumir o lugar enquanto isso. Você não é bom o suficiente para.... bem, quem quer que seja a menina modesta. – E Jo parecia um pouco estranha, pois um nome quase a escapara.

– Não sou bom o suficiente! – Laurie concordou, com uma expressão de humildade bastante nova para ele, quando ele baixou os olhos e distraidamente enrolou a borla do avental de Jo em volta do dedo.

– Meu Deus do céu, nunca é o suficiente – pensou Jo, acrescentando em voz alta: – Cante para mim. Estou morrendo de vontade de ouvir música e sempre gosto de ouvir você cantando.

– Prefiro ficar quieto aqui, obrigado.

– Bem, você não pode, não há espaço. Faça algo útil, já que você é grande demais para ser um enfeite. Pensei que você odiasse ficar amarrado ao cordão de avental de uma mulher? – replicou Jo, repetindo algumas palavras rebeldes que ele costuma dizer.

– Ah, isso depende de quem usa o avental! – e Laurie deu uma audaciosa cutucada na borla.

– Você vai embora? – perguntou Jo, mergulhando no travesseiro.

Ele fugiu imediatamente, e no minuto em que estava tudo bem, ela se afastou para não voltar mais até que o jovem cavalheiro partisse com grande exasperação. Jo ficou bem acordada naquela noite e estava quase se deitando quando o som de um soluço abafado a fez voar para a cama de Beth, com a pergunta ansiosa: – O que está acontecendo, querida?

– Pensei que você estivesse dormindo – soluçou Beth.

– É a velha dor, minha preciosa?

– Não, é outra dor, mas eu posso suportar – e Beth tentou enxugar suas lágrimas.

– Conte-me tudo e deixe-me curá-la como costumava fazer com a outra.

– Você não pode, não há cura. – A voz de Beth desapareceu e, agarrando-se à irmã, chorou tão desesperadamente que Jo ficou assustada.

– Onde fica? Devo chamar a mamãe?

– Não, não, não chame a mamãe, não conte nada a ela. Estarei melhor em breve. Deite-se aqui e acaricie minha cabeça. Ficarei quieta e vou dormir, com certeza irei.

Jo obedeceu, mas enquanto ela passava a mão suavemente pela testa quente e pelas pálpebras molhadas de Beth, seu coração estava pesado e ela queria conversar com a irmã. Mas, jovem como ela era, Jo aprendeu que corações, como flores, não podem ser manuseados com grosseria, e devem se abrir naturalmente, por isso, embora acreditasse conhecer a causa da nova dor de Beth, ela apenas disse, em seu tom mais terno:

– Alguma coisa te incomoda, querida?

– Sim, Jo – depois de uma longa pausa.

– Não seria melhor você me contar o que é?

– Agora não, ainda não.

– Então eu não vou perguntar, mas lembre-se, Beth, que mamãe e Jo estão sempre felizes em ouvir e ajudá-la, se puderem.

– Eu sei. Vou te contar aos poucos.

– A dor está melhor agora?

– Oh, sim, muito melhor, é tão confortável deixar no seu colo, Jo.

– Durma, minha querida. Vou ficar aqui com você.

Adormeceram de rostos colados, e no dia seguinte, Beth parecia novamente ela mesma, pois aos 18 anos não há quase dor nenhuma na cabeça nem no coração, e uma palavra de amor pode curar a maioria dos males.

Mas, Jo havia se decidido e, depois de refletir sobre um projeto por alguns dias, ela o confidenciou à mãe.

– A senhora me perguntou outro dia quais eram meus desejos. Vou lhe contar um deles, mammie – ela começou a falar assim que se sentaram juntas. – Quero ir a algum lugar neste inverno para mudar de ares.

– Por que, Jo? – e a mãe lançou um olhar rápido para cima, como se as palavras sugerissem duplo significado. Com os olhos voltados para o trabalho, Jo respondeu com sobriedade:

– Quero algo novo. Sinto-me inquieta e ansiosa por ver, fazer e aprender mais do que sou. Estou pensando demais sobre meus pequenos assuntos e preciso espairecer um pouco, para que eu possa me movimentar neste inverno, gostaria de pular um pouco e bater minhas asas.

– Onde você vai pular?

– Em Nova York. Tive uma ideia brilhante ontem, e é isso. Bem, a Sra. Kirke escreveu para você procurando uma jovem respeitável para ensinar seus filhos e costurar. É bastante difícil encontrar a coisa certa a fazer, mas acho que vou me encaixar no serviço e resolvi tentar.

– Minha querida, sair daqui para trabalhar naquela grande pensão! – e a Sra. March pareceu surpresa, mas não descontente.

– Não é exatamente sair para trabalhar, pois a Sra. Kirke é

sua amiga, a alma mais gentil que já viveu nesta terra, e tornaria as coisas agradáveis para mim, eu sei. A família dela é separada do resto e ninguém me conhece lá. Não me importaria se eles me conhecessem. É um trabalho honesto, e não tenho vergonha disso.

– Nem eu. Mas e quanto aos seus livros?

– Tudo melhora com as mudanças. Vou ver e ouvir coisas novas, adquirir novas ideias e, mesmo se não ficar muito tempo lá, trarei para casa muito material para escrever as minhas tolices.

– Não tenho dúvidas, mas essas são suas únicas razões para essa fantasia repentina?

– Não mãe.

– Posso saber das outras?

Jo olhou para cima e para baixo, depois disse devagar, ao ficar com as bochechas vermelhas. – Pode ser vaidade minha e errado dizê-lo, mas, receio que Laurie esteja gostando demais de mim.

– Então você não se importa com ele da maneira que é evidente que ele está começando a se importar com você? – e a Sra. March parecia ansiosa ao fazer a pergunta.

– Misericórdia, não! Eu amo esse menino querido, como sempre amei, e tenho imenso orgulho dele; porém, algo mais está fora de questão.

– Estou feliz com isso, Jo.

– Por que?

– Porque, querida, não acho que vocês iriam se adaptar vivendo como casados. Como amigos, vocês são muito felizes e suas brigas frequentes logo acabam, mas eu receio que vocês se rebelem se forem casados por toda a vida. Vocês são muito parecidos e gostam de liberdade, sem mencionar os temperamentos quentes e vontades fortes, para se sentirem felizes juntos, em uma relação que requer infinita paciência e tolerância, além de amor.

– Esse é apenas o sentimento que tive, embora não possa expressar. Fico feliz que você pense que ele está apenas começando a se importar comigo. Eu ficaria extremamente triste se o fizesse infeliz, pois não conseguiria me apaixonar pelo meu velho e querido amigo apenas por gratidão, conseguiria?

– Você tem certeza do sentimento dele por você?

Jo ficou mais corada quando ela respondeu, com a expressão de prazer, orgulho e dor misturados que as jovens usam ao falar dos primeiros namorados:

– Acho que sim, mãe. Ele não disse nada, mas deixa transparecer bastante. Acho melhor eu ir embora antes que algo aconteça.

– Concordo com você, e se pudermos resolver, você irá. – Jo pareceu aliviada e, depois de uma pausa, disse, sorrindo: – Como a Sra. Moffat imaginaria sua falta de administração, se ela soubesse, e como ela se alegrará por Annie ainda poder esperar.

– Ah, Jo, as mães podem diferir em sua administração, mas a esperança é a mesma: o desejo de ver seus filhos felizes. Meg é assim, e eu estou contente com o sucesso dela. Você aproveita sua liberdade até quando se cansar disso, pois só então descobrirá que há algo mais doce. Amy é minha principal preocupação agora, mas seu bom senso a ajudará. Para Beth, a minha única esperança agora é que ela fique bem. Ela parece mais ativa nos últimos dias. Você falou com ela?

– Sim, ela estava com um problema e prometeu me contar aos poucos. Eu não disse mais nada, pois acho que sei – e Jo contou sua pequena história. A Sra. March balançou a cabeça e não teve uma visão tão romântica do caso, mas pareceu grave e repetiu sua opinião de que, pelo bem de Laurie, Jo deveria desaparecer por um tempo.

– Não digamos nada a ele até que o plano seja acertado, depois viajarei antes que ele possa perceber e tomar uma atitude trágica. Beth deve pensar que vou me divertir, o que realmente vou fazer, porque não posso falar sobre Laurie com ela. Mas ela pode acariciá-lo e confortá-lo depois que eu partir, e curá-lo dessa ideia romântica. Ele passou por tantas provações do tipo, está acostumado a isso e logo superará esse amor abandonado.

Jo falou esperançosa, mas não conseguiu se livrar do pressentimento de que esse "pequeno teste" seria mais difícil do que os outros, e que Laurie não iria superar seu "amor abandonado" tão facilmente quanto antes.

O plano foi discutido em um conselho de família e todos concordaram, pois a Sra. Kirke aceitou de bom grado Jo e prometeu oferecer um lar agradável a ela. Os ensinamentos a tornariam independente, e o lazer que ela tivesse poderia ser rentável escrevendo, enquanto as novas cenas e a sociedade seriam úteis e agradáveis. Jo gostou da perspectiva e estava ansiosa por partir, pois o ninho doméstico estava ficando estreito demais para sua natureza inquieta e espírito aventureiro. Quando tudo estava resolvido, com medo e tremor, ela contou a Laurie, mas, para sua surpresa, ele aceitou tudo em voz baixa. Ultimamente, ele estava mais sério do que o habitual, mas muito amável, e quando, de brincadeira, acusado de virar uma nova página na vida, ele respondeu com sobriedade: – Sou assim, e quero dizer que esta vai ficar virada.

Jo ficou muito aliviada por um dos acessos virtuosos dele acontecer naquele momento, e fez seus preparativos com o coração iluminado, pois Beth parecia mais alegre e esperava que estivesse fazendo o melhor por todos.

– Vou deixar uma coisa aos seus cuidados especiais – disse ela, à noite, antes de sair.

– Você quer dizer seus papéis? – perguntou Beth.

– Não, meu menino. Você será bem boazinha com ele, não será?

– Claro que sim, mas não posso preencher seu lugar, e ele vai sentir sua falta e ficar triste.

– Ele irá resistir, então lembre-se, eu o deixo sob sua responsabilidade, para você importuná-lo, cuidar dele e manter tudo em ordem.

– Farei o meu melhor, por você – prometeu Beth, imaginando por que Jo a olhava tão estranhamente.

Quando Laurie se despediu, ele sussurrou expressivamente:

– Não vai adiantar nada, Jo. Estarei de olho em você, então preste atenção no que você faz, ou eu irei até lá e trarei você para casa.

Capítulo 33

O diário de Jo

Nova York, novembro.

Queridas Mammie e Beth,

Vou escrever um bom volume para vocês, pois tenho muitas coisas para contar, embora não seja uma boa moça viajando pelo continente. Quando perdi de vista o querido rosto velho do papai, senti um pouco de tristeza, e teria derramado algumas lágrimas, se uma dama irlandesa com quatro filhos pequenos, todos chorando um pouco, não tivessem desviado minha atenção, pois eu me diverti jogando nozes de gengibre sobre o assento toda vez que abriam a boca para gritar.

Logo o sol apareceu e, considerando-o um bom presságio, também fiquei muito bem e desfrutei minha jornada com todo o meu coração. A Sra. Kirke me recebeu com tanta gentileza que me senti totalmente em casa, mesmo naquela casa grande e cheia de estranhos. Ela me deu uma sala abençoada, linda e pequena, era tudo o que ela tinha, mas tem um fogão e uma boa mesa em uma janela ensolarada, para que eu possa sentar aqui e escrever sempre que quiser. Uma bela vista e uma torre da igreja em frente com muitas escadas; apaixonei-me pela sala imediatamente. O berçário, onde devo ensinar e costurar, é uma sala agradável ao lado da sala privada da Sra. Kirke, e as duas meninas pequenas são crianças lindas, um pouco mimadas, imagino, mas elas me procuraram depois que eu lhes contei a história "*Os Sete Porquinhos Maus*", e não tenho dúvida de que serei uma governanta-modelo.

Devo fazer minhas refeições com as crianças, se preferir usar a mesa grande, e por enquanto, como estou um pouco tímida, embora ninguém acredite, estou comendo com elas.

– Agora, minha querida, sinta-se em casa– disse a Sra. K., em tom maternal. – Estou sempre ocupada, de manhã até à noite, como você pode supor com uma família assim, mas grande parte da minha ansiedade irá embora, se eu souber que as crianças estão seguras com você. Meus quartos estão sempre abertos para você e o seu deve ser o mais confortável possível. Temos pessoas agradáveis na casa, se você quiser socializar-se, sinta-se à vontade, e suas noites serão sempre livres. Pode vir até mim, se algo der errado, e seja o mais feliz possível. Aí está o sino do chá, preciso correr e trocar minha boina. – E lá fora ela correndo, deixando-me sozinha para me instalar no meu novo ninho.

Ao descer as escadas logo depois, vi algo que gostei. Os andares são muito longos nesta casa alta, e enquanto eu estava esperando na extremidade do terceiro andar por uma criada que traria a lenha, vi um cavalheiro atrás dela, tirar os pedaços de carvão pesados da mão dela, carregá-los até lá em cima, colocá-lo perto da porta e sair, dizendo, com um aceno gentil e um sotaque estrangeiro: – É melhor assim. As costas são jovens demais para suportar tanto peso.

Não foi maravilhoso da parte dele? Gosto dessas coisas, pois como o papai diz, ninharias mostram caráter. Quando mencionei à Sra. K., naquela noite, ela riu e disse: "Deve ter sido o professor Bhaer, ele está sempre fazendo coisas desse tipo".

A Sra. K. me disse que ele era de Berlim, muito instruído e bom, mas pobre como rato de igreja, e dá lições para sustentar ele e dois sobrinhos órfãos que ele está educando aqui, de acordo com os desejos de sua irmã, que se casou com um americano. Não é uma história muito romântica, mas me interessou, e fiquei feliz em ouvir que a Sra. K. empresta seu salão para alguns de seus alunos. Há uma porta de vidro entre ela e o berçário e eu quero observá-lo; depois vou lhes contar como ele é. Ele tem quase 40 anos, então não há nenhum problema, Mammie.

Depois do chá e de uma brincadeira antes de ir para a cama com as meninas, ataquei a grande cesta de trabalho e tive uma noite tranquila conversando com meu novo amigo. Vou manter uma carta do diário e enviá-la uma vez por semana, boa noite e teremos mais amanhã.

Terça à noite

Tivemos um período animado no meu seminário nesta manhã, porque as crianças agiam como Sancho, e cheguei a pensar que realmente deveria agitá-las o tempo todo. Um anjo bom me inspirou a praticar ginástica, e eu continuei fazendo até que eles ficaram felizes por sentarem e ficarem quietos. Depois do almoço, a menina os levou para passear, e eu fui para o meu bordado como a pequena Mabel "com uma mente disposta". Eu estava agradecendo às minhas estrelas por ter aprendido a fazer boas casas de botão, quando a porta da sala se abriu e se fechou, e alguém começou a cantarolar, *Kennst Du Das Land,* como uma grande abelha. Fiz algo terrivelmente impróprio, eu sei, mas não resisti à tentação e, levantei uma ponta da cortina na porta de vidro para espiar. O professor Bhaer estava lá, e enquanto ele arrumava seus livros, dei uma boa olhada nele. Um alemão comum, um tanto corpulento, com cabelos castanhos caídos por toda a cabeça, barba espessa, nariz bonito, os olhos mais gentis que já vi e uma esplêndida voz forte que faz bem aos ouvidos, depois de nosso bate-papo em inglês americano brutal ou inadequado. Suas roupas estavam enferrujadas, suas mãos eram grandes e ele não tinha um traço realmente bonito no rosto, exceto os lindos dentes, mas eu gostei dele, pois ele tinha uma cabeça fina, seu terno de linho era muito bonito e ele parecia um cavalheiro, embora dois botões estivessem fora de seu casaco e houvesse um remendo em um sapato. Ele parecia sério, apesar de cantarolar, até ir à janela para virar as lâmpadas do jacinto em direção ao sol e acariciar o gato, que o recebeu como um velho amigo. Então ele sorriu e, quando alguém bateu à porta, avistei uma criança carregando um grande livro e parei para ver o que estava acontecendo.

– *Mim* quero Bhaer – disse a pequenina, batendo o livro com força e correndo para encontrá-lo.

– *Thou shalt haf thy Bhaer* (Aqui está teu Bhaer). Venha, então, e deixe eu de dar um abraço de bode, minha Tina – disse o professor, alcançando-a com uma risada e segurando-a tão alto sobre a cabeça, que ela teve de inclinar o rostinho para beijá-lo. – *Agora mim dever estudo meu lição*, continuou a pequenina engraçada. Então ele a colocou na mesa, abriu o grande dicionário que ela havia trazido, deu-lhe um papel e um lápis, e ela rabiscou para longe, virando uma folha de vez em quando e passando o dedinho gordo pela página, como se descobrisse uma palavra, tão sóbrio que quase me traí com uma risada, enquanto o Sr. Bhaer acariciava seus belos cabelos com um olhar paternal, que me fez pensar que ela devia ser sua filha, embora ela parecesse mais francesa do que alemã.

Outra batida e a aparição de duas jovens me mandou de volta ao meu trabalho, e lá permaneci virtualmente apesar de todo o barulho e tagarelice que acontecia na porta ao lado. Uma das meninas continuava rindo afetuosamente e dizendo: "Agora, professor", em tom elegante, e a outra pronunciava o alemão com um sotaque diante do que era difícil para ele ficar sério.

Ambas pareciam tentar a paciência dele dolorosamente, por mais de uma vez eu o ouvi dizer enfaticamente: "Não, não, não é assim, você não *prresta* atenção ao que eu digo" e houve um momento que ele gritou alto, como se tivesse atingido a mesa com seu livro, seguida pela exclamação desesperada: "*Drroga*! Nada está dando certo hoje".

Pobre homem, eu tive pena dele, e quando as meninas se foram, dei mais uma espiada para ver se ele estava bem. Ele havia se jogado para trás na cadeira, cansado e sentado ali com os olhos fechados até o relógio bater 2 horas, quando ele pulou, colocou os livros no bolso, como se estivesse pronto para outra lição, pegou a pequena Tina que havia adormecido no sofá em seus braços, ele a carregou silenciosamente. Acho que ele tem uma vida difícil. A Sra. Kirke me perguntou se eu não gostaria de ir ao jantar das 5 horas e, sentindo um pouco de saudade de casa, respondi que sim, apenas para ver que tipo de pessoas estão sob o mesmo teto comigo. Então, me comportei dignamente e tentei me esconder atrás da Sra. Kirke, mas como ela é baixa e eu sou alta, meus esforços para não aparecer foram um fracasso. Ela ofereceu-me um assento ao lado dela, e depois que meu rosto esfriou, tomei coragem e olhei em volta de mim. A mesa comprida estava cheia, e todos queriam jantar, principalmente os cavalheiros, que pareciam estar comendo na hora certa, pois fugiam em todos os sentidos da palavra, desaparecendo assim que terminavam de comer. Havia a variedade habitual de jovens absorvidos em si mesmos, casais jovens preocupados um com o outro, damas casadas cuidando de seus bebês e senhores idosos falando de política. Acho que não me importarei de não ter muito a ver com nenhum deles, exceto uma donzela de rosto doce, que parecia ter algo diferente.

Escondido na parte inferior da mesa, estava o professor, gritando respostas para as perguntas de um cavalheiro surdo e muito curioso de um lado, e falando de filosofia com um francês do outro. Se Amy estivesse aqui, ela teria dado as costas para ele para sempre, porque, infelizmente, ele tinha um grande apetite e pegava seu jantar como se estivesse usando uma pá e isso deixaria "sua senhoria" horrorizada. Não me importei, pois gosto de "ver as pessoas comerem com gosto", como Hannah diz, e o pobre homem devia estar precisado de muita comida depois de ensinar idiotas o dia inteiro.

Quando subi as escadas depois do jantar, dois dos jovens estavam colocando seus chapéus diante do espelho do corredor, e ouvi um dizer baixo para o outro:

– Quem é a novata?

– Governanta, ou algo assim.

– Por que diabos ela está na nossa mesa?

– Amiga da velha senhora.

– Cabeça bonita, mas sem estilo.

– Nem um pouco. Dê-nos uma luz e vamos lá.

No começo, fiquei com raiva e depois não me importei, pois uma governanta é tão boa quanto uma escriturária e tenho senso, se não tenho estilo, o que é mais do que algumas pessoas, julgando pelas observações dos seres elegantes que se afastaram, fumando como duas chaminés. Detesto pessoas comuns!

Quinta-feira

Ontem foi um dia tranquilo para ensinar, costurar e escrever no meu quartinho, que é muito aconchegante, com luz e fogo. Peguei algumas notícias e fui apresentada ao professor. Parece que Tina é filha da francesa que passa a roupa fina na lavanderia daqui. A pequenina é apaixonada pelo Sr.

Bhaer e o segue pela casa como um cachorro sempre que está em casa, o que o encanta, pois gosta muito de crianças, embora seja um "solteirão". Kitty e Minnie Kirke também o consideram com carinho e contam todo tipo de história sobre as peças que ele inventa, os presentes que ele traz e os esplêndidos contos que conta. Os homens mais jovens o questionam, ao que parece, o chamam de Old Fritz, Caneca de chope, Ursa Maior e fazem todo tipo de brincadeira em seu nome. Mas ele gosta das brincadeiras como se fosse um menino, diz a Sra. Kirke, e é tão gentil que todos gostam dele, apesar de seus costumes estrangeiros.

A donzela é a Srta. Norton, rica, culta e gentil. Ela falou comigo no jantar hoje (pois fui para a mesa novamente, é muito divertido observar as pessoas) e me pediu para ir vê-la em seu quarto. Ela tem bons livros e pinturas, conhece pessoas interessantes e parece amigável, então fui bastante amável também, pois quero fazer parte de uma boa sociedade, só que não do mesmo tipo que Amy gosta. Estava no nosso salão ontem à noite quando o Sr. Bhaer entrou com alguns jornais para a Sra. Kirke. Ela não estava lá, mas Minnie, que é uma velhinha, me apresentou muito lindamente.

– Esta é a amiga de mamãe, Srta. March.– Sim, ela é alegre e gostamos muito dela– acrescentou Kitty, que é uma criança terrível.

Ambos nos curvamos, e depois rimos, pois a introdução inicial e a adição brusca foram um contraste cômico.

– Ah, sim, eu ouço essas danadinhas irem incomodá-la, *Senhorrita Marsch*. Quando *forr* assim, me chame, que eu venho – disse ele, com uma expressão ameaçadora que encantou as pequenas danadinhas.

Prometi que faria isso, e ele saiu, mas parece que eu estava condenada a vê-lo, pois hoje, quando passei pela porta dele ao sair, acidentalmente bati com o guarda-chuva. Ela se abriu e lá estava ele de roupão, com uma grande meia azul em uma mão e uma agulha de cerzir na outra. Ele não pareceu ficar envergonhado disso, pois quando expliquei o acontecido e sai apressada, ele acenou com a mão, meia e tudo, dizendo com voz alta e alegre:

– Você tenha um bom dia *parra* caminhar. *Bon voyage, mademoiselle.*

Desci as escadas dando risada, mas era um pouco patético também pensar no pobre homem precisando consertar suas próprias roupas. Os senhores alemães bordam, eu sei, mas a calça de cerzir é outra coisa e não é tão bonita.

Sábado

Não aconteceu nada demais para escrever, exceto uma ligação para a Srta. Norton, que tem uma sala cheia de coisas bonitas e muito encantadoras, pois ela me mostrou todos os seus tesouros e me perguntou se às vezes eu poderia acompanhá-la em palestras e concertos, se fosse do meu agrado. Ela colocou isso como um favor, mas tenho certeza de que a Sra. Kirke contou a ela sobre nossa família e ela faz isso por gentileza comigo. Estou muito orgulhosa de mim mesma, mas esses favores não são um fardo para mim, e aceitei de bom grado. Quando voltei para o berçário, havia um tumulto tão grande na sala quando eu olhei, e lá estava o Sr. Bhaer ajoelhado com as mãos no chão, Tina nas costas dele, Kitty o puxando com uma corda de pular e Minnie alimentando dois meninos pequenos com bolos de sementes, enquanto rugiam e batiam em gaiolas construídas com cadeiras.

– Estamos brincando de zoológico – explicou Kitty.

– *Essi é meu ilifanti!* – acrescentou Tina, segurando o cabelo do professor.

– Mamãe sempre nos deixa fazer o que gostamos no sábado à tarde, quando Franz e Emil vêm, não é, Sr. Bhaer? – disse Minnie. O “ilifanti” sentou-se, olhando com muita sinceridade como qualquer um deles, e me disse bem sério: – Eu te dou *meu palavrra* que é isso mesmo, se fizermos muito *barrulho*, você diz “Silêncio” *parra* nós, e vamos mais *devagarr*.

Prometi fazê-lo, mas deixei a porta aberta e aproveitei a diversão tanto quanto eles, pois foi a brincadeira mais divertida que já presenciei. Eles brincaram de pega-pega e soldados, dançaram, cantaram, e quando começou a escurecer, todos se empilharam no sofá sobre o professor, enquanto ele contava encantadores contos de fadas sobre cegonhas no alto da chaminé e das pequenas criaturas que montam em flocos de neve enquanto eles caem. Gostaria que os americanos fossem tão simples e naturais quanto os alemães, não é?

Gosto tanto de escrever que poderia continuar contando histórias para sempre se os motivos da economia não me impedissem, pois, embora tenha usado pouco papel e escrito bem apertadinho, tremo só de pensar nos selos que essa longa carta precisará. Peço a Deus que as notícias de Amy cheguem primeiro. Minhas pequenas notícias serão muito simples depois que souberem das novidades esplêndidas de Amy, mas vocês irão gostar delas, eu sei. Pergunte ao Laurie se ele está estudando tanto que não consegue encontrar tempo para escrever para seus amigos? Cuide bem dele por mim, Beth, conte-me tudo sobre os bebês e mande muitos beijos para todos.

De sua fiel Jo.

P.S. Ao ler a minha carta, me parece que escrevi demais sobre o professor Bhaer, mas sempre me interesso por pessoas estranhas e realmente não tinha mais nada para escrever. Deus os abençoe!

Dezembro

Minha preciosa Beth,

Como se trata do rascunho de uma carta, vou encaminhá-lo a

você, pois pode diverti-la e lhe dar uma ideia das minhas ações, porque, embora silenciosas, elas são bastante divertidas, e com isso fico muito alegre! Depois do que Amy chamaria de esforços Herculanos, no caminho do cultivo mental e moral, minhas ideias juvenis começam a surgir e meus pequenos galhos começam a se expandir como eu gostaria. Eles não são tão interessantes para mim quanto Tina e os meninos, mas eu cumpro meu dever com eles, e eles gostam de mim. Franz e Emil são rapazes alegres, que agradam ao meu coração, pois a mistura do espírito alemão e americano neles produz um estado constante de movimentação. As tardes de sábado são momentos tumultuados, passados dentro de casa ou fora dela, pois em dias agradáveis todos eles andam, como em um seminário, com o professor e eu mantendo a ordem e, então, é muito divertido!

Somos muito bons amigos agora, e comecei a fazer aulas. Eu realmente não pude evitar, e tudo aconteceu de uma maneira tão divertida que preciso lhe contar. Para começar, a Sra. Kirke me chamou um dia quando passei pelo quarto do Sr. Bhaer, onde ela estava fazendo algumas arrumações.

– Você já viu um covil desses, minha querida? Apenas venha e me ajude a arrumar esses livros, pois virei tudo de cabeça para baixo, tentando descobrir o que ele fez com os seis novos lenços que lhe dei há pouco tempo.

Entrei e, enquanto trabalhávamos, olhei ao meu redor, pois era "um covil", com certeza. Livros e jornais por toda parte, uma espuma quebrada e uma velha flauta sobre o manto, como se tivesse quebrada, um pássaro esfarrapado sem cauda cantando em um assento da janela e uma caixa de ratos brancos adornando o outro. Barcos semiacabados e pedaços de barbante estavam entre os manuscritos. Pequenas botas sujas estavam secando diante do fogo, e vestígios dos meninos amados, de quem ele é escravo, eram vistos por toda a sala. Após uma grande arrumação, três dos artigos desaparecidos foram encontrados, um sobre a gaiola, um coberto com tinta e um terceiro marrom queimado, que estava sendo usado como suporte.

– Que homem! – riu a bem-humorada Sra. K., enquanto colocava as relíquias na gaveta de trapos. – Suponho que os lenços estão rasgados, sendo usados para enfaixar os dedos ou fazem rabos de pipa. É horrível, mas não posso repreendê-lo. Ele é tão distraído e bem-humorado que deixa esses meninos cavalgarem sobre ele. Concordei em lavar e consertar suas roupas, mas ele esquece de entregar suas coisas e eu esqueço de examiná-las, então ele às vezes fica triste.

– Deixe-me consertá-las – eu disse. – Eu não me importo, e ele não precisa saber. Gostaria de ajudar, ele é tão gentil comigo em trazer minhas cartas e me emprestar os livros.

Então, mantenho as coisas dele em ordem, costurei os calcanhares de dois pares de meias, pois estavam deformadas com os remendos esquisitos que ele fez. Nada foi dito, e eu esperava que ele não descobrisse, mas um dia, na semana passada, ele me pegou. Ouvir as lições que ele dá aos outros me interessa e me diverte tanto que fiquei com vontade de aprender, pois Tina entra e sai, deixando a porta aberta, e eu posso ouvir. Eu estava sentada perto da porta, terminando a última meia e tentando entender o que ele dizia a uma aluna nova, que é tão burra quanto eu. A menina se foi, e eu pensei que ele também estava quieto, e eu estava ocupada conjugando um verbo e balançando de um lado para o outro da maneira mais absurda, quando um pequeno corvo me fez olhar para cima, e lá estava o Sr. Bhaer olhando e rindo baixinho, enquanto fazia sinais para Tina não falar nada.

– Muito bem! – ele disse, assim que eu parei e o olhei como um ganso, – *você espiar eu, eu espiar você, e isso não ser ruim*, vamos ver, não estou brincando quando digo: você deseja aprender alemão?

– Sim, mas você está sempre muito ocupado. Sou burra demais para aprender – e eu fiquei vermelha como uma peônia.

– De jeito nenhum! Vamos arrumar um tempo, e falhamos em não encontrar o sentido. *Na noite,* darei uma pequena aula com muita alegria, *parra* você, *senhorrita Marsch, tenho dívida para pagar com você.* E ele apontou para o meu trabalho, dizendo em seguida: – "Sim" é o que elas dizem um para *outrra,* essas senhoras tão gentis. Elas pensam assim: "é um velho tonto, não verá o que fazemos, ele nunca irá notar que seus calcanhares não ficam mais com *burracos,* e pensará que *crescerram* botões novos quando caírem e acreditará que os nós se fazem sozinhos". Ah! Mas eu tenho olhos e vejo muito bem. Tenho um *corração,* e sinto-me agradecido *porr* isso. Vamos, uma pequena lição de vez em quando, ou nada de *trrabalhos* da boa fada para mim e *parra* minhas coisas.

Claro que eu não poderia dizer nada depois disso, e como é realmente uma excelente oportunidade, fiz uma barganha e começamos. Tomei quatro lições e depois fiquei completamente perdida na gramática. O professor era muito paciente comigo, mas acho que deve ter sido um tormento para ele, e de vez em quando ele olhava para mim com uma expressão meio desesperada e eu não sabia se devia rir ou chorar. Tentei as duas coisas e quando eu fiquei desesperada e angustiada, ele apenas jogou a gramática no chão e saiu da sala. Eu me senti envergonhada e abandonada para sempre, mas não o culpei por nada, e estava mexendo em meus papéis, com o intuito de subir correndo e ser dura comigo mesma, quando ele entrou, tão rápido e radiante como se eu estivesse coberta de esplendor.

– *Agorra* vamos tentar um novo caminho. Você e eu vamos *lerr* este lindo livro de contos juntos, e esquecer aquele *livrro* de gramática sem *grraça,* que vai *ficarr* no canto para não causar problemas.

Ele falou tão gentilmente e abriu os contos de fadas de Hans Anderson de modo tão convidativo para mim, que fiquei com mais vergonha do que nunca e ia para minha aula no meu estilo desajeitado, o que parecia diverti-lo imensamente. Esqueci minha vergonha e me soltei (nenhuma outra palavra expressaria melhor o que senti) com toda a minha força, rolando sobre palavras longas, pronunciando de acordo com a inspiração do momento e fazendo o meu melhor. Quando terminei de ler minha primeira página e parei para respirar, ele bateu palmas e gritou com entusiasmo:

– *Das ist gut!* (Muito bom!) Agora vamos bem! Minha vez. Eu *lerr* parte dele em alemão, *prreste* atenção em mim. – E ele começou a ler, falando as palavras com sua voz forte e um sotaque que era bom de ver e ouvir. Felizmente, a história era "*O Soldadinho de Chumbo*", muito engraçada, você sabe, assim eu pude rir, e ri muito, embora não entendesse metade do que ele lia, pois não podia ajudar, ele estava tão sério, e eu tão animada, e a coisa toda tão cômica.

Depois disso, minhas aulas melhoraram, e agora leio minhas lições muito bem, pois esse modo de estudar me agrada, e posso ver que a gramática fica escondida nos contos e na poesia, como pedacinhos de gelatina. Eu gosto muito, e ele ainda não parece cansado, o que é muito bom, não é? Quero dar-lhe um pequeno presente no Natal, pois não ouso oferecer dinheiro. Preciso de sua opinião, Mammie.

Fico feliz que Laurie pareça estar tão feliz e ocupado, que ele deixou de fumar e deixou seu cabelo crescer. A senhora pode perceber que Beth o controla melhor do que eu. Não tenho ciúme, querida, faça o seu melhor, só não transforme-o em um santo. Receio que não poderia gostar dele sem um tempero de maldade humana. Leia pedaços de minhas cartas para ele. Não tenho tempo para escrever muito, e a leitura fará bem a ele. Agradeço a Deus que Beth continue tão tranquila.

Janeiro

Um feliz ano-novo para todos vocês, minha querida família, que obviamente inclui o Sr. L. e um jovem chamado Laurie. Não consigo dizer o quanto gostei do pacote de Natal que vocês me enviaram, porque ele não chegou até a noite e havia perdido a esperança. A carta de vocês chegou pela manhã, mas vocês não disseram nada sobre um pacote, queriam fazer uma surpresa, é claro, então fiquei desapontada, pois tinha um "sentimento" de que vocês não iriam esquecer de mim. Senti-me um pouco abatida quando me sentei no quarto depois do chá, e quando o pacote grande, enlameado e de aparência surrada chegou até mim, eu apenas o abracei e o virei de todos os lados. Foi tão acolhedor e refrescante que me sentei no chão e li, olhei, comi, ri e chorei de novo, do meu jeito absurdo de sempre. As coisas eram exatamente o que eu queria, e tanto melhor por terem sido feitas em vez de compradas. O novo "limpador de tinta" de Beth foi o melhor, e a caixa de pão de gengibre de Hannah será um tesouro. Com certeza vou usar os pijamas de flanela que você enviou, Mammie, e ler atentamente os livros que o papai marcou. Muito, muito obrigada a todos!

Falando em livros, lembrei que estou ficando rica nesse assunto, pois no dia de Ano-Novo, o Sr. Bhaer me deu um belo livro de Shakespeare. É uma coisa que ele valoriza muito, e eu sempre o admirava, colocado no lugar de honra com a Bíblia alemã, Platão, Homer e Milton; então, vocês podem imaginar como me senti quando ele o pegou, sem a capa, e mostrou meu nome escrito nele e acrescentou "do seu amigo Friedrich Bhaer".

– Você *semprre dizerr* que deseja ter uma biblioteca. Aqui eu lhe dou uma, entre essas *tampas* (ele quis dizer *capas*) há muitos livros em um só. Leia-o bem, e ele a ajudará muito, pois o estudo do personagem deste livro a ajudará a ler o mundo e pintá-lo com sua caneta.

Agradeci o máximo que pude e agora falo sobre "minha biblioteca", como se eu tivesse cem livros. Nunca soube o quanto havia para ser aprendido com Shakespeare antes, mas nunca tive um Bhaer para me explicar. Não riam do nome terrível de pronunciar que ele tem. Não se pronuncia *Bear* ou *Beer*, como as pessoas dirão, mas algo entre os dois, como somente os alemães conseguem fazer. Fico feliz que vocês duas gostem do que lhes conto sobre ele, e espero que vocês o conheça um dia. Mamãe admiraria seu coração amável, papai gostaria da sabedoria dele. Admiro os dois e me sinto abençoada com meu novo "amigo Friedrich Bhaer".

Sem ter muito dinheiro e nem saber do que ele gosta, peguei vários objetos e os coloquei na sala, onde ele os encontraria inesperadamente. Eles eram úteis, bonitos ou engraçados, um novo enfeite para sua mesa, um pequeno vaso para sua flor, ele sempre tem uma, ou um pouco de folhas verdes em um copo, para mantê-lo fresco, diz ele, e um suporte para seu soprador, para que ele não precise queimar o que Amy chama de "lenços". Fiz como aquele que Beth inventou, uma borboleta grande com um corpo gordo, asas pretas e amarelas, antenas de lã e olhos de miçangas. Ele usou sua enorme imaginação e a colocou em sua capa como um enfeite, portanto, o suporte foi um fracasso. Mesmo sendo muito pobre, ele não se esqueceu de nenhuma criada ou criança na casa; e nenhuma criatura aqui, da lavadeira francesa à Srta. Norton se esqueceu dele. Fiquei muito feliz com isso.

Eles fizeram um baile de máscaras e se divertiram muito na véspera de Ano-Novo. Eu não queria descer, porque não tinha um vestido especial. Mas, no último minuto, a Sra. Kirke lembrou-se de alguns brocados antigos, e a Srta. Norton me emprestou rendas e plumas. Então, fantasiei-me de Srta. Malaprop e desfilei com uma máscara. Ninguém me reconheceu, porque disfarcei minha voz, e ninguém sonhou que a silenciosa e arrogante Srta. March (pois acham que sou muito rígida e fria, a maioria deles, e sou assim mesmo para os fedelhos) podia dançar, vestir-se, e explodir em uma "bela loucura de epitáfios, como uma alegoria às margens do Nilo".

Gostei muito da festa e quando tiramos as máscaras, foi engraçado vê-los olhando para mim. Eu ouvi um dos rapazes dizer a outro que sabia que eu era atriz, na verdade, ele pensou que se lembrava de ter me visto em um dos cinemas menores. Meg vai adorar essa piada. O Sr. Bhaer era Nick Bottom e Tina era Titania, uma fadinha perfeita em seus braços. Vê-los dançar foi "uma bela paisagem", como diria Laurie.

Afinal, tive um ano-novo feliz e, quando pensei no meu quarto, senti que estou avançando um pouco, apesar das minhas muitas falhas, pois estou alegre o tempo todo agora, trabalho com vontade e me interesso mais por outras pessoas do que eu costumava, o que é satisfatório. Que Deus abençoe todos vocês!

Da sua sempre carinhosa... Jo

Capítulo 34

O amigo

Embora muito feliz com a atmosfera social a seu redor e muito ocupada com o trabalho diário para ganhar o pão de cada dia, que a tornava mais doce pelo esforço, Jo ainda encontrava tempo para laboratórios literários. O objetivo que agora a controlava era natural para uma menina pobre e ambiciosa, mas os meios que ela adotara para conquistá-lo não eram os melhores. Ela viu que o dinheiro conferia poder, portanto, resolveu que teria dinheiro e poder, não para usar sozinha, mas para aqueles a quem amava mais que a própria vida. O sonho de encher a casa de confortos, dar a Beth tudo o que ela quisesse, de morangos no inverno a um piano em seu quarto, viajar para o exterior e sempre ter mais do que o suficiente, para que pudesse desfrutar do luxo da caridade, tudo isso tinha sido, por anos, o castelo no ar mais querido de Jo. A experiência com a história do prêmio pareceu abrir um caminho que, após longas viagens e muito trabalho árduo, levaria ao encantador castelo na Espanha. Mas o desastre com o romance colocou fim à sua coragem por um tempo, pois a opinião pública é um gigante que amedronta os Joãos de coração duro em pés de feijão maiores que o dela. Assim como aquele herói imortal, ela aquietou-se por um tempo após a primeira tentativa, o que resultou em uma queda e o menos adorável dos tesouros do gigante, se bem me lembro. Mas o espírito de "subir de novo e pegar outro" era tão forte em Jo quanto era em João, então ela subiu do lado sombrio dessa vez e ganhou mais dinheiro, mas quase deixou para trás o que era muito mais precioso do que os sacos de dinheiro.

Ela começou a escrever histórias sensacionalistas, pois naquela idade das trevas, até a América perfeita lia "porcarias". Ela não contou a ninguém, mas inventou uma "história emocionante" e a levou com coragem a Dashwood, editor do *Weekly Volcano*. Ela nunca havia lido o livro de ficção de Sartor Resartus, mas tinha um instinto feminino de que as roupas exercem uma influência mais poderosa sobre muitos do que o valor do caráter ou a magia dos costumes. Então, ela se vestiu da melhor maneira possível e, tentando se convencer de que não estava nem empolgada nem nervosa, subiu bravamente dois lances de escadas escuras e sujas para entrar em uma sala em total desordem, uma nuvem de fumaça de charuto e a presença de três cavalheiros, sentados com os saltos dos sapatos bem mais altos do que os chapéus, chapéus estes que nenhum deles se deu ao trabalho de remover assim que ela entrou. Um tanto assustada com essa recepção, Jo hesitou na soleira, murmurando com muita vergonha...

– Com licença, eu estava procurando o escritório do *Weekly Volcano*. Gostaria de falar com o Sr. Dashwood.

Levantou-se o cavalheiro com o salto mais alto e ele era também o mais esfumaçado e, cuidadosamente, acariciando seu charuto entre os dedos, avançou com um aceno de cabeça e um semblante que expressava nada mais do que muito sono. Sentindo que ela deveria resolver o problema de alguma forma, Jo produziu seu manuscrito e, corando cada vez mais e mais a cada frase, retirou pedaços do pequeno discurso cuidadosamente preparado para a ocasião.

– Uma amiga minha queria que eu trouxesse... uma história... como uma experiência... gostaria de ouvir sua opinião... ela ficará feliz em escrever mais, se a história agradar.

Enquanto ela corava e cometia erros, o Sr. Dashwood pegara o manuscrito e virava as folhas com um par de dedos bastante sujos, lançando olhares críticos para cima e para baixo nas páginas arrumadas.

– Não é uma primeira tentativa, estou certo? – observando que as páginas eram numeradas, com capa apenas de um lado e não estavam amarradas com uma fita, o que indica claramente que se trata de um novato.

– Não, senhor. Ela tem um pouco de experiência e recebeu um prêmio por uma história na Blarney Stone Banner.

– Verdade? – e o Sr. Dashwood deu uma rápida olhada em Jo, observando tudo o que ela usava, desde o arco do chapéu até os botões nas botas dela. – Bem, você pode deixar aqui, se quiser. Temos muitos exemplos como esse em mãos e não sabemos o que fazer de imediato, mas vou dar uma olhada e darei uma resposta na próxima semana.

Bem, Jo não gostaria de deixar seu manuscrito lá, pois não havia simpatizado muito com o Sr. Dashwood, mas, dadas as circunstâncias, não havia nada a fazer, além de aceitar e ir embora, parecendo particularmente altiva e arrogante, como era capaz de fazer quando estava irritada ou envergonhada. Naquele momento, ela sentia as duas sensações, pois era perfeitamente evidente pelos olhares trocados entre os cavalheiros que sua pequena ficção da "minha amiga" era considerada uma boa piada e uma risada, causada por algum comentário inaudível do editor, quando ele fechou a porta, completou o desconforto dela. Quase decidindo não voltar nunca mais, ela foi para casa e acalmou sua irritação costurando vigorosamente os aventais, e em uma ou duas horas estava calma o suficiente para rir da cena e esperar a próxima semana. Quando ela voltou, o Sr. Dashwood estava sozinho, o que a deixara mais alegre. O Sr. Dashwood estava muito mais acordado do que antes, o que era agradável, e não estava tão profundamente absorvido em um charuto para se lembrar de seus modos, então a segunda entrevista foi muito mais confortável do que a primeira.

– Aceitaremos o manuscrito (editores nunca dizem "eu"), se você não se opuser a algumas alterações. É muito longo, mas omitindo as passagens que marquei, o tamanho ficará perfeito – ele disse, em um tom comercial.

Jo mal reconheceu o próprio manuscrito, pois suas páginas e parágrafos estavam amassados e sublinhados, mas, sentindo-se como uma mãe sensível, *ao ser convidada a cortar as pernas de seu bebê para que ele coubesse em um novo berço*, ela olhou as passagens marcadas e ficou surpresa ao descobrir que todas as reflexões de moral, que ela havia cuidadosamente colocado como lastro para muito romance, haviam sido removidas.

– Mas, senhor, pensei que toda história deveria ter algum tipo de moral, então tomei o cuidado para que alguns dos meus pecadores se arrependessem.

A seriedade editorial do Sr. Dashwoods relaxou em um sorriso, pois Jo havia se esquecido da "amiga" e falado como só uma autora o faria.

– As pessoas querem se divertir, não receber sermões. A moral não vende hoje em dia.– O que não era uma afirmação correta, a propósito.

– Bem, o senhor acha que o livro venderia com essas alterações, então?

– Sim, é um novo enredo, e muito bem elaborado – linguagem boa e outros detalhes – foi a resposta afável do Sr. Dashwood.

– O que você... Quero dizer, qual seria a remuneração? – começou Jo, sem saber exatamente como se expressar.

– Ah, sim, bem, pagamos de vinte a cinco a 30 dólares por histórias desse tipo. Recebe quando for publicado – respondeu o Sr. Dashwood, como se tivesse esquecido de falar sobre esse ponto. Dizem que essas ninharias escapam da mente editorial.

– Muito bem, o senhor pode ficar com o manuscrito – disse Jo, devolvendo a história com um ar satisfeito, pois após trabalhar por 1 dólar a coluna, receber 25 parecia um bom salário.

– Devo dizer à minha amiga que o senhor aceitará outro se ela tiver um melhor que esse? – perguntou Jo, sem lembrar-se de seu pequeno deslize e encorajada por seu sucesso.

– Bem, vamos dar uma olhada. Não posso prometer nada. Diga a ela para fazê-lo curto e picante, e esquecer as reflexões de moral. Qual nome sua amiga gostaria de colocar nesse aqui? – disse Dashwood em um tom descuidado.

– Nenhum, ela não deseja que seu nome apareça e não tem um pseudônimo – disse Jo, vermelha de vergonha.

– Faremos como ela preferir, é claro. A história será publicada na próxima semana. Você virá buscar o dinheiro, ou devo enviá-lo? – perguntou Dashwood, que sentia um desejo natural de saber quem poderia ser seu novo colaborador.

– Eu passarei aqui. Bom dia, senhor.

Quando ela partiu, o Sr. Dashwood levantou e fez uma observação graciosa: "Pobre e orgulhosa, como sempre", mas ela irá se dar bem.

Seguindo as instruções do Sr. Dashwood e tomando a Sra. Northbury como seu modelo, Jo precipitadamente mergulhou no mar profundo da literatura sensacionalista, mas, graças ao colete salva-vidas jogado por um amigo, ela foi salva, não muito pior para esquivar-se. Como a maioria dos jovens escritores, ela viajava para o exterior com seus personagens e cenários, e bandidos, condes, ciganos, freiras e duquesas apareciam em seu palco e interpretaram seus papéis com a maior exatidão e ânimo que se poderia esperar. Seus leitores não se importavam muito com gramática, pontuação e probabilidade, e o Sr. Dashwood graciosamente permitia que ela preenchesse as colunas dele a preços mais baixos, não achando necessário dizer a ela que a verdadeira causa da generosidade dele era o fato de que um de seus revisores, ao receber proposta de salários mais altos, basicamente o deixou na mão.

Ela logo se interessou por seu trabalho, pois sua carteira vazia ficou robusta, e o pequeno tesouro que ela estava fazendo para levar Beth às montanhas no próximo verão cresceu lentamente, mas de modo seguro com o passar das semanas. Uma coisa perturbava sua satisfação, era que ela não havia contado nada para sua família em casa. Teve a sensação de que o pai e a mãe não aprovariam e preferiu seguir seu próprio caminho primeiro e depois pedir perdão. Era fácil mantê-lo em segredo, pois nenhum nome apareceria em suas histórias. O Sr. Dashwood havia descoberto isso logo, mas prometeu não mencionar nada, e por uma maravilha manteve a palavra.

Ela pensou que isso não faria mal a ela, pois sinceramente não pretendia escrever nada do que ela teria vergonha e acalmava todos os pontos da consciência, antecipando o minuto feliz em que deveria mostrar seus ganhos e rir de seu segredo bem guardado. Mas o Sr. Dashwood rejeitava todas as histórias que não fossem emocionantes, e como emoções não poderiam ser produzidas, exceto atormentando as almas dos leitores, história e romance, terra e mar, ciência e arte, registros policiais e manicômios tinham de ser saqueados para esse fim. Jo logo descobriu que sua experiência inocente havia lhe proporcionado apenas alguns vislumbres do mundo trágico que é a base da sociedade, de modo que, em termos de negócios, ela começou a suprir suas deficiências com energia característica. Ansiosa por encontrar material para as histórias e empenhada em torná-las originais na trama, se não em sua execução, ela procurava nos jornais por acidentes, incidentes e crimes. Ela excitava as suspeitas dos bibliotecários públicos pedindo obras sobre venenos. Ela estudava rostos na rua e personagens bons, ruins e indiferentes, tudo a seu redor. Ela mergulhava no pó dos tempos antigos por fatos ou ficções tão antigas que eram tão boas quanto novas, e se apresentou à loucura, pecado e miséria, assim como suas limitadas oportunidades permitidas. Ela pensou que estava prosperando finamente, mas inconscientemente estava começando a profanar alguns dos atributos mais femininos do caráter de uma mulher. Ela estava vivendo em uma sociedade ruim, e por mais imaginária que fosse, sua influência a afetava, pois estava alimentando seu coração e sua fantasia com alimentos perigosos e não substanciais, e rapidamente machucava a flor inocente de sua natureza com um conhecimento prematuro do lado mais sombrio da vida, que chega em breve a todos nós.

Ela estava começando a sentir mais do que observar essas emoções, pois muitas descrições das paixões e sentimentos de outras pessoas a levavam a estudar e especular sobre ela própria, uma diversão mórbida em que jovens mentes saudáveis não se entregam voluntariamente. Os erros sempre trazem seu próprio castigo, e quando Jo mais precisava dele, ela conseguiu. Não sei se o estudo de Shakespeare a ajudou a ler o caráter, ou o instinto natural de uma mulher pelo que era honesto, corajoso e forte, mas ao mesmo tempo dotando seus heróis imaginários de toda perfeição sob o sol, Jo estava descobrindo um herói vivo, que a interessava, apesar de muitas imperfeições humanas. O Sr. Bhaer, em uma de suas conversas, aconselhou-a a estudar personagens simples, verdadeiras e adoráveis, onde quer que ela as encontrasse, como um bom treinamento para um escritor. Jo aceitou a palavra dele, então ela se dedicou calmamente e estudou, um processo que o teria surpreendido muito, se ele soubesse, pois o nobre professor era muito humilde.

A princípio, Jo ficou intrigada para saber por qual motivo todo mundo gostava dele. Ele não era rico nem famoso, nem jovem ou bonito, sob nenhum aspecto poderia ser considerado fascinante, imponente ou brilhante, e ainda assim era tão atraente quanto uma chama amável, e as pessoas pareciam se reunir em volta dele tão naturalmente como ao redor de uma lareira quente. Ele era pobre, mas sempre parecia ter algo a oferecer; um estranho, mas todos eram amigos dele; não era mais jovem, mas estava sempre tão feliz quanto um menino; simples e estranho, mas seu rosto era bonito para muitos e suas esquisitices eram livremente perdoadas para seu próprio bem. Jo frequentemente o observava, tentando descobrir o charme, e finalmente decidiu que era a benevolência que operava o milagre. Se ele tinha alguma tristeza, "ela estava escondida com a cabeça enfiada embaixo da asa", e ele mostrava apenas seu lado ensolarado para o mundo. Havia linhas na testa, mas o tempo parecia tê-lo tocado gentilmente, lembrando como ele era gentil com os outros. As agradáveis curvas em sua boca eram o memorial de muitas palavras amigáveis e risadas alegres, seus olhos nunca eram insensíveis ou duros, e sua mão grande tinha um aperto quente e forte que era mais expressivo do que palavras.

Suas roupas pareciam participar da natureza hospitaleira do dono. Pareciam estar à vontade e gostavam de deixá-lo confortável. Seu colete espaçoso sugeria um coração grande por baixo. Seu casaco "enferrujado" tinha um ar social, e os bolsos folgados provavam claramente que as mãozinhas entravam vazias e saíam cheias. Mesmo suas botas eram benevolentes e seus colarinhos nunca eram rígidos e ásperos como os de outras pessoas. "É isso mesmo!" Jo disse a si mesma, quando finalmente descobriu que a boa vontade genuína para com os semelhantes poderia embelezar e dignificar até um professor de alemão robusto, que usava o garfo como se usa uma pá para jantar, cerzia suas próprias meias e carregava o fardo de ter o nome de Bhaer.

Jo valorizava muito a bondade, mas ela também possuía um respeito muito feminino pelo intelecto, e uma pequena descoberta que ela fez sobre o professor acrescentou muito ao seu respeito por ele. Ele nunca falava de si mesmo, e ninguém sabia que em sua cidade natal, ele tinha sido um homem muito honrado e estimado por seu aprendizado e integridade, até que um compatriota veio visitá-lo. Ele nunca falava sobre sua história e em uma conversa com a Srta. Norton revelou o fato agradável. Ela contou a Jo que começou a gostar ainda mais do Sr. Bhaer porque ele nunca havia dito nada sobre isso. Ela se sentia orgulhosa de saber que ele era um professor de honra em Berlim, embora apenas um pobre mestre de línguas nos Estados Unidos e sua vida caseira e de trabalho árduo foi embelezada pelo tempero do romance que essa descoberta provocou. Outro presente ainda melhor que o intelecto foi mostrado a ela da maneira mais inesperada. A Srta. Norton conhecia quase todos na alta sociedade, pessoas que Jo não teria chance de conhecer a não ser através dela. A mulher solitária interessou-se pela menina ambiciosa e gentilmente conferiu muitos favores a Jo e ao professor. Ela os levou com ela uma noite a um seleto simpósio, realizado em homenagem a várias celebridades.

Jo foi preparada para se curvar e venerar os poderosos a quem ela adorara de longe, mas sua reverência pela genialidade recebeu um choque severo naquela noite, e ela levou algum tempo para se recuperar da descoberta de que as grandes criaturas, no final das contas, eram apenas homens e mulheres.

Imagine sua consternação, ao lançar um olhar tímido de admiração ao poeta cujas linhas sugeriam que um etéreo se alimentava de "espírito, fogo e orvalho", ao vê-lo devorar sua ceia com um ardor que corava seu semblante intelectual. Partindo de um ídolo caído, ela fez outras descobertas que rapidamente dissiparam suas ilusões românticas. O grande romancista vibrava entre dois decantadores com a regularidade de um pêndulo; o famoso divino flertava abertamente com uma Madame de Stael[15] da época, que fuzilava com o olhar outra Corinne, enquanto a satirizava amigavelmente, depois de superá-la nos esforços para absorver o profundo filósofo, que tomava o chá como Samuel Johnson[16] e parecia estar em estado de letargia, considerando que a loquacidade da senhora lhe tornava o discurso impossível. As celebridades científicas, esquecendo seus moluscos e períodos glaciais, fofocavam sobre arte, enquanto se dedicavam às ostras e aos gelos com energia característica; o jovem músico, que estava encantando a cidade como um segundo Orfeu, conversava com cavalos; e o espécime da nobreza britânica presente era o homem mais comum do partido.

Antes que a noite terminasse, Jo sentiu-se tão completamente desiludida, que sentou-se em um canto para se recuperar. O Sr. Bhaer logo se juntou a ela, parecendo um pouco fora de seu elemento, e nesse momento vários filósofos, cada um deles com sua distração, vieram andando para realizar um torneio intelectual no intervalo. As conversas foram quilômetros além da compreensão de Jo, mas ela gostou, embora Kant e Hegel fossem deuses desconhecidos, os termos subjetivos e ininteligíveis, e a única coisa que "evoluiu de sua consciência interior" foi uma forte dor de cabeça depois que tudo acabou. Ocorreu-lhe gradualmente que o mundo estava sendo desfeito em pedaços e reunido em princípios novos e, segundo os oradores, em princípios infinitamente melhores do que antes, que a religião estava em uma maneira justa

(15) Madame de Stael: (1766-1817) intelectual, ensaísta e romancista francesa, que presenciou em primeira mão a Revolução Francesa, a Era Napoleônica e a Restauração. Ao lado de Benjamim Constant, ela formou um dos casais intelectuais mais celebrados de seu tempo.

(16) Samuel Johnson: (1709-1784) poeta, ensaísta, moralista, biógrafo, crítico literário e lexicógrafo.

de ser fundamentada no nada, e o intelecto deveria seja o único deus. Jo não sabia nada sobre filosofia ou metafísica de qualquer espécie, mas uma excitação curiosa, meio prazerosa, meio dolorosa, tomou conta dela enquanto ela ouvia com a sensação de estar à deriva no tempo e no espaço, como um balão pairando pelo ar.

Ela olhou em volta para ver qual era a opinião do professor e o encontrou olhando para ela com a expressão mais desanimadora que ela já o vira usar. Ele balançou a cabeça e chamou-a para ir embora, mas naquele momento ela ficou fascinada pela liberdade da Filosofia Especulativa, e continuou sentada, tentando descobrir em que os sábios cavalheiros pretendiam confiar depois de aniquilar todas as antigas crenças.

Bem, o Sr. Bhaer era um homem reservado e lento para oferecer suas próprias opiniões, não porque elas eram perturbadoras, mas sinceras e sérias demais para serem faladas com leviandade. Enquanto ele lançava seu olhar de Jo para vários outros jovens, atraídos pelo brilho da pirotecnia filosófica, ele franzia as sobrancelhas e sentiu o desejo de falar, temendo que alguma alma jovem e inflamável fosse desviada pelos fogos, para descobrir quando a exibição terminasse, que eles tinham apenas um bastão oco ou uma mão queimada.

Ele aguentou o máximo que pôde, mas quando recebeu um convite para dar sua opinião, ele se acendeu com real indignação e defendeu a religião com toda a eloquência da verdade, uma eloquência que deixava seu inglês musical quebrado e seu rosto simples bonito. A luta foi difícil, pois os sábios discutiam muito bem, mas ele não soube quando foi derrotado e ficou com as cores de um homem comum. De alguma forma, enquanto ele falava, o mundo voltou a atingir Jo. As velhas crenças, que haviam durado tanto tempo, pareciam melhores que as novas. Deus não era uma força cega e a mortalidade não era uma fábula bonita, mas um fato abençoado. Ela sentiu como se tivesse um terreno sólido sob seus pés novamente, e quando o Sr. Bhaer parou, superado, mas nem um pouco convencido, Jo quis bater palmas e agradecer.

Ela não o fez, mas lembrou-se da cena e deu ao professor seu mais sincero respeito, pois sabia que isso lhe custava um esforço para falar naquele momento, porque sua consciência não o deixava calar. Ela começou a ver que o caráter é uma posse melhor do que dinheiro, posição, intelecto ou beleza, e a sentir que, se a grandeza é o que um homem sábio definiu como "verdade, reverência e boa vontade", então seu amigo Friedrich Bhaer não era apenas uma pessoa boa, mas excelente.

Essa crença se fortaleceu diariamente. Ela valorizava a estima dele, ambicionava seu respeito, queria ser digna da amizade dele; e justamente quando o desejo era mais sincero, ela quase perdeu tudo. Tudo começou com um chapéu de pontas; uma noite o professor veio para dar sua aula a Jo com um chapéu de papel na cabeça, que Tina o havia colocado em sua cabeça e ele se esquecera de tirar.

– É evidente que ele não olha no espelho antes de vir – pensou Jo, com um sorriso, enquanto ele dizia "*Boa noitche*", e sentava-se seriamente, inconsciente do contraste ridículo entre o sujeito e o arnês, pois ele iria ler para ela a *Morte de Wallenstein*.

Ela não disse nada a princípio, pois ela gostava de ouvir sua gargalhada espalhafatosa quando algo engraçado acontecia, então ela o deixou descobrir por si mesmo; naquele momento, esqueceu-se de tudo, pois ouvir um alemão lendo Schiller é uma ocupação bastante envolvente. Após a leitura, veio a lição, que foi animada, pois Jo estava de bom humor naquela noite, e o chapéu de pontas manteve os olhos dela dançando com alegria.

O professor não sabia o que fazer com ela e finalmente parou para perguntar com um ar de surpresa que era irresistível:

– *Senhorrita Marsch*, por que você está *rrindo* na cara do seu *mestrre*? Você não me *rrespeita*, para agirr tão mal?

– Como posso ser respeitosa, se o senhor se esquece de tirar o chapéu? – respondeu Jo.

Levando a mão à cabeça, o professor distraído apalpou e removeu o chapeuzinho, olhou para ele por um minuto, depois jogou a cabeça para trás e riu como um violino alegre.

– Ah! Eu o vejo agora, é a Tina, aquela menininha *trravessa*, que me faz de bobo com um chapéu de papel. Bem, não é nada demais, mas se a lição não *forr* bem feita, você também deverá usá-lo.

Mas a lição não durou nem alguns minutos porque o Sr. Bhaer viu uma imagem no chapéu e, desdobrando-o, disse com grande desgosto: – *Gostarria* que esses jornais nunca chegassem em casa. Eles não devem *serr* vistos por *crrianças*, nem lidos pelos jovens. Não está certo, e não tenho paciência com quem causa esse mal.

Jo olhou para a folha e viu uma ilustração agradável composta por um lunático, um cadáver, um vilão e uma víbora. Ela não gostou, mas o impulso que a fez virá-lo não foi de desagrado, mas de medo, porque, por um minuto, imaginou que o jornal era o *Volcano*. No entanto, não era, e seu pânico diminuiu ao lembrar que, mesmo que tivesse sido e uma de suas histórias, não haveria nome para entregá-la. No entanto, ela traíra a si mesma, com um olhar e um rubor; embora fosse um homem ausente, o professor via muito mais do que as pessoas imaginavam. Ele sabia que Jo escrevia e a encontrara no escritório do jornal mais de uma vez, mas como ela nunca falava nada sobre isso, ele não fazia perguntas, apesar de um forte desejo de ver o trabalho dela. O que lhe ocorrera naquele instante é que ela estava fazendo algo do qual tinha vergonha, e isso o incomodara. Ele nunca diria a si mesmo: "Não é *do meu* conta. Não tenho o *dirreito* de dizer nada", como muitas pessoas teriam feito. Ele só se lembrava de que ela era jovem e pobre, uma garota longe do amor da mãe e dos cuidados do pai, e foi movido por um impulso muito rápido e natural de ajudá-la como o que o levaria a estender a mão para salvar um bebê de uma poça. Tudo isso passou por sua mente em um instante, mas nenhum vestígio desses pensamentos aflorou em seu rosto, e quando o jornal foi devolvido e o fio foi colocado na agulha de Jo, ele estava pronto para dizer de maneira bastante natural, mas muito séria:

– Sim, você está certa em dar sua opinião. Não acho que boas meninas devem *verr* essas coisas. Elas são agradáveis para alguns, mas *prrefiro* dar pólvora a meus filhos *parra* que eles brinquem a fazê-los ler esse lixo.

– Não é de todo ruim, apenas tolo; se há uma demanda por esse tipo de material, não vejo nenhum mal em fornecê-lo.

Muitas pessoas respeitáveis ganham uma vida honesta com as chamadas histórias sensacionalistas – disse Jo, riscando as pregas com tanta força que sua agulha seguiu uma fileira de pequenas fendas.

– Existe uma demanda por uísque, mas acho que eu e você não íamos *quererr* vender isso. Se as pessoas respeitáveis soubessem que mal causam, não *irriam* achar que estão ganhando a vida honestamente. Eles não têm o direito de colocar veneno na ameixa e deixar que os pequenos a comam. Não, eles *deverriam* pensar um pouco e "varrer a lama na rua" antes de fazerem isso.

O Sr. Bhaer falou calorosamente e caminhou até a lareira, amassando o jornal que tinha nas mãos. Jo ficou quieta, como se o fogo a tivesse atingido, pois suas bochechas queimaram muito tempo depois que o chapéu de pontas virou fumaça e subiu inofensivamente pela chaminé.

– *Gostarria* muito de *mandarr* todo o resto com a fumaça – disse o professor, virando-se aliviado.

Jo pensou no tamanho das chamas quer seriam feitas com a pilha de papéis no andar de cima, e em seu dinheiro suado que pesava em sua consciência naquele minuto. Então ela tentou consolar-se com um pensamento: – As minhas não são como essa história, são tolas, mas nunca ruins, então não irei me preocupar – em seguida, ela pegou o livro e disse com uma expressão estudiosa: – Vamos continuar, senhor? Farei tudo certo e adequado agora.

– *Esperro* que sim – foi tudo o que ele disse, mas ele quis dizer mais do que ela imaginava; o olhar sério e gentil que ele deu a fez sentir como se as palavras *Weekly Volcano* estivessem impressas em letras grandes em sua testa.

Assim que ela foi para o quarto, pegou seus papéis e releu cuidadosamente cada uma de suas histórias. Sendo um pouco míope, o Sr. Bhaer às vezes usava óculos, e Jo os experimentara uma vez, sorrindo ao ver como eles aumentavam as letras miúdas do livro. Agora parecia que ela também estava usando as lentes mentais ou morais do professor, porque os defeitos daquelas pobres histórias destacavam-se terrivelmente e encheram-na de consternação.

– São um lixo, e em breve serão piores que lixo se eu continuar, pois uma é mais sensacionalista que a outra. Fiquei cega pelo dinheiro, machucando a mim e a outras pessoas. Sei que é verdade, pois não consigo ler essas coisas com seriedade, sem ter vergonha delas; e o que farei se elas forem vistas em casa ou se o Sr. Bhaer as encontrar?

Jo ficou perturbada com a ideia e enfiou o pacote inteiro na lareira, quase incendiando a chaminé toda.

– Sim, esse é o melhor lugar para minhas tolices inflamáveis. Suponho que seja melhor queimar a casa do que deixar que outras pessoas se explodam com a minha pólvora – pensou ela, enquanto observava *O Demônio do Jura* desaparecer, virando uma pequena bola de cinzas com olhos de fogo. Mas quando nada restou de todos os seus três meses de trabalho, exceto um monte de cinzas e o dinheiro no colo, Jo ficou séria, sentada no chão, imaginando o que deveria fazer com seus salários.

– Acho que ainda não fiz muito mal e posso manter isso para pagar pelo meu tempo – disse ela, após uma longa meditação, acrescentando impaciente: – Como gostaria de não ter consciência, é tão inconveniente. Se não me importasse em fazer o certo e não me sentisse desconfortável ao fazer o errado, eu me sairia muito bem. Às vezes, não posso deixar de desejar que a mamãe e o papai não tivessem sido tão categóricos sobre essas coisas.

Ah, Jo, em vez de desejar isso, dê graças a Deus que seu "pai e sua mãe foram categóricos" e tenha pena em seu coração daqueles que não têm esses guardiões para protegê-los de princípios que podem parecer muros de prisão para jovens impacientes, mas que provarão ser fundamentos seguros para construir o caráter na mulher.

Jo não escreveu mais histórias sensacionalistas, decidindo que o dinheiro não compensava sua parte de sensacionalismo, mas indo para o outro extremo, como é o caso das pessoas com suas características, ela fez um curso com a Sra. Sherwood, a Srta. Edgeworth e Hannah More e depois produziu um conto que poderia ter sido mais apropriadamente chamado de ensaio ou sermão, por sua intensidade moral. Desde o início, ela teve suas dúvidas a respeito do conto, pois seu romance animado e juvenil se sentia tão à vontade no novo estilo quanto teria se disfarçado no traje rígido e embaraçoso do século passado. Ela enviou essa joia didática para vários mercados, mas não encontrou comprador, e estava inclinada a concordar com o Sr. Dashwood de que a moral não vendia.

Então, ela tentou a história de uma criança, que ela poderia facilmente ter vendido se não tivesse sido mercenária o suficiente para exigir um lucro sórdido por ela. A única pessoa que oferecera o suficiente para convencê-la a experimentar literatura juvenil foi um nobre cavalheiro que considerava que sua missão era converter o mundo inteiro à sua crença particular. Mas, por mais que ela gostasse de escrever para crianças, Jo não conseguia concordar em descrever todos os seus meninos travessos sendo comidos por ursos ou atingidos por touros loucos porque eles não frequentavam as aulas de religião, nem todas as crianças boas que frequentavam as aulas recompensadas por todo tipo de bem-aventurança, de pão de gengibre dourado a escoltas de anjos quando partiam desta vida com salmos ou sermões em suas línguas. Então, não conseguindo nada com essas experiências, Jo fechou seu tinteiro e disse em um ataque de humildade muito saudável:

– Não sei mais nada. Vou esperar até saber o que fazer antes de tentar novamente e, enquanto isso, "varrer a lama na rua"; se eu não puder fazer melhor, isso é honesto, pelo menos. – Essa decisão provou que sua segunda queda do pé de feijão a ajudou bastante.

Enquanto essas revoluções internas estavam acontecendo, sua vida externa estava tão ocupada e sem intercorrências como de costume, e se ela às vezes parecia séria ou um pouco triste, ninguém a observava, a não ser o professor Bhaer. Ele fazia isso tão silenciosamente que Jo nunca soube que ele a estava observando para ver se ela aceitaria e se beneficiaria com a reprovação dele, mas ela resistiu ao teste e ele ficou satisfeito, pois embora não trocassem nenhuma palavra, ele sabia que ela havia desistido de escrever. Ele não apenas adivinhou o fato de que o segundo dedo da mão direita não estava mais manchado de tinta, mas também viu que, agora, ela passava suas noites no andar de baixo, não era mais encontrada nas redações de jornais e estudava com uma paciência obstinada, o que lhe garantia que ela estava empenhada em ocupar sua mente com algo útil, se não agradável. Ele a ajudou de várias maneiras, provando ser um amigo de verdade, e Jo ficou feliz, pois enquanto a caneta dela estava ociosa, ela estava aprendendo outras lições além do alemão e estabelecendo as bases para a história de sensações da própria vida.

Foi um inverno agradável e longo, pois ela não saiu da casa da Sra. Kirke até junho. Todos pareciam tristes quando chegou a hora. As crianças estavam inconsoláveis, e os cabelos do Sr. Bhaer estavam grudados em toda a cabeça, pois ele sempre o enrolava loucamente quando ficava perturbado.

– Indo *parra* casa? Ah, você está feliz por ter um lar *parra* voltar – disse ele, quando ela lhe contou, e sentou-se em silêncio, puxando sua barba para o canto, enquanto ela oferecia um pequeno jantar naquela última noite.

Ela iria sair cedo, então deu adeus a todos à noite e, quando chegou a vez dele, ela disse calorosamente: – Bem, o senhor não vai esquecer de nos visitar se viajar e passar perto de nossa casa, vai? Eu nunca lhe perdoaria se o senhor fizesse isso, porque quero que toda minha família conheça meu amigo.

– Você *querr* que eu vá? Devo ir? – ele perguntou, olhando para baixo e para ela com uma expressão ansiosa que ela não percebera.

– Sim, venha no próximo mês. Laurie irá se formar e o senhor gostaria de começar com algo novo.

– Esse é seu *melhorr* amigo, de quem você fala? – ele disse em um tom alterado.

– Sim, meu menino, Laurie. Sinto muito orgulho dele e gostaria que senhor o conhecesse.

Jo ergueu os olhos então, inconsciente de tudo, menos do seu prazer na perspectiva de mostrá-los um ao outro. Algo no rosto do Sr. Bhaer subitamente lembrou o fato de que ela poderia achar em Laurie mais do que um "melhor amigo", e simplesmente porque ela particularmente desejava não parecer como se houvesse alguma coisa, ela involuntariamente começou a corar; e quanto mais ela tentava evitar a vermelhidão, mais corada ela ficava. Ela não saberia mais o que fazer, se não fosse por Tina abraçar seus joelhos. Felizmente, a criança veio para abraçá-la, então ela conseguiu esconder o rosto por um instante, esperando que o professor não o visse. Mas ele viu, e o seu próprio rosto mudou novamente daquela expressão de ansiedade momentânea para sua expressão usual, enquanto ele dizia cordialmente:

– Receio que não *terrei* tempo *parra* visitá-la, mas desejo muito sucesso à amiga e toda a felicidade. Deus lhe abençoe! – E com isso, eles apertaram as mãos calorosamente, ele colocou Tina no ombro e foi embora.

Mas depois que os meninos foram para a cama, ele sentou-se bem diante do fogo, com o olhar cansado no rosto e sentindo saudade de casa com o coração pesado. Ele lembrou-se de Jo enquanto ela se sentava com a criança no colo e aquela nova suavidade no rosto, ele apoiou a cabeça nas mãos por um minuto; e então vagou pela sala, como se procurasse algo que ele não conseguiu encontrar.

– Não é *parra* mim, não devo *esperrar porr* isso *agorra* – disse ele consigo mesmo, com um suspiro que era quase um gemido. Então, como se reprovasse o desejo que não podia reprimir, foi e beijou as duas cabecinhas despenteadas no travesseiro, pegou seu cachimbo de coral raramente usado e abriu seu Platão.

Ele fez o melhor que pôde e com bravura, mas acho que ele havia descoberto que dois meninos levados, um cachimbo ou até o divino Platão não seriam substitutos muito satisfatórios para esposa e filhos em casa.

Logo na manhã seguinte, bem cedo, ele estava na estação para ver Jo sair, e graças a ele, ela começou sua jornada solitária com a agradável lembrança de um rosto familiar sorrindo em sua despedida, um buquê de violetas para fazer companhia a ela e o melhor de tudo, o pensamento feliz:

– Bem, o inverno se foi e eu não escrevi livros, não ganhei fortuna, mas fiz um amigo que vale a pena ter e eu vou tentar mantê-lo por toda a minha vida.

Capítulo 35

Coração partido

Qualquer que fosse o motivo, Laurie havia estudado para algum propósito naquele ano, pois ele se formara com honra e fizera seu discurso em latim, com a graça de um Phillips[17] e a eloquência de um Demóstenes[18], segundo contaram seus amigos. Eles estavam todos lá, seu avô... oh, tão orgulhoso... o Sr. e a Sra. March, John e Meg, Jo e Beth, e todos exultaram com ele, com a sincera admiração à qual os rapazes menosprezavam na época, mas não conseguiam receber do mundo por quaisquer triunfos posteriores.

– Tenho de ficar para este jantar atrapalhado, mas estarei em casa cedo amanhã. Vocês irão me encontrar como sempre, meninas? – disse Laurie, enquanto colocava as irmãs na carruagem depois que terminaram as festividades do dia. Ele disse "meninas", mas ele quis dizer Jo, pois ela era a única que mantinha o velho costume, não tinha coragem de recusar nada ao seu esplêndido e bem-sucedido menino e respondeu calorosamente.

---

(17) Phillips: Horatio Frederik Phillips (1845-1924) foi um dos pioneiros da aviação do Reino Unido. Ficou famoso por construir máquinas voadoras multiplano com mais sustentação do que os aviões modernos.

(18) Demóstenes: grande orador e político ateniense do século IV a.C.

– Eu irei, Laurie, faça chuva ou faça sol, e marcharei diante de você, tocando "Viva, lá vem o herói conquistador!" com uma harpa judaica.

Laurie agradeceu com um olhar que a fez ter um pensamento repentino de pânico:

– Oh, meu Deus! Sei que ele vai dizer alguma coisa, e então o que devo fazer?

A meditação noturna e o trabalho matinal dissiparam um pouco seus medos e, tendo decidido que não seria vaidosa o suficiente para pensar que alguém a pediria em casamento quando já dera todos os sinais para saber qual seria sua resposta, ela partiu na hora marcada, esperando que Laurie não fizesse nada para que ela precisasse magoar os sentimentos do pobre rapaz. Uma visitinha na casa de Meg e um beijinho nos sobrinhos Daisy e Demijohn ainda a fortificaram para o *tête-à-tête*, mas quando ela viu uma figura robusta aparecendo a distância, ela teve um forte desejo de se virar e fugir.

– Onde está a harpa judaica, Jo? – gritou Laurie, quando estava a uma curta distância.

– Esqueci – E Jo animou-se novamente, pois essa não era uma saudação apaixonada.

Nessas ocasiões, ela sempre costumava dar-lhe o braço, agora não, e ele não reclamou, o que era um mau sinal, mas falava rapidamente sobre todos os tipos de assuntos diferentes, até que eles saíram da estrada para o pequeno caminho que conduzia para a casa pelo bosque. Então ele começou a andar mais devagar, de repente perdeu o bom fluxo da linguagem e de vez em quando ocorria uma pausa terrível. Para resgatar a conversa de um dos poços de silêncio em que ela continuava caindo, Jo disse apressadamente:

– Agora você terá férias prolongadas!

– É o que pretendo fazer.

Algo em seu tom resoluto fez Jo olhar rapidamente para ele e sua expressão que lhe garantiu que aquele seria o momento terrível, o que a fez estender a mão implorando:

– Não, Laurie. Por favor, não!

– Eu preciso falar e você tem de me ouvir. Não adianta, Jo, nós temos que dizer tudo e resolver a situação, o quanto antes será melhor para nós dois – ele respondeu, ficando corado e ansioso ao mesmo tempo.

– Diga o que quiser então. Vou ouvir – disse Jo, com um modo desesperado de paciência.

Laurie era um jovem apaixonado, mas ele estava sério, e pretendia "dizer tudo", mesmo que morresse tentando; então mergulhou no assunto com impetuosidade característica, dizendo numa voz que ficava sufocada de vez em quando, apesar de seus esforços viris para mantê-la estável:

– Amo você desde que a conheço, Jo, não pude evitar, você tem sido tão boa comigo. Tentei mostrar isso, mas você não me deixou. Agora vou fazer você ouvir e me dar uma resposta, porque não posso suportar mais.

– Queria lhe poupar sofrimento. Pensei que você entenderia... – respondeu Jo, achando tudo muito mais difícil do que ela esperava.

– Entendo que você queria, mas as meninas são tão esquisitas, nunca sabemos o que elas querem dizer. Elas dizem "não" quando querem dizer "sim" e tiram um homem de seu juízo apenas por diversão – respondeu Laurie, apoiando-se em um fato inegável.

– Não sou assim. Nunca quis fazer você sofrer por minha causa e fui embora para que isso não acontecesse.

– Eu sei que sim. Você foi embora, mas não adiantou. Só te amei ainda mais e fiz de tudo para agradá-la, abandonei o bilhar e tudo o que você não gostava; esperei e nunca reclamei, porque esperava que você me amasse, embora eu não seja suficientemente bom para você... – Aqui houve um estrangulamento que não pôde ser controlado, e ele decapitou ranúnculos enquanto limpava a "maldita garganta".

– Você é... você é muito bom para mim, e sou muito grata a você, tenho muito orgulho e gosto muito de você, não sei porque não consigo te amar como você quer. Eu tentei, mas não posso mudar o sentimento, e estaria mentindo se dissesse que amo quando não amo.

– Verdade, você está falando sério, Jo?

Ele parou e pegou as duas mãos dela enquanto fazia sua pergunta com um olhar que ela não esqueceria tão rápido.

– Verdade? Você está falando sério, querida?

Eles estavam no bosque agora, perto do local onde haviam dois degraus na cerca, e quando as últimas palavras saíram com relutância dos lábios de Jo, Laurie soltou as mãos dela e virou-se como se fosse continuar, mas pela primeira vez na vida a cerca era demais para ele. Então, ele apenas deitou a cabeça no poste coberto de musgo e ficou tão imóvel que isso deixou Jo com medo.

– Oh, Laurie, desculpe-me, sinto muito, poderia me matar se isso fosse resolver alguma coisa! Gostaria que você não levasse isso tão a sério, não posso evitar. Você sabe que é impossível que alguém obrigue a si mesmo a amar outra pessoa, se ela não ama – exclamou Jo, deselegante, mas com remorso, enquanto ela acariciava suavemente seu ombro, lembrando-se da época em que ele a havia consolado há tanto tempo.

– Às vezes isso acontece – disse uma voz abafada que vinha do poste.

– Não acredito que seja o tipo certo de amor, e prefiro não tentar – foi a resposta decidida.

Houve uma longa pausa, enquanto um melro cantava alegremente no salgueiro junto ao rio, e a grama alta sussurrava ao vento. Naquele instante, Jo disse com muita sobriedade, quando se sentou no degrau da cerca: – Laurie, quero lhe contar uma coisa.

Ele começou como se tivesse levado um tiro, levantou a cabeça e gritou em um tom feroz:

– Não me conte nada, Jo, não posso suportar isso agora!

– Sobre o quê? – ela perguntou, estranhando a violência dele.

– Que você ama aquele velho.

– Que velho? – exigiu Jo, pensando que ele estaria referindo-se ao avô.

– Aquele professor dos demônios sobre o qual você estava sempre escrevendo. Se você disser que o ama, sei que farei algo desesperado – e ele parecia manter sua palavra, enquanto apertava as mãos com uma faísca furiosa nos olhos.

Jo queria rir, mas se conteve e disse de modo carinhoso, pois ela também estava ansiosa com tudo isso: – Não fale assim, Laurie! Ele não é velho, nem uma pessoa má, mas bom e gentil, e o melhor amigo que tenho, além de você. Ora, não se atire em uma paixão. Quero ser gentil, mas sei que ficarei brava se você falar mal do meu professor. Não tenho a menor vontade de amá-lo nem a qualquer outra pessoa.

– Mas você irá, depois de um tempo, e então o que será de mim?

– Você amará alguém também, porque é um rapaz sensível, e esquecerá tudo isso.

– Não posso amar mais ninguém, e nunca vou te esquecer, Jo, nunca! Nunca! – Com se fosse um selo para enfatizar suas palavras apaixonadas.

– O que devo fazer com ele? – suspirou Jo, achando que as emoções eram mais incontroláveis do que ela esperava. – Você não ouviu o que eu queria lhe dizer. Sente-se e ouça, pois, de fato, quero fazer o certo e fazer você feliz – disse ela, esperando acalmá-lo com um pequeno motivo, o que provava que ela não sabia nada sobre o amor.

Vislumbrando um raio de esperança nessas últimas palavras, Laurie se jogou na grama aos pés dela, repousou o braço no degrau mais baixo da escada e olhou para ela com expectativa. Bem, esse acordo não era propício para acalmar a fala ou o pensamento claro de Jo, pois como ela poderia dizer coisas duras para o rapaz enquanto ele a observava com olhos cheios de amor e saudade, e cílios ainda molhados com uma ou duas gotas amargas derramadas por causa da dureza do coração dela? Ela gentilmente virou a cabeça dele, dizendo, enquanto lhe acariciava os cabelos ondulados que ele deixara crescer por ela. Como aquilo era comovente, sem dúvida! – Concordo com a mamãe quando ela diz que não combinamos, pois nosso gênio tempestuoso provavelmente nos tornaria muito infelizes, se fôssemos tolos a ponto de... Jo parou um pouco depois da última palavra, mas Laurie pronunciou-a com uma expressão arrebatadora.

– Casar – não, não deveríamos! Se você me amasse, Jo, eu seria um perfeito santo, pois você pode fazer de mim o que quiser.

– Não, não posso. Tentei e falhei e não vou arriscar nossa felicidade com um experimento tão sério. Nós não combinamos e nunca combinaremos, por isso seremos bons amigos a vida toda, mas não vamos fazer nada precipitado.

– Sim, nós faremos, se tivermos a chance – exclamou Laurie, com rebeldia.

– Agora seja razoável e tenha uma visão sensível do caso – implorou Jo, não sabendo mais o que pensar.

– Não serei razoável. Não quero ter o que você chama de "uma visão sensível". Isso não vai me ajudar, e só tornará as coisas mais difíceis. Acho que você não tem coração.

– Gostaria de não ter.

Havia um pequeno tremor na voz de Jo, e achando que isso era um bom presságio, Laurie se virou, trazendo todos os seus poderes persuasivos, como ele dizia, usando um tom suave que nunca havia sido tão perigosamente suave antes: – Não nos decepcione, querida! Todo mundo espera isso. Vovô deseja do fundo do seu coração, sua família quer isso e eu não posso continuar sem você. Diga que você aceitará e vamos ser felizes. Por favor, por favor!

Apenas meses depois Jo entendeu como ela teve força de espírito para se manter firme na resolução que havia tomado quando decidiu que não amava o "menino dela" e nunca poderia. Foi muito difícil decidir, mas ela conseguiu, sabendo que a delonga era inútil e cruel.

– Não consigo dizer "sim" de verdade, então não vou dizer nada. Você verá que estou certa, aos poucos, e me agradecerá por isso... – ela respondeu solenemente.

– Eu me enforcaria se o fizesse! – e Laurie saiu da grama, queimando de indignação com a própria ideia.

– Sim, você irá me agradecer! – insistiu Jo. – Você vai superar isso depois de um tempo, e encontrar uma jovem adorável e talentosa, que vai amá-lo e será uma bela esposa para sua bela casa. Eu não conseguiria ser assim. Sou caseira, desajeitada, estranha e pareço uma velha; você teria vergonha de mim e iríamos brigar o tempo todo. Nós não podemos evitar isso agora, veja bem, eu não gosto da sociedade elegante e você gosta, você não iria gostar dos meus rabiscos, e eu não poderia viver sem eles, e seríamos infelizes a ponto de desejar que não estivéssemos juntos, e tudo seria horrível!

– Algo mais? – perguntou Laurie, achando difícil ouvir pacientemente essa explosão profética.

– Nada mais, exceto que eu não acredito que me casarei algum dia. Estou feliz como sou e amo muito minha liberdade para ter pressa de desistir dela por qualquer homem mortal.

– Sei o que irá acontecer! – interrompeu Laurie. – Você pensa assim agora, mas chegará um momento em que você se importará com alguém e o amará tremendamente, viverá e morrerá por ele. Sei que isso irá acontecer com você, é o seu caminho, e terei de esperar para vê-lo – e o jovem apaixonado e desesperado jogou o chapéu no chão com um gesto que pareceria cômico, se seu rosto não fosse tão trágico.

– Sim, eu vou viver e morrer por ele, se ele vier e me fizer amá-lo, apesar de tudo, e você deve fazer o melhor que puder! – exclamou Jo, perdendo a paciência com o pobre Laurie. – Eu fiz o meu melhor, mas você não está sendo razoável e é egoísta da sua parte continuar me provocando pelo que eu não posso dar. Sempre vou gostar de você, gosto muito na verdade, como amigo, mas nunca vou me casar com você, e quanto mais cedo você acreditar, melhor será para nós dois!

Esse discurso foi como pólvora. Laurie olhou para ela um instante como se ele não soubesse o que fazer consigo mesmo, então se virou bruscamente, dizendo em um tom desesperado:

– Você irá se arrepender um dia, Jo.

– Ei, aonde você vai? – ela gritou, pois o rosto dele a assustou.

– Para o inferno! – foi a resposta consoladora.

Por um minuto, o coração de Jo ficou parado, enquanto ele descia cambaleando até a margem do rio, mas é preciso muita loucura, pecado ou miséria para levar um jovem a uma morte violenta, e Laurie não era do tipo fraco, que é dominado por uma única derrota. Ele não pensava em um mergulho melodramático, mas algum instinto cego o levou a arremessar chapéu e casaco em seu barco e a remar com todas as suas forças, aproveitando melhor o rio do que antes em qualquer corrida. Jo respirou fundo e abriu as mãos enquanto observava o pobre sujeito tentando superar o problema que ele carregava em seu coração.

– Isso fará bem a ele, e ele voltará para casa em estado de espírito tenro e penitente; não posso nem pensar em vê-lo – disse ela, acrescentando, enquanto voltava lentamente para casa, sentindo como se tivesse matado um inocente, e o enterrado sob as folhas. – Agora preciso ir até a casa do Sr. Laurence e prepará-lo para ser muito gentil com o meu pobre menino. Gostaria que ele amasse Beth; talvez ele possa com o tempo, mas começo a pensar que estava enganada sobre ela. Oh céus! Como as meninas podem gostar de ter namorados e recusá-los? Acho isso terrível.

Tendo certeza de que ninguém poderia fazer isso tão bem quanto ela mesma, ela foi diretamente falar com o Sr. Laurence, contou a história difícil com bravura e depois desmoronou, chorando com tanta tristeza por sua própria insensibilidade que o gentil cavalheiro, embora extremamente desapontado, não disse uma palavra. Ele achava difícil entender como uma menina poderia não amar Laurie, e esperava que ela mudasse de ideia, mas ele sabia ainda melhor que Jo que o amor não pode ser forçado, então ele balançou a cabeça tristemente e resolveu levar o rapaz para longe de perigo, pois as últimas palavras do jovem impetuoso para Jo o perturbaram mais do que ele confessaria. Quando Laurie chegou em casa, morto de cansaço, mas bastante tranquilo, seu avô o recebeu como se não soubesse de nada e manteve a ilusão com muito sucesso por uma ou duas horas. Mas quando eles se sentaram juntos no crepúsculo, momento que costumavam desfrutar muito, foi difícil para o velho conversar como sempre, e ainda mais difícil para o jovem ouvir elogios ao sucesso do ano passado, que para ele agora parecia o trabalho do amor perdido. Ele aguentou o máximo que pôde, depois foi ao piano e começou a tocar. As janelas estavam abertas, e Jo, caminhando no jardim com Beth, entendeu a música pela primeira vez melhor do que a irmã dela, pois ele tocava a *Sonata Pathetique* como nunca fizera antes.

– Isso é muito bom, ouso dizer, mas é triste o bastante para fazer chorar. Dê-nos algo mais alegre, rapaz – disse o Sr. Laurence, cujo amável e velho coração estava cheio de simpatia, que ele desejava mostrar, mas não sabia como.

Laurie começou a tocar mais animado, tocou tempestuosamente por vários minutos, e teria terminado bravamente, se em um momento a voz da Sra. March não tivesse sido ouvida gritando: – Jo, querida, entre. Preciso de você.

Exatamente o que Laurie desejava dizer, com um significado diferente! Enquanto ouvia, ele perdeu o rumo, a música terminou com um acorde quebrado, e o músico ficou em silêncio no escuro.

– Não suporto isso – murmurou o velho cavalheiro. Ele levantou-se e caminhou até o piano, colocou sua mão gentil sobre os ombros largos de Laurie e disse, tão gentil quanto uma mulher: – Já sei de tudo, meu filho, já sei.

Não houve nenhuma resposta por um instante, então Laurie perguntou bruscamente: – Quem lhe contou?

– A própria Jo.

– Então esse é o fim! – E ele sacudiu as mãos de seu avô com um movimento impaciente, pois, embora grato pela simpatia, seu orgulho de homem não podia suportar a piedade de outro homem.

– Não exatamente. Quero dizer uma coisa, e depois haverá um fim – respondeu o Sr. Laurence com uma suavidade incomum. – Você não vai querer ficar em casa agora, talvez?

– Não pretendo fugir de uma menina. Jo não pode impedir que eu a veja, vou ficar e fazer o que eu quiser – interrompeu Laurie em tom desafiador.

– Não se você for o cavalheiro que eu acho que é. Estou desapontado, mas a menina não pode fazer nada; a única coisa que resta a fazer é viajar por um tempo. Para onde você vai?

– Para qualquer lugar. Eu não me importo com o que será de mim – e Laurie levantou-se dando uma risada imprudente que doeu aos ouvidos de seu avô.

– Enfrente a situação como um homem, e não faça nada precipitado, pelo amor de Deus. Por que não viaja para o exterior, como planejado, e esquece tudo isso?

– Não posso.

– Mas você estava louco para ir, e eu prometi que você iria assim que terminasse a faculdade.

– Ah, mas não quero ir sozinho! – e Laurie começou a andar rapidamente pela sala com uma expressão que seu avô felizmente não viu.

– Não quero que vá sozinho. Tem alguém pronto e feliz para ir com você, a qualquer lugar do mundo.

– Quem, senhor? – disse Laurie, parando para ouvir.

– Eu mesmo.

Laurie voltou rapidamente e estendeu a mão, dizendo com voz rouca: – Sou um bruto egoísta, mas... o senhor sabe... vovô...

– Meu Deus do céu, como sei, pois já passei por tudo isso antes, primeiro quando eu era jovem, e depois com seu pai. Agora, meu querido menino, apenas sente-se em silêncio e ouça meu plano. Está tudo resolvido e pode ser realizado agora – disse o Sr. Laurence, mantendo o jovem ali, como se estivesse com medo de que ele fosse embora como seu pai já havia feito antes dele.

– Bem, senhor, qual é seu plano? – e Laurie sentou-se, sem sinal de interesse no rosto ou na voz.

– Tenho negócios em Londres que precisam de cuidados. Queria que você cuidasse de tudo, mas eu mesmo posso fazer melhor, e as coisas aqui vão correr muito bem com Brooke para gerenciá-las. Meus parceiros fazem quase tudo, estou apenas aguentando até você tomar o meu lugar, e posso sair a qualquer momento.

– Mas o senhor detesta viajar. Não posso pedir isso na sua idade – começou Laurie, que estava agradecido pelo sacrifício, mas preferia ir sozinho. O velho cavalheiro sabia disso perfeitamente e queria evitar que isso acontecesse porque o estado em que o neto se encontrava garantia-lhe que não seria prudente deixá-lo por conta própria. Então, sufocando um arrependimento natural ao pensar nos confortos que ele deixaria para trás, ele disse com firmeza:

– Meu neto querido, ainda não estou superanimado, mas gosto bastante da ideia e isso me fará bem; meus velhos ossos não irão sofrer muito, pois viajar hoje em dia é quase tão fácil quanto sentar em uma cadeira.

Um movimento inquieto de Laurie sugeriu que sua cadeira não era tão confortável ou que ele não havia gostado do plano, e fez o velho acrescentar às pressas: – Não quero ser um desmancha-prazeres nem um fardo. Vou porque acho que você ficaria mais feliz do que se me deixasse para trás. Não pretendo ficar com você; quero deixá-lo livre para ir aonde quiser, enquanto me divirto à minha maneira. Tenho amigos em Londres e Paris, e gostaria de visitá-los. Enquanto isso, você pode ir para a Itália, Alemanha, Suíça, onde você quiser e desfrutar de imagens, músicas, cenários e aventuras que lhe agradem.

Naquele momento, Laurie sentiu que seu coração estava totalmente despedaçado e que o mundo era um deserto atroz, porém ao som de certas palavras que o velho cavalheiro introduziu artisticamente em sua sentença final, o coração despedaçado deu um salto inesperado, e um oásis verde apareceu de repente no deserto atroz. Ele suspirou e depois disse, sem ânimo algum: – Como o senhor preferir. Não importa para onde vou ou o que irei fazer.

– Importa para mim, lembre-se disso, meu rapaz. Dou-lhe total liberdade, mas confio em você para fazer bom uso dela. Prometa-me isso, Laurie.

– Qualquer coisa que o senhor quiser.

– Ótimo – pensou o velho cavalheiro. – Você não se importa agora, mas chegará um momento em que essa promessa manterá você longe de problemas, ou estou muito enganado.

Sendo uma pessoa enérgica, o Sr. Laurence atacou enquanto o ferro estava quente e, antes que o ferido recuperasse o espírito suficiente para se rebelar, eles partiram. Durante o tempo necessário para a preparação da viagem, Laurie se comportou como os jovens cavalheiros costumam fazer nesses casos. Ele ficava de mau humor, irritado e pensativo às vezes, perdia o apetite, não queria vestir-se adequadamente e dedicava muito tempo tocando tempestuosamente o piano, evitando Jo, mas consolando-se em admirá-la de sua janela, com um semblante tão trágico que assombrava os sonhos dela durante a noite e a oprimia com um pesado sentimento de culpa durante o dia. Ao contrário de alguns sofredores, ele nunca falou de sua paixão não correspondida e não permitia que ninguém, nem mesmo a Sra. March, tentasse consolar-lhe ou demonstrar simpatia. Em alguns relatos, isso era um alívio para seus amigos, mas as semanas antes de sua partida foram muito desconfortáveis, e todos se alegraram com o fato de que o "pobre e querido companheiro estava indo embora para esquecer seus problemas e voltar para casa feliz". Claro, ele sorria sombriamente diante da ilusão deles, mas passava por isso com a triste superioridade de quem sabia que sua fidelidade, assim como seu amor, era inalterável. Quando a despedida chegou, houve uma mudança em seu bom-humor, para ocultar certas emoções inconvenientes que pareciam inclinadas a se confirmar. Esse contentamento não foi imposto por ninguém, mas eles tentaram parecer como se fosse por causa dele, e ele estava muito bem até que a Sra. March o beijou, com um sussurro cheio de solicitude maternal. Então, sentindo que ele iria embora muito rápido, ele apressadamente começou a abraçar a todos, sem esquecer a aflita Hannah, e desceu as escadas correndo como se tivesse de salvar sua vida. Jo desceu um minuto depois para acenar com a mão, se ele olhasse em volta. Ele olhou em volta, voltou, abraçou-a enquanto ela estava no degrau acima dele e olhou para ela com um semblante que deixou seu breve apelo eloquente e patético.

– Oh, Jo, você não é capaz de me amar?

– Laurie, querido, eu gostaria de ser capaz!

Isso foi tudo, exceto uma pequena pausa. Então Laurie endireitou-se e disse: – Está tudo bem, não importa – e foi embora sem mais uma palavra. Ah, mas não estava tudo bem, e Jo se importava, pois enquanto a cabeça encaracolada estava em seu braço um minuto após sua resposta dura, ela sentiu como se tivesse esfaqueado seu amigo mais querido e quando ele saiu sem olhar para trás, ela sabia que o menino Laurie nunca mais voltaria.

Capítulo 36

O segredo de Beth

Quando Jo chegou em casa naquela primavera, ficou impressionada com a mudança de Beth. Ninguém havia falado sobre o assunto ou parecia ciente disso, pois tinha chegado aos poucos para assustar aqueles que a viam diariamente, mas para os olhos aguçados pela ausência, era muito claro e um grande peso caiu no coração de Jo quando ela viu o rosto de sua irmã. Não estava mais pálido e mais magro do que no outono, mas havia uma aparência estranha e transparente, como se o mortal estivesse sendo refinado lentamente, e o imortal brilhando através da carne frágil com uma beleza indescritivelmente patética. Jo viu e sentiu, mas não disse nada na época, e logo a primeira impressão perdeu muito de seu poder, pois Beth parecia feliz, ninguém parecia duvidar de que ela estivesse melhor, e naquele momento, com outros cuidados a serem tomados, Jo esqueceu o medo por um tempo. Mas, quando Laurie se foi, e a paz voltou a reinar, a vaga ansiedade retornou e começou a assombra-la. Ela confessou seus pecados e foi perdoada, mas quando mostrou suas economias e propôs uma viagem às montanhas, Beth agradeceu-lhe sinceramente, mas implorou para não ir tão longe de casa. Outra pequena visita à praia lhe conviria melhor, e como a vovó não podia deixar de ver os bebês, Jo levou Beth para o lugar tranquilo, onde ela poderia ficar ao ar livre e deixar a brisa fresca do mar soprar um pouco de cor em suas pálidas bochechas.

Não era um lugar elegante, mas mesmo entre as pessoas agradáveis de lá, as meninas fizeram poucos amigos, preferindo viver uma para a outra. Beth era tímida demais para apreciar a sociedade, e Jo também não estava disposta a se importar com ninguém mais. Então, elas estavam lá, uma pela outra, indo e vindo, inconscientes do interesse que despertavam naqueles que observavam, com olhos simpáticos, a irmã forte e a irmã fraca, sempre juntas, como se sentissem instintivamente que uma longa separação não estava longe.

Elas sentiam isso, mas não tocavam no assunto, pois muitas vezes entre nós mesmos e os mais próximos e queridos a nós existe uma reserva que é muito difícil de superar. Jo sentia como se um véu tivesse caído entre seu coração e o de Beth, mas quando ela estendia a mão para levantá-lo, parecia que havia algo sagrado no silêncio, então ela esperou que Beth falasse. Ela se perguntava, e também agradecia, que seus pais não pareciam ver o que ela via, e durante as semanas tranquilas em que as sombras se tornavam tão claras para ela, ela não disse nada para a família em casa, acreditando que tudo seria esclarecido quando Beth não voltasse melhor. Ela se perguntava ainda mais se sua irmã realmente conhecia a pura verdade, e que pensamentos passavam por sua mente durante as longas horas em que ela se deitava nas pedras quentes com a cabeça no colo de Jo, enquanto os ventos sopravam saúde sobre ela e o mar fazia música aos seus pés.

Um dia Beth contou tudo a ela. Jo achava que ela estava dormindo, pois estava tão quieta e, largando o livro, ficou sentada olhando para ela com olhos melancólicos, tentando ver sinais de esperança na cor quase transparente das bochechas de Beth. Mas ela não conseguia encontrar nenhuma esperança que a deixasse satisfeita, pois as bochechas eram muito finas e as mãos pareciam fracas demais para segurar até as pequenas conchas rosadas que estavam coletando. Ocorreu-lhe, então, do modo mais amargo possível, que Beth estava lentamente morrendo, e seus braços instintivamente apertaram o tesouro mais querido que ela possuía. Por um minuto, seus olhos estavam muito fracos para ver qualquer coisa e, quando se esvaziaram, Beth estava olhando para ela com tanta ternura que quase não havia necessidade de dizer nada: – Jo, querida, fico feliz que você saiba; tentei te contar, mas não pude. – Não houve resposta, exceto a face de sua irmã contra a dela, nem mesmo lágrimas, pois embora estivesse profundamente comovida, Jo não chorou. Ela era a mais fraca naquele instante, e Beth tentou confortá-la e sustentá-la, com os braços em volta dela e as palavras suaves que sussurrou em seu ouvido.

– Sei disso há um bom tempo, querida, e agora estou acostumada com isso, não é difícil pensar ou suportar. Tente ver dessa forma e não se preocupe comigo, porque é melhor; de fato é.

– Foi isso que a deixou tão infeliz no outono, Beth? Você não sentiu isso naquela época, e guardou para si mesma por tanto tempo, não é? – perguntou Jo, recusando-se a ver ou dizer o que era melhor, mas feliz em saber que Laurie não era parte do problema de Beth.

– Sim, desisti de ter esperança, mas não me agradava admitir. Tentei pensar que era uma fantasia doentia e não queria deixar isso incomodar ninguém. Mas quando vi todos vocês tão bem, fortes e cheios de planos felizes, foi difícil pensar que eu nunca poderia ser como vocês, e então fiquei infeliz, Jo.

– Ah, Beth, por que você não me contou, não me deixou confortá-la e ajudá-la? Como você pode se calar, aguentar tudo sozinha? – A voz de Jo estava cheia de reprovação terna, e seu coração doía ao pensar na luta solitária que devia ter continuado enquanto Beth aprendia a se despedir da saúde, do amor e da vida, e assumir sua cruz com tanta alegria.

– Talvez estivesse errada, mas tentei fazer o certo. Não tinha certeza, ninguém disse nada e esperava estar enganada. Teria sido egoísta assustar todos vocês quando Mammie estava tão ansiosa por Meg e Amy; e você estava tão feliz com Laurie; pelo menos eu achava que sim.

– E eu pensei que você o amava, Beth, e fui embora porque eu não conseguia amá-lo como ele queria – exclamou Jo, feliz em dizer toda a verdade.

Beth ficou tão impressionada com a ideia que Jo sorriu, apesar da dor, e acrescentou baixinho: – Então você não gostava dele, querida? – Eu achava que esse era o motivo por você estar triste, e imaginei seu pobre coração cheio de amor o tempo todo.

– Ora, Jo, como poderia, quando ele gosta tanto de você? – perguntou Beth, inocente como uma criança. – Eu o amo muito. Ele é tão bom para mim, como não gostar dele? Mas ele nunca poderia ser nada para mim, exceto meu irmão. Espero que ele realmente seja, algum dia.

– Não através de mim – disse Jo decididamente. – Amy será o par dele, e eles serão perfeitos juntos, mas agora não tenho coração para essas coisas. Não ligo para o que acontece com ninguém, além de você, Beth. Você precisa melhorar.

– Eu quero muito, ah, como quero! Eu tento, mas todos os dias pioro um pouco e tenho mais certeza de que nunca vou me recuperar. É como a maré, Jo, quando vira, vai devagar, mas não pode ser parada.

– Tem de parar, sua maré não pode mudar tão cedo, você tem dezenove anos, é muito jovem, Beth. Não posso deixar você ir. Vou trabalhar, orar e lutar contra isso. Vou mantê-la apesar de tudo. Deve haver maneiras, não pode ser tarde demais. Deus não será tão cruel a ponto de tirar você de mim – exclamou Jo, rebelde, porque seu espírito era muito menos piedosamente submisso que o de Beth.

Pessoas simples e sinceras raramente falam muito de sua piedade. Ela aparece mais em atos do que em palavras e tem mais influência do que sermões ou protestos. Beth não podia raciocinar ou explicar a fé que lhe dava coragem e paciência para desistir da vida e esperar alegremente pela morte. Como uma criança confiante, ela não fazia perguntas, mas entregava tudo a Deus e a natureza, Pai e Mãe de todos nós, tendo certeza de que eles, e somente eles, poderiam ensinar e fortalecer o coração e o espírito para esta vida e a vida futura. Ela não repreendeu Jo com sermões sagrados, apenas a amou mais por seu carinho passional e se apegou mais ao querido amor humano, do qual nosso Pai nunca quer que nos afastemos, mas através do qual Ele nos aproxima dEle. Ela não podia dizer: – Estou feliz em partir – pois a vida era muito agradável para ela. Tudo que ela conseguia era soluçar: – Eu tento ficar disposta – enquanto ela se apegava a Jo, quando a primeira onda amarga dessa grande tristeza pegou as duas juntas.

Pouco a pouco, Beth disse, com serenidade recuperada: – Você contará a eles quando voltarmos para casa?

– Acho que eles verão isso sem palavras – suspirou Jo, pois agora parecia a ela que Beth mudava todos os dias.

– Talvez não. Ouvi dizer que as pessoas que mais amam são frequentemente mais cegas para essas coisas. Se eles não virem, você dirá a eles por mim. Não quero segredos, e é mais gentil prepará-los. Meg tem John e os bebês para confortá-la, mas você deve apoiar o pai e a mãe, não é, Jo?

– Se eu puder. Mas, Beth, eu não desisti ainda. Vou acreditar que é uma fantasia doente, e não vou deixar você pensar que é verdade. – disse Jo, tentando falar de modo alegre.

Beth ficou um minuto pensando e depois disse, calmamente: – Não sei como me expressar, e não vou tentar falar com ninguém além de você, porque só tenho a minha Jo para conversar. Quero apenas dizer que tenho a sensação de que eu não viveria por muito tempo. Não sou como o restante de vocês. Nunca fiz planos sobre o que faria quando crescesse. Nunca pensei em me casar, como vocês todas fizeram. Não conseguia me imaginar em nada além da pequena e tola Beth, andando dentro de casa, sem utilidade em nenhum lugar a não ser lá. Nunca quis ir embora, e a parte mais difícil agora é deixar todos vocês. Não tenho medo, mas parece que sentirei saudades de vocês mesmo no céu.

Jo não conseguia falar e, por vários minutos, não houve som além do suspiro do vento e da maré. Uma gaivota de asas brancas voou, com o brilho do sol em seu peito prateado. Beth assistiu até desaparecer, e seus olhos estavam cheios de tristeza. Um passarinho cinza coberto de areia veio tropeçando na praia "espiando" calmamente, como se estivesse desfrutando do sol e do mar. Chegou bem perto de Beth e olhou para ela com um olhar amigável e sentou-se sobre uma pedra quente, vestindo suas penas molhadas, em casa. Beth sorriu e se sentiu consolada, pois a pequena coisa parecia oferecer sua pequena amizade e lembrá-la de que um mundo agradável ainda estava ali para ser desfrutado.

– Querido passarinho! Veja, Jo, como é manso. Eu prefiro passarinhos a gaivotas. Eles não são tão selvagens e bonitos, mas parecem felizes, confidenciando pequenas coisas. Costumava chamá-los de meus pássaros no verão passado, e a mamãe dizia que eles se lembravam de mim, criaturas agitadas e de cores claras, sempre perto da costa, e sempre cantando aquela pequena canção deles. Você é a gaivota, Jo, forte e selvagem, apaixonada pela tempestade e pelo vento, voando para o mar e feliz sozinha. Meg é a rolinha e Amy é como a cotovia sobre a qual ela escreve, tentando se levantar entre as nuvens, mas sempre caindo no ninho novamente. Querida irmã! Ela é tão ambiciosa, mas seu coração é bom e terno, e não importa o quão alto ela voe, ela nunca esquecerá o lar. Espero vê-la novamente, mas ela parece tão distante.

– Ela chegará na primavera, e sei que estaremos todas juntas e prontas para vê-la e apreciá-la. Você estará bem e corada a essa altura – começou Jo, sentindo que de todas as mudanças em Beth, a mudança na conversa era a maior, pois parecia não lhe custar nenhum esforço agora, e ela pensava em voz alta de uma maneira bastante diferente da tímida Beth.

– Jo, querida, não tenha mais esperanças. Não vai adiantar. Tenho certeza disso. Não vamos ficar tristes, vamos aproveitar o tempo juntas enquanto esperamos. Teremos momentos felizes, pois não sofro muito e acho que a maré vai abaixar facilmente, se você me ajudar.

Jo se inclinou para beijar o rosto tranquilo e com esse beijo silencioso, ela se dedicou de alma e corpo a Beth.

Ela estava certa. Não havia necessidade de nenhuma palavra quando elas chegaram em casa, pois o pai e a mãe viram claramente agora o que haviam pedido em oração para serem poupados. Cansada com sua curta jornada, Beth foi imediatamente para a cama, dizendo como estava feliz por chegar em casa e, quando Jo desceu, descobriu que seria poupada da difícil tarefa de contar o segredo de Beth. O pai dela estava apoiando a cabeça na lareira e não se virou quando ela entrou, mas sua mãe estendeu os braços como se quisesse ajuda, e Jo foi consolá-la sem dizer uma palavra.

Capítulo 37

Novas impressões

Às 3 horas da tarde, todo o mundo da moda em Nice pode ser visto na avenida Promenade des Anglais. Um lugar encantador, pois a ampla caminhada, cercada por palmeiras, flores e arbustos tropicais, é delimitada de um lado pelo mar e, do outro, pela grande via, com hotéis e vilas, além de pomares de laranja e de colinas. Muitas nações estão representadas, muitas línguas são faladas, muitas roupas usadas e, em um dia ensolarado, o espetáculo é tão alegre e brilhante quanto um baile de carnaval. Inglês arrogante, francês animado, alemães sóbrios, espanhóis bonitos, russos feios, judeus mansos, americanos livres e fáceis, todos dirigem, sentam ou andam por aqui, conversando sobre as notícias e criticando a última celebridade que chegou, Ristori ou Dickens, Victor Emmanuel ou a Rainha das Ilhas Sandwich. Os equipamentos são tão variados quanto as empresas e atraem a atenção de todos, especialmente as carruagens de duas rodas que as mulheres dirigem sozinhas, com um par de pôneis arrojados, redes divertidas para impedir que seus volumosos tules transbordem dos pequenos veículos e pequenos cavalariços na parte de atrás.

Ao longo dessa avenida, no dia de Natal, um jovem alto andava devagar, com as mãos atrás dele e um semblante que mostrava ausência. Ele parecia italiano, vestia-se como um inglês e tinha o ar independente de um americano

– uma combinação que fazia com que vários pares de olhos femininos olhassem com aprovação para ele, e diversos dândis em ternos de veludo preto, com gravatas cor-de-rosa , luvas lustrosas e flores de laranjeira nas botoeiras, para encolher os ombros e depois invejar suas polegadas. Havia muitos rostos bonitos para admirar, mas o jovem os notava pouco, exceto olhar de vez em quando para alguma menina loira vestida de azul. Naquele instante, ele saiu da calçada e ficou por um momento no cruzamento, como se estivesse indeciso entre ouvir a banda no Jardin Publique ou passear pela praia em direção a Castle Hill. O trote rápido dos pés dos pôneis o fez erguer os olhos, quando uma das carruagens, contendo uma única moça, desceu rapidamente a rua. A senhora era jovem, loira e vestia azul. Ele olhou por um minuto, então todo o seu rosto ficou iluminado e, agitando o chapéu como um menino, ele correu para encontrá-la.

– Oh, Laurie, é você mesmo? Pensei que você nunca viria! exclamou Amy, largando as rédeas e estendendo as duas mãos, para o grande escândalo de uma mamãe francesa, que apressou os passos da filha, para que não se desmoralizasse vendo as maneiras livres desses "ingleses loucos".

– Fui detido pelo caminho, mas prometi passar o Natal com você, e aqui estou.

– Como está seu avô? Quando você veio? Onde você está hospedado?

– Muito bem. Cheguei ontem à noite. Estou hospedado no Chauvain. Fui até seu hotel, mas você estava fora.

– Tenho tanta coisa para contar, não sei por onde começar! Suba e podemos conversar à vontade. Eu estava dando uma volta e desejando companhia. Flo está descansando para ficar bem para hoje à noite.

– O que irá acontecer, um baile?

– Uma festa de Natal em nosso hotel. Há muitos americanos lá, e eles fazem isso em homenagem ao dia. Você irá conosco, é claro? A titia ficará lisonjeada.

– Obrigado. Para onde iremos agora? – perguntou Laurie, inclinando-se para trás e cruzando os braços, um processo adequado para Amy, que preferia dirigir, pois o chicote de guarda-sol e as rédeas azuis sobre as costas dos pôneis brancos davam a ela uma satisfação infinita.

– Vou aos banqueiros primeiro para pegar cartas e depois para Castle Hill. A vista é linda, e eu gosto de alimentar os pavões. Você já esteve lá?

– Muitas vezes, anos atrás, mas não me importo de dar uma olhada.

– Agora me conte tudo sobre você. A última vez que ouvi falar de você, seu avô escreveu que esperava você de Berlim.

– Sim, passei um mês lá e depois me juntei a ele em Paris, onde ele se estabeleceu para o inverno. Ele tem amigos lá e encontra muita coisa para diverti-lo, então eu vou e volto, e nos damos bem.

– É um acordo sociável – disse Amy, sentindo falta de algo em Laurie, embora não pudesse dizer o quê.

– Veja bem, ele odeia viajar e eu odeio ficar parado, então nos adaptamos um ao outro, e não há problemas. Frequentemente estou com ele, e ele gosta de minhas aventuras, enquanto eu gosto de sentir que alguém está feliz em me ver quando volto das minhas andanças. Buraco velho e sujo, não é? – acrescentou, com um olhar de nojo enquanto dirigiam pela avenida até a Place Napoleon, na cidade velha.

– A sujeira é pitoresca, então não me importo. O rio e as colinas são deliciosos, e esses vislumbres das estreitas ruas transversais são o meu prazer. Agora teremos de esperar a procissão passar. Está indo para a Igreja de São João.

Enquanto Laurie observava apático a procissão de sacerdotes sob seus dosséis, freiras de véu branco carregando velas acesas e uma irmandade entoando um canto triste enquanto caminhavam, Amy o observava e sentiu um novo tipo de acanhamento perto dela, pois ele mudara e ela não conseguia encontrar o menino de cara alegre que ela deixou no homem de mau humor ao seu lado. Ele estava mais bonito do que nunca e melhorou muito, ela pensou, mas agora que o prazer de encontrá-la havia terminado, ele parecia cansado e sem ânimo; não doente, nem exatamente infeliz, mas mais velho e mais sério do que um ou dois anos de vida próspera o teriam feito. Ela não conseguiu entender e não se atreveu a fazer perguntas, então balançou a cabeça e retocou os pôneis, enquanto a procissão serpenteava pelos arcos da ponte de Paglioni e desaparecia na igreja.

– *Que pensez-vous*? – ela disse, usando seu francês, que havia melhorado em quantidade, se não em qualidade, desde que viajara para o exterior.

– Essa *mademoiselle* fez bom uso de seu tempo, e o resultado é encantador – respondeu Laurie, curvando-se com a mão no coração e um olhar de admiração.

Ela corou de prazer, mas de alguma forma o elogio não a satisfez como os elogios francos que ele costumava dar a ela em casa, em ocasiões festivas e dizia que ela era "pura alegria", com um sorriso caloroso e sincero e um tapinha de aprovação na cabeça. Ela não gostou do novo tom, pois, embora não fosse desinteressado, parecia indiferente, apesar do olhar.

– Se é assim que ele vai crescer, seria melhor que ficasse um menino – ela pensou, com uma curiosa sensação de decepção e desconforto, tentando, entretanto, parecer bastante calma e alegre. No Avigdor, ela apanhou as preciosas cartas com notícias de casa e, dando as rédeas a Laurie, as leu luxuosamente enquanto atravessavam a estrada sombreada entre sebes verdes, onde rosas de chá floresciam tão frescas quanto em junho.

– Beth está muito mal, mamãe diz. Muitas vezes acho que devo ir para casa, mas todos dizem "fique". Então eu fico, pois nunca terei outra chance como essa – disse Amy, parecendo moderada ao ler uma página.

– Acho que você está certa. Você não poderia fazer nada em casa, e é um grande conforto para eles saber que você está bem e feliz, e desfrutando tanto, minha querida.

Ele se aproximou um pouco mais e parecia mais o seu antigo eu ao dizer isso, e o medo que às vezes pesava no coração de Amy foi aliviado, pois o olhar, a atitude, o fraterno "minha querida", pareciam assegurar-lhe que, se surgisse algum problema, ela não estaria sozinha em uma terra estranha. Naquele instante, ela riu e lhe mostrou um pequeno desenho de Jo em seu traje de escrever, com o laço fixado de modo displicente sobre seu chapéu e emitindo de sua boca as palavras "A genialidade queima!".

Laurie sorriu, pegou o papel, colocou-o no bolso do colete "para evitar que voasse" e ouviu com interesse a animada carta que Amy leu.

– Será um Natal feliz para mim como sempre, com presentes de manhã, você e cartas à tarde e uma festa à noite – disse Amy, enquanto desciam entre as ruínas do antigo forte e um bando de esplêndidos pavões vieram trotando sobre eles, docemente esperando para serem alimentados. Enquanto Amy continuava rindo na margem acima dele, espalhando migalhas para os lindos pássaros, Laurie olhava para ela e ela para ele, com uma curiosidade natural para ver o que mudará com o tempo e a ausência. Ele não encontrou nada que o deixasse perplexo ou decepcionado, e sim, muito para admirar e aprovar; algumas pequenas afetações da fala e dos modos deviam ser ignoradas, pois ela estava tão alegre e graciosa como sempre, com a adição daquele toque indescritível no vestuário e no comportamento que chamamos de elegância. Sempre madura para a idade dela, ela ganhou certa calma tanto na carruagem quanto na conversa, o que a fez parecer mais uma mulher do mundo do que ela era, mas seu antigo modo petulante se mostrava de vez em quando, assim como sua força de vontade ainda se sustentava, e sua franqueza nativa fora preservada por suas origens polonesas.

Laurie não identificou tudo isso enquanto ele a observava alimentar os pavões, mas viu o suficiente para satisfazê-lo e interessá-lo, e levou consigo uma bela imagem de uma menina alegre parada à luz do sol, que ressaltava o tom suave de seu vestido, a cor fresca de suas bochechas, o brilho dourado de seus cabelos, e a fez uma figura proeminente na cena agradável. Quando chegaram ao platô de pedra que coroa a colina, Amy acenou com a mão como se o recebesse em seu lugar favorito e disse, apontando aqui e ali:

– Você se lembra da Catedral e do Corso, os pescadores arrastando suas redes? A baía e a adorável estrada para Villa Franca, a Torre de Schubert, logo abaixo, e o melhor de tudo, aquele pontinho no mar que eles dizem ser Córsega?

– Lembro. Não mudou muito – ele respondeu sem entusiasmo.

– O que Jo não faria para ver aquele famoso ponto! – disse Amy, sentindo-se de bom humor e ansiosa para vê-la também.

– Sim – foi tudo o que ele disse, mas virou-se e forçou seus olhos para ver a ilha que uma usurpadora ainda maior do que Napoleão agora tornava interessante aos seus olhos.

– Dê uma boa olhada nela e, em seguida, venha e me diga o que você tem feito com você o tempo todo – disse Amy, sentando-se, pronta para uma boa conversa.

Mas ela não entendeu, pois, embora ele se juntasse a ela e respondesse a todas as perguntas livremente, ela só conseguia saber que ele havia viajado pelo continente e fora até a Grécia. Então, depois de ficarem ociosos por uma hora, voltaram para casa e, depois de cumprimentar a Sra. Carrol com todo respeito devido, Laurie as deixou, prometendo voltar à noite.

Deve-se registrar que Amy brincou deliberadamente naquela noite. O tempo e a ausência haviam trabalhado em ambos os jovens. Ela vira seu velho amigo sob uma nova luz, não como "nosso menino", mas como um homem bonito e agradável, e estava consciente de um desejo muito natural de achar graça aos olhos dele. Amy conhecia seus pontos bons, e tirou o máximo proveito com o gosto e a habilidade que é uma fortuna para uma mulher pobre e bonita.

Tarlatana e tule eram baratos em Nice, então ela se enfeitava com eles nessas ocasiões, e seguindo a moda inglesa sensata de roupas simples para meninas, fazia pequenos enfeites charmosos com flores frescas, algumas bijuterias e todo tipo de acessórios delicados, que eram baratos e eficazes. Deve-se confessar que a artista às vezes se apossava da mulher e se entregava a penteados antigos, atitudes esculturais e vestuário clássico. Mas, meus queridos, todos nós temos nossas pequenas fraquezas e achamos fácil perdoar isso nos jovens, que satisfazem nossos olhos com sua delicadeza e mantêm nosso coração alegre com suas vaidades sem arte.

– Quero que ele pense que eu pareço bem e diga a eles em casa – disse Amy para si mesma, enquanto colocava o velho vestido de baile de seda branco de Flo e o cobria com uma nuvem de nova ilusão, da qual seus ombros brancos e a cabeça dourada emergiram com um efeito mais artístico. Ela teve o bom senso de não mexer no cabelo, depois de prender os cachos grandes em um coque, semelhante ao da deusa Hebe, na parte de trás da cabeça.

– Não é a moda, mas está se tornando, e eu não posso me assustar – costumava dizer, quando aconselhada a usar os cabelos frisados, enrolados ou trançados, como o último estilo mandava.

Não tendo enfeites finos o suficiente para esta importante ocasião, Amy fez laços em suas saias felpudas com cachos rosados de azaleia e enfeitou o decote nos ombros brancos com delicadas videiras verdes. Lembrando-se das botas pintadas, ela examinou seus sapatos de cetim branco com satisfação feminina e caminhou pela sala, admirando seus pés aristocráticos.

– Meu leque novo combina com minhas flores, minhas luvas são encantadoras, e o laço real na bolsa da titia dá um ar especial a todo o meu vestido. Se eu tivesse apenas nariz e boca clássicos, ficaria perfeitamente feliz – disse ela, examinando-se com um olhar crítico e uma vela em cada mão.

Apesar dessa aflição, ela parecia excepcionalmente feliz e graciosa enquanto andava. Ela raramente corria, achava que não combinava com o seu estilo, por ser alta, o imponente era mais apropriado do que o esportivo. Ela caminhava para cima e para baixo no longo salão enquanto esperava por Laurie e uma vez se arrumou sob o lustre, o que casou um bom efeito em seu cabelo, então ela achou melhor sair dali e foi para o outro extremo do salão, como se tivesse vergonha do desejo juvenil de ter uma primeira visão propícia. Aconteceu que ela não poderia ter feito algo melhor, pois Laurie entrou tão silenciosamente que ela não o ouviu. Enquanto estava na janela distante, com a cabeça meio virada e uma mão ajeitando o vestido, uma figura esbelta e branca em contraste com as cortinas vermelhas era exatamente igual a uma estátua bem colocada.

– Boa noite, Diana! – disse Laurie, com o olhar de satisfação que ela gostava de ver em seus olhos quando eles pousavam nela.

– Boa noite, Apolo! – ela respondeu, sorrindo para ele, pois ele também parecia extraordinariamente afável, e o pensamento de entrar no salão de baile no braço de um homem tão gentil fez Amy, do fundo do coração, sentir pena das quatro Srtas. Davis.

– Aqui estão suas flores. Eu mesmo as arrumei, lembrando que você não gostava do que Hannah chama de "buquê pronto", disse Laurie, entregando-lhe um delicado ramalhete, em um suporte que ela cobiçava há muito tempo ao passar diariamente pela vitrine da Cardiglia.

– Como você é gentil! – ela exclamou agradecida. – Se eu soubesse que você estava chegando, eu teria algo pronto para você hoje, embora não seja tão bonito assim, receio.

– Obrigado. Não é o que você realmente merece, mas você melhorou – acrescentou ele, enquanto ela colocava a pulseira de prata no pulso.

– Por favor, não.

– Eu pensei que você gostasse desse tipo de coisa.

– Não vindo de você, não parece natural; eu gosto mais da sua velha franqueza.

– Estou feliz com isso – ele respondeu, com um olhar de alívio, e abotoou as luvas para ela, perguntando se a gravata estava certa, como costumava fazer quando iam a festas juntos em casa.

As pessoas reunidas naquele grande salão, aquela noite, formavam um grupo tão grande que não se vê em nenhum outro lugar além do continente. Os americanos hospitaleiros convidaram todos os conhecidos que tinham em Nice, e sem nenhum preconceito contra títulos, haviam convidado vários nobres para acrescentar brilho ao baile de Natal.

Um príncipe russo consentiu em sentar em um canto por uma hora e conversar com uma senhora volumosa, vestida como a mãe de Hamlet em veludo preto com uma gargantilha de pérolas sob o queixo. Um conde polonês, de 18 anos, dedicou-se às damas, que o declaravam "encantador", e uma autoridade alemã, que veio somente para jantar, vagava sem rumo procurando o que poderia devorar. O secretário particular do barão Rothschild, um judeu de nariz grande em botas apertadas, irradiava um sorriso agradável para o mundo, como se o nome de seu mestre o coroasse com uma auréola dourada. Um francês robusto, que conhecia o imperador, veio para satisfazer sua mania de dançar, e Lady de Jones, uma matrona britânica, enfeitou o cenário com sua pequena família de oito pessoas. É claro que havia muitas jovens americanas de voz leve e estridente, inglesas bonitas e sem ânimo, e algumas senhoritas francesas simples, mas graciosas. Da mesma forma, o conjunto habitual de jovens cavalheiros que iam se divertir, enquanto mamães de todas as nações ladeavam as paredes e sorriam gentilmente para eles ao vê-los dançando com suas filhas. Qualquer menina pode imaginar o estado de ânimo de Amy ao "subir ao palco" naquela noite, apoiada no braço de Laurie. Sabia que estava bonita, gostava de dançar, sentia que seus pés bailavam perfeitamente em um salão de baile e desfrutava da deliciosa sensação de poder que surge quando as jovens descobrem o novo e adorável reino em que nasceram para governar por virtude da beleza, juventude e feminilidade. Ela teve pena das meninas Davis, que eram desajeitadas, simples e desprovidas de escolta, exceto um pai sombrio e três tias solteiras; ela as cumprimentou da maneira mais amigável possível quando passou por elas, o que foi muito bom, pois lhes permitiu ver seu vestido e queimar com curiosidade para saber quem poderia ser seu amigo de aparência distinta. Assim que a orquestra começou a tocar, Amy ficou ainda mais corada, seus olhos começaram a brilhar e seus pés tocavam o chão com impaciência, pois ela dançava muito bem e queria que Laurie soubesse disso. Portanto, ela recebeu um choque, que pode ser melhor imaginado do que descrito, quando ele disse em um tom bastante tranquilo:

– Você quer dançar?

– Geralmente é o que se faz em um baile.

Seu olhar espantado e sua resposta rápida fizeram Laurie reparar o erro o mais rápido possível.

– Quis dizer a primeira dança. Posso ter a honra?

– Posso lhe dar a honra se recusar o convite do Conde. Ele dança divinamente, mas irá me perdoar, já que você é um velho amigo – disse Amy, esperando que o nome causasse um bom efeito e mostrasse a Laurie que ela não estava brincando.

– Menino bonzinho, mas um polonês baixinho para conduzir...

Uma filha dos deuses, divinamente alta, e mais divinamente bela..., foi o que ela pôde ouvir com toda a satisfação, no entanto.

O grupo ao qual eles se juntaram era composto de ingleses, e Amy foi obrigada a acompanhar dignamente um cotilhão[19], sentindo-se capaz, o tempo todo, de dançar a tarantela com prazer. Laurie a renunciou ao "menino bonzinho" e foi cumprir seu dever com Flo, sem assegurar a Amy as alegrias que viriam, uma falha lamentável que foi devidamente punida, pois ela imediatamente se comprometeu até a hora do jantar, com a intenção de ceder se ele desse algum sinal de penitência. Ela mostrou a ele sua lista de candidatos para dança com modesta satisfação enquanto ele passeava em vez de apressar-se para convidá-la para a próxima dança, uma gloriosa polca redowa. Mas os sinceros arrependimentos dele não a convenceram e, quando ela saiu dançando com o conde, viu Laurie sentar-se junto à tia com uma expressão real de alívio.

Isso foi imperdoável, e Amy não prestou mais atenção nele por um longo tempo, exceto uma palavra ou outra quando ela vinha até a dama de companhia entre as danças para pegar um item necessário ou para um momento de descanso. Sua raiva teve um bom efeito, no entanto, pois ela a escondeu sob um rosto sorridente e parecia extraordinariamente alegre e brilhante. Os olhos de Laurie a seguiram com prazer, pois ela não brincava nem passeava, mas dançava com ânimo e graça, tornando o passatempo delicioso como deveria ser. Naturalmente, ele começou a estudá-la desse novo ponto de vista e, antes que a noite terminasse, decidiu que "a pequena Amy se transformaria em uma mulher muito charmosa".

Era uma cena animada, pois logo o espírito da época tomava conta de todos e a alegria do Natal fazia todos os rostos brilharem, deixava os corações felizes e os pés leves. Os músicos tocavam seus diversos instrumentos como se estivessem

(19) Cotilhão: antiga contradança de salão, de passos complexos, semelhantes aos da quadrilha, que reunia músicas, folguedos e fantasias e com que se costumava encerrar um baile.

se divertindo com isso, e todos que podiam dançavam e aqueles que não podiam admiravam seus vizinhos com um calor incomum. O ar estava pesado com a família Davis, e muitos na família Jones brincavam como um bando de jovens girafas. O secretário dourado disparava pela sala como um meteoro com uma francesa elegante que atapetava o chão do salão com as saias do seu vestido de cetim rosa. A autoridade alemã parava na mesa do jantar e ficava feliz, comendo tudo que estivesse à sua frente, consternando os garçons pelos estragos que causava. Mas o amigo do imperador se cobriu de glória, pois ele dançava de tudo, conhecendo os passos ou não, e introduzia piruetas improvisadas quando os passos o deixavam perplexo. O abandono infantil daquele homem robusto era encantador de se ver, pois, embora "carregasse muito peso", ele dançava como uma bola de borracha da Índia. Ele corria, voava, saltava, empinava, e o rosto brilhava, a cabeça careca à vista, o fraque balançava descontroladamente, os sapatos escarpim brilhavam no ar e, quando a música parava, ele limpava as gotas de suor da testa e sorria para seus companheiros como se fosse um Pickwick[20] francês e sem óculos.

Amy e seu polonês se distinguiam pelo entusiasmo igual e por uma agilidade mais graciosa, e Laurie encontrou-se involuntariamente, acompanhando o ritmo da ascensão e queda rítmica dos sapatos brancos, que voavam tão incansavelmente como se fossem alados. Quando o pequeno Vladimir finalmente a abandonou, assegurando que estava "desolado por sair tão cedo", ela estava pronta para descansar e ver como seu cavaleiro infiel havia suportado sua punição.

A punição tinha sido bem-sucedida, pois aos 23 anos, os afetos não correspondidos encontram um bálsamo na sociedade de amigos, os nervos jovens se emocionam, o sangue jovem dança e os espíritos jovens e saudáveis se animam, quando sujeitados ao encantamento da beleza, da luz, da música e do movimento. Ao levantar-se para buscar o jantar de Amy, Laurie estava bem desperto; ela disse para si mesma, com um sorriso satisfeito:

– Ah, sabia que um castigo lhe faria bem!

– Você parece a *Mulher Pintada por Ela Mesma*, de Balzac[21], ele disse, enquanto a abanava com uma mão e segurava sua xícara de café na outra.

---

(20) **Pickwick**: síndrome de pickwick caracterizada por obesidade extrema, sonolência, sonolência constante e períodos de apneia com hipoventilação.

(21) Honoré de Balzac: (1799-1850) foi um importante escritor francês.

– Meu rouge não vai sair. – e Amy esfregou sua bochecha brilhante e mostrou-lhe a luva branca com uma simplicidade sóbria que o fez gargalhar.

– Como você chama isso? – ele perguntou, tocando uma dobra do vestido dela que fora parar sobre o joelho dele.

– Ilusão.

– Bom nome para isso. É muito bonito – coisa nova, não é?

– É tão velho quanto as colinas. Você já viu isso em dezenas de meninas e nunca descobriu que era bonito até agora, tolo!

– Nunca havia visto isso em você antes, o que explica minha distração.

– Nada disso, é proibido. Prefiro tomar café a receber elogios agora. Não, por favor, não relaxe, isso me deixa nervosa.

Laurie aprumou-se e humildemente pegou o prato vazio dela, sentindo um estranho prazer ao receber ordens da "pequena Amy", pois ela havia perdido a timidez agora e sentia uma vontade irresistível de pisoteá-lo, daquele jeito agradável que as meninas fazem quando os senhores da criação mostram sinais de sujeição.

– Onde você aprendeu todas essas coisas? – ele perguntou com um olhar interrogativo.

– Como "todas essas coisas" é uma expressão bastante vaga, você poderia gentilmente explicar? – respondeu Amy, sabendo perfeitamente bem o que ele queria dizer, mas maliciosamente deixando-o descrever o que é indescritível.

– Bem... quero dizer, o ar em geral, o estilo, a autoconfiança, a ilusão... você sabe – Laurie sorriu, desmoronando e ajudando-se a sair de seu dilema com a nova palavra.

Amy ficou satisfeita, mas é claro que não demonstrou, e respondeu com timidez: – A vida em outro país refina a pessoa sem que ela perceba. Estudo e também toco, e quanto a isso "com um pequeno gesto em relação ao vestido dela", bem, o tule é barato, pode ser comprado com pouco dinheiro e estou acostumada a aproveitar ao máximo minhas coisinhas.

Amy lamentou a última frase, temendo que não fosse de bom gosto, mas Laurie gostou mais dela e se viu admirando e respeitando a paciência corajosa que aproveitava as oportunidades e o espírito alegre que cobria a pobreza com flores. Amy não sabia por que ele a olhava tão gentilmente, nem por que ele colocou o próprio nome em sua lista do baile e se dedicou a ela pelo resto da noite da maneira mais agradável; mas o impulso que provocou essa mudança agradável foi o resultado de uma das novas impressões que ambos estavam inconscientemente dando e recebendo.

Capítulo 38

Na prateleira

Na França, as jovens passam um tempo monótono até se casarem, quando "Vive la liberté!" torna-se seu lema. Nos Estados Unidos, como todos sabem, as meninas assinam cedo a declaração de independência e desfrutam de sua liberdade com entusiasmo republicano, mas as jovens matronas geralmente abdicam do trono com o primeiro herdeiro e entram em uma reclusão quase tão próxima a de um convento francês, embora não seja tão silenciosa. Quer elas gostem ou não, são virtualmente colocadas na prateleira assim que a empolgação do casamento terminar, e a maioria delas pode exclamar, como fez uma mulher muito bonita outro dia: – Estou mais bonita do que nunca, mas ninguém repara em mim porque sou casada.

Não sendo uma jovem ou mesmo uma dama elegante, Meg não experimentou essa aflição até seus bebês terem 1 ano de idade, pois em seu pequeno mundo prevaleciam os costumes primitivos, e ela se via mais admirada e amada do que nunca. Como ela era uma mulher pequena e feminina, o instinto materno era muito forte, e ela estava totalmente absorvida nos cuidados com seus filhos, com a exclusão absoluta de tudo e de todos os outros. Dia e noite, ela cuidava deles com incansável devoção e ansiedade, deixando John à mercê da ajuda, pois uma senhora irlandesa agora presidia o departamento de cozinha. Sendo um homem doméstico, John decididamente sentia falta das atenções da esposa que estava acostumado a receber, mas como ele adorava seus bebês, ele alegremente renunciou a seu conforto por um tempo, supondo com ignorância masculina que a paz logo seria restaurada. Mas três meses se passaram e a paz não retornou. Meg parecia cansada e nervosa, os bebês absorviam cada minuto do seu tempo, a casa era negligenciada e Kitty, a cozinheira, que levava a vida "na calma", mantinha John sob um regime com insuficiência de alimentos. Quando ele saía de manhã, ficava perplexo com as pequenas encomendas feitas pela mamãe em cativeiro; ao chegar alegre à noite, ansioso para abraçar sua família, ele era sacudido por um "Silêncio! Eles estão dormindo depois de darem trabalho o dia todo". Se ele propusesse um pouco de diversão em casa, "Não, isso perturbaria os bebês". Se ele sugerisse uma palestra ou um concerto, recebia como resposta um olhar reprovador e decidido: "Deixar meus filhos por prazer, nunca!" Seu sono era interrompido por gemidos de crianças e visões de um fantasma andando silenciosamente para lá e para cá na vigília da noite. Suas refeições eram interrompidas pela fuga frequente da comandante, que o abandonava, sem terminar de servi-lo, se um gorjeio abafado viesse do ninho lá em cima. E quando ele estava lendo o jornal à noite, a cólica de Demi entrava nas notícias sobre navegação e a queda de Daisy afetava o preço das ações, pois a Sra. Brooke estava interessada apenas em notícias domésticas.

O pobre homem estava muito desconfortável, pois as crianças o haviam destituído de sua esposa, o lar era apenas um berçário e o perene silêncio, fazia com que se sentisse um intruso brutal sempre que entrava nos recintos sagrados da Babilândia. Ele aguentou pacientemente por seis meses e, como não havia nenhum sinal de emenda, ele fez o que outros pais exilados fazem, tentou obter um pouco de conforto em outro lugar. Scott havia se casado e morava não muito longe dali, e John começou a visitá-lo por uma ou duas horas à noite, enquanto sua própria casa estava vazia e sua esposa cantava canções de ninar que pareciam não ter fim. A Sra. Scott era uma jovem animada e bonita, sem nada para fazer além de ser agradável e cumprir sua missão com sucesso. A sala estava sempre iluminada e atraente, o tabuleiro de xadrez pronto, o piano em sintonia, muita conversa e um bom jantar servido em estilo tentador.

John teria preferido sua própria lareira, se não fosse tão solitária, mas, do jeito que estava, ele escolheu o que era melhor e aproveitou a sociedade de seu vizinho.

A princípio, Meg preferiu aprovar o novo arranjo e achou um alívio saber que John estava se divertindo em vez de cochilar na sala de estar, ou passear pela casa e acordar as crianças. Mas, pouco a pouco, quando a preocupação inicial acabou e os ídolos dormiam no horário adequado, deixando a mamma descansar, ela começou a sentir falta de John e a encontrar a companhia monótona de sua cesta de trabalho, quando ele não estava sentado do lado oposto usando seu roupão velho, aquecendo confortavelmente as pantufas na grade da lareira. Ela não pedia que ele ficasse em casa, mas sentia-se magoada porque ele não sabia que ela o queria sem que lhe dissesse, esquecendo completamente as muitas noites que ele a esperava em vão. Ela estava nervosa e cansada de cuidar e preocupar-se com as crianças, e naquele estado de espírito irracional que as melhores mães ocasionalmente experimentam quando os cuidados domésticos as oprimem. A falta de atividades lhes rouba a alegria e muita devoção ao bule de chá, herói das mulheres americanas, faz com que elas sintam que são feitas só de nervos, sem músculos.

– Sim – dizia ela, olhando no espelho, – estou ficando velha e feia. John não me acha mais interessante, então ele deixa sua pálida esposa e vai visitar sua linda vizinha, que não tem ônus. Bem, os bebês me amam, eles não se importam se eu sou magra e pálida e não tenho tempo para cuidar do meu cabelo, eles são meu conforto, e algum dia John verá o que eu de bom grado sacrifiquei por eles, não verá, meu querido?

A esse apelo patético Daisy respondia com um arrulho, ou Demi com um gritinho, e Meg deixava de lado suas lamentações por uma folia maternal, que, naquele momento, acalmava seu coração. Mas a dor aumentou quando a política absorveu John, que sempre corria para a casa do vizinho para discutir pontos interessantes com Scott, quase que totalmente inconsciente de que Meg sentia sua falta. Porém, ela não disse nenhuma palavra até que sua mãe a encontrou em lágrimas um dia e insistiu em saber qual era o problema, pois a falta de ânimo de Meg não havia escapado de sua observação.

– Não contaria a ninguém, exceto para a senhora, mãe, mas realmente preciso de conselhos, pois se John continuar desse jeito por mais tempo, eu também ficarei viúva – respondeu a Sra. Brooke, secando as lágrimas no babador de Daisy com certa mágoa.

– Continuar como, minha querida? – perguntou sua mãe ansiosamente.

– Ele fica fora o dia todo e à noite, quando eu quero vê-lo, ele vai para a casa dos Scotts. Não é justo que eu tenha todo o trabalho mais difícil e fique sem nenhuma diversão. Os homens são muito egoístas, até mesmo os melhores.

– Assim como as mulheres. Não culpe John até ver onde você está errada.

– Mas não está certo ele me negligenciar.

– Você não o negligencia?

– Ora, mãe, pensei que você ficaria do meu lado!

– Estou do seu lado, no que diz respeito a essa situação, mas acho que a culpa é sua, Meg.

– Não vejo como.

– Deixe-me explicar a você. John alguma vez a negligenciou, como você diz, enquanto você fazia companhia a ele à noite que é o único tempo de lazer dele?

– Não, mas não posso fazer isso agora, com dois bebês para cuidar.

– Acho que você pode, querida, e acho que deve fazê-lo. Posso falar disso com experiência, e você se lembrará de que é a mãe que sempre é a culpada de tudo e também é a mãe que cuida de tudo e de todos?

– De fato me lembro! A senhora falou comigo como se eu fosse a pequena Meg novamente. Muitas vezes sinto como se precisasse aprender mais do que nunca, já que esses bebês dependem totalmente de mim.

Meg puxou a cadeira baixa ao lado da cadeira de sua mãe e, com uma pequena interrupção em cada colo, as duas mulheres balançavam-se e conversaram amorosamente juntas, sentindo que o vínculo da maternidade as unia mais do que nunca.

– Você apenas cometeu o erro que a maioria das jovens esposas comete... esqueceu seu dever para com o seu marido por causa do seu amor por seus filhos. Um erro muito natural e perdoável, Meg, mas que é melhor consertá-lo antes de tomar medidas diferentes, pois as crianças devem aproximar vocês dois mais do que nunca, não separá-los, como se fossem só seus, e como se John não tivesse nada a fazer além de sustentá-los. Tenho percebido a situação há algumas semanas, mas não comentei nada, tendo certeza de que chegaria o tempo certo.

– Não sei como resolver. Se eu pedir para ele ficar, ele pensará que eu sou ciumenta, e eu não o insultaria com essa ideia. Ele não percebe o que eu quero e não sei como dizer sem palavras.

– Deixe o ambiente tão agradável que ele não vai querer ir embora. Minha querida, ele está sentindo falta do lar, mas não existe lar sem você, e você está sempre cuidando dos bebês.

– Eu não deveria estar?

– Não o tempo todo, confinamento demais deixa você nervosa, e então você fica despreparada para todo o resto. Além disso, você precisa dar atenção a John e também aos bebês. Não negligencie o marido pelos filhos, não o afaste dos bebês, mas ensine-o a ajudar você. O lugar dele é junto com os filhos, assim como o seu, e as crianças precisam dele. Deixe-o sentir que ele precisa fazer a parte dele, e ele o fará com alegria e fidelidade e será melhor para vocês todos.

– Você realmente acha isso, mãe?

– Sim, Meg, com certeza, porque já passei por isso e raramente dou conselhos, a menos que tenha passado pela experiência na prática. Quando você e Jo eram pequenas, eu fazia exatamente como você, sentindo que meu dever não seria cumprido a menos que eu me dedicasse inteiramente a vocês. Seu pobre pai dedicou-se aos seus livros, depois que recusei todas as ofertas de ajuda, e me deixou passar pela experiência sozinha. Fiz o melhor que pude, mas Jo era muito difícil para mim. Eu quase a mimei por indulgência. Você estava mal de saúde, e eu preocupada com você até que fiquei doente. Então seu pai veio em meu socorro, administrou tudo silenciosamente e foi tão prestativo que percebi meu erro e nunca mais consegui ficar sem a ajuda dele desde então. Esse é o segredo da nossa felicidade em casa. Ele não deixa que os negócios o afastem dos pequenos assuntos e deveres que afetam a todos nós, e eu tento não deixar que as preocupações domésticas destruam meu interesse nas atividades dele. Cada um faz a sua parte sozinho em muitas coisas, mas em casa trabalhamos juntos, sempre.

– É verdade, mãe, e meu grande desejo é ser para meu marido e filhos o que a senhora tem sido para sua família. Mostre-me como, farei tudo o que a senhora disser.

– Você sempre foi minha filha dócil. Bem, querida, se eu fosse você, deixaria John cuidar mais da criação de Demi, pois o menino precisa de treinamento, e não é muito cedo para começar. Então, faça o que sempre propus, deixe Hannah vir ajudá-la. Ela é uma excelente babá e você pode lhe confiar os preciosos bebês enquanto se dedica a mais tarefas domésticas. Você precisa de atividades, Hannah cuidará do restante e John encontrará a esposa dele novamente: saia mais, mantenha-se alegre e ocupada, pois é você quem traz o brilho do sol para a família e, se ficar triste, não há tempo bom. Então, eu tentaria me interessar pelo que John gosta... fale com ele, deixe-o ler para você, troque ideias e ajudem um ao outro dessa maneira. Não se feche em uma caixa porque você é uma mulher, mas entenda o que está acontecendo e eduque-se para participar do trabalho do mundo, pois tudo isso afeta você e os seus.

– John é tão sensato, receio que ele pense que sou burra se fizer perguntas sobre política e essas coisas.

– Não acredito que ele o faria. O amor cobre uma infinidade de erros, e a quem você poderia fazer perguntas com mais liberdade do que a ele? Experimente e veja se ele não acha sua companhia muito mais agradável do que os jantares na casa da Sra. Scott.

– Farei isso. Pobre John! Receio tê-lo negligenciado de modo deplorável, mas achei que estava certa, e ele nunca disse nada.

– Ele tentou não ser egoísta, mas se sentiu um tanto abandonado, imagino. Meg, esta é a hora em que os jovens casais costumam se separar, e é exatamente a hora em que deveriam ficar mais juntos, pois a primeira ternura logo desaparece, a menos que todo o cuidado seja tomado para preservá-la. E nenhum tempo é tão bonito e precioso para os pais como os primeiros anos das pequenas vidas que lhes foram dadas para treinar. Não deixe John ser um estranho para os bebês, pois eles farão mais para mantê-lo seguro e feliz neste mundo de provações e tentações do que qualquer outra coisa, e através deles vocês aprenderão a se conhecer e amar um ao outro como deveriam. Agora, preciso ir querida, adeus. Pense no que lhe falei, aja de acordo com isso, se parecer bom; Deus abençoe vocês.

Meg refletiu bastante, achou que seria melhor fazer o que sua mãe havia aconselhado e agiu de acordo, embora a primeira tentativa não tenha sido feita exatamente como ela planejava. É claro que as crianças a tiranizavam e controlavam a casa assim que descobriram que chutar e gritar lhes trazia o que queriam. A mamãe era escrava abjeta de seus caprichos, mas papai não era tão facilmente subjugado e, às vezes, afligia sua amável esposa com uma tentativa de disciplina paterna com seu filho rebelde. Demi havia herdado um pouco da firmeza de caráter de seu pai, não chamaremos isso de obstinação e, quando ele decidia tomar ou fazer qualquer coisa, todos os cavalos do rei e todos os homens do rei não conseguiram mudar essa mente obstinada. A mamãe achava que o menino era pequeno demais para ser ensinado a vencer seus preconceitos, mas papai acreditava que nunca era cedo para aprender a obedecer. Então Mestre Demi descobriu cedo que, quando tentava "brigá" com "papi", ele sempre ficava com o pior, mas, como o inglês, o bebê respeitava o homem que o conquistou e amava o pai cujos graves "não, não" eram mais impressionantes do que as palmadinhas amorosas da mamãe.

Alguns dias após a conversa com a mãe, Meg resolveu tentar uma noite sociável com John, por isso mandou preparar um bom jantar, arrumou a sala de estar, vestiu-se lindamente e colocou as crianças na cama cedo, para que nada interferisse na experiência dela. Mas, infelizmente, o problema mais difícil de controlar em Demi era a hora de ir para a cama, e naquela noite ele decidiu causar um rebuliço. Então, a pobre Meg cantou e balançou, contou histórias e tentou todos os artifícios que ela poderia tentar para provocar o sono, mas tudo em vão, os olhos grandes não se fechavam, e muito tempo depois que Daisy já estar dormindo, pois ela era muito fofinha e tranquila, o travesso Demi ficou olhando a luz, com o semblante totalmente desperto, o que era algo desanimador para a mamãe.

– O Demi ficará aqui deitadinho como um bom menino, enquanto a mamãe desce e prepara o chá para o pobre papai? – perguntou Meg, quando a porta do corredor se fechou suavemente, e seu conhecido passo foi para a sala de jantar.

– Eu *quelo* chá! – disse Demi, preparando-se para participar da festa.

– Agora não, mas eu vou guardar alguns biscoitos para o café da manhã, se você dormir como Daisy. Você vai dormir, não vai, meu amor?

– Fica quietinho! – e Demi fechou os olhos com força, como se quisesse dormir e acordar rápido para o dia seguinte.

Aproveitando o momento propício, Meg se afastou e correu para cumprimentar o marido com um rosto sorridente e o pequeno laço azul em seus cabelos, que ele tanto admirava. Ele reparou imediatamente e disse com surpresa e satisfeito: "Ora, mamãezinha, como estamos felizes est noite. Está esperando visitas?

– Só você, querido.

– É um aniversário, alguma comemoração ou algo assim?

– Não, estou cansada de ficar desalinhada, então eu me arrumei para mudar um pouquinho. Você sempre se arruma para sentar-se à mesa, não importa o quanto esteja cansado, então por que eu não deveria quando tenho tempo?

– Faço isso por respeito a você, minha querida – disse John à moda antiga.

– Idem, idem, Sr. Brooke – riu Meg, parecendo jovem e bonita novamente, quando ela acenou para ele sobre o bule de chá.

– Bem, isso é absolutamente delicioso, como nos velhos tempos. Parece muito bom. Eu bebo à sua saúde, querida. – e John tomou um gole de chá com um ar de êxtase repousante, que durou muito pouco tempo, pois, ao largar a xícara, a maçaneta da porta se mexeu misteriosamente, e uma pequena voz foi ouvida, dizendo impaciente...– *Abi pota. Doi baliga!*

– Que menininho travesso. Eu disse para ele ir dormir sozinho, e aqui está ele, no andar de baixo, arriscando pegar um resfriado, descalço nesse chão frio – disse Meg, respondendo o chamado.

– *Agola é de manhã* – anunciou Demi em tom alegre quando ele entrou, com sua longa e graciosa camisola enfeitada de festonê sobre o braço e cada cachinho balançando feliz enquanto ele pulava sobre a mesa, olhando para os "*bicoito*" com um olhar afetuoso.

– Não, ainda não é de manhã. Você deve ir para a cama, e não incomodar a pobre mamãe. Depois, você pode comer o pequeno biscoito com açúcar.

– Amo papi – disse o menino esperto, preparando-se para subir no joelho do pai e deleitar-se com as alegrias proibidas. Mas John balançou a cabeça e disse a Meg...– Se você disse para ele ficar lá em cima e ir dormir sozinho, faça-o obedecer ou ele nunca aprenderá a dar atenção ao que você diz.

– Sim, claro. Venha, Demi – e Meg levou o filho para o quarto, sentindo uma vontade enorme de dar uma palmada no desmancha-prazeres que pulava ao lado dela, com a sob a ilusão de que o suborno seria pago assim que chegassem ao quarto. E ele não ficou desapontado, pois aquela mulher, incapaz de prever o que realmente aconteceria, lhe deu um torrãozinho de açúcar, enfiando-o na cama e proibindo-lhe mais passeios até a manhã seguinte. "Tá bom!" disse Demi, o perjuro, chupando alegremente seu torrãozinho, e considerando sua primeira tentativa um sucesso eminente.

Meg retornou ao seu lugar e o jantar estava progredindo de modo agradável, quando o pequeno fantasma voltou a aparecer e expôs a delinquência materna, exigindo com ousadia: "Mais suca, mama".

– Assim não é possível – disse John, endurecendo seu coração contra o pequeno pecador tão cativante. – Jamais teremos paz se essa criança não aprender a ir para a cama direito. Você se transformou em uma escrava por muito tempo. Dê-lhe uma lição e chega. Coloque-a na cama e deixe-o lá, Meg.

– Ele não fica lá, ele nunca fica a menos que eu me sente ao lado dele.

– Vou ensiná-lo. Demi, suba as escadas e deite na sua cama, como a mamãe pediu.

– Não *quelo*! respondeu o jovem rebelde, comendo o "*bicoito*" de açúcar com uma calma audaciosa.

– Você não pode responder assim para o papai. Se você não for sozinho, eu mesmo o levarei no colo.

– Vai embora, não amo papi – e Demi correu para buscar proteção nas saias da mãe. Mas mesmo esse refúgio se mostrou inútil, pois foi entregue ao inimigo com um "Seja gentil com ele, John", para o espanto do culpado, pois se a mama o abandonara, então o dia do juízo final estava próximo. Desprovido de seu biscoito, privado de sua brincadeira, e levado por uma mão forte para aquela cama detestada, o pobre Demi não conseguiu conter sua ira e desafiou abertamente papai, chutou e gritou vigorosamente enquanto subiam as escadas. No minuto em que foi colocado na cama de um lado, ele rolou do outro lado e foi até a porta, apenas para ser ignominiosamente apanhado pela cauda de sua pequena camisola e recolocado na cama, espetáculo esse que se manteve animado até que a força do jovem diminuísse, quando ele começou a gritar com todas as forças. Esse exercício vocal geralmente dominava Meg, mas John ficou tão imóvel quanto um poste. Sem persuasão, sem açúcar, sem canção de ninar, sem história, até a luz foi apagada e apenas o brilho vermelho do fogo animava a "grande escuridão" que Demi observava com curiosidade e não com medo. Essa nova ordem de coisas o irritou, e ele uivava tristemente pedindo a "mama", quando suas paixões raivosas se acalmaram e as lembranças de sua terna serva o levaram de volta ao autocrata que o mantinha em cativeiro. O lamento queixoso que sucedeu o rugido apaixonado chegou ao coração de Meg, e ela correu para dizer suplicante:

– Deixe-me ficar com ele, ele vai ficar bom agora, John.

– Não, minha querida. Eu disse a ele que ele deveria dormir, como você pediu que ele fizesse; e ele deve fazer, nem que eu tenha de ficar aqui a noite toda.

– Mas ele vai chorar demais – implorou Meg, censurando-se por abandonar o filho.

– Não, ele não vai, ele está tão cansado que logo desistirá e então o assunto estará resolvido, pois ele entenderá que tem de se lembrar. Não interfira, vou resolver essa situação.

– Ele é meu filho, e eu não consigo vê-lo nesse estado.

– Ele também é meu filho, e eu não irei estragar o gênio dele pela indulgência. Desça, minha querida, e deixe o menino comigo.

Quando John falava naquele tom magistral, Meg sempre obedecia e nunca se arrependia de sua docilidade.

– Por favor, deixe-me beijá-lo uma vez, John?

– Certamente. Demi, diga boa-noite a mamãe e deixe-a ir e descansar, pois está muito cansada porque cuidou de você o dia todo.

Meg sempre insistia para que o beijo ganhasse a vitória, e depois que foi dado, Demi soluçou mais silenciosamente e permaneceu imóvel no fundo da cama, onde ele se contorcia de angústia.

– Pobre homenzinho, ele está cansado de tanto choro e sono. Vou cobri-lo e depois vou acalmar o coração de Meg – pensou John, arrastando-se para o lado da cama, na esperança de encontrar seu herdeiro rebelde dormindo.

Mas ele não estava, no momento em que seu pai deu uma espiadinha, Demi abriu os olhos, seu queixinho começou a tremer, e ele ergueu os braços, dizendo com um soluço penitente: "*Bonzinho, agoia*".

Sentado na escada do lado de fora Meg ficou espantada com o longo silêncio que se seguiu ao rebuliço, e depois de imaginar todo tipo de acidentes impossíveis, ela entrou no quarto para acalmar seus medos. Demi dormia profundamente, não com os braços e pernas espalhados como de costume, mas como uma bolinha, aninhado no braço de seu pai e segurando o dedo dele, como se sentisse que a justiça precisa ser temperada com misericórdia e como se tivesse ido dormir um bebê mais triste, porém mais sábio. Assim, John esperou com paciência feminina até que a mãozinha ficasse mais relaxada, e enquanto esperava adormeceu, mais cansado com aquela briga com o filho do que com o dia inteiro de trabalho.

Quando Meg entrou e observou os dois rostos no travesseiro, ela sorriu para si mesma e então se afastou novamente, dizendo em um tom satisfeito: – Jamais preciso ter medo de que John seja muito duro com meus bebês. Ele sabe como lidar com eles e será uma grande ajuda, pois Demi está ficando demais para mim.

Quando John finalmente desceu, esperando encontrar uma esposa pensativa ou reprovadora, ele teve a agradável surpresa de encontrar Meg costurando placidamente uma touca e sendo recebido com o pedido de ler algo sobre a eleição, se não estivesse muito cansado. John percebeu em um minuto que algum tipo de revolução estava acontecendo, mas sabiamente não fez perguntas, sabendo que Meg era uma pessoa pequena e transparente, ela não podia guardar um segredo para salvar sua vida e, portanto, a pista logo apareceria. Ele leu um longo debate com amável prontidão e, em seguida, explicou-o da maneira mais lúcida, enquanto Meg tentava parecer profundamente interessada, fazendo perguntas inteligentes e mantendo seus pensamentos do estado da nação até o estado de sua touca. No fundo de sua alma, no entanto, ela decidiu que a política era tão complicada quanto a matemática e que a missão dos políticos parecia ser a de se xingarem uns aos outros, mas manteve essas ideais femininas para si mesma e, quando John parou, balançou a cabeça e disse com o que ela achava ser uma ambiguidade diplomática:

– Bem, realmente não sei onde vamos parar.

John riu e a observou por um minuto, enquanto ela preparava um pequeno arranjo de tule e flores em sua mão, e prestou atenção a esse arranjo com o interesse genuíno que sua discussão não havia despertado.

– Ela está tentando gostar de política por minha causa, então vou tentar gostar de chapelaria por ela, isso é correto – pensou John, o Justo, acrescentando em voz alta: – Isso é muito bonito. É isso que você chama de touca para o café da manhã?

– Meu caro homem, isso é um chapéu! Meu melhor chapéu de ir a concertos e ao teatro.

– Desculpe-me, era tão pequeno que eu naturalmente confundi com uma dessas coisas esvoaçantes que você usa às vezes. Como você o mantém na cabeça?

– Esses pedaços de renda ficam presos sob o queixo com um botão de rosa, assim... – e Meg mostrou como fazer, colocando o chapéu e olhando-o com um ar de satisfação calma que era irresistível.

– É um amor de chapéu, mas eu prefiro o rosto de dentro, por parecer jovem e feliz novamente – e John beijou o rosto sorridente, para grande prejuízo do botão de rosa sob o queixo.

– Fico feliz que você tenha gostado, pois quero que você me leve a um dos novos concertos uma noite dessas. Realmente preciso de um pouco de música para me colocar em sintonia. Você poderia me levar, por favor?

– Claro que sim, com todo o meu coração, ou em qualquer outro lugar que você quiser. Você está presa aqui há tanto tempo, e isso não é bom para você; além do mais, eu ficarei muito feliz. O que a fez mudar de ideia, mamãezinha?

– Bem, eu tive uma conversa com mammie outro dia, e contei a ela como estava nervosa e irritada; e ela disse que eu precisava fazer algumas mudanças e me preocupar menos. Então, Hannah irá me ajudar com as crianças, e cuidarei mais das coisas da casa; poderei me divertir um pouco, apenas para impedir que eu me transforme em uma velha rabugenta antes do tempo. É apenas uma experiência, John, e quero fazê-la por você e por mim também, porque tenho negligenciado você de modo vergonhoso nos últimos tempos e vamos voltar a ter o lar que tínhamos antes, se for possível. Você não se opõe, espero?

Não importa o que John disse, nem o modo como o chapéu foi salvo da ruína total. Tudo o que temos que saber é que John não parecia se opor, a julgar pelas mudanças que gradualmente ocorreram na casa e em seus habitantes. Não era o Paraíso total, de forma alguma, mas todos participavam melhor na divisão do trabalho. As crianças se mantinham sob a regra paterna, pois John, rigoroso e firme, trouxe ordem e obediência ao reino das crianças, enquanto Meg recuperou seu ânimo e compôs seus nervos com muitas atividades saudáveis, um pouco de prazer e muita conversa confidencial com seu marido sensato. O lar voltou a ser o que era novamente, e John não queria mais deixá-lo, a menos que levasse Meg com ele. Agora, os Scotts visitavam os Brookes e todos acharam a casinha um lugar alegre, cheio de felicidade, conteúdo e amor em família. Até Sallie Moffat gostava de ir até lá. – É sempre tão quieto e agradável aqui, me faz bem, Meg – ela costumava dizer, olhando-a com olhos melancólicos, como se tentasse descobrir o encanto que pudesse usar em sua grande casa, cheia de esplêndida solidão, pois não havia bebês rebeldes nem rostos ensolarados lá, e Ned vivia em seu próprio mundo, onde não havia lugar para ela.

Essa felicidade em família não veio de uma só vez, mas John e Meg haviam encontrado a chave para ela, e cada ano na vida de casado os ensinava a usá-la, destrancando os tesouros do verdadeiro amor em casa e da ajuda mútua, que os mais pobres podem possuir e os mais ricos não podem comprar. Esse é o tipo de estante na qual jovens esposas e mães podem se apoiar, proteger-se das agitações e da febre do mundo, encontrando o amor leal nos filhos e filhas que se apegam a elas, sem se deixar abater pela tristeza, pobreza ou idade, caminhando lado a lado, nos momentos bons e ruins, com um amigo fiel, que é, no verdadeiro sentido da palavra, um "companheiro" e aprendendo, como Meg aprendeu, que o reino mais feliz de uma mulher é seu lar, sua maior honra é a arte de governá-lo não como rainha, mas como esposa e mãe sábia.

Capítulo 39

Laurie, o preguiçoso

Laurie foi a Nice com a intenção de ficar uma semana e permaneceu lá um mês. Ele estava cansado de andar sozinho e a presença familiar de Amy parecia dar um charme caseiro às cenas estrangeiras das quais ela fazia parte. Ele sentia muita falta do "carinho" que costumava receber, e estava desfrutando novamente do gosto, pois nenhuma atenção, por mais lisonjeira que fosse de estranhos, seria tão agradável quanto a adoração fraternal das meninas em casa. Amy nunca daria a mesma atenção que as outras, mas estava muito feliz em vê-lo agora e se apegara bastante a ele, sentindo que era o representante da querida família que ela ansiava ver, embora não confessasse o fato. Naturalmente, eles se consolavam na companhia um do outro e estavam muito juntos, cavalgando, andando, dançando ou se aproximando, pois em Nice ninguém pode ser muito ativo durante a temporada de férias. Mas, apesar da aparente diversão da maneira mais descuidada, eles estavam fazendo conscientemente descobertas e formando opiniões um sobre o outro. A cada dia que passava, Amy era mais estimada pelo amigo; por outro lado, ele era um pouco menos admirado por ela, e cada um deles sabia a verdade antes que uma palavra fosse dita. Amy tentava agradar e conseguia, pois estava agradecida pelos muitos prazeres que ele lhe proporcionava e retribuía com os pequenos serviços aos quais as mulheres sabem emprestar um charme indescritível. Laurie não fazia nenhum tipo de esforço, mas apenas se deixava levar o mais confortavelmente possível, tentando esquecer, e sentindo que todas as mulheres lhe deviam uma palavra gentil, porque uma delas tinha sido muito dura com ele. Não lhe custava nenhum esforço ser generoso, e ele teria dado a Amy todas as bugigangas em Nice se ela as tivesse pedido, mas ao mesmo tempo ele sentia que não podia mudar a opinião que ela estava formando a seu respeito, e ele temia os olhos azuis penetrantes que pareciam observá-lo com uma surpresa que beirava a tristeza e o desdém.

– Todos os outros foram para Mônaco passar o dia. Preferi ficar em casa e escrever cartas. Elas estão prontas agora, e eu vou a Valrosa para desenhar, você vem? – disse Amy ao se juntar a Laurie em um dia adorável, quando ele relaxava como sempre, por volta do meio-dia.

– Vou sim, mas não está muito quente para uma caminhada tão longa? ele respondeu devagar, já que as sombras do salão pareciam convidativas em comparação ao calor que fazia lá fora.

– Vou pedir a carruagem e Baptiste pode conduzi-la, assim você não precisará fazer nada a não ser segurar a sombrinha e manter as luvas limpas – respondeu Amy, com um olhar sarcástico para os acessórios imaculados, que eram um ponto fraco de Laurie.

– Então vou com prazer – e ele estendeu a mão para o caderno de desenho dela. Mas ela o colocou debaixo do braço e deu uma resposta afiada:

– Não se preocupe. Não é um esforço para mim, mas parece difícil para você.

Laurie ergueu as sobrancelhas e seguiu em ritmo lento enquanto descia as escadas, mas quando entraram na carruagem, ele pegou as rédeas e deixou o pequeno Baptiste sem fazer nada além de cruzar os braços e adormecer em seu poleiro. Os dois nunca brigavam. Amy era muito educada e, naquele momento, Laurie estava com preguiça, então em um minuto ele espiou sob a aba do chapéu com um ar curioso. Ela respondeu com um sorriso, e eles continuaram juntos da maneira mais amigável. Era uma viagem adorável, por estradas sinuosas ricas em cenas pitorescas que encantam os olhos amantes da beleza. Em um dos trechos havia um antigo mosteiro, de onde o canto solene dos monges descia até eles. Em outro trecho, um pastor de pernas nuas, com tamancos de madeira, chapéu pontudo e uma jaqueta rústica sobre o ombro, estava sentado sobre uma pedra enquanto suas cabras pulavam entre as pedras ou deitavam-se aos seus pés. Burros mansos de pelo cinza, carregados de cestos de grama recém-cortada passaram com uma menina bonita de chapéu de palha sentada entre as pilhas verdes, ou uma velha usando uma roca de fiar. Crianças morenas, de olhos doces, saíam correndo das pitorescas choupanas de pedra para oferecerem ramalhetes ou cachos de laranjas ainda no ramo. Oliveiras retorcidas cobriam as colinas com sua folhagem escura, frutas douradas penduradas nas árvores e grandes anêmonas escarlates se estendiam pela margem da estrada, e além das encostas verdes e dos cumes escarpados, os Alpes Marítimos erguiam-se nítidos e brancos em destaque com o céu azul italiano. Valrosa merecia bem seu nome, pois naquele clima de verão perpétuo, as rosas brotavam por toda parte. Elas desciam do arco, se enfiavam entre as barras do grande portão com uma doce recepção aos transeuntes, e ladeavam a avenida, serpenteando entre limoeiros e palmeiras emplumadas até a vila na colina. Todo canto sombreado, onde os bancos convidavam à parada e ao descanso, tinha uma quantidade imensa de botões, toda gruta fresca tinha sua ninfa de mármore sorrindo sob um véu de flores e todas as fontes refletiam rosas vermelhas, brancas ou rosa claro, curvando-se para sorrir diante da própria beleza. Rosas cobriam as paredes da casa, cobriam as cornijas, subiam pelos pilares e corriam em tumulto sobre a balaustrada do amplo terraço, de onde se avistava o ensolarado Mediterrâneo e a cidade de paredes brancas em sua margem.

– Este é um paraíso comum para passar a lua de mel, não é? Você já viu essas rosas? – perguntou Amy, parando no terraço para apreciar a vista e um cheiro luxuoso de perfume que passava por ali.

– Não, nem esses espinhos – respondeu Laurie, com o polegar na boca, após uma tentativa vã de capturar uma solitária flor vermelha que crescia além do seu alcance.

– Tente descer mais um pouco e escolher as que não têm espinhos – disse Amy, juntando três flores pequeninas cor de creme que enchiam a parede atrás dela. Ela as colocou na casa de botão dele como uma oferta de paz, e ele ficou um minuto olhando para elas com uma expressão curiosa, pois na parte italiana de sua natureza havia um toque de superstição, e ele estava naquele estado de melancolia e tristeza, quando os rapazes com imaginação encontram significado em bobagens e motivo para o romance em qualquer lugar. Ele pensara em Jo ao alcançar a rosa vermelha espinhosa, pois as flores vívidas se transformavam nela, considerando que ela, muitas vezes, usava aquelas da estufa de casa. As rosas pálidas que Amy deu a ele eram do tipo que os italianos colocavam nas mãos dos mortos, nunca em coroas de noivas, e por um momento ele se perguntou se o presságio era para Jo ou para si mesmo, mas no instante seguinte seu senso comum americano aproveitou melhor seu sentimentalismo, e ele deu a risada mais sincera que Amy já havia escutado desde que ele chegou.

– É um bom conselho, é melhor você apanhar a flor e tomar cuidado com seus dedos – disse ela, pensando que seu discurso o divertia.

– Obrigado, vou fazer isso – respondeu ele em tom de brincadeira, e alguns meses depois ele levou isso a sério.

– Laurie, quando você vai visitar seu avô? – ela perguntou enquanto sentava-se em um banco rústico.

– Muito em breve.

– Você disse isso uma dúzia de vezes nas últimas três semanas.

– Acredito que respostas curtas evitam problemas.

– Ele está esperando por você, e você realmente deve ir.

– Criatura hospitaleira! Eu sei disso.

– Então por que você não vai?

– Depravação natural, suponho.

– Indolência natural, você quer dizer. É realmente terrível! – e Amy parecia severa.

– Não é tão ruim quanto parece, pois se eu fosse até lá iria simplesmente atormentá-lo, então, prefiro ficar e atormentá-la um pouco mais porque você pode me suportar melhor; na realidade, acho que isso lhe cai muitíssimo bem – e Laurie se recompôs para acomodar relaxadamente na ampla borda da balaustrada.

Amy balançou a cabeça e abriu o caderno de esboços com um ar de resignação, mas ela havia decidido dar um sermão "naquele menino" e em um minuto ela começou a falar novamente.

– O que você está fazendo agora?

– Observando lagartos.

– Não, não. Quero dizer, o que você pretende e deseja fazer?

– Fumar um cigarro, se você me permitir.

– Como você é provocador! Não aprovo cigarros e só permitirei que você fume um se deixar que eu o coloque no meu desenho. Preciso de um modelo.

– Com todo o prazer da minha vida. Como você quer que eu fique, de corpo inteiro ou meio-corpo, quer que mostre a minha cabeça ou os meus calcanhares? Devo respeitosamente sugerir uma postura reclinada, depois você pode se incluir no quadro também e chamá-lo de "*Dolce far niente*" (Prazer de não fazer nada).

– Fique como está e durma se quiser. Pretendo trabalhar bastante – disse Amy em seu tom mais enérgico.

– Que entusiasmo delicioso! – e ele encostou-se em um vaso alto com um ar de satisfação total.

– O que Jo diria se ela visse você agora? – perguntou Amy, impaciente, esperando despertá-lo pela menção do nome de sua irmã que era ainda mais enérgica.

– Como de costume ela diria "Vá embora, Laurie. Estou ocupada!". Ele riu enquanto falava, mas a risada não era natural, e uma sombra passou por seu rosto, pois a expressão do nome familiar tocou a ferida que ainda não estava cicatrizada. Amy percebeu tanto o tom diferente quanto a sombra no rosto dele, pois ela já os tinha visto e ouvido antes, e agora ela levantou o olhar a tempo de ver uma nova expressão no rosto de Laurie, um olhar cheio de amargura, de dor, insatisfação e arrependimento. Antes que ela pudesse analisar o olhar dele, a expressão de apatia voltou. Ela o observou por um momento com prazer artístico, pensando como ele parecia um italiano deitado ao sol com a cabeça descoberta e os olhos sonhadores do povo sulista, pois parecia tê-la esquecido e caído em um devaneio.

– Você parece a efígie de um jovem cavaleiro dormindo em sua tumba – disse ela, desenhando cuidadosamente o perfil bem cortado definido contra a pedra escura.

– Gostaria de ser!

– Que desejo tolo, a menos que você queira estragar sua vida. Você está tão mudado, às vezes penso... – aí Amy parou, com um olhar meio tímido, meio melancólico, mais significativo do que seu discurso inacabado.

Laurie viu e entendeu a ansiedade afetuosa que ela hesitava em expressar, e olhando diretamente para os olhos dela, disse, como costumava dizer à mãe: – Está tudo bem, senhora.

A resposta dele deixou-a satisfeita e tirou as dúvidas que começavam a preocupá-la ultimamente. Ela também ficou emocionada e demonstrou isso pelo tom cordial em que dizia:

– Fico feliz com isso! Não acho que você tenha sido um menino muito mau, mas imaginei que pudesse ter desperdiçado dinheiro com aquela terrível Baden Baden, entregado o coração a uma encantadora francesa casada ou se metido em algumas das encrencas que os rapazes parecem considerar uma parte necessária de uma viagem pelo exterior. Não fique aí no sol, venha deitar-se aqui na grama e "vamos ser amistosos", como Jo costumava dizer quando íamos ao canto do sofá e contávamos segredos.

Laurie obedientemente se jogou no gramado e começou a divertir-se enfiando margaridas nas fitas do chapéu de Amy, que agora estava ao seu lado.

– Estou totalmente pronto para os segredos – e ele olhou para cima com uma expressão decidida de interesse em seus olhos.

– Não tenho nenhum segredo para contar. Você pode começar.

– Não fui agraciado com nenhum segredo. Pensei que talvez você tivesse notícias de casa.

– Você ouviu tudo o que aconteceu ultimamente. Não recebe notícias com frequência? Imaginei que Jo estava lhe enviando centenas de cartas.

– Ela está muito ocupada. Você sabe que estou sempre mudando de lugar e fica impossível manter uma correspondência regular. Quando vai começar sua grande obra de arte, Raphaella? – Ele perguntou, mudando de assunto abruptamente após outra pausa, na qual ele se perguntava se Amy conhecia seu segredo e queria falar sobre isso.

– Nunca – ela respondeu, com um ar desanimado, mas decidido. – Roma tirou toda a vaidade de mim porque, depois de ver as maravilhas que existem lá, me senti insignificante demais para viver e desisti, desesperada, de todas as minhas tolas esperanças.

– Por que você pensa assim, com tanta energia e talento?

– Esta é a razão, porque talento não é genialidade, e nenhuma quantidade de energia será suficiente para me transformar em gênio. Quero ser excelente ou não serei nada. Não quero ser uma pintora comum, por isso não pretendo tentar mais.

– E posso lhe perguntar o que você vai fazer agora?

– Polir meus outros talentos e ser um ornamento para a sociedade, se tiver oportunidade.

Era um discurso característico e parecia ousado, mas a audácia cai bem aos jovens, e a ambição de Amy tinha uma boa base. Laurie sorriu, mas gostou do ânimo com o qual ela assumiu um novo propósito quando outro desapareceu, e não perdeu tempo lamentando.

– Bom! E aqui é que Fred Vaughn entra, eu acho. – Amy preservou um silêncio discreto, mas havia um olhar consciente em seu rosto abatido que fez Laurie sentar-se e dizer seriamente:

– Agora eu vou brincar de irmão e fazer perguntas. Posso?

– Não prometo responder.

– Seu rosto responderá, se sua língua não o fizer. Você ainda não é uma mulher vivida o suficiente para esconder seus sentimentos, minha querida. Ouvi rumores sobre Fred e você no ano passado, e a minha opinião pessoal é que se ele não tivesse sido chamado para voltar para casa tão repentinamente e ficasse detido por tanto tempo, algo teria surgido entre vocês, verdade?

– Não preciso falar sobre isso – foi a resposta implacável de Amy, mas seus lábios sorriam, e havia um brilho traidor dos olhos que traiu que ela conhecia seu poder e desfrutava do conhecimento.

– Você não está noiva, espero? – e, de repente, Laurie parecia um irmão mais velho e muito sério.

– Não.

– Mas você ficará noiva se ele voltar e cair de joelhos, não é?

– Muito provável.

– Então você gosta do velho Fred?

– Eu poderia gostar, se tentasse.

– Mas você não pretende ficar noiva até o momento certo? Ele é um bom amigo, Amy, mas não é o homem que eu imagino de que você gostaria.

– Ele é rico, um cavalheiro e tem modos encantadores – começou Amy, tentando ser bastante calma e digna, mas sentindo um pouco de vergonha de si mesma, apesar da sinceridade de suas intenções.

– Entendo. Rainhas da sociedade não podem seguir a vida sem dinheiro, então você quer fazer uma boa combinação e começar dessa maneira? Muito certo e adequado, de acordo com o mundo, mas parece estranho nos lábios de uma das filhas de sua mãe.

– Isso realmente é verdade.

Um discurso curto, mas a decisão tranquila com a qual foi proferido era um contraste curioso com o jovem orador. Laurie sentiu isso instintivamente e deitou-se novamente, com uma sensação de decepção que ele não conseguiu explicar. Seu olhar e silêncio, bem como uma certa desaprovação interior, irritaram Amy e a fizeram resolver dar um sermão sem demora.

– Gostaria que você me fizesse o favor de despertar um pouco, disse ela bruscamente.

– Faça isso por mim, querida menina.

– Eu conseguiria, se tentasse – e ela assumiu um ar de quem gostaria de fazer isso de maneira sumária.

– Tente, então. Eu lhe dou permissão – respondeu Laurie, que gostava de ter alguém para provocar, depois da longa abstinência de seu passatempo favorito.

– Você ficaria com raiva em cinco minutos.

– Eu nunca fico bravo com você. Quando um não quer, dois não brigam. Você é tão fria e macia quanto a neve.

– Você não tem ideia do que sou capaz. A neve queima e produz um formigamento, se aplicada corretamente. Sua indiferença já indica que você está um tanto afetado, e uma boa provocação mostraria isso.

– Pode provocar, isso não vai me machucar e pode diverti-la, como o disse o sujeito grande quando sua pequena esposa bateu nele. Pense que sou um marido ou um tapete e bata até ficar cansada, se esse tipo de exercício lhe agradar.

Decididamente irritada, e desejando vê-lo livre da apatia que tanto o mudara, Amy afiou a língua e o lápis e começou:

– Flo e eu temos um novo nome para você. É Laurence Preguiçoso. O que acha?

Ela pensou que isso o incomodaria, mas ele apenas cruzou os braços sob a cabeça, com um imperturbável: – Não é ruim. Obrigado, senhoras.

– Você quer saber o que eu honestamente penso de você?

– Estou louco para ser informado.

– Bem, eu sinto desprezo por você.

Se ela tivesse dito "eu te odeio" em um tom petulante ou galanteador, ele teria rido e gostado, mas o sotaque grave, quase triste, em sua voz o fez abrir os olhos e perguntar rapidamente:

– Por que, meu Deus?

– Porque, com todas as chances de ser bom, útil e feliz, você é ruim, preguiçoso e infeliz.

– Linguagem forte, *mademoiselle.*

– Se você quiser, posso continuar.

– Por favor, continue, é bem interessante.

– Pensei que você acharia isso. Pessoas egoístas sempre gostam de falar de si mesmas.

– Eu sou egoísta? – a pergunta saiu involuntariamente e em tom de surpresa, pois a única virtude da qual ele se orgulhava era a generosidade.

– Sim, muito egoísta – continuou Amy, com uma voz calma e fria, duas vezes mais efetiva do que irritada. – Vou lhe mostrar como, porque eu estudei você enquanto estávamos nos divertindo, e não estou nada satisfeita com você. Você está no exterior há quase seis meses e não fez nada além de desperdiçar tempo e dinheiro e decepcionar seus amigos.

– Um sujeito não tem direito a ter um pouco de prazer depois de quatro anos estudando?

– Você não parece ter tido muito. De qualquer forma, você não está nada melhor, até onde posso ver. Eu disse quando nos conhecemos que você tinha melhorado. Agora retiro tudo isso porque não acho você tão gentil como quando eu o deixei em casa. Você ficou abominavelmente preguiçoso, gosta de fofocas e perde tempo com coisas frívolas, fica contente em ser mimado e admirado por pessoas tolas, em vez de ser amado e respeitado pelos sábios. Com dinheiro, talento, posição, saúde e beleza, ah..., você gosta da velha vaidade! Mas é a verdade, então não posso deixar de lhe dizer que com todas essas coisas esplêndidas para usar e desfrutar, você não encontra nada a fazer além de vadiar e, em vez de ser o homem que deveria ser, você é apenas... – aí ela parou, com um olhar que representava dor e pena.

– São Laurence sendo torturado – acrescentou Laurie, brandamente terminando a frase. Mas o sermão começou a surtir efeito, pois havia um brilho em seus olhos agora e uma expressão que era mistura de raiva e mágoa substituiu a antiga indiferença.

– Imaginei que agiria dessa forma. Vocês homens nos dizem que somos anjos, e também que podemos fazer de vocês o que quisermos, mas no instante em que honestamente tentamos fazer algo de bom, vocês riem de nós e não nos escutam, o que prova o quanto seu elogio é valioso. – Amy falou com amargura e deu as costas ao mártir exasperante a seus pés.

Em um minuto, uma mão desceu sobre a página, para que ela não pudesse desenhar, e a voz de Laurie disse, com uma imitação sarcástica de uma criança penitente: – Prometo que serei bonzinho, oh, serei bom! – Mas Amy não riu, pois era sincera e, batendo na mão estendida com o lápis, disse com sobriedade: – Você não tem vergonha de uma mão assim? É tão macia e branca quanto a de uma mulher, e parece como se nunca fez nada além de usar as melhores luvas de Jouvin e colher flores para as senhoras. Você não é um dândi, graças a Deus, então fico feliz em ver que não há diamantes ou grandes anéis de sinete, apenas o velhinho que Jo lhe deu há tanto tempo. Meu Deus, como gostaria que ela estivesse aqui para me ajudar!

– Eu também!

A mão desapareceu tão repentinamente quanto veio, e havia energia suficiente no eco de seu desejo para atender Amy. Ela olhou para ele com um novo pensamento em sua mente, mas ele estava deitado com o chapéu sobre o rosto, como se estivesse à sombra, e o bigode escondia a boca. Ela só viu o peito dele subir e descer, com uma longa respiração que poderia ter sido um suspiro, e a mão que usava o anel aninhada na grama, como se quisesse esconder algo muito precioso ou terno demais para se falar. Várias dicas e detalhes, em questão de minutos, assumiram forma e significado na mente de Amy, e contaram a ela o que sua irmã nunca havia lhe confidenciado. Ela lembrou que Laurie nunca falou voluntariamente de Jo, lembrou a sombra no rosto dele, a mudança de caráter e o uso do pequeno anel velho que não era um ornamento para uma mão bonita. As meninas eram rápidas em ler esses sinais e sentir sua eloquência. Amy imaginou que talvez uma desilusão romântica estivesse no fundo da mudança, e agora ela tinha certeza disso. Seus olhos penetrantes se transformaram, e quando ela falou novamente, escolheu usar uma voz que lindamente suave e gentil.

– Sei que não tenho o direito de falar assim com você, Laurie, e se você não tivesse o tipo de temperamento mais doce do mundo, ficaria muito zangado comigo. Mas todas nós somos tão apaixonadas e temos tanto orgulho de você, que eu não suportaria pensar que elas ficariam desapontadas com você em casa, como eu fiquei; no entanto, talvez elas entendam a mudança melhor do que eu.

– Acho que entenderiam – veio de debaixo do chapéu, com um tom sombrio, tão tocante quanto abatido.

– Elas deveriam ter me contado, e não me deixar cometer erros e xingamentos, quando eu deveria ter sido mais gentil e paciente do que nunca. Nunca gostei daquela Srta. Randal e agora eu a odeio! – disse Amy ardilosa, desejando ter certeza de seus fatos dessa vez.

– Esqueça a Srta. Randal! – e Laurie tirou o chapéu de cima do rosto com um olhar que não deixou dúvidas de seus sentimentos em relação a essa jovem.

– Perdão, pensei... – e aí ela fez uma pausa diplomática.

– Não, você não pensou nada; sabia perfeitamente bem que nunca me importei com ninguém além de Jo – Laurie disse isso em seu antigo tom impetuoso, e desviou o rosto enquanto falava.

– Eu achava que sim, mas como elas nunca disseram nada sobre isso, e você veio para cá, achei que estava enganada. E Jo sempre foi gentil com você? Ora, eu tinha certeza de que ela o amava muito.

– Ela foi gentil, mas não da maneira certa; ela tem sorte por não me amar, já que sou o sujeito inútil que você acha que sou. A culpa é dela, e você pode lhe dizer isso.

O olhar penoso e amargo voltou novamente quando ele disse isso, e perturbou Amy, pois ela não sabia que bálsamo aplicar.

– Estava errada, não sabia de nada. Sinto muito, fiquei tão irritada, mas espero que você aguente firme, Laurie, querido.

– Não fale assim, esse é o modo como ela me chama! – e Laurie levantou a mão com um gesto rápido para impedir que as palavras fossem ditas no mesmo tom de voz gentil e reprovador de Jo. – Espere até você passar por uma situação dessas – acrescentou em voz baixa, enquanto arrancava a grama com a mão.

– Eu aceitaria honrosamente e seria respeitada se não pudesse ser amada – disse Amy com a decisão de quem não sabia nada sobre isso.

Naquele instante, Laurie lisonjeou-se por ter suportado notavelmente bem, não fazendo nenhum gemido, não pedindo simpatia e afastando o problema para viver sozinho. O sermão de Amy colocou o assunto sob uma nova luz e, pela primeira vez, ele achou que poderia parecer fraqueza e egoísmo perder a coragem no primeiro fracasso e se calar diante da indiferença sombria. Ele sentiu-se repentinamente abalado por um sonho melancólico e achou impossível voltar a dormir. Logo ele se sentou e perguntou lentamente: – Você acha que Jo me desprezaria como você?

– Sim, se ela visse você agora. Ela odeia pessoas preguiçosas. Por que você não faz algo esplêndido e faz com que ela te ame?

– Fiz o meu melhor, mas não adiantou.

– Se formar bem, você quer dizer? Isso não era mais do que você deveria ter feito, pelo bem do seu avô. Teria sido vergonhoso fracassar depois de gastar tanto tempo e dinheiro, quando todos sabiam que você poderia se sair bem.

– Falhei, diga o que quiser, pois Jo não me ama. – começou Laurie, apoiando a cabeça na mão, numa atitude desanimada.

– Não, você não falhou, e você verá no final, o que aconteceu foi bom para você e provou que pode fazer algo se tentar. Se você apenas dedicar-se à outra tarefa, em breve se sentirá melhor e esquecerá o problema.

– Isso é impossível.

– Experimente e verá. Você não precisa desdenhar e pensar: "Ela não sabe nada sobre essas coisas". Não pretendo ser sábia, mas estou observando e vejo muito mais do que você imagina. Estou interessada nas experiências e inconsistências de outras pessoas e, embora não possa explicar, lembro delas e as uso para meu próprio benefício. Ame Jo todos os seus dias, se essa for a sua escolha, mas não deixe que isso acabe com você, porque é terrível jogar fora todos os presentes bons que recebemos só porque não temos aquele que queremos. Chega, não vou mais dar sermões, pois sei que você vai acordar e ser um homem, apesar daquela menina de coração duro.

Os dois ficaram sem falar por alguns minutos. Laurie sentou-se girando o pequeno anel no dedo dele, e Amy deu os últimos toques no esboço apressado em que ela estava trabalhando enquanto conversava. Naquele instante ela colocou o esboço no joelho dele, apenas dizendo:

– O que acha disso?

Ele olhou e depois sorriu, como não podia deixar de fazer, pois o desenho estava perfeito, a figura longa e preguiçosa na grama, com rosto apático, olhos semicerrados e uma mão segurando um charuto do qual saíam pequenas guirlandas de fumaça que circundavam a cabeça do sonhador.

– Como você desenha bem! – ele disse, verdadeiramente surpreso e feliz com a habilidade dela, acrescentando, com risadinha...

– Sim, esse sou eu.

– Como você está agora. Aqui está outra imagem de como você estava. – e Amy colocou outro esboço ao lado do que ele segurava.

Não estava tão bem feito, mas havia uma vida e um espírito que encobriam muitas falhas, e recordavam o passado com tanta vivacidade que uma súbita mudança tomou conta do rosto do jovem enquanto ele olhava a pintura. Era apenas um rascunho de Laurie domando um cavalo. Ele estava sem o chapéu e sem casaco, e todas as linhas do desenho estavam bem vivas, o rosto era resoluto e a atitude de comando estava cheia de energia e significado. O belo animal, apenas contido, estava arqueando o pescoço sob a rédea bem esticada, com um pé batendo o chão com impaciência e as orelhas erguidas como se estivesse ouvindo a voz que o dominava. Na juba despenteada, nos cabelos esvoaçantes e na atitude ereta, havia uma sugestão de movimento subitamente detido, força, coragem e flutuabilidade juvenil que contrastavam fortemente com a graça supina do desenho de "*Dolce far Niente*". Laurie não disse nada, mas quando os olhos dele passaram de um para o outro, Amy o viu corar e morder os lábios, como se ele lesse e aceitasse a pequena lição que ela lhe dera. Isso a satisfez, e sem esperar que ele falasse, ela disse, do seu jeito alegre:

– Você não se lembra do dia em que brincou de domar o Puck, e todas nós ficamos assistindo? Meg e Beth ficaram assustadas, mas Jo bateu palmas e ficou saltitando, e eu me sentei em cima do muro e desenhei você. Encontrei esse esboço na minha pasta de desenho outro dia, retoquei e guardei para lhe mostrar.

– Muito obrigado. Você está desenhando muito melhor desde então, quero parabenizá-la. Será que posso me aventurar neste "paraíso da lua de mel" a lembrá-la de que 5 horas é a hora do jantar no seu hotel?

Laurie se levantou enquanto falava, devolveu os desenhos com um sorriso e um aceno de cabeça e olhou para o relógio, como se quisesse lembrá-la de que até mesmo sermões morais devem ter um fim. Ele tentou retomar o seu antigo ar fácil e indiferente, mas agora era algo artificial, pois o estímulo havia sido mais eficaz do que ele confessaria. Amy sentiu a frieza dele em seus modos e disse a si mesma:

– Agora, eu o ofendi. Bem, se isso lhe fizer bem, ficarei feliz, se o fizer me odiar, sinto muito, mas é a pura verdade, e não posso retirar uma palavra do que disse a ele.

Eles riram e conversaram todo o caminho de casa, e o pequeno Baptiste, que estava ali atrás, pensou que o senhor e a madame eram encantadores. Mas ambos se sentiram pouco à vontade. A franqueza amigável foi perturbada, o sol havia provocado uma sombra sobre ela e, apesar da aparente alegria, havia um descontentamento secreto no coração de cada um.

– Vamos nos ver esta noite, *mon frère*? – perguntou Amy, enquanto se separavam na porta da tia.

– Infelizmente não, tenho um compromisso. *Au revoir, mademoiselle* – e Laurie se curvou como se quisesse beijar a mão dela, à moda estrangeira, o que o tornou melhor do que muitos homens. Algo em seu rosto fez Amy dizer rápida e calorosamente:

– Não faça isso, Laurie, seja você mesmo quando estiver comigo e vamos nos despedir da boa e velha maneira. Prefiro dar um aperto de mão inglês saudável do que todas as saudações sentimentais da França.

– Adeus, querida – e com essas palavras, pronunciadas no tom que ela gostava, Laurie a deixou, depois de um aperto de mão quase doloroso de tanta sinceridade.

Na manhã seguinte, em vez da visita usual, Amy recebeu um bilhete que a fez sorrir no começo e suspirar no final.

Prezada Mentora,

Por favor, faça o meu endereço chegar até sua tia e exulte de alegria porque "Laurie, o preguiçoso" irá visitar o avô dele, como faria o melhor dos rapazes. Que você tenha um inverno agradável e que os deuses lhe concedam uma lua de mel feliz em Valrosa! Acho que Fred seria beneficiado com uma boa sacudida. Diga a ele, com os meus cumprimentos.

Atenciosamente,

Telêmaco[22]

– Bom menino! Fico feliz que ele tenha ido visitar seu avô – disse Amy, com um sorriso de aprovação. No minuto seguinte, seu rosto ficou triste quando ela olhou ao redor da sala vazia, acrescentando, com um suspiro involuntário: – Sim, estou feliz, mas sentirei demais a falta dele.

(22) Telêmaco: era neto de Laertes, filho de Ulisses e Penélope. Passou grande parte de sua vida buscando notícias de seu pai, que havia partido para a Guerra de Troia.

Capítulo 40

O vale das sombras

Quando passou a primeira amargura, a família aceitou o inevitável e tentou suportá-lo com alegria, ajudando-se mutuamente pelo crescente afeto que passa a unir as famílias com ternura em tempos de angústia. Eles afastaram sua dor e cada um fez sua parte para deixar aquele ano feliz.

A sala mais agradável da casa foi reservada para Beth, e nela estava reunido tudo o que ela mais amava: flores, quadros, o piano, a pequena mesa de trabalho e os amados bichanos. Os melhores livros do pai chegaram até lá, a poltrona da mãe, a mesa de Jo, os melhores esboços de Amy e todos os dias Meg trazia seus bebês em uma peregrinação amorosa, para trazer o sol para a tia Beth. John discretamente separou uma pequena quantia, para poder desfrutar do prazer de manter a pobrezinha provida com a fruta que ela tanto adorava. A velha Hannah nunca se cansava de inventar pratos delicados para tentar despertar um apetite caprichoso, derramando lágrimas enquanto trabalhava; e do outro lado do mar vinham pequenos presentes e cartas alegres, parecendo trazer sopros de calor e fragrância de terras que não conhecem inverno.

Aqui, acarinhada como uma santa da casa em seu santuário, sentava-se Beth, tranquila e ocupada como sempre, pois nada poderia mudar a natureza doce e altruísta, e mesmo enquanto se preparava para deixar a vida, ela tentou torná-la mais feliz para aqueles que deveriam ficar para trás. Os dedos fracos nunca ficavam ociosos e um de seus prazeres era fazer pequenas coisas para as crianças da escola que passavam diariamente indo e voltando das aulas, jogar um par de luvas pela janela por um par de mãos roxas, um estojo de costura para uma mãezinha de muitas bonecas, limpadores de caneta-tinteiro para jovens escribas que ainda lutavam com a caligrafia, álbuns de recortes para os amantes das ilustrações e todo tipo de invenção prazerosa, até que os escaladores relutantes da escada da aprendizagem descobriram o caminho repleto de flores, por assim dizer, e chegaram a considerar a gentil doadora como uma espécie de fada madrinha, sentada lá em cima, que jogava presentes milagrosamente adequados a seus gostos e necessidades. Se Beth tivesse desejado alguma recompensa, ela a encontraria nos rostinhos brilhantes sempre voltados para a janela, com acenos de cabeça e sorrisos, e as pequenas letras que vinham até ela, cheias de borrões e gratidão.

Os primeiros meses foram muito felizes, e Beth costumava olhar em volta e dizer "Como isso é lindo!" enquanto todos se sentavam juntos em seu quarto ensolarado, os bebês chutando e chorando no chão, mãe e irmãs trabalhando perto, e o pai lendo, em sua voz agradável, os livros velhos e sábios que pareciam ricos em palavras boas e confortáveis, que eram aplicáveis agora como quando escritas séculos atrás, uma pequena capela, onde um padre paterno ensinava a seu rebanho as lições difíceis que todos devem aprender, tentando mostrar-lhes que a esperança pode confortar o amor, e a fé possibilita a resignação. Sermões simples, que foram diretamente para as almas daqueles que ouviram, pois o coração do pai estava na religião do ministro, e o frequente vacilar na voz dava uma dupla eloquência às palavras que ele falava ou lia. Foi bom para todos que esse momento de paz lhes foi dado como preparação para as tristes horas que se seguiriam; Beth disse que a agulha estava "muito pesada" e a deixou de lado para sempre. Conversar a cansava, rostos a incomodavam, a dor a reivindicou por si própria, e seu espírito tranquilo estava tristemente perturbado pelos males que irritavam sua carne. Ah me Deus! Dias tão pesados, noites longas e prolongadas, corações doloridos e orações de súplicas, quando aqueles que mais a amavam eram forçados a ver as mãos magras estendidas para eles suplicantemente, a ouvir o grito amargo:

"Ajudem-me, ajudem-me!" e sentir que não havia como ajudá-la. Um triste eclipse da alma serena, uma luta aguda da jovem vida com a morte, mas ambos foram misericordiosamente breves e, depois da rebelião natural, a velha paz voltou mais bonita do que nunca. Com os destroços de seu corpo frágil, a alma de Beth ficou mais forte e, embora ela falasse pouco, aqueles a seu redor sentiam que ela estava pronta, observaram que a primeira peregrina chamada era igualmente a mais preparada e aguardariam com ela na praia, tentando ver os seres de luz que viriam para recebê-la quando ela atravessasse o rio.

Jo nunca a deixou por uma hora seguida desde que Beth disse "sinto-me mais forte quando você está aqui". Ela dormia em um sofá no quarto, acordando muitas vezes para renovar o fogo, alimentar, erguer ou esperar a criatura paciente que raramente pedia alguma coisa, e "tentava não ser um problema". O dia todo ela tomava conta do quarto, com ciúme de qualquer outra enfermeira e sentindo-se muito orgulhosa de ter sido a escolhida, pois aquela era a maior honra de toda sua vida. Horas preciosas e úteis para Jo, pois seu coração recebeu o ensinamento que precisava. Lições de paciência lhe foram ensinadas com tanta doçura que ela não podia deixar de aprendê-las, caridade para todos, o espírito amável que pode perdoar e realmente esquecer a crueldade, a lealdade ao dever que torna fácil as coisas mais difíceis e a fé sincera que nada teme, mas que confia sem duvidar.

Muitas vezes, quando ela acordava, Jo encontrava Beth lendo seu livrinho desgastado, a ouvia cantando baixinho, para enganar a insônia, ou a via encostar o rosto nas mãos, enquanto lágrimas lentas caíam pelos dedos transparentes e Jo deitava observando-a com pensamentos profundos demais para lágrimas, sentindo que Beth, à sua maneira simples e altruísta, estava tentando se afastar da querida vida antiga e se preparar para a vida futura, através de palavras sagradas de conforto, orações silenciosas e a música que ela tanto amava.

Observar essa situação fez mais por Jo do que os sermões mais sábios, os hinos mais santos, as orações mais fervorosas que qualquer voz poderia proferir. Pois com os olhos clareados por muitas lágrimas e o coração abrandado pela mais tenra tristeza, ela reconheceu a beleza da vida de sua irmã, sem intercorrências, sem ambições, mas cheia das virtudes genuínas que "cheiram a doce e florescem no pó", o esquecimento que faz com que os mais humildes da terra sejam lembrados mais cedo no céu, o verdadeiro sucesso possível a todos.

Uma noite, quando Beth olhava entre os livros sobre a mesa, para encontrar algo para fazê-la esquecer o cansaço mortal que era quase tão difícil de suportar quanto a dor, ela virou as folhas de seu velho favorito, *O Caminho do Peregrino*, e encontrou um pequeno papel rabiscado com a caligrafia de Jo. O nome chamou sua atenção e o olhar embaçado das linhas a fez ter certeza de que lágrimas haviam caído ali.

– Pobre Jo! Ela está dormindo profundamente, então não vou acordá-la para pedir permissão. Ela me mostra todas as suas coisas, acho que ela não se importará se eu olhar para isso – pensou Beth, olhando para a irmã, que estava deitada no tapete, com a pinça da lareira à mão, pronta para acordar no minuto em que a lenha se quebrasse.

MINHA BETH

Sentada pacientemente à sombra,
Até que venha a luz abençoada,
Uma presença serena e santa
Santifica nossa casa atribulada.
Alegrias, esperanças e tristezas terrenas
Quebram com a ondulação,
Do rio profundo e solene
Onde seus pés agora estão.

Oh minha irmã, que está nos deixando,
Para longe desta luta desmedida,
Deixa-me, de presente, essas virtudes
Que embelezaram sua vida.
Deixe-me essa grande paciência,
Que lhe permite a sustentação
De um espírito alegre e sem queixas
Em sua prisão de grande aflição.

Preciso muito que me dê
Essa coragem, sábia e gentil,
Que fez o caminho do dever,
Sob teus pés, ser tão varonil.
Dê-me essa natureza altruísta,
Que cheia do amor de Deus
Pode perdoar erros por caridade.
Coração manso, perdoe os meus!

Assim, nossa despedida diária perderá
Algo de sua dor violenta,
Com essa difícil lição, nossa alma aprenderá
Que a grande perda também acalenta.
Pois o toque de tristeza deixará
Minha natureza selvagem mais serena,
Novas aspirações à vida dará,
E uma nova fé valerá a pena.

Doravante, a salvo do outro lado do rio,
Verei eternamente, oxalá!
Um amado espírito familiar
Esperando por mim do lado de lá.
E a esperança, nascida da minha tristeza,
Em anjo da guarda se tornará,
E a irmã que foi antes de mim
Pela mão desse anjo me levará.

Embaçadas e borradas, por mais defeituosas e fracas que fossem as linhas, elas trouxeram uma expressão de conforto inexprimível ao rosto de Beth, pois seu único arrependimento era o fato de ela ter feito tão pouco, e isso parecia garantir a ela que sua vida não tinha sido inútil, que sua morte não traria o desespero que ela temia. Quando ela se sentou com o papel dobrado entre as mãos, a lenha carbonizada caiu em pedaços. Jo acordou, recuperou a brasa da lareira e se arrastou até o lado da cama, esperando que Beth dormisse.

– Não estou dormindo, mas estou tão feliz, querida. Veja, eu encontrei isso e li. Sabia que você não se importaria. Já fui tudo isso para você, Jo? – ela perguntou, com uma sinceridade humilde e melancólica.

– Oh, Beth, muito mais, muito mais! – e a cabeça de Jo caiu sobre o travesseiro ao lado da irmã.

– Então eu não sinto como se tivesse desperdiçado minha vida. Não sou tão boa como você acha, mas tentei fazer o certo. E agora, quando é tarde demais para começar a melhorar, é um consolo saber que alguém me ama tanto e parece que eu a ajudei.

– Mais do que qualquer pessoa no mundo, Beth. Eu achava que não conseguiria seguir sem você, mas estou aprendendo a sentir que não te perdi, que você estará comigo mais do que nunca, e a morte não poderá nos separar, embora pareça que sim.

– Sei que não pode, e não tenho mais medo, pois estou certa que ainda serei sua Beth, para amá-la e ajudá-la mais do que nunca. Você deve tomar o meu lugar, Jo, e ser tudo para o pai e a mãe quando eu partir. Eles se voltarão para você, não falhe com eles, e se for difícil trabalhar sozinha, lembre-se de que eu não te esqueço e que você será mais feliz fazendo isso do que escrevendo livros esplêndidos ou conhecendo o mundo todo, porque o amor é a única coisa que podemos levar conosco quando partimos, e isso facilita o fim.

– Vou tentar, Beth. – E, então, Jo renunciou à sua antiga ambição, comprometeu-se com uma nova e melhor, reconhecendo a pobreza de outros desejos e sentindo o consolo abençoado de uma crença na imortalidade do amor.

Então os dias de primavera chegaram e se foram, o céu ficou mais claro, a terra mais verde, as flores acordavam bem cedo e os pássaros voltavam a tempo de dizer adeus a Beth, que, como uma criança cansada, mas confiante, agarrou-se às mãos que a haviam conduzido a vida toda, e como pai e mãe a guiavam ternamente pelo vale das sombras e a entregavam a Deus.

Raramente, exceto nos livros, o moribundo profere palavras memoráveis, tem visões ou parte com expressões beatificadas, e aqueles que acompanham muitas almas que partem desse mundo sabem que, na maioria das vezes, o fim é tão natural e simples quanto o sono. Como Beth esperava, "a maré desceu facilmente" e, na hora mais escura antes do amanhecer, no seio onde ela dera seu primeiro suspiro, ela silenciosamente deu o último, sem despedida, mas com um olhar amoroso, um pequeno suspiro.

Com lágrimas, orações e mãos carinhosas, mãe e irmãs a prepararam para o longo sono que a dor nunca mais estragaria, vendo com olhos agradecidos a bela serenidade que logo substituía a patética paciência que machucava o coração deles por tanto tempo, e sentindo com reverente alegria que, até a morte querida, era um anjo benigno, não um fantasma cheio de pavor. Quando a manhã chegou, pela primeira vez em muitos meses, o fogo estava apagado, o lugar de Jo estava vazio e a sala estava muito quieta. Mas um pássaro cantava alegremente em um galho, ali perto, as gotas de neve desciam pela janela e o sol da primavera entrava como uma bênção sobre o rosto plácido sobre o travesseiro, um rosto tão cheio de paz indolor que aqueles que mais o amavam sorriram através das lágrimas e agradeceram a Deus, pois Beth finalmente estava bem.

Capítulo 41

Aprendendo a esquecer

O sermão de Amy fora de grande ajuda para Laurie, mas é claro que ele não percebeu isso até muito tempo depois. Os homens raramente o fazem, pois quando as mulheres são as conselheiras, os senhores da criação não seguem o conselho até se convencerem de que é exatamente isso que pretendem fazer. Então eles agem e, se forem bem-sucedidos, concedem metade do crédito à parte mais fraca. Se falharem, generosamente lhe concedem toda a culpa. Laurie voltou para visitar o avô e ficou tão devotado por várias semanas que o velho senhor declarou que o clima de Nice havia feito milagres, e seria melhor que ele repetisse a dose. Não havia nada que o jovem tivesse gostado mais do que os elefantes, porém eles não poderiam tê-lo arrastado de volta após a repreensão que recebera. O orgulho o impedia e, sempre que a saudade aumentava, ele fortalecia sua resolução repetindo as palavras que haviam causado a impressão mais profunda: "Eu te desprezo". "Vá e faça algo esplêndido que a faça amar você!".

Laurie revirava o assunto com tanta frequência que ele logo confessou a si mesmo que era egoísta e preguiçoso, mas então, quando um homem tem uma grande tristeza, ele deve se entregar a todos os tipos de caprichos até que ele a esqueça. Ele achava que suas afeições arruinadas estavam bastante mortas agora, e embora ele nunca tivesse deixado de ser um enlutado fiel, não havia ocasião para usar suas ervas daninhas ostensivamente. Jo não o amaria, mas ele poderia fazê-la respeitá-lo e admirá-lo fazendo algo que deveria provar que o "não" de uma menina não estragaria sua vida. Ele sempre quis fazer alguma coisa e o conselho de Amy era inteiramente desnecessário. Ele estava apenas esperando até que o amor frustrado acima mencionado fosse decentemente enterrado. Feito isso, ele sentiu que estava pronto para "esconder seu coração ferido e seguir na luta".

Assim como Goethe cantava quando tinha uma alegria ou um pesar, Laurie resolveu embalsamar sua tristeza amorosa na música e compor um réquiem[23] que envolveria a alma de Jo e derreteria o coração de todos os ouvintes. Portanto, na próxima vez em que o velho o encontrou inquieto e mal-humorado e mandou-o embora, ele foi para Viena, onde tinha amigos que amavam música, e começou a trabalhar com a firme determinação de se distinguir. Mas, se a tristeza era ampla demais para ser incorporada à música ou se música era demasiado etérea para enaltecer uma melancolia fatal, ele logo descobriu que o réquiem estava além dele no momento. Era evidente que sua mente ainda não estava funcionando e que suas ideias precisavam ser esclarecidas, pois muitas vezes no meio de um lamento, ele se encontrava cantarolando uma música dançante que lembrava alegremente o baile de Natal em Nice, especialmente o francês robusto; então, decidiu interromper efetivamente a composição trágica naquele momento. Em seguida, ele tentou compor uma ópera, pois nada parecia impossível no começo, mas aqui novamente dificuldades imprevistas o cercavam. Ele queria Jo como heroína e reavivou sua memória para lhe fornecer lembranças ternas e visões românticas de seu amor. Porém, sua memória o traiu e, como se estivesse possuída pelo espírito perverso da menina, só o faria lembrar das esquisitices, falhas e aberrações de Jo, só a mostraria nos aspectos mais insensíveis, batendo em tapetes com a cabeça amarrada em um lenço, protegendo-se com o travesseiro do sofá ou jogando água fria sobre sua paixão arrebatadora, e um uma risada irresistível estragava a imagem melancólica que ele tentava pintar. Jo não seria

(23) Réquiem: composição ou música que tem o texto litúrgico da missa dos mortos como tema, iniciando-se pelas palavras latinas "*requiem aeternam*", repouso eterno

colocada em uma ópera a nenhum preço, e ele precisou desistir dela dizendo "Deus abençoe essa menina, pois ela é um tormento!", e então puxou os cabelos, já que se transformara em um compositor distraído.

Quando olhou a sua volta tentando encontrar outra donzela menos intratável para imortalizar na melodia, sua memória produziu uma com a mais prestativa prontidão. Esse fantasma tinha muitas faces, mas sempre com cabelos dourados, estava envolta em uma nuvem diáfana e flutuava levemente diante dos olhos de sua mente em um agradável caos de rosas, pavões, pôneis brancos e fitas azuis. Ele não deu nenhum nome a essa doce aparição, mas tomou-a por sua heroína e ficou bastante afeiçoado a ela, como devia, pois ele dotou-a de todos os dons e graças sob o sol e escoltou-a ilesa através de provações que teriam aniquilado qualquer mulher mortal.

Graças a essa inspiração, ele continuou sem dificuldades por um tempo, mas gradualmente o trabalho perdeu o charme e ele se esqueceu de compor, enquanto ficava meditando, com a caneta na mão, ou vagava pela cidade alegre para obter novas ideias e refrescar o corpo e a mente, que parecia estar em um estado um pouco instável naquele inverno. Ele não fez muito, mas pensou bastante e estava consciente de que havia alguma mudança acontecendo involuntariamente. – É a genialidade fermentando, talvez. Vou deixar fermentar e ver o que acontece – dizia ele, com uma suspeita secreta o tempo todo de que não era genialidade, mas algo muito mais comum. Fosse o que fosse, fervilhava com algum objetivo, pois ele ficava cada vez mais descontente com sua vida insultuosa, começou a ansiar por algum trabalho real e sincero, alma e corpo, e finalmente chegou à conclusão sábia de que todos que amavam a música não eram compositores. Ao voltar de uma das grandes óperas de Mozart, realizada esplendidamente no Royal Theatre, ele deu uma olhada em sua própria ópera, tocou algumas das melhores partes, ficou olhando os bustos de Mendelssohn, Beethoven e Bach, que olhavam benignamente de volta. De repente, ele rasgou suas folhas de música, uma por uma, e quando a última caiu de sua mão, ele disse sobriamente para si mesmo:

– Ela está certa! Talento não é genialidade, e você não pode transformar um em outro. Aquela música me tirou toda a vaidade assim como Roma fez com Amy, e eu não serei mais uma farsa. Agora, o que devo fazer?

Essa parecia uma pergunta difícil de responder, e Laurie começou a sentir vontade de trabalhar para ganhar seu pão diário. Agora, mais do que nunca, ele tinha uma oportunidade adequada de "ir ao inferno", como ele uma vez expressara com força, pois ele tinha muito dinheiro e nada para fazer, e o Diabo adora oferecer emprego para mãos cheias e ociosas. O pobre sujeito já tivera tentações suficientes vindas de fora e de dentro, mas ele resistira a todas muito bem porque, por mais que valorizasse a liberdade, valorizava mais a boa-fé e a confiança, de modo que sua promessa ao avô e seu desejo de poder olhar honestamente nos olhos das mulheres que o amavam, e dizer "está tudo bem", o mantinham seguro e equilibrado.

Muito provavelmente, a Sra. Grundy observará: – Não acredito nisso, meninos serão meninos, os jovens semeiam tempestade e as mulheres não devem esperar milagres. – Atrevo-me a dizer que a senhora não acredita, senhora Grundy, mas é verdade mesmo assim. As mulheres fazem muitos milagres, e tenho a convicção de que podem realizar até o de elevar o padrão da masculinidade, recusando-se a repetir tais palavras. Que os meninos sejam meninos, quanto mais tempo melhor, e que os jovens semeiem tempestades, se eles quiserem. Porém as mães, irmãs e amigas podem ajudar a diminuir a safra de tormentas e impedir que o joio estrague a colheita, acreditando e mostrando que elas acreditam na possibilidade de lealdade às virtudes que tornam os homens mais masculinos aos olhos das mulheres. Se é uma ilusão feminina, deixe-nos aproveitá-la enquanto podemos, pois sem ela metade da beleza e do romance da vida se perdem, e pressentimentos tristes podem amargar todas as nossas esperanças de termos rapazes corajosos e carinhosos, que ainda amam suas mães mais do que a eles mesmos e não têm vergonha de assumir o sentimento.

Laurie pensou que a tarefa de esquecer seu amor por Jo absorveria todos os seus poderes por anos, mas, para sua grande surpresa, descobriu que ficava mais fácil a cada dia. Ele se recusou a acreditar no começo, ficou com raiva de si mesmo e não conseguiu entender, mas esses nossos corações são curiosos e contrários, e o tempo e a natureza exercem sua vontade independentemente da nossa. O coração de Laurie não doía mais. A ferida persistiu na cura com uma rapidez que o surpreendeu e, em vez de tentar esquecer, ele percebeu que estava tentando se lembrar. Ele não havia previsto essa situação e não estava preparado para isso. Ficou indignado consigo mesmo, surpreso com sua própria inconstância e sentia uma estranha mistura de decepção e alívio por poder se recuperar de um golpe tremendo tão rápido. Cuidadosamente ele despertava as brasas de seu amor perdido, mas elas se recusavam a explodir em chamas. Havia apenas um brilho confortável que aquecia e fazia bem a ele sem deixá-lo febril, e ele foi relutantemente obrigado a confessar que a paixão juvenil estava lentamente se dissipando em um sentimento mais tranquilo, muito terno, um pouco triste e ressentido ainda, mas que com certeza passaria a tempo, deixando um carinho fraterno que duraria até o fim.

Quando a palavra "fraterno" passou por sua mente em um de seus devaneios, ele sorriu e olhou para a foto de Mozart que estava diante dele.

– Bem, ele era um grande homem, e quando ele não conseguiu conquistar uma irmã, ele conquistou a outra e ficou feliz.

Laurie não pronunciou as palavras, mas ele as pensou, e no instante seguinte beijou o pequeno anel velho, dizendo para si mesmo:

– Não, não vou fazer isso! Não esqueci, jamais esquecerei. Vou tentar novamente, e se isso falhar, então....

Deixando sua sentença inacabada, ele pegou caneta e papel e escreveu para Jo, dizendo-lhe que não podia se contentar com nada enquanto houvesse a menor esperança de ela mudar de ideia. Ela não podia mudar de ideia, não iria deixá-lo voltar para casa e ser feliz? Enquanto esperava por uma resposta, ele não fez nada, mas tomou uma atitude enérgica, pois estava com febre de impaciência. Finalmente fixou sua mente em um ponto, pois Jo com certeza não podia e não queria. Estava cuidando de Beth e nunca mais queria ouvir a palavra amor. Então ela implorou que ele fosse feliz com outra pessoa, mas que sempre guardasse um cantinho do coração para sua amada irmã Jo. Em outra carta ela escreveu que desejava que ele não dissesse a Amy que Beth estava pior, porque ela voltaria para casa na primavera e que não havia necessidade de entristecer o restante de sua estadia. Ela dizia que seria tempo suficiente, e pedia, pelo amor de Deus, que Laurie escrevesse para Amy com frequência para que ela não se sentisse sozinha, com saudades de casa ou ansiosa.

– Bem, farei isso imediatamente. Pobre menina, terá uma volta triste para casa, receio – e Laurie abriu sua escrivaninha como se tivesse decidido que escrever para Amy fosse a conclusão adequada da sentença inacabada algumas semanas antes. Mas, ele não escreveu a carta naquele dia, pois enquanto vasculhava seus papéis, encontrou algo que mudou seu propósito. Em uma parte da escrivaninha, entre notas, passaportes e documentos comerciais de vários tipos, havia várias cartas de Jo, e em outro compartimento havia três bilhetes de Amy, cuidadosamente amarrados com uma de suas fitas azuis e docemente sugestivos por conta das pequenas rosas secas colocadas dentro neles. Com uma expressão que ficava entre o arrependimento e a diversão, Laurie juntou todas as cartas de Jo, alisou-as, dobrou-as e guardou-as cuidadosamente em uma pequena gaveta da mesa; então, ficou um minuto pensativo, girando o anel em seu dedo, depois o retirou lentamente, colocou-o com as cartas, trancou a gaveta e saiu para ouvir a missa na Saint Stefan, sentindo como se tivesse saído de um funeral, e embora não estivesse sobrecarregado de aflições, essa parecia uma maneira mais apropriada de passar o resto do dia do que escrevendo cartas para jovens encantadoras.

Entretanto, a carta logo chegou e foi prontamente respondida, pois Amy estava com saudades de casa e a confessou da maneira mais deliciosa e confidencial possível. A correspondência floresceu notoriamente e cartas voavam para lá e para cá com regularidade infalível durante todo o início da primavera. Laurie vendeu seus bustos, usou sua ópera para acender o fogo e voltou para Paris, esperando que alguém chegasse em pouco tempo. Ele queria desesperadamente ir para Nice, mas não queria fazê-lo até que lhe pedissem, e Amy não pediu, pois naquele momento ela estava vivendo pequenas experiências próprias, o que a fez desejar evitar os olhos interrogativos do "nosso menino".

Fred Vaughn havia retornado e feito a pergunta a qual ela havia decidido responder: "Sim, obrigada"; mas agora ela disse: "Não, obrigada", de modo gentil, mas com firmeza, pois quando chegou a hora, sua coragem a desapontou e descobriu que algo mais que dinheiro e posição social era necessário para satisfazer o novo desejo que enchia seu coração tão cheio de ternas esperanças e medos. As palavras: "Fred é um bom amigo, Amy, mas não é o homem que eu imagino de que você gostaria", e o rosto de Laurie quando ele as pronunciou continuavam retornando a ela de maneira tão pertinente quanto o seu próprio rosto ao pensar "eu me casarei por dinheiro". Preocupou-a lembrar que agora ela desejava não ter pensado assim, parecia tão pouco feminino. Não queria que Laurie a considerasse uma criatura sem coração e materialista. Ela não se importava mais em ser uma rainha da sociedade agora tanto quanto se preocupava em ser uma mulher adorável. Ela estava tão feliz por ele não a odiar pelas coisas terríveis que ela disse; pelo contrário, ele as tomou tão lindamente e foi mais gentil do que nunca. Suas cartas eram um consolo, pois as cartas domésticas eram muito irregulares e não eram tão alegres quanto as dele quando chegavam. Não era apenas um prazer, mas um dever de respondê-las, pois o pobre sujeito estava abandonado e precisava de carinho, pois Jo continuava sendo sincera. Ela deveria ter se esforçado e tentado amá-lo. Não poderia ser muito difícil, muitas pessoas ficariam orgulhosas e felizes por ter um rapaz tão querido cuidando delas. Mas Jo nunca agia como as outras meninas, então não havia nada a fazer além de ser muito gentil e tratá-lo como um irmão.

Se todos os irmãos fossem tratados tão bem quanto Laurie nesse período, eles seriam seres muito mais felizes do que são. Agora, Amy não fazia mais sermões. Ela pedia a opinião dele sobre todos os assuntos, estava interessada em tudo o que ele estava fazendo, fazia presentinhos charmosos para ele e enviava-lhe duas cartas por semana, cheias de fofocas animadas, confidências das irmãs e desenhos cativantes das cenas adoráveis sobre ela. Considerando que poucos irmãos têm o privilégio de ter suas cartas carregadas nos bolsos de suas irmãs, lidas e relidas incansavelmente, lamentadas quando curtas, beijadas por muito tempo e valorizadas com cuidado, não vamos sugerir que Amy tenha feito alguma dessas coisas carinhosas e tolas. Mas ela certamente ficou um pouco pálida e pensativa naquela primavera, perdeu o encanto pela sociedade e saiu várias vezes sozinha para desenhar. Ela não teve muito o que mostrar quando chegou em casa, mas ficava observando a natureza, ouso dizer, enquanto sentava por horas, com as mãos entrelaçadas, no terraço de Valrosa, ou desenhava distraidamente qualquer fantasia que lhe ocorresse, um intrépido cavaleiro esculpido em uma tumba, um jovem dormindo na grama, com o chapéu sobre os olhos ou uma menina de cabelos cacheados com lindos trajes, desfilando em um salão de baile de braços dados com um cavalheiro alto, com os dois rostos desfocados para seguir a última tendência da arte, que era segura, mas não totalmente satisfatória.

A tia achava que ela iria se arrepender de ter negado o pedido de Fred, mas Amy considerava que as negações seriam inúteis e as explicações impossíveis, então deixou que ela pensasse o que quisesse, cuidando para que Laurie soubesse que Fred tinha ido para o Egito. Isso foi tudo o que ele soube, mas entendeu e parecia aliviado, pois disse a si mesmo, com um ar venerável:

– Tinha certeza que ela pensaria melhor. Pobre amigo! Já passei por tudo isso e sei como ele deve estar se sentindo. – Com isso, ele deu um grande suspiro e, como se tivesse cumprido seu dever com o passado, colocou os pés no sofá e apreciou a carta de Amy suntuosamente.

Enquanto essas mudanças estavam ocorrendo no exterior, a família passava por problemas em casa, mas a carta contando que Beth estava muito mal de saúde nunca chegou a Amy, e quando a próxima carta a encontrou em Vevey, porque o calor os expulsara de Nice em maio e eles haviam viajado lentamente à Suíça, passando por Gênova e pelos lagos italianos, ela aceitou a situação muito bem e silenciosamente submeteu-se ao decreto da família pedindo que ela não encurtasse a estadia, pois, já que era tarde demais para se despedir de Beth; então, era melhor que ela ficasse, e deixou a ausência suavizar sua tristeza. Porém, seu coração estava muito pesado, ela desejava muito estar em casa, e todos os dias olhava melancolicamente para o outro lado do lago, esperando Laurie chegar e confortá-la.

Ele veio muito rápido, pois a mesma remessa do correio levou as cartas para ambos, mas ele estava na Alemanha e a carta levou alguns dias para chegar até ele. No momento em que leu, ele arrumou a mochila, deu adeus aos companheiros e partiu para cumprir a promessa, com um coração cheio de alegria e tristeza, esperança e suspense. Ele conhecia bem Vevey e, assim que o barco ancorou no pequeno cais, ele saiu correndo ao longo da costa para La Tour, onde os Carrol estavam vivendo em uma pousada. O mordomo estava desesperado, pois toda a família tinha ido passear no lago, mas a *mademoiselle* loira talvez estivesse no jardim do castelo. Se o *monsieur* se desse ao trabalho de sentar-se por um minutinho, talvez ela aparecesse. Mas o *monsieur* não podia esperar nem um "minutinho" e no meio do discurso partiu para encontrar *mademoiselle* por ele mesmo.

Havia um agradável jardim antigo, nas margens de um lago encantador, com as castanheiras farfalhando, a hera subindo por toda parte, e a sombra negra da torre caindo sobre a água ensolarada. Em um canto do muro largo e baixo havia um assento, e aqui Amy costumava ler, trabalhar ou se consolar com a beleza que a cercava. Ela estava sentada aqui naquele dia, apoiando a cabeça na mão, com o coração saudoso e os olhos pesados, pensando em

Beth e se perguntando por que Laurie não vinha. Ela não o ouviu atravessar o pátio, nem o viu parar no arco que levava do caminho subterrâneo para o jardim. Ele ficou um minuto olhando para ela com novos olhos, vendo o que ninguém tinha visto antes, o lado terno do personagem de Amy. Tudo sobre o amor e a tristeza sugeridos por ela, as cartas borradas de lágrimas no colo, a fita preta que amarrava o cabelo, a dor e a paciência femininas em seu rosto, até a pequena cruz de ébano na garganta pareceu comovente para Laurie, pois ele lhe dera, e ela a usava agora como seu único ornamento.

Se ele tivesse alguma dúvida sobre a recepção que ela daria a ele, todas as suas dúvidas foram respondidas no minuto em que ela olhou para cima e o viu, porque ela largou tudo, correu até ele, exclamando em um tom inconfundível de amor e saudade:

– Oh, Laurie, Laurie, eu sabia que você viria até mim!

Acho que tudo foi dito e resolvido naquele instante, pois como eles ficaram juntos em silêncio por um momento, com a cabeça de cabelos pretos inclinada para proteger a de cabelos claros, Amy sentiu que ninguém poderia confortá-la e sustentá-la tão bem quanto Laurie, e Laurie decidiu que Amy era a única mulher no mundo que poderia preencher o lugar de Jo e fazê-lo feliz. Ele não disse isso a ela, mas ela não ficou desapontada, pois ambos sentiram a verdade, ficaram satisfeitos e deixaram o restante em silêncio.

Em um minuto, Amy voltou para onde estava e, enquanto secava as lágrimas, Laurie recolheu os papéis espalhados, encontrando à vista várias cartas desgastadas e desenhos sugestivos de bons presságios para o futuro. Quando ele se sentou ao lado dela, Amy sentiu-se tímida de novo, e ficou rosada com a lembrança de sua saudação impulsiva.

– Eu não pude evitar, me senti tão sozinha e triste, e fiquei tão feliz em vê-lo. Foi uma surpresa olhar para cima e encontrá-lo, porque eu estava começando a temer que você não viesse – ela disse, tentando em vão falar naturalmente.

– Eu vim assim que recebi a carta e fiquei sabendo. Gostaria de poder dizer algo para confortá-la pela perda da pequena Beth, mas eu só posso sentir, e... – Ele não pôde mais continuar, pois ele também de repente, ficou tímido e não sabia o que dizer. Ansiava por deitar a cabeça de Amy no ombro e dizer a ela para chorar, mas não se atreveu, então pegou a mão dela e deu um aperto compreensivo que era melhor do que palavras.

– Você não precisa dizer nada, isso me conforta – disse ela suavemente. – Beth está bem e feliz, e eu não devo desejar que ela volte, mas eu tenho medo de ir para casa, tanto quanto desejo vê-los todos. Não vamos falar sobre isso agora, porque me faz chorar e quero desfrutar da sua presença enquanto você está aqui. Você não precisa voltar logo, precisa?

– Não se você me quiser aqui, querida.

– Eu quero, muito. Tia e Flo são muito gentis, mas você parece ser da família, e seria tão confortável ter você por um tempo.

Amy falava e parecia uma criança cujo coração estava cheio de tanta saudade que Laurie esqueceu sua vergonha imediatamente e deu a ela exatamente o que ela queria, o carinho a que estava acostumada e a alegre conversa da qual necessitava.

– Pobre alma, você parece estar até meio doente de tanta tristeza! Vou cuidar de você, então não chore mais, venha aqui e vamos dar uma volta, o vento está frio demais para você ficar parada – disse ele, do modo carinhoso e dominante que Amy gostava, enquanto ele amarrava seu chapéu, ela passou o braço ao redor do braço dele e os dois começaram a andar de um lado para o outro na alameda ensolarada sob as castanheiras novas. Ele se sentiu mais à vontade em pé, e Amy achou agradável ter um braço forte para se apoiar, um rosto familiar para lhe sorrir e uma voz gentil, que deliciosamente conversava apenas com ela.

O pitoresco jardim antigo abrigara muitos pares de amantes e parecia deliberadamente feito para eles, tão ensolarado e isolado que era, com nada além da torre para vigiá-los e do grande lago para levar adiante o eco de suas palavras em seu marulhar. Por uma hora, esse novo casal andou, conversou ou descansou encostado no muro, apreciando as doces influências que davam tanto charme ao tempo e ao lugar, e quando um sino de jantar pouco romântico alertou-os de longe, Amy sentiu como se tivesse deixado seu fardo de solidão e tristeza atrás dela no jardim do castelo.

No momento em que a Sra. Carrol viu o rosto mudado da menina, foi iluminada com uma nova ideia e exclamou para si mesma: – Agora entendi tudo. A menina sentia falta do jovem Laurence. Graças a Deus, nunca pensei nisso! – Com louvável discrição, a boa dama não disse nada, e nem demonstrou nenhum sinal de iluminação, mas pediu cordialmente a Laurie que ficasse e implorou a Amy para desfrutar da companhia dele, pois isso lhe faria mais bem do que tanta solidão. Amy era um modelo de doçura e, como sua tia estava bastante ocupada com Flo, foi deixada para entreter o amigo, e fez isso com mais do que seu sucesso habitual.

Em Nice, enquanto Laurie descansava, Amy lhe fazia sermões. Em Vevey, Laurie não ficou ocioso nem um minuto, estava sempre caminhando, andando de barco ou estudando de maneira mais enérgica, enquanto Amy admirava tudo o que ele fazia e seguia seu exemplo em tudo que era possível. Ele disse que a mudança era devido ao clima, e ela não o contradisse, contente com uma desculpa semelhante para sua própria saúde e espírito recuperados.

O ar revigorante fez bem a ambos e várias atividades causaram mudanças saudáveis nas mentes e nos corpos. Eles pareciam ter visões mais claras da vida e do dever lá em cima entre as colinas eternas. Os ventos frescos sopravam dúvidas desanimadoras, fantasias ilusórias e brumas sombrias. O sol quente da primavera trouxe todo tipo de ideias aspirantes, esperanças ternas e pensamentos felizes. O lago parecia lavar os problemas do passado, e as grandes e velhas montanhas os contemplavam com benignidade, dizendo: "Crianças, amem uma a outra".

Apesar da nova tristeza, foi um período muito feliz, tão feliz que Laurie não ousava perturbá-lo com nenhuma palavra. Demorou um pouco para se recuperar de sua surpresa com a cura de seu primeiro e, como ele acreditava firmemente, seu último e único amor. Consolou-se pela aparente deslealdade causada pelo pensamento de que a irmã de Jo era quase igual a ela mesma e pela convicção de que seria impossível amar qualquer outra mulher além de Amy tão rápido e tão bem. Sua primeira corte fora tempestuosa, e ele a via através de uma longa perspectiva de anos com um sentimento de compaixão misturado com arrependimento. Ele não tinha vergonha desse sentimento, mas deixou-o de lado como uma das experiências agridoces de sua vida, pelas quais ele poderia ser grato quando a dor acabasse. Sua segunda corte, decidiu ele, deveria ser a mais calma e simples possível. Não havia necessidade de ter uma cena, quase nenhuma necessidade de dizer a Amy que ele a amava, ela sabia disso sem palavras e havia lhe dado sua resposta há muito tempo. Tudo aconteceu tão naturalmente que ninguém podia reclamar, e ele sabia que todo mundo ficaria satisfeito, até Jo. Mas quando nossa primeira pequena paixão é esmagada, estamos aptos a ser cautelosos e lentos em fazer um segundo julgamento, então Laurie deixou os dias passarem, aproveitando cada hora e deixando ao acaso a enunciação da palavra que poria fim a primeira e mais doce parte de seu novo romance.

Ele tinha imaginado que o desenlace ocorreria no jardim do castelo à luz da lua, e da maneira mais graciosa e decorosa, mas o resultado foi exatamente o contrário, pois o assunto foi resolvido no lago ao meio-dia em poucas e breves palavras. Eles tinham andado de barco a manhã inteira, flutuando da melancólica Saint-Gingolph até a ensolarada Montreux, com os Alpes da Saboia de um lado, o Mont Saint-Bernard e o Dent du Midi do outro, a bela Vevey no vale, e Lausanne na colina adiante, um céu azul sem nuvens no céu e o lago ainda mais azul abaixo, pontilhado com barcos pitorescos que pareciam gaivotas de asas brancas.

Estavam conversando sobre Bonnivard, enquanto passavam por Chillon e sobre Rousseau, enquanto olhavam para Clarens, onde ele escrevera sua Heloísa. Nenhum dos dois lera o livro, mas sabiam que era uma história de amor, e cada um se perguntava em particular se era tão interessante quanto a sua. Amy estava mergulhando a mão na água durante a pequena pausa que se fez entre eles e, quando olhou para cima, Laurie estava apoiada nos remos dele com uma expressão nos olhos que a fez dizer às pressas, apenas para dizer algo:

– Você deve estar cansado. Descanse um pouco e deixe-me remar. Isso me fará bem, pois desde que você chegou, estou totalmente preguiçosa e luxuosa.

– Não estou cansado, mas você pode pegar um remo, se quiser. Há espaço suficiente, embora eu tenha que sentar quase no meio, caso contrário o barco não vai flutuar bem – respondeu Laurie, como se ele gostasse do arranjo.

Sentindo que ela não havia ajudado muito, Amy sentou-se na parte do banco que lhe foi oferecida, tirou o cabelo do rosto e pegou um remo. Ela remava tão bem quanto fazia muitas outras coisas, e embora ela usasse as duas mãos, e Laurie apenas uma, os remos mantiveram o ritmo e o barco deslizou pela água sem problemas.

– Remamos bem juntos, não é? – disse Amy, quebrando o silêncio naquele momento.

– Tão bem que eu gostaria que pudéssemos sempre remar no mesmo barco. Você gostaria, Amy? – com muita ternura.

– Sim, Laurie – respondeu ela bem baixinho.

Então ambos pararam de remar e, inconscientemente, acrescentaram um belo quadro de amor e felicidade humanos às imagens dissolvidas que eram refletidas no lago.

Capítulo 42

Completamente só

Era fácil prometer abnegação quando o eu estava envolvido pelo outro, e coração e alma eram purificados por um doce exemplo. Mas quando a voz prestativa ficou em silêncio, a lição diária terminou, a amada presença se foi e nada restou além de solidão e tristeza, então Jo achou muito difícil cumprir sua promessa. Como ela poderia "consolar pai e mãe" quando seu coração doía com um desejo incessante de ter sua irmã de volta, como ela poderia "alegrar a casa" quando toda a sua luz, calor e beleza pareciam abandoná-la quando Beth trocara a antiga casa por uma nova, e onde em todo o mundo ela poderia "encontrar algum trabalho útil e alegre para fazer", que substituísse o serviço amoroso que fora sua própria recompensa? Ela tentou cegamente e sem esperança cumprir seu dever, rebelando-se, em segredo, contra isso o tempo todo, pois parecia injusto que suas poucas alegrias fossem diminuídas, seus fardos se tornassem mais pesados e a vida se tornasse cada vez mais difícil enquanto ela trabalhava. Algumas pessoas pareciam ter todo o sol e outras todas as sombras. Não era justo, pois ela tentava mais do que Amy ser boa, mas nunca recebera nenhuma recompensa, apenas decepção, problemas e trabalho duro.

Pobre Jo, foram dias sombrios para ela, pois algo como o desespero tomava conta dela quando pensava em passar a vida toda naquela casa tranquila, dedicada a cuidados monótonos, alguns pequenos prazeres e o dever que nunca parecia ficar mais fácil. – Não consigo viver assim. Não fui feita para uma vida como essa, e sei que vou me afastar e fazer algo desesperado se alguém não vier e me ajudar – disse ela a si mesma, quando seus primeiros esforços fracassaram e ela caiu no estado de espírito temperamental e miserável, que geralmente ocorre quando vontades fortes precisam ceder ao inevitável.

Mas alguém veio e a ajudou, embora Jo não reconhecesse seus bons anjos imediatamente, porque eles usavam formas familiares e usavam os feitiços simples mais adequados à pobre humanidade. Geralmente, ela começava a noite pensando que Beth a chamava e quando a visão da pequena cama vazia a fazia chorar com o amargo grito de tristeza não admissível: – Oh, Beth, volte! Volte! – ela não esticava os braços ansiosos em vão, pois ao ouvi-la soluçando, assim como ouvia o menor sussurro de sua irmã, sua mãe surgia para confortá-la, não apenas com palavras, mas com a ternura paciente que acalma com um toque, as lágrimas, que sem nada dizer, lembravam uma tristeza maior que a de Jo e os sussurros interrompidos, mais eloquentes que orações, porque a renúncia esperançosa andava de mãos dadas com a tristeza natural. Momentos sagrados, quando um coração conversava com outro coração no silêncio da noite, transformando a aflição em uma bênção, que castigava a dor e fortalecia o amor. Sentindo isso, o fardo de Jo parecia mais fácil de suportar, o dever ficou mais doce e a vida parecia mais suportável, vista do abrigo seguro dos braços de sua mãe.

Quando o coração dolorido estava um pouco reconfortado, a mente perturbada também encontrou ajuda, pois um dia ela foi ao estúdio e, inclinando-se sobre a boa cabeça grisalha levantada para recebê-la com um sorriso tranquilo, ela disse com humildade: – Pai, fale comigo como o senhor fazia com Beth. Preciso mais do que ela, pois tudo está errado comigo.

– Minha querida, nada me conforta mais do que ouvi-la falar assim – respondeu ele, com uma voz vacilante, e os dois braços em volta dela, como se ele também precisasse de ajuda, e não tivesse medo de pedir. Então, sentado na cadeirinha de Beth perto dele, Jo contou-lhe os problemas, a tristeza ressentida por sua perda, os esforços infrutíferos que a desencorajavam, a falta de fé que fazia a vida parecer tão sombria e toda a triste confusão que chamamos de desespero. Ela lhe deu toda a confiança, ele deu a ajuda de que ela precisava e ambos encontraram consolo fazendo isso. Pois chegara a hora em que eles podiam conversar juntos não apenas como pai e filha, mas como homem e mulher, capazes e felizes de se servirem com simpatia e amor mútuos. Tempos felizes e atenciosos no antigo estúdio que Jo chamava de "a igreja de um membro só" e de onde ela veio com nova coragem, recuperou a alegria e um espírito mais submisso. Os pais que haviam ensinado uma filha a enfrentar a morte sem medo, tentavam agora ensinar outra a aceitar a vida sem desânimo ou desconfiança, e a usar suas belas oportunidades com gratidão e poder.

Jo também recebeu ajuda, deveres e prazeres humildes e saudáveis, que não seriam negados pelos outros membros da família e que ela aprendeu lentamente a ver e a valorizar. Vassouras e panos de prato nunca mais foram tão desagradáveis quanto antes, pois Beth controlava muito bem os dois, e algo do seu espírito de dona de casa parecia pairar ao redor do pequeno esfregão e da escova velha, nunca jogada fora. Enquanto as usava, Jo se viu cantarolando as músicas que Beth costumava cantarolar, imitando os modos ordenados de Beth e dando os pequenos toques aqui e ali, que mantinham tudo fresco e aconchegante, que era o primeiro passo para tornar a casa feliz, embora ela não soubesse até que Hannah lhe desse um aperto de mão de aprovação:

– Minha criatura pensativa, está determinada a não deixar que sintamos a falta da querida ovelhinha. Não falamos muito, mas vemos seu esforço, e Deus vai abençoar você por isso, tenha certeza.

Enquanto sentavam-se juntas para costurar, Jo descobriu o quanto sua irmã Meg havia amadurecido, o quanto ela podia falar, o quanto sabia sobre bons impulsos, pensamentos e sentimentos femininos, como estava feliz com o marido e os filhos e o quanto eles estavam todos fazendo um pelo outro.

– O casamento é uma coisa excelente, afinal. Eu me pergunto se me sairia tão bem quanto você, se tentasse? Caso alguém se interessasse por mim – disse Jo, enquanto fazia uma pipa para Demi no quarto que estava de pernas para o ar.

– É exatamente o que você precisa para destacar a metade feminina e sua natureza delicada, Jo. Você é como uma rebarba de castanheiro, espinhosa por fora, mas sedosa por dentro, e um centro doce como o mel, se alguém conseguir se aproximar. O amor fará você mostrar seu coração um dia, e então a rebarba cairá.

– O gelo abre as rebarbas das castanhas, senhora, e é preciso um bom chacoalhão para que elas caiam no chão. Os meninos colhem as castanhas e não quero ser recolhida e ensacada por eles – respondeu Jo, passando cola na pipa que não seria levada por nenhum vento, já que Daisy se prendera a ela como um pêndulo. Meg sorriu, pois estava feliz em ver um vislumbre do velho espírito de Jo, mas achou que era seu dever reforçar sua opinião uma vez que tinha todos os argumentos em seu poder, e as conversas entre irmãs não foram desperdiçadas, especialmente porque dois dos argumentos mais eficazes de Meg eram os bebês, a quem Jo amava com ternura. O sofrimento é o melhor modo de abrir alguns corações, e o de Jo estava quase pronto para ser ensacado. Um pouco mais de luz do sol para amadurecer a noz, e então, não com o chacoalhão impaciente de um menino, mas com a mão de um homem estendida para retirar suavemente a casca e encontrar o núcleo doce da fruta. Se ela suspeitasse disso, ela teria se calado e ficado mais espinhosa do que nunca, felizmente ela não estava pensando em si mesma, então quando chegou a hora, ela caiu.

Agora, se ela fosse a heroína de um livro de histórias de moral, nesse período de sua vida teria se tornado uma santa, renunciado ao mundo e continuado a fazer o bem em um chapéu mortificado, com folhetos no bolso. Mas, veja bem, Jo não era uma heroína, ela era apenas uma garota humana lutando como centenas de outras, e somente agia de acordo com sua natureza, triste, irritada, apática ou enérgica, dependendo do seu humor. É altamente virtuoso dizer que seremos bons, mas não podemos fazer isso imediatamente; é preciso um esforço demorado, um grande esforço e um esforço conjunto antes de alguns nós conseguirmos colocar os pés no caminho certo. Jo tinha chegado tão longe, ela estava aprendendo a cumprir seu dever e se sentir infeliz se não o fizesse, mas fazê-lo alegremente, ah, isso era outra coisa! Ela costumava dizer que queria fazer algo esplêndido, por mais difícil que fosse, e agora ela conseguira realizar seu desejo, porque o que poderia ser mais bonito do que dedicar sua vida ao pai e à mãe, tentando tornar o lar tão feliz quanto eles o tinham feito para ela? E se fosse necessário passar dificuldades para aumentar o esplendor do esforço, o que poderia ser mais difícil para uma menina inquieta e ambiciosa do que desistir das próprias esperanças, planos e desejos e viver alegremente pelos outros?

A providência decidiu obedecê-la ao pé da letra. Aqui estava a tarefa, não era o que ela esperava, mas era melhor porque o ego não fazia parte dela. Bem, será que ela poderia fazer isso? Ela decidiu que tentaria e, em sua primeira tentativa, encontrou as ajudas que mencionei. Ainda outra tarefa lhe foi dada, e ela a aceitou, não como recompensa, mas como consolo, assim como Christian, quando subia a colina chamada Dificuldade, aceitou o refresco proporcionado pelo pequeno arvoredo onde ele descansou.

– Por que você não escreve? Isso sempre a deixava feliz – disse a mãe uma vez, quando o desânimo se abateu sobre Jo.

– Não tenho coragem de escrever e, se tivesse, ninguém se importa com as coisas que escrevo.

– Nós nos importamos. Escreva algo para nós, e não importa o resto do mundo. Tente, querida. Tenho certeza de que fará bem a você e nos agradará muito.

– Não sei se vou conseguir. – Mas Jo saiu de sua mesa e começou a revisar seus manuscritos semiacabados. Uma hora depois, sua mãe espiou e lá estava ela, escrevendo, com seu avental preto, e uma expressão absorvida, que fez com que a Sra. March sorrisse e se afastasse, muito satisfeita com o sucesso de sua sugestão. Jo nunca soube como isso aconteceu, mas algo entrou na história que tocou diretamente o coração daqueles que a leram, pois quando sua família riu e chorou por causa da história, seu pai a enviou, muito contra a vontade dela, a uma das revistas populares e, para total surpresa de Jo, ela não foi apenas paga, mas outras lhes foram solicitadas. Cartas de várias pessoas, cujo elogio era uma honra, seguiram o aparecimento da pequena história, os jornais a copiaram e estranhos e amigos a admiraram. Para uma coisa pequena, foi um grande sucesso, e Jo ficou mais impressionada do que quando seu romance foi elogiado e condenado ao mesmo tempo.

– Não entendo. O que pode haver numa pequena e simples história assim para fazer as pessoas elogiarem tanto? – ela disse, bastante confusa.

– Há verdade nela, Jo, esse é o segredo. Humor e emoção a tornam viva, e você finalmente encontrou seu estilo. Você escreveu sem pensar em fama e dinheiro, e colocou seu coração nela, minha filha. Você já experimentou o amargo, agora terá o doce. Faça o seu melhor e seja tão feliz quanto nós com seu sucesso.

– Se há algo de bom ou verdadeiro no que escrevo, não é meu. Devo tudo ao senhor, à mamãe e à Beth – disse Jo, mais tocada pelas palavras de seu pai do que por qualquer elogio do mundo.

Então, depois de ter lições de amor e tristeza, Jo escrevia suas pequenas histórias e as enviava para fazer amigos, encontrando nessa atitude um mundo muito caridoso para essas viajantes humildes, pois eram gentilmente bem-vindas e enviavam para casa lindas mensagens para suas mães, como crianças obedientes surpreendidas pela boa sorte.

Quando Amy e Laurie escreveram sobre o noivado, a Sra. March temeu que Jo achasse difícil se alegrar com isso, mas seus medos logo se acalmaram, pois, embora Jo parecesse séria a princípio, ela aceitou em silêncio e ficou cheia de esperanças e planos para "as crianças" antes de ler a carta duas vezes. Era uma espécie de dueto escrito, em que cada um glorificava o outro de maneira amorosa, muito agradável para leitura e para o pensamento, pois ninguém tinha nenhuma objeção a fazer.

– A senhora gostou, mãe? – disse Jo, enquanto colocava as folhas escritas lado a lado e se entreolhavam.

– Sim, eu esperava que fosse assim, desde que Amy escreveu que havia recusado o pedido de Fred. Eu tinha certeza de que algo melhor do que você chama de "espírito mercenário" a invadiu, e uma dica aqui e ali em suas cartas me fez suspeitar que o amor e Laurie venceriam o jogo.

– Como a senhora é esperta, mammie, e bem silenciosa! Nunca disse uma palavra para mim.

– As mães precisam de olhos afiados e línguas discretas quando têm meninas para administrar. Tive um pouco de medo de colocar a ideia em sua cabeça, para que você não escrevesse e os parabenizasse antes que a coisa fosse resolvida.

– Não sou mais distraída como eu era antes. Você precisa confiar em mim. Estou séria e sensível o suficiente para ser a confidente de alguém agora.

– Que bom, então, minha querida, eu deveria ter feito você minha confidente, só que imaginei que poderia lhe doer saber que seu menino amava outra pessoa.

– Ora, mãe, você realmente achou que eu poderia ser tão tola e egoísta, depois que recusei o amor dele, quando ele estava aqui, perto de mim?

– Sabia que você foi sincera naquela época, Jo, mas ultimamente tenho pensado que se ele voltasse e perguntasse de novo, talvez você pudesse querer dar outra resposta. Perdoe-me, querida, não posso deixar de ver que você está muito solitária, e às vezes há um olhar faminto em seus olhos que dói em meu coração. Por isso, imaginei que seu menino pudesse preencher o espaço vazio se tentasse novamente agora.

– Não, mãe, está melhor do jeito que está, e estou feliz que Amy tenha aprendido a amá-lo. Mas você está certa em uma coisa. Estou sozinha e talvez se Laurie tivesse tentado de novo, eu poderia ter dito "sim", não porque eu o amo mais, mas porque eu me importo mais em ser amada do que quando ele foi embora.

– Estou feliz com isso, Jo, pois mostra que você está se saindo bem. Há muitas pessoas que amam você, então tente manter-se satisfeita com o amor de seu pai e de sua mãe, irmãs e irmãos, amigos e bebês, até que o melhor amor de todos venha para lhe dar sua recompensa.

– O amor de mãe é o melhor do mundo, mas não me importo de sussurrar para mammie que gostaria de experimentar todos os tipos. É muito curioso, mas quanto mais tento me satisfazer com todo tipo de afeto natural, mais eu quero. Não imaginava que os corações pudessem absorver tantos tipos de amores. O meu coração é tão elástico, parece agora que nunca está cheio o suficiente e eu costumava ficar bastante contente com o amor da minha família. Não entendo.

– Eu entendo – e a Sra. March deu seu sorriso sábio, enquanto Jo virava as folhas para ler o que Amy disse de Laurie.

– É tão bonito ser amada como Laurie me ama. Ele não é sentimental, não fala muito sobre isso, mas eu vejo e sinto tudo o que ele diz e faz, e isso me faz tão feliz e tão humilde que não pareço ser a mesma menina que eu era. Nunca soube o quão bom, generoso e terno ele era até agora, pois ele me permite ler seu coração, e eu o considero cheio de nobres impulsos, esperanças e propósitos, e estou muito orgulhosa de saber que é tudo meu. Ele diz que sente como se "pudesse fazer uma viagem próspera agora comigo a bordo como imediato e tendo muito amor de lastro". Rezo para que ele possa, e tente ser tudo o que diz para mim, pois amo meu galante capitão com todo o meu coração, alma e poder, e nunca o abandonarei, enquanto

Deus nos deixar juntos. Oh, mãe, eu nunca soube o quanto o mundo poderia se transformar em paraíso quando duas pessoas se amam e vivem uma pela outra!

– E essa é nossa Amy fria, reservada e mundana! O amor verdadeiro faz milagres. Como eles devem estar felizes! – e Jo juntou as folhas farfalhantes com mão cuidadosa, como se fechasse as capas de um romance adorável, que prende o leitor até o fim, quando ele se vê sozinho no mundo cotidiano novamente.

Aos poucos, Jo foi subindo a escada, pois estava chovendo e ela não conseguia andar depressa. Um espírito inquieto a possuiu, e o antigo sentimento voltou, não amargo como antes, mas uma pergunta dolorosamente insistente: por que uma irmã deveria ter tudo o que ela pediu e a outra, nada. Não era verdade, ela sabia disso e tentou deixar aquela sensação de lado, mas o desejo natural por afeto era forte, e a felicidade de Amy despertou o desejo faminto de ter alguém para "amar de coração e alma, e se apegar enquanto Deus os deixasse ficar juntos". No sótão, onde terminavam as andanças inquietas de Jo, havia quatro baús de madeira enfileirados, cada um marcado com o nome de sua proprietária, e cada um cheio de relíquias da infância e da adolescência que acabaram agora para todas. Jo olhou para eles e, quando voltou a si, apoiou o queixo na beirada e olhou distraidamente para a coleção caótica, até que um maço de cadernos velhos lhe chamou a atenção. Ela os tirou, virou-os e reviveu aquele inverno agradável na casa da gentil Sra. Kirke. Ela sorriu primeiro, depois ficou pensativa, depois triste, e quando ela chegou a uma pequena mensagem escrita pela mão do professor, seus lábios começaram a tremer, os livros escorregaram de seu colo e ela ficou olhando as palavras amigáveis, pois eles assumiram um novo significado e tocaram um ponto sensível em seu coração.

– Espere por mim, minha amiga. Posso chegar um pouco atrasado, mas certamente virei.

– Oh, se ele apenas viesse! Tão gentil, tão bom, tão paciente comigo sempre, meu querido e velho Fritz. Eu não o valorizava nem a metade quando eu o tinha, mas agora como eu adoraria vê-lo, pois todos parecem se afastar de mim, e estou sozinha. – E segurando bem o papelzinho, como se fosse uma promessa a ser cumprida, Jo deitou a cabeça em uma confortável sacola de pano e chorou, como se fosse contra a chuva que batia no telhado. Era tudo autopiedade, solidão ou desânimo? Ou foi o despertar de um sentimento que esperou sua vez com a mesma paciência de seu inspirador? Quem poderia saber?

Capítulo 43

Surpresas

Jo estava sozinha no crepúsculo, deitada no velho sofá, olhando para o fogo e pensando. Era sua maneira favorita de passar a hora do crepúsculo. Ninguém a incomodava, e ela costumava ficar deitada no pequeno travesseiro vermelho de Beth, planejando histórias, sonhando ou tendo pensamentos ternos da irmã que nunca parecia estar longe. Seu rosto parecia cansado, sério e um tanto triste, pois amanhã era seu aniversário, e ela pensava em como os anos passaram rápido, como ela estava envelhecendo e em quão pouco parecia ter realizado. Quase vinte e cinco anos, e nada para mostrar. Jo estava enganada quanto a isso. Havia muito para mostrar e, aos poucos, ela viu e ficou grata por isso.

– Uma solteirona, é isso que serei. Uma solteirona literária, com uma caneta no lugar do cônjuge, uma família de histórias no lugar de filhos e, portanto, daqui vinte anos, um pouco de fama, talvez, quando, como o pobre Johnson, estarei velha e não poderei aproveitá-la, não poderei compartilhá-la; estarei independente, e não precisarei mais da minha fama. Bem, não preciso ser uma santa amarga nem uma pecadora egoísta e, ouso dizer, as solteironas sentem-se muito confortáveis quando se acostumam com isso, mas... – e aí Jo suspirou, como se a perspectiva não fosse convidativa.

Raramente é, no início, e trinta parece o fim de todas as coisas para vinte e cinco. Mas não é tão ruim quanto parece, e pode-se chegar felizmente se alguém tem algo em si mesmo para se apoiar. Aos vinte e cinco, as meninas começam a falar sobre ser solteironas, mas secretamente decidem que nunca o serão. Aos trinta não dizem nada sobre isso, mas aceitam calmamente o fato, e se sensatas, consolam-se lembrando que elas têm mais vinte anos úteis e felizes, durante os quais podem aprender a envelhecer graciosamente. Não riam das solteironas, queridas meninas, pois muitas vezes romances muito ternos e trágicos estão escondidos nos corações que batem tão silenciosamente sob os vestidos sóbrios, e muitos sacrifícios silenciosos da juventude, saúde, ambição, o próprio amor, deixam o rosto desbotado lindo aos olhos de Deus. Mesmo as irmãs tristes e amargas devem ser tratadas com gentileza, porque elas perderam a parte mais doce da vida por algum outro motivo. E olhando para elas com compaixão, e não com desprezo, as meninas na flor da idade devem se lembrar que elas também podem perder o tempo de desabrochar. Nunca se esqueçam que as bochechas rosadas não duram para sempre, que o cabelo castanho bonito se transformará em fios de prata e que, com o tempo, a gentileza e o respeito serão tão doces como o amor e admiração agora.

Cavalheiros, isto é, rapazes, sejam corteses com as solteironas, não importando que sejam pobres, simples e puritanas, considerando que o único cavalheirismo que vale a pena é aquele que está sempre pronto para respeitar os mais velhos, proteger os fracos e servir as mulheres, independentemente de posição, idade ou cor. Lembrem-se apenas das boas tias que não deram só sermões e brigaram, mas também cuidaram e acariciaram, muitas vezes sem agradecer, as encrencas das quais elas ajudaram você a sair, as dicas que deram a você, as costuras feitas pelos pacientes dedos velhos, os passos que os velhos pés dispostos deram, e com gratidão deem a devida atenção às queridas velhinhas pois as mulheres amam receber carinho enquanto viverem. As jovens de olhos brilhantes são rápidas em ver tais qualidades e irão gostar de vocês ainda mais, e se a morte, praticamente o único poder que pode separar mãe e filho, roubar-lhe a sua, você certamente encontrará uma terna acolhida e carinho maternal de alguma tia, que guardou o cantinho mais caloroso de seu velho e solitário coração para "o melhor sobrinho do mundo".

Jo deve ter adormecido (como talvez também o meu leitor durante essa pequena homilia), pois de repente o fantasma de Laurie parecia estar diante dela, um fantasma substancial e vivo, inclinando-se sobre ela com a mesma aparência que costumava ter quando sentia muito e não gostava de demonstrar isso. Porém, Jo não podia crer que fosse ele e ficou deitada olhando para ele em silêncio assustador, até que ele se abaixou e a beijou. Então ela o conheceu e voou, chorando de alegria... – Oh meu menino! Oh meu menino!

– Querida Jo, você está feliz em me ver, então?

– Feliz! Meu menino abençoado, palavras não podem expressar minha felicidade. Onde está Amy?

– Sua mãe segurou-a na casa de Meg. Paramos lá no caminho, e não havia como tirar minha esposa das garras deles.

– Sua o quê? – exclamou Jo, pois Laurie pronunciou essas duas palavras com um orgulho e uma satisfação inconscientes que o traíram.

– Ah, que diabos! Agora está feito – e ele parecia tão culpado que Jo caiu sobre ele como um raio.

– Vocês se casaram!

– Sim, senhora, mas nunca farei isso novamente – e ele se ajoelhou, apertando as mãos em penitência e com uma expressão cheia de malícia, alegria e triunfo.

– Casados de verdade?

– Sim, sim, muito obrigado.

– Meu Deus do céu. Que coisa terrível você fará a seguir? – e Jo no sofá com um suspiro.

– São cumprimentos curiosos, porém não exatamente corteses – respondeu Laurie, ainda em atitude abjeta, mas radiante de satisfação.

– O que você esperava quando tira o fôlego de alguém ao entrar em casa sorrateiramente como um ladrão e conta segredos como esse? Levante-se, seu menino ridículo, e me conte tudo.

– Nem uma palavra, a menos que você me deixe sentar em meu antigo lugar, e prometa não fazer barricadas. – Jo riu do pedido como não fazia há muitos e longos dias, e deu um tapinha convidativo no sofá, dizendo em tom cordial:

– A velha almofada está sótão, e não precisamos dela agora. Então, venha e conte-me tudo, Laurie.

– Que bom ouvir você dizer "meu menino"! Ninguém nunca me chamou assim, exceto você – e Laurie sentou-se com um ar de grande satisfação.

– Como Amy chama você?

– Meu senhor.

– Isso é típico dela. Bem, você está parecendo um senhor – e os olhos de Jo claramente a traíram, pois achara seu menino mais bonito do que nunca.

A almofada se fora, mas havia uma barricada, no entanto, natural, levantada pelo tempo, pela ausência e pela mudança no coração. Ambos sentiram isso e por um minuto se entreolharam como se aquela barreira invisível lançasse uma pequena sombra sobre eles. No entanto, desaparecera imediatamente, segundo Laurie, com uma vã tentativa de dignidade:

– Não pareço um homem casado e chefe de família?

– Nem um pouco, e você nunca irá. Você ficou maior e mais velho, mas continua a ser o mesmo maluco de sempre.

– Ora, Jo, falando sério, você deveria me tratar com mais respeito – começou Laurie, que estava se divertindo muito com tudo isso.

– Como posso, quando a simples ideia de você casado e estabelecido é tão irresistivelmente engraçada, que não consigo me manter séria! – respondeu Jo, com um sorriso no rosto, tão contagiante que eles deram outra risada, e então se acomodaram para uma boa conversa, bem à moda antiga e agradável.

– Não adianta você sair no frio para ir buscar Amy, elas vêm para cá daqui a pouco. Eu não pude esperar, quis ser a pessoa a lhe contar a grande surpresa, e "dar a primeira colherada", como costumávamos dizer quando brigávamos pelo creme.

– É claro que quis, e estragou sua história começando do lado errado. Agora, comece certo e me conte como tudo aconteceu. Estou ansiosa para saber.

– Bem, eu fiz isso para agradar a Amy – disse Laurie, com um brilho nos olhos que fez Jo exclamar:– Mentira número um. Amy fez isso para a você. Continue e diga a verdade, se for capaz, senhor.

– Agora ela está começando a falar como a Mammie. Não é divertido ouvi-la? – disse Laurie para o fogo, e o fogo brilhou e cintilou como se concordasse perfeitamente. – É tudo igual, você sabe, ela e eu somos um só. Planejamos voltar para casa com os Carrols, há um mês ou mais, mas de repente eles mudaram de ideia e decidiram passar outro inverno em Paris. Mas o vovô queria vir para casa. Ele viajou para me agradar, e eu não poderia deixá-lo voltar sozinho, nem poderia deixar Amy, e a Sra. Carrol tinha começado a ter algumas ideias inglesas sobre acompanhantes e outras bobagens, e não deixaria Amy voltar conosco. Então resolvi a dificuldade dizendo: – Vamos nos casar e depois faremos o que quisermos.

– Claro que sim. Você sempre faz o que lhe agrada.

– Nem sempre – e algo na voz de Laurie fez Jo dizer apressadamente:

– Como você conseguiu que a tia concordasse?

– Foi um trabalho árduo, mas entre nós, a convencemos, pois tínhamos muitas boas razões do nosso lado. Não houve tempo para escrever e pedir permissão, mas todos gostaram e consentiram pouco depois; foi apenas uma questão de "aproveitar a oportunidade", como minha esposa diz.

– Então, você está orgulhoso dessas duas palavras e gosta de dizê-las? – interrompeu Jo, dirigindo-se ao fogo por sua vez, e observando com prazer a luz feliz que parecia acender nos olhos que estavam tragicamente sombrios quando ela os vira pela última vez.

– Um pouco talvez. Ela é uma mulher tão cativante que não posso deixar de sentir orgulho dela. Bem, o tio e a tia estavam lá para impor decoro. Estávamos tão absortos um no outro que não tínhamos nenhuma utilidade de mortal separados, e aquele arranjo encantador tornaria tudo mais fácil, então o fizemos.

– Quando, onde, como? – perguntou Jo, com a febre de interesse e curiosidade femininos, pois ela não conseguia se convencer do ocorrido.

– Seis semanas atrás, no consulado americano, em Paris, um casamento muito tranquilo, é claro, pois mesmo com toda a nossa felicidade não esquecemos a querida Beth.

Jo colocou a mão na dele enquanto ele falava e Laurie gentilmente alisou a pequena almofada vermelha, da qual se lembrava bem.

– Por que você não nos avisou depois? – perguntou Jo, em um tom mais baixo, depois de ficarem sentados por um minuto.

– Queríamos fazer uma surpresa para vocês. A princípio pensamos que íamos voltar direto para casa, mas o meu querido avô, assim que nos casamos, descobriu que iria precisar de pelo menos mais um mês para preparar-se e nos mandou passar a lua de mel onde quiséssemos.

Certa vez, Amy comentara que achava Valrosa um paraíso para lua de mel, então partimos para lá e fomos tão felizes quanto as pessoas são uma vez na vida. Meu Deus! Aquelas rosas inspiram o amor!

Laurie pareceu esquecer Jo por um minuto, e Jo ficou feliz com isso, pois o fato de ele lhe ter dito essas coisas com tanta liberdade e naturalidade garantiu-lhe que ele havia perdoado e esquecido completamente. Ela tentou afastar a mão, mas como se ele adivinhasse o pensamento que provocou o impulso meio involuntário, Laurie segurou-a com firmeza e disse, com uma seriedade que nunca se vira nele antes:

– Jo, querida, quero dizer-lhe uma coisa, e então colocaremos um ponto final nesse assunto para sempre. Como disse em minha carta, quando escrevi que Amy tinha sido muito gentil comigo, jamais deixarei de amá-la, mas o amor mudou e aprendi a ver que está melhor como está. Amy e você mudaram de lugar no meu coração, só isso. Acho que era para ser assim, e teria acontecido naturalmente, se eu tivesse esperado, como você tentou fazer que eu entendesse, mas nunca fui paciente, por isso tive o coração dilacerado pela dor. Eu era um menino teimoso e violento, e tive de aprender uma lição difícil até reconhecer meu erro. Eu realmente estava errado, Jo, como você disse, e eu descobri, depois de fazer papel de tolo. Certa vez, minha mente ficou tão confusa que não sabia quem eu amava mais, você ou Amy, e tentei amar vocês duas da mesma forma. Mas não consegui e, quando a vi na Suíça, tudo ficou muito mais claro. Vocês duas assumiram seus lugares certos, e eu tive certeza que estava bem com o antigo amor antes de ligar-se ao novo, senti que podia honestamente compartilhar meu coração entre a irmã Jo e a esposa Amy, e amá-las ternamente. Você acredita em mim e pode voltar aos velhos tempos felizes, quando nos conhecemos?

– Acredito, de todo o coração, mas, Laurie, nunca poderemos ser menino e menina novamente. Os velhos tempos felizes não podem voltar e não devemos esperar por isso. Somos homem e mulher agora, com um trabalho sério a realizar, pois a hora da diversão acabou e devemos parar de brincar. Tenho certeza que você sente isso. Vejo a mudança em você e você a encontrará em mim. Sentirei falta do meu menino, mas amarei muito o homem e o admirarei ainda mais, porque ele pretende ser o que eu esperava que fosse. Não podemos mais ser amiguinhos, mas seremos irmão e irmã, para amar e ajudar um ao outro por toda a vida, não é, Laurie?

Ele não disse uma palavra, mas pegou a mão que ela lhe ofereceu e pousou o rosto sobre ela por um minuto, sentindo que do túmulo de uma paixão juvenil havia surgido uma bela e forte amizade para abençoar os dois. Logo Jo disse alegremente, pois ela não queria que a volta para casa fosse triste:

– Não posso acreditar que seja verdade que vocês, crianças, estão realmente casados e vão cuidar de uma casa. Ora, parece que foi ontem que eu estava abotoando o avental de Amy e penteando seu cabelo enquanto você brincava. Misericórdia, como o tempo voa!

– Como uma das crianças é mais velha que você, você não precisa falar como se fosse uma avó. Eu me gabo de ser um "cavalheiro crescido" e quando você vir Amy, achará que ela é uma criança bastante precoce – disse Laurie, parecendo feliz com o ar maternal de Jo.

– Você pode ser alguns anos mais velho, mas eu sou muito mais velha em sentimentos, Laurie. As mulheres sempre são, e este último ano foi tão difícil que me sinto com quarenta anos.

– Pobre Jo! Deixamos você aguentar tudo sozinha, enquanto nos divertíamos. Você está mais velha. Aqui está uma ruga, e há outra ali. A menos que você sorria, seus olhos parecem tristes, e quando toquei na almofada, agora mesmo, encontrei uma lágrima sobre ela. Você teve de suportar muita coisa e completamente sozinha. Como fui egoísta! – e Laurie puxou o próprio cabelo, com um olhar de remorso. Mas Jo apenas virou a almofada traidora e respondeu, em um tom que ela tentava deixar mais alegre: – Não, eu tive o papai e a mamãe para me ajudar, os queridos bebês para me confortar, e o pensamento de que você e Amy estavam seguros e felizes, para tornar os problemas aqui mais fáceis de suportar. Às vezes me sinto solitária, mas acho que é bom para mim e...

– Você nunca se sentirá assim novamente – interrompeu Laurie, envolvendo-a com o braço, como se para isolar todos os humanos enfermos. – Amy e eu não podemos viver sem você, então você deve vir e ensinar "as crianças" a cuidar da casa, dividir tudo como costumávamos fazer, permitir que a mimemos e todos seremos extremamente felizes e viveremos como amigos.

– Se eu não estiver atrapalhando, será muito agradável. Já comecei a me sentir mais jovem, pois de alguma forma todos os meus problemas parecem ter desaparecido quando você chegou. Você sempre foi um consolo, Laurie – e Jo deitou sua cabeça no ombro dele, assim como fazia anos atrás, quando Beth estava doente e Laurie lhe dizia para se agarrar a ele. Ele olhou para ela, perguntando-se se ela se lembrava daquele tempo, mas Jo estava sorrindo para si mesma, como se na verdade seus problemas tivessem desaparecido com a vinda dele.

– Você ainda é a mesma Jo, derrama lágrimas em um minuto e ri no minuto seguinte. Você parece ter um ar de malícia agora. O que está acontecendo, vovó?

– Eu estava me perguntando como é o relacionamento entre você e Amy.

– Como anjos!

– Sim, claro, mas quais são as regras?

– Não me importo de dizer a você que ela faz as regras, pelo menos eu deixo que ela pense assim, isso a agrada, sabe. Em breve, vamos nos revezar, pois o casamento, todos dizem, reduz pela metade os direitos e duplica os deveres.

– Vocês continuarão como começaram, e Amy irá governar todos os dias da sua vida.

– Bem, ela o faz tão imperceptivelmente que acho que não me importarei muito. Ela é o tipo de mulher que sabe governar bem. Na verdade, eu gosto disso, pois ela envolve você com a mesma suavidade e lindamente como se estivesse enrolando um novelo de seda, e faz você se sentir como se ela estivesse lhe fazendo um favor o tempo todo.

– Achei que nunca viveria para ver você como um marido dominado e gostando disso! – exclamou Jo, com as mãos levantadas.

Foi bom ver Laurie endireitar os ombros e sorrir com desprezo masculino diante dessa insinuação, ao responder, com seu ar "altivo e poderoso": – Amy foi muito bem educada para ser uma esposa, e eu não sou o tipo de homem que se submete a isso. Minha esposa e eu respeitamos demais a nós mesmos e um ao outro para nos tiranizarmos ou brigarmos.

Jo gostou disso e achou a nova dignidade muito apropriada, mas o menino parecia ter se transformado muito rápido em homem, e o arrependimento se misturou ao prazer dela.

– Tenho certeza disso. Amy e você nunca brigaram como costumávamos fazer. Ela é o sol e eu o vento, na fábula, e o sol administrava melhor o homem, você se lembra.

– Ela pode queimá-lo ou lhe dar o brilho de sua luz – disse Laurie sorrindo. – Recebi um sermão em Nice que foi muito pior do que qualquer uma de suas repreensões, mas serviu de grande estímulo. Um dia, lhe conto tudo sobre isso já que Amy nunca lhe contará, porque depois de dizer que me desprezava e tinha vergonha de mim, ela entregou seu coração para esse rapaz desprezível e se casou com o imprestável.

– Que horror! Bem, se ela abusar de você, venha até mim e eu te defenderei.

– Você acha que eu preciso, não é? – disse Laurie, levantando-se e assumindo uma atitude que subitamente mudou de imponente para arrebatadora, quando ele ouviu a voz de Amy chamando:

– Onde ela está? Onde está minha querida e velha Jo?

A família toda se juntou e todos se abraçaram e se beijaram novamente, e depois de várias tentativas em vão, os três viajantes foram acomodados para serem admirados e elogiados. O Sr. Laurence, disposto e saudável como sempre, melhorou tanto quanto os outros com sua viagem ao exterior, pois a grosseria parecia ter quase desaparecido e a cortesia antiquada recebera um polimento que o tornara mais amável do que nunca. Foi bom vê-lo sorrir para "meus filhos", como ele chamava os jovens. Era melhor ainda ver Amy dedicando-se a ele e o tratando com afeto de filha, que conquistaram completamente o seu antigo coração e, o melhor de tudo, ver Laurie andando ao redor dos dois, como se nunca cansasse de apreciar a bela imagem que formavam.

No minuto em que pôs os olhos em Amy, Meg percebeu que seu vestido não tinha um ar parisiense, que a jovem Sra. Moffat seria totalmente ofuscada pela jovem Sra. Laurence, e que "sua senhoria" era uma mulher totalmente elegante e graciosa. Jo pensou, enquanto observava a dupla: – Como eles ficam bem juntos! Eu estava certa, e Laurie encontrou a menina linda e talentosa que cuidará de sua casa melhor do que a desajeitada e velha Jo, e será um orgulho, não um tormento para ele. – A Sra. March e seu marido sorriram e acenaram um para o outro com rostos felizes, pois viram que sua filha mais nova tinha se saído bem, não apenas nas coisas mundanas, mas na maior riqueza de amor, confiança e felicidade.

O rosto de Amy estava repleto de um brilho suave, que indicava um coração pacífico, sua voz tinha uma nova ternura, e a postura fria e afetada foi transformada em dignidade gentil, feminina e cativante. As pequenas afetações não a prejudicavam, e a cordial doçura de seus modos era mais encantadora do que a nova beleza ou a velha graça, pois se percebia de imediato que era o sinal inconfundível da verdadeira dama que ela esperava ser.

– O amor fez muito por nossa garotinha – disse a mãe suavemente.

– Ela teve um bom exemplo durante toda a vida, minha querida – sussurrou o Sr. March, com um olhar amoroso para o rosto envelhecido e a cabeça grisalha da esposa ao lado dele.

Daisy achou impossível tirar os olhos da "titia linda" e se prendeu como um cãozinho de estimação à maravilhosa castelã[24] cheia de encantos deliciosos. Demi fez uma pausa para considerar o novo relacionamento antes de se comprometer com a aceitação precipitada de um suborno, que assumiu a forma tentadora de uma família de ursos de madeira de Berna. Um movimento de flanco produziu uma rendição incondicional, entretanto, pois Laurie sabia como convencê-lo.

– Meu jovenzinho, quando tive a honra de conhecê-lo pela primeira vez, você me bateu no rosto. Agora exijo a satisfação de um cavalheiro – e com isso o tio alto começou a sacudir e despentear o sobrinho pequeno de uma forma que prejudicou sua dignidade filosófica tanto quanto encantava sua alma de menino.

– Que benção *vê* a menina vestida de seda da cabeça aos pés; não é uma visão deliciosa *vê ela* sentada *lá qui nem* um violino e *ouvi* as *pessoa* a pequena Amy de "Senhora Laurence!" murmurou a velha Hannah – que não conseguia resistir a dar frequentes "espiadas" enquanto arrumava a mesa de maneira muito confusa.

Misericórdia, como eles falaram! Primeiro um, depois o outro, depois todos ao mesmo tempo, tentando contar histórias de três anos em meia hora. Era uma sorte que o chá já estivesse à mesa, para proporcionar algumas pausas e refrescos, pois eles teriam ficado roucos e exaustos se continuado por muito mais tempo. Uma procissão tão feliz que entrou na salinha de jantar! O

(24) Castelã: dona ou habitante de um castelo.

Sr. March acompanhou a Sra. Laurence com orgulho. A Sra. March, também repleta de orgulho, apoiou-se no braço do "meu filho". O velho cavalheiro pegou o braço de Jo e sussurrou: – Agora, você será minha menina – e um olhar para o canto vazio perto da lareira fez Jo sussurrar de volta: –Vou tentar preencher o lugar dela, senhor.

Os gêmeos foram deixados para trás, sentindo que o milênio estava próximo, pois todos estavam tão ocupados com os recém-chegados que eles foram deixados à vontade para se divertir, e você pode ter certeza de que eles aproveitaram ao máximo a oportunidade. Eles não só roubaram goles de chá, mas também comeram pão de gengibre à vontade, pegaram um biscoito quente cada um e para completar a diversão, cada um deles colocou uma pequena torta deliciosa em seu bolso minúsculo que, é lógico, quebrou-se e esfarelou totalmente, ensinando-lhes que tanto a natureza humana quanto um doce são frágeis. Com a consciência culpada por causa das tortas sequestradas e temendo que os olhos penetrantes de Papa visualizassem o fino disfarce de cambraia e merino que escondiam os pedaços roubados, os pequenos pecadores se agarraram ao "Fovô", que não estava usando óculos. Amy, que recolheu todos os refrescos, voltou para a sala de braços dados com o pai Laurence. Os outros formaram pares como antes, e este arranjo deixou Jo sem companhia. Ela não se importou naquele minuto, pois demorou para responder à ansiosa pergunta de Hannah.

– A Srta. Amy vai *cavalgá* em sua *carruagi* e *usá* tudo aqueles lindos pratos de prata que *fica guardado* no chão?

– Você não deveria se surpreender se ela conduzisse seis cavalos brancos, comesse em pratos de ouro e usasse diamantes e renda guipir todos os dias. Laurie acha que nada é bom o suficiente para Amy – respondeu Jo com infinita satisfação.

– Uma coisa mais! Devo preparar batata frita picada ou bolinhos de peixe para o café da manhã? – perguntou Hannah, que sabiamente mesclava poesia e prosa.

– Não me importo, tanto faz – e Jo fechou a porta, sentindo que comida era um assunto incompatível com aquele momento. Ela ficou um minuto olhando para o grupo que desaparecia escada acima, e enquanto o xadrez das pernas curtas de Demi subiam o último degrau, uma súbita sensação de solidão tomou conta dela com tanta força que ela olhou em volta com olhos turvos, como se procurasse encontrar algo para apoiar-se, pois até mesmo Laurie a havia abandonado. Se ela soubesse que o presente de aniversário estava cada vez mais perto, a cada minuto, ela não teria dito a si mesma: – Quando eu for para a cama, posso chorar um pouco. Não vou ficar triste agora. – Então ela colocou a mão sobre os olhos, pois um de seus hábitos juvenis era nunca saber onde estava seu lenço, e deu um sorriso quando ouviu uma batida na porta da varanda.

Ela abriu com uma pressa hospitaleira e estremeceu como se outro fantasma tivesse vindo para surpreendê-la, pois lá estava um cavalheiro alto e de barba, iluminado em meio à escuridão como um sol da meia-noite.

– Oh, Sr. Bhaer, estou tão feliz em vê-lo! –gritou Jo, com uma certa pressa, como se temesse que a noite o engolisse antes que ela pudesse colocá-lo para dentro.

– Vim até aqui para *verr senhorrita Marsch*, mas não *ter prroblema*, vocês estão *dando festa* – e o professor fez uma pausa quando o som de vozes e o bater de pés dançando chegou até eles.

– Não, não estamos. Apenas pessoas da família. Minha irmã e amigos que acabaram de voltar para casa e estamos todos muito felizes. Entre e junte-se a nós.

Embora fosse um homem muito sociável, acho que o Sr. Bhaer teria ido embora decorosamente e voltado outro dia, mas como poderia, quando Jo fechou a porta atrás dele e lhe roubou o chapéu? Talvez o rosto dela tivesse alguma coisa a ver com isso, pois ela se esqueceu de esconder a alegria de vê-lo e o demonstrou com uma franqueza que se revelou irresistível para o homem solitário, cujo acolhimento superou em muito suas mais ousadas esperanças.

– Se eu não for atrapalhar, terei o maior prazer em *verr* todos eles. Você *estarr* doente, minha amiga? – Ele fez a pergunta abruptamente, pois, enquanto Jo pendurava o casaco, a luz caiu em seu rosto, e ele viu uma mudança.

– Doente não, mas cansada e triste. Tivemos problemas desde a última vez que eu o vi.

– Ah, sim, eu sei. Meu *corração* doeu por você quando soube o que aconteceu – e ele deu um novo aperto de mão, com um rosto tão simpático que Jo sentiu como se nenhum conforto pudesse se comparar ao olhar daqueles olhos bondosos, ao aperto da mão grande e quente.

– Pai, mãe, este é meu amigo, professor Bhaer – ela disse, com um rosto e um tom de orgulho e prazer irrepreensíveis que ela poderia muito bem ter tocado uma trombeta e aberto a porta com um floreio.

Se o estranho estava com dúvidas sobre sua recepção, elas terminaram em um minuto com a cordial acolhida que recebeu. Todos o cumprimentaram com gentileza, primeiro pelo bem de Jo, mas logo gostaram dele por merecimento. Eles não puderam evitar, pois ele carregava o talismã que abre todos os corações, e essas pessoas simples imediatamente o acolheram, sentindo-se ainda mais amistosas por ele ser pobre. Pois a pobreza enriquece quem vive acima dela e é um passaporte seguro para os espíritos verdadeiramente hospitaleiros. O Sr. Bhaer ficou olhando em volta com o ar de um viajante que bate em uma porta estranha e, quando ela se abre, se sente em casa. As crianças foram até ele como abelhas a um pote de mel, e se estabelecendo em cada joelho, passaram a cativá-lo mexendo em seus bolsos, puxando sua barba e investigando seu relógio, com audácia juvenil. As mulheres telegrafaram sua aprovação umas às outras, e o Sr. March, sentindo que encontrara um espírito irmão, abriu suas reservas mais preciosas para o benefício de seu convidado, enquanto o silencioso John ouvia e apreciava a conversa, mas não dizia uma palavra, e o Sr. Laurence achava impossível dormir.

Se Jo não estivesse envolvida de outra forma, o comportamento de Laurie a teria divertido, por uma leve pontada, não de ciúme, mas algo parecido com suspeita, fez com que aquele cavalheiro primeiro se afastasse e observasse o recém-chegado com circunspecção fraterna. Mas não durou muito. Ele se interessou involuntariamente e, antes que percebesse, foi atraído para o círculo. O Sr. Bhaer falava muito bem naquela atmosfera amigável e fez justiça a si mesmo. Raramente falava com Laurie, mas olhava para ele com frequência, e uma sombra passava por seu rosto, como se lamentasse a própria juventude perdida, enquanto observava o jovem em seu auge. Então seus olhos viravam-se para Jo com tanta saudade que ela certamente teria respondido à pergunta muda, se tivesse visto. Mas Jo tinha de cuidar dos próprios olhos e, sentindo que não podia confiar neles, prudentemente os manteve atenta à meia que estava tricotando, como uma tia solteirona.

Um olhar furtivo de vez em quando a refrescava como goles de água fresca depois de uma caminhada empoeirada, pois as espiadas de lado mostravam seus vários presságios bons. O rosto do Sr. Bhaer perdera a expressão distraída e parecia estar cheio de interesse no momento presente, o que deixava-o jovem e bonito, pensou ela, esquecendo-se de compará-lo a Laurie, como costumava fazer com homens estranhos, para grande prejuízo deles. Então ele parecia bastante inspirado, embora os costumes funerários dos antigos, para onde a conversa se desviou, não poderiam ser considerados um tópico estimulante. Jo resplandeceu de triunfo quando Laurie foi derrotado em uma discussão, e pensou consigo mesma, enquanto observava o rosto absorto de seu pai: – Como ele gostaria de ter um homem como o meu Professor para conversar todos os dias! – Por último, o Sr. Bhaer estava vestido com um novo terno preto, o que o fazia parecer mais um cavalheiro do que nunca. Seu cabelo espesso tinha sido cortado e penteado suavemente, mas não ficava em ordem por muito tempo, pois em momentos emocionantes, ele o despenteava da maneira divertida que costumava fazer, e Jo gostava do cabelo mais armado do que liso, porque ela achava que a testa dele ficava melhor, com aspecto do deus Júpiter. Pobre Jo, como ela glorificava aquele homem simples, sentada tricotando tão silenciosamente, mas sem deixar escapar nenhum detalhe, nem mesmo o fato de que o Sr. Bhaer realmente tinha botões de ouro nas mangas em seus punhos imaculados.

– Querido velho amigo! Ele não teria se vestido tão bem se estivesse cortejando alguém – disse Jo para si mesma, e então um pensamento repentino nascido daquelas palavras a fez corar tanto que ela teve de soltar o novelo de linha e abaixar para apanhá-lo para esconder o rosto. A manobra não foi tão bem-sucedida quanto ela esperava, no entanto, embora apenas no ato de atear fogo a uma pira funerária, o Professor largou sua tocha, metaforicamente falando, e deu um mergulho atrás do novelo azul. Claro que eles elegantemente bateram as cabeças um contra o outro com força, viram estrelas e os dois subiram corados e rindo, sem o novelo, para retomarem seus lugares, desejando não tê-los deixado.

Ninguém sabia como a noite iria terminar, pois Hannah habilmente levou os bebês bem cedo, balançando a cabeça como duas papoulas rosadas, e o Sr. Laurence foi para casa descansar. Os outros sentaram-se ao redor do fogo, conversando, totalmente desligados do intervalo de tempo, até que Meg, cuja mente materna estava impressionada com a firme convicção de que Daisy havia caído da cama e que Demi incendiara sua camisola estudando a estrutura dos fósforos, fez um movimento para ir.

– Devíamos cantar, à moda antiga, porque estamos todos juntos de novo – disse Jo, sentindo que um bom grito seria uma saída segura e agradável de soltar as emoções jubilosas de sua alma. Eles não estavam todos lá, mas ninguém achou as palavras insignificantes ou falsas, pois Beth ainda parecia entre eles, uma presença pacífica, invisível, porém mais querida do que nunca, já que a morte não poderia quebrar a união familiar que o amor tornara dissolvível. A pequena cadeira estava em seu lugar antigo. A cesta arrumada, com o trabalho que ela deixou inacabado quando a agulha ficou "tão pesada", ainda estava em sua prateleira de costume. O amado instrumento, agora raramente tocado, não havia sido removido, e acima dele o rosto de Beth, sereno e sorridente, como nos primeiros dias, olhou para eles, aparecendo para dizer: – Sejam felizes. Estou aqui.

– Toque alguma coisa, Amy. Deixe-os ouvir o quanto você melhorou – disse Laurie, com orgulho perdoável de sua pupila promissora. Mas Amy sussurrou, com os olhos cheios, enquanto girava o banquinho desbotado: – Hoje não, querido. Não posso tocar esta noite. – Mas ela mostrou algo melhor do que brilho ou habilidade, pois cantou as canções de Beth com uma música terna em sua voz que o melhor mestre não poderia ter ensinado, e tocou o coração do ouvinte com um poder mais doce do que qualquer outra inspiração poderia ter dado a ela. A sala estava muito quieta quando a voz clara falhou repentinamente na última linha do hino favorito de Beth. Foi difícil dizer:

A terra não tem tristeza que o céu não possa curar;

e Amy encostou-se em seu marido, que estava atrás dela, sentindo que sua recepção ao lar não seria perfeita sem o beijo de Beth.

– Agora, vamos terminar com a canção de Mignon, pois o Sr. Bhaer a canta muito bem – disse Jo, antes que a pausa se tornasse dolorosa. E o Sr. Bhaer limpou a garganta com um "Hum!" quando se aproximou de Jo, dizendo...– Você *irrá* cantar comigo? Nós cantamos perfeitamente bem juntos.

Aliás, uma ficção agradável, pois Jo não tinha a mínima noção da música. Mas ela teria consentido se ele tivesse proposto cantar uma ópera inteira e mesmo se desafinassem, alegremente, independentemente do tempo e do tom. Não importava muito, pois o Sr. Bhaer cantava como um verdadeiro alemão, bem e com o coração e Jo logo se restringiu a um murmúrio sutil, para que pudesse ouvir a voz suave que parecia cantar só para ela.

Conheces qual é *o terra* onde a *cidra floresce,*

costumava ser a frase favorita do Professor, pois "*o terra*" significava a Alemanha para ele, mas agora ele parecia enfatizar, com calor e melodia peculiares, as palavras... *Oh, lá, eu poderria irr contigo, Oh, meu amada* e uma ouvinte ficou tão emocionada com o terno convite que ansiava por dizer que conhecia a terra e que iria alegremente para lá quando quisesse.

A canção foi considerada um grande sucesso, e o cantor se retirou coberto de louros. Mas, alguns minutos depois, ele esqueceu completamente suas maneiras e fitou Amy colocando seu chapéu, pois ela havia sido apresentada simplesmente como "minha irmã" e ninguém a chamava pelo novo nome desde que ele chegou. Esqueceu-se ainda mais de si mesmo quando Laurie disse, da sua maneira mais cortês, ao se despedir:

– Minha esposa e eu estamos muito felizes em conhecê-lo, senhor. Por favor, lembre-se de que o senhor será muito bem recebido quando estiver por aqui.

Então o Professor agradeceu-lhe calorosamente e, de repente, pareceu iluminado de tanta satisfação, que Laurie o considerou o homem mais encantador que já havia conhecido.

– Eu também *prreciso irr,* mas ficarei feliz em voltar, se vocês *permitirrem, prrezada* senhora, porque tenho que *resolverr* um pequeno negócio na cidade que vai me *manterr* aqui por alguns dias.

Ele falou com a Sra. March, mas olhou para Jo, e a voz da mãe deu um assentimento tão cordial quanto os olhos da filha, pois a Sra. March não era tão cega aos interesses das filhas como a Sra. Moffat achava.

– Parece ser um homem sábio – comentou o Sr. March, com uma satisfação serena, depois que o último convidado se foi.

– Eu sei que ele é bom – acrescentou a Sra. March, com decidida aprovação, enquanto dava corda no relógio.

– Achei que você gostaria dele – foi tudo que Jo disse, enquanto deitava em sua cama.

Ela ficou se perguntou qual foi o negócio que trouxe o Sr. Bhaer para a cidade, e finalmente decidiu que ele havia sido nomeado para receber uma grande honra, em algum lugar, mas tinha sido muito modesto para mencionar o fato. Se ela tivesse visto seu rosto quando, seguro em seu próprio quarto, ele olhou para a foto de uma jovem séria e austera, com uma vasta cabeleira, que parecia estar olhando sombriamente para o futuro, isto poderia ter lançado alguma luz sobre o assunto, especialmente quando ele apagou a lamparina e beijou a imagem no escuro.

Capítulo 44

Meu senhor e minha senhora

— Por favor, senhora mamãe, poderia me emprestar minha esposa por meia hora? A bagagem chegou, e eu tenho tirado proveito da elegância de Amy em Paris, tentando encontrar algumas coisas que eu quero – disse Laurie, entrando no dia seguinte para encontrar a Sra. Laurence sentada no colo da mãe, como se fosse um "bebê" de novo.

– Certamente. Vá, minha querida, esqueci que você tem uma casa além desta – e a Sra. March apertou a mão branca que usava a aliança, como se pedindo perdão por sua cobiça materna.

– Não teria vindo se pudesse evitar, mas não consigo viver sem minha mulherzinha assim como um...– Cata-vento não funciona sem o vento – sugeriu Jo, enquanto ele fazia uma pausa para um sorriso. Jo reassumiu seu jeito atrevido desde que Laurie voltara para casa.

– Exatamente, pois Amy me mantém apontando para Oeste, na maior parte do tempo, com apenas uma virada ocasional para o Sul, e não tive nenhum intervalo para o Leste desde que me casei; não sei nada sobre o Norte, mas estou totalmente saudável e almiscarado, não é, *milady*?

– Tempo adorável até agora. Não sei quanto tempo vai durar, mas não tenho medo de tempestades, pois estou aprendendo a navegar meu barco.

Vamos para casa, querido, e encontrarei seu calçador de sapatos. Acho que é isso que você está procurando entre as minhas coisas. Os homens são tão indefesos, mãe – disse Amy, com um ar matronal, que encantou o marido.

– O que vocês farão depois de se acomodarem? – perguntou Jo, abotoando a capa de Amy como ela costumava abotoar seus aventais.

– Temos nossos planos. Não queremos falar muito sobre eles agora, porque somos um casal muito novo; contudo, não pretendemos ficar ociosos. Vou entrar para o mundo dos negócios com tamanha devoção que deixará o vovô encantado, e provarei a ele que não sou mimado. Preciso de algo desse tipo para me manter firme. Estou cansado de perder tempo e pretendo trabalhar como um homem de verdade.

– E Amy, o que ela fará? – perguntou a Sra. March, satisfeita com a decisão de Laurie e com a energia com que falou.

– Depois de conhecer os arredores e exibir nosso melhor chapéu, vamos surpreendê-los com a hospitalidade elegante de nossa mansão, a sociedade brilhante que atrairemos em torno de nós e a influência benéfica que exerceremos sobre o mundo de forma geral. É mais ou menos isso, não é, Madame Recamier[25]? – perguntou Laurie com um olhar engraçado para Amy.

– O tempo mostrará. Venha, Impertinência, e não choque minha família me dando apelidos na frente deles – respondeu Amy, resolvendo que haveria um lar com uma boa esposa antes de abrir um salão como uma rainha da sociedade.

– Como essas crianças parecem felizes juntas! –observou o Sr. March, achando difícil continuar a ler seu Aristóteles depois que o jovem casal se foi.

– Sim, e acho que vai durar – acrescentou a Sra. March, com a expressão tranquila de um capitão que trouxe um barco em segurança até o porto.

– Eu sei que vai. Abençoada Amy! – e Jo suspirou, depois sorriu brilhantemente ao ver o professor Bhaer abrindo o portão com um empurrão impaciente.

Mais tarde, naquela noite, quando já se recuperara do problema com o calçador de sapato, Laurie disse subitamente à esposa:

– Sra. Laurence.

– Meu senhor!

---

(25) Madame Recamier: Juliette Récamier (1777-1849) era referência de elegância feminina. Com 23 anos já era uma das mulheres mais admiradas de seu tempo.

– Esse homem pretende se casar com a nossa Jo!

– Espero que sim, você não, querida?

– Bem, meu amor, eu o considero um trunfo, no sentido mais amplo da palavra, mas gostaria que ele fosse um pouco mais jovem e muito mais rico.

– Ora, Laurie, não seja tão exigente e materialista.

– Se eles se amam, não importa quantos anos têm ou quão pobres são. As mulheres nunca deveriam se casar por dinheiro... Amy se conteve quando as palavras lhe escaparam e olhou para o marido, que respondeu com certa malícia:

– Certamente que não, embora seja possível ouvir moças charmosas dizerem que pretendem fazer isso às vezes. Se minha memória não me falha, você já pensou que deveria fazer um casamento rico. Talvez, isso explicaria o motivo pelo qual se casou com um imprestável como eu.

– Oh, meu querido menino, não diga isso! Esqueci completamente que você era rico quando eu disse "Sim". Eu teria me casado com você mesmo que você não tivesse um centavo, e às vezes gostaria que você fosse pobre para mostrar o quanto eu te amo. – E Amy, que era muito digna em público e muito carinhosa em particular, deu provas convincentes da verdade de suas palavras.

– Você realmente não acha que eu sou uma criatura mercenária como já tentei ser uma vez, acha? Partiria meu coração se você não acreditasse que eu pularia no mesmo barco que você, mesmo que você tivesse que ganhar a vida remando no lago.

– Por acaso, você acha que sou um idiota e um bruto? Como poderia pensar assim, quando você recusou um homem mais rico por mim, e não me deixa lhe dar metade do que quero agora, quando tenho o direito? As meninas fazem isso todos os dias, coitadinhas, e são ensinadas a pensar que é sua única salvação, mas suas lições foram melhores, e embora eu tenha duvidado uma vez, não fiquei desapontado, pois a filha foi fiel aos ensinamentos da mãe. Eu disse isso à sua mamãe ontem, e ela pareceu tão feliz e grata como se eu tivesse lhe dado um cheque de 1 milhão, para ser gasto em caridade. Você não está ouvindo minhas observações morais, Sra. Laurence – e Laurie fez uma pausa, pois os olhos de Amy pareciam ausentes, embora fixos em seu rosto.

– Sim, estou, e admirando a covinha no seu queixo ao mesmo tempo. Não quero que fique vaidoso, mas devo confessar que tenho mais orgulho de meu belo marido do que de todo o seu dinheiro. Não ria, mas seu nariz é um grande consolo para mim – e Amy acariciou suavemente o traço bem cortado com satisfação artística.

Laurie havia recebido muitos elogios em sua vida, mas nunca um que fosse mais adequado para ele, como ele claramente mostrou embora risse do gosto peculiar de sua esposa, enquanto ela dizia lentamente:

– Posso te fazer uma pergunta, querido?

– Claro que você pode.

– Você se importa se Jo se casar com o Sr. Bhaer?

– Oh, é esse o problema, então? Achei que havia algo na covinha que não combinava muito com você. Não sou um cachorro na manjedoura[26], sou o sujeito mais feliz do mundo e garanto que posso dançar no casamento de Jo com um coração tão leve quanto meus calcanhares. Você duvida, minha querida? – Amy olhou para ele e ficou satisfeita. Seu pequeno medo ciumento desaparecera para sempre, e ela agradeceu a ele, com um rosto cheio de amor e confiança.

– Gostaria que pudéssemos fazer algo pelo querido professor. Não poderíamos inventar um parente rico, que gentilmente morreria lá na Alemanha, e deixaria para ele uma pequena fortuna? – disse Laurie quando começaram a andar de um lado para o outro na comprida sala de estar, de braços dados, como gostavam de fazer, em memória do jardim do castelo.

– Jo iria nos descobrir e estragar tudo. Ela tem muito orgulho dele, assim como ele é, e disse ontem que achava a pobreza uma coisa linda.

– Deus abençoe aquele coração! Ela não pensará assim quando estiver com um marido literato e uma dúzia de pequenos professores e professorinhas para sustentar. Não vamos interferir agora, mas observe nossa chance e faça-os uma boa ação, apesar de tudo. Eu devo a Jo uma parte da minha edu-

---

(26) Fábula do cachorro na manjedoura: um cachorro estava dormindo na manjedoura cheia de feno. Quando os bois chegaram, cansados e com fome depois de um dia inteiro de trabalho no campo, o cachorro acordou, mas não queria deixar que os bois se aproximassem da manjedoura e começou a rosnar e tentar morder seus focinhos, como se a manjedoura estivesse cheia de carne e ossos e essas delícias fossem só dele. Os bois olharam para o cachorro muito aborrecidos. – Que egoísta! – disse um deles. – Ele nem gosta de comer feno! E nós, que comemos, e que estamos com tanta fome, ele não nos deixa chegar perto! Nisso apareceu o fazendeiro. Ao ver o que o cachorro estava fazendo, pegou um pau e enxotou o cachorro do estábulo a pauladas por ser tão malcriado. Moral: não prive os outros do que não pode desfrutar.

cação, e ela acredita que as pessoas honestas devem pagar suas dívidas, então vamos ajudá-los dessa forma.

– Como é bom poder ajudar os outros, não é? Esse sempre foi um dos meus sonhos, ter o poder de dar livremente, e graças a você, o sonho se tornou realidade.

– Faremos o bem para muitas pessoas, não é? Há um tipo de pobre que eu, particularmente, gosto de ajudar. Em geral, os mendigos que nada têm são atendidos, mas os pobres gentis se dão mal, porque não pedem e as pessoas não se atrevem a oferecer caridade. No entanto, existem mil maneiras de ajudá-los, desde que se saiba fazê-lo com tanta delicadeza que não ofenda. Devo dizer que gosto mais de servir a um cavalheiro decadente do que a um mendigo barulhento. Suponho que esteja errado, mas eu penso assim, embora seja mais difícil.

– Porque é preciso ser um cavalheiro para fazer isso – acrescentou o outro membro da sociedade de admiração doméstica.

– Obrigado, mas infelizmente não mereço esse belo elogio. Mas eu ia dizer que, enquanto estava viajando pelo exterior, vi muitos jovens talentosos fazendo todos os tipos de sacrifícios e enfrentando dificuldades reais para que pudessem realizar seus sonhos. Esplêndidos companheiros, alguns deles, trabalhando como heróis, pobres e sem amigos, mas tão cheios de coragem, paciência e ambição que eu tinha vergonha de mim mesmo e ansiava por lhes dar uma boa ajuda. São pessoas a quem é uma satisfação ajudar, pois quando dotados de genialidade é uma honra poder servi-los, e não deixar que se percam ou se atrasem por falta de combustível para manter a panela fervendo. E se não forem dotados, é um prazer confortar as pobres almas e impedir que se desesperem, quando descobrirem.

– Sim, de fato, e há uma outra classe que não pode mendigar e sofre em silêncio. Sei algo sobre isso, porque eu pertencia a ela antes de você me tornar uma princesa, como o rei faz com a mendiga na velha história. Jovens ambiciosas passam por momentos difíceis, Laurie, e muitas vezes veem a juventude, a saúde e oportunidades preciosas passarem, só por falta de uma ajudinha no momento certo. As pessoas têm sido muito gentis comigo, e sempre que vejo garotas lutando juntas, como costumávamos fazer, quero estender minha mão e ajudá-las, como fui ajudada.

– E assim você fará, porque você é um anjo! – exclamou Laurie, resolvendo, com um brilho de zelo filantrópico, fundar e dotar uma instituição para o benefício expresso de mulheres jovens com tendências artísticas. – Os ricos não têm o direito de sentar-se e divertir-se, ou de deixar seu dinheiro se acumular para os outros desperdiçarem. Não é tão sensato deixar legados quando alguém morre quanto é usar o dinheiro com sabedoria em vida e desfrutar para fazer o próximo uma criatura feliz com isso. Nós nos divertiremos e acrescentaremos um sabor extra ao nosso próprio prazer, dando a outras pessoas um sabor generoso. Você será uma pequena Dorcas[27], saindo para esvaziar uma grande cesta de confortos e enchê-la com boas ações?

– De todo o coração, se você for um bravo São Martinho, parando enquanto cavalga galantemente pelo mundo para compartilhar sua capa com o mendigo.

– É uma barganha e vamos tirar o melhor proveito disso!

Então, o jovem casal deu um aperto de mãos e começou a andar feliz de novo, sentindo que sua linda casa estava mais parecida com um lar porque esperavam iluminar outras casas, acreditando que seus próprios pés caminhariam mais eretos ao longo do caminho florido diante deles, se suavizassem caminhos ásperos para outros pés, e sentindo que seus corações estariam mais intimamente ligados por um amor que poderia ternamente lembrar os menos abençoados do que eles.

---

(27) Dorcas: ou Tabitha é uma personagem bíblica do Novo Testamento que vivia em Jope e era conhecida pela dedicação extremada em favor do pobres daquela cidade, ao ponto de costurar túnicas e vestidos para viúvas necessitadas.

Capítulo 45

Daisy e Demi

Não posso considerar que cumpri meu dever de humilde historiadora da família March se não dedicar pelo menos um capítulo aos dois membros mais preciosos e importantes dela. Daisy e Demi haviam chegado agora à idade da razão, pois nesta idade rápida bebês de 3 ou 4 anos reivindicam seus direitos e os obtêm também, o que é mais do que muitos de seus parentes mais velhos. Se alguma vez existiu um par de gêmeos em perigo de ser totalmente mimado pela adoração, foram esses Brookes tagarelas. Claro que foram as crianças mais notáveis que já nasceram, como será mostrado quando menciono que caminhavam aos 8 meses, falavam fluentemente aos 12 meses e aos 2 anos eles tomaram seus lugares à mesa e se comportaram com um decoro que encantava a todos os observadores. Aos 3, Daisy exigiu uma "aguia" e, na verdade, fez uma bolsa com quatro pontos. Ela também passou a fazer a arrumação do aparador da sala e administrar um fogão microscópico com uma habilidade que trazia lágrimas de orgulho aos olhos de Hannah, ao passo que Demi aprendia suas letras com seu avô, que inventou um novo modo de ensinar o alfabeto, formando letras com os braços e as pernas, unindo assim a ginástica para a cabeça e para os calcanhares. O menino logo desenvolveu um gênio mecânico que encantava seu pai e distraía sua mãe, pois ele tentava imitar cada máquina que via, e mantinha o quarto em estado caótico, com seu "costuradeira", uma misteriosa estrutura de barbante, cadeiras, prendedores de roupa e carretéis, para que as rodas pudessem "gilar e gilar". Também havia uma cesta pendurada nas costas de uma cadeira, na qual ele tentava em vão içar sua irmã tão confiante, que, com devoção feminina, permitia que sua cabecinha batesse até ser resgatada, quando o jovem inventor comentava indignado: – Puxa, mama, aquele é meu "*elevadoi*", e eu estou tentando puxá-la para cima. Embora totalmente diferentes em caráter, os gêmeos se davam muito bem juntos e raramente brigavam mais do que três vezes por dia. Claro, Demi tiranizava Daisy e galantemente a defendia de todos os outros agressores, enquanto Daisy fazia de si mesma uma escrava da cozinha e adorava seu irmão como o único ser perfeito no mundo. Daisy era uma pequena alma rosada, rechonchuda e iluminada pelo sol, que encontrou seu caminho no coração de todos e ali se aninhou. Uma das crianças cativantes, que parece feita para ser beijada e acariciada, adornada e adorada como pequenas deusas, e produzida para aprovação geral em todas as ocasiões festivas. Suas pequenas virtudes eram tão doces que ela teria sido bastante angelical se algumas pequenas maldades não a tivessem mantido deliciosamente humana. Para ela o tempo sempre estava bom em seu mundo, e todos os dias de manhã ela subia até a janela em sua camisola para olhar para fora e dizer, não importava se estivesse chovendo ou fazendo sol, – Oh, que dia lindo, que dia lindo! Todos eram amigos, e ela beijava um estranho com tanta confiança que o mais inveterado solteirão cedia aos seus encantos e os amantes de bebês se tornavam fiéis adoradores.

– Eu adoro todo mundo – disse uma vez, abrindo os braços, com a colher em uma das mãos e a caneca na outra, como se ansiosa por abraçar e nutrir o mundo inteiro.

Conforme ela crescia, sua mãe começou a sentir que a casa deles seria abençoada pela presença de uma moradora tão serena e amorosa como aquela que ajudara a tornar a velha casa em lar, e orar para que ela pudesse ser poupada de uma perda como aquela que recentemente lhes ensinara por quanto tempo eles haviam acolhido um anjo sem saber. Seu avô costumava chamá-la de "Beth", e sua avó cuidava dela com uma devoção incansável, como se tentando expiar algum erro do passado, que olho nenhum além dela poderia ver.

Demi, como um verdadeiro ianque, era curioso, queria saber tudo e muitas vezes ficava muito perturbado porque não conseguia obter respostas satisfatórias para seu permanente "Para quê?". Ele também possuía uma inclinação filosófica, para grande deleite de seu avô, que costumava manter conversas socráticas com ele, nas quais o aluno precoce ocasionalmente questionava seu professor, para a satisfação indisfarçável das mulheres. – O que faz minhas pernas andarem, Vovô? – perguntou o jovem filósofo, examinando aquelas partes ativas de seu corpo com um ar meditativo, enquanto descansava depois de uma brincadeira de ir para a cama certa noite.

– É a sua pequena mente, Demi, – respondeu o sábio, acariciando o cabeça amarela respeitosamente.

– O que é uma pequena mente?

– É algo que faz seu corpo se mover, como a mola faz as rodas girarem no meu relógio quando eu o mostrei.

– Abre vovô. Eu *quelo* ver ela *gilá*.

– Eu não posso fazer isso como posso abrir o relógio. Deus dá corda em você, e você vai até quando Ele quer que pare.

– Eu vou? – e os olhos castanhos de Demi ficaram grandes e brilhantes quando ele captou o novo pensamento. – Eu *gilo* como o relógio?

– Sim, mas não posso lhe mostrar como, pois é feito quando não vemos.

Demi apalpou suas costas, como se esperasse encontrar a abertura como a do relógio, e então comentou com seriedade: – Eu acho que Deus fez isso quando eu *tava domindo*.

Seguiu-se uma explicação cuidadosa, que ele ouviu com tanta atenção que sua avó ansiosa disse: – Meu querido, você acha sábio falar sobre essas coisas com aquele bebê? Ele está ficando com os olhos inchados e aprendendo a fazer as perguntas mais irrespondíveis.

– Se ele tem idade suficiente para fazer a pergunta, ele tem idade o suficiente para receber respostas verdadeiras. Não estou colocando os pensamentos em sua cabeça, mas ajudando-o a desdobrar aqueles que já estão lá. Essas crianças são mais sábias do que nós, e eu não tenho dúvidas que o menino entende cada palavra que eu digo a ele. Agora, Demi, diga-me onde você guarda sua mente.

Se o menino tivesse respondido como Alcibíades, – Pelos deuses, Sócrates, não sei dizer –, seu avô não teria ficado surpreso, mas quando, depois de ficar por um momento em uma perna, como uma jovem cegonha meditativa, ele respondeu, em um tom de serena convicção, – Na minha *baliguinha* –, o velho senhor juntou-se à risada da vovó e dispensou a aula de metafísica.

Poderia ter havido motivo para ansiedade materna, se Demi não tivesse dado provas convincentes de que ele era um menino verdadeiro, e também um filósofo em formação, pois, frequentemente, após uma discussão que levava Hannah a profetizar, com sinistros acenos de cabeça: – Essa criança não vai *ficá* muito tempo neste mundo –, ele se virava e acalmava os temores dela com algumas travessuras com as quais os malandros queridos, sujos e travessos distraem e deleitam as almas de seus pais.

Meg fez muitas regras morais e tentou mantê-las, mas qual mãe é capaz de resistir às artimanhas encantadoras, às evasivas engenhosas ou à audácia tranquila dos homens e mulheres em miniatura que tão cedo se mostram como talentosos Artful Dodgers[28]?

– "Chega de passas, Demi. Elas vão deixar você doente", diz a mãe ao jovem que oferece seus serviços na cozinha com regularidade infalível no dia do pudim de ameixa.

– Eu gosto de *ficá* doente.

– Não quero que você fique doente, então corra e ajude Daisy a fazer bolos de carne.

Ele se afasta com relutância, mas seus erros pesam sobre seu espírito e, pouco depois, quando surge uma oportunidade de repará-los, ele vence a mamãe com uma barganha astuta.

– Agora que vocês se comportaram direitinho, vou brincar do que quiserem – diz Meg, enquanto conduz seus assistentes de cozinha escada acima, enquanto o pudim está cozinhando em segurança na panela.

– *Vedade*, mama? – pergunta Demi, com uma ideia brilhante em sua cabeça muito engenhosa.

– Sim, de verdade. Qualquer coisa que vocês pedirem – responde a mãe sem malícia, preparando-se para cantar "*Os três gatinhos*" meia dúzia de vezes,

(28) Artful Dodgers: um trapaceiro astuto, batedor de carteiras, assim chamado por sua habilidade e astúcia. Foi um personagem de Charles Dickens no romance *Oliver Twist*.

ou para levar sua família para "*comprar um pãozinho*", independente do vento ou do tempo. Mas Demi a encurrala com a resposta direta:

– Então vamos *comê* todas as passas.

Tia Dodô era a principal companheira de brincadeiras e confidente de ambas as crianças, e o trio virava a casa de pernas para o ar. Tia Amy ainda era apenas um nome para eles, tia Beth logo se desvaneceu em uma lembrança agradavelmente vaga, mas tia Dodô era uma realidade viva, e eles a aproveitavam ao máximo, e isso a deixava profundamente grata. Mas quando o Sr. Bhaer chegou, Jo deixou seus companheiros de brincadeira um pouco de lado, e o desânimo e a desolação caíram sobre suas pequenas almas. Daisy, que gostava de sair por aí vendendo beijos, perdeu sua melhor cliente e faliu. Demi, com discernimento infantil, logo descobriu que Dodô gostava de brincar mais com "o homem-urso" do que com ele, e embora ferido, ele escondeu sua angústia, pois não tinha coração para insultar um rival que guardava no bolso do colete uma mina de gotas de chocolate e um relógio que podia ser retirado da caixa e sacudido livremente por fervorosos admiradores. Algumas pessoas podem ter considerado essas liberdades agradáveis como subornos, mas Demi não via sob essa luz, e continuou a considerar o "homem-urso" com afabilidade calculada, enquanto Daisy concedia seus pequenos afetos a ele na terceira chamada, e considerava seu ombro seu trono, seu braço seu refúgio, seus presentes tesouros que superavam o valor.

Os cavalheiros às vezes são tomados por súbitos acessos de admiração pelos jovens parentes das senhoras a quem eles honram com sua consideração, mas essa falsa filoprogenitividade os assusta com dificuldade, e não consegue enganar ninguém. A devoção do Sr. Bhaer era sincera, embora igualmente eficaz, pois a honestidade é a melhor política tanto no amor quanto na lei. Ele era um dos homens que ficavam em casa com crianças e parecia particularmente bem quando os rostinhos faziam um contraste agradável com o seu rosto viril. Seu negócio, qualquer que fosse, o detinha dia após dia, mas a noite raramente deixava de trazê-lo para ver.... bem, ele sempre perguntava pelo Sr. March, então suponho que ele fosse a atração. O excelente papai trabalhou com a ilusão de que era, e se deleitou em longas discussões com o espírito irmão, até que uma observação casual de seu neto mais observador o iluminou de repente.

O Sr. Bhaer apareceu uma noite e parou na soleira do escritório, surpreso com o espetáculo que encontrou diante de seus olhos. Deitado no chão estava o Sr. March, com suas pernas respeitáveis no ar, e ao lado dele, igualmente inclinado, estava Demi, tentando imitar a atitude com as próprias pernas curtas de meias vermelhas, ambos rastejantes tão seriamente absortos que estavam inconsciente dos espectadores, até que o Sr. Bhaer deu sua risada sonora, e Jo gritou, com um rosto escandalizado:

– Pai, pai, o professor está aqui!

As pernas pretas desceram e a cabeça grisalha subiu, como disse o preceptor, com dignidade imperturbável: – Boa noite, Sr. Bhaer. Com licença por um momento. Estamos terminando nossa lição. Agora, Demi, faça a letra e diga seu nome.

– Eu sei! – e, depois de alguns esforços convulsivos, as pernas vermelhas tomaram a forma de um par de bússolas e o aluno inteligente gritou triunfante: – É um W, vovô, é um W!

– Ele é um Weller nato – riu Jo, enquanto seu pai se recompunha, e seu sobrinho tentava ficar de cabeça para baixo, como a única forma de expressar sua satisfação pelo fim da aula.

– O que você fez hoje, bebê? – perguntou o Sr. Bhaer, pegando o ginasta.

– Eu fui ver a pequena Mary.

– E o que você fez lá?

– Eu a beijei – começou Demi, com uma franqueza ingênua.

– Nossa! Começou cedo. O que disse a pequena *Marria*? – perguntou o Sr. Bhaer, continuando a interrogar o jovem pecador, que se pôs de joelhos, explorando o bolso do colete.

– Ah, ela gostou, me beijou e eu gostei. Os menininhos gostam das menininhas, certo? – perguntou Demi, com a boca cheia e um ar de satisfação meiga.

– Garotinho precoce! Quem colocou isso na sua cabeça? – disse Jo, gostando da revelação inocente tanto quanto o professor.

– Não está na minha cabeça, está na minha boca – respondeu literalmente Demi, colocando a língua para fora, com uma gota de chocolate nela, pensando que ela se referia ao doce, não a ideias.

– Você devia guardar um pouco para a amiguinha. Doces para uma doçura – e o Sr. Bhaer ofereceu um pouco a Jo, com um olhar que a fez se perguntar se o chocolate não era o néctar bebido pelos deuses. Demi também viu o sorriso, ficou impressionado e ingenuamente perguntou:– Meninos grandes gostam de meninas grandes, "fessor?"

Como o jovem Washington, o Sr. Bhaer "não conseguia mentir", então ele deu a resposta um tanto vaga que às vezes acreditava, em um tom que fez o Sr. March abaixar a escova de roupa, olhar para o rosto retraído de Jo e afundar na cadeira, como se o "garotinho precoce" tivesse colocado uma ideia em sua cabeça, que era doce e amarga ao mesmo tempo.

Os motivos pelos quais Dodô o pegou no armário de porcelana meia hora depois e quase arrancou o fôlego de seu corpinho com um abraço carinhoso, em vez de sacudi-lo por estar ali, e lhe deu um presente inesperado de uma grande fatia de pão com geleia, permaneceram sem explicação na cabeça do pequeno Demi, que foi forçado a deixá-los sem solução para sempre.

Capítulo 46

Embaixo do guarda-chuva

Enquanto Laurie e Amy faziam passeios conjugais sobre tapetes de veludo, arrumavam a casa e planejavam um futuro feliz, o Sr. Bhaer e Jo desfrutavam de passeios de um tipo diferente, ao longo de estradas lamacentas e campos encharcados.

– Sempre dou uma caminhada ao anoitecer, e não sei por que deveria desistir, só porque por acaso encontro o Professor no caminho – disse Jo para si mesma, após dois ou três encontros, pois havia dois caminhos para a casa de Meg, qualquer que fosse, ela tinha certeza de encontrá-lo, na ida ou na volta. Ele estava sempre caminhando rapidamente, e nunca parecia vê-la até bem de perto, quando parecia que seus olhos míopes não haviam reconhecendo a senhora que se aproximava até aquele momento. Então, se ela ia para a casa de Meg, ele sempre tinha algo para os bebês. Se o rosto dela estava voltado para casa, ele simplesmente dizia que havia descido para ver o rio e estava voltando, a menos que estivessem cansados de suas visitas frequentes. Nessas circunstâncias, o que Jo poderia fazer senão cumprimentá-lo civilizadamente e convidá-lo a entrar? Se ela estava cansada de suas visitas, ela escondia seu cansaço com perfeita habilidade e cuidava para que houvesse café para o jantar, "já que Friedrich, quero dizer, o Sr. Bhaer, não gosta de chá".

Na segunda semana, todos sabiam perfeitamente o que estava acontecendo, mas todos tentaram parecer cegos às mudanças no rosto de Jo. Eles nunca perguntaram por que ela cantava enquanto trabalhava, arrumava o cabelo três vezes ao dia e ficava tão enfeitada para seus exercícios noturnos. E ninguém parecia ter a menor suspeita de que o professor Bhaer, enquanto conversava sobre filosofia com o pai, estava dando lições de amor à filha dele.

Jo não conseguia nem perder o coração de maneira decorosa, mas tentava severamente aplacar seus sentimentos e, como não conseguia, levava uma vida um tanto agitada. Ela tinha um medo mortal de ser ridicularizada por se render, depois de suas muitas e veementes declarações de independência. Laurie era seu temor especial, mas graças ao novo gerente, ele se comportou com dignidade louvável, nunca chamou o Sr. Bhaer de "velho camarada" em público, nunca aludiu, da maneira mais remota, à aparência melhorada de Jo, ou expressou a menor surpresa ao ver o chapéu do Professor na mesa dos March quase todas as noites. Mas ele exultava em particular e não via a hora em que poderia dar a Jo um prato, com um urso e um bastão como um brasão apropriado.

Por quinze dias, o Professor entrou e saiu como um namorado regular. Em seguida, ele ficou ausente por três dias inteiros, sem dar nenhum sinal, um procedimento que fez com que todos ficassem sérios e Jo pensativa, a princípio, e depois, infelizmente para o romance, muito zangada.

– Revoltante, ouso dizer, foi para casa tão repentinamente quanto veio. Não é nada para mim, é claro, mas achei que ele viria e se despediria de nós como um cavalheiro – disse ela para si mesma, com um olhar desesperado no portão, enquanto vestia suas coisas para a caminhada costumeira em uma tarde enfadonha.

– É melhor você pegar o guarda-chuva pequeno, querida. Parece que vai chover – disse a mãe, observando que ela estava com o chapéu novo, mas sem mencionar o fato.

– Sim, Mammie, a senhora quer alguma coisa na cidade? Tenho de entrar correndo e pegar um papel – respondeu Jo, puxando o laço sob o queixo diante do espelho como desculpa para não olhar para a mãe.

– Sim, quero um pouco de sarja da silésia, um papel com agulhas número 9 e dois metros de fita lilás fina. Você está com suas botas grossas e algo quente sob a capa?

– Acredito que sim – respondeu Jo distraída.

– Se por acaso você encontrar o Sr. Bhaer, convide-o para tomar um chá. Gostaria muito de vê-lo – acrescentou a Sra. March.

Jo ouviu isso, mas não respondeu, simplesmente deu um beijo na mãe e se afastou rapidamente, pensando com um brilho de gratidão, apesar da dor no coração: – Como ela é boa para mim! O que fazem as meninas que não têm mães para ajudá-las em seus problemas?

As lojas de secos e molhados não ficavam entre as casas de contabilidade, bancos e depósitos de atacado, onde a maioria dos cavalheiros se reúne, mas Jo se viu naquela parte da cidade antes de realizar qualquer tarefa, vagando como se esperasse por alguém, examinando instrumentos de engenharia em uma janela e amostras de lã em outra, com o mínimo interesse feminino, caindo sobre barris, ficando meio sufocada por fardos de feno que caíam e sendo empurrada sem cerimônia por homens ocupados que pareciam se perguntar "como diabos ela veio parar aqui?". Uma gota de chuva em sua bochecha resgatou seus pensamentos das esperanças frustradas às fitas arruinadas. Pois as gotas continuavam a cair, e sendo mulher, além de enamorada, sentiu que, embora fosse tarde demais para salvar seu coração, ela poderia usar seu chapéu. Naquele minuto, lembrou-se do pequeno guarda-chuva, que ela havia esquecido de levar na pressa de sair, mas o arrependimento era inútil, e não havia nada a fazer a não ser pedir um emprestado ou ficar encharcada. Ela olhou para o céu, que estava ameaçador, para o arco carmesim já salpicado de preto, para a frente ao longo da rua lamacenta, e depois deu um longo e demorado olhar para trás, onde viu um certo armazém encardido com o letreiro "Hoffmann, Swartz, & Co." sobre a porta, e disse a si mesma, com um ar severamente reprovador:

– Bem feito para você! Que tolice colocar a melhor roupa e vir até aqui toda enamorada, esperando ver o professor? Jo, tenho vergonha de você! Não, você não deve ir lá para pedir um guarda-chuva emprestado, nem falar com os amigos dele para descobrir onde ele está. Você deve ir embora e fazer suas tarefas na chuva; e se você morrer e estragar seu chapéu, será bem merecido. Agora, vamos!

Depois disso, ela atravessou a rua com tanta impetuosidade que escapou por pouco de ser atropelada por um caminhão que passava e precipitou-se nos braços de um senhor idoso imponente, que disse:

– Desculpe, senhora – e parecia mortalmente ofendido. Um tanto assustada, Jo endireitou-se, estendeu o lenço sobre as fitas adoráveis e, deixando a tentação de lado, apressou-se, com seus tornozelos cada vez mais úmidos e o barulho de muitos guarda-chuvas que se chocavam acima da cabeça. O fato de que um guarda-chuva azul um tanto quebrado permanecer acima do chapéu desprotegido chamou-lhe a atenção, e olhando para cima, ela viu o Sr. Bhaer olhando para baixo.

–Sinto que conheço a *senhorra* obstinada que vai tão *corrajosa* debaixo de *muitas narrizes* de cavalos, e tão *rrápida* no meio de tanta lama. O que está fazendo aqui, *meu amiga*?

– Estou fazendo compras.

O Sr. Bhaer sorriu, enquanto via uma fábrica de picles de um lado da rua e uma loja de couro por atacado do outro, mas ele apenas disse educadamente: – Você não tem guarda-chuva. Posso acompanhá-la e *levar* os pacotes *parra* você?

– Sim, obrigada.

As bochechas de Jo estavam vermelhas como sua fita, e ela se perguntou o que ele pensava a seu respeito, mas ela não se importou, pois em um minuto ela se viu caminhando de braços dados com seu professor, sentindo como se o sol tivesse explodido de repente com brilho incomum, que o mundo estivesse bem novamente, e como se aquela mulher completamente feliz estivesse remando na chuva naquele dia.

– Achamos que o senhor tivesse partido – disse Jo apressadamente, pois sabia que ele estava olhando para ela. Seu chapéu não era grande o suficiente para esconder seu rosto, e ela temia que a alegria do seu semblante pudesse ser considerada inadequada para uma moça.

– Você achou que eu *partirria* sem *dizerr* adeus *parra* aqueles que foram tão bondosos comigo? – ele perguntou de modo tão reprovador que ela sentiu como se o tivesse insultado com a sugestão, e respondeu cordialmente:

– Não, eu não achei. Sabia que o senhor estava ocupado com seus assuntos pessoais, mas nós sentimos sua falta, principalmente papai e mamãe.

– E você?

– Sempre fico feliz em vê-lo, senhor.

Em sua ansiedade para manter a voz bem calma, Jo tornou-a bem fria, e o pequeno monossílabo gelado no final pareceu arrepiar o professor, pois seu sorriso sumiu e ele disse com bastante seriedade na voz:

– Agradeço a você, e *venha* mais uma vez antes de eu ir.

– O senhor vai partir, então?

– Eu não tenho mais negócios aqui, está tudo resolvido.

– Com sucesso, espero? – disse Jo, pois a amargura da decepção estava naquela sua curta resposta.

– Eu *deverria pensarr* assim, pois tenho um caminho aberto *parra* mim onde posso *ganharr* meu pão e *ajudarr* bastante meus *sobrrinhos.*

– Conte-me, por favor! Gostaria de saber tudo sobre os... os meninos – disse Jo ansiosamente.

– Você é tão gentil, terei prazer em lhe *contarr.* Meus amigos *encontrram* um *emprrego* para mim em uma faculdade, onde ensino como se estivesse no meu país e ganho o suficiente *parra* facilitar o caminho *parra* Franz e Emil. Por isso eu *defo* ser *grrato,* não?

– Claro que sim. Como será esplêndido ver o senhor fazendo o que gosta e poder vê-lo com frequência, e os meninos também! – exclamou Jo, usando os meninos como desculpa para a satisfação que não podia deixar de sentir.

– Ah! Mas não nos *encontrarremos* com frequência, eu receio, este lugar fica para o Oeste.

– Tão longe! – e Jo soltou suas saias como se não importasse mais se elas fossem ficar sujas de lama assim como não se importava com ela mesma. O Sr. Bhaer podia falar várias línguas, mas ainda não havia aprendido a entender as mulheres. Ele se gabou de que conhecia Jo muito bem, porém ficou muito surpreso com as contradições de voz, rosto e maneiras que ela lhe mostrou numa rápida sucessão naquele dia, pois ela teve meia dúzia de estados de espírito diferentes no curso de meia hora. Quando ela o encontrou, pareceu surpresa, embora fosse impossível deixar de suspeitar que ela tivesse vindo com esse propósito expresso. Quando ele lhe ofereceu o braço, ela o aceitou com um olhar que o encheu de alegria, mas quando ele perguntou se ela sentia sua falta, ela deu uma resposta tão fria e formal que o desespero caiu sobre ele. Ao saber de sua boa sorte, ela quase bateu palmas. A alegria era só para os meninos? Então, ao ouvir seu destino, ela disse: – Tão longe! – em um tom de desespero que o elevou a um pináculo de esperança, mas no minuto seguinte ela o derrubou novamente ao observar, como alguém totalmente absorvida no assunto:

– Este é o lugar para minhas tarefas. O senhor não quer entrar? Não vai demorar muito.

Jo orgulhava-se de sua capacidade de fazer compras, e particularmente desejava impressionar seu acompanhante com a limpeza e a rapidez com que ela realizaria a tarefa. Mas, devido à agitação em que ela estava, tudo deu errado. Ela virou a bandeja de agulhas, esqueceu que a silésia devia ser "sarrafeada" até que ela já estivesse cortada, deu o troco errado e confundiu-se completamente ao pedir fita de lavanda no balcão de chita. O Sr. Bhaer ficou parado, observando-a enrubescer e errar, e enquanto a observava, sua própria perplexidade pareceu diminuir, pois ele estava começando a ver que em algumas ocasiões, as mulheres, assim como os sonhos, seguem a lei do contrário. Quando eles saíram, ele colocou o pacote debaixo do braço com um aspecto mais alegre e pisou nas poças de água como se tivesse ficado feliz com tudo.

– Não deveríamos fazer um pouco do que você chama de *fazerr comprras* para os bebês, e fazer um jantar de despedida esta noite se eu *forr para o meu último visita* em sua casa tão agradável? – perguntou ele, parando diante de uma janela cheia de frutas e flores.

– O que vamos comprar? – perguntou Jo, ignorando a última parte da sua fala, e cheirando os odores misturados com uma afetação de deleite quando eles entraram.

– Eles podem *comerr larranjas* e figos? – perguntou o Sr. Bhaer, com um ar paternal.

– Eles comem quando podem pegá-los.

– Você gosta de nozes?

– Como um esquilo.

– Uvas de Hamburgo. Sim, devemos *fazerr* um *brrinde* à pátria?

Jo desaprovou aquela extravagância e perguntou por que ele não comprava uma cesta de tâmaras, um barril de passas e um saco de amêndoas e acabava logo com isso? Foi quando o Sr. Bhaer confiscou a bolsa dela, produziu a sua própria e terminou a compra adquirindo vários quilos de uvas, um pote de margaridas rosadas e um belo pote de mel, que poderia ser considerado um garrafão. Em seguida, ele deformou os bolsos com os pacotes enormes e deu as flores para que ela as segurasse, abriu o velho guarda-chuva e partiram de novo.

– Senhorita. *Marsch, prreciso lhe pedirr um grrande favorr* – começou o professor, após um passeio molhado de meio quarteirão.

– Sim, senhor? – e o coração de Jo começou a bater tão forte que ela ficou com medo que ele ouvisse.

– *Prreciso* dizê-lo *apesarr* da chuva, *porrque* tenho tão pouco tempo.

– Sim, senhor – e Jo quase esmagou o pequeno vaso com o aperto repentino que ela deu.

– Eu *gostarria de comprarr* um vestidinho para minha Tina, e sou muito tolo para ir sozinho. Você *poderria* gentilmente me dar uma ajuda para escolher?

– Sim, senhor – e Jo sentiu-se tão calma e fria de repente como se tivesse entrado em uma geladeira.

– Talvez também um xale *parra* a mãe de Tina, ela é tão *pobrre* e doente, e o *marrido* é tão atencioso. Sim, sim, um xale *grrosso* e quente seria uma coisa amigável *parra* levar a mãezinha.

– Farei isso com prazer, Sr. Bhaer. – Ela pensou consigo mesma: – estou indo muito rápido, e ele está ficando mais estimado a cada minuto – então, com uma agitação mental, ela entrou na loja com uma energia agradável de se ver.

O Sr. Bhaer deixou tudo para ela resolver, então ela escolheu um lindo vestido para Tina, e depois pediu os xales. O balconista, sendo um homem casado, interessou-se pelo casal, que parecia estar fazendo compras para sua família.

– Sua senhora pode preferir isto. É um artigo superior, uma cor linda, bastante casta e refinada – disse ele, sacudindo um xale cinza confortável e jogando-o sobre os ombros de Jo.

– Isso lhe agrada, Sr. Bhaer? – ela perguntou, virando as costas para ele, e sentindo-se profundamente grata pela chance de esconder o rosto dela.

– Ficou excelente, *comprraremos* esse – respondeu o professor, sorrindo para si mesmo enquanto pagava pelo xale, e Jo continuava a vasculhar os balcões como uma caçadora de pechinchas.

– *Agorra* vamos *parra* casa? – ele perguntou, como se as palavras fossem muito agradáveis para ele.

– Sim, é tarde e estou tão cansada. – A voz de Jo estava mais patética do que ela percebia. O sol parecia ter se posto tão repentinamente quanto apareceu, e o mundo ficou turvo e miserável novamente, e pela primeira vez ela descobriu que seus pés estavam frios, sua cabeça doía e que seu coração estava mais frio do que seus pés e mais cheio de dor do que sua cabeça. O Sr. Bhaer estava indo embora, ele só se importava com ela como amiga, era tudo um engano, e quanto mais cedo tudo acabasse, melhor. Com essa ideia na cabeça, ela fez sinal para um ônibus que se aproximava com um gesto tão súbito que as margaridas voaram para fora do vaso e ficaram bastante danificadas.

– Este não é o nosso ônibus – disse o professor, acenando para que o veículo carregado de passageiros fosse embora e parando para recolher as pobres florzinhas.

– Desculpe-me. Não vi que o nome era diferente. Não se preocupe, eu posso andar. Estou acostumada a me arrastar na lama – respondeu Jo, piscando com força, porque ela preferia morrer do que manter seus olhos bem abertos. O Sr. Bhaer viu as lágrimas em suas bochechas, embora ela tivesse virado a cabeça. A visão pareceu tocá-lo muito, pois ele abaixou-se de repente e perguntou em um tom bastante significativo: – Minha *querrida*, por que você está *chorrando*? – Bem, se Jo não fosse nova nesse tipo de coisa, ela teria dito que não estava chorando, que estava com uma dor na cabeça ou teria contado qualquer outra mentira feminina apropriada para a ocasião. Em vez disso, aquela criatura indigna respondeu, com um soluço irreprimível:

– Porque você está indo embora.

– *Ach, mein Gott* (Ah, meu Deus do céu) isso é muito bom! – exclamou Sr. Bhaer, conseguindo juntar as mãos apesar do guarda-chuva e dos pacotes, – Jo, eu não tenho nada além de muito amor para *prresentear* você. Vim saber se você se *imporrtava* com isso e *esperrei* para *terr* certeza de que eu era algo mais do que um amigo. Sou? Você pode fazer um pequeno *lugarr* no seu coração para o velho Fritz? – ele acrescentou, falando tudo de uma vez, sem respirar.

– Oh, sim! – disse Jo, e ele ficou muito satisfeito, pois ela cruzou as mãos sobre seu braço e ergueu os olhos para ele com uma expressão que mostrava claramente como ela ficaria feliz em caminhar pela vida ao lado dele, embora não tivesse abrigo melhor do que o velho guarda-chuva, se ele o carregasse. Certamente estava propondo sob dificuldades, pois mesmo que ele desejasse fazê-lo, o Sr. Bhaer não poderia cair de joelhos, por causa da lama. Ele também não podia oferecer a mão a Jo, exceto figurativamente, pois ambas estavam ocupadas. Muito menos ele poderia se permitir declarações ternas na rua pública, embora estivesse perto dela. Portanto, a única maneira pela qual ele poderia expressar seu êxtase era olhando para ela, com uma expressão que glorificava seu rosto a tal ponto que realmente parecia haver pequenos arco-íris nas gotas que cintilavam em sua barba. Se ele não amasse Jo de verdade, não creio que pudesse ter amado naquele momento, porque ela parecia longe de ser adorável, com as saias em um estado deplorável, as botas de borracha respingadas até o tornozelo e o chapéu em ruínas. Felizmente, o Sr. Bhaer a considerava a mulher mais linda do mundo, e ela o achou mais "parecido com Júpiter" do que nunca, embora sua aba do chapéu estivesse bastante mole com os pequenos riachos escorrendo de seus ombros (pois ele segurava o guarda-chuva por toda parte), e cada dedo de suas luvas precisava de conserto. Os transeuntes provavelmente os consideravam um par de lunáticos inofensivos, pois se esqueceram inteiramente de chamar um ônibus e caminharam vagarosamente, esquecidos do crepúsculo e da névoa cada vez mais profundos. Pouco se importavam com o que alguém pensava, pois estavam aproveitando a hora feliz que raramente chega, exceto uma vez na vida, o momento mágico que confere juventude aos velhos, beleza ao simples, riqueza aos pobres e dá aos corações humanos um antegozo do céu.

O professor parecia ter conquistado um reino, e o mundo não tinha mais nada a oferecer a ele em termos de felicidade. Enquanto Jo caminhava ao lado dele, sentindo como se seu lugar sempre tivesse estado lá, e se perguntando como ela poderia ter escolhido qualquer outro pedaço. Claro, ela foi a primeira a falar, de forma inteligível, quero dizer, pois os comentários emocionais que se seguiram ao impetuoso "Oh, sim!" não eram de caráter coerente ou relatável.

– Friedrich, por que você não...

– Ah, céus, ela *me chama da* nome que ninguém fala desde que Minna morreu! – exclamou o professor, parando em uma poça para contemplá-la com grato deleite.

– Sempre o chamo assim quando falo comigo mesma, esqueci; mas não farei mais isso se não gostar.

– *Gostarr*? É mais doce *parra* mim do que eu posso dizer. Diga "vós", também, e *dirrei* que sua língua é quase tão bela quanto a minha.

– "Vós" não é um pouco sentimental? – perguntou Jo, particularmente pensando que era um adorável monossílabo.

– Sentimental? Sim. *Grraças* a Deus, nós, alemães, acreditamos no sentimento e nos mantemos jovens com isso. O "você" no inglês é tão frio, diga "vós", querida, significa muito para mim – suplicou o Sr. Bhaer, mais como um estudante romântico do que um professor sério.

– Bem, então, por que vós não me contastes tudo isso antes? – perguntou Jo timidamente.

– *Agorra* terei de *te* mostrar todo o meu coração, e terei o maior *prrazer*, porque *vós devereis* cuidar dele daqui por diante. Ah, minha Jo, que nome *adorrável* e *engrraçado*; eu *querria* contar alguma coisa no dia em que me despedi em Nova York, mas achei que estavas *noifa* de seu belo amigo e, por isso, não falei. *Terrias* dito "Sim", então, se eu tivesse falado?

– Não sei. Receio que não, pois meu coração estava triste naquele momento.

– *Prut*! Não acredito nisso. Ele adormecido até que o *prríncipe* encantado veio *atrravés* da floresta e o acordou. Ah, bom, "*Die erste Liebe ist die beste*", mas isso eu não *esperrava*.

– Sim, o primeiro amor é o melhor, pode ficar contente, pois eu nunca tive outro. Laurie era apenas um menino e logo superou sua pequena fantasia – disse Jo, ansiosa para corrigir o erro do professor.

– Bom! Então vou descansar feliz e *terrei* a certeza de que me deste tudo. *Esperrei* tanto tempo, fiquei egoísta, como tu descobrirás, Professor.

– Gosto disso – exclamou Jo, encantada com o novo nome. – Agora diga-me o que o trouxe, afinal, exatamente quando eu mais o desejava?

– Isto – e o Sr. Bhaer tirou um papelzinho gasto de seu bolso do colete. Jo o desdobrou e ficou muito envergonhada, pois era uma de suas próprias contribuições para um jornal que pagava por poesia, o que justificava que ela enviasse uma tentativa ocasional.

– Como isso pode estar com você? – ela perguntou, imaginando o que ele queria dizer.

– *Encontrrei* por acaso. Eu conheci pelos nomes e pelas iniciais, e nele havia um pequeno verso que parecia me chamar. Leia e encontre-o. Vou lhe *prroteger* para que você não fique molhada.

NO SÓTÃO
Quatro pequenos baús enfileirados,
Desgastados pelo tempo e esmaecidos pela poeira desmedida,
Há muito tempo preenchidos e modelados,
Por crianças na melhor fase da vida.
Quatro pequenas chaves penduradas lado a lado,
Com fitas desbotadas, presas ali no sótão
Por crianças corajosas e alegres, com orgulho devotado
Em um dia chuvoso cheio de emoção
Quatro pequenos nomes, esculpidos por um menino
Um embaixo de cada tampa,
E o que ali está escondido
É a história de uma feliz banda.
Ora tocando aqui, ora pausando ali
Para ouvir o doce refrão,
Isso começou e continuou aqui,
Ao cair a chuva de verão

"Meg", na primeira tampa, é o nome gravado
É justa e bela, com muito amor faço essas afirmações
Guardadas aqui, com muito cuidado,
Estão belas recordações,
O registro de uma vida de paz
Presentes para a criança e menina amável,
Um vestido de noiva, uma esposa capaz,
Um sapato minúsculo, um cacho de bebê adorável.
Nenhum brinquedo neste primeiro baú permanece,
Porque todos eles foram levados,
Para que quando mais velha, Meg recomece
A brincar outra vez com seus filhinhos já criados
Ah, feliz mamãe! Sei muito bem
Você ouve, como um doce refrão,
Canções de ninar suaves e baixas também
Ao cair a chuva de verão.

"Jo" na próxima tampa, o nome gasto e arranhado,
E dentro de um baú de brinquedos variados
Com bonecas sem cabeça, e livro escolar rasgado,
Pássaros e feras que ficaram calados.
Do chão das fadas o despojo foi roubado,
Apenas pés jovens pisam nesse chão,
Onde há sonhos de um futuro nunca encontrado,
Memórias de um doce passado que não volta não,
Poemas inacabados, escritora talentosa,
Verão, inverno, cartas de abril,
Diários de uma criança teimosa,
Dicas de uma jovem senil,
Uma mulher em casa solitária, o que fará?
Ouvindo um triste refrão
Seja digna, amor, e o amor virá,
Ao cair a chuva de verão.

Minha Beth! a poeira é sempre removida,
Da tampa onde seu nome está inscrito,
Com o choro de olhos amáveis, querida,
Por mãos cuidadosas que tem um dom bendito.
A morte canonizou para nós uma santa,
Cada vez menos humana do que divina,
E ainda nos deitamos, com um nó na garganta,
Relíquias neste santuário da peregrina.
O sino de prata, agora raramente tocado,
O boné que ela pela última vez usou,
Pela bela Catarina morta foi pendurado
Por anjos carregado, acima de sua porta repousou.
As músicas que ela cantava sem lamentar,
Sentindo dor em sua prisão,
Para sempre irão ecoar
Ao cair a chuva de verão.

Na última tampa, sobre o campo polido,
A legenda agora é verdadeira e faz jus,
Um galante cavaleiro carrega o escudo destemido,
"Amy" em letras douradas e azuis.
Com fitas que prendiam seu cabelo,
Sapatos que por último dançaram,
Flores desbotadas colocadas com zelo,
Leques cujas tarefas aéreas já acabaram,
Namorados felizes, chama ardorosa,
Trivialidades que cumpriram sua parte
Em esperanças e medos da menina vergonhosa,
E no coração da donzela deixaram um baluarte
Agora que aprendeu feitiços mais justos e reais, ela é grata,
Ouvindo, como um alegre refrão,
Os sons do sino nupcial de prata
Ao cair a chuva de verão.

Quatro pequenos baús enfileirados,
Esmaecidos com poeira e pelo tempo desgastados,
Quatro mulheres, ensinadas na prosperidade e na aflição
Para darem o melhor de si no trabalho e terem amor no coração.
Quatro irmãs que se separam por um momento,
Nenhuma perdida, apenas uma que antes de todos partiu
Transformada pelo poder imortal do amor, para nosso alento
Na mais próxima e mais querida, em seu modo varonil.

Oh, quando nossas reservas acumuladas,
Diante do Pai ficarem expostas,
Que elas sejam ricas em horas douradas,
Que as ações mais justas sejam dispostas,
Vidas cujas bravas canções por muito tempo tocarão,
Como um esforço entusiasmado,
Almas que alegremente voarão e cantarão,
Depois da chuva, com o brilho do sol tão amado.

– É um poema muito ruim, mas foi o que senti quando a escrevi; foi um dia quando eu estava muito sozinha e chorei bastante debruçada sobre um saco de pano. Nunca pensei que chegaria ao ponto de contar minha história – disse Jo, rasgando os versos que o professor guardava por tanto tempo.

– Não faz mal, ele *cumprriu* o seu dever, e terei um novo poema quando *lerr* todo o *caderrninho* marrom onde ela guarda seus pequenos *segrredos* – disse o Sr. Bhaer com um sorriso enquanto observava os fragmentos voando pelo vento. – Sim – acrescentou ele com seriedade – eu li e minha opinião é que ela está *trriste*, está sozinha e *encontrraria* conforto no *amorr verrdadeiro*. Eu tenho um coração cheio de *amorr*, cheio de *amorr porr* ela. Por que eu não *deverria* ir até ela e *dizerr*: – Se meu *amorr* não for suficiente para te *darr* como *prresente* pelo que *esperro* receber, aceite-o em nome de Deus?

– E então você veio para descobrir se era suficiente, e percebeu que era a única coisa preciosa da qual eu precisava – sussurrou Jo.

– Primeiro achei que não seria correspondido, mas fui recebido com sua bondade celestial. E logo comecei a ter esperança, e então disse: "Eu *irrei* conquistá-la, nem que tenha quer *morrer* para isso", e assim o *farrei*! – exclamou o Sr. Bhaer, com um aceno de cabeça desafiador, como se as paredes de névoa se fechando ao redor deles fossem barreiras que ele precisasse superar ou derrubar corajosamente. Jo achou isso esplêndido e decidiu ser digna de seu cavaleiro, embora ele não viesse montado em um cavalo lindo.

– O que fez você ficar longe por tanto tempo? – ela perguntou imediatamente, achando tão agradável fazer perguntas confidenciais e obter respostas agradáveis que ela não conseguia ficar em silêncio.

– Não foi fácil, mas não consegui *encontrrar* ânimo para te levar daquele lar tão feliz até que pudesse ter a perspectiva de *terr* um para te oferecer como *prresente*, depois de muito tempo, talvez, e *trrabalho* duro. Como eu *poderria* pedir-lhe para aceitar esse *prresente* de um *pobrre* velho, que não tem fortuna, e só um pouco de conhecimento?

– Estou feliz que você seja pobre. Eu não seria capaz de suportar um marido rico – disse Jo decididamente, acrescentando em um tom mais suave: – Não tenha medo da pobreza. Eu a conheço tempo suficiente para não ter mais medo e ser feliz trabalhando para aqueles que amo e não se chame de velho; a melhor fase da vida chega aos 40 anos. Eu não poderia deixar de amá-lo mesmo que você tivesse 70 anos!

O professor achou aquilo tão comovente que teria ficado feliz em achar seu lenço, se pudesse. Como não conseguiu, Jo enxugou os olhos para ele e disse, rindo, enquanto tirava um ou dois embrulhos...

– Posso ser teimosa, mas ninguém pode dizer que estou fora da minha esfera agora, pois a missão especial da mulher é enxugar as lágrimas e carregar fardos. Estou carregando minha parte, Friedrich, para ajudar a comprar a casa. Decida-se logo ou nunca irei com você – acrescentou ela resolutamente, enquanto ele tentava recuperar sua carga.

– Vamos *verr*. Você tem paciência *parra esperrar* um longo tempo, Jo? Preciso *irr emborra* e fazer meu *trrabalho* sozinho. *Prreciso* ajudar meus meninos *prrimeiro*, porque, mesmo *porr* você, não posso *quebrrar* minha *prromessa* para Minna. Você pode *perrdoar* isso e ser feliz enquanto *esperramos*?

– Sim, eu sei que posso, porque nos amamos, e isso torna todo o resto fácil de suportar. Tenho meus deveres, também, e meu trabalho. Não poderia me divertir se os negligenciasse até por você, então não há necessidade de pressa ou impaciência. Você pode fazer a sua parte no Oeste, eu posso fazer a minha aqui, e ambos ficaremos felizes esperando o melhor e deixando o futuro nas mãos de Deus.

– Ah! Tu me deste tanta *esperrança* e *corragem*, e eu não tenho nada para *retrribuir* a não ser um *corração* cheio e essas mãos vazias– exclamou o professor, bastante emocionado.

Jo jamais aprenderia a ser adequada, pois quando ele disse isso, enquanto eles estavam nos degraus da escada, ela simplesmente colocou as duas mãos nas dele, sussurrando ternamente: – Agora não está mais vazio – e, abaixando-se, beijou Friedrich debaixo do guarda-chuva. Era terrível, mas ela o teria feito mesmo se o bando de pardais na cerca viva fossem seres humanos, pois ela estava muito longe, de fato, afastada de tudo, exceto da própria felicidade. Embora tenha vindo de uma forma tão simples, aquele foi o momento culminante de suas vidas, quando, passando da noite, tempestade e solidão para a luz doméstica, calor e paz esperando para recebê-los, com um alegre – Bem-vindo ao lar! – Jo levou seu namorado para dentro e fechou a porta.

Capítulo 47

Tempo de colheita

Durante um ano, Jo e seu professor trabalharam e esperaram, desejaram e amaram, encontraram-se ocasionalmente e escreveram cartas tão volumosas que, segundo Laurie, o aumento no preço do papel foi contabilizado. O segundo ano começou de maneira bastante sóbria, pois suas perspectivas não melhoraram e tia March morreu repentinamente. Mas quando sua primeira tristeza chegou ao fim, pois eles amavam a velha senhora apesar de sua língua afiada, eles descobriram que tinham motivos para se alegrar, pois ela havia deixado Plumfield para Jo, o que possibilitava todos os tipos de coisas alegres.

– É um belo lugar antigo, e trará uma bela quantia, se você pretende vendê-lo, é claro – disse Laurie, enquanto todos conversavam sobre o assunto algumas semanas depois.

– Não, não pretendo – foi a resposta decidida de Jo, enquanto acariciava o poodle gordo, que ela havia adotado, em respeito à sua falecida dona.

– Você não pretende morar lá?

– Sim, pretendo.

– Mas, minha querida menina, é uma casa imensa, e custará muito caro mantê-la em ordem. Só o jardim e o pomar precisam de dois ou três homens, e o cultivo da terra não é a área de Bhaer, suponho.

– Ele tentará fazer isso lá, se eu propuser.

– E você espera viver da produção do lugar? Bem, isso parece paradisíaco, mas vocês terão um trabalho desesperadamente árduo.

– A safra que vamos cultivar é lucrativa – e Jo riu.

– Em que consistirá essa boa colheita, senhora?

– Meninos. Quero abrir uma escola para meninos; uma escola boa, feliz e familiar, onde cuidarei deles e Fritz será o professor.

– Esse é um plano verdadeiramente preparado pela Jo, não é? – exclamou Laurie, apelando para a família, que parecia tão surpresa quanto ele.

– Eu gosto – disse a Sra. March decididamente.

– Eu também – acrescentou o marido, que saudou a ideia de uma chance de experimentar o método socrático de educação na juventude moderna.

– Será um imenso trabalho para Jo – disse Meg, acariciando a cabeça de seu filho que demandava toda sua atenção.

– Jo pode fazer isso e sentir-se feliz assim. É uma ideia esplêndida. Conte-nos tudo – disse o Sr. Laurence, que ansiava poder ajudar os noivos, mas sabia que eles recusariam sua ajuda.

– Sabia que o senhor ficaria ao meu lado. Amy também concorda, vejo isso em seus olhos, embora ela espere prudentemente para pensar muito bem antes de falar. Agora, minha querida família – continuou Jo sinceramente – entendam que esta não é uma nova ideia minha, mas um plano há muito acalentado. Antes do meu Fritz chegar, eu costumava pensar como poderia, quando tivesse minha fortuna e ninguém precisasse mais de mim em casa, alugar uma casa grande e acolher alguns meninos pobres e desamparados que não tivessem mãe, e cuidar deles para tornar suas vidas mais alegres antes que fosse tarde demais. Vejo tantos se arruinando por falta de ajuda no minuto certo, minha paixão é fazer qualquer coisa por eles, pareço sentir seus desejos e simpatizar com seus problemas; como eu gostaria de ser uma mãe para eles!

A Sra. March estendeu a mão para Jo, que a pegou, sorrindo, com lágrimas nos olhos, e continuou da mesma maneira entusiasmada de sempre, que há muito não viam.

– Eu contei meu plano para Fritz uma vez, e ele disse que era exatamente o que ele gostaria de fazer e concordou em experimentar quando ficássemos ricos. Que Deus o abençoe, ele tem feito isso a vida toda, ajudando meninos pobres, quer dizer, não ficando rico, pois ele nunca ficará. O dinheiro não fica em seu bolso por tempo suficiente para guardá-lo. Mas agora, graças à minha boa e velha tia, que me amou mais do que eu merecia, fiquei rica, pelo menos me sinto assim, e podemos viver em Plumfield perfeitamente bem, se tivermos uma escola próspera. É o lugar ideal para meninos, a casa é grande e os móveis fortes e simples. Há espaço de sobra para dezenas no interior e jardins esplêndidos do lado de fora. Eles poderiam ajudar no jardim e no pomar. Esse trabalho é saudável, não é, papai? Então Fritz poderia treinar e ensinar à sua própria maneira, e meu pai o ajudará. Posso alimentá-los, cuidar deles, acariciá-los e repreendê-los, e mamãe será minha substituta. Sempre desejei muitos meninos e nunca tive o suficiente, agora posso encher a casa e me deleitar com os queridinhos o quanto quiser. Pense em que luxo, Plumfield meu, e uma infinidade de meninos para desfrutar comigo. – Quando Jo acenou com as mãos e deu um suspiro de êxtase, a família entrou em um vendaval de alegria, e o Sr. Laurence riu até eles pensarem que ele teria um ataque apoplético.

– Não vejo nada engraçado – disse ela com seriedade, quando conseguiu ser ouvida. – Nada poderia ser mais natural e adequado do que meu professor abrir uma escola e eu preferir morar em minha própria propriedade.

– Ela já está toda cheia de si – disse Laurie, que considerou a ideia como uma grande piada. – Mas posso perguntar como pretende sustentar o estabelecimento? Se todos os alunos são pequenos maltrapilhos, receio que sua colheita não será lucrativa para o mundo real, Sra. Bhaer.

– Ora, não seja um desmancha-prazeres, Laurie. Claro que terei alunos ricos também; talvez comecemos com eles. Então, quando tudo estiver encaminhado, posso pegar um ou dois menininhos maltrapilhos, só por satisfação. Os filhos de pessoas ricas geralmente precisam de cuidado e conforto, assim como os pobres. Já vi criaturinhas infelizes serem deixadas aos cuidados de criados ou empurradas para outras pessoas cuidarem, quando isso é uma verdadeira crueldade. Alguns são travessos por má administração ou negligência e alguns perderam a mãe. Além disso, os melhores têm de superar a adolescência, e é nesse momento que eles precisam de mais paciência e gentileza. As pessoas riem deles e os perturbam, tentam mantê-los fora de vista e esperam que eles se transformem de crianças bonitas em rapazes elegantes. Eles não reclamam muito, pequenas almas corajosas, mas sentem isso. Já passei por algo assim e sei tudo sobre isso. Tenho um interesse especial por esses jovens ursinhos e gosto de mostrar a eles que vejo seus corações ternos, honestos e bem-intencionados de menino, apesar dos braços e pernas desajeitados e cabelos bagunçados. Já passei por essa experiência também, pois não criei um menino para ser um orgulho e uma honra para sua família?

– Vou testemunhar que você tentou fazer isso – disse Laurie com um olhar agradecido.

– E obtive sucesso além das minhas expectativas, pois aqui está você, um empresário estável e sensato, administrando muito bem seu dinheiro e acumulando bênçãos recebidas dos pobres, em vez de dólares. Mas você não é apenas um empresário, você ama as coisas boas e belas, aproveitando-as e deixando uma parte para os outros, como sempre fazia nos velhos tempos. Tenho orgulho de você, Laurie, pois você melhora a cada ano, e todos sentem isso, embora você não os deixe dizê-lo. Sim, e quando eu tiver meu rebanho, vou apenas apontar para vocês e dizer:

– Aí está o seu modelo, meus rapazes.

O pobre Laurie não sabia para onde olhar, pois, mesmo já sendo homem feito, algo da velha timidez apoderou-se dele quando essa explosão de elogios fez com que todos os rostos se voltassem para ele com aprovação.

– Devo dizer que isso é demais, Jo – ele começou, apenas falando com seu velho modo infantil. – Todos vocês fizeram mais por mim do que eu poderia agradecer, exceto por fazer o meu melhor para não decepcioná-los. Você está um pouco afastada ultimamente, Jo, entretanto, tenho a melhor ajuda possível. Então, se estou me saindo bem, você pode agradecer a esses dois por isso; e ele colocou uma das mãos suavemente na cabeça do avô e a outra na mão de ouro de Amy, pois os três nunca estavam separados.

– Acho que as famílias são as coisas mais bonitas no mundo todo! – explodiu Jo, que estava em um estado de espírito incomumente elevado naquele momento. – Quando eu tiver uma família, espero que seja tão feliz quanto as três que conheço e amo demais. Se John e meu Fritz estivessem aqui, seria um pequeno paraíso na terra – acrescentou ela mais calmamente. E naquela noite, quando ela foi para seu quarto após uma noite feliz de conselhos familiares, esperanças e planos, seu coração estava tão cheio de felicidade que ela só poderia acalmá-lo ajoelhando-se ao lado da cama vazia, sempre perto da sua, e pensando ternamente em Beth.

Foi um ano surpreendente, pois as coisas aconteceram de uma maneira extraordinariamente rápida e agradável. Num piscar de olhos, Jo se casou e se estabeleceu em Plumfield. Então uma família de seis ou sete meninos cresceu como cogumelos e floresceu muito rápido, eram meninos pobres e também ricos, pois o Sr. Laurence estava continuamente encontrando algum caso comovente de miséria e implorando aos Bhaers que tivessem pena da criança, e ele pagaria alegremente uma ninharia por seu sustento. Desse modo, o astuto velho cavalheiro rodeou a orgulhosa Jo e deu-lhe o estilo de menino que mais lhe agradava. Claro que foi um trabalho árduo no início, e Jo cometeu erros estranhos, mas o sábio professor a conduziu com segurança para águas mais calmas, e o maltrapilho mais desenfreado foi vencido no fim. Como Jo gostava de sua "selva de meninos", e como a pobre e querida tia March teria lamentado se ela estivesse lá para ver os recintos sagrados da recatada e bem ordenada Plumfield invadida por Toms, Dicks e Harrys! Afinal, havia uma espécie de justiça poética nisso, pois a velha senhora havia sido o terror dos meninos por quilômetros e agora os exilados festejavam livremente com ameixas proibidas, chutavam o cascalho com botas profanas sem que ninguém os reprovasse e jogavam críquete no grande campo onde a irritadiça "vaca com um chifre" costumava convidar jovens impetuosos a serem jogados para longe. Tornou-se uma espécie de paraíso dos meninos, e Laurie sugeriu que deveria ser chamado de "O jardim dos Bhaer", como um elogio ao seu mestre e apropriado aos seus habitantes. Nunca foi uma escola da moda, e o professor não acumulou uma fortuna, mas era exatamente o que Jo pretendia que fosse "um lugar feliz e familiar para meninos, que precisavam de ensino, cuidado e bondade". Todos os cômodos da casa grande logo ficaram ocupados. Cada pequeno terreno no jardim logo tinha seu dono. Um zoológico regular apareceu no celeiro e no galpão, pois animais de estimação eram permitidos. E três vezes por dia, Jo sorria para seu Fritz da cabeceira de uma longa mesa forrada de ambos os lados com fileiras de rostos jovens e felizes, que se viravam para ela com olhos afetuosos, palavras confidenciais e corações agradecidos, cheios de amor por "Mãe Bhaer". Ela já tinha meninos o suficiente agora, e não se cansava deles, embora eles não fossem anjos, de forma alguma, e alguns deles dessem trabalho tanto ao professor quanto à professora. Mas sua fé no lugar bom que existia no coração dos meninos maltrapilhos mais travessos, provocativos e impertinentes, deu-lhe paciência, habilidade e sucesso com o tempo, pois nenhum menino mortal poderia resistir muito tempo ao Pai Bhaer brilhando sobre ele tão benevolentemente quanto o sol e a mãe Bhaer perdoando-o setenta vezes sete. Muito preciosa para Jo era a amizade dos meninos, seus cheiros penitentes e sussurros após transgressões, suas confidências divertidas ou comoventes, seus entusiasmos agradáveis, esperanças e planos, até mesmo seus infortúnios, pois eles apenas a tornavam ainda mais querida. Havia meninos lentos e tímidos, meninos fracos e rebeldes, meninos com a língua presa e meninos que gaguejavam, um ou dois coxos, e um mestiço alegre, que não era aceito em lugar nenhum, mas que era bem-vindo ao "Jardim dos Bhaer", embora algumas pessoas tenham previsto que sua admissão arruinaria a escola.

Sim, Jo era uma mulher muito feliz ali, apesar do trabalho árduo, de muita ansiedade e de uma algazarra perpétua. Ela gostava muito e achava os aplausos de seus meninos mais satisfatórios do que qualquer elogio do mundo, pois agora ela não contava histórias, exceto para seu rebanho de seguidores e admiradores entusiasmados. Com o passar dos anos, dois filhos pequenos dela vieram aumentar sua felicidade: Rob, batizado com o nome do avô, e Teddy, um bebê despreocupado, que parecia ter herdado o temperamento explosivo de seu papai, assim como o espírito animado de sua mãe. Como eles conseguiram sobreviver naquele turbilhão de meninos era um mistério para sua avó e tias, mas eles floresceram como dentes-de-leão na primavera, e seus cuidadores tempestuosos os amavam e serviam com bondade. Havia muitos feriados em Plumfield, e um dos mais deliciosos era a colheita anual de maçãs, quando os March, os Laurence, os Brook e os Bhaer compareciam com força total e aproveitavam o dia. Cinco anos após o casamento de Jo, ocorreu uma dessas festividades frutíferas, em um dia ameno de outubro, quando o ar estava repleto de um frescor estimulante que fez os espíritos se animarem e o sangue dançar saudavelmente nas veias. O velho pomar vestiu seu traje de dia de folga. Varas-de-ouro e ásteres enfeitavam as paredes cobertas de musgo. Os gafanhotos pulavam rapidamente na grama seca e os grilos estrilavam como gaiteiros de fadas em um banquete. Os esquilos estavam ocupados com sua pequena colheita. Os pássaros gorjeavam para despedir-se dos amieiros na alameda, e todas as árvores estavam prontas para lançar sua chuva de maçãs vermelhas ou amarelas na primeira sacudida. Todo mundo estava lá. Todo mundo riu e cantou, subiu e caiu. Todos afirmaram que nunca houve um dia tão perfeito ou tão alegre para desfrutar, e todos se entregaram aos prazeres simples da hora tão livre como se não houvesse coisas como preocupação ou tristeza no mundo. O Sr. March passeava placidamente, citando Tusser, Cowley e Columella para o Sr. Laurence, enquanto saboreava... O suave suco da maçã.

O Professor subia e descia entre os corredores verdes como um robusto cavaleiro teutônico, usando uma vara como lança, conduzindo os meninos, que formavam um grupo de ataque e realizavam manobras lindas no chão e no alto. Laurie dedicou-se aos pequeninos, carregou sua filhinha dentro de uma cesta, levou Daisy até os ninhos de passarinhos nas árvores e impediu o aventureiro Rob de quebrar o pescoço. A Sra. March e Meg sentaram-se entre as pilhas de maçãs como um par de Pomonas[29], classificando as contribuições que continuavam chegando, enquanto Amy com uma bela expressão maternal em seu rosto desenhava os vários grupos e cuidava de um rapaz pálido, que a adorava com sua pequena muleta ao lado dele. Jo estava em seu elemento naquele dia e corria de um lado para o outro, com o vestido preso com alfinetes e o chapéu em qualquer lugar, menos na cabeça, e o bebê debaixo do braço, pronto para qualquer aventura animada que pudesse surgir. O pequeno Teddy tinha uma vida encantadora, pois nada jamais aconteceu com ele, e Jo nunca sentia qualquer ansiedade quando ele foi levado para uma árvore por um dos meninos, galopava nas costas de outro e nem quando era alimentado com frutas azedas por seu indulgente papai, que trabalhava sob a ilusão germânica de que os bebês podiam digerir qualquer coisa, desde repolho em conserva a botões, pregos e seus próprios sapatinhos. Ela sabia que o pequeno Teddy sempre voltava em segurança, corado, sujo e sereno, e sempre o recebia de volta com calorosas boas-vindas, pois Jo amava ternamente seus bebês.

Às 4 horas houve uma pausa e as cestas ficaram vazias, enquanto os apanhadores de maçã descansavam e comparavam cortes e arranhões. Então Jo e Meg, com um destacamento de meninos maiores, prepararam o jantar na grama, pois um chá ao ar livre era sempre a coroação da alegria

---

(24) Pomona: representa o outono. Na Mitologia Romana, Pomona é a deusa da abundância e dos pomares.

do dia. A terra literalmente fluía com leite e mel em tais ocasiões, pois os meninos não eram obrigados a sentar-se à mesa, e tinham permissão para tomar um refresco como quisessem, considerando que a liberdade é o molho mais amado pela alma de um menino. Eles aproveitavam do raro privilégio ao máximo, pois alguns tentavam a agradável experiência de beber leite de ponta-cabeça, outros emprestavam um charme à brincadeira de pular comendo torta nas pausas do jogo, biscoitos eram semeados pelo campo e as mudas de maçã empoleiravam-se nas árvores como um novo tipo de pássaro. As meninas faziam uma festa do chá particular, e Ted caminhava à vontade entre os itens comestíveis.

Quando ninguém mais aguentava comer, o professor propôs um brinde habitual, que sempre se fazia nessas horas: "Tia March, Deus a abençoe!" Um brinde feito de coração pelo bom homem, que nunca se esquecia do quanto lhe devia, e bebido em silêncio pelos meninos, que haviam aprendido a manter viva a memória da tia.

– Agora, ao sexagésimo aniversário da vovó! Vida longa para ela, com três vivas!

Esse brinde foi celebrado com vontade, como vocês podem muito bem acreditar, e assim que a celebração começou, foi difícil interrompê-la. Fizeram brindes à saúde de todos, desde à saúde do Sr. Laurence, considerado seu patrono especial, até à do assustado porquinho-da-índia, que havia se afastado de sua área própria em busca de seu jovem patrão. Demi, como neto mais velho, presenteou a rainha do dia com vários presentes, tão numerosos que foram transportados para o cenário festivo em um carrinho de mão. Presentes engraçados, alguns deles, mas o que seria defeito para outros olhos era enfeite para a vovó, pois os presentes das crianças foram todos feitos por elas mesmas. Para a Sra. March, cada ponto que os dedinhos pacientes de Daisy colocavam nos lenços nos quais ela fazia a bainha era melhor do que qualquer bordado. Nem o milagre da habilidade mecânica de Demi, embora a tampa não fechasse, nem o banquinho do Rob que tinha um meneio nas pernas desiguais que ela declarou ser um tipo de calmante, assim como nenhuma página do delicado livro que o filho de Amy lhe dera eram tão lindos quanto aquelas palavras que apareceram em letras maiúsculas tremidas, dizendo:

"À QUERIDA VOVÓ, DE SUA PEQUENA BETH".

Durante a cerimônia, os meninos desapareceram misteriosamente; a Sra. March tentou agradecer às filhas, ficou emocionada e enquanto Teddy enxugava os olhos dela no avental, o professor de repente começou a cantar. E então, vindas de cima, vozes e mais vozes entoaram a letra, e de árvore em árvore ecoou a música do coro invisível, enquanto os meninos calorosamente cantavam a canção cuja letra fora escrita por Jo, a melodia composta por Laurie e os rapazes treinados pelo professor para dar com o melhor efeito. Isso era algo totalmente novo e provou ser um grande sucesso, pois a Sra. March não conseguiu superar sua surpresa e insistiu em apertar a mão de cada um dos pássaros sem penas, dos grandes Franz e Emil ao pequeno mestiço, que tinha a voz mais doce de todas. Depois disso, os meninos se dispersaram para uma brincadeira final, deixando a Sra. March e suas filhas debaixo da árvore do festival.

– Acho que nunca deveria me chamar de "Jo a azarada" novamente, quando meu maior desejo foi tão lindamente atendido – disse a Sra. Bhaer, tirando o pequeno punho de Teddy de dentro da jarra de leite, onde ele estava batendo com toda energia.

– E ainda assim sua vida é muito diferente daquela que você imaginou há muito tempo. Você se lembra de nossos castelos no ar? – perguntou Amy, sorrindo ao observar Laurie e John jogando críquete com os meninos.

– Queridas companheiras! Faz bem ao meu coração vê-las esquecer os negócios e se divertir por um dia – respondeu Jo, que agora falava de maneira maternal de toda a humanidade. – Sim, eu me lembro, mas a vida que eu queria na época parece egoísta, solitária e fria para mim agora. Ainda não perdi a esperança de escrever um bom livro, mas posso esperar e tenho certeza que será melhor para experiências e ilustrações como essas – e Jo apontou para os animados rapazes a distância, para seu pai, apoiando-se no braço do professor, enquanto caminhavam de um lado para outro sob o sol, tendo uma das conversas de que tanto gostavam, e depois para sua mãe, sentada entre as filhas, com os filhos delas no colo e a seus pés, como se todos encontrassem ajuda e felicidade num rosto que nunca envelheceria para eles.

– Meu castelo foi o mais bem executado de todos. Pedi coisas esplêndidas, com certeza, mas no meu coração sabia que ficaria satisfeita se tivesse uma pequena casa, e John, e alguns filhos queridos como estes. Tenho todos eles, graças a Deus, e sou a mulher mais feliz do mundo – e Meg colocou a mão na cabeça de seu menino alto, com o rosto cheio de ternura e devoção.

– Meu castelo é muito diferente do que planejei, mas não o alteraria, embora, como Jo, não abandone todas as minhas esperanças artísticas, nem me limite a ajudar os outros a realizar seus sonhos de beleza. Comecei a modelar a figura de um bebê, e Laurie diz que é a melhor coisa que já fiz. Acho que sim, e pretendo fazê-lo em mármore, para que, aconteça o que acontecer, eu possa pelo menos manter a imagem do meu pequeno anjo.

Enquanto Amy falava, uma grande lágrima caiu sobre os cabelos dourados da criança adormecida em seus braços, pois sua filha tão amada era uma criaturinha frágil e o medo de perdê-la era a sombra sobre o sol de Amy. Esta cruz estava fazendo muito pelo pai e pela mãe, pois um amor e uma tristeza os uniam intimamente. A natureza de Amy estava ficando mais doce, profunda e terna. Laurie estava ficando mais sério, forte e firme, e ambos estavam aprendendo que a beleza, a juventude, a boa fortuna e até mesmo o amor em si, não podem evitar preocupações, dores, perdas e tristezas mesmo para os mais abençoados, pois...

A chuva precisa cair na casa de todos e alguns dias são escuros, tristes e sombrios.

– Ela está melhorando, tenho certeza, minha querida. Não desanime, mas espere e continue feliz – disse a Sra. March, enquanto a terna Daisy se abaixava para pousar sua bochecha rosada no rostinho pálido de sua priminha.

– Jamais vou desanimar enquanto tiver você para me animar, Mammie, e Laurie para carregar mais da metade de cada fardo – respondeu Amy calorosamente. – Ele nunca me deixa ver sua ansiedade, mas é tão doce e paciente comigo, tão dedicado a Beth, e um refúgio e conforto para mim sempre que não consigo amá-lo o suficiente. Então, apesar de minha única cruz, posso dizer como Meg: "Graças a Deus, sou uma mulher feliz".

– Não há necessidade de dizer isso, porque todos podem ver que sou muito mais feliz do que mereço – acrescentou Jo, olhando de seu bom marido para seus filhos gordinhos, caindo na grama ao lado dela. – Fritz está ficando grisalho e corpulento. Estou ficando magra como uma sombra e tenho 30 anos. Nunca seremos ricos e Plumfield pode arder em chamas qualquer noite, pois a "praga" do Tommy Bangs fuma charutos embaixo da coberta, embora já tenha se incendiado três vezes. Mas, apesar desses fatos nada românticos, não tenho do que reclamar e nunca fui tão feliz em minha vida. Desculpe o vocabulário, mas vivendo entre meninos, não posso deixar de usar suas expressões de vez em quando.

– Sim, Jo, acho que sua colheita será boa – começou Sra. March, espantando um grande grilo preto que estava incomodando Teddy.

– Não tão boa quanto a sua, mãe. Aqui está, e nós jamais poderemos agradecer o suficiente pela semeadura e colheita pacientes que a senhora fez – exclamou Jo, com a impetuosidade amorosa que ela jamais superaria.

– Espero que haja mais trigo e menos joio a cada ano – disse Amy suavemente.

– Um feixe bem grande, mas eu sei que há espaço no seu coração para todos, querida Mammie – acrescentou a voz terna de Meg.

Completamente comovida, a Sra. March apenas estendeu os braços, como se fosse reunir as filhas e os netos ao seu redor e disse, com rosto e voz cheios de amor maternal, gratidão e humildade:

– Oh, minhas meninas, não importa por quanto tempo vocês viverão, mas eu jamais poderei desejar a vocês uma felicidade maior do que esta!

Impressão e acabamento
Gráfica Oceano